U1007213

“十三五”国家重点图书出版规划项目

中国近现代稀见史料丛刊【第五辑】

额勒和布日记（上）

张剑 徐雁平 彭国忠 主编

额勒和布 著

芦婷婷 整理

本辑执行主编 徐雁平

凤凰出版社

图书在版编目（CIP）数据

额勒和布日记 / 额勒和布著；芦婷婷整理. -- 南京：凤凰出版社，2018.6
（中国近现代稀见史料丛刊. 第五辑）
ISBN 978-7-5506-2786-4

Ⅰ. ①额… Ⅱ. ①额… ②芦… Ⅲ. ①日记－作品集－中国－清后期 Ⅳ. ①I265.2

中国版本图书馆CIP数据核字(2018)第125012号

书　　名	额勒和布日记
著　　者	额勒和布 著　芦婷婷 整理
责任编辑	韩凤冉
装帧设计	姜　嵩
出版发行	凤凰出版社(原江苏古籍出版社) 发行部电话025-83223462
出版社地址	南京市中央路165号，邮编：210009
出版社网址	http://www.fhcbs.com
照　　排	南京凯建图文制作有限公司
印　　刷	南通印刷总厂有限公司 南通市通州经济开发区朝霞路180号，邮编：226300
开　　本	880×1230毫米　1/32
印　　张	23.625
字　　数	613千字
版　　次	2018年6月第1版　2018年6月第1次印刷
标准书号	ISBN 978-7-5506-2786-4
定　　价	130.00元(全二册)

(本书凡印装错误可向承印厂调换，电话：0513-80237871)

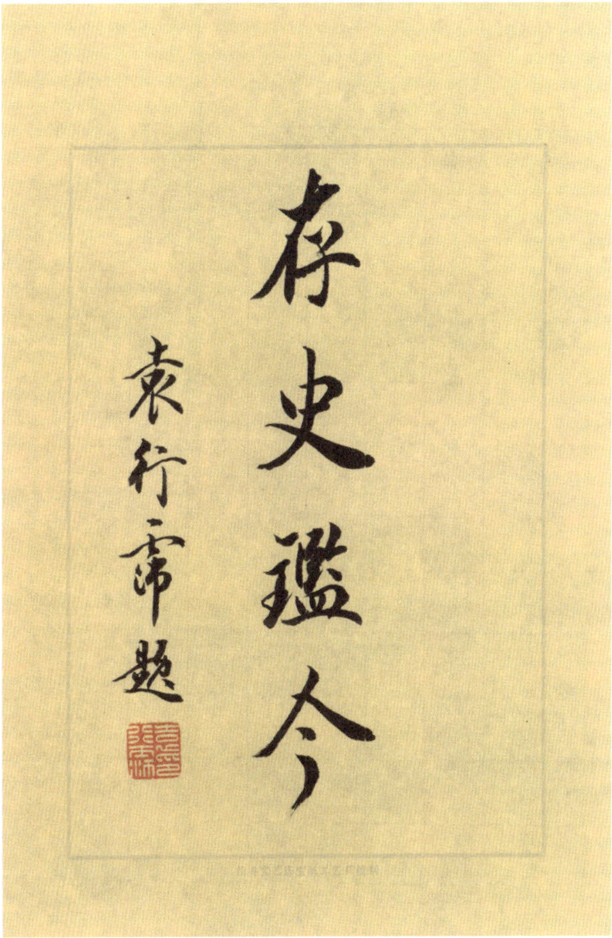

袁行霈先生题辞

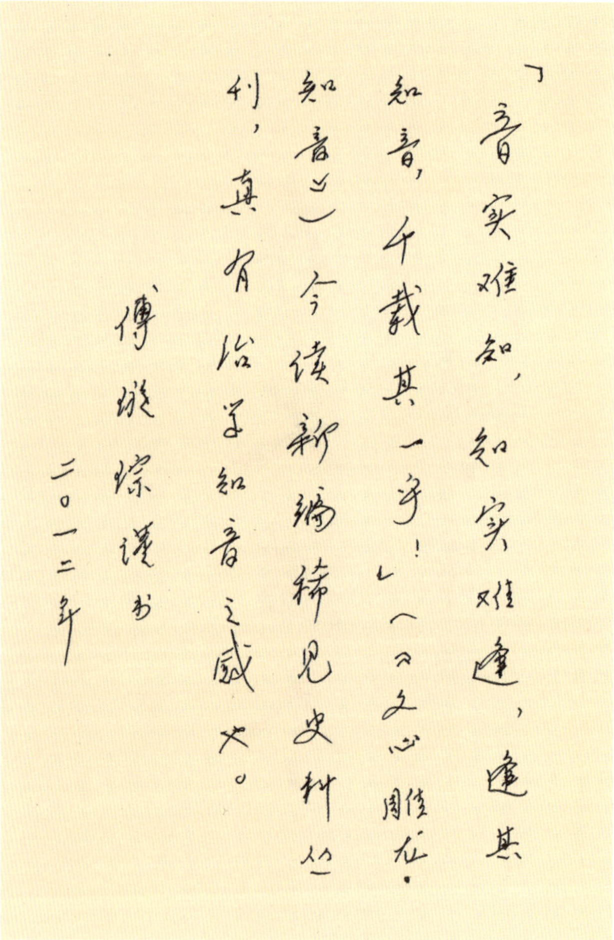

「音实难知，知实难逢，逢其知音，千载其一乎！」（《文心雕龙·知音》）今读新编稀见史料丛刊，真有治学知音之感也。

傅璇琮谨书

二〇一二年

傅璇琮先生题辞

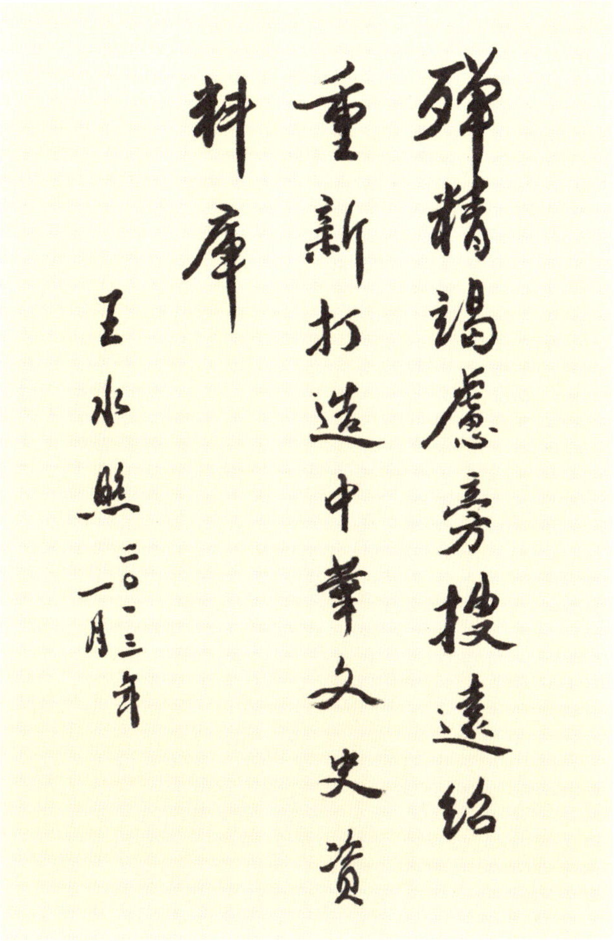
殚精竭虑
旁搜远绍
重新打造中华文史资料库
王水照
二〇一三年一月

王水照先生题辞

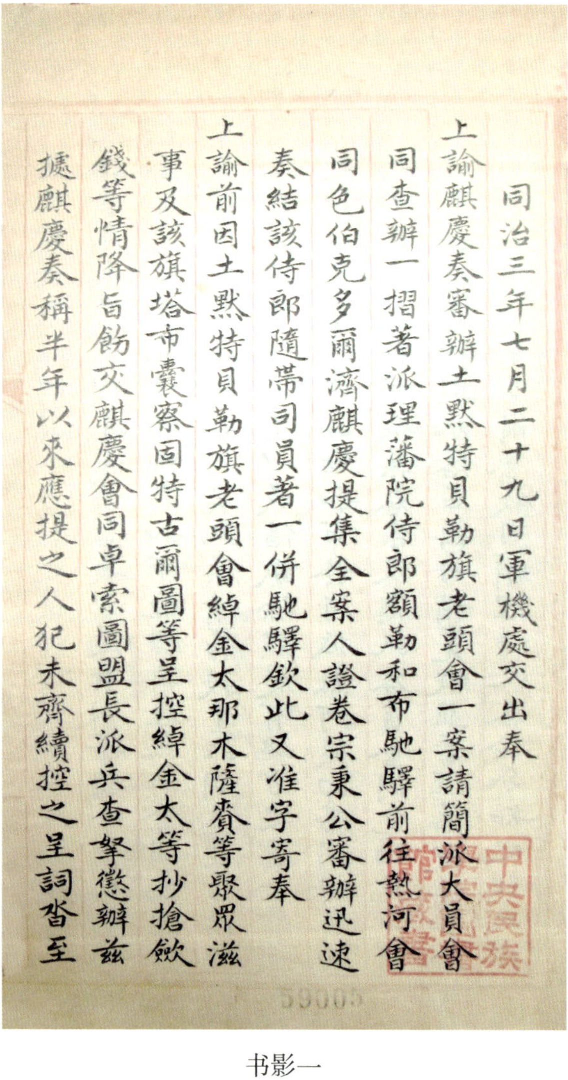

同治三年七月二十九日軍機處交出奉
上諭麒慶奏審辦土默特貝勒旗老頭會一案請簡派大員會
同查辦一摺著派理藩院侍郎額勒和布馳驛前往熱河會
同色伯克多爾濟麒慶提集全案人證卷宗秉公審辦迅速
奏結該侍郎隨帶司員著一併馳驛欽此又准字寄奉
上諭前因土默特貝勒旗老頭會綽金太那木薩賚等聚眾滋
事及該旗塔布囊察固特古爾圖等呈控綽金太等抄搶斂
錢等情降旨飭交麒慶會同卓索圖盟長派兵查拏懲辦茲
據麒慶奏稱半年以來應提之人犯未齊續控之呈詞沓至

59005

书影一

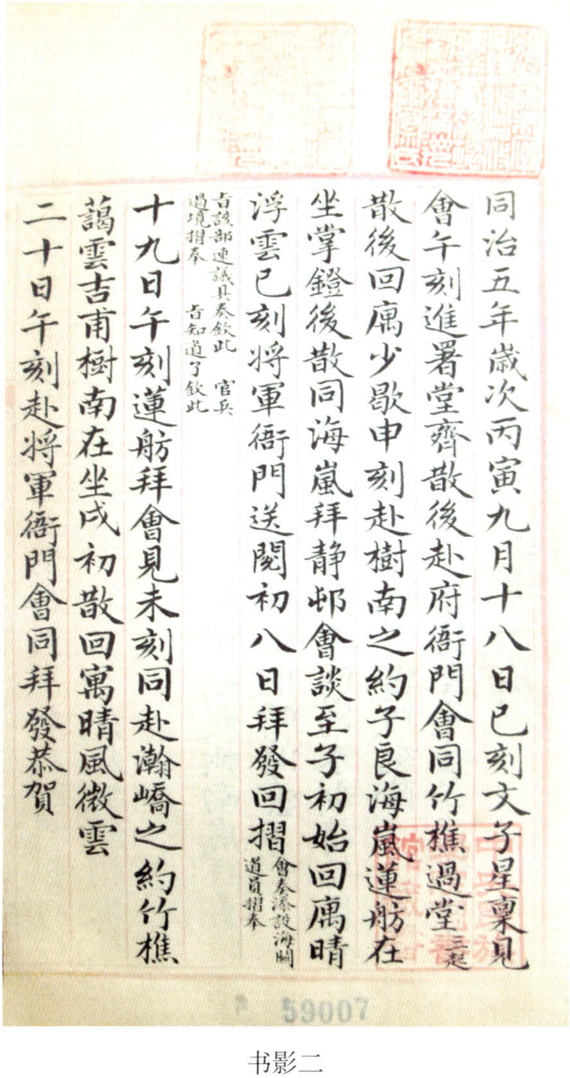
同治五年歲次丙寅九月十八日巳刻文子星稟見
會午刻進署堂齋散後赴府衙門會同竹樵過堂三起
散後回寓少歇申刻赴樹南之約子良海嵐蓮舫在
坐掌鐙後散同海嵐拜靜邨會談至子初始回寓晴
浮雲巳刻將軍衙門送閱初八日拜發回摺會奏添設海關道員摺奉
旨該部速議具奏欽此　官兵過境摺奉
旨知道了欽此
十九日午刻蓮舫拜會見未刻同赴瀚嶠之約竹樵
藹雲吉甫樹南在坐戌初散回寓晴風微雲
二十日午刻赴將軍衙門會同拜發恭賀
59007

书影二

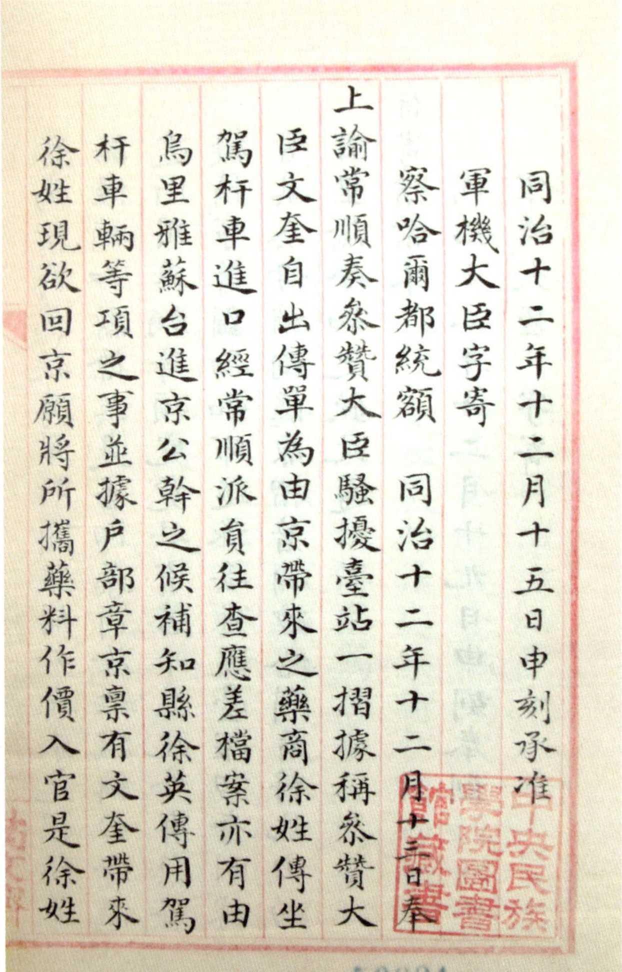

同治十二年十二月十五日申刻承准
軍機大臣字寄
察哈爾都統額　同治十二年十二月十三日奉
上諭常順奏叅贊大臣騷擾臺站一摺據稱叅贊大
臣文奎自出傳單為由京帶來之藥商徐姓傳坐
駕杆車進口經常順派員往查應差檔案亦有由
烏里雅蘇台進京公幹之候補知縣徐英傳用駕
杆車輛等項之事並據戶部章京稟有文奎帶來
徐姓現欲回京顧將所攜藥料作價入官是徐姓

中央民族學院圖書館藏書
59021

书影三

《中国近现代稀见史料丛刊》总序

在世界所有的文明中，中华文明也许可说是“唯一从古代存留至今的文明”（罗素《中国问题》）。她绵延不绝、永葆生机的秘诀何在？袁行霈先生做过很好的总结：“和平、和谐、包容、开明、革新、开放，就是回顾中华文明史所得到的主要启示。凡是大体上处于这种状况的时候，文明就繁荣发展，而当与之背离的时候，文明就会减慢发展的速度甚至停滞不前。”（《中华文明的历史启示》，《北京大学学报》2007 年第 1 期）

但我们也要清醒看到，数千年的中华文明带给我们的并不全是积极遗产，其长时段积累而成的生活方式与价值观具有强大的稳定性，使她在应对挑战时所做的必要革新与转变，相比他者往往显得迟缓和沉重。即使是面对佛教这种柔性的文化进入，也是历经数百年之久才使之彻底完成中国化，成为中华文明的一部分；更不用说遭逢“数千年来未有之变局”、“数千年未有之强敌”（李鸿章《筹议海防折》），“数千年未有之巨劫奇变”（陈寅恪《王观堂先生挽词序》）的中国近现代。晚清至今虽历一百六十余年，但是，足以应对当今世界全方位挑战的新型中华文明还没能最终形成，变动和融合仍在进行。1998 年 6 月 17 日，美国三位前总统（布什、卡特、福特）和二十四位前国务卿、前财政部长、前国防部长、前国家安全顾问致信国会称：“中国注定要在 21 世纪中成为一个伟大的经济和政治强国。”（徐中约著《中国近代史》上册第六版英文版序，香港中文大学 2002 年版）即便如此，我们也不能盲目乐观，认为中华文明已经转型成功，相反，中华文明今天面对的挑战更为复杂和严峻。新型的中华文明到底会怎样呈现,又怎样具体表现或作用于政治、经济、文化等层面,人们还在不断探索。这个问题,我们这一代恐怕无法给出答案。但我们坚信,在历史上曾经灿烂辉煌的中华文明必将凤凰浴火,涅槃重生。这既是数千年已经存在的中华文明发展史告诉我们的经验事实,也是所有为中国文化所化之人应有的信念和责任。

不过,对于近现代这一涉及当代中国合法性的重要历史阶段,我们了解得还过于粗线条。她所遗存下来的史料范围广阔,内容复杂,且有数量庞大且富有价值的稀见史料未被发掘和利用,这不仅会影响到我们对这段历史的全面了解和规律性认识,也会影响到今天中国新型文明和现代化建设对它的科学借鉴。有一则印度谚语如是说:“骑在树枝上锯树枝的时候,千万不要锯自己骑着的那一根。”那么,就让我们用自己的专业知识与能力,为承载和养育我们的中华文明做一点有益的事情——这是我们编纂这套《中国近现代稀见史料丛刊》的初衷。

书名中的“近现代”,主要指1840—1949年这一时段,但上限并非以一标志性的事件一刀切割,可以适当向前延展,然与所指较为宽泛的包含整个清朝的“近代中国”、“晚期中华帝国”又有所区分。将近现代连为一体,并有意淡化起始的界限,是想表达一种历史的整体观。我们观看社会发展变革的波澜,当然要回看波澜如何生,风从何处来;也要看波澜如何扩散,或为涟漪,或为浪涛。个人的生活记录,与大历史相比,更多地显现出生活的连续。变局中的个体,经历的可能是渐变。《丛刊》期望通过整合多种稀见史料,以个体陈述的方式,从生活、文化、风习、人情等多个层面,重现具有连续性的近现代中国社会。

书名中的“稀见”,只是相对而言。因为随着时代与科技的进步,越来越多的珍本秘籍经影印或数字化方式处理后,真身虽仍“稀见”,化身却成为“可见”。但是,高昂的定价、难辨的字迹、未经标点的文本,仍使其处于专业研究的小众阅读状态。况且尚有大量未被影印或数字化的文献，或流传较少，或未被整合，也造成阅读和利用的不便。因此，《丛刊》侧重选择未被纳入电子数据库的文献，尤欢迎整理那些辨识困难、断句费力、裒合不易或是其他具有难度和挑战性的文献，也欢迎整理那些确有价值但被人们习见思维与眼光所遮蔽的文献，在我们看来，这些文献都可属于"稀见"。

书名中的"史料"，不局限于严格意义上的历史学范畴，举凡日记、书信、奏牍、笔记、诗文集、诗话、词话乃至序跋汇编等，只要是某方面能够反映时代政治、经济、文化特色以及人物生平、思想、性情的文献，都在考虑之列。我们的目的，是想以切实的工作，促进处于秘藏、边缘、零散等状态的史料转化为新型的文献，通过一辑、二辑、三辑……这样的累积性整理，自然地呈现出一种规模与气象，与其他已经整理出版的文献相互关联，形成一个丰茂的文献群，从而揭示在宏大的中国近现代叙事背后，还有很多未被打量过的局部、日常与细节；在主流周边或更远处，还有富于变化的细小溪流；甚至在主流中，还有漩涡，在边缘，还有静止之水。近现代中国是大变革、大痛苦的时代，身处变局中的个体接物处事的伸屈、所思所想的起落，藉纸墨得以留存，这是一个时代的个人记录。此中有文学、文化、生活；也时有动乱、战争、革命。我们整理史料，是提供一种俯首细看的方式，或者一种贴近近现代社会和文化的文本。当然，对这些个人印记明显的史料，也要客观地看待其价值，需要与其他史料联系和比照阅读，减少因个人视角、立场或叙述体裁带来的偏差。

知识皆有其价值和魅力，知识分子也应具有价值关怀和理想追求。清人舒位诗云"名士十年无赖贼"(《金谷园故址》)，我们警惕袖手空谈，傲慢指点江山；鲁迅先生诗云"我以我血荐轩辕"(《自题小像》)，我们愿意埋头苦干，逐步趋近理想。我们没有奢望这套《丛刊》产生宏大的效果，只是盼望所做的一切，能融合于前贤时彦所做的贡献之中，共同为中华文明的成功转型，适当"缩短和减轻分娩的痛苦"(马克思《资本论》第一卷第一版序言)。

《丛刊》的编纂，得到了诸多前辈、时贤和出版社的大力扶植。袁行霈先生、傅璇琮先生、王水照先生题辞勖勉，周勋初先生来信鼓励，凤凰出版社姜小青总编辑赋予信任，刘跃进先生还慷慨同意将其列入“中华文学史史料学会”重大规划项目，学界其他友好也多有不同形式的帮助……这些，都增添了我们做好这套《丛刊》的信心。必须一提的是，《丛刊》原拟主编四人（张剑、张晖、徐雁平、彭国忠），每位主编负责一辑，周而复始，滚动发展，原计划由张晖负责第四辑，但他尚未正式投入工作即于2013年3月15日赍志而殁，令人抱恨终天，我们将以兢兢业业的工作表达对他的怀念。

《丛刊》的基本整理方式为简体横排和标点（鼓励必要的校释），以期更广泛地传播知识、更好地服务社会。希望我们的工作，得到更多朋友的理解和支持。

2013年4月15日

目　录

前　言

一、《日记》作者

额勒和布，字子谦，号筱珊（一作“筱山”、“晓山”），觉尔察氏，镶蓝旗满洲人。生于道光六年（1826）。咸丰二年（1852）翻译科进士，历任理藩院右侍郎、盛京户部侍郎、察哈尔都统、乌里雅苏台将军等职。光绪三年（1877），因病开缺。光绪六年（1880）复出，历任热河都统、理藩院尚书、户部尚书、内务府大臣等职。光绪十年（1884），充军机大臣。复历任体仁阁大学士、武英殿大学士。二十年（1894），免军机大臣。二十二年（1896），致仕。二十六年（1900），卒。谥“文恭”。

关于额氏之性格和操守，《清史稿》卷439《额勒和布传》称其“木讷寡言，时同列渐揽权纳贿，独廉洁自守，时颇称之”。

二、《日记》内容

《日记》原稿现藏中央民族大学图书馆，计二函十七册。前十六册记录了额勒和布审理蒙古土默特贝勒旗老头会案件的始末，以及额氏在理藩院侍郎、盛京户部侍郎、察哈尔都统、乌里雅苏台将军任上的一些日常事务。最后一册为额氏所辑同治十二年（1873）、十三年（1874）与其任职相关的上谕、奏折。

《日记》记事起于同治三年（1864）八月十五日，止于光绪六年（1880）正月初十日。《日记》系逐日而记。因额氏丁母忧服孝之故，缺载同治七年（1868）十二月初八日至八年（1869）五月二十三日。

《日记》记事时段内，额氏之行实颇有助于了解《日记》之内容。

《清史列传》卷57《额勒和布传》记其任理藩院右侍郎时，会卓索图盟土默特贝勒旗（土默特左旗，今辽宁阜新）老头会聚众肆掠，势甚炽，“额勒和布奉命往查，廉得实，请将贝勒议处，其佐领、章京德瓦拉布窄等降革有差，事遂定”；其任盛京户部侍郎时，奉天马贼煽动，直隶总督刘长佑领军驰抵三屯营，防剿热河之平泉州、建昌县、朝阳县、赤峰县及奉天府各地方，“额勒和布筹备军饷，无误戎机，功最多”；其任察哈尔都统时，正值新疆用兵，乌鲁木齐都统景廉设粮台于察哈尔，“额勒和布为之派员经纪，转运督催，应时接济，军用赖以不匮”；其任乌里雅苏台将军时，回民军大股攻扑布伦托海，并窜踞沙札盖等处，“额勒和布亟督各营侦探截剿，杀贼三百余名，余匪骇逃”。

三、《日记》流转

额勒和布卒于清光绪二十六年（1900），其在世时《日记》应不会流出府邸。《日记》从其后裔手中流出的可能性更大。据《北京市石景山区地名志》记载，额氏独子伯麒紧随其父之后，亦卒于当年，则《日记》应于此时转归伯麒之子世斌收藏。世斌卒于1934年，《日记》从其手中流出的时间可从其家族衰败的时间进行推测。

据《道咸以来朝野杂记》载，额勒和布住宅在北京西城阜成门内武衣库（今大乘胡同）。该宅由额氏购于同治九年（1870）（《日记》同治九年十月初十日）。五十余年后，该宅由世斌分别售予国民军将领宋哲元和自来水公司周某。周某为何许人虽无从考证，但宋哲元却有踪迹可寻。据吕伟俊《宋哲元》一书记载，1924年宋哲元参与冯玉祥发动的北京政变，并在当年迎双亲至京居住。则额氏老宅转手宋哲元的时间应在1924年左右。而世斌约在此前已穷困潦倒，否则不至于走到卖府的地步。《日记》或于世斌卖府之前已流于坊间书肆。

《日记》原稿第十七册封底有铅笔字迹“聚美书店，700元”；又，中央民族学院（中央民族大学前身）成立于1950年，则《日记》当在1950年后由该校图书馆以七百元高价从聚美书店购得。该馆工作人员整理《日记》时曾作一夹签，其字墨笔繁体竖写，内容如下：

> 《额筱珊日记》，十六卷由同治三年至光绪六年，《廷寄录存》一卷。额勒和布，字子谦，号筱珊，满洲人。咸丰壬子进士，官至乌里雅苏台将军。此日记为其在官时一切日常事务，关于蒙古台站官名所记特详。而老头会一案，为人民反抗封建势力之组织。《廷寄录存》荣全、袁保恒等奏折，可知当时左宗棠用兵新疆军需调转之情形。

四、《日记》版本

《日记》第八、九、十、十一册，各册记事时间分别为：同治十一年九月初一日起至十二年六月二十九日，十二年闰六月初一日至十三年二月十四日，十三年二月十五日至十三年十一月初三日，十三年十一月初四日至光绪元年七月十四日，各册末页板框外分别写有该册日记抄录时间：

> 光绪元年七月，录于乌里雅苏台军署云山环翠室。
> 光绪元年十一月十二日，补钞讫。
> 光绪二年正月十三日，录于乌城军署。
> 光绪二年二月二十日，录于乌城军署云山环翠室。

这至少说明《日记》第八、九、十、十一册内容，曾经额勒和布誊抄，其抄写地点就是额氏当时的任职地乌里雅苏台。此四册与其余十三册，字迹一致，均为馆阁小楷，且无勾抹涂改痕迹。又，《日记》第三册首页钤印两枚，均为“额勒和布字子谦号筱珊行贰镶蓝旗满洲觉尔察氏”白文方形，印色一浅一深；第十四册中间页钤印两枚：“额勒龢布”朱文方形、“筱珊”朱文方形。可证《日记》确为额氏旧物，而非他人抄写。故《日记》可定为“誊清稿本”。

2002年，四川民族出版社曾以“奉使土默特贝勒旗会审老头会日记”之名，将《日记》作为《中国少数民族古籍集成》(汉文版)丛书之一种，影印出版。影印本字迹模糊不清，读者利用不便，故有此次《日记》之整理。

五、《日记》命名

日记的开始，缘于额勒和布的一次奉使。奉使结束后，额氏将写日记的习惯坚持下来。写作时未必想着就要以此留名，毕竟日记是很私密的个人记录。所以，额氏从来没有为整部日记命名。仅在第一册封面题“奉使土默特贝勒旗会审老头会日记”，第十七册封面题“廷寄录存”，余十五册封面均题“日记”。

《日记》入藏中央民族学院图书馆后，工作人员初以“额筱珊日记”称此日记。不知何时起，又以第一册封面所题“奉使土默特贝勒旗会审老头会日记”之名著录此书。四川民族出版社影印出版《日记》时，亦沿袭此名。但此名仅能反映第一册日记内容，不能反映整部日记全貌，故冠于整部日记不甚合宜。

此次整理日记，以“额勒和布日记”为整部日记命名，而其分册仍冠以原名。即日记的奉使部分仍名“奉使土默特贝勒旗会审老头会日记”，第十七册仍名“廷寄录存”，余则名之“日记”。如此，既可反映日记之全貌，又不失名随主人之意。

六、《日记》价值

《日记》对研究晚清官僚饮食文化、官僚交际与人物关系，以及乌里雅苏台地区政治与文化等，均有重要参考价值。

(一) 官僚饮食文化

额勒和布在《日记》中详细记载了其饮食活动。

如京城饮食。同治四年(1865)九月，额勒和布由理藩院侍郎调盛京户部侍郎。虽只是平调，但毕竟是外放，待遇要比京城丰厚，对额氏而言亦是快事。离京前，额氏频繁拜访京中权贵、同僚、亲友，应酬不断。其应酬地有万福居、燕喜堂、松筠庵、聚丰堂、东升堂、余庆堂。其中万福居位于外杨梅竹斜街，东升堂位于大栅栏，均在前门外繁华之地。松筠庵则是清朝文人、士大夫常去的集会吟游之所。聚丰堂位于王府井菜厂胡同，在当时有着“内城第一饭庄”的美誉。与额氏关系密切的旗人好友，则将其邀至家中，请其吃具有满洲特色的祭肉（见《日记》同治四年十月初八日至二十八日）。

如驿站饮食。同治四年（1865）十一月，额勒和布自京城至盛京赴任，详细记载了沿途之每日饮食情况。自顺天府之通州至永平府之抚宁县，额氏一行在直隶境内的饮食，炸类有：炸饹馇、炸签子、炸元子、炸里脊、炸豆腐、炸紫盖、炸酸菜；炒类有：白菜元子、炒豆腐、炒韭菜、炒酸菜、素炒芽菜、炒肉丝、白肉炒豆腐、木樨肉、醋溜白菜、溜元子、熘肝尖、熘饹馇、熘黄菜、熘肥肠、烧肥肠；炖煮类有：白肉熬酸菜、白肉熬白菜、烩酸菜、白煮牲口、烩饹馇、烩面筋；主食类有：摊黄菜饼、家常饼、盘丝饼、清油饼、粳米饭。基本上是一日两餐，一餐当中四五菜，有荤有素。而炸饹馇、熘饹馇、烩饹馇等则体现了直隶永平府一带的特色。

如蒙古饮食。同治十二年（1873）至光绪四年（1878），额氏两次往返于张家口、乌里雅苏台城之间，亦详细记载了沿途之饮食情况。在蒙古地区，额氏一行的饮食又是另外一番景象。食物有全羊、羊腿、奶皮、奶腐、奶饼、葡萄干、羊油、麻花、骆驼奶皮、核桃、黑葡萄干、炸面条、红枣、驼奶渣滓、炸方面饼、奶子；饮料有奶酒、红茶、奶茶、驼奶茶、咸奶茶；配料有冰糖、红糖、白糖。

在中原地区，驰驿官员往往不用回赏、回赠驿站服役人员礼物。在蒙古地区，驰驿人员则需回赏茶、东生烟、挂面、褡裢布、鼻烟、活计、火镰、小刀等物，就连韭菜、葱、姜都是稀罕物品，成为馈送佳品。《日记》是了解清代中上层官僚和中原、蒙古地区饮食文化之重要文献。

（二）官僚交际与人物关系

整部《日记》涉及清同治、光绪时期政治人物百余名，其中不乏一些政要，如文祥、宝鋆、都兴阿、景廉等。《日记》对研究额勒和布之交际圈，以及该交际圈所反映的官僚文化有重要价值。如，额勒和布在盛京期间，与盛京礼部侍郎志和、盛京兵部侍郎延煦、奉天全营翼长定安、奉天府尹恩锡、废员恩合等，常在嘉禾堂、私人府邸举行消寒集会、猜灯谜、吃梦、赏菊等活动，交往密切。而尤可注意者，则是额氏与盛京工部侍郎桂清的关系。缘于深厚的友谊，桂清将侄女许配给额氏之子伯麒，而此女即端方（字午桥）之二姊。端方常常借助此层关系拜访额氏，并向其赠送礼物（《日记》光绪四年八月二十八日至五年六年正月初六日）。由于《日记》至光绪六年（1880）正月初十日戛然而止，此后端方与额氏的关系发展情况无从得知。端方是否曾经得到额勒和布的政治助力，不能作进一步考证。但《日记》毕竟为研究端方与额氏的关系提供一个线索。

又，同僚对额氏之污蔑、诋毁，《日记》亦有所反映。如，额氏任察哈尔都统期间，景瑞（字玉堂）曾署察哈尔副都统。同治十二年（1873），清廷准备将景瑞调任京师。额氏“闻之曷胜怅惘，缘玉堂自抵任以来，于一切公事均极和衷，且熟习军务情形，所有关系军务折奏多出其手，拟办颇觉省心”（《日记》同治十二年三月三十日）。不料，景瑞表里不一，表面对额氏恭敬有加，暗中却诋毁有力。景瑞抵京后，便散播额氏谣言。《日记》同治十二年四月十三日，额氏记曰：“莲舫来信云，玉堂布散谣言，诬余起的太迟，吸食鸦片烟，枢庭已有所闻等语。”官场之险恶、人心之叵测于此尽显。

（三）乌里雅苏台地区政治与文化

在《日记》所记时段内，额勒和布办事、任职、经历之地区多处于清朝边疆民族地区，其所辖所管所处理之事务亦多属于边疆民族事务。因而，《日记》成为一部了解晚清同治、光绪时期清朝边疆民族地区，尤其是乌里雅苏台地区事务的重要文献。乌里雅苏台地区从广义言之，可包括喀尔喀蒙古四部（土谢图汗部、车臣汗部、赛因诺颜部、扎萨克图汗部），杜尔伯特、札哈沁、明阿特等部，唐努乌梁海等所在之广大地区；从狭义言之，可单指赛因诺颜部、扎萨克图汗部及唐努乌梁海等所在之地区。如《日记》对蒙古亲王车林多尔济之跋扈，乌里雅苏台城官员人情往来等的记载。

1. 蒙古亲王车林多尔济之跋扈

车林多尔济是土谢图汗部右翼左旗札萨克亲王，是晚清喀尔喀蒙古地区重要政治人物。额勒和布任乌里雅苏台将军期间，车林多尔济任乌里雅苏台蒙古参赞大臣，同时兼任土谢图汗部盟长。

自同治初年至光绪二年（1876），为平定回民起义和驱逐阿古柏侵略军，清军在陕西、甘肃、新疆地区连年用兵。喀尔喀蒙古负责供应、转运北路清军作战所需物资。其中，车林多尔济所管之土谢图汗部一直肩负着派拨骆驼、运送军粮的任务。光绪二年（1876）十月，额勒和布再次令土谢图汗部派拨骆驼时，车林多尔济因不愿再由所管土谢图汗部独自出驼，要求车臣汗部一起出给雇价，购买骆驼。额勒和布则认为，车臣汗部以前没有此项差使，若突然令其出给雇价，该部必然不同意。如此会拖延时间，耽误运输军粮之事。于是，额勒和布、车林多尔济两人产生矛盾，而此事又必需两人协商一致，共同标画文稿。但车林多尔济坚不画稿，导致政令无法推行。在额勒和布一再催促下，车林多尔济先是谎称稿件已经油污，后又称已经烧毁稿件。《日记》光绪二年十月十九日记曰：

> 午后，玉敏、福厚、崇山等禀见。据云：“昨差人赴山，请领札覆图盟运送军粮稿。及至交下，王爷仍未标画。且仅止原文黏连稿皮，原拟之稿全行撕去。职等以此稿系将军、大人早经改定标画，且用有理藩院图记，未便无着，复行领取。据王爷云：‘此稿余已油污’。职等云：‘油污亦可存案，恳请交下。’王爷又云‘此稿余已烧毁，现有抄存稿底可以领去’等语。职等伏思，此稿

系将军改定，今经王爷撕去，职等实不敢担，恳请将军作主”等语。当谕以“公事稿件，岂可擅行撕毁？可即差人再行去领。傥仍不交出，务请其具文声覆。以凭核办”。

车林多尔济竟将额勒和布已经标画且钤有理藩院图记之文稿撕毁，其蔑视边疆重臣，掣肘将军用事，专横跋扈之情形已可概见。《清史稿》卷521《藩部传・喀尔喀土谢图汗部》谓：“时俄势日盛，诸部王公渐生携贰。”《日记》所记蒙古亲王车林多尔济各节，与《清史稿》互相发明。

2. 乌里雅苏台城人情往来

《日记》对了解喀尔喀蒙古地区上层宗教领袖、王公与清廷派驻该地区之高级官员间的人情往来有重要价值。

春节前夕，库伦哲布尊丹巴呼图克图、三音诺颜部额尔德呢班第达胡图克图以及札雅班第达胡图克图等，都会与乌里雅苏台将军互赠礼物。每逢春节、元宵节、端午节、中秋节等，乌里雅苏台将军、参赞大臣之间互赠礼物，乌里雅苏台所属满蒙官员要向将军、大臣赠送礼物。《日记》乌里雅苏台部分的一个重要特色就是，将乌里雅苏台地区满蒙之间的人情往来、互赠礼物等活动记载十分详细。如光绪二年(1876)春节前夕，库伦哲布尊丹巴胡图克图差喇嘛赠送将军额勒和布“大哈达一块、藏香三束、氆氇二块、哈喇一块、阿儿素一包、奶食一匣”；蒙古参赞大臣多布沁扎木楚赠送额氏“野猪、黄羊、汤羊各一只，鸭子一对”；满洲参赞大臣杜嘎尔赠送额勒和布“黄羊、汤羊、野猫、鱼各一对”。额氏则回赠哲布尊丹巴胡图克图“针凿一匣、官靴一双、染貂帽檐一副、貂袖一副”；回赠多布沁扎木楚“松花一匣、大锅盔一篓、柿子一盒、山里红一盒、熏鸡一对、小肚一对”；回赠杜嘎尔“猪肉一方、鸡一对、大锅盔一篓、老米一盒、山里红一盒、柿子一盒”。除节日时常规性的礼物赠送，新的将军到任，将军、大臣也要互赠见面礼，而且礼物贵重。其它如赛因诺颜部、扎萨克图汗部王公袭爵、任职等，都要向将军赠送礼物，如马匹、貂皮等，均较贵重。

以上仅是略举《日记》价值数端，其余如《日记》对土默特贝勒旗老头会案件的审理、京城旗人的社会生活、奉天马贼的猖獗情形、察哈尔粮台军粮的转运、署乌里雅苏台将军常顺与署参赞大臣文奎互参案的审理、额氏与俄国领事官施沙木哷福（即施沙木列夫）就蒙古商债问题的交涉、胡图克图棍噶札拉参安插徒众事宜，以及蒙古地区的台站、祭祀、环境、天气等的记述，均有重要参考价值。

七、《日记》整理

《日记》分正文和附录两部分。正文为额勒和布所写日记以及所辑廷寄；附录为整理者所辑额氏传记三篇：分别据《清史列传》（中华书局 1987 年标点本）、《清史稿》（中华书局 1977 年标点本）、《近代名人小传》（明文书局 1985 年影印本）辑录。另：

日记目录所示同治四年（1865）至光绪六年（1880）“京师”“盛京”“张家口”“乌里雅苏台”字样，系整理者所加。以明著者该年住居、往返之所。

日记中所记人名字号、蒙古名词常用同音之字，如“续斋”与“绪斋”、“塔布囊”与“他布囊”。今存其原貌，不做划一。

日记中之衍字径删；误字加（）；正字、补字加〔〕。缺字、空字以□代。

日记中以示自谦的小字“奴才”等，改用正文字号。

日记光绪四年十一月十七日（1878 年 12 月 10 日）至五年十二月二十七日（1880 年 2 月 7 日），原文以苏州码子表示煤和灰的重量，今改以汉字表示。

为便于读者阅读日记，整理者添加了必要的注释。

奉使土默特贝勒旗会审老头会日记

附:朝阳县办案记

同治三年七月二十九日军机处交出,奉上谕:"麒庆奏'审办土默特贝勒旗老头会一案,请简派大员,会同查办'一折,着派理藩院侍郎额勒和布驰驿前往热河,会同色伯克多尔济、麒庆,提集全案人证、卷宗,秉公审办,迅速奏结。该侍郎随带司员,着一并驰驿。钦此。"又准字寄:"奉上谕:'前因土默特贝勒旗老头会绰金太、那木萨赉等聚众滋事,及该旗塔布囊察固特古尔图等呈控绰金太等抄抢敛钱等情,降旨饬交麒庆会同卓索图盟长,派兵查拿惩办。兹据麒庆奏称,半年以来,应提之人犯未齐,续控之呈词沓至。且人数太众,头绪繁多。刁狡之徒,恃有头衔,往往不服鞫问。请简派大员,会同卓索图盟长就近查办等语。本日已明降谕旨,派理藩院侍郎额勒和布驰驿前往热河,会同色伯克多尔济、麒庆严行审办矣。此案情节较重,非洞悉蒙古情形之员会同讯办,不足以成信谳。除麒庆有地方之责,毋庸前赴该旗会审外,着额勒和布于行抵热河后,即带同司员驰赴土默特贝勒旗,提集卷宗及应讯各员,会同色伯克多尔济严切根究,务期水落石出,毋稍宽纵。并着理藩院传知喀喇沁王色伯克多尔济,钦遵办理。将此各谕令知之。钦此。'遵旨寄信前来。"遵于八月十三日恭请圣训,并奏派随带司员。本日奉旨:"知道了。钦此。"

附录折稿二件。

奴才额勒和布跪奏,为恭请圣训事。同治三年七月二十九日钦奉谕旨,派奴才额勒和布前往热河,会同色伯克多尔济、麒庆查办土默特旗老头会一案,奴才额勒和布谨定于八月十五日由京起程。理合先期恭聆圣训，为此谨具奏闻。

再，奴才额勒和布钦奉上谕："麒庆奏'审办土默特贝勒旗老头会一案，请简派大员，会同查办'一折，着派理藩院侍郎额勒和布驰驿前往热河，会同色伯克多尔济、麒庆，提集全案人证、卷宗，秉公审办，迅速奏结。该侍郎随带司员，着一并驰驿。钦此。"奴才拣选得理藩院郎中鄂云布、员外郎松瑞，二员平日办事详慎结实，且均系蒙古翻译出身，笔帖士玉岱亦通晓蒙古文字，以上三员堪以随带。理合附片奏闻，以便随同奴才前往，为此谨奏，请旨。

是日，由军机处交出：同治二年十一月十四日热河都统麒附片一件、寄谕一道，同治三年七月二十九日热河都统麒原奏一件，共三件。

同治三年八月十五日至四年八月初六日（1864年9月15日—1865年9月25日）

同治三年岁次甲子八月十五日癸未（9月15日） 卯正，自京起身。出安定门，绕至东直门外关厢路北明月车店，与诸君会齐。巳正，起身。未初，至孙河饯。自备。未正，起身。酉初二刻，至顺义县。署令李赓云、字兰樵，行一，奉天锦县人，壬戌进士，年三十六岁。典史方安徽人禀见，会。戌刻净师付来拜，会。公馆在西门内路北城隍庙。先住西配殿北里间屋内。甫交睫，觉咬甚，即令秉灯捕捉。被褥间臭虫已满，倾刻拿获数百枚。遂于外间屋内以板凳作铺，始获安眠。路间月舫之骡马惊逸，幸未伤人。计程七十里。

十六日甲申（9月16日） 辰正二刻，起身。巳正一刻，至牛栏山饯。自备。午正，起身。行里许，过白河，水不甚大。骡陷河内，须臾牵出，无恙。酉初二刻，至密云县，连公遣人持帖过潮河接。署令张鹏云字子翼，行五，奉天锦县人，年四十五岁，系己酉优贡，由奉天觉罗学教习分发顺天。出郭里许接，后到公馆禀见，会。连公赴公馆跪请圣安，谈许久，送一品锅一具。公馆在南关外路北四合店。是日，直督亦住密云县，因阅边过此。遣人持帖拜。当即遣人回拜。计程七十里。于牛栏山饯处，接准热河都统麒咨称，已将现在到案原、被人证男、妇二十三名口，派员先行解赴该旗，听候审办。

十七日乙酉(9月17日) 早阴，微雨，片时即晴。遣人持帖赴连公府谢步，并送点心二匣。辰初二刻，坐饯。约诸君吃一品锅。巳初，起身。午正，至朝都庄饯。自备。未正起身，约行八九里，西北忽浓阴雷作，即驰至陈各庄。借任姓场院屋内暂避。甫入，门风大作，霎时雨雹骤至，约一二刻即晴。申正起身，行半里许，至潮河岔，俗名“牤牛河岔”。山水忽至，势甚猛。游疑久之，车夫勇甚，首先涉过，诸车马继之。月舫之车几覆，幸人多保住。后又过旱河三四道，水势虽汹，深不过一二尺，不甚难走。至酉正，始抵石峡城外路东裕盛店公馆住。计程六十里。

十八日丙戌(9月18日) 辰初二刻，自石峡起身，过南天门。系新修填，不甚难走。午正，至古北口。驿传道崇本字子中同笔帖士秀山字□□及同知年太字□□出三里许接。游击常存、伊兴阿，都司善魁，守备和伸布、王兆麟等率弁兵在北门坡关帝庙前接。署提督徐振楷字□□在关帝庙内跪请圣安，后少坐即行至公馆。后崇、秀、年先后禀见，会。提台亲拜，不会。当付与来人名片回拜。游、都、守等禀安。驿传道崇禀称：“前站较远，道路难行，请即住歇。”遂于路南聚源店公馆住宿。麒玉翁遣郭什哈、章京、前锋校常吉，委前锋校塔尔哈春，郭什哈吉拉嘎春、群福、善亮、明安布、恩普等七员名来接。午后，遣人赴崇、年处到乏，并先行遣回郭什哈三名，持帖道谢，兼致毓筱翁信。计程四十里。

十九日丁亥(9月19日) 卯正二刻，自古北口起身，提台遣人持帖送，防守尉在口门内官厅候送，崇、秀出口里许送。行四十里。巳正二刻，至两间房饯。自备。午正起身，行十五里，至青石梁。山势虽陡，尚不难行。上有关帝庙一座，在庙少憩，焕衢求签。又十五里。未正三刻，至鞍匠营，俗名“马圈子”。路北双胜店公馆住。驿内有把总一名，名张世兴，外委二名。计程七十里。

二十日戊子(9月20日)　辰初,自鞍匠营起身。午正,至王家营饯。把总备办。未正二刻,起身。酉正,至滦平县。署县令吉英字秀峰,行三。同西厅陆士燮及候补未入流方坛、试用未入流李望中,出郭八里许接。执事前导。至路南三盛店公馆住。吉令禀见,会。方、李禀见,未会,令回省当差。麒玉翁遣章京持帖拜并缴帖。热河道征良、字善甫,行一。承德府觉罗钟秀字玉山,行二。均遣人持帖禀安。晚间遣人赴吉令处到乏。计程八十里。

二十一日己丑(9月21日)　辰初三刻,起身。过滦河,水不大。署令吉英同西厅陆士燮在河北三里许送。巳初二刻,至广仁岭,在山顶关帝庙内少憩。月舫求签。道、府、三司理藩院郎中清瑞,字辑庭;刑部员外郎何源,字镜之;主事宛立俊,字伟甫。率佐杂等官在岭下关帝庙前接。河屯协副将常存字□□因病遣人持帖接。热河众番役跪接。麒玉符遣郭什哈排对前引行里许。总管恒恩字□□、副总管耀安字□□遣人持帖接。又里许,有执事迎接。至西关外,路北关帝庙内,都统率总管、道、府跪请圣安,后坐谈即行。午正,至路北公义店公馆住,即怡亲王下处。都统以次均拜,不会。当即遣人回拜。都统、二总管、道、府、三司。晚间道台送果席、烧烤。席赏郭什哈,烧烤分送焕衢诸公。玉符派郭什哈八名在公馆当差。原派七名,续派委前锋校音德春一名。戌刻,写家信。即刻发交焕衢雇车之车夫寄回。计程四十里。

二十二日庚寅(9月22日)　住热河。早间道、府来禀安。未刻,出门。拜都统,会谈许久。后拜道,未会。拜府,会。少谈,即回公馆。道、府亲来谢步。酉刻,玉符来拜,会谈至掌灯后始散。是日,都统派委知州衔候补知县朱克扬字北园,行一,浙江萧山人。随同前赴土默特贝勒旗会审。

二十三日辛卯(9月23日)　住热河。早间道、府来禀安。都统委员朱令禀见,会。未刻,出门。拜都统,会谈许久方回。晚间府送果品四盒,璧还。系经历罗仲洋所送。知府送果席、烧烤。果席赏郭什哈,烧烤分送焕衢诸公。

二十四日壬辰(9 月 24 日) 住热河。早间三刑司、朱令来禀安。未刻,玉符约吃饭。并约焕衢三位。是日,遣人送都统点心四匣。发禀帖一分、信四封。公馆系知府派委经历罗仲洋承办。

二十五日癸巳(9 月 25 日) 辰初三刻,拜折。辰正二刻,自热河起身,原派郭什哈随行。都统率道、府、三刑司及杂职六员在街东口郭家村又名"匣水坝"。路东关帝庙内送。少坐即行。恒总管遣人在街口外送。过钟鼓楼、梁一道,又小黄土梁一道。午正二刻,至关帝庙饯。俗呼"老爷庙",饯系承德府备。未正二刻,起身。酉初二刻,至六沟。路北常胜店公馆住。亦系承德府备。计程九十里。

附录折稿一件。

奴才额勒和布跪奏,为恭报奴才由热河驰赴土默特旗审办老头会起程日期,谨缮折奏闻,仰祈圣鉴事。窃奴才恭请圣训后,于八月十五日带同司员等由京起程,途次接准热河都统麒庆咨称,已将现在到案原、被人证男、妇二十三名口,派员先行解赴土默特旗,听候审办。奴才于二十一日行抵热河。据该都统将全案卷宗移送前来,奴才当即督饬司员详细检查,并与该都统面商会办一切事宜。一面札行喀拉沁王色伯克多尔济,将其余应讯人证迅速传齐,解赴该旗地方,以便会同审办。奴才于拜折后,即于八月二十五日由热河起程,驰赴该旗。再,奴才由京至热河,沿途秋禾畅茂,民情安谧,堪以仰慰圣怀。所有奴才定期前赴土默特旗缘由,理合恭折奏闻,为此谨奏。

二十六日甲午(9 月 26 日) 辰初,自六沟起身。行二十五里,过祥云岭,岭上碑碣系承德、平泉交界处。署知州唐津字兰轩在岭下接。巳初三刻,至七沟。路北永聚德店公馆饯,平泉州备。署州牧唐津禀见,会。午初,起身。行二十余里,过凤凰岭,不亚青石梁。岭上有关帝庙一座,重修,尚未开光,庙檐下少憩。行五六里许,有捕盗千总王朝凤跪接。至八沟西口,理刑司员衡光字石浦在税局公所前接。少坐即行。又六七里许,前任知州宝谦遣人接,署州牧同司狱迎接,守备、千、把率弁兵跪接。执事前导。酉初,至平泉州,即八沟。路东和盛永店公馆住。衡司员禀见，会。署知州及司狱、守备等官均禀安。衡司员送果席、烧烤。猪、鸭、鸡肉分送随员，席赏郭什哈。晚间，喜峰口驿传道崇寿字仁山因预备马匹，赴公馆禀见，会。计程九十里。

二十七日乙未(9月27日) 辰初一刻，自平泉州起身。知州、税员、驿传道、西厅等官在北街口外送。行三十里。巳初一刻，至大庙。路北三胜店公馆饯。平泉州备。午初三刻，起身。行十数里，过黄土梁一道。又十数里，至杨树梁，州内，在天裕店备茶饯。少憩。未初，起身，过梁。行约二十余里，过烈山梁。山虽极高，不甚难走。上有石牌坊一座，系平泉、建昌交界处。又约二十余里，始至北宫。路西德隆店公馆住。已酉正矣！计程九十里。

二十八日丙申(9月28日) 辰初，起身。行二十里许，过四道沟梁一道，不难走。建昌县知县善保字定甫同塔子沟税员舒琅阿在梁下接。又十五里许，至双庙。路南富盛店公馆饯，建昌备。时巳初二刻。午初，起身。行十五里。午正二刻，至喇嘛帐子。路北松茂店公馆茶饯。未初，起身。行约数里，至十里铺地方。有该县民人张文锦遣伊子张武亮方十四岁拦舆，抱告建昌县丁役受贿、诈赃、舞弊等情，令随行赴县。又行三十余里，至建昌县西门外。司狱尤淦同外委率营兵及塔子沟税局书吏、乡约、排长、各行商人跪接。执事前导。至路北各行公和局公所公馆住，时已酉初矣。税员舒琅阿、知县善保在公馆前接。知县等陆续禀安。税员舒琅阿禀见，会，并送果席、烧烤。猪、鸭、鸡肉分送随员，席赏郭什哈。少歇，批原呈。札交塔子沟理事司员，迅速提传人证，严行审讯，务得确情，毋稍回护等语，并咨行热河都统查照。札交该县令，将门丁杨东藩、辛洛三、蠹役丁化南小心看押。晚间，喜峰口驿传道崇仁山禀辞，会。计程七十五里。

二十九日丁酉(9月29日) 巳初，起身，因马匹未齐。驿传道崇在公馆候送，税员同知县、西厅率各行人役在北门外送。行里许，过建昌梁一道。不难走。又行十余里，过牛录河梁。梁极长，约七八里许。起伏数四，上不甚难，下稍陡。上有关帝庙一座，少憩，即行。午初三刻，至张胡子店公馆，路南。饯。未初三刻，起身。行三十里，申正，至夜不收路西春生当烧锅作大公馆茶饯。办差家人请示是否住宿，因天时尚早，歇二刻即行。又三十里，至宫营子。住路北丰泰店公馆，时掌灯以后酉正矣。是日均系平泉州备。计程九十里。极大。

三十日戊戌(9月30日) 早晨微雨即住。辰初，自宫营子起身。甫出公馆，有朝阳县民丁国庆拦舆递呈，控告蒙古李国清在（司巡）〔巡司〕案下捏控伊父丁义偷兑地亩，串通蒙古杨文成与弓兵王文汉、门丁王二，怂恿巡司搪塞县主，抗提擅断，将伊父严押，不知如何凌虐，至本月十四日抬出毙命等语。当交该处乡约递解朝阳县候办。行二十余里，至图尔肯地方系小集场。朝阳县知县李继昭遣人接。又行二十余里，过大凌河汊一道水不过一二尺深。朝阳捕盗把总遣六品顶戴外委王振邦带弓箭马（对）〔队〕一付、马伞一柄接。又行二三里许，有朝阳县太平社会即团练会首执旗带火枪、马队接。至木头城子西街口外，知县李继昭接。至路南义隆泉烧锅公馆饯。时午初二刻，知县李继昭字选叔禀见，会。呈递履历及县图，坐谈辞去。当遣外委等回县当差。未初二刻，起身。行二三里，天忽阴，大风，微雨，一阵即止。又数里。太平社长枪马队换接。又二十余里。过大凌河三段水亦不过一二尺。本街太平社步枪队接。申初二刻，至平房子路北隆泰店公馆住。计程九十里。

九月初一日己亥(10月1日) 辰初二刻，自平房子起身。甫出公馆，有朝阳县民包善会拦舆喊冤。因无呈词，饬令赴县补具。行十数里，过小梁一道、小河一道，又大凌河汊二道水亦不深，后缘山河边行半里许，路始平坦。又十余里，有朝阳县回妇杨于氏拦舆，呈控伊夫胞兄喝令伊继娶之长子三羊子、二群儿等将伊夫杨仁礼驱打。伊夫赴敖汗贝子府都司案下呈控。伊夫胞兄杨仁义，贿串伊朋伙财东李秀、郭洛洪等贿买，将伊夫硬问盗贼，刑辱看押等语，饬令赴县候办。又数里，过一村，极幽静。村名“西泥塘”，两傍均系山坡，中有一路，不甚宽。两傍遍植杨柳，缘边有山水一道，并有海棠三株。至烂泥塘街外，三座塔理事司员玉春同六品顶戴巡检戴继恩接。午初二刻，至路西万昌号酒铺公馆饯。玉税员禀见，会。戴巡司禀安。未初三刻，起身。甫出公馆，有山东乐安县孀妇张丁氏拦舆，呈控朝阳县书吏余洛三、余洛六等抗债不还，反辱骂行凶等情，令赴县候办。申初三刻，至朝阳县即三座塔。外委王振邦带兵接，税员、署令、西厅接，把总姜永祉率本街太平社会马、步队约六七十名及乡约、里长、铺民、书役等跪接，佑顺寺喇嘛接。执事前引，至西门内路北佑顺寺喇嘛庙西院住。札付喇嘛，递哈达，供佛殿。李达喇嘛递哈达，赏还，又送点心八碟。理事司员玉春字澍田、署知县李继昭、巡检戴继恩均禀见，会。玉税员送果席、烧烤。果席赏李达喇嘛，烧烤分送随员。少歇，批原呈。丁国庆及张丁氏，札交司、县会审。杨于氏，札县讯办。包善会未到。计程八十里。是日，焕衢接得清辑庭寄信，内称："实录馆于八月二十日奏请议叙。奉旨：理藩院郎中鄂云布着专以道员用，先换顶戴。"

初二日庚子（10月2日） 巳初，起身。税员同署令、西厅及各行人役于北门外送。行三十里。中过李景沟梁一道，又白咬梁一道。午正，至白咬，路西北福源店公馆饯。未初二刻，起身。行五十里，极大，足有七八十里。中过小土梁一道及兴隆沟、兴隆洼。北有山一座，上有一塔。北面之山顶上，南面如墙壁立。酉正二刻，始抵庄头营子，路西三和成当公馆住。丑初一刻，接奉由驿递到八月二十五日热河拜发之折。议政王、军机大臣奉旨："知道了。钦此。"计程八十里。是日，税员派委笔切齐威勒布图克齐、色哩木布随辕当差，朝阳县派皂役八名随辕伺候，均令随行。晚间该村乡约禀称，八月二十九日，有马贼、回民七八十人由赤峰窜入朝阳县境，经本地团练迎击。被伤团丁六名，阵亡一名。姓朱，系庄头营人。贼未伤，东逃进盛京清河边门去矣。当令速赴本县呈报。

初三日辛丑（10月3日） 辰初，起身。行三十五里，中过八亭子梁一道。虽大，不陡。巳正，到蒙古营子，路北宝长隆烧锅公馆饯。午正，起身。过山梁一道，不知名。行里许，又过一山梁。问之，土人名“烧锅地沟”。其山，西南之土粉红色；其石，层层如云。下坡里许，又过一山梁。土人云，其西名“道儿沟”，其东名“莲花沟”。其石像，与烧锅地沟相似。其山石土色，似藕色。下山里许，至一村，名“韩家坳”，在彼茶饯，自备。询悉该店东，韩姓，现在五世同堂，七十余口同居共爨，亦胜事也。少憩即行。酉初二刻，至大乌榄，路北福盛烧锅公馆住。土默特贝勒遣协理台吉接，即遣回。计程八十里。

初四日壬寅(10月4日) 辰初，自大乌榄起身。行二十余里。过四家子山梁一道。梁极高，上、下均陡。中间于近山顶处，东面修路一条，只容一车。虽极高大，幸新修填方竣，尚不十分难走。巳正一刻，至朱尔各歹，路北元亨当公馆饯。午正一刻，起身。土默特贝勒散巴勒诺尔赞接，出三十里外，路北一村内跪请圣安，后少坐先行。在彼少憩，起身。过小梁一道。喀拉沁协理三等他布囊朝阳多尔济接，土默特贝勒旗众他布囊跪接。申正三刻，至土默特贝勒旗，该旗旗员等跪接。到贝勒府南，路北广化寺西院喇嘛仓公馆住。三贝勒在公馆前候接。坐谈即行。本庙住持三喇嘛请安，会。计程八十里。

初五日癸卯(10月5日) 住土默特贝勒旗。未刻，贝勒来拜，会。因此案未可计日结，晚间遣郭什哈、章京常吉等七人先行回旗，赏伊等盘费银十两。留委前锋校塔尔哈春一名跟随当差。自是日起，焕衢家人大二格作饭。

初六日甲辰(年月1864年10月6日) 住土默特贝勒旗。贝勒来拜，会。发告示。

附录告示底。

为先行出示剀切晓谕事。照得本堂奉命按临土默特贝勒旗，会审老头会禀控一案，现已提集人证，听候讯办。惟查案内情节，彼此互相控告，其中实受冤屈者，固有其人，而砌词诬告者亦复不少。若两造彼此狡执，不特案难速结，且恐拖累无辜，为此先行出示，晓谕案内人等知悉。尔等各宜激发天良，果系实在受屈，确有证据者，准其当堂供诉，以凭讯办。如因一时糊涂，怀疑妄告者，亦即据实供明。

本堂自必恩施格外，宽其既往，予以自新之路。倘经此次明示之后，胆敢阳奉阴违，仍蹈故辙，任意刁狡，不知悔悟，一经研讯，何难水落石出。如有虚诬，定将该犯等照诬告律，从重治罪，决不宽贷。本堂言出法随，尔等各宜凛遵，毋贻后悔。特示。实贴辕门。

初七日乙巳(10月7日) 住土默特贝勒旗。出告示。

附录告示底。

为严禁事。照得本公馆关防重地，一切当差人等均宜奉公守法，严密肃清。其余蒙、民人等，毋得擅自出入，以昭慎重。诚恐不肖兵役，以及无业匪徒，窥探窃听，煽惑谣言，以及招摇撞骗等事，均干法纪。除严密查拏外，合行出示严禁。为此示仰蒙、民及当差兵役人等知悉，自示之后，尔等均宜奉公守法，不许出入窥探，窃听公事，以及招摇煽惑。倘敢故蹈前辙，立即严拿究办，决不宽贷。各宜凛遵毋违。特示。实贴辕门。

初八日丙午(10月8日) 住土默特贝勒旗。办文札饬三座塔理事司员，由额交理藩院一年饭银内动支实银三百两，专丁解送来辕，以备应用。并札土默特贝勒旗，知照理藩院。午后，喀拉沁王到旗。申刻，色伯克多尔济赴公馆跪请圣安。后少坐即行。

初九日丁未(10月9日) 辰刻，遣塔尔哈春持帖赴喀拉沁王公馆谢步。巳刻，同焕衢、月舫、北园、云亭率家人等，过庙行香，并上楼登高。楼甚高，颇可望远。奈风过大，不能久停。少歇即回公馆。午后，出告示。住土默特贝勒旗。

附录告示底。

谕该旗听差蒙员人等知悉。照得本堂奉命前来查办，不得不暂令该旗供给。惟念审办此案，非计日可结。所用米面等项，若概令该旗供应，未免苦累，本堂实有不忍。今拟自行筹款，派拨从人采买米面、干菜可以久存之物，俾该旗供给稍可轻减。其应用肉、菜零物以及草料、柴炭等物为数无多，自应仍令该旗妥备。由本公馆按日发条，交该承办蒙员送辕，以供日用。为此谕仰该蒙员人等，一体遵照，毋得任意苛派，致干未便。特谕。翻蒙，贴辕门。自是日起，米面大宗均自行置买。

初十日戊申(10月10日) 住土默特贝勒旗。未刻，提讯原告。喀拉沁王来会。是刻，雪。约二三刻方住，极冷。据朝阳县监生康希曾赴辕呈控，金宝等挟嫌抗拒、指地骗价等情。札交三座塔理事司员，会同朝阳县提审。

十一日己酉(10月11日) 住土默特贝勒旗。问案。喀拉沁王来会。并会同喀拉沁王，派员查起恩克巴土家抄抢得车骡、银钱并鸟枪、器械等物。

十二日庚戌(10月12日) 住土默特贝勒旗。问案。喀拉沁王送点心八碟、腌肉一块。回送茶叶、酱砖各一匣，酱菜二篓。据土默特贝子旗已革哈范本城赴辕呈控，庄文升等率领多人抢去银两、钱物，并将伊右腿打伤等情。札交三座塔理事司员提审。

十三日辛亥(10月13日) 住土默特贝勒旗。问案。喀拉沁王来会。

十四日壬子(10月14日) 住土默特贝勒旗。问案。午后，发家信，并致文博翁信一封，裕辑庵、存立修、恒子久公信一封。

十五日癸丑(10月15日) 住土默特贝勒旗。问案。早，阴，微雨。

十六日甲寅(10月16日) 住土默特贝勒旗。问案。三喇嘛送点心一盒。发告示。

附录告示底。

为严禁事。照得本部堂按临该旗，查办老头会一案，现在连日研讯，已有头绪。该被屈人等，自应静候办理，岂得任意妄为。近闻不肖之徒，竟敢以搜取被抢赃物为名，借端抢掠，实属目无法纪，有干例禁。除严密访拏惩办外，合亟示禁，为此示仰合旗人等知悉。尔等务宜各安本分，听候查办。倘敢不遵约束，擅自搜赃，借端抢掠，定即严拏，从重治罪，决不宽贷。各宜凛遵毋违。特示。翻蒙，贴辕门。并札饬该旗，严密查拏。

十七日乙卯（10月17日） 住土默特贝勒旗。问案。早间，微觉感冒。巳刻，三座塔税员玉春专丁解到饭银三百两，并禀安。随付给焕衢银五十二两三钱五分，转交米面铺。酉刻，老马忽病，因饮水后受凉，风激住心肺。医药无效贯药、札针、火烤，遂于夜间倒毙。惜哉！临睡时，服藿香正气丸二丸。是日，札饬该旗，刻即传拿原、被各犯，供出人犯。

十八日丙辰（10月18日） 住土默特贝勒旗。问案。早间，令家人率听差人将老马埋于公馆西南半里许场地内。札饬该旗，调取道光十一年成案，并札传各营屯达赴辕，呈领八月二十九日恩合巴土所敛钱文。早间，服藿香正气丸二丸。申刻，服沉香化滞二钱月舫送。

十九日丁巳（10月19日） 住土默特贝勒旗。问案。喀拉沁王来会。早间，服藿香正气丸三丸。临睡时，服汤药一剂。约北园看脉、立方。

二十日戊午（10月20日） 住土默特贝勒旗。问案。喀拉沁王来会。

二十一日己未（10月21日） 住土默特贝勒旗。问案。临睡时子刻，又服汤药一剂。因感冒未清，复约北园看脉、立方。

二十二日庚申（10月22日） 住土默特贝勒旗。问案。

二十三日辛酉（10月23日） 住土默特贝勒旗。问案。喀拉沁王来会。

二十四日壬戌（10月24日） 巳刻，会同喀拉沁王拜发具奏会审老头会大概情形之折。住土默特贝勒旗。是日巳刻，移于东厢房之南里间住。午后，问案。

附录折稿。

奴才额勒和布、色伯克多尔济跪奏，为遵旨会同审办土默特贝勒旗老头会一案，先将讯出大概情形恭折由驿驰奏，仰祈圣鉴事。窃奴才额勒和布前于八月二十五日由热河起程驰赴该旗日期恭折奏报后，当即率同司员并热河委员、候补知县朱克扬等起程，于九月初四日行抵该旗。奴才色伯克多尔济接奉谕旨后，拣派协理塔布囊朝阳多尔济，先赴该旗帮同将案内应讯人证预为传集。旋即起程，于九月初八日到旗，并添派协理塔布囊朝阳多尔济、梅伦宾萨雅随同审讯。奴才等当即督同司员，将已到犯、证绰金太等八十八名口连日审讯。该犯等互有(较)〔狡〕赖，坚不吐实，嗣经隔别研鞫，始有供出实情者。奴才等详核各供，并检查热河都统及三座塔理事司员历年卷宗，缘此案先因该旗征收差钱，计丁而不计地。又因该前任贝勒那逊乌勒济私债过重，将牧厂典卖，并赏给官员，施舍各庙垦种，以致阿勒巴图等牧放无资，而差钱又历年递增，每丁每年加至东钱六七十吊之多。而塔布囊等又复将箭丁、庄头任意虐使，仆妇、使女任意作践。上不恤下，而下愈不服上。于是各营、村年老人等于咸丰十年起，立会涉讼，抗差不交，并向各处勒索钱文，抢掠物件。及喇嘛林沁等以差重等情赴京控告，经钦差前任刑部侍郎阿克敦布会同前任热河都统瑞麟审办，拟定条款奏结，饬遵在案。维时该旗扎兰萨炳阿先期赴京呈控，并该旗于议定暂交差钱八吊之外，复加杂差六项。又因该阿勒巴图等时在青黄不接，呈恳先交差钱三吊，该旗未允。而该旗官员、塔布囊等复设立团练，名为“新老头会”，于查拏老头之际，亦有抢掠财物、宰吃猪羊等事。经老头会人等往寻报复，互相仇杀。此该旗老头会聚众起衅之始终情形也。奴才等详查各卷，其中惟殴毙塔布囊里克鲁固、那希里及枪毙箭丁苏克都尔等命案，并拒捕、抢夺协理迫尔赖等车马各情为最重。复督饬司员等昼夜熬审，始据为首之绰金太、那木萨赖、恩合巴土等供认，挟仇殴毙人命及拒捕、抢掠各情属实。并由恩合巴土家搜获大小抬炮四杆、鸟枪七杆、铁锏、长枪等械六件。及该犯等于本年八月以后，敛取各村东钱一千四百余吊，并贱价强买奴仆男、女四名口。奴才等讯明后，先将奴仆男、女饬属领回，并将所敛钱文饬传各村屯达人等照数发还。除将供出伙犯严饬该旗分路搜拏务获归案，并就现犯再行详细严究确情外，惟查此案头绪纷繁，人数众多，且该旗一切章程均须妥为筹办，俾得上下相安，永息讼蔓。第该旗距热河千有余里，若往返咨商，徒稽时日。奴才等再四商酌，拟俟全案讯明后，即将案内情节较重各犯带赴热河，就近会同热河都统麒庆，再行商酌办理。所有奴才等会同审办土默特贝勒旗老头会大概情形，理合先行具奏。伏乞皇太后、皇上圣鉴，训示遵行。谨奏。

二十五日癸亥(10月25日)　住土默特贝勒旗。问案。

二十六日甲子(10月26日)　住土默特贝勒旗。早间雪，夜半方住。天气尚暖，随下随化，并未积住。午后，问案。出告示。并札饬该旗，照缮多张，遍行晓谕。

二十七日乙丑(10月27日)　住土默特贝勒旗。问案。

附录二十六日告示底。

为晓谕事。照得老头会一案，现经连日审讯，已有端倪。至阿勒巴土中间有被人逼勒随同入伙者，此皆势难自主，其情尚有可原。本堂恩施格外，断不一律究办。至该匪徒之亲友、街邻以及家属人等更属无辜，决不能稍有连累。兹闻竟有搬移、逃避者，足见该旗办理不善，未能安抚居民。本堂实有不忍，除严饬该旗将案内有名各犯分别拘传，听候讯办，其余无辜之人不准妄拏连累外，合亟晓示。为此示仰合旗人等知悉。尔等务当安居乐业，勿为浮言所惑，轻弃田园，流离自误。本堂实有厚望焉。特示。翻蒙，贴辕门。

二十八日丙寅(10月28日)　住土默特贝勒旗。问案。午后，接家信。

二十九日丁卯(10月29日)　住土默特贝勒旗。问案。与喀喇沁王写横幅、对联。

十月初一日戊辰(10月30日)　住土默特贝勒旗。问案。

初二日己巳(10月31日)　住土默特贝勒旗。问案。喀喇沁王来会。晚间，喀喇沁王送熏菜一盒、发面火烧一盒。

初三日庚午(11月1日)　住土默特旗。问案。

初四日辛未(11月2日) 住土默特贝勒旗。问案。掌灯后,大风。

初五日壬申(11月3日) 住土默特贝勒旗。问案。三贝勒拜,会。

初六日癸酉(11月4日) 住土默特贝勒旗。问案。三座塔税员玉春遣役送狼皮褥一个、毡袜一双、缎靴一双璧还、点心二匣、腊肉一块。

初七日甲戌(11月5日) 住土默特贝勒旗。问案。

初八日乙亥(11月6日) 住土默特贝勒旗。问案。

初九日丙子(11月7日) 住土默特贝勒旗。问案。酉正一刻,接奉由驿递到,九月二十四日拜发"具奏会审老头会大概情形"之折。议政王、军机大臣奉旨:"着照所请,仍留认真审办,毋枉毋纵,以成信谳。钦此。"

初十日丁丑(11月8日) 住土默特贝勒旗。巳刻,会同喀喇沁王带同众随员,叩贺慈禧皇太后万寿之禧。

十一日戊寅(11月9日) 住土默特贝勒旗。问案。

十二日己卯(11月10日) 住土默特贝勒旗。问案。

十三日庚辰(11月11日) 住土默特贝勒旗。问案。巳刻,传贝勒散巴勒诺尔赞问话。未刻,喀喇沁王来会。酉刻雨,至丑刻雪。次日辰刻方住。

十四日辛巳(11月12日) 住土默特贝勒旗。

十五日壬午(11月13日) 住土默特贝勒旗。辰刻,雪。至午刻,住。

十六日癸未(11月14日) 住土默特贝勒旗。问案。

十七日甲申(11月15日) 住土默特贝勒旗。问案。

十八日乙酉(11月16日) 住土默特贝勒旗。问案。早间大雾,午后始晴。

十九日丙戌(11月17日) 住土默特贝勒旗。三贝勒拜,会。

二十日丁亥(11月18日) 住土默特贝勒旗。问案。本庙三喇嘛请安,会。递哈达,送小画二张。戌刻,雪。约一指厚,次日仍浓阴。

二十一日戊子(11月19日) 住土默特贝勒旗。问案。午后,接家信,得知十月初二日蒙恩调补正黄旗满洲副都统。

二十二日己丑(11月20日) 住土默特贝勒旗。问案。喀喇沁王来会。午后,写对联。

二十三日庚寅(11月21日) 住土默特贝勒旗。问案。写对联。

二十四日辛卯(11月22日) 住土默特贝勒旗。会同喀喇沁王过堂。掌灯后大风。晚间,与诸随员商酌众犯罪名,丑正方散。

二十五日壬辰(11月23日) 住土默特贝勒旗。会同喀喇沁王过堂。大风,冷极。早间,与三喇嘛写匾额一方,"颐寿堂"三字。晚间,发落责放各犯。甫毕,亥正接奉由兵部递到夹板一付。内议政王、军机大臣字寄钦差理藩院右侍郎额、热河都统麒:"同治三年十月十九日奉上谕:'前据理藩院奏,奈曼王旗解送贼犯,至朝阳县境脱逃,当经谕令麒庆查明参办。兹据麒庆将案内互异情形查奏,此案该旗呈报,朝阳县并未派役迎护解犯,至有贼匪百余将各犯抢去。孙洛三在县街行走,并不查拏,转将蒙古官兵绑拏。而朝阳县所禀则称,选派头役孙均安等迎至兴隆沟,与原解旗员见面始知解犯业经逃逸。且据该旗原报抢匪百人,原解旗员则称约四五十人,扎兰诺林丕勒等又供,止二十余人。孙洛三等业已自行投案,称系原解旗员嘱令逃跑。与绰洛岱所供相同。至该王呈报各节,亦与该县原详情词互异。种种支离,必须研讯明确,方成信谳。该旗距热河甚远,案证难齐,着额勒和布于审办老头会案完结时,经过朝阳,就近查讯。是否该王受人蒙蔽,以致失实。抑系该县办理乖谬,任贼肆行,均着确实查明,彻底根究。所有全案卷宗并宋光远控词,即着麟庆并案咨送额勒和布,以凭讯办。麒庆原折着抄给额勒和布阅看。其该王所给绰洛岱赴县顶案谕帖一纸,着麒庆即行封咨军机处备查。将此各谕令知之。钦此。'遵旨寄信前来。"

附录原奏。

奴才麒庆跪奏,为奈曼王旗解犯脱逃,奉旨饬查,谨将案内情形恭折先行覆奏,仰祈圣鉴事。窃照奴才承准议政王、军机大臣字寄:"同治三年九月二十四日奉上谕:'前因麒庆奏,奈曼旗拿获贼匪等因。钦此。'遵旨寄信前来。"仰见皇上系念边陲,圣虑至为周详,奴才跪聆之下惶悚实深。查阅该王所递呈词,核与该县前后禀报情形互相刺谬,其中是非曲直势难悬揣。第案关重大,不得不将彼此不符之处,缕晰陈之。检查本年四月据署朝阳县知县李继昭禀称,前令穆翰任内,据县民孙立山呈控,刘悦青领人强抢,将伊弟孙泳青绑去。经该令移准该旗覆称,刘悦青呈报孙泳青即孙洛三,偷窃保鲁特牛只,送旗讯办。旋将正贼拏获,刘悦青实系妄拏等因。此案起衅之由,实肇于此。迨该署令到任后,复据孙泳青之子孙振声以刘悦青等将伊伯孙泳山即孙洛二绑去,暨石坤以刘悦青等将伊子石文德、伊弟石玉炮伤、行抢各等情先后呈控。并讯据孙振声、宋广作供认,因刘悦青等挟嫌强抢,是以与石坤勾人互相行殴,致伤塔布囊毙命等事。又据民妇石张氏、宋孙氏等以刘悦青勾同蒙古抢夺,惨杀多命,焚毁房屋等情,纷纷具控。迭据该署令禀明在案。至该旗呈称,则云孙洛三、孙洛二与石坤等白昼抢夺,将塔布囊得沁扎布炮毙。又赴台吉青敖鲁什胡等家强抢,锁去达尔嘛、格勒尔台二人,经蒙民社会于本年四月前往石坤家围拏,焚烧贼巢,被刘悦青之弟扎毙三贼,将其余各贼拏解送旗。复将宋广原、宋广作房屋烧毁,连宋约一并擒获等情。核与该县原详大相径庭。至于解犯脱逃一节,该县、旗禀报之处更复悬殊。查该王呈称,该县并未派役迎护。而该令原禀则称,选派头役孙均安等及捕盗营兵十名迎至兴隆沟,与原解旗员见面始知解犯业经逃逸。又该旗报称,抢犯之匪一百余人。而该令禀称,原解旗员向兵役告说约四五十人。迨讯据原解之扎兰诺林丕勒等则又供,止二十余人。又该旗称,孙洛三在县街闲游。查据该令禀称,孙洛三、孙洛

二、石洛二均于该旗员呈报抢犯之顷，即已自行投案。并讯据旗员绰洛岱供称，该王因伊能说汉话，嘱其顶讼。伊闻扎兰诺林丕勒向告，实因惧打官司，起意将押解之犯纵令逃跑等语。质之孙洛三等，亦以原解旗员嘱令逃跑为词。该令因该旗员等疏脱解犯，已难辞咎。且身非案证，何惧涉讼？恐其别有情弊，必须讯明究办。是以将其暂押，并将该王所给绰洛岱赴县顶案谕帖一纸抄录，呈送前来。奴才正在批办间，即据该县民人宋光远、石满州等，均以刘悦青先后率领多人屡次赴各家抢劫并炮伤多命、烧毁房屋等词，前后赴奴才衙门呈控。奴才尚未及核办，即恭奉寄谕，并将译汉原呈抄给阅看。奴才反复推寻案内情节，种种支离。是否该王受人蒙蔽，以至失实，抑该署令办理乖谬，任听盗贼肆行，均应彻底根究，以成信谳。当即一面札饬三座塔司员，确切查明禀覆；一面严札该县，将此起抢犯认真缉讯。去后复准都察院咨称，据民人宋光远以倚势抢劫、惨杀多名等词呈控，经该院奏，奉谕旨，饬交奴才提案讯办。钦此。并将该民人咨解前来。查阅呈内姓名，传写虽有讹异，的是本案无疑。查该旗与热河相距太远，案内人证繁多，往返提传有需时日。可否饬交理藩院侍郎额勒和布于审办土默特老头会完结，回过朝阳县时就近查讯，抑或仍由奴才提案审办之处，恭候谕旨定夺。所有奉旨饬查奈曼王旗解犯脱逃，并京控奉旨交审各情形，理合先行恭折覆奏，伏乞皇太后、皇上圣鉴，训示遵行。谨奏。

二十六日癸巳(11月24日)　住土默特贝勒旗。早间，喀喇沁王遣人送果席一桌代烧烤、青马一匹、小刀一把、建昌茧一端、玉面奶饼等物八匣。午后，拜喀喇沁王及朝塔布囊。晚间，发告示。附录告示底。办一切札文。

为先行出示严禁以靖地方事。照得该旗老头会一案，虽因该匪徒等藐法抗差，聚众滋事。然推其起衅根由，实因该旗地寡差繁，及塔布囊各家苛派勒索，作践箭丁，以致人心不服，激而生变。而该旗官员、塔布囊等又于查拏老头之时，乘机滋扰，致该旗老头等有词可借，寻衅报复，互伤人命，已属办理乖方。迨前次钦差查办之后，该阿勒巴土庄丁人等不思改过自新，安分守己，胆敢找向塔布囊各家逼勒先年多交差项，荒谬糊涂，实堪痛恨。现在本堂按临查办，除将为首凶恶各犯及官员、塔布囊之情节可恶者，分别惩办，以示儆戒，其余官员、塔布囊及各阿勒巴土庄丁人等玩法之处，念其愚蒙，姑免深究。除将案内在逃紧要各犯，饬旗勒缉，务获办理外，其被老头等派拨同赴各家，尚无凶恶情形，各犯一概予以自新。此后如果各安本分，该旗不得纷纷捕拏。惟查该旗人情，不知大体，好事喜争，诚恐查办之后，该塔布囊、庄丁等故智复萌，仍踏前辙。若再互相寻衅，终成莫解之仇。殊非各保身家、乂安藩部之道。所有该旗一切章程俟奏明后再行晓示外，合先出示晓谕，为此示仰合旗官员、塔布囊、阿勒巴土庄丁人等一体知悉。嗣后各宜痛改前非，一切诸事遵照章程办理，不得互起争端，并不许将已结之事找寻滋扰。倘官员等仍敢借端讹索，骚扰闾阎。或塔布囊等以索讨赃物为名，借端抢夺，及不遵章程索讨旧欠差钱。并阿勒巴土等逼索已交差项，及抗差不遵约束等事。即饬该旗严拏，从重惩办。总之，此次查办之后，毋论何项人等，仍敢不遵章程，任性妄为者，即是顽梗之徒。情无可原，法无可贷，定即从重治罪，决不能再有恩施，稍从末减也。各宜凛遵毋违。特示。翻蒙，贴。

二十七日甲午（11月25日） 巳刻，色伯克多尔济、三巴勒诺尔赞赴公馆跪请圣安。是日，原定卯刻起身，因该旗车辆不齐，领结未到。待至巳初三刻，尚无套车之骡，无奈借该贝勒之骡二头。及车夫御车勉强上路，时已巳正。而大风起矣，冷甚。于未正一刻，至朱力各歹饯。因住站尚远，须戌、亥间方可到，只得破站在彼住宿矣。公馆仍系元亨当。

二十八日乙未（11月26日） 在朱力各歹坐饯。吃煮饽饽。巳正，起身。未初，至大乌榄住宿。公馆仍系福盛烧锅杂货铺。

二十九日（11月27日） 寅正二刻，起来吃点心。卯正一刻，起身。路过梁杠子店山梁一道，即前所谓“道儿沟”等处也。下坡过牤牛河一道。又名“土尔根河”，已结冰。过一小土山坡，又河汊二段。过烧锅地后，又一山梁，名“仓粮窖”，(及)〔即〕前注不知名之梁。午初一刻，至蒙古营子饯。公馆仍系宝长隆烧锅。未初二刻，起身。申正三刻，至庄头营子，住宿公馆仍系三和成当铺。路间拦舆告状者五起，均令赴县候办。酉刻，扎萨克塔布囊乌凌阿遣人函送奶饼六匣、茶叶一包。

三十日丁酉(11月28日) 寅正，起来吃点心风糕粥。卯正，起身。午初，至白咬饯。公馆仍系福源店。朝阳捕盗外委王景尧率弓箭、马兵一对，马伞一柄接。未初一刻，起身。至他勒科，巡检戴继恩、把总姜永祉接。又里许，税员玉曙田接。至北门外，执事迎接。申初一刻，至朝阳县西街，路北佑顺寺西院喇嘛仓公馆住。玉税员在公馆前候迎，巡检、把总禀安。玉税员、李知县陆续禀见，会。路间拦舆告状者十三起，均令赴县候办。

十一月初一日戊戌(11月29日) 住朝阳县。税员禀见，会。余俱禀安。

初二日己亥(11月30日) 住朝阳县。扎调卷宗。出告示二张。

附录告示底。

为严禁事。照得本部堂奉旨按临，查办事件。所有行辕办公之所，理宜严肃整齐，以昭慎重。诚恐闲杂人等擅自出入，窥探官事，及行辕书差、丁役在外招摇撞骗，滋生事端，均干法纪。除严密访拏，并饬县将当差兵役开报花名以凭稽查外，合亟出示严禁，为此示仰行辕书差、丁役以及该县商、民人等一体知悉。自示之后，尔等务宜各安本分，不得妄生事端。倘有不法之徒在外招摇，许即扭禀来辕，以凭惩办。并闲杂人等擅自出入，窥探官事，即饬把门兵役立即禀究。各宜凛遵毋违。特示。实贴辕门。

为严禁事。照得本部堂奉旨按临，原为查办要案。所有蒙、民一切词讼，自有该管地方各官办理。即该管官或有审断不公，亦应赴各该上司衙门控告，岂容违例越诉。足见民风刁健，好讼喜争，合亟出示严禁，为此示仰蒙、民一切人等知悉。自示之后，尔等务宜各安本分，毋得以细微小事辄起讼端。即或实有屈情，须赴该管衙门控告，不准在本部堂行辕擅递呈词。如有健讼之徒，并无赴该管各上司衙门控告，及虽上控案未断结，胆敢违例在本部堂行辕越诉，毋论事理曲直，先将该原告治以越诉之罪。本部堂言出法随，尔等毋得轻自尝试。各宜凛遵。特示。实贴辕门。

初三日庚子(12月1日) 住朝阳县。曙田禀见，会。送果菜十二碟、八小碗及煮饽饽。午后，接准兵部咨开：内阁抄出，同治三年十月初二日奉旨："正黄旗满洲副都统着额勒和布调补，仍着载容署理。钦此。"

初四日辛丑(12月2日) 住朝阳县。巳刻，喀拉沁王路过朝阳，来拜。午后，同焕衢诸君回拜。并赴庙随喜，登楼望远。

初五日壬寅(12月3日) 午后，写家信。申刻，热河都统遣六品顶戴、从九品刘君荣赍送卷宗，并押解京控原告宋光远赴县备质。酉刻雪，亥正晴。约二指厚。清辑庭禀送贺折。

初六日癸卯(12月4日) 住朝阳县。午刻，拜发谢恩折。交该县马递理藩院，托荣显亭询明呈递。咨留热河委员。

初七日甲辰(12月5日) 扎传人证。午后，问案。曙田送菜四大碗。住朝阳县。

初八日乙巳(12月6日) 住朝阳县。札传人证。李署令禀见，会。奈曼王遣章京送案卷。

初九日丙午(12月7日) 住朝阳县。问案。

初十日丁未(12月8日) 住朝阳县。札提人证。晚间，玉曙田来谈。

十一日戊申(12月9日) 住朝阳县。晚间，县内送烧猪一口、汤羊肉一方。曙田来谈，并送裱成对联纸四副。

十二日己酉(12月10日) 住朝阳县。定会稿。

十三日庚戌(12月11日) 住朝阳县。早间写对联。午后，扎提人证，咨送会稿，并致喀拉沁王、热河都统信函。交喀拉沁旗员寄去。

十四日辛亥(12月12日) 住朝阳县。曙田送烧猪一口、蒸食二盘。札交沿途控告各案。李兰，呈控私行假票。徐长春，呈控徐尚林扎伊堂兄徐有林身死。王儒林，呈控逆匪王林等私贩硝磺，抢掠财物，烧毁房屋。石柱，呈控刘美等霸占生业。以上四案札交朝阳县迅即提传人证，秉公审办。又原继周，呈控九月二十六日，有素识之贾永恕向身言说，县署签押胡洛五、陈洛二、营兵王俊杰各为游娼口角，烦身说合完结。因陈洛二未到，向娼妓刘玉家往找。及身进门，见伊炕上躺卧一人，并不识面，只得复出。及回身，刘玉之妻刘氏口出不逊。伊虽为贱，乃系县主官亲。二位舅爷并把总姜副爷、现卧之沈师爷并陈老二等包住，不许平人出入，否则签拘押办。身与其分辩，有人劝解回归。不意十月初一日，突有快役王太手持火签，将身锁拏，不容动移。身知本县伊等势力通天，只得在王太手中花钱六十吊，方得脱身，免遭刑押各等情一案。札饬朝阳县知县，迅即查明。因何将原继周锁拏之处，是否挟嫌仗势，抑或另有别案情事，务于即日详细呈报来辕，以凭查办。毋违。又董贡林，呈控蒙古红青等抢去贼人。丁国庆，呈控巡司、门丁等串通舞弊。马余氏，呈控经书钱霖串通贼匪将伊夫打毙。张苏氏，呈控经书钱霖等令伊女点灯、吃烟之故，伊女吞烟灰身死。李王氏，呈控蒙古吐古几等霸种地亩。赵吴氏，呈控县役、门丁等诈赃，将伊次子赵之栋非刑毙命。以上六案札交三座塔理事司员迅即提传人证，秉公详审，勿稍瞻徇致未便。又杨于氏，呈控夫兄杨仁义贿买，严押伊夫杨仁礼。杨仁义，呈控胞弟杨仁礼窝藏马贼。以上二案扎交司、县会同秉公讯办。又丁张氏，又以前情控告。仍札交理事司员审办。又朱怀，喊告伊叔被马贼扎伤身死。札饬朝阳县，迅速查明详办。又石满州，喊告马贼刘悦青等焚毁房屋，杀伤多命。归案审办。

十五日壬子(12月13日) 住朝阳县。税员、知县、巡检、把总均禀安贺喜，众皂役叩喜。晚间，澍田来辞行。

十六日癸丑(12月14日) 住朝阳县。早间，同鄂、松、朱、玉四君吃烤羊肉，后闲谈。三贝勒遣章京致信请安，递哈达，并呈报看押人犯情形、可否解赴朝阳监禁。

十七日甲寅(12月15日) 住朝阳县。札复土默特贝勒,饬令多派妥协官兵小心严看,勿稍疏懈。午后,接据喀喇沁王函称,贝勒旗看押人犯可否寄监朝阳。酉刻雪,亥刻晴。约一寸厚。

十八日乙卯(12月16日) 住朝阳县。覆喀喇沁王信。内叙:该县衙署于十一年①间被匪烧毁,现无监狱。本县人犯均在店中看押,不甚严固。且由旗解县途中,脱有意外之事,所关倍重。已札饬该旗,小心严押矣。亥初,接奉兵部递回谢恩折,议政王、军机大臣奉旨:“知道了。钦此。”

十九日丙辰(12月17日) 住朝阳县。

二十日丁巳(12月18日) 住朝阳县。

二十一日戊午(12月19日) 住朝阳县。

二十二日己未(12月20日) 住朝阳县。

二十三日庚申(12月21日) 冬至。住朝阳县。率诸位随员拜牌。知县、巡检、把总均禀安贺喜。知县送果席一桌。

二十四日辛酉(12月22日) 住朝阳县。

二十五日壬戌(12月23日) 住朝阳县。夜间大风。

二十六日癸亥(12月24日) 住朝阳县。大风。

二十七日甲子(12月25日) 住朝阳县。知县禀见,会。

二十八日乙丑(12月26日) 住朝阳县。催提人犯。是日,塔子沟税员舒〔派〕专人请安,并送本院同堂诸位公信及显亭等公禀。

二十九日丙寅(12月27日) 住朝阳县。

三十日丁卯(12月28日) 住朝阳县。

十二月初一日戊辰(12月29日) 住朝阳县。知县、巡检、把总、外委等禀安贺喜,皂役叩喜。

初二日己巳(12月30日) 住朝阳县。

初三日庚午(12月31日) 住朝阳县。午后,热河都统函送会

---

① “十一年”,即咸丰十一年。

稿。亥刻雪,次日晴,约一寸厚。

初四日辛未(1865 年 1 月 1 日) 住朝阳县。

初五日壬申(1865 年 1 月 2 日) 住朝阳县。月舫家丁李二送车夫张四进京。午后,书吏孙学海禀称,公馆外有一旗人告帮。即饬唤入。讯系名乌尔棍保,现充护军,系镶黄旗满洲阿凌阿佐领下人,年二十七岁。父骁骑校凌云,年六十一岁,住北新桥报恩寺,于今年九月十九日找同本胡同住居之崔立儿作伴,赴奉天船厂收租。走至开元地方,夜间被伊将路引、地册、行李偷去逃跑。当赠与公用钱二吊。

初六日癸酉(1865 年 1 月 3 日) 住朝阳县。扎覆土默特贝勒旗。仍令将各犯小心看押,毋稍疏失。倘该塔布囊、阿勒巴土等仍敢有聚众等事,立即拏解来辕,讯实从重治罪。相应札饬该旗遵照。晚间大风。

初七日甲戌(1865 年 1 月 4 日) 住朝阳县。大风。自十一月初二日至此日,每日或拟奏底,或办供单,或写手稿,或对奏折,至是日亥刻方赶完。灯下写家信。午后,玉云亭赴县,借用县印。

初八日乙亥(1865 年 1 月 5 日) 辰刻,拜发"审明土默特贝勒旗老头会"之折,并抄录原奏供折,借盖县印。知照刑部、理藩院、热河都统牌仰,沿途经过州县各官一体小心接递。知照兵部捷报处,并顺寄家信。住朝阳县。月舫因病咯血请假。折底另录。

初九日丙子(1865 年 1 月 6 日) 住朝阳县。午后,写家信。晚饭请诸君吃白煮猪肉,与月舫送行。

初十日丁丑(1865 年 1 月 7 日) 住朝阳县。辰刻,松月舫起身进京。

十一日戊寅(1865 年 1 月 8 日) 住朝阳县。云亭移于后院居住。

十二日己卯(1865 年 1 月 9 日) 住朝阳县。翻清单。

十三日庚辰(1865 年 1 月 10 日) 住朝阳县。翻清单。催提犯证。

十四日辛巳(1865 年 1 月 11 日) 住朝阳县。问案。翻清单。

十五日壬午(1865 年 1 月 12 日) 住朝阳县。问案。翻清单。

早间，知县、巡检、把总、外委等禀安叩喜。

十六日癸未(1865年1月13日) 住朝阳县。戌刻，据土默特贝勒旗呈报，押犯恩合巴土、那木萨赉、土们恩克三犯于本月初一日夜间脱逃。亥刻，办奏底。

十七日甲申(1865年1月14日) 住朝阳县。亥刻，扎饬朝阳县密派捕盗弁兵，会同该地方社夫，将逸犯恩合巴土等三名严密缉拏，务获送辕究办，仍不得妄拏无辜，别滋事端。

十八日乙酉(1865年1月15日) 住朝阳县。大风。申刻，拜发"奏参土默特贝勒旗疏脱要犯"之折。并扎饬该旗迅速派委妥员，将该逸犯等按名踩缉，获后即行遵旨办理，毋得任令远扬，致干严参。折底另录。申正，接奉由兵部递回，本月初八日拜发"具奏审明老头会肆抢"之折。议政王、军机大臣奉旨："另有旨。钦此。"又片一件，议政王、军机大臣奉旨："另有旨。钦此。"又交出同治三年十二月十四日内阁奉上谕："前因麒庆奏，土默特贝勒旗老头会肆抢一案，请派大员驰赴该旗，就近查办。当经谕令额勒和布前往，会同审讯。兹据额勒和布等奏'审明定拟'一折。所有案内各罪名，着该衙门速议具奏。另片奏，请将讹索吓诈之佐领章京德瓦拉布窄按例惩办；并查办该旗差项地亩，酌拟条款二十二条，开单呈览等语。着该衙门一并妥议具奏。片一件、单一件并发。钦此。"酉刻，李选叔禀安、禀见，会。玉澍田查旗回县，禀安、禀见，会。

十九日丙戌(1865年1月16日) 住朝阳县。

二十日丁亥(1865年1月17日) 住朝阳县。税员贺喜、禀见，会。知县、巡检、把总、外委等均禀安贺喜。澍田送奶饼二匣、奶皮二包、蘑菇二包、黄油一肚。

二十一日戊子(1865年1月18日) 住朝阳县。

二十二日己丑(1865年1月19日) 住朝阳县。问案。晚间大风，微觉感冒，睡后遍体干热，辗转许久。甫朦胧间，顺儿开门惊醒。又移时，忽遍身汗出不止，被褥均湿，极呼果升点灯，服藿香正气三丸。至天将亮，方得睡着。

二十三日庚寅(1865年1月20日)　住朝阳县。问案。约北园看脉,临睡时服汤药一剂。大风。

二十四日辛卯(1865年1月21日)　住朝阳县。早间,约北园看脉,服汤药一剂。午后,问案。大风。临睡时服汤药一剂。

二十五日壬辰(1865年1月22日)　住朝阳县。早间,约北园看脉,服汤药一剂。午后,问案。澍田送菜二碗羊肉、鱼、蒸食二盘。临睡时服汤药一剂。风。

二十六日癸巳(1865年1月23日)　住朝阳县。早间,服汤药一剂,约北园看脉。知县送帽檐二付,袍褂料一套,锦鞊二块,缎靴一双,鱼翅、海参各一盘,鱼二尾,酒一坛。鱼、酒收,余皆璧还。午后,问案。风。

二十七日甲午(1865年1月24日)　住朝阳县。本庙喇嘛李学孔送酒一坛,猪一口,鸡、鸭各二只,米、面各一斗。全璧还。晚间,澍田来谈。戌初二刻,接奉由兵部递回,本月十八日拜发"奏参土默特贝勒旗疏脱要犯"之折,议政王、军机大臣奉旨:"另有旨。钦此。"又奉上谕、廷寄各一道另行恭录。

二十八日乙未(1865年1月25日)　住朝阳县。放节赏。澍田送杏酪一碗、马蹄酥一盘。

二十九日丙申(1865年1月26日)　除夕。住朝阳县。大风。税员、知县、巡检、把总、外委均陆续禀安、辞岁。晚间,本庙达喇嘛遣十五岁以下小喇嘛七十三名,叩喜辞岁。

同治四年岁次乙丑新正月初一日丁酉(1865年1月27日)　元旦。住朝阳县。辰刻,率诸位随员恭拜万岁圣牌。知县、巡检、把总、外委等陆续禀安,叩新喜。税员禀见,会。本庙达喇嘛李学孔及税局书吏、本街八行乡排、听差衙役等均叩贺新喜。差塔章京持帖回拜税员、知县、李喇嘛。晴,风。

初二日戊戌(1865年1月28日)　住朝阳县。知县禀安。微阴,大风。

初三日己亥(1865 年 1 月 29 日) 住朝阳县。早,晴。午后,阴,大风。戌刻,雪一阵,不及一分厚。

初四日庚子(1865 年 1 月 30 日) 住朝阳县。早,晴。午后,阴。

初五日辛丑(1865 年 1 月 31 日) 住朝阳县。塔子沟税员舒琅阿、古北口管站部员崇本各具禀、贺喜。土默特旗解送看押犯人之官兵到县。阴。午后,大风。

初六日壬寅(1865 年 2 月 1 日) 住朝阳县。问案。土默特旗。阴。巳刻,起大风。

初七日癸卯(1865 年 2 月 2 日) 住朝阳县。问案。晴。

初八日甲辰(1865 年 2 月 3 日) 住朝阳县。问案。晴。浮云。酉刻,大风。

初九日乙巳(1865 年 2 月 4 日) 立春。住朝阳县。问案。税员、知县、巡检、把总、外委等禀安贺喜。外委王景尧赴土默特贝勒旗办差辞行,见。晴。大风。

初十日丙午(1865 年 2 月 5 日) 住朝阳县。问案。晴。大风,午后息。酉刻复风。阴。

十一日丁未(1865 年 2 月 6 日) 住朝阳县。巳刻,庙内喇嘛百余众各负经卷,赴各院念诵撒散谓之"除瘟"。午后,问案。阴。酉刻,知县李继昭禀见,会。据云,往拏恩合巴土之役回县禀称,本月初六日,社首人等赴恩合巴土家捕拏,遽该犯等胆敢放枪拒捕,致伤社夫等语。晚间,办札,土默特旗、谕王景尧、示该犯左近。底另录。

十二日戊申(1865 年 2 月 7 日) 住朝阳县。问案。阴。时风时止。

十三日己酉(1865 年 2 月 8 日) 住朝阳县。阴。大风,甚冷。

十四日庚戌(1865 年 2 月 9 日) 住朝阳县。问案。晴。大风,甚冷。

十五日辛亥(1865年2月10日) 住朝阳县。税员、知县、巡检、把总等均禀安叩喜。三贝勒遣人致信,贺年喜,送羊一支、鱼一对、点心十小匣。晴,浮云。大风,极冷。戌刻,玉澍田来谈,并请食果、酒,在焕衢屋。饮至寅正后方散。年来公私烦闷,无聊已极。是日,与诸君聚谈畅饮,颇觉快意,亦苦中一乐也。

十六日壬子(1865年2月11日) 住朝阳县。清辑庭致送贺折。晴。大风,极冷。

十七日癸丑(1865年2月12日) 住朝阳县。晴。土默特贝勒呈报,该贝勒于本月十三日亲往恩合巴土家查拏,适民社人等正在围拏。陡见火起,该犯等逃出,将该贝勒马夫坤都敖特斯尔扎布枪伤肩、胯等处,追拏未获。现派梅伦那木萨赖扎布跟追踩捕等语。问案。

十八日甲寅(1865年2月13日) 住朝阳县。问案。晴。

十九日乙卯(1865年2月14日) 住朝阳县。早间,写家信。税员等均禀安叩喜。选叔禀见,会。具禀,赵宏信禀称,奉缉逸犯恩合巴土等一案,即邀集江东梁廷起等二十人,吴振德等二十余人,马队五十名,并团社人等于正月初六日黎明前往缉拿。讵恩合巴土喝令拒捕,致将伊侄并谢姓、吴振悦三人放伤,并放伤村长张云,身死。身等情急,亦用枪放伤恩合巴土家二人,并将恩合巴土之叔胳膊喇嘛放伤,身死。因天晚撤归,仍拨派乡、社人等围堵。身等复派马队二百名并前次攻捕人等,于十二日早晨,复往缉拏恩合巴土等。复又放枪拒捕,负嵎不出。十三日,又围攻一日。至起更时分,贝勒带领旗员、披甲人等二百余人亦至。恩合巴土等难以再拒,由北面墙根下刨土,拥倒墙壁,带众跑出。骑马十三匹,其余均系步行。社会及蒙兵一体追拏,恩合巴土等将旗员敖特斯尔扎布用枪拒伤,随即逃往东北一带地方。身等奋勇追拏,致毙拒捕人犯五名,生擒拒捕蒙古二名,并起获火炮一杆。惟恩合巴土、那木萨赉、土们恩克同助恶余犯当即逃逸。现在身带领梁廷起等尾追严拏,一俟拏获,再行禀报各等语。批:仍仰该县密饬该乡约人等迅速设法跟踪踩缉,务获解究〔办〕。晚间,请澍田、焕衢诸公吃白煮羊肉。夜间饮酒,寅初始散。晴。

二十日丙辰(1865年2月15日) 住朝阳县。塔章京告假,回热河交马。赏伊盘费银二两零。遣果升送项二回家。赏伊等车价盘缠十八两六钱。午后，问案。晴。发家信。戌刻，听差之王役忽然晕过，呼救许久。赵役觅请医生，甫出二门，亦即晕倒。乱至子正，始陆续苏醒。怪哉！戌刻，大风。家信果升带回。

二十一日丁巳(1865年2月16日) 住朝阳县。清辑庭致信请安。晴，风。申正，阴。

二十二日戊午(1865年2月17日) 住朝阳县。晴，大风，浮云。戌刻风息。阴。

二十三日己未(1865年2月18日) 住朝阳县。问案。早，阴。飘雪花。午后，晴。风。

二十四日庚申(1865年2月19日) 住朝阳县。午刻，据土默特贝勒禀称，本月二十一日，在宾图王旗乌丹营子将恩合巴土并窝留之伙党拏获。呈请核示。扎饬该旗：将犯等多派官兵押解，来辕讯办。并扎饬该县：饬派捕盗营得力营弁，派拨太平社会，赴旗迎提解送。未刻，接准刑部钉封内开直隶司案呈："所有前事等因，开单知照前来。查老头会案内各犯应得罪名，均照原拟定拟。于正月十七日具奏，奉旨：'绰金汰着即处斩，察干巴土尔依拟应绞，着即行正法。余依议。钦此。'"又据理藩院知照："同治三年十二月二十三日奉旨：'四川雅州府知府员缺，着松瑞补授。钦此。'"晚间，办札文。晴。选叔禀见。

二十五日辛酉(1865年2月20日) 住朝阳县。办札文。晴，大风。扎提赃罚款项，限五日内呈解来辕，以备赏恤。晚间，澍田来谈。

二十六日壬戌(1865年2月21日) 住朝阳县。申刻，果升回县禀称，二十二日申刻，行至距建昌二里许之河套内，项二因病身死。用京钱三十吊买材一口装殓，暂寄建昌县之城隍庙内。未刻，先据该县遣役禀报，及果升禀。问案。晴，大风。未后，阴。外委王景尧回县，禀报捕拏恩合巴土情形。晚间，澍田来谈，携有果酒，饮至丑正始散。澍田送煮饽饽二盒。

二十七日癸亥(1865年2月22日) 住朝阳县。晴。早间大风。王景尧赴旗，禀辞。

二十八日甲子(1865年2月23日) 住朝阳县。晴。监生康希曾遣伊侄康福洪呈控,无辜被押,恳转交办。批:候扎催该税员会同朝阳县,速即讯结详报。

二十九日乙丑(1865年2月24日) 住朝阳县。喀喇沁王遣协理塔布囊朝阳多尔济赴土默特贝勒旗,缉拏逸犯,到公馆请安。写信。晴。申刻,阴。

三十日丙寅(1865年2月25日) 住朝阳县。写家信。买东参六两。每两五吊。晴,浮云,风。

二月初一日丁卯(1865年2月26日) 住朝阳县。税员、知县、巡检、把总均禀安叩喜。发家信。并致博、佩、立、辑、子久①诸翁信。札提饭银塔子沟饭银二百两。买东参三两。五吊二两,三吊一两。阴。

初二日戊辰(1865年2月27日) 住朝阳县。申刻,接家信二封。土默特贝勒旗解送拒捕各犯到县。男犯十一名,女犯一名。内恩合巴土一犯,在途因伤身死,将尸身送县。大风。天气惨淡甚冷。

初三日己巳(1865年2月28日) 住朝阳县。问案。土默特旗。申刻,派玉云亭会同朝阳县知县相验恩合巴土尸身,并戮尸,交该旗示众。晴。

初四日庚午(1865年3月1日) 住朝阳县。问案。土默特旗。大风,天气惨淡甚冷。

初五日辛未(1865年3月2日) 住朝阳县。问案。土默特旗。大风,天气惨淡。

初六日壬申(1865年3月3日) 住朝阳县。问案。土默特旗。晴。

初七日癸酉(1865年3月4日) 住朝阳县。问案。土默特旗。

---

① "博",即博川,文祥字,时任军机大臣、工部尚书兼管理藩院事务;"佩",即佩蘅,宝鋆字,时任军机大臣、户部尚书;"立",即立修,存诚字,时任理藩院尚书;"辑",即辑庵,裕瑞字,时任理藩院左侍郎;"子久",恒祺字,时署理理藩院右侍郎。

晴,微风。

初八日甲戌(1865年3月5日) 住朝阳县。问案。土默特旗。晴,早间风。

初九日乙亥(1865年3月6日) 住朝阳县。晴,午后微风。

初十日丙子(1865年3月7日) 住朝阳县。问案。土默特旗。晴,申刻风,阴。

十一日丁丑(1865年3月8日) 住朝阳县。问案。土默特旗。申刻,塔子沟税员舒琅阿专差解到饭银二百两并禀安。兼致月舫信。外酱一包。晴,大风。酉刻,塔章京回县,递茶叶一包,榛仁、点心各一匣,对字纸八张,并致玉符信。土默特贝勒旗押解遣犯南沁等十四名到县,当即牌饬沿途州县派拨兵役小心护送。毋违。

十二日戊寅(1865年3月9日) 住朝阳县。澍田送烧麦二盘、菜四小碗。晴。问案。

十三日己卯(1865年3月10日) 住朝阳县。写信。致玉符。晴。大风。

十四日庚辰(1865年3月11日) 住朝阳县。热河、赤峰等处番役叩安。王景尧由旗回县,禀安。晴,大风,酉刻阴。子刻细雨。

十五日辛巳(1865年3月12日) 住朝阳县。税员、巡检、把总、外委等均禀安叩喜,知县禀见,会。阴,辰刻雪不及一分,未后晴。

十六日壬午(1865年3月13日) 住朝阳县。晴,大风。

十七日癸未(1865年3月14日) 住朝阳县。过堂。土、奈二旗。晴。早间微风。

十八日甲申(1865年3月15日) 住朝阳县。税员、知县禀见,会。税员送菜一盘、一碗。晴。午后风,浮云。

十九日乙酉(1865年3月16日) 住朝阳县。过堂。土、奈二旗。晴。写信四封,致宝、文、存、裕①。晚间。选叔送烧猪一口、酱豆腐一罐。

---

① “宝”,即宝鋆;“文”,即文祥;“存”,即存诚;“裕”即裕瑞。

二十日丙戌(1865年3月17日) 住朝阳县。写家信。晴。微风,浮云。

二十一日丁亥(1865年3月18日) 住朝阳县。午刻,拜发折二件,一、讯明弋获逸犯等由;一、查讯解犯脱逃等由。片二件。一、请量宽贝勒等处分由;一、绰金汰等行刑日期由。早阴,辰刻晴。晚饭请诸位吃白煮肉。折差顺寄家信。折、片底另录。

二十二日戊子(1865年3月19日) 住朝阳县。晴,微风。

二十三日己丑(1865年3月20日) 住朝阳县。选叔请看烟火。早阴,午后晴。大风。

二十四日庚寅(1865年3月21日) 住朝阳县。晴,大风,黄沙。

二十五日辛卯(1865年3月22日) 住朝阳县。申刻,知县禀见,会。社首赵宏信拏获逸犯甘珠尔,送案。晴。大风。

二十六日壬辰(1865年3月23日) 住朝阳县。问案。甘珠尔。早阴,未后晴,酉后阴。大风。

二十七日癸巳(1865年3月24日) 住朝阳县。午刻,朝阳县绅士商民恭送万民衣伞,帽、靴、袍、褂,海参、海米、白蘑、茶叶各四包,锦黏二块,锦皮车裾一付,皮桌面一块,桌围一块,皮护书一个。诸位随员。帽、靴、袍、褂。晴,风。知县以次均叩喜。

二十八日甲午(1865年3月25日) 住朝阳县。北园送锦黏四块、皮盒二个、汤粉五十斤。晴,大风。甚冷。

二十九日乙未(1865年3月26日) 住朝阳县。亥刻,接家信。及子久、月舫信。晴。早,微风。

三月初一日丙申(1865年3月27日) 住朝阳县。税员以次均叩喜。知县、税员,均会。晴。

初二日丁酉(1865年3月28日) 住朝阳县。辰刻,接奉由兵部递回,二月二十一日发递之折二件、片一件,均奉旨:“另有旨。钦此。”又片一件,奉旨:“知道了。钦此。”绰金汰等正法日期。又寄谕一道另恭录。晴，大风。

初三日戊戌(1865 年 3 月 29 日) 住朝阳县。大风，黄沙。天气惨淡。催提犯证。札朝阳等县。

初四日己亥(1865 年 3 月 30 日) 住朝阳县。未刻，蒙古锦奈林皋等处商民呈送万民伞一柄。申刻，奖赏社会人等银两、匾额。银两系提土默特贝勒旗罚款。计开赏乡约赵宏信，匾额一方"闾里倚赖"。梁廷起，匾额一方"奋勉急公"。吴振悦，匾额一方"一乡之英"，伤银二十两。赵姓、谢姓，二名受伤较重，各赏银三十两。伤亡村长张云，匾额一方"英气犹存"，带跋；恤赏银六十两。晴。大风。税员、知县先后禀见，会。

初五日庚子(1865 年 3 月 31 日) 住朝阳县。写家信。并致钟小岩、松月舫信。晴，风。换绵袄褂。发告示。底另录。

初六日辛丑(1865 年 4 月 1 日) 住朝阳县。辰刻，差书吏孙学海回京置办纸张空白。顺寄家信。午刻，澍田请赴吉祥法轮寺即七道泉。大风。尘沙迷漫，天气惨淡。

初七日壬寅(1865 年 4 月 2 日) 住朝阳县。催提犯证。扎奈曼旗。晴，大风。

初八日癸卯(1865 年 4 月 3 日) 住朝阳县。知县禀辞。赴乡相验。晴，酉刻风。戌刻，接据理藩院知照，议覆土默特贝勒旗差项地亩章程原奏。底另录。

初九日甲辰(1865 年 4 月 4 日) 住朝阳县。新任知县庆康差家丁禀安。大风，黄沙，天气惨淡。

初十日乙巳(1865 年 4 月 5 日) 住朝阳县。喇嘛李学孔送点心一匣。早晴，午后阴。戌刻微雨，夜间大雨。

十一日丙午(1865 年 4 月 6 日) 住朝阳县。雨，申刻住。微风。雨已深透。

十二日丁未(1865 年 4 月 7 日) 住朝阳县。未刻，新任知县庆康禀见，会。呈递履历。字健侯，行三。晚间，澍田来谈。早阴，未后晴。浮云，微风。

十三日戊申(1865年4月8日) 住朝阳县。巳刻,接据理藩院知照,内阁抄出上谕一道。另恭录。晴,微风,浮云。自是日至十六日,会。

十四日己酉(1865年4月9日) 住朝阳县。晴,浮云,微风。戌刻,西北阴云打闪。

十五日庚戌(1865年4月10日) 住朝阳县。鄂尔土坂外委龚裕禄禀见。税员、巡检、把总及新任知县均禀安叩喜。晴,风。办一切札文。发落土默特旗各犯。

十六日辛亥(1865年4月11日) 住朝阳县。阴,未刻飘雪花一阵,酉刻晴。日出单耳。

十七日壬子(1865年4月12日) 住朝阳县。晴。戌刻,澍田来谈,并致海豁庭禀。

十八日癸丑(1865年4月13日) 住朝阳县。午后,澍田来谈,子初散。晴。

十九日甲寅(1865年4月14日) 住朝阳县。晴,浮云。

二十日乙卯(1865年4月15日) 住朝阳县。催提犯证。札行旗、县。晴,午后风,浮云。

二十一日丙辰(1865年4月16日) 住朝阳县。晴,风。酉初大雷电、风雨,约刻许即晴,虹见。东北尚阴。

二十二日丁巳(1865年4月17日) 住朝阳县。阴,巳刻晴,酉刻复阴,亥初雨。

二十三日戊午(1865年4月18日) 住朝阳县。阴。辰刻,恭率随员叩贺皇上万寿圣节之禧。巳刻,天微晴。午初,同焕衢、北园、云亭游凤凰山。在县东南十余里。先由南道,名"南沟",系大路,乘马。至下寺。名"延寿寺",僧名普达。少憩,步上中寺。名"云接寺",有塔一座,僧名通云。澍田赶到,复步上上寺。名"朝阳洞",庙内有石洞二。绝顶有塔一座。僧名普和。登塔院,山极高峻,石滑路陡,颇不易行。俯瞰群山,均在目底。近寺各山遍生林木,惜时微早,桃杏尚未盛开。在山极顶放爆竹数枚,声震山谷，甚足以畅目而开心也。登眺许久。因西北浓阴风起，即回中寺。甫入门，而雨至。约半时余，雨始住。寺僧备点心，系炒米、炒面等物，缘寺僧均系蒙古也。又少憩。天尚阴。时已酉刻，未便久停，遂从北路，系小路，名“王秃子沟”。步行盘旋而下。至平坦处，仍乘马而归。比至公馆，已戌初矣。

同治四年岁次乙丑三月二十四日己未（1865 年 4 月 19 日） 住朝阳县。阴，午后时雨时止。酉刻雷作，复大雨一阵，继而变雪，约半时许即住。

二十五日庚申（1865 年 4 月 20 日） 住朝阳县。晴。

二十六日辛酉（1865 年 4 月 21 日） 住朝阳县。巳刻，凤凰山中寺和尚通云因修立碑碣，赴公馆请留衔名。当给与香资银四两。酉刻，李署令差竣回县禀安、禀见，会。晚间，澍田来谈。阴，大风未、戌二时。微雨。

二十七日壬戌（1865 年 4 月 22 日） 住朝阳县。巳刻，接家信及老米、甘酱喀拉沁王差人送来。阴，大风，黄沙。

二十八日癸亥（1865 年 4 月 23 日） 住朝阳县。大风，黄沙。天气惨淡。酉正风息。

二十九日甲子（1865 年 4 月 24 日） 住朝阳县。晴。巳刻，大风，黄沙，天气惨淡。酉刻，风息。建昌县乡约等禀送万民伞，辞却。

四月初一日乙丑（1865 年 4 月 25 日） 住朝阳县。新任知县、税员、巡检、把总等均禀安，李署令及鄂尔土坂巡检陆祥保均禀见，会。早晴，巳刻阴。未、申之间，细雨一阵。酉刻风。戌刻晴。

初二日丙寅（1865 年 4 月 26 日） 住朝阳县。新任知县庆康禀安、禀见，未会。因是日子刻已接印。晴，微风，浮云。

初三日丁卯（1865 年 4 月 27 日） 住朝阳县。问案。晴，微风，浮云。

初四日戊辰（1865 年 4 月 28 日） 住朝阳县。晴，微风，浮云。亥刻大风。

初五日己巳(1865 年 4 月 29 日) 住朝阳县。晴,风。

初六日庚午(1865 年 4 月 30 日) 住朝阳县。早阴,巳刻晴。未刻,何鲁传前县师爷来谈,并请吃饭。子刻大风。

初七日辛未(1865 年 5 月 1 日) 住朝阳县。晴,大风,未刻阴。酉初雷,酉正细雨,戌初住。亥刻晴。

初八日壬申(1865 年 5 月 2 日) 住朝阳县。奈曼旗报,饬令协理台吉托克达呼等赴案。浮云,大风。

初九日癸酉(1865 年 5 月 3 日) 住朝阳县。喀尔喀旗报,送协理台吉布彦巴达尔呼到案。酉刻,李选叔禀见,会。晴,风。亥刻阴,子刻雨。

初十日甲戌(1865 年 5 月 4 日) 住朝阳县。阴。换夹裤。

十一日乙亥(1865 年 5 月 5 日) 住朝阳县。晴。选叔约旷凤凰山,因风过大,未果往。

十二日丙子(1865 年 5 月 6 日) 住朝阳县。早晴,大风。午刻风息。选叔复差人来请,闻其已备酒肴,未便再辞,遂同焕衢、北园、云亭乘马前往。甫过大凌河,乘马忽失前蹄,以致跌落。幸系沙地,毫无擦伤。复乘马,由南山路至下寺,少憩。因选叔在中寺等候,遂步上中寺。谈许久,同步上上寺。寺僧备点心。登塔巅,放爆竹十枚,眺望许久始回。中寺饮酒、点心。是时,山阳之花虽半卸落,而后山一带梨、杏、山枝、樱桃、丁香各花正当极茂,诚然桃红柳绿。望去如漫山堆锦绣,匝地铺花茵。徘徊瞻瞩,竟不知身在红尘中也,况劳形之案牍乎!时将日落,不能再留,乃嘱寺僧将各花拆取数枝,携回以供瓶玩,遂同诸君由后山徐步盘旋而返。至花尽处方乘马,仍由王秃子沟而归。比至公馆,已戌正矣。

十三日丁丑(1865 年 5 月 7 日) 住朝阳县。选叔之兄安徽候补知县李缵文字彦仲,行二,由金陵大营来。禀见,会。晴,戌刻风,夜间大风。换小夹袄。

十四日戊寅(1865 年 5 月 8 日) 住朝阳县。问案。晴,大风。

未刻阴。戌刻晴，风息。

十五日己卯(1865年5月9日) 住朝阳县。税员、巡检、外委均禀安，庆健侯禀见，会。晴，风，浮云。戌刻风息。换夹毡袄。

十六日庚辰(1865年5月10日) 住朝阳县。问案。淡云，微风。夜间大风。

十七日辛巳(1865年5月11日) 住朝阳县。早晨细雨，申刻住。亥刻晴。

十八日壬午(1865年5月12日) 住朝阳县。催提人犯。扎奈曼旗。晴，微风，浮云。

十九日癸未(1865年5月13日) 住朝阳县。问案。淡阴，微风。

二十日甲申(1865年5月14日) 住朝阳县。申刻，选叔禀见，会。早间阴，午后晴。问案。

二十一日乙酉(1865年5月15日) 住朝阳县。辰刻，庆健侯禀见，会。呈阅碑文。阴，巳后落雨数点，午后晴。大风。

二十二日丙戌(1865年5月16日) 住朝阳县。催提人犯。扎鄂尔土坂巡检等。晴。浮云，大风。冷甚，晚间复穿绵袄。

二十三日丁亥(1865年5月17日) 住朝阳县。晴，风，浮云。

二十四日戊子(1865年5月18日) 住朝阳县。书吏孙学海差竣回县，呈送茶叶四包。寄来家信及衣箱、帮银等物，并署中各堂信荣、禧、清①，海司员②禀。晴，风，浮云。换夹袄。

二十五日己丑(1865年5月19日) 住朝阳县。商办折底。晴，大风，浮云。

二十六日庚寅(1865年5月20日) 住朝阳县。申刻，与北园饯行，因家有病人，暂行回郡。约何鲁传作陪，痛饮，极醉。并送北园程仪

---

① 荣某，字显亭、显庭；禧麟，字趾堂；清瑞，字辑庭，均为理藩院郎中。

② 海通，字豁庭，八沟理事司员。

二十金、老米三十斤，赏塔章京等五人凉帽各一顶。晴，大风。

二十七日辛卯(1865年5月21日) 住朝阳县。辰刻，送北园起身。申刻，(季)〔委〕笔切齐即威勒布图克齐来县，呈递金枣二匣。回赏鼻烟一瓶、茶叶二包。晚间，澍田送白煮鸭一只、熏菜一盘。晴。午后大风。

二十八日壬辰(1865年5月22日) 住朝阳县。写信。晴，微风，浮云，甚热。亥刻，阴。

二十九日癸巳(1865年5月23日) 住朝阳县，写信。晴，风，浮云。换软夹袄。

三十日甲午(1865年5月24日) 住朝阳县。写信。晴，风。

五月初一日乙未(1865年5月25日) 住朝阳县。税员、知县、巡检、外委均禀安，选叔禀见，会。戌刻，健侯禀见，会。写信，看折。晴，大风。脱小夹袄。

初二日丙申(1865年5月26日) 住朝阳县。巳刻，拜发具奏"请将奈曼旗台吉、蒙员等暂行斥革"之折，并"土默特贝勒旗续获随同拒捕之甘珠尔，援案定拟"附片。寄家信及署中各堂信。文、存、裕、恒、宝。阴，大风。巳刻落雨数点，午刻晴。折、片底另录。

初三日丁酉(1865年5月27日) 住朝阳县。澍田差人送绍酒一坛，绵羊一只，海参、鹿筋各一盘，鸡、鸭各对，以上璧还；角黍、年糕各一盘收。晴，风。申刻，自西浓阴，雷电交作，细雨一阵约二刻许。闻西南一带雨水甚大，大凌河河水盛涨。

初四日戊戌(1865年5月28日) 住朝阳县。健侯差人送绍酒一坛，活猪一口，鸡、鸭各一对，鹿筋二束，海参一盘，以上璧回；角黍一盒、粉糖二包收。晚间，三贝勒差章京塔清阿递小哈达一块，送酒一坛、猪一口、角黍一盘、东烟四把、茶叶四包、海米二包及诸位随员。亥刻，健侯禀见，会。阴，微风，戌刻细雨连夜。

初五日己亥(1865年5月29日) 住朝阳县。细雨，辰刻住。晚间，健侯送果席一桌，约何鲁传吃饭。

初六日庚子(1865年5月30日) 住朝阳县。托霍齐伊鲁尔土系土默特贝勒旗在焕衢屋内听差蒙古来叩头,因挐获恩合巴土得授章京。递小哈达一块。又,布手帕一条、槟榔口袋一个。回赏伊小刀一把、荷包一对。阴。

初七日辛丑(1865年5月31日) 住朝阳县。问案。未刻,土默特贝勒旗报称,该旗扎兰吉勒图勘等会同锦州差弁,在阿鲁科尔沁旗将要犯那木萨赉弋获等情。当即札饬该旗,多派官兵,迅速押解来辕审办。晴。

初八日壬寅(1865年6月1日) 住朝阳县。民妇周李氏赴辕呈控,易州外委袁廷辉挟仇诓挐伊夫周文明,严刑逼供等情。当即札交朝阳县查讯。晴,风。未刻,由西北浓阴,大风,雷电交作,雨。约二刻许即住,落雹数颗。酉刻复阴,雨一阵。亥刻晴。

初九日癸卯(1865年6月2日) 住朝阳县。申刻,健侯禀见,会。晴,微风,浮云。酉刻阴,落雨数点。

初十日甲辰(1865年6月3日) 住朝阳县。土默特贝勒旗齐巴罕察张高带同伊媳西布几特玛,以旗员勾串徇隐、不为申理等情赴辕控告。当即札交该旗迅速秉公审办,并饬该原告等回旗候质。晴,微风。

十一日乙巳(1865年6月4日) 住朝阳县。阴,风。未刻细雨数点,申刻晴。酉刻,健侯禀见,会。送水烟二块。

十二日丙午(1865年6月5日) 住朝阳县。申正,健侯禀见,会。禀称刘悦青欲行投案。酉初二刻,接奉由兵部递回,初二日拜发之折,奉旨一道另恭录。又片一件,奉旨:“该衙门议奏。钦此。”亥刻,接崇子中印本,古北口驿传道。贺节禀。晴甚暖。

十三日丁未(1865年6月6日) 住朝阳县。问案。酉刻,接玉符贺节信。及北园致焕衢信。晴,风。

十四日戊申(1865年6月7日) 住朝阳县。问案。未刻,何鲁传来谈。晴,风,暖极。脱夹裤,换单衫。

十五日己酉(1865年6月8日) 住朝阳县。问案。税员,前、后任知县,巡检等均禀安。上纱窗。

十六日庚戌(1865年6月9日) 住朝阳县。巳刻,健侯禀见,会。禀称,鄂尔土坂巡检等禀报,刘悦青已赴奈曼王府投案。未刻,准奈曼旗报称,刘悦青于本月初十日赴府投案,当将其锁铐,请饬派委兵役及太平社会前往迎提等语。当即札饬朝阳县,并转饬鄂尔土坂巡检等及沿途社会,一体小心迎护。并飞札该旗,多派官兵妥为押送,不得互相推诿,致有疏虞。申刻,土默特贝勒旗报称,社会尚姓等借捕逸犯为名,擅拏蒙古,请饬查禁,并将原告送辕前来。当即札饬朝阳县,妥为查办。一面再行出示严禁,并饬该原告回旗候办。晴。吃王瓜。

十七日辛亥(1865年6月10日) 住朝阳县。晴。

十八日壬子(1865年6月11日) 住朝阳县。问案。土默特贝勒旗会同锦州副都统差弁禀报,押解那木萨赉,明日即可到县。锦州委骁骑校承惠、宝善禀安,并执副都统恩官印合帖请安,当交与名片问候。晴,大风。子刻,西南落一星,光芒极大。前数日,正南落一星,光芒亦甚大。

十九日癸丑(1865年6月12日) 住朝阳县。土默特贝勒旗解送那木萨赉及随同拒捕之鲁布楚克到辕。问案。澍田送羊后坐一个。申刻,何鲁传来谈,留其同食白煮羊肉。晴。风,甚热。

二十日甲寅(1865年6月13日) 住朝阳县。商办奏稿。并札饬朝阳县,于次日清早将那木萨赉绑赴市曹正法。晴,亥刻阴,子刻细雨。

二十一日乙卯(1865年6月14日) 住朝阳县。细雨。辰刻,知县监视行刑完竣,禀见销差,会。巳刻,雨住,仍浓阴。

二十二日丙辰(1865年6月15日) 住朝阳县。申初,拜发具奏"续获逸犯那木萨赉,即行正法"之折,并"随同拒捕之鲁布楚克,按例定拟"附片一件。酉刻,知县及鄂尔土坂外委龚裕禄先后禀见,会。

晴,风,浮云。

二十三日丁巳(1865 年 6 月 16 日) 住朝阳县。何鲁传来辞行,会谈。酉刻,选叔禀见,会。遣人执帖拜鲁传。申刻,阴,细雨数点。

二十四日戊午(1865 年 6 月 17 日) 住朝阳县。问案。晴,未刻阴。

二十五日己未(1865 年 6 月 18 日) 住朝阳县。遣人送选叔果席一桌、绍酒一坛酒璧还,赏前办差家人银八两。酉刻,彦仲、选叔因次日起身回郡,禀见辞行,会。早间细雨,巳刻微晴,子刻落雨数点。未刻,接奈曼王信。

二十六日庚申(1865 年 6 月 19 日) 住朝阳县。晴。午刻,焕衢、云亭赴河东娘娘庙。子刻,西南阴,闪,风,飞雨数点。吃云扁豆。

二十七日辛酉(1865 年 6 月 20 日) 住朝阳县。晴,浮云。未刻西南浓阴雷作,酉刻东北雷作。

二十八日壬戌(1865 年 6 月 21 日) 住朝阳县。阴,大风。巳刻风稍息,落雨数点。酉刻晴。澍田来谈。晚间极凉爽,穿夹袄绵紧身。戌刻,北面落一星,光芒自东向西而没。

二十九日癸亥(1865 年 6 月 22 日) 住朝阳县。晴,风,浮云。

闰五月初一日甲子(1865 年 6 月 23 日) 住朝阳县。税员、知县禀安。晴。风,浮云。

初二日乙丑(1865 年 6 月 24 日) 住朝阳县。阴。燥热。未刻,四面雷声殷然,大风,雨大点一阵。申后,时阴时晴。晴,则落细雨一阵。

初三日丙寅(1865 年 6 月 25 日) 住朝阳县。酉正二刻,接奉由兵部递回,五月二十二日拜发之折,奉旨一道另恭录。又附片一件,奉旨:"该衙门议奏。钦此。"晴,浮云。

初四日丁卯(1865 年 6 月 26 日) 住朝阳县。酉刻,健侯禀见,会。阴。蒸热。

初五日戊辰(1865 年 6 月 27 日) 住朝阳县。阴。申刻,风,蒸热。戌刻,东南落一星,不大。

初六日己巳(1865年6月28日) 住朝阳县。晴,微风,浮云。未刻,由西南浓阴,雷作,雨。时大时小。申刻雷收,子刻雨住。

初七日庚午(1865年6月29日) 住朝阳县。奈曼旗报称,刘悦青于五月二十八日夜间由该旗档子房脱逃,现饬严拏等语。当即办文飞札该旗,限十日内务将该犯缉获,并将疏脱情形赶紧查明详报,以凭核办。阴,风,浮云。未刻落雨数点。

初八日辛未(1865年6月30日) 住朝阳县。戌刻,健侯禀见,会;禀称,提传保格老店主王殿恭到案。问案。晴,微风,浮云。

初九日壬申(1865年7月1日) 住朝阳县。问案。热河委员唐津禀安。晴。

初十日癸酉(1865年7月2日) 住朝阳县。传提人证王殿恭之父及更夫张得。晴,微风。午间燥热。

十一日甲戌(1865年7月3日) 住朝阳县。未刻,北园自郡回县。晴。微风,浮云,蒸热。

十二日乙亥(1865年7月4日) 住朝阳县。遣人执帖回拜兰轩,并贺健侯移徙之喜。晴,大风,极热。

十三日丙子(1865年7月5日) 住朝阳县。阴,微风。巳刻雨,申刻住。酉刻复细雨,连夜。晚间,健侯送烧猪一口。

十四日丁丑(1865年7月6日) 住朝阳县。卯刻雨,辰刻住。微风,浮云。申刻复细雨一阵,极凉爽。

十五日戊寅(1865年7月7日) 住朝阳县。税员、知县、巡检、把总均禀安。微风,浮云。未、酉二时,飞雨星数点。接三贝勒请安信。

十六日己卯(1865年7月8日) 住朝阳县。阴,微风。午刻飞细雨一阵。亥刻晴,极凉爽。

十七日庚辰(1865年7月9日) 住朝阳县。午刻,接家信及钟筱岩信得知,五月初九日蒙恩调补镶白旗满洲副都统。晴,午后时阴时晴。未、酉二时，小雨二阵。

十八日辛巳(1865年7月10日) 住朝阳县。晴，浮云。

十九日壬午(1865年7月11日) 住朝阳县。晴。未刻，西边云升雷作。酉刻复晴。子刻，西北浓阴，雷电交作。丑刻，落雨一阵。

二十日癸未(1865年7月12日) 住朝阳县。晴，浮云。

二十一日甲申(1865年7月13日) 住朝阳县。商办折底。晴，风，浮云。

二十二日乙酉(1865年7月14日) 住朝阳县。巳刻，接准兵部咨开："内阁抄出，同治四年五月初九日奉旨：'正黄旗满洲副都统额勒和布，着与镶白旗满洲副都统德懋对调。钦此。'钦遵恭录，知照前来。"问案提王殿恭之叔到案。晴，微风，浮云。申刻沐浴。

二十三日丙戌(1865年7月15日) 住朝阳县。晴，未刻阴。晚间，澍田来谈。

二十四日丁亥(1865年7月16日) 住朝阳县。咨查案卷行热河。晴。未刻，西北沉阴，雷作，细雨一阵。蒸热。

二十五日戊子(1865年7月17日) 住朝阳县。问案。晴，申刻阴。西北风大作，东北雷鸣。

二十六日己丑(1865年7月18日) 住朝阳县。阅折。写家信。晴，风，浮云。澍田来谈。

二十七日庚寅(1865年7月19日) 住朝阳县。辰刻，拜发谢恩折及"奏参疏防脱逃要犯之旗员"折。寄家信。问案。□刻，准刑部咨称："会同理藩院议覆，老头会案内喇嘛甘珠尔罪名，应如所奏'定拟'一折，同治四年闰五月初一日具奏，奉旨：'依议。钦此。'抄录知照前来。"晴，风，浮云。午、未之间，西南月见，旁有一星。申刻以后，西北浓阴。亥、子之间，四面阴，电，远远雷鸣。晚间，澍田送煮饽饽二盒。

二十八日辛卯(1865年7月20日) 住朝阳县。酉刻，健侯禀见，会。晴。微风。浮云。官民祈雨。

二十九日壬辰(1865年7月21日) 住朝阳县。奈曼旗报送看差官兵到案,问案。阴。

三十日癸巳(1865年7月22日) 住朝阳县。接何鲁传信。问案。晴。热。微风,浮云。

六月初一日甲午(1865年7月23日) 住朝阳县。税员、知县、巡检、把总均禀安贺喜。问案。晴,风,浮云。热,早、晚凉爽。连日日耳。接选叔信。

初二日乙未(1865年7月24日) 住朝阳县。问案。晴,风,浮云。未刻,西北浓阴,雷鸣,飞雨星数点。申正,东北虹见。

初三日丙申(1865年7月25日) 住朝阳县。问案。晴,风,浮云。午后,西面沉阴,雷鸣。酉、戌二时,落雨二阵,不过寸余。

初四日丁酉(1865年7月26日) 住朝阳县。问案。晴,风,浮云。酉、戌二时,雷鸣,落雨二阵,不及一寸。

初五日戊戌(1865年7月27日) 住朝阳县。问案。晴,微风,浮云。午后热。北园送折扇六柄、硾笺十副。

初六日己亥(1865年7月28日) 住朝阳县。问案。阴。申正后,落雨一阵。仍未沾足。

初七日庚子(1865年7月29日) 住朝阳县。问案。澍田送西瓜六个。晴。微风,浮云。

初八日辛丑(1865年7月30日) 住朝阳县。申初三刻,接奉由兵部递回,闰五月二十七日拜发之折、奉旨一道,谢恩折奉旨:"知道了,钦此。"问案。晴。微风,浮云。酉刻,澍田来谈。日间蒸热。

初九日壬寅(1865年7月31日) 住朝阳县。问案。晴,风,浮云。蒸热。

初十日癸卯(1865年8月1日) 住朝阳县。问案。素鲁荒即东荒社民赵宏信等,因感办老头会之案,立碑以记其事。禁之,不从。碑在朝阳县东街关帝庙马僮殿右侧。午后,阴。未、戌二时,细雨二阵。夜间雨约在丑刻,达旦。

附录碑文。

《钦使额公捕办老头会匪德政碑记》

盖闻太上有立德，其次有立功，此之谓不朽。所以子产惠人，当时称其遗爱；羊公恤士，终古为之泪零。苟非智、仁、勇备于一身，未有御患捍灾而不震惊百姓者也，况能百世讴歌，群黎爱戴也哉！粤稽额公之捕办会匪也，用乡团之力，御之以智；体天地之心，抚之以仁；探虎狼之穴，任之以勇。伟矣哉！德及要荒，功书竹帛，诚足以垂诸不朽矣！公印勒和布，字筱珊，壬子进士，任理藩院右侍郎。前因土默特贝勒旗丁差过重，蒙古绰金汰、恩合巴土等设立老头会，叛上抗差，焚掠仇杀我邑，东北为之骚然。同治甲子岁，我皇上爰命额公会同喀拉沁王，随带理藩院司员即用道、郎中鄂印云布，即用府、员外郎松印瑞，委署主事玉印岱，知州衔、直隶即补知县朱印克扬，驰抵该旗。翦除凶顽，闾阎戴德，妇孺腾欢。不意恩合巴土就擒后，巧计潜逃，负隅抗拒。公复号召乡社，密授机宜，戒玉石之俱焚，期顽梗之必获。德威并用，宽猛兼施，未六旬而巨案胥清，才一鼓而元凶授首。是非智足以控御，仁足以覆帱，勇足以制断，能若是之神且速耶。初会匪之起也，始于咸丰庚申。虽节经查办，皆薄示惩创。原冀其悔悟自新，相安无事，乃该匪等怙恶不悛，凶焰日炽。迨我额公芟翦荆榛，扶养兰蕙，蒙、民奠定，闾里乂安，巉巉者咸钦德政，嘱余为文以纪之。用敢不揣固陋，爰笔直陈，谨叙巅末，以垂不朽云。同治四年蒲月□□日，朝阳县知县舒舒觉罗氏庆康撰并书。碑后面系蒙古珍濠里团练会首、乡约赵宏信，乡长庄世鸿及铺民与合会人等姓名。

十一日甲辰(1865年8月2日) 住朝阳县。问案。雨。辰正后住。午、未、申三时，复雷雨三阵。戌刻晴，已深透。写信致玉符。

十二日乙巳(1865年8月3日) 住朝阳县。蒙古珍乡约等禀安叩喜，见。巡检、把总叩喜。申刻，健侯禀见，会。晴。微风，浮云，申正后细雨数点。戌、亥之间，浓阴，雷作。亥刻大雨。势若盆倾，约二刻许方住。夜间复大雨，达旦。

十三日丙午(1865年8月4日) 住朝阳县。辰刻,雨住,仍浓阴。巳后,时阴时晴。申刻,复浓阴,大雨雷鸣,约二刻许即住。酉刻,复雨约二、三刻。戌刻,微晴,月出。朝阳一带颇形亢旱,得此透雨,秋收可望矣。达喇嘛请看跳布扎,听戏辞。缘自此日至十八日开庙。每日午间跳布扎,唱戏。牌楼内山门前两边皆支搭席棚,各处客人及本街买卖均赴庙贸易,谓之庙会。

十四日丁未(1865年8月5日) 住朝阳县。午前浮云,风。午后晴。天极凉爽。

十五日戊申(1865年8月6日) 住朝阳县。税员、知县、巡检、把总均禀安贺喜。午刻,同诸位随员及澍田、健侯看跳布扎。在山门外照壁后,李喇嘛再四恳请,碍难固辞。晴,风。

十六日己酉(1865年8月7日) 住朝阳县。微风,浮云。申刻后,阴。酉刻、戌刻,均飞雨星。

十七日庚戌(1865年8月8日) 住朝阳县。问案。贝勒旗。淡阴,风。

十八日辛亥(1865年8月9日) 住朝阳县。问案。淡阴,微风。亥刻雨,达旦。未刻,钱静斋来谢。因写条幅,系浙江人,在此落户。接本院议覆原奏。系奈曼旗疏脱要犯处分。

十九日壬子(1865年8月10日) 住朝阳县。雨,辰刻住。巳刻后,晴,浮云。酉刻,静斋请吃饭,约澍田作陪。兼与澍田饯行,在焕渠院内。

二十日癸丑(1865年8月11日) 住朝阳县。问案。晴,微风。

二十一日甲寅(1865年8月12日) 住朝阳县。问案。晴。戌刻,落二星。一,光芒甚大,自西北向东南而没;一,似流星,自北向南而没。

二十二日乙卯(1865年8月13日) 住朝阳县。问案。淡阴。酉刻,西面浓阴,西南雷电交作,细雨一阵。亥刻晴。落一星,不大。

二十三日丙辰(1865年8月14日) 住朝阳县。微风,浮云,晴。稍觉蒸热。

二十四日丁巳(1865年8月15日) 住朝阳县。晴,浮云,酉刻风。戌刻以后,四面打闪。

二十五日戊午(1865年8月16日) 住朝阳县。问案。未刻,东南浓阴,雷鸣,大风。飞雨星二三阵。八沟营属六家子守备张松林禀安。酉刻,晴。

二十六日己未(1865年8月17日) 住朝阳县。淡阴,微风。未刻飞雨星,亥刻晴。

二十七日庚申(1865年8月18日) 住朝阳县。问案。浮云,微风。戌刻晴。北面阴,连闪。

二十八日辛酉(1865年8月19日) 住朝阳县。淡阴。

二十九日壬戌(1865年8月20日) 住朝阳县。问案。巳刻,接家信。未刻后,细雨连夜。自二十日起,至是日,系老爷庙庙会。

七月初一日癸亥(1865年8月21日) 住朝阳县。写信。致博川、立修。细雨,申刻住,仍浓阴。知县、巡检禀安贺喜。税员由奈曼旗差竣赐奠回县,差人禀安。酉刻后复雨,子刻住。朝阳一带粘虫过盛,谷叶半被食尽。

初二日甲子(1865年8月22日) 住朝阳县。酉刻,澍田禀见,会。晴。写家信,本日发。

初三日乙丑(1865年8月23日) 住朝阳县。署捕盗把总李景春禀安。把总姜永祉禀辞。调署平泉捕盗千总。热河五品顶戴、番役头目王振德禀安。由广宁办差回,经过朝阳。晴。

初四日丙寅(1865年8月24日) 住朝阳县。晴。张高及伊媳又赴辕呈控。

初五日丁卯(1865年8月25日) 住朝阳县。问案。外委王景尧由热河回县禀安。晴,风。晚间西北浓阴,连电。

初六日戊辰(1865年8月26日) 住朝阳县。晴,燥热。晚间西南、北阴,闪。

初七日己巳(1865年8月27日) 住朝阳县。细雨,酉刻住。

初八日庚午(1865年8月28日) 住朝阳县。阴,午后晴。浮云。买东参十二两。东钱七吊五百文一两者,四两;三吊五百文一两者,半斤。徐喇嘛过付。

初九日辛未(1865年8月29日) 住朝阳县。阅堂供。问案。接家信。澍田家人回县寄来。阴。

初十日壬申(1865年8月30日) 住朝阳县。阅堂供。商办奏底。酉刻,澍田来谈,送烧羊肉、烧杂碎二盘。晴,风,极爽。

十一日癸酉(1865年8月31日) 住朝阳县。商办奏底,阅堂供,问案。晴,风。

十二日甲戌(1865年9月1日) 住朝阳县。辰刻,率诸随员叩贺慈安皇太后万寿之禧。未刻,钱松龄来谢。即静斋,因求写对联。晴,风。

十三日乙亥(1865年9月2日) 住朝阳县。阅奏底,问案。接佑亭信。递骡一头。晚间,钱静斋请吃饭。在焕渠院。晴,风。

十四日丙子(1865年9月3日) 住朝阳县。阅奏底。自抵朝阳以至今日,每日无事时,或写对联,或写扇面,或写横幅、条幅也。不知费却几多纸墨,然亦解释烦闷之一方也。呵呵!淡阴,风。晚间在后院核对堂供,丑正方散。

十五日丁丑(1865年9月4日) 住朝阳县。税员、知县、巡检、署把总均禀安。午刻,监生钱松龄来叩拜,并敬递皮桌面一张,狼皮一张,绒毡一条,东蘑一匣,海米二小包,海参一盘,东烟、汤粉各一束。再四推辞,奈伊屡次恳求,并求北园转恳,只得收之。未刻,过堂。酉刻,健侯叩拜。前期托北园致意。戌刻,澍田来谈。阴,午刻飞细雨一阵。戌刻晴。

十六日戊寅(1865年9月5日) 住朝阳县。阅一切文移底。写条屏四张,朱式如求、对联一副。晴。未刻阴,雷大,雨滂沱,约二三刻方住。戌刻晴。月出双耳,极凉爽。似中秋。色先生送东烟、汤粉各一束。回赏伊对联一付。

十七日己卯(1865年9月6日) 住朝阳县。阅折。酉刻,健侯、静斋来谈。澍田叩拜,递骡一头、马一匹,马璧还。并送菜四大海〔碗〕。北园接奉都统札饬署理朝阳县事。健侯撤任。晴,浮云。写家信。

十八日庚辰(1865年9月7日) 住朝阳县。早间收拾行装,午后阅折。酉正,出门。拜健侯、澍田均会,静斋未会。健侯送果席一桌,并与澍田、静斋先后来缴帖谢步,均会。札符喇嘛扎密洋吹丕勒率僧官等来见。赠伊等条幅、匾额、对联、香资十两。王僧官递佛一尊,佟喇嘛递哈达一块。灯下写匾二块,徐喇嘛求。浮阴。

十九日辛巳(1865年9月8日) 巳正,拜发具奏"审明奈曼王旗蒙、民互控"之折。赴庙上香,在县坐饯。巳正二刻,起身。县内派捕盗外委王振邦带兵丁、伞夫各二名引送。午正二刻,至烂泥塘。健侯备点心,茶尖。健侯、澍田、静斋、雨亭均送至该处。未正,起身坐车。酉正,至平房子住。仍系隆泰店公馆,朝①。阴。与北园同吃饭。亥刻雨,连夜。早间,孙洛三之妻来辕,任意刁狡。当即提讯,将其掌责。

二十日壬午(1865年9月9日) 雨,未刻稍住,仍浓阴。铺内掌柜李姓禀称,前途道路泥泞,请多住一日。因天气尚阴,只得住下。早间混炖、挂面。晚饭,菜。铺内备。

二十一日癸未(1865年9月10日) 辰初,起身。乘马、坐车。北园辞别回县,遣外委王振邦率兵丁、衙役及赵林随回。赏伊等及铺内掌柜李姓、伙计四名条幅、扇、对等物。午初,至波罗赤尖朝。营汛署千总宋殿魁及外委李平率营兵跪接,送。公馆系路北三泰店,计程四十五里,少歇。未初二刻,起身。过担杖钩梁。梁长三十余里,蜿蜒起伏。中有小陡坡数处,不甚易行。行(里)〔李〕车跌翻一辆,张三之马惊逸,寻觅许久始找获。虽经二险,幸未伤人,亦万幸也!惟鞍韂破碎不堪矣。酉初二刻,至宫营子住平泉。乡约刘举禀安。计程四十五里,仍系来时公馆。梁上有平

---

① "朝",即朝阳县,下同。

泉、朝阳交界牌。晴。

二十二日甲申(1865年9月11日) 卯正三刻,起身坐车。过小河汊四五道。巳初三刻,至夜不收春生当饯,少歇。赏对联、扇子各二。午正一刻,起身。申初二刻,至张胡店茶饯,均系平泉备。路间,有平泉民妇林李氏呈控,伊孙女被伊翁、姑殴死,贿串书役搁案不办等情,令赴州具呈。申正二刻,起身。至牛录河梁中间,建昌知县署耆龄接。捕盗额外外委姜昆带弓箭、腰刀、对子二对接引。戌初一刻,至建昌。巡检尤淦、外委捕盗赵良模、杨景桂及四街八行税书、县书、税役、县役等跪接。执事、鼓手前导。至公和局公馆住。税员舒竹轩因赴敖罕旗相验。遣人禀安。耆令禀见,会。巡检以次均禀安叩喜。税员送果席、烧烤,烧烤赏孙、高二吏,又送建昌茧二端、月饼、挂面、茶叶各二匣。收月饼、挂面各一匣,余俱璧回。署令送程仪五十两,月饼、杏仁、蘑菇、茶叶各二匣。收蘑菇、茶叶各一匣,余俱璧回。子刻,写对联三副。丑正方睡。晴。热。

二十三日乙酉(1865年9月12日) 建昌县五官营子乡社职员徐敏中、蒙古扎兰刘钦成等禀送万民伞等物,因于该县地方并无好处,拒辞数四。伊等以业经备妥,余物不敢呈递,务求将伞赏收,并具禀叩恳,只得令其将伞递进阅看。最可笑者,伞甫递进,伊等即以赴城外跪送为辞散去。大约恐仍发还也!奇极!署令耆龄禀见,会。巳初一刻,起身。外委姜昆率对子及执事、鼓手等前引,巡检、外委及书役、乡排八行等均在西关外接,官厅跪送。带项二灵,随大车走。未初二刻,至双庙饯。申初二刻,起身。酉正二刻,至北宫住。耆令字小涛,行三,住府学胡同。在公馆接,候送。辞之,不肯回去。晴。早间乘马,午后坐车。

二十四日丙戌(1865年9月13日) 耆令禀辞回县。辰初一刻,起身坐车。半阴。至烈山梁,细雨一阵。复乘马,过小、大杨树梁。大杨树梁西面,山石巉巗奇异,颇可爱玩。巳正三刻,至梁下天裕店饯。未初三刻,起身。过小梁二道。上不觉高,下时极陡。申初三刻,至大庙三胜店茶尖。午后天晴,极热。申正二刻,起身。至平泉北街外,玉符遣郭什哈六名执帖来接。音德春、吉拉嘎春、群福、善亮、恩普、明安布。又半里许,税员海通,豁庭,行二。吏目徐涛,号锦泉,系六品衔补用知县。署千总姜永祉,署八沟营中军守备、河屯协右营守备叶起发及绿营千、把、外委等跪接。酉正一刻,至和盛永店公馆住。税员、吏目先后禀见,会。余均禀安。参将扎普尚阿病,知州宝谦六吉,行□。因相验公出,均遣人接并禀安。喀拉沁王遣章京致信请安。戌刻,海豁亭来谈,携有大棋,手谈二盘,棋分甚高,让余三子,尚觉从容。并送果菜一桌。赏戈什哈。

二十五日丁亥(1865 年 9 月 14 日) 税员禀见,会。吏目等均禀安。辰正二刻,乘马起身。因系忌辰,只用执事,不声炮、不鸣锣。税员及吏目,两营千、把、外委等均在西街外送,参将、知州遣人持帖送行。至三道河子地方,马忽失前蹄,以致跌落,幸未磕磞,仍乘马。至凤凰岭,在山巅少歇,放爆竹数枚,后乘车。至七沟尖,时未初二刻。仍系来时公馆,平①。申初三刻,起身。坐车。戌初,至六沟住。亦系来时公馆,承②。浮云。

二十六日(1865 年 9 月 15 日) 阴。辰正,起身坐车。午正,至老爷庙尖。飞雨星。未正一刻,起身坐车。行二十余里,至红石峦梁下。郭什哈等禀称,前途有路二道。一名"红石峦",梁系大道,可以乘车,惟至高且陡,石路坎坷,为口外第一难行之处;一名"长脖子梁",系小道,稍平,且近数里,只能乘马,并无车路。闻都统等均在迎水坝候接等语,遂同焕衢乘马,由长脖子梁行走。梁长十里,盘旋一径,亦极高陡,遂下马步行。未至半巅而雨至,只得冒雨前进。下梁里许,复上一梁,名"老爷梁",虽不甚长,亦不易行。山顶有关帝庙一座,入庙行礼,少歇。雨、汗淋漓,不堪形状。焕渠赏庙内张喇嘛茶资五

---

① "平",即平泉州。

② "承",即承德府。

钱。喘息稍定，复冒雨而下。至平坦处乘马。又二三里，至武烈河，摆渡而过。至迎水坝，热河道征良，副将崇福，前任建昌县善保，候补县李继昭、张庆麟，守备博崇武，候补从九品柳东升等均在庙前迎接。时雨愈大，天已晚，未便坐谈，遂辞。回公馆，已亥初矣！尖、住均系来时公馆。衣服、靴、袜均已沾湿，而郭什哈及家人等拖泥带水，狼狈极矣！副将、道员以次均禀安。知府差人禀安，因在贡院府考。都统拜会，见。惠麟禀见，会。比及客散已子初矣，始吃饭歇息。雨连夜，次早方住。距热河四十余里地名"山嘴"，自此以至热河，沿途之山峰秀峦奇。或如人形，或若兽状，或高耸如浮图，或壁立如城垣，有盘旋如螺者，有叠累如台者，曰乳头，曰元宝，曰棋盘，曰盖碗，曰僧冠，曰靴支，曰窟窿，曰盘锤，或形如蛤蟆，或状似弥陀，嵯峨怪异，不一而足。非徒有其名，实皆肖其形，诚胜景也！惜雨中跋涉，未能游览，为怅耳！

二十七日己丑(1865年9月16日) 住热河。征道台、崇副将、宛司员、善令、李令、朱绳斋北园世兄先后禀见，均会。总管锡奎、耀安均拜，不会。协领禧霖及候补各官均禀安。都统、道台各送果菜、烧烤一桌。分赏书吏、郭什哈等。申初，出门。拜客。都统，会；何鲁传，会；二总管、道、府、惠雨亭、宛伟甫、李彦仲、李选叔、善定甫、崇莘农、北园世兄绳斋，均未会；道、府以次，均陆续缴帖。晚间，鲁传来谈，朱绳斋送茧绸四端、桦桌四张。选叔送袍褂料一套、狼皮四张、养参一匣、桦桌二张。塔章京送桦桌一张，桦碗、拜匣各二。惠雨亭送拜匣二、桦碗一、酒杯六收；茧绸二端、桦桌二张、乾酒一篓及猪鸭鸡肉、果品、点心等物，均璧还。晚间，行一切文移。早晴，午后阴。

二十八日庚寅(1865年9月17日) 住热河。征善甫、崇莘农、惠雨亭、李选叔、禧协领均谢步，候补府经历吴文伟禀安。写信。致北园。申刻，麒玉符拜会，据云，奖励咨文已收到。朱令奖叙，即照原拟移咨直督，遇缺授署二次。塔尔哈春，拟以四翼八佐蒙古前锋校遇缺即补，先换顶戴。善亮、明安布、群福，均赏给额外蓝翎长。音德春、吉拉嘎春、恩普，均以前锋即补。并面赠程仪百两。推辞再四，总以旧日相好、朋友帮助为辞，不肯收回。实难固辞，反失情谊，只得收下。善甫送桦桌、拜匣各四，口蘑、海参、葡萄、榛穰各二匣。玉山送鞍板一付，桦桌四张，榛仁、口蘑各二匣。鲁传送桂圆、莲子、葡萄、南枣四包，共一蒲包。阴。申正雨，连夜。玉符差人以雨大路滑请多住一日，余亦恐广仁岭难行，只得耽延一日。

二十九日辛卯(1865年9月18日) 住热河。道台禀见，会。矿局委员、同知承庆号子余、协领禧霖均禀安。申初，出门。拜都统、道台，均会。送都统横幅、对联。差人持帖拜知府。晚间，李彦仲、何鲁传来谈。晴，浮云，极凉爽。早、晚穿大、小夹袄。

三十日壬辰(1865年9月19日) 辰正，自热河起身。乘马。都统、二总管、道台、副将等均在站像关帝庙内跪请圣安。少坐，复乘马。至广仁岭，惠、宛二司员，李令、伊令、承令均在岭下候送。少坐，步过岭巅，始坐车行。午正，至滦平县。署令吉英、巡检沈城在河北三里许候接。涉过滦河，执事前导，至公馆尖仍系来时公馆。喀喇哈屯协领托当阿禀安。申初，起身。署令、西厅均出郭三里候送。行十余里，过苇子峪梁一道不难走。酉正，至王家营公馆。仍系路南连升店。驿传把总盛宽，外委盛智、张文起均禀安。距热河二十余里，大道南面一山。上有石峰二个，相离数尺，南小北大，下细上宽，形极奇异。南峰巅有小庙一座，迤北有一小峰。据戈什哈云，此即双塔山也。晴。

八月初一日癸巳(1865年9月20日) 王家营坐尖。吃挂面。巳正，起身，坐车。行数里，过靳家沟梁。虽不高陡，惟缘山一径曲折坎坷，极为簸扬。下有曲水一道。午正，至三道梁，路北店内茶尖。未初，起身。过小黄土梁及常山峪梁。常山峪稍陡，下车步行至巅。少歇，放爆竹数枚。申正二刻，至鞍匠营公馆住。仍系来时公馆。驿传把总张世兴、与外委张世英等跪接，后禀安备公馆。早晴，申刻阴，夜间雨。

初二日甲午(1865年9月21日) 雨，巳初雨稍住，尚浓阴。因驿站清苦，未便多住，即坐车起身。至青石梁下车，步行至山巅关帝庙内焚香。复步下，至平坦处始坐车。此梁原极高陡，加之雨后泥泞，

(陪)〔倍〕觉难走，幸人多保护，人、马、车辆均无恙。午正，至二间房尖。吃素菜四色及干饼、片儿汤。未正，起身坐车。酉初二刻，至古北口公馆住。仍系来时公馆。驿站道崇本在口门外里许接，即补副将中军参将赵喜义，署游击常存、伊兴阿，都司善魁，守备和伸布、王兆麟，防守尉色普通阿，均在口门内接。提督徐廷楷差人接，并先后禀安。驿站道禀见，会。差郭什哈持帖回拜提督、参将。驿站道子中送蘑菇、茶叶各二匣，蜂蜜四篓。阴。

初三日乙未(1865年9月22日) 辰正，起身。坐车。提督徐廷楷在北门坡药王庙内跪请圣安，后少坐即行。参将等亦在此候送，崇子中在坡下里许送。至南天门坡下，遣郭什哈明安布等六员名先行回郡销差，并付给名片致谢玉符。赏伊等盘费银六两。路间涉白河，经南天门，野鸡岭，大、小新开岭，双石岭，白河涧沟等处。道路被雨水冲刷，石峰、路坎极不易行。午正二刻，始至石峡尖。密云属，仍系原公馆。未正一刻，起身。行二十余里，至朝都庄茶尖自备，少歇即行。距密云二十余里，连公差人接请，遂先至满营。连公在衙门跪请圣安。后因天气已晚，少坐即辞行。至县南关外，路北公馆住，亦系来时公馆，办差家人极其滑懒，即开水亦未预备。并据禀称，伊主人厉云官赴乡相验，尚未回县。住时已戌初矣。续斋送一品锅一具、点心一盘，差人回送续斋桦木桌一张、茶叶等物四匣。阴。

初四日丙辰(1865年9月23日) 阴。早间吃一品锅。绪斋来拜，会谈许久始辞去。巳正，起身坐车。涉过白河，水虽极狂，不深。行至距牛栏山数里雨至，遂冒雨行。申初，至牛栏山，路东魏家店尖自备。时雨益大，又未便住歇。至错程站，只得复冒雨行，涉过牛栏山河。戌初，始至顺义。知县李应选，字瀛仙，行二，陕西人，壬子同年。出城半里许接。至城内公馆住。仍系城隍庙。静、洪二和尚，王先生等，及松茂如、竹轩弟等，均在公馆候接，时仍细雨。亥刻住。

初五日丁巳(1865年9月24日) 早，雾。辰正，起身。坐车。午初，涉过孙河。在孙河街路西□□店内尖。自备。未正，起身。行至距东直门十里许，细雨一阵，遂冒雨而行。亥初，始至庆寿寺庙内住。署中荣显庭等及国寿岩诸位，均在庙内等候。谈许久，始各辞去，子刻方吃饭。剃头。丑刻少歇。

初六日戊午(1865 年 9 月 25 日) 寅正，由西华门进内，跪安。系总理行营处，有引见。巳初散，仍出西华门。拜六额驸、佩衡、芗生、辑庵、恭王、立修、子久、琢如均未会。未初始回家，佛前上香。阴。亲友送果菜接风。

日记

同治四年(1865)京师　盛京

八月初七日(9月26日)　阴,时雨时止。亲友陆续拜会。申正,始出门乘马。拜客。老洪、崇庵夫子、存姑爷,均会。醇王,未会。回家已戌初多矣!

初八日(9月27日)　阴,时雨时止。因亲友往来无间,至申正方出门。甫到街口,值德仁山来拜。因数年未见,遂陪回,坐谈许久。因荐刘玉,即刘二,仁山令其回热河等候。存立修拜会,见。去后已酉正多矣!差人送仁山茶叶、点心、黄酱各二匣。夜间大雨。

初九日(9月28日)　早间雨。卯正,由西长安门进内,值日。理藩院。辰正散,值雨稍住,遂冒雨拜客。庆星阶,未会。景介臣、清吉甫、国寿岩,均会。回家已未正多矣!遣郭什哈塔尔哈春及刘二回热河。赏塔章京银四两、针黹四色,刘二钱四吊。

初十日卯正(9月29日)　由西长安门进内,听验放宣旨。巳初宣出,遂赴内阁会同验放。吏部、内务府、正黄汉、正红蒙四处,共五十二员。内正红蒙补放佐领,拟陪之恩骑尉桂林,因病未到。吏部分发浙江盐大使黎清未到。于单内注明。午初散。出西长安门,赴户部监领本旗米折。共应领银一万六千十三两一钱九分一厘,系灵芗生上库。午正二刻散。细雨。因应拜之客甚多,未便再延,遂复冒雨拜客。玉云亭,会。伍卓峰,未会。未正,至德祥斋处,留饭,吃煮饽饽。申正,复拜毓筱山、惇王、李文源、朱桐轩,均未会。郭亲家老爷,会。到家已戌初矣。阴,午刻细雨,未刻住。

十一日(9月30日)　晴。卯正,由神武门进内,值日镶白旗,并验放复命。巳初散值。赴中正殿照料喇嘛念经,后仍出神武门。拜客。崇佩如,未会。音老六、占二老爷,均会。何大人,未会。未初回家。因连日阴雨,道路泥泞,骡马疲乏。饭后歇息,未出门。锡岐山拜会,见。

十二日(10月1日)　阴。未刻,出门拜客。德七爷、臧爷,递帖。伊松亭、固莲溪、寿幼芝,均会。察雨田、哲松亭,递帖。国姨太太、德二太太,均见。郑王、丰二老爷,递帖。福东璞、罗沃庭,均会。

十三日(10月2日)　阴,细雨。张吉人、师伯骏拜会,均见。

十四日(10月3日)　未刻,乘马出门拜客。房后,递帖。阿老爷,会。福洵如,递帖。色十太太,见。清老爷平,递帖。富六老爷,会。崧老爷峩,递帖。伊三老爷、富五老爷、文三舅爷,均会。鄂焕渠、昌大老爷,递帖。丰舅老爷、小姑太太、续姑太太、桂大爷、祥大老爷,均会、见。回家已掌灯矣!晴,浮云。

十五日(10月4日)　卯正,乘马由西长安门进内,听宣。散后拜客。连老爷、德七爷、诚老爷,均递帖。回家少歇。未刻,复乘马出城拜客。师伯骏、何子伯、李李村、丁颐伯,均未会。刘善初、张吉人、朱修伯,均会。刘大人,未会。回家又掌灯矣!晴。是日,神机营奏拟派本旗专操大臣,武职六班奏派补进武职六班。

十六日(10月5日)　辰正,进西长安门,朝审上班。本院备饭。未刻散班。出前门,赴户部捐纳房诸位之约。在观音寺福隆堂。酉正散。进城拜客。倭中堂、文博川,递帖。戌刻始回家。晴。

十七日(10月6日)　辰初,乘马由西长安门进内,值日。理藩院。散后拜客。格三爷,会。回家吃饭。未正,复出门拜客。禧祉堂、福五太太、花大爷,均会。松寿泉、色怡庭,均未会。钟筱岩,会。文芝山,未会。锡岐山,会。荣显庭、清辑庭,均未会。述大爷、伊理堂,均会。晴。

十八日(10月7日)　未正,出城拜客。王钰如,会。周中堂、蔡翼臣、贾中堂,均未会。赵心泉,会。翁蕙舫,未会。进城拜客。文博川、基润野,递帖。晴。

十九日(10月8日) 辰正,进西华门。该武职六班。接玉昆甫。同班文职:达四聪;王公:庄贝勒。晴。

二十日(10月9日) 交班后,璟润斋接。进内听宣。散后,同四聪出东华门,赴德祥斋之约。在南池子庆兴碓房,王又芗、恒四爷在坐。散后拜客。恒云舫、承丽斋、文雅亭、奎乐山、宝佩衡、锡厚庵,均递帖。富书云,会。文六阶、景星桥、察鉴泉、庆余斋,均递帖。文淑南,会。桂大爷、孟定甫,均未会。奎华庭,会。衍东之、延树南、铭鼎臣、载鹤〔峰〕、福五老爷、明大人、常沛霖、存大夫、全小汀、绵佩卿,均递帖。掌灯后始回家。晴。

二十一日(10月10日) 辰初,由西长安门进内,值日。镶白旗。散后,回家。饭后,出门拜客。福大奶奶、阿二爷,均见。英老爷廉、奕丽堂,未会。德大爷、海大爷、阿大爷,均见。阿大爷留吃饭。回家又掌灯后矣!晴。

二十二日(10月11日) 午后,出门拜客。存立修、毓秀峰、寅老爷,均未会。升拙山,会。庆雅堂,未会。晴。

二十三日(10月12日) 午后,出门拜客。春黼庭、庆雨香、彭硕亭、爱华峰、文俊民,均未会。晴。

二十四日(10月13日) 辰刻,出城拜客。吴芸轩、王笑山、张星舫,均未会。巳刻,出南西门,赴国寿岩诸君大石桥之约。得鱼二尾。晴。与诸老友相别年余,无日不思。今复得群聚遨游,诚大快事也!

二十五日(10月14日) 辰刻,由西长安门进内,值日。理藩院。听宣。散后,回家少歇。午刻复出门,赴音十老爷处贺喜。伊四弟续弦。后拜陈莪卿,未会。晴。以上五日均系日后补记。

二十六日(10月15日) 卯刻,出门。在莲华寺与署中诸位会齐,赴法源寺文博翁夫人灵位前吊祭。后进内,上武职六班。同恒雨亭。晴。

二十七日(10月16日) 辰刻,下班回家。伊理堂拜会,见。饭后,恭阅《国史馆列传》。晴。是日有宣,惟不记得何衙门奏、派何事矣。

二十八日(10月17日) 寅初,出门,赴历代帝王庙分献。同载凤仪、伍卓峰、恒雨亭。卯正散,回家少歇。辰初三刻复出门,赴镶白旗满洲衙门上任。散后拜客。瑞中堂、绥庭世兄、恩文甫、广孔愚、董蕴卿、绵竹坡、联朴斋、王渔庄、英老爷贵,均未会。未初,回家。晴。

二十九日(10月18日)　辰刻,出城拜客。殷谱经、罗椒生,未会。后出南西门,赴国寿(严)〔岩〕诸君之约。早,晴。申刻,西北忽浓阴,赶紧回奔。甫进南西门,雨已至。比及到家,顶马、车夫均已霖湿,狼狈极矣!戌刻,雨住。

三十日(10月19日)　阴。未出门,恭阅功课。此五日亦系日后补记者,内多记不清处。

九月初一日(10月20日)　辰刻,由西长安门进内,值日。镶白满。听宣。散后,回家。阴。未出门。

初二日(10月21日)　辰刻,由西华门进内。国史馆恭进秋季第一单功课。系花沙纳、恒福、庆寅、德瑛四大臣清字列传。散后,进武职六班。文职:祥子(沾)〔占〕;王:郑王。晴。浮云。

初三日(10月22日)　值日。理藩院。散后,出班。拜客。福文泉、瑞蕴谦、伊芝山,均未会。倭崇翁、恩任婿,均会。文四爷、文子乘、鄂焕衢,均未会。午刻,回家。饭后,赴庙恭阅馆课。晴。

初四日(10月23日)　辰刻,赴内阁监试考试蒙古中书。随带鄂焕渠、清辑庭二员,主试伍卓峰。应考庆春一名,翻、写均未错。在内阁吃饭。未正散,回家。晴。

初五日(10月24日)　辰刻,由西长安门进内。听宣。国史馆恭进秋季第二单功课。系宗室成凯、托云保、杨殿邦、沈炳垣四大臣汉字列传。散后,毓秀峰诸君约赴六班,商议班次。后回家。午后,赴庙恭阅馆课及奏折。阴。是日,蒙恩钤派管理镶白旗满洲新、旧营房事务大臣。由值年旗开单奏请钤派。

初六日(10月25日)　卯正,由西长安门进内,谢管理镶白旗满洲新、旧营房事务恩。无引见。散后,拜客。蒋三老爷、于老爷、魁华峰、豫子琴,均未会。阴。午后细雨,大风。

初七日(10月26日) 辰初,由西长安门进内,豫备谢恩。无引见。散后,回家。午后,赴庙恭阅馆课。晴,浮云,大风,甚冷。

初八日(10月27日) 辰刻,由西华门进内,预备谢恩。无引见。散后,进武职六班。文职:衍东之;王〔班〕:槠公。恭阅馆课。晴,风,甚冷。

初九日(10月28日) 辰正,出班。回家少歇,复坐车出南西门,同福东璞诸君登高,吃烤肉。酉刻始回家。晴。忙中偷闲亦一乐也。

初十日(10月29日) 由神武门进内,听宣。散后,回家少歇。午初,出门,赴镶白旗满洲马圈内挑缺。领催一缺,因排内人均不能写字,扣;马甲,□缺;养育兵,七缺。散后,赴常沛霖之约。坐间有前任吉林将军景朴庵、前大兴县贺笠洲。掌灯后始散。回家已亥初多矣。晴,浮云。是日,蒙恩钤派监放驼马大臣,由兵部奏请钤派。

十一日(10月30日) 由西长安门进内,值日。理藩院、镶白旗满洲。散后,回家。酉刻,出门拜客文博翁。

十二日(10月31日) 辰初,由西华门进内。国史馆恭进秋季第三单功课,系程矞采、承芳、怀唐阿、龙汝元四大臣汉字列传。第四单功课。《兵志·廪给门》四卷。理藩院递洞阔尔呼图克图、察罕达尔罕呼图克图等回京请安折,及恭递哈达一块、马匹二匹、奏片。散后,同文博翁点派署镶白旗满洲参领关防及派管新、旧营房关防。散后,进武职六班。文职:子占;王班:定王。晴。

十三日(11月1日) 辰初,出班。赴德胜门外教场同容贝子、崇佩如、毓筱珊监放驼支、马匹。申刻散。回家已酉初多矣。晴,大风。

十四日(11月2日) 辰正,赴德胜门外教场监放马匹。申刻,放竣回家。晴,风。是日,蒙恩派署武英殿及正白旗汉军都统并右翼前锋统领印钥。申刻,武英殿郎中松璪呈阅折底。亥初,理藩院笔帖式那丹珠、志全呈阅"谢署都统及前锋统领"折底。子刻,旗营始各呈阅奏折。因未便三处各具谢恩折。子正,托松茂如,并差武顺,先后赴那笔政宅,令其归并一折,缮妥即行呈递,毋庸送阅。其旗营各处折、牌,均毋庸令其呈递。直忙至丑初后始睡。

十五日(11月3日)　卯初,由西华门进内,豫备谢恩。无引见。散后,进武职六班。文职:子占;王班:□□。晴,微风。办奏请补进武职六班人员奏底,交镶白旗满洲缮妥,于十六日呈递。

十六日(11月4日)　递奏"请添派补进武职六班人员"折,奉旨:"依议。钦此。"散后,进武职六班。文职:恒雨亭;王班:辅国公端秀,号伟峰。是日,蒙恩调补盛京户部侍郎兼管奉天府府尹事务。并接准军机大臣交片,面奉谕旨:"额勒和布现已简放盛京侍郎,其所署各项差使及所管印钥,仍着照常进内值班。俟回銮后,再行请训赴任。钦此。"恭阅谢恩折底理藩院办。焕衢来谈。

十七日(11月5日)　卯初一刻,传寅正三刻预备。皇上启銮,同穆子任、端伟峰、恒雨亭在内东华门内中路南侧站班,常服、挂珠。即于该处叩头谢恩。后进武职六班。文职:东屏;王班:续公。午刻,拜发谢恩折。系理藩院笔帖式惠俊赴内阁呈递。早晴,午后浮阴,未初二刻风。戌刻,同祥东屏查班,顺至景运门察雨田班房。少歇,回班。后雨田查班来谈。附折式。系将安折三分、谢恩折一分一并用纸包妥,装入折匣。外复用白纸包好,齐缝上下粘贴。印花二个,上写"新授盛京户部侍郎兼管奉天府府尹事务额勒和布"。谢恩折一分、安折三分。

十八日(11月6日)　进武职六班。文职:子占;王班:端公。巳刻,禧祉堂、玉云亭来谈。未刻,焕衢来谈。晴。

十九日(11月7日)　辰刻,文博川、存立修、崇佩如来谈。巳刻,出武职六班,伊理堂接。进景运门班。接苏大人。午初,接奉回折,奉旨:"知道了。钦此。"理藩院赴内阁领出。午刻,松茂如来看。未刻,伊理堂来谈。荐甄泰。晚间查班,顺至六班少歇。文职:理堂。武职:雨亭。亥正回班。晴。

二十日(11月8日)　辰刻,出班,赴内阁跪安。后至饭银处找文博翁谈。立修、佩如、韫卿在坐。午后，回家。佛前上香。晴。

二十一日(11月9日) 辰刻，赴内阁跪安。后找文博翁谈。颂臣在坐。午刻，回家。未刻，出门拜客。吉甫，会。介臣，未会。淡阴。

二十二日(11月10日) 辰刻，赴内阁找文博翁谈。立修、佩如在坐。立修约在饭银处吃饭。后博川约赴神机营衙门谈，至申刻始回家。晴。

二十三日(11月11日) 细雨。未出门。巳刻，焕渠拜会，见。送借貂褂、纱蟒袍各一件。

二十四日(11月12日) 辰刻，进武职六班。王班：端公；文职：子占。早间浮云，午后晴，夜间阴。

二十五日(11月13日) 辰刻，出武职班，进景运门班。未正余，皇上还宫，拏景运门。穿蟒袍、补褂，带刀。在门外持北门扇上皮条开门，南扇门系司钥长开。伍卓峰、伊理堂来谈。酉初余，皇太后还宫不站门。留卓峰吃饭。戌刻，军机散值。亥刻，查班。子刻，抄出明日寅正二刻豫备。丑初始睡。细雨一日，连夜。

二十六日(11月14日) 丑正二刻，起来。细雨。寅正，赴后左门豫备站门。穿蟒袍、补褂，带刀。辰初皇上过门，午初还宫。散后，至景运门班房少歇，孟大人留吃饭。未正回家，乏困极矣！早间细雨，巳刻晴。交卸武英殿印钥。

二十七日(11月15日) 午后，出门拜客。恒子久、存立修、恭邸、裕辑庵、载鹤峰、福五老爷、联乐卿世兄、六额驸、宝佩蘅、惇邸、德祥斋、毓筱山、瑞中堂、福绥庭、李文源、朱桐轩、英慰农。回家已掌灯矣！晴。交卸右翼前锋统领印钥。

二十八日(11月16日) 午后，出门拜客。奕大人、鸷二大人、曹(拙)〔琢〕如、醇邸、师伯骏、倭艮翁、文博川、祁仲衡。回家已日落矣！晴。

二十九日(11月17日) 辰正，赴德胜门外教场监收驼马，酉刻散。到家已戌初多矣！

十月初一日(11月18日) 辰刻，由西长安门进内，值日正白旗汉军。复命,听宣。散后,回家。午后,裕辑庵、升拙山拜会,均见。申初,出门拜客。倭艮翁、文博川、祁仲衡,均会。戌初始回家。晴。

初二日(11月19日) 微觉感冒,未出门。晴,浮云。

初三日(11月20日) 辰刻,进内,听阅看弓刀石宣。散后,回家。因感冒未清,未出门。毓秀峰、祁仲衡、张天池、朱修伯、伊芝山先后拜会,均见。晴,浮云。是日,三弟蒙工部保奖,奉旨赏加六品衔。

初四日(11月21日) 因感冒未清,未出门。恩俟拜会,见。晴,浮云。

初五日(11月22日) 进内听宣。散后,回家。恩竹樵拜会,见。

初六日(11月23日) 午后,出门拜客。王钰如、陈馨山、周中堂、林绶卿、杨滨石、赵心泉、贾中堂、杨鹄山、潘伯寅、汪啸庵。

初七日(11月24日) 午后,出门拜客。多春岩、文麟甫、恩竹樵、谈云浦、恒四爷、达四聪、寿菊滩、张天池、恩三爷、恒雨亭、文星垣、英式良、玉云亭、明朗山。

初八日(11月25日) 午刻,出门,赴恩文甫、景星桥之约。在杨梅竹斜街万福居,座间有恩竹樵、恒雨亭、贺云甫。散后,拜客。程檀叔、王钰如、师伯骏。

初九日(11月26日) 辰刻,赴恩竹樵处吃祭肉。后拜客。广孔愚、祥子占、恩文甫、凤梧岗、馨丹岩、绍秋高、禧玉峰、德祥斋、庆余斋、察鉴泉、景星桥、文淑南、成魏卿、桂大爷、伍卓峰、绵竹坡、联朴斋、阿璞斋、郭亲家老爷。是日,庶常馆大拜,回拜。

初十日(11月27日) 卯刻,进内,叩贺慈禧皇太后万寿圣节之禧朝服。散后,回家。午后,张吉人、广励旃、恒云舫拜会,见。奉天户部海运委员禀安。

十一日(11月28日) 午后,出门拜客。请客。

十二日(11月29日) 午后,出门拜客。请客。

十三日(11月30日) 午后,出门,赴王钰如之约。在燕喜堂。

十四日(12月1日) 巳刻,出门拜客。请客。酉初,回家。剃头。

十五日(12月2日) 丑刻,上祭。未刻,上祭。天气清和,诸事吉利。是日,东之、星桥约在天福堂,辞。

十六日(12月3日) 丑刻,上祭。天气和暖,诸事大吉。

十七日(12月4日) 换锁。

十八日(12月5日) 酉刻,出门拜客清吉甫、景介臣。

十九日(12月6日) 拜客。

二十日(12月7日) 拜客。

二十一日(12月8日) 未刻,出门,赴朱修伯之约本宅。拜客。

二十二日(12月9日) 未刻,出门,赴陈峩卿、张吉人、杨鹄山约。在松筠庵。

二十三日(12月10日) 午后,出门,赴英善亭、魁华峰约。在聚丰堂。

二十四日(12月11日) 寅正,由西华门进内,请训。蒙巳初召对,系奕大人带,约二刻许。即令跪安。巳正,同延树南约文博翁谈。在内务府大臣朝房。午正,回家少歇。未刻,出前门,赴常沛霖之约。在大栅栏东升堂。酉刻始回家。

二十五日(12月12日) 午后,出门拜客。子久,未会。立修、恭〔邸〕、励旃,均会。后赴文淑南、锡厚庵之约。在七条胡同文宅。到时已酉正,散后回家丑初矣!

二十六日(12月13日) 未刻,出门,赴户部河南司诸公及刘善初之约。均在市口余庆堂。是日,周允臣遣家人送到代借盘费银五百两,三十日发给收条。原条附记:"同治四年十月二十六日借到德合永二两平松江银伍百两,明春陆续归还。此质,筱珊押用。"红单写。

二十七日(12月14日) 出门拜客,送又芗关书。

二十八日(12月15日) 文博翁约赴神机营商议公务,申正始散。广励旃约在本宅,户部陕西司诸公约在湖广会馆,均辞。

二十九日(12月16日)　出门拜客。又香搬进宅内。

三十日(12月17日)　申正,出门。拜文博翁,会。自初十日以后,均系日后补记,故多阙略。

同治四年十一月初一日壬戌(12月18日)　巳初二刻,由家起身坐车,赴前门。关帝庙上香后,出朝阳门。德祥斋之三世兄在门内候送,出城四五里许辞回。申初一刻,至通州栅栏店,路南张家店住。晴。早间,成哥、祥哥、升哥、丰舅老爷、郭亲家老爷、文介如、景介臣、国寿岩、伊松亭、德二老爷、阿大爷、庆二外甥,均在家候送。晚间,同又香、茂如及三弟、二侄同饭。吃炸饹馇、炒豆腐、白菜元子、白肉酸菜、炒韭菜、摊黄菜饼。

初二日(12月19日)　辰初二刻,起身坐车,茂如等辞回。过通州里河、外河及箭杆河,均有浮桥,水已结冰。未正,至枣林西头,路北成德店尖。三河属。吃醋溜白菜、素炒芽菜、烧肥肠、溜元子、白肉熬白菜、家常饼。申初二刻,起身,坐车。过草桥河,有浮桥,水未冻。路间又香之车惊翻,未伤人。至段家岭已掌灯。戌初始到帮军,路北裕丰店住。蓟州属。吃白肉酸菜、白菜元子、炒肉丝、醋溜白菜、饭。晴。

初三日(12月20日)　辰初,起身。坐车。过阴流河,有浮桥,冰未结。午初,至别山,路北裕丰店尖。蓟州属。吃白菜元子、炒豆腐、饷饹馇、炒肉丝、盘丝饼、粳米饭。午初,起身。过小河岔一道,活水,未冻。酉正,至玉田县南关东头,路北东来店住。吃白菜元子、熘肝尖、炸签子、烩面筋、清油饼。早间晴,辰、巳之间日出双耳,未后浮阴。丽芳前站。

初四日(12月21日)　辰初二刻,起身。坐车。行二里许,过荣辉河。有石桥,桥东有石碑一座,上镌“荣辉河”三大字。河身不宽,流水,未冻。又三十余里,过沙流河。有浮桥,冰未结实。巳正二刻,至沙流河驿,路南德元店尖。玉田属。吃白菜元子、饷饹馇、炒豆腐、醋熘白菜、饼、饭。午正二刻,起身。坐车。行四十里许,过丰润河。有浮桥,冰未结实。申初二刻,至丰润县南关,路南广庆店住。店极腌臜,吃白肉熬白菜、熘饹馇、烩酸菜、炸元子。早浮阴,辰后晴,甚暖。

初五日(12月22日) 辰初二刻,起身。坐车。行数里,涉过小河沟一道。已冰,未实,未讯河名。又三十余里,过乱石山岗一座。名"栏山",自京至此,系第一层山。部中郭什哈张永等七名来接。巳正二刻,至榛子镇西口外,路北泰来店尖滦州属。吃白肉熬酸菜、熘饹馇、炸里脊、木樨肉。午正二刻,起身,坐车。行里许,过祥水河一道。有三(空)〔孔〕石桥一座。又数里,过双新河一道。亦有石桥,河水溶流,均未结冻。又数里,过沙滩一道。约有数里,遍地石子,颠簸异常,遂乘马行。申正二刻,至沙河驿,路南德升店住。迁安属。吃白煮牲口、白肉熬白菜。夜间大雾。晴。

初六日(12月23日) 辰初二刻,起身,坐车。行至距永平府五六里许,过滦河一道。又三四里许,过青龙河一道。河身均极宽,有浮桥,约长六七丈。岸边虽已冻,中流甚涌。午正一刻,至永平府南关外,路北天缘店尖,卢龙属。吃白肉熬白菜、烩饹馇、炸元子、醋(熘)〔溜〕白菜、饼、饭。未正二刻,起身,坐车。过府城里许,均系山路,高下崎岖,止容一车,有名"抛泉沟"者,有名"波罗岭"者。中有山水小河沟二道已结冰。酉初三刻,至双旺堡,路南永兴店住。吃白菜元子、炒酸菜、炸豆腐、饷饹馇、汤、饭。晴。家人闻丰润商人出关折回者云,马贼于十月二十八日窜入新民屯,焚烧衙署,劫放监狱。现又窜往小黑山、一半拉门一带,肆行抢掠等语。

初七日辰正一刻(12月24日) 起身,坐车。行一二里即入山道。中有河滩及山水河沟,已结冰。行至距抚宁县一二里许,过羊河一道。有浮桥,河身约宽三四丈,两岸已〔结〕冰,中流未冻。午正,至抚宁县东关外,路北福成店尖。吃白菜元子、熘饹馇、烧肥肠、炒酸菜、饼、饭。未正二刻,起身。过小河沟二三道。酉正,至深河驿世合店住。吃白菜元子、炒豆腐、炸紫盖、熘黄菜、饼、饭。晴,午后暖。

初八日(12月25日) 巳初二刻,起身,坐车。行至距范家店二里许,过汤河一道。河身约宽三四丈,有浮桥,水已冻。午初三刻,至范家店,路北三合店尖。吃炸酸菜、熘白菜、炒白菜元子、炒豆腐、饭,均不可吃。未初二刻,起身,乘马。申初二刻,至红瓦店东街口,路北庆成店住。

吃白菜元子、熘肝尖、熘肥肠、白肉炒豆腐、白肉汤饭。晴。山海关副都统、宁远州知州均差人问出关时刻。谕知宁远州沿途毋得豫备饮馔。

初九日(12月26日)　巳初二刻,起身,坐车,差戈什哈持帖赴山海关副都统衙门请安。行至距关里许,过石河一道。河身甚宽,有浮桥,中流未冻。山海关副都统长乐初,在临榆县内路北关帝庙内跪请圣安,知县许忠在庙门首候接,坐谈许久。午初一刻,出关。关外半系山坡,路过山水河沟六七道。或有浮桥,或无浮桥,或已结冰,或未结冰。至老君屯东口,过九江口河一道。河身稍宽,中流未冻,有浮桥。未正三刻,至中前所,路南福升店公馆住。原系尖站,因天已晚,即在此住。州内已备饮馔,辞之不可,只好用之。早间风,未后息。晴,浮云,甚冷。夜间雪约一二分。

初十日(12月27日)　在中前所坐尖,吃混沌。午初二刻,起身,坐车。署宁远牧差快班四名、捕盗兵十名、练勇八名接。行至距前屯卫十五里陡峰台地方,署州牧英斌字桐友候接。过石河一道。河滩约宽一二里,遍地石子,车极簸扬。河身约宽丈余,有浮桥,中(溜)〔流〕未冻。未正三刻,至前屯卫东口,路北益增店公馆住。署州牧禀见,会。嘱其豫备车辆店口,毋误军行。据禀,均已备齐,断不致误。中后所巡检屠振伦禀见,会。早间浮云,微风。午后晴。

十一日(12月28日)　坐尖吃一窝丝饼。午初,起身,坐车。过河三道。西边第一道,名"凉水河";次,名"狗儿河";三,无名,系山泉水沟。均已结冰,有浮桥。行至双台子地方,有中后所缉捕马兵十名接。又数里,行至距中后所廿里许,缉捕委员、中后所镶白旗骁骑校赵松岚带枪兵马队三十名接送。申初二刻,至中后所,路南永庆店公馆住。署中后所路记佐领萨成阿,署中后所镶白旗图记、管理界务骁骑校王兰禀见,会。据禀,风闻马贼于初九日晚间窜至大凌河等语。遂差捕盗兵二名、郭什哈一名前探。晴,微风。

十二日(12月29日)　丑正二刻,起身坐车。过河二道。首,六股河;次,燕台河。均有浮桥,中流未冻。辰初二刻,至沙河所,路北万隆店尖。尚须点灯。吃火锅、一窝丝饼。巳初二刻，起身，坐车。行至距州数里头台子，路记佐领差兵十名接。又数里，州内练勇、班役等接。未初三刻，至宁远州南关外，路东怡和店公馆住。署路记佐领常贵号和亭、英牧均在公馆内候接并禀见，均会。学正王铭德、吏目徐麟、仓官衔庆、勒休前署州牧冯立模先后禀见，均会。宁远正红旗骁骑校永慎禀安。差郭什哈持帖回拜佐领、知州。戌刻，桐友禀见，会。夜间淡阴。午后晴，风。

出关后，沿途探问马贼情形，其说不一。因萨佐领暨州内家人等，均有贼踞大凌河之说，是以连夜行走。以州城坚固，尚可守御。比及到州，始知均系谣言。又谓，贼于十一日在于家屯吃早饭，后已窜出清河边门去矣。关外谣言太多，究不知贼踪所至。已嘱州中妥实探望，俟有确信，再定行止。呵呵！躭惊受冻，黑夜奔驰，脱非官场，能尝此滋味乎？哉咦！

十三日(12月30日) 住宁远州。常佐领、英署牧、徐吏目、冯立模等均禀安。未刻，英桐友、常和亭先后禀见，均会。戌刻，桐友禀见，会。据禀，差探王仲回禀，探得贼匪瘖痣李、周兰等于初八九日，实由余家屯一带逃出清河边门去矣等语。因关外难信，拟再延一日起身，以期万全。晴。和亭送果席一桌，记十二碟、八小碗、四大碗、白煮鸡一支、肉一方、点心二盘。差人送和亭、桐友各点心二匣、小菜二篓。

十四日(12月31日) 住宁远州。署州牧、佐领等均禀安。写信，致文博翁、福绥翁。交州加封，沿途探投。戌刻，常佐领、英署牧禀见，会。晴。

十五日(1866年1月1日) 辰初二刻，起身，坐车。署州牧、学正、吏目均在公馆候送，并差快役、壮勇等护送。路间过山泉小河数道、五里河一道。均有浮桥。午初一刻，至连山，路南德发店公馆尖锦县属。遣州役等回州。闻志蔼翁在迤东店内打尖，(随)〔遂〕乘马往拜。因各赶程途，少谈即辞回。蔼翁差人回拜。锦县差快役等迎接。未初二刻，起身坐车。过山泉小河数道均有浮桥。申初余，途次塔山，接文博翁、福绥翁信。由驿递到。申正二刻十分，至高桥，路北元增店公馆住。戌刻，天桥厂巡检楼廷煌禀见，会。坐谈许久，亥正后始辞去。晴。

十六日(1866年1月2日)　在高桥坐尖。巳初二刻，起身，坐车。因大兵将至，沿途店口等事须妥为豫备，遂由北路绕至锦州。路过小凌河一道。有浮桥，中流未冻。未正，至锦州府南关外，协领桂龄字香岩、知府文吉字士林、知县刘杞字松云、教授单维模、经历王邦彦、典史陈天爵等，均在白衣庵前迎接。副都统庆锡台官印春在火神庙内跪请圣安。后少谈即辞行进城。在南街管众胡同，路北源兴店公馆住。副都统以次先后拜会、禀见，均会。散后，即乘马回拜锡台，会。协领、知府、知县，均投帖。回公馆已掌灯矣。因外间有贼匪又入边门欲窜广宁之谣，当嘱锦县妥实侦探，再定行止。香严送燕菜席一桌。

十七日(1866年1月3日)　住锦州府。府、县禀见，均会。教授、经历、典史均禀安。酉刻，奉天候补知县全禄号廉斋、俞恒瀛号海山禀见，会。据禀，奉委赴军营差委。写信致文博翁、福绥翁及英桐友。亥刻，知府差人禀知，据义州知州增堃等禀称，据清河门报称，贼匪自十四日分为三股，一股窜赴朱力各歹，一股窜赴佛喇嘛寺，一股窜赴蒙古珍一带去讫。晴。士林送菜一桌。

十八日(1866年1月4日)　辰正二刻，起身，坐车，县内差捕盗兵役十九名护送。庆锡台在东门外玉皇阁庙内候送，知府、协领、知县、教授、经历、典史等均在关厢口路北店内候送，均略坐即辞行。路间过小河沟三四道。午正，至大凌河东头，路北永泰店公馆尖。未初二刻，起身，坐车。过大凌河。冰已结实，走冰过。行六七里，至金城所，迤东遍地皆冰，约三四里许。酉正二刻，至石山站，路西聚元店公馆住。晴。驿西有山岭一座。路间至秃老婆店迤东，遇皂印方回京，未得见面。

十九日(1866年1月5日)　卯正三刻，起身，坐车。午初三刻，至闾阳驿迤东三家子，路北复兴店尖，自备。据店内谢姓小二云，初七日巳刻,马贼小头目周五、刘四等带有女人,在伊店内存住。贼首王起在西边路南店内存住,约计贼有三千数百名,大小车二百余辆。次日巳刻起身,赴闾阳驿骚扰,焚烧铺户三四家,往西北逃去。并云,风闻将驿西北之新成堡村房屋全行烧毁等语。未初三刻,起身,坐车。酉初三刻,始至广宁驿东十五里之二台子,路北三成店住自备。路间过山水河沟及积潦数处。均已结冰,惟广宁驿东口之河中流未冻,有浮桥。晴。自三家子以东,店口均被省内官兵占住,只得在三成店临街房内住。屋内甚热,鼎棚为热气熏蒸,淋漓下注,用油布作棚遮挡,始得睡歇。好在店东均极和气,所备之菜亦尚可吃。虽觉嘈杂,亦还适意。戌刻,广宁县家人到店禀称,初八日巳刻,马贼围攻广宁县城,幸有带领回兵之二品顶戴花翎即补协领、佐领花大人印里雅春,在城帮同守御,贼攻至日落,大炮炸(烈)〔裂〕,始行收队。而城内监犯乘势鼓噪反狱,焚烧署内科房三处。知县煜纶在城堵御,闻变回署捕拏,至被监犯用木枸殴伤额角等处,现在卧床未起。知县夫人闻惊自尽等语。当嘱其赶紧回县豫备店口车辆,毋误军行。店内王姓等所说亦大略相同。

二十日(1866 年 1 月 6 日) 广宁县派捕盗兵九名接送,遂遣锦县兵役回县。辰初,起身,坐车。巳正三刻,至羊肠河,路北三成发店内尖,自备。未初二刻,起身,坐车。至小黑山地方,新民厅外委马万保年十七岁,系阵亡外委马振东之子。带捕盗兵二十四名接。当即遣广宁兵役回县。申正二刻,至胡家窝铺,路东广泰店住,自备。路间过河沟积潦数处。早、晚晴,未后浮云,风。

二十一日(1866 年 1 月 7 日) 辰初三刻,起身,坐车。午初三刻,至半拉门,路南高家店公馆尖,便饭。未初三刻,起身,坐车。申初三刻,至大白旗堡,路南德隆泰店公馆住。暂署新民屯同知冯继尧号安洲,行三。禀见,会,坐谈许久。据禀,探得十八九日,有马贼七八百名,在厅北五十里许单家五台子地方屯住,现已远扬。遂嘱其先行回厅,沿途切勿豫备饮馔。路间过河沟(集)〔积〕潦数处。晴,微风,南有浮云,甚冷。

二十二日(1866 年 1 月 8 日) 辰初三刻,起身,坐车。过柳河沟,已结冰。走冰过。行至距厅十数里,署巡检江克昌接。午正,至新民屯，路南即兴公馆店尖。润庵兄差家人杨茂起来接，令其先回送信。署同知冯继尧、署巡检江克昌先后禀见，均会，嘱其毋庸远送。据店家云，贼首王七于上月二十七日午间至伊店内存住，二十九日始去等语。申初，起身坐车。路过巨流，河已结冰。走冰过。酉正一刻，至孤家子，路南吴家店公馆住。沿途半系积冰，想因秋间雨水多故也。晴，西南阴。

二十三日(1866年1月9日)　巳初一刻，起身。坐车。午初一刻，老边界路北德泰公馆店尖。署承德县知县肇麟号瑞堂禀见，会，嘱其先行回县。家人顾天申叩见，遣外委马万保等回屯。未初一刻，起身坐车。行至板桥子地方，承德捕盗外委卢殿元带兵接。又数里，智临侄来接。行至距永安桥里许，家人杨金龙等叩接。申正，至大石桥即永安桥。路北富盛店公馆住。本部郎中绍仁，员外郎舒璧，主事恩庆、文魁，六品官德贵、他那布，笔帖式绍德，治中蒋大镛，通判崇福，署新民屯同知文景等先后禀见，均会。笔帖式玉和等九名，外郎陈福申、李兴智等均禀安。候补知县陈晋吉、奎寿因病差人禀安。府尹衙门五房书吏接，呈递须知册五本。晴。

二十四日(1866年1月10日)　在公馆店内坐尖。吃混沌。巳正，起身。坐车。午正一刻，恭谒昭陵。因天时尚早，原定申时进省。赴润庵兄处看望。未正一刻五分，起身。坐车。申初七分，至盛京小西边门外黄寺内等候。因将军等尚未到齐。申正，署将军恩合，海岚，行二。工部侍郎桂清，莲舫，行二。府尹恩锡，竹樵，行一。府丞王映斗，瀚峤，行一。在善缘寺内跪请圣安。后少坐即辞行进城。在大南门内三益店公馆住。部中司员及府内正、佐各官，或在庙内禀见，或在公馆内禀见。人数众多，记忆不清。书吏等禀安。润庵兄、文琪斋、英老二莲舫世兄均来看。晴。

二十五日(1866年1月11日)　住公馆。巳刻，起身。坐车。午正，恭谒福陵。未正，进城。拜莲舫、竹樵、海岚，均会，各谈许久。戌正，回公馆。晴，微风。海岚送菜四海碗、一锡旋，点心二盘。绍静岩送果、菜各一桌。文琪斋送菜一桌。

二十六日(1866 年 1 月 12 日) 首县禀报,礼部清大人定于午刻进城。巳刻,海岚拜会,见。午初三刻,赴善缘寺接清大人,跪请圣安。后少坐即进城。拜瀚峤、东山,均会。酉正,回公馆。润庵兄来看。戌刻,讷雨田拜会,见。晴。

二十七日(1866 年 1 月 13 日) 莲舫、朱亮清、总管连大人先后拜会,均见。肇瑞堂禀见,会。未正,出门。拜竹樵、田雪帆,均会。朱亮清,未会。晴。文雨亭送菜一桌。

二十八日(1866 年 1 月 14 日) 巳刻,出门。拜莲舫,会,留吃饭。后拜东山,未会;吉甫,会。东山在坐。并回拜部中司员。申正,回公馆。治中、首县禀见,会。部中呈看到任折。亥刻,首县禀见,会。据禀,署昌图厅海令家人张姓逃回,声称伊主人已于二十六日被害,风闻贼匪已劫放监狱等语。晴。宝东山差人送牛马税关防。

二十九日(1866 年 1 月 15 日) 未初,到户部任。穿朝服拜印后,换蟒袍、补褂,赴衙神前上香。毕,拜发到任谢恩折。画稿办事。未正二刻,散。赴府尹衙门画稿。申初三刻,回公馆。润庵兄来看。酉初,复出门。拜海岚,会。派家人赴税局。晴。

三十日(1866 年 1 月 16 日) 申初,出门。拜治中、粮厅、首县、文雨亭、文琪斋均投帖。申正,回公馆。戌刻,讷雨田来谈。晴。送礼。看公事,至亥正后始睡。

十二月初一日(1866 年 1 月 17 日) 辰刻,起身坐车。赴昭陵小祭。监礼毕,至润庵兄寓所吃饭。未正,进城。拜莲舫,会。申正,回公馆。莲舫拜会,见。晴。刘瑞病故。缘二十一日至新民屯,伊稍觉感受风寒,咳嗽痰喘。到省后赶紧延医调治,并服又香之药二剂,总未见效,延至是日辰刻病故。人尚老成明白,惜哉!其身后之事,均系众家人备办,一切尚妥。送海岚、竹樵礼。

初二日(1866 年 1 月 18 日) 午正三刻,进署堂期。申初二刻,散。赴府衙门商办公事。申正,回寓。是日未正,移于通天街小庙子胡同,路北广宁县监生贾鸿升号溟南房内暂住。海岚代觅。遣顾丽春回家。因伊声名不好故也,赏伊银三十两,令其另谋事情。派贾顺、甄泰赴法库门税局。酉刻,海岚来谈,会。晴。莲舫送菜四大碗、一锡旋。送瀚峤、东山礼。将刘瑞灵柩移在西关宝灵寺内暂停。

初三日(1866年1月19日)　巳刻,赴府衙门,会同竹樵拜发大计展限折、学政考试无弊折。散后,回寓。戌刻,出门。拜海岚,会。阴。早间风,午后风稍息。雪,半夜始住,约三寸余。送礼。

初四日(1866年1月20日)　午正三刻,进署堂期。散后,拜竹樵,会。申刻,回寓。酉刻,复出门。赴海岚处拜寿。晴。送海岚寿礼六色:猪、羊、酒、蜡、桃、面。

初五日(1866年1月21日)　未刻,赴将军衙门,会同海岚、竹樵拜发折、片四件。并无民人偷挖金沙折,又奏参铁岭、锦县限满未获盗案折,因均系将军衙门主稿,二片记忆不清。酉刻,海岚拜会,见。晴。

初六日(1866年1月22日)　午正,赴府衙门照料出斩盗犯共五十五名。后进署堂期。接奉户部行知:"十一月二十七日本部具奏'派管奉天牛马税监督事务'一折,奉御章钤出:'额勒和布。钦此。'钦遵抄录原奏,知照前来。"散后,回寓。晴。贾顺由法库门回寓。

初七日(1866年1月23日)　午刻,赴联乐卿处吊祭。送奠仪二十两。后拜莲舫,会。东山及协领等,均未会。酉正,回寓,看公事。子初始睡。甫交睫,闻门外喧哗,海岚差锦州郭什哈承惠等来约。据称,府监人犯反狱,现已火起,请赴将军府。遂同又芗及智临侄带领家人武顺、贾顺步至将军府。少坐,即同海岚步至将军衙门。续据报称,县监刑狱先后火起,狱犯多已逃出。幸城内尚有步队三百名,遂与海岚商酌,饬令协领丰恩催调城外官兵,一面拨兵保护大内各处,一面分兵追捕。寅初,催令丰恩开大东门,调协领庆丰带队进城,帮同搜捕。而狱犯已夺小南门逃窜去矣。至东方亮,各监火熄。巳正始回寓。约计城内外杀毙狱犯百余名,各监守法未动者百数十名,逃去者约二三百名。海岚派即补骁骑校春铎及外委卢殿元各带马队追剿去。讫申初复出门，赴府尹衙门，会同海岚、竹樵商拟折底。初八日附。初七日，晴。初八日，晴，戌刻阴。

初九日（1866年1月25日） 辰刻，春铎回城禀称，会同卢殿元带领兵勇追至凤岐堡地方，与贼接仗，杀毙贼犯百余名，夺获大炮、抬枪数杆。因贼众四散奔逃，天时已晚，即收队回城。约计逃散者尚有百余名，兵勇受伤者六名。并称，贼有枪炮器，似有接应等语。申刻，瀚峤、竹樵先后拜会，均见。早晴，未后阴，戌刻飞雪花。

初十日（1866年1月26日） 午正，进署堂期。拜发谢恩折管牛马税。后赴府衙门，会同竹樵拜发雨雪粮价折、特交未完案件折。申刻，同赴将军衙门，会同海岚、瀚峤、莲舫拜发贺表穿蟒袍，及奏交未完案件折、并无容留戏班折、保护堤工稳固折。早阴，未后晴。写家信，子正始睡。

十一日（1866年1月27日） 巳刻，海岚、竹樵拜会，见，定拟折底。探报，二位钦差未刻进城。午正，赴善缘寺迎接钦差，跪请圣安。散后，回寓少歇。酉正，赴府衙门，会同海岚、竹樵拜绥庭，会。博川、东山，均未会。回寓吃饭。戌刻，赴将军府，会同拜发疏防监犯反狱折，奏奖春铎、卢殿元片，铁岭监狱被劫折，穆锦追贼获胜暂免参奏片。亥初后始回寓。晴，甚暖。

十二日（1866年1月28日） 接管牛马税监督任。差贾顺进京递折，遣刘香儿送伊伯父刘瑞灵柩回京。赏伊车价盘费银八十一两九钱系众家人得项。午后，王景尧禀见。系朝阳县捕盗外委，跟随钦差来奉。未刻，出门拜绥庭，会。值博川在，坐谈许久，辞回。拜朱修伯，会。酉刻，进城。拜竹樵，会。晴，甚暖。刘顺自养息牧逃回。

十三日（1866年1月29日） 巳刻，陈以恕禀见。系户部云南司书办，已保补府经。后以知县升用六品顶戴，更名跟随钦差来奉。午刻，赴金银库查库。申正，拜海岚，会。酉初，回寓。讷雨田来谈。晴，甚暖。

十四日（1866年1月30日） 午刻，进署堂期。散后，拜竹樵，会；姚彦士、恒维一，均会。早间雪厚一分余，巳后住，酉刻晴。

十五日(1866 年 1 月 31 日)　辰初,起身坐车。赴福陵监礼。散后,在公馆店内少歇。吃点心。午正,起身坐车。未正,回寓。海岚拜会,见。酉刻,赴府衙门,会同将军、府尹拜发奏请拣发知县佐杂折、会奏一年缉捕盗贼名数折、循例编查保甲折。晴,早间微风。

十六日(1866 年 2 月 1 日)　午正,进署堂期。散后,拜绥庭。因已出门,未会。值博翁在彼,略坐谈即辞。回拜户部主事启官印续、富锦庭,均会。晴。闻是日大兵追贼至北章当地方,大获全胜。杀贼二百余名,生擒十数名,夺获骡马二百余匹,车辆、器械无算。

十七日(1866 年 2 月 2 日)　午刻,赴兵部会同海岚、吉甫、莲舫拣选驿站副监督,拟奏补兵部员外郎文凯。散后,拜瀚峤,会。绥庭、定静村官印安,未会。博川,会。刘子畹官印景芳,未会。回寓已掌灯矣。晴。午刻,大兵回城。拟催饷折底。

十八日(1866 年 2 月 3 日)　午初,赴府衙门,会同竹樵、瀚峤赴小东边门内迎春。穿朝服。行礼后,换蟒袍。散后,赴徐佐领官厅。博翁约。酉刻,进城。赴将军衙门,会同海岚、竹樵、莲舫拜发京控未完案件折。晴。同海岚、竹樵犒赏兵丁。

十九日(1866 年 2 月 4 日)　午刻,会同海岚拜发奏催协饷折。后拜吉甫,会,略谈。赴徐佐领官厅。散后,拜富锦庭,会。因锦庭定于二十日赴兴京一带防守,托其岁暮就近监礼。晴,微风。

二十日(1866 年 2 月 5 日)　巳刻,博翁拜会,见。午刻,进署封印。拜庙后,赴府衙门,会同竹樵赴将军府。同绥庭、露普官印恩承、海岚传见刘老焕等。散后,回寓。午间,绥庭、修伯来拜。晴。

二十一日(1866 年 2 月 6 日)　辰初,将军衙门送看接奉十一日拜发之折。有廷寄。辰正,赴祖茔,同润庵兄、智临侄上祭。未正,进城。拜海岚,会。晴。

二十二日(1866 年 2 月 7 日)　未初,出门。拜竹樵、修伯,均会。绥庭、博川、露普,均未会。晴。晚间,钦差差人约明日巳刻在教场阅兵,请前往阅看。

二十三日(1866年2月8日) 辰正一刻,起身。坐车。巳初,至大东门外教场北边木场广顺店内等候。至午初始入座,阅看本地兵及京兵操练。申初散。彼此有赏。同海岚、竹樵、莲舫仍到广顺店少歇,进城已酉初多矣。接奉谢恩折,奉旨:"知道了。钦此。"又学政考试无弊折,奉旨:留。大计展限折,奉旨:□。并无民人偷挖金沙折,奉旨:□。奏参限满未获盗犯折,奉旨:□。接家信。晴。

二十四日(1866年2月9日) 午刻,出门。拜海岚,会。未刻,赴府衙门,会。同竹樵过堂。二起:李正洲、于濰材。散后,拜莲舫,会;成魁元官印殿鳌,未会。晴。

二十五日(1866年2月10日) 据主事恩庆等禀称,据将军衙门咨称:"具奏'请派协同管理内务府大臣事务'一折,奉旨:'派额勒和布。钦此。'"呈阅折底。

二十六日(1866年2月11日) 午刻,出门。拜海岚、竹樵、绥庭,均会;马三爷、宝东山,均未会。晴。

二十七日(1866年2月12日) 宝东山于申刻起身回京。因临年太近,只好即于是刻搬入府内。晴。早间,马三爷来谢步,会。

二十八日(1866年2月13日) 寅正,起身。恭诣福陵,行礼。散后,同海岚、竹樵、莲舫至公馆店内少歇,商办折底。午正,回府。申正,赴将军府,会同海岚、竹樵拜折。探报贼情并获胜折,又得获胜仗片。查明监犯脱逃名数折,拟派副都统富①赴陵街防守片。回府后,接奉奏催饷银折,奉旨:"另有旨。钦此。"写家信。至子正始赶完。晴。

二十九日(1866年2月14日) 发家信及致诸亲友信。托将军折差带去。未初,出门。拜绥庭、博川、塔二老爷,均未会;莲舫,会。晴。

同治五年(1866)盛京

同治五年岁次丙寅新正月初一日辛酉(2月15日) 卯刻,赴大

① "副都统富",即副都统富魁。

(正)〔政〕殿行礼穿朝服。毕,换蟒袍、补褂,赴大清门坐班。散后,进署,赴衙神祠上香。后赴大东门内龙王庙上香。后回府,佛前上香。未刻,莲舫、绥庭及英老二先后拜会,均见。申刻,出门拜客。晴,巳后大风,亥刻风息。闻钦差处接奉廷寄:恩合着革职,留营效力。盛京将军着都兴阿调补。未到任以前,着福兴署理等语。并据绥庭云,今日已搬入城内汇隆店暂住。

初二日(2月16日)　早间,绍静岩因派军务处总办、兴盛德掌柜人刘金镕甄甫,行四先后禀见,均会。未刻,出门。拜绥庭、竹樵、海岚,均会。并回拜客。晴,甚暖。将军衙门主稿,会派候补协领、佐领崇善,郎中绍仁,治中蒋大镛总办军务处事务。

初三日(2月17日)　午后,出门。拜润庵兄。进城,拜海岚、莲舫,均会。并回拜客。晴,风。

初四日(2月18日)　早间,定静村拜,会。恩承之来拜,留饭。后润庵兄来看。王瀚峤拜会,见。酉刻,出门。拜竹樵,会。晴。

初五日(2月19日)　辰刻,赴大清门坐班蟒袍。散后,拜客。午刻,回府。酉刻,复出门。赴海岚宅与塔二老爷拜寿,会。晴,风。

初六日(2月20日)　午刻,赴善缘寺候接兵部侍郎延树南官印煦、金州副都统安棣堂官印图,跪请圣安。散后,拜竹樵、绥庭,均会。晴,风。

初七日(2月21日)　署铁岭县知县奎令官印瑞禀见,会。申刻,树南拜会,见。酉刻,出门。拜竹樵、树南,均会。早淡晴,午后阴。大风,极冷。

初八日(2月22日)　未出门,树南送礼四色尺头、补服、缎靴、荷囊。阴,午后晴。大风。

初九日(2月23日)　午后,出门。拜竹樵、绥庭,均会。回拜客。晴,大风。

初十日(2月24日)　未刻,出门。拜安棣棠,未会。赴善缘寺候接副都统花云霆官印里雅春,行六。等。至申初始知其已由小北门进城矣，遂赴三益店拜，而伊尚未到店。未便等候，遂回府。马三爷禀见，会。晴。

十一日(2月25日) 辰正，出门。拜海岚、莲舫，均会。午初，回府。莲舫、云霆先后拜会，均见。申刻，接奉谢管理牛马税事务恩折，奉旨："知道了。钦此。"晴。

十二日(2月26日) 未刻，出门。赴莲舫之约。瀚峤、竹樵在坐。亥刻，散。回府放花炮，丑刻始睡。未刻起细雪，连夜。

十三日(2月27日) 辰初，赴大清门坐班蟒袍。后同莲舫、竹樵赴府尹衙门。少歇，同赴善缘寺迎接伯王，跪请圣安。散后，回府已未初多矣，始吃早饭。极冷，且饿。酉刻，理藩院司员祥奎、全志禀见，会。随伯王军营来奉。细雪，复连夜已厚六七寸矣。放花炮。

十四日(2月28日) 午后，出门。拜云霆、绥庭，会。博川、海岚在坐。伯王、瀚峤，均未会。晴，极冷。

十五日(3月1日) 午刻，出门。赴黄寺看跳布扎。散后，拜伯王、竹樵，均会。安洲、吉臣、蓝田先后禀见，均会。晴，极冷。晚间，放花。甄太回府。

十六日(3月2日) 巳刻，赴大清门坐班蟒袍。散后，拜修伯，会。辰刻，贾顺回奉，接家信等物。晴。

十七日(3月3日) 午刻，赴瀚峤、莲舫之约在工部府。竹樵、吉甫、树南在坐。掌灯后始散。阴，极冷，夜间大雪约厚五寸余。

十八日(3月4日) 黑龙江将军特忍庵官印普钦、山海关监督成竹坪官印林、桂莲舫先后拜会，均见。阴。写家信。

十九日(3月5日) 巳刻，赴府尹衙门，会同竹樵赴将军衙门会同拜折。雨雪粮价折、拏获盗犯即行就地正法折、单衔请添派大员会审特交案件折。带家信。是刻，接奉十二月二十九日拜发之折。谢协同管理内务府事务恩折，奉旨："知道了。钦此。"查明反狱人犯名数折，奉旨："刑部知道。钦此。"穆锦等获胜折、片，拟派副都统赴陵街防守折，均奉旨："另有旨。钦此。"闻系交钦差查明有无铺张粉饰具奏。午刻，进署开印，后堂期。散后回府,开管理税务关防。晴。接家信。

二十日(3月6日)　大雪,午刻住,亥刻晴。约七八寸厚。

二十一日(3月7日)　午后,出门。拜忍庵、云霆、竹樵,均会;成竹坪、文士林等,均未会。晴。

二十二日(3月8日)　午初,赴将军衙门,会同拜折。开原劫狱戕官折。后进署堂期。散后,拜竹樵,会。回府后,扎春元、舒蓝田禀见,会,商议拨款。晚间,张经历官印云蕃禀见,会。商酌拟底。晴,戌刻阴,雪约寸余。

二十三日(3月9日)　巳刻,赴将军衙门,会同绥庭、云霆、竹樵拜折。请催饷银并酌定兵勇口分折,酌议兵车价钱并请拨银三万两以备急需折,查明昌图戕官劫狱情形请将巡检胡俊德革留折,拉运军火车辆请照内地酌给时价片。散后,赴善缘寺与伯王送行。后进城,与绥庭送行,均会。晴,夜间微雪。寄家信。

二十四日(3月10日)　辰刻,标画内务府到任稿。因绥庭赴兴京一带查看情形,所有内务府及银库并六边印钥均奏明暂交户部佩带。六边印信送户部衙门收存。此印原系志蔼云管理,丁忧后交将军佩带。将军出差,奏交暂佩。午刻,进署堂期。散后,拜竹樵,会。晴。

二十五日(3月11日)　云霆拜会,见。午刻,赴嘉禾堂,会同吉甫、树南、竹樵公请瀚峤、莲舫。晴。

二十六日(3月12日)　巳刻,出门。拜博川、云霆,均会。午刻,进署堂期。散后,拜树南,会。申初,回府。瀚峤、莲舫先后拜会,均见。晴,浮云。

二十七日(3月13日)　树南拜会,见。晴。

二十八日(3月14日)　巳刻,出门。拜瀚峤,送行。会。并回拜客。午正,进署堂齐。散后,拜竹樵,会。付还公帐。晚间,张经历领取应摊犒赏京兵钱项计东钱九百八十九吊八百六十文。蒋和叔禀见,会。阴,黄沙,微风。

二十九日(3月15日)　淡晴。未出门。午刻,心神不宁。

三十日(3月16日) 午刻,进署堂齐。散后,拜马三爷,未会。晴。

二月初一日(3月17日) 未刻,竹樵、马三爷先后拜会,均见。晴。戌刻,阴。

初二日(3月18日) 夜间大风,微雪。辰初,进署恭祭衙神蟒袍。毕,堂齐。散后回府,巳刻。淡晴。

初三日(3月19日) 寅初,赴文昌庙陪祀朝服。卯初散,回府少歇。辰初二刻,赴内务府拜印。散后,回府。扎春园、李彦仲官印缵文先后禀见,均会。晴。

初四日(3月20日) 午刻,进署,会同签掣边差。威远堡,掣呢堪;英额,掣增福。散后,拜彦仲,未会。阴。

初五日(3月21日) 辰刻,上朝坐班朝服。散后,回府。午后,云霆拜会,见。早晴,午后阴。夜间大风,雪。约寸余。乡绅户部主事骑都尉陈克顺字鹤溪送祭余。

初六日(3月22日) 午刻,进署堂齐。散后,拜竹樵,会。晴。

初七日(3月23日) 寅正,赴文庙陪祀。作乐,朝服。散后,回府。午后,莲舫拜会,见,留便饭。将军衙门送阅正月二十二日拜发之折,奉旨:"袁振瀛着交部议恤,喜安、杨文圃均着革职,该部知道。余依议。钦此。"晴,浮云。

初八日(3月24日) 卯刻,穿朝服,赴社稷坛主祭。毕,换蟒袍,诣山川、风云雷雨、城隍坛主祭。散后,回府少歇。午刻,进署堂齐。散后,拜莲舫,会。晴,浮云。

初九日(3月25日) 寅刻,赴文昌庙陪祀。作乐,朝服。散后,回府。晴,午后阴,时雪时止。委六品官连奎瑞臣,行四禀见,会。禀请饬催官庄豆石。托树南家人带家信。

初十日(3月26日) 冯安洲、俞海山、吴牧亭先后禀见,均会。午刻,进署堂齐。散后,赴内仓查看米石。其余各仓派员外郎穆奇先、主事文魁盘查。散后,竹樵差人来约,遂赴府尹衙门会商公事。

申正始回府。晴,浮云。

十一日(3月27日)　午刻,云霆拜会,见。坐谈许久。未刻,接家信。晴,微风。

十二日(3月28日)　午刻,进署堂齐。散后,拜吉甫,未会;树南,会。吉甫在坐,谈许久始回府。晴。

十三日(3月29日)　卯初,穿朝服,赴关帝庙陪祀。作乐。散后,回府。午后,竹樵、修伯先后拜会,均见。晚间,云霆拜会,见。晴。

十四日(3月30日)　卯正,穿蟒袍,赴龙王庙陪祀,后诣八蜡神前陪祀。阴,细雨。散后,住,仍浮阴,大风。午后,进署堂齐。晚间,由将军行辕送阅正月二十三日拜发回折。请催饷银酌拟口分折,奉旨:"另有旨。钦此。"酌议兵车价银请拨银两折,奉旨:"着照所请,该部知道。钦此。"拉运军火车辆请照内地给价折,奉旨:"该部知道。钦此。"查明昌图戕官折,奉旨:"胡俊德着暂行革职,免其离任。倘仍不知奋勉图功,即着从严参办。余依议。钦此。"会奏添设军务处片,(奏)〔奉〕旨:"知道了。钦此。"工部知照:"会同将军衙门具奏'请派员会修永、福陵工程'一折,奉旨:'着派额勒和布会同桂清敬谨修理。钦此。'"

十五日(3月31日)　卯刻,赴昭陵监礼。散后,润庵兄约吃便饭。煮饽饽。巳刻,赴大北关内路西关帝庙内候接绥庭。散后,拜〔莲〕舫,会。申刻始回府。晴,甚暖。

十六日(4月1日)　交代暂带各处印钥。午后,进署堂齐。散后,拜绥庭,会。润庵兄来看,留便饭。晚间,云霆拜会,见。晴。

十七日(4月2日)　巳刻,出门拜云霆,会。因其是日带兵出省故也。少谈,赴润庵兄处拜寿。吃晚饭后,回府已酉初多矣。夜间大风。天亮后,先雨后雪,随下随化,路极难走,申刻住。晴,微风。仍有浮云。

十八日(4月3日)　巳刻,张经历送阅正月十九日拜发之折。单衔奏请添派大员会讯钦交案件折,奉旨:"着添派延煦,会同额勒和布审讯。钦此。”会奏拏获盗犯即行就地正法折，奉旨：“依议。刑部知道。钦此。”雨雪粮价折、并无私立铺头行头折，均奉旨：“知道了。钦此。”恩吉臣禀见，会。午刻，进署堂齐。散后，拜竹樵、董达川官印执，均未会。淡晴，微风。写家信。

十九日(4月4日) 舒蓝田禀见，会。呈阅历年采买布匹稿案。绥庭拜会，见。风，淡晴。

二十日(4月5日) 卯初，赴昭陵陪祀。散后，润庵兄约同竹樵、莲舫吃便饭。申刻，回府。蓝田禀见，会。晴。

二十一日(4月6日) 卯刻，穿朝服，赴先农坛陪祀。后换蟒袍挂珠，扶犁。毕，穿补褂，劝农。散后，回府。午刻，吉甫拜会，见。工部郎中明哲禀见，会。呈阅修工稿案。晴。

二十二日(4月7日) 午刻，赴府尹衙门会同将军、府尹拜折。会同奏参新民屯旗民地方官疏防折差被抢折、正月分雨雪十二月分粮价折，并恭缴朱笔。散后，拜辽阳万尉官印福，未会；树南，会。莲舫在坐，谈许久始回府。晴，微风。差李达、韩和、二格进京递折，寄家信，接请老太太。

二十三日(4月8日) 辰刻，同润庵兄、智临侄赴祖茔上祭。申刻，回府。连瑞臣禀见，会。晴，微风。

二十四日(4月9日) 巳刻，何耕畬禀见，会。午刻，进署堂齐。散后，拜竹樵，会；博川，未会。晴，微风。

二十五日(4月10日) 午刻，莲舫拜会，见。未刻，同赴树南之约，竹樵、吉甫在坐。掌灯后始散。晴。

二十六日(4月11日) 午刻，进署堂齐。散后，回府。春园、吉臣先后禀见，均会。晴，微风。

二十七日(4月12日) 未刻，树南拜会，见。晴，微风。

二十八日(4月13日) 午刻，进署堂期。散后，拜竹樵，会。商定稿件。晴。

二十九日(4月14日) 午刻，出门。拜绥庭、吉甫，均会。在吉甫处拜读赵松雪墨迹《岳阳楼记》。连瑞臣，投帖。晴，微风。接小岩、华峰信。

三月初一日(4月15日)　蒋和叔、冯安洲、赵聘之、全廉斋先后禀见,均会。晴,微风。幼芗阅卷完竣,回府。

初二日(4月16日)　午刻,会同绥庭查库。因司库长泰回话冒失,致触绥庭虎威。申刻,散,回府。蓝田、远峰禀见,会。晴。接云霆信。

初三日(4月17日)　申刻,博川拜会,见。商议豁免钱粮奏底。晴。收拾花账。差人送修伯鱼、肉。

初四日(4月18日)　巳刻,拜博川、绥庭,均会。午刻,进署堂齐。散后,赴府衙门会同竹樵过堂。三起三名。风,浮云。

初五日(4月19日)　辰刻,穿朝服,赴大(正)〔政〕殿坐班。散后,会同绥庭、竹樵、莲舫、树南进内敬谨查看陈设翔凤阁。午初,回府。佐领松龄禀见,会。晴,风。钦差行营差人送阅会奏豁免钱粮折。由宫保处拜发。差人接瀚峤。

初六日(4月20日)　午刻,进署堂齐。散后,拜瀚峤,未会。回府后,莲舫拜会,见。写七号家信。淡晴,大风。

初七日(4月21日)　阴,细雨。未刻,赴将军衙门会同拜发万寿贺折贺表穿蟒袍及平余归公折。托带家信。申刻雨住,戌刻晴。

初八日(4月22日)　午刻,进署堂齐。散后,回府。晴,微风。

初九日(4月23日)　午刻,赴内务府敬谨查看飞龙阁陈设书库、瓷库。申正,散。拜博川,未会。回府后,致信博川,送奉省府、厅、州、县缺单。晴,风。

初十日(4月24日)　和叔、藕舲、安洲禀见,会。午刻,进署堂齐。散后,回府。连瑞臣禀见,俞海山禀辞,均会。晴,微风。

十一日(4月25日)　午后,蓝田、远峰禀见,会。淡晴,甚暖。播种花草。丑刻,接据牛庄防守尉毓昌禀报,牛庄于初九日巳刻被贼攻陷,现退海城防守等语。禀由将军衙门送阅。

十二日(4月26日)　午刻,进署堂齐。散后,拜绥庭,会。时阴时晃。午刻,飞雨星。通商大臣解饷委员章祥庆禀见,会。

十三日(4月27日)　晴，微风。英老二来看。

十四日(4月28日)　午刻，赴府衙门，会同竹樵拜发拣员升补新民厅同知折、拣员升补义州知州折、奏参前署开原县典史福征疏防监犯越狱折、雨雪粮价折。后进署堂齐。散后，赴瀚峤之约，竹樵、莲舫、吉甫、树南在坐。戌刻，散。晴，大风。

十五日(4月29日)　安洲、和叔、蓝田、雨田、吉臣先后禀见、拜会，均见。淡晴，大风。张木匠送小桃红二盆、寿诞花一盆。

十六日(4月30日)　午刻，进署堂齐。散后，赴库较对天平。晴。

十七日(5月1日)　午刻，拜发具奏敬谨查看大内遵藏列祖列宗御用服物书籍陈设折。系内务府派笔帖式恭递。未刻，安洲禀见，会。晴，大风。张木匠又送小桃红二盆。

十八日(5月2日)　午刻，进署堂齐。助教荫格递催呈。散后，拜竹樵，会。酉刻，绥庭拜会。戌刻，树南拜会，均见。晴，风。

十九日(5月3日)　辰刻，赴将军衙门，会同拜发奏派协领文绪兼库行走折、已革协领穆津等供词狡执请交刑部折。散后，拜特忍庵，会。晴，风。

二十日(5月4日)　辰刻，穿蟒袍，赴大清门坐班。午刻，进署堂齐。淡晴，大风。

二十一日(5月5日)　早间阴，细雨。午初雷鸣。未刻晴。

二十二日(5月6日)　夜间阴，早间微雨，巳刻晴。午刻，进署堂齐。散后，拜莲舫，会。

二十三日(5月7日)　辰初，穿朝服，赴大(正)〔政〕殿行礼。毕，换蟒袍，赴大清门坐班。散后，回府。舒蓝田、魁子垣官印升先后禀见，均会。晴，甚暖。夜间阴，雷电，微风，细雨。

二十四日(5月8日)　□后，风，细雨。未后住，时阴时晴。吉臣禀见，会。

二十五日(5月9日)　阴，细雨。午后，时雨时止。蓝田、和叔、安洲、训导霍景隆、杨存礼等先后禀见，均会。

二十六日(5 月 10 日)　阴，细雨。辰刻，赴大清门坐班。散后，回府。午初，赴将军衙门会同签掣边差。户部主事世熺掣旺清，兵部主事锡临泰掣碱厂。散后，回府。未刻，雨住。申后，晃，雷鸣。蓝田、松龄先后禀见，均会。写家信。

二十七日(5 月 11 日)　未初，赴府衙门会同竹樵过堂二起二名。散后，赴将军衙门，会同拜发奏补边门章京折。托带家信。晴，浮云。

二十八日(5 月 12 日)　午刻，进署堂齐。散后，拜竹樵，未会。云霆，会。晴，浮云。

二十九日(5 月 13 日)　晴。午后，云霆、莲舫先后拜会，均见。

四月初一日(5 月 14 日)　卯正，赴昭陵监礼。散后，润庵兄约吃饭。未刻，回府。竹樵拜会，见。晴。午后，浮云，大风连夜。未刻，韩和回府。接奉二月二十二日拜发之折。奏参新民屯旗民地方官疏防折差被抢折，奉旨："文景、马朝云均着摘去顶戴。勒限两月严缉，倘限满无获，即行从严参办。钦此。"雨雪粮价折，奉旨："知道了。钦此。"接家信及亲友信并纱朝衣、纱褂等物。

初二日(5 月 15 日)　辰正，赴善缘寺迎接都将军直夫，行三，跪请圣安。散后，回府。润庵兄来看。午刻，进署堂齐。散后，拜直夫，未会。回府后，直夫拜会，见。晚间，承之来看。晴，浮云。

初三日(5 月 16 日)　巳刻，竹樵拜会，见。同赴文博翁宅会商营口派员事。散后，回府。午刻，复出门，拜绥庭，未会。赴府衙门，会同竹樵拜直夫，会。散后，赴竹樵之约，瀚峤、莲舫、树南在坐。戌刻散。晴，夜间阴。

初四日(5 月 17 日)　阴，雨，雷电，间有小雹，未后住。张经历、穆远峰先后禀见，均会。申刻，晃，风。戌刻，复阴。

初五日(5 月 18 日)　卯正，赴大(正)〔政〕殿坐班。散后，回府。阴，时细雨。

初六日(5 月 19 日)　巳刻，赴府衙门，会同绥庭、竹樵拜发保举军务处官员折。绥庭主稿。散后,回府。午正,进署堂齐。未正,回府。英老二来看,留便饭。前任治中曹敦锜友莲,行□、穆远峰先后禀见,均会。晴,风。晚间大风。

初七日(5月20日) 午刻,接奉三月初七日会同拜发之折。平余归公折,奉旨:"该部知道。钦此。"军机处知会被抢之折原奉谕旨,又据钦差行知接奉寄谕:"穆锦等着交刑部严讯,从重定拟等因。钦此。"晴,风。

初八日(5月21日) 午刻,进署堂齐。散后,赴府衙门,会同竹樵过堂□起。散后,回府。晴,大风。

初九日(5月22日) 巳刻,出门。拜修伯,会。未刻,吉臣、瑞臣及各城巡检、典史先后禀见,均会。晴,大风。(成)〔察〕鉴泉之坟达陈焕、陈美来见,交伊主谕帖。

初十日(5月23日) 午刻,进署堂齐。散后,拜直夫,会。阴,微风。觉凉。酉刻晴。

十一日(5月24日) 午刻,恩吉臣禀见,会。张经历禀见,呈阅奏折并缴巡检赵良楷画。阴,微风。酉刻晴。

十二日(5月25日) 午刻,赴刑部,会同各部大人、府尹秋审过堂。散后,拜竹樵,会。晴,风。写家信。

十三日(5月26日) 午刻,赴府衙门,会同竹樵拜发雨水粮价折、春季分并无私立铺头行头〔折〕、奏销京控案件折。毕,过堂二起三名口。散后,赴瀚峤处,与夫人拜寿,未会。赴树南处,拜寿。亦系夫人寿辰,会。留饭。莲舫、绥庭在坐,畅饮讴歌,至子初始散。回府,恩承之在府候,会同折差回京。在树南寓,将军衙门送阅会奏拣派协领文绪兼库行走折,奉旨:"知道了。钦此。"晴,浮云。

十四日(5月27日) 辰初,差韩和进京递折,带家信,恩承之随回。午初,进署堂齐。散后,赴嘉禾堂公聚,系瀚峤、竹樵、莲舫、树南。阴,微风。酉刻雷鸣,微雨一阵。差郭什哈张永、吴铎、江龄、侯廷和同韩和进京。

十五日(5月28日) 阴。夜间细雨,辰刻住。午后,时晃时雨。

增令、杜令、冯令、福丞先后禀见,均会。云霆拜会,见。

十六日(5月29日)　辰初,竹樵拜会,同赴文博翁宅拜折,会。始知原定未刻,知会错误。少坐,赴将军衙门,会同直夫挑缺。巳正后,回府。午正,赴钦差公所,会同拜发采访局第一次请恤折。散后,赴瀚峤之约。竹樵、莲舫、吉甫、树南在坐。戌正始散。晴,微风,浮云。绥庭来辞行,未会。

十七日(5月30日)　卯刻,赴昭陵陪祀。散后,看润庵兄,留吃饭。煮饽饽。午刻,回府。文博翁拜会,恩吉臣禀见,均会。申刻,赴吉甫之约,与绥庭饯行,坐陪竹樵,莲舫在坐。戌初散。晴,微风,浮云。

十八日(5月31日)　午刻,进署堂齐。散后,拜绥庭,会;启续,未会。赴树南寓,会同莲舫公请绥庭,留竹樵作陪。痛饮,至丑初始散。晴,微风,浮云。

十九日(6月1日)　早间,置办送礼物件。未刻,出门拜文博翁、恩禄圃、王思沂行□、张联第行□、庆兰圃官印□、景官印瑞,均未会。朱修伯,会,谈许久。送程仪。散后,回府。晴,微风,浮云。

二十日(6月2日)　午刻,进署堂齐。散后,拜姚彦士、恒维一官印□、成宝岩官印善、福绥庭,均未会;树南,会。绥庭在坐,谈许久始回府。差人拜陈先生官印以恕。晴,申刻阴。甫进门,吉臣禀见,会。少谈,大雷电,风雨,至半时许即住。夜间丑刻,莲舫之世兄英老二病重,差人来请又芗。

二十一日(6月3日)　巳正,赴善缘寺,送博川起身,跪请圣安。散后,同吉甫、树南看英老二之病。后拜海岚、王□□,均未会。晴,微风。

二十二日(6月4日)　巳刻,赴善缘寺,送绥庭起身。散后,回府。润庵兄来看。远峰禀见,会。晴,浮云,微风。

二十三日(6月5日)　午刻,同直夫赴库盘查。散后,回府。连瑞臣禀见,会。晴。午后,阴,大风,时晃。

二十四日(6月6日) 午初,进署,会同将军、各部侍郎拣选内仓监督,签掣中江税务监督。内仓正监督,刑部主事马永修拟正,兵部员外郎满德拟陪。副监督,户部主事恩庆拟正,礼部员外郎绍恭拟陪。中江税务监督,拟正掣出兵部员外郎佛保,拟陪掣出工部主事延年。未刻,散,回府。阴,微风,时雨时住。

二十五日(6月7日) 寅刻大雨,雷电,辰刻住。时阴时晴,风。修饰书房。酉刻,将军衙门送阅初六日拜发之折。奏奖军务处官员折。奉旨:"另有旨。钦此。"同日,奉上谕一道,系照原请给奖。戌刻,复落雨数点。亥刻,西北浓阴,雷电,大风。

二十六日(6月8日) 晴,浮云,大风。午刻,进署堂齐。拣选派差。散后,拜海岚、莲舫,均会。酉正后,回府。是日起,在大书房会客。

二十七日(6月9日) 穆远峰、文岐斋、松佐领先后禀见,均会。散后,内务府三佐领及主事等官禀见,互相禀揭,饬令听候查办。未刻,接奉三月十七日拜发之折敬谨查看陈设折,奉旨:"知道了。钦此。"晴,微风,云,暖。

二十八日(6月10日) 辰刻,赴将军衙门,会同直夫挑内务府兵缺。甲,三;官生,一。散后,拜云霆,会。莲舫来拜,未会。午刻,进署堂齐。散后,拜直夫,会。申初,回府。云霆拜会,见。戌刻,准军机大臣五百里字寄:"四月□□日奉上谕:'吉林需饷孔殷,先由盛京户部筹款垫发等因。钦此。'"值日官得祥送阅。晴,暖。穿软夹袄。

二十九日(6月11日) 笔帖式昆龄禀见,会。晴,微风,甚暖。

三十日(6月12日) 巳正,赴将军衙门,会同签掣英额边门差。掣出吉琳。散后,进署堂齐。散后,拜树南,会。静村、静岩,均未会。回府后,吉臣禀见,会。早晴,巳后淡阴。大风。老周来府。

五月初一日(6月13日) 未刻,出门,拜直夫送行,会。晴,浮云,微风。

初二日(6月14日) 辰正,赴善缘寺,迎接志蔼云,跪请圣安。

午初,散,回府吃饭。未初,进署堂齐。申刻,散,回府。晚间,进署住宿。因将军查边,副都统色子良尚未到任故也。晴,云,风。

初三日(6月15日)　辰刻,回府。少歇,同又芗赴莲舫处,吃祭肉。散后,拜蔼云,会。晴,云,风。晚间,赴部住宿。

初四日(6月16日)　辰刻,回府。少歇,赴海岚之约。定静村、恒季安官印泰在坐,海岚以收藏之字帖、砚顽等物出示。未刻阴,申刻大风,酉刻复晴。晚间,赴部住宿。

初五日(6月17日)　辰刻,回府。谈云浦禀见,会,留便饭。吃白煮肉。舒蓝田同讷雨田禀见,均会。晴,甚暖。晚间,进署住宿。

初六日(6月18日)　辰初,回府。午后,拣发知县牟毓堃子厚,行□、魁子垣先后禀见,均会。晴,微风。晚间,赴部住宿。

初七日(6月19日)　辰刻,回府。司库熙霖禀见,会。未刻,请瀚峤、竹樵、蔼云、莲舫、吉甫、树南吃饭。戌正,散。晴,申后阴,大风。晚间,赴部住宿。

初八日(6月20日)　部中改早堂齐。辰正,散。拜牟子厚、谈云浦、熙司库,均投帖。晴,未后阴,大风。晚间,进署住宿。

初九日(6月21日)　辰刻,出署。拜竹樵,会。晴,浮云,大风。晚间,赴部住宿。

初十日(6月22日)　堂齐。辰正散,回府。云浦禀见,会。晴,大风。晚间,部内住宿。夜间雷电,微雨。

十一日(6月23日)　辰刻,回府。文星垣拜见,会。浮云,大风。裱糊上屋。戌刻,赴部住宿。亥刻大雷电,风,微雨。

十二日(6月24日)　辰刻,堂齐。拣选主事。散后,回府。午刻,赴府衙门,会同竹樵掣知县、巡检名次先后签。散后,拜莲舫,会,蔼云在坐;成魁元、恒季安,均未会。酉刻,县内差人禀称,据宁远州函称,探得老太太于四月二十七日由京起身,初六七日可到宁界等语。遂嘱家人等赶紧修理房屋。戌刻,赴部住宿。晴,浮云,甚暖。

十三日(6月25日)　寅刻,赴关帝〔庙〕主祭。散后,回府。申刻,恩吉臣及熙、喀二监督先后禀见,均会。晴,浮云甚浓。晚间,进署住宿。差杨茂起等大车三辆,同张木匠赴东山买松枝。

十四日(6月26日) 堂齐。辰刻散。赴府衙门,会同竹樵过堂三起。散后,回府。差贾顺、周华清同郭什哈二名起身,迎接老太太。巳刻,内务府三佐领禀称,候补骁骑校继德呈控催长宜正亏短官款及买卖缺分等情。当即饬令俟将军回省时,回明办理。晴,浓云。搭松棚。晚间,拟奏底,赴部住宿。

十五日(6月27日) 辰刻,出署。拜明司员官印琳。投帖后,回府。贾顺、周华清等回府禀称,路间询问东来车辆,(具)〔据〕云,闻得老太太大约在五月初四初八日起身,现在尚无确信,是以先行回来等语。酉刻,明琳、文琪斋先后禀见,均会。晴,浮云,甚热。晚间,进署住宿。

十六日(6月28日) 堂齐。辰刻散,回府。莲舫拜会,留便饭。酉刻,穆远峰领取拟底。晴,浮云甚浓,微风,热。晚间,赴部住宿。

十七日(6月29日) 辰刻,出署。拜竹樵,会。散后,回府。英老二来看。申刻,蔼云拜会,见。酉刻,吉臣禀见,会。晴,浮云甚浓,风。晚间,进署住宿。

十八日(6月30日) 辰刻,堂齐。散后,拜竹樵,会。回府后,候补知县常振及穆远峰、魁子元先后禀见,均会。晴,浮云,大风,甚暖。晚间,赴部住宿。罂粟花开。

十九日(7月1日) 辰刻,出署。拜客。煜令、祥令、常令、兴主事,均投帖。回府后,看折。晴,浮云,风。酉刻东南浓阴,雷电。戌正后阴,亥刻细雨一阵。晚间,在部住宿。

二十日(7月2日) 辰刻,堂齐。拜发筹拨吉林饷银折。(附)〔付〕府衙门折差呈递。后赴府衙门,会同竹樵拜发雨雪粮价折、查参前署昌图通判奎寿折。治中等禀见。同竹樵会后,过堂三起四名。巳刻,回府。接得树南函致沙河驿丞禀报,老太太于十六日出关等语。申刻,文琪斋差人送信,同。松令差竣禀见,会。接赵心泉信。晴,风,浮云。晚间,赴部住宿。

二十一日(7月3日)　辰刻,回府。差贾顺、周华清及汪瀚迎接老太太。酉刻,张经历、恩吉臣先后禀见,均会。晴,风,浮云。晚间,赴部住宿。

二十二日(7月4日)　辰刻,将军回城。堂齐。散后,约竹樵同拜直夫,会谈许久,回府。润庵兄来看。未刻,接伯王信。酉刻,和叔禀见,会。晴,浮云,大风。修理房屋。戌刻,接李达等禀内称:老太太于五月初八日未时起身,十五日到红瓦店等语。

二十三日(7月5日)　巳刻,直夫拜会,见。未刻,吉臣禀见,会。申刻,赴竹樵、树南之约,在嘉禾堂。蔼云、莲舫在坐,亥正后始散。晴,浮云,微风。树南差人送驿站禀。

二十四日(7月6日)　辰初,进署堂齐。散后,同直夫诸君赴小西关外兴庆寺,候接伯王。午刻,伯王始到。少谈即辞,回到府已未正矣。晴,浮云甚浓,微风。申刻,落雨数点。酉刻,恩吉臣禀见,会。树南差人送驿站禀。

二十五日(7月7日)　辰刻,和叔、藕舲、安洲及□兴倅,先后禀见,均会。安洲禀称,据家人禀报,探得老太太今日准住大石桥等语。即差人与润庵处送信,并催轿夫。轿系莲舫送。午刻,张经历、董达川先后禀见,拜会,均见。午正,郭什哈江龄回府禀称,老太太今日改住老边站。三老爷差伊送信后,仍令赶回等语。未刻,县内差人禀称,伯王定于明日寅正起身。遂与又香商酌,只好请又香乘轿先往大石桥迎接。申正二刻起身。晴,浮云,甚热。申正,雷鸣。酉刻,大风,暴雨一阵约一指余。西北仍浓阴,雷鸣。伯王差人送信,云:今日拜发会奏八条折,可以不必会拜等语。

二十六日(7月8日)　寅初,赴兴庆寺,送伯王起身,跪请圣安。后赴大石桥迎接老太太,润庵兄、智临侄、又香兄均在公馆内候。安洲亦赶到伺候。因昨日西边雨大,道极泥泞。三弟已先赶到。巳刻,老太太率堂嫂、家嫂、内子、大妞、二妞、三妞及家人李达、乔玉、韩和、刘福、长禄、郭祥、赵祥、寇升，仆妇刘家、李家、张家、胡家等到公馆。系三弟、阿大弟、松茂如、寿峰侄及张永等护送。久离膝下，一旦欢聚，诚大乐事。用饭后，午刻起身进城。户部司员恩吉臣等在善缘寺备茶迎接。申初，至府。户部司员及在省各厅、州、县等先后禀安。莲舫、岐斋、英老二先后来看。晴，浮云。

二十七日(7月9日) 竹樵、云霆先后拜会，均见。晴，浮云。三姨太太、二太太先后来看。

二十八日(7月10日) 吉甫拜会，见。辰正，进署堂齐。散后，回府。内务府佐领等禀称，蓿蒿菜已办妥呈验。酉刻，树南拜会，见。明司员禀见，会。晴，浮云，甚热。申刻，雷鸣，雨一阵。约一指余。晚间，英老二来看，留便饭。文琦斋来看。夜间，复雨一阵。

二十九日(7月11日) 蔼云、吉臣先后拜会、禀见，均会。晴，浮云，甚热。自二十六日至二十九日均系日后补记，多忆不清。

六月初一日(7月12日) 卯刻，赴府尹衙门，会同竹樵拜发地丁奏销折、耗羡奏销折、分补银两展限折。散后，回府少歇。午初，复出门拜客。色子良、谈云浦、熙慰农、文琪斋、讷雨田、文星垣、崇直甫，均未会。晴，浮云，甚热。早间，更夫在书房院内拾得匿名帖一纸，当即焚毁。

初二日(7月13日) 辰刻，堂齐。散后，拜云霆、莲舫、蔼云，均会。午初，回府。大侄女来看。淡阴，微风，甚热。戌刻，细雨连夜。

初三日(7月14日) 细雨。巳刻，住。色子良印尔固善拜会，见。申刻，晃。侄媳来看。

初四日(7月15日) 细雨。巳刻，住。张经历禀见，会。夜间，雨。

初五日(7月16日) 卯刻，赴大政殿前坐班。散后，拜客。藕舲、安洲、瀚峤、灵老爷，均未会；树南、吉甫，均会；吉臣、熙老爷、塔老爷、和叔，均投帖。回府后，润庵兄来看。晴，云。酉刻，自西北浓阴，大雷电，雨。半时许始住，仍阴，已深透。

初六日(7月17日) 辰刻，进署堂齐。散后，回府。莲舫拜会，见。未刻,老太太忽然患痢,半夜未止。丑刻,吸烟二口,方稍缓。晴,云,有时细雨。

初七日(7月18日)　请老太太服药,约又香看脉。午后,稍见轻减。张经历禀见,会。时阴时晃。午后,细雨,约半时许。自初五日至初七日,均日后写,记忆不清。

初八日(7月19日)　未入署,瀚峤、芷生、远峰、莲舫先后拜会、禀见,均会。晴,浮云,甚浓。

初九日(7月20日)　三姨太太来看。阴。卯刻,微雨。

初十日(7月21日)　辰刻,进署堂齐。散后,拜竹樵,未会。午刻,赴将军衙门,会同拜折。散后,拜瀚峤,未会;直夫,会。晴,浮云,微风。

十一日(7月22日)　酉刻,文星垣禀见,会。晴,浮云,微风。夜间,细雨。

十二日(7月23日)　细雨。辰刻,住。进署堂齐。散后,回府。竹樵拜会,见。晴,浮云。戌刻,大晴,月明如水,甚爽。此三日亦系日后记。

十三日(7月24日)　巳刻,直夫拜会,见。晴,浮云,微风。

十四日(7月25日)　辰刻,赴将军衙门,会同直夫挑内务府甲缺共四缺。散后,进署堂齐。恒光之妻曹氏呈控扎春园。散后,拜张芷生、徐令官印仲三。后回府。未刻,赴竹樵之约。瀚峤、蔼云、莲舫、树南在坐。晴,微云,甚爽。

十五日(7月26日)　奎黼臣、恩吉臣先后禀见,均会。晴,浮云。

十六日(7月27日)　辰刻,进署堂齐。萨斌泰递禀,发回扎春园递呈。散后,回府。午后,拜海岚,会。散后,赴瀚峤、莲舫之约在工部寓,竹樵、蔼云、吉甫、树南在坐。子刻,始散。晴,浮云。

十七日(7月28日)　辰刻,宜司员官印升、穆远峰、何耕畬、冯安洲禀见,会。后赴府衙门,会同将军、副都统、府尹拜发雨水粮价折、奏参宁远越狱折、奏补宁远知州折、昌图承德补缺展限片、反狱各案内守法未动各犯汇案减等折、未经查明各犯汇册咨部片。散后，回府。晴，浮云，微风。

十八日(7月29日) 辰刻，进署堂齐。散后，拜直夫，会；杨芗岩，投帖。晴，浮云。巳刻后，时雨时止，闷热。

十九日(7月30日) 卯刻，差岳顺、韩和进京递折。阴，大雨。申后，住，仍浓阴。夜间，复雨。

二十日(7月31日) 巳刻，赴将军衙门，会拜借廉修理官房折。晴，浮云，甚热。

二十一日(8月1日) 远峰、星垣、辅臣先后禀见，均会。晴，浮云，甚热。以上三日系后补记。

二十二日(8月2日) 巳刻，穆远峰禀见，会。后赴府衙门，会同竹樵过堂四起。午刻，赴将军衙门，会同拜发慈安皇太后贺折、贺表。散后，回府。酉刻，蒋和叔禀见，会。商议书院事务。晴，浮云，微风。沐浴。

二十三日(8月3日) 晴，微风，云。酉刻，接奉五月二十日拜发之折。筹拨饷银折，奉旨："知道了。钦此。"雨水粮价折，奉旨："知道了。钦此。"查参前署昌图厅通判折，奉旨："奎寿业经革职，着免其治罪。钦此。"接家信。

二十四日(8月4日) 辰刻，进署堂齐。散后，赴树南之约。竹樵、莲舫、吉甫在坐。未正，散，回府。晴，微风。早间，有浮云。送莲舫酪。戌刻，讷雨田来看。

二十五日(8月5日) 巳刻，冯安洲、玉笔政官印和先后禀见，均会。晴，浮云，微风，闷热。

二十六日(8月6日) 辰刻，进署堂齐。散后，回府。晴，浮云，微风，热。

二十七日(8月7日) 辰刻，竹樵约至府衙门，商写复三口通商大臣崇棣山密函。写毕，同赴直夫处，会商封发。晴，微风，浮云。

二十八日(8月8日)　辰刻,进署堂齐。散后,回府。申刻,莲舫拜会,见。酉刻,魁子垣禀见,会。晴,浮云,微风。

二十九日(8月9日)　署金丞、全廉斋、徐承烈先后禀见,均会。浮阴。午刻细雨,申刻住约寸余,仍淡阴。

七月初一日(8月10日)　卯刻,起身,赴昭陵监礼。毕,赴润庵兄处看望,留吃点心汤面角。巳正,回府。扎春园、明司员琳先后禀见,均会。晴,浮云。

初二日(8月11日)　辰刻,阴,飞雨星。未入署。巳刻,晴,浮云。蔼云拜,不会。寿峰侄由润庵兄寓回府。

初三日(8月12日)　巳刻,远峰、安洲先后禀见,均会。午刻,总管连衡甫拜会,见。浮云,闷热。申初,雷鸣,大风雨。戌初,微住,复大雨,雷鸣。

初四日(8月13日)　辰刻,进署堂齐。散后,回府。将军衙门送阅接奉六月初十日会拜之折。捐助军饷商民请奖折,奉旨:"该部核议具奏。钦此。"附片,奉旨:"览。钦此。"捐修土墙工程片,奉旨:"世麟等续捐银两,着俟土城工竣再行奏请奖叙。钦此。"奏补边门章京折,奉旨:"知道了。钦此。"晴,浮云。

初五日(8月14日)　卯刻,赴大政殿前坐班。散后,拜全令投帖。回府后,和叔、藕舲、安洲、廉斋禀见,会。晴,浮云。午刻,微雨一阵。亥刻,细雨,连夜。

初六日(8月15日)　卯刻,雨住。辰刻,进署堂齐。散后,回府。晴,浮云。

初七日(8月16日)　卯刻,赴大清门坐班蟒袍、补褂。散后,回府。晴。午前,微云。午后,微风,甚爽。

初八日(8月17日)　辰初,竹樵拜会,见。辰正,进署堂齐。散后,回府。申刻,陈汝霖禀见,会。晴,甚爽。

初九日(8月18日)　巳刻,直夫拜会。午刻,瀚峤拜会;申刻,莲舫拜会,均见。酉刻,接奉五月二十九日拜发之折。清查展限折,奉旨："户部议奏。钦此。"地丁奏销折、耗羡奏销折，均奉旨："该部知道。钦此。"又接奉六月二十日会同拜发借廉修理官房折，奉旨："着照所请，该部知道。钦此。"淡阴。

初十日(8月19日) 辰刻，进署堂齐。散后，赴府衙门，会同竹樵过堂六起六名口。晴，浮云，微风。

十一日(8月20日) 卯刻，吃混饨。辰初三刻，起身。乘轿。带家人贾顺、刘福、马俊、刘厨子四名。直夫派营总倭协布带马队兵六十名同行。出小东关，户部司员及府衙门治中等官，均在老龙口烧锅门前候送。路间，过浑河一道坐船，小水沟三四道。午正三刻，至兴隆店公馆尖。未正二刻，起身。过小水沟三四道。酉初，至抚顺，路北义兴隆店公馆住。均承德备。抚顺路记防尉富克精阿在公馆候接。差郭什哈执帖回拜。倭营总请安，会。淡阴。

十二日(8月21日) 卯刻，吃混饨。卯正三刻，起身。甫出店门，即细雨。过小水沟二三道。午正三刻，至德孤岭东边五六里许，路北店内尖。自备。未正三刻，起身。过小水沟一二道。甫过漥浑木河坐船，而大雨至，只得冒雨前进。郭什哈、家人、轿夫等拖泥带水，无不湿透。而余在轿中衣服靴裤亦皆淋湿。申正二刻，至萨尔浒，路北张驿丞房内住。系庄头代借，饮食一切均自备。仍阴雨。

十三日(8月22日) 卯正二刻，起身。过岭三道，头道名"蛤蟆岭"，二道名"鼓楼岭"，三道名"天桥岭"。小河沟四五道，大河一道。名"鼓楼岭"河，有船。午正，至尚家河，路北福兴店尖。自备。未正，起身。过岭大小五道，苏子河二道。水深一二尺，坐船。护理通判张兰瑞在东河沿候接。酉正，至木奇岭，路北和盛店住。自备。张护判、倭管总先后禀见，均会。早间，阴。午后，晃，浮云。申初，行至黄土岗地方，细雨一阵。戌刻，晴。店家云，去年九月初四日，贼至此处，在西街外打仗，伤亡官兵五六十名，本堡乡勇十七名，内有夏姓木匠一名。

十四日(8月23日) 卯正，起身。大雾。过堤塘，左山右河，半山开路，一条窄狭处仅容一车，虽高下不一，而路颇平坦，两边遍生林木，野花满山，加之日出雾散，云归半山，竟如身在云雾中也。至四道梁，城守尉清凯号捷亭差人接，仓外郎玉庆接。至夏园庙，清城守尉及天津署镇春官印霖率兵丁及洋枪队兵丁接。巳正三刻，至兴京仓公馆。少歇，清尉、春镇及倭营总先后禀见，均会。散后，洗脸，仍穿短襟袍马褂。午初三刻，恭谒永陵。行三跪九叩首礼。毕，恭阅祝版，瞻仰神树。后查验工程，少坐即回公馆。吃饭仓上备。剃头。海总管、诸关防等均禀安。张署倅禀见，会。未后，淡阴。申初，出门。拜清捷庭、春署镇，均会。诺德景、三关防、张署倅均投帖。酉正一刻，回公馆。清捷庭送菜一桌、酒一坛。酒璧还，菜分赏郭什哈及轿夫等。张署判送菜一桌，转送倭营总。

十五日(8月24日)　寅初，起来。寅正，穿朝服，恭赴永陵监礼。卯正三刻，礼毕，回公馆。坐尖仓上备。辰初三刻，起身。顺拜海总管。投帖。午正，至木奇驿和盛店茶尖。自备。未初一刻，起身。过河二道。坐船，张署倅在河西沿候送。酉初，至尚家河福兴店住。自备。店房极腌臜。早间，雾，浮云。巳刻，晴，风，甚觉凉。未后，始稍暖。

十六日(8月25日)　卯正二刻，起身。过鼓楼河。坐船。午初一刻，至萨尔浒，路北于家店尖。自备。午正二刻，起身。过洼浑木河。坐船。酉初，至夹板，路北店内茶尖。自备。直夫、子良及承德县、抚顺防尉先后差人接。少歇二刻即起身。戌初三刻，至抚顺，路北义兴隆店公馆住。承备。晴，微风。早间，甚凉。穿小夹袄、绵马褂。午后，稍暖。

十七日(8月26日)　卯正二刻，起身。巳初一刻，至兴隆店，路北广兴店公馆尖。承备。午初，起身。未正，过浑河。坐船。顺拜连衡甫，会，少谈。至关家店茶尖。未正，起身。至八里铺地方，各位将军、大人陆续差人接。至小东边门外，部中众司员及治中、厅、县等官，均在老龙口烧锅门前候接。酉刻，回府，部中司员及治中等均禀安。晴，浮云。岳顺折差回府，接奉六月十七日拜发之折。奏参宁远越狱折，奉旨："另有旨。钦此。"奏补宁远州知州折，奉旨："吏部议奏。钦此。"补缺展限片，奉旨："吏部知道。钦此。"守法未动各犯减等折，奉旨："刑部议奏。钦此。"未经查明各犯汇册咨部片，奉旨："刑部知道。钦此。"雨水粮价折，奉旨："知道了。钦此。"粮价清单，奉旨："览。钦此。"接家信系老龄写。韩和未回。据岳顺云，因伊所使盘费不肯退出，且已另有好事，故不回来。因伊系崇庵老夫子所荐，故未深究。姜文于十四日进府上工。系励旃所荐，故权留用看书房。

十八日(8月27日) 早间，晴，浮云。瀚峤、竹樵、冯安洲、谈云浦、穆远峰先后拜会、禀见，均会。未刻，出门。拜吉甫、静村，均未会；树南、瀚峤，均会；首县，投帖。酉刻，阴。拜直夫，会。甫入门，雷电交作，雨。直夫留饭。戌刻，始回府。雨连夜。

十九日(8月28日) 蒋和叔禀见，会。乡约赵亮之子叩见。申刻，出门。拜子良，未会；蔼云，会；莲舫，会，留饭。戌刻，回府。晴，浮云。看官事，至子正后始睡。

二十日(8月29日) 辰初，直夫、吉甫先后拜会，均见。辰正，进署堂齐。散后，拜竹樵，会。回府。申刻，静村拜会，见。晴，微风，浮云。辰、巳、未三时，均微雨。

二十一日(8月30日) 辰初，赴府衙门，会同将军、府尹，拜发并无蝻子化生折、雨水粮价折、并无私立铺头行头折、保举循吏折，后拣放铁岭县外委。放高珍。散后，回府少歇。巳初二刻，起身。跟随老太太赴祖茔上祭。城外路极难走，虽有坟丁带路盘绕，至午正始到。同润庵兄及三弟、智临侄、寿峰等上祭。毕，同松茂如、王又芗、阿大弟、英老二等跟随老太太，约同三姨太太及堂嫂等，至家人杨茂云店内用饭。申初二刻，起身关外乘马。大众跟随老太太进城，回府已戌初矣。晴，浮云。

二十二日(8月31日) 巳刻，莲舫拜会，见。未刻，进署堂齐。后会同树南问金州案。戌初，方散。晴，云。申刻，雷鸣，落雨数点。

二十三日(9月1日) 辰刻，扎椿园禀见。辞行，会。据禀：闻得绍静岩奖叙，业经奏驳等语。未刻，细雨一阵。申初，出门。拜椿园过门拜、海岚，会谈许久。莲舫，会，留饭。戌刻，始回府。晴，浮云。未刻，细雨。早、晚甚爽。夜间，复细雨一阵。

二十四日(9月2日)　辰刻，进署堂齐。散后，拜竹樵，会。马三爷，未会。申刻，树南拜会，见。晴，浮云。夜间，因屋内壁马聒噪。至寅刻，始得睡熟。张禄上工。德祥斋荐。

二十五日(9月3日)　辰刻，耕畬、安洲禀见，会。未刻，赴蔼云之约。竹樵、莲舫、吉甫、树南在坐。晴，浮云。酉刻，自西北浓阴，雷鸣，雨。亥刻，住。仍打闪，浮云甚浓。

二十六日(9月4日)　辰刻，赴将军衙门，会同直夫签掣拨分王府庄头，并挑补官学生一缺。后进署堂齐。散后，回府。未刻，(廉)〔连〕瑞臣禀见，会。申刻，穆远峰禀见，会。送借廉修理官房银六百两。晴浮云。

二十七日(9月5日)　老太太出门，润庵兄请。晴，浮云。文琪斋来看，留便饭。

二十八日(9月6日)　辰刻，进署堂齐。散后，拜志克庵官印刚，会。回府后，莲舫来看。连衡甫拜会，见。晴，浮云。

二十九日(9月7日)　早间，淡阴。午刻，阴，落雨一阵。未刻，雷鸣，风一阵。雨连夜。至寅刻，始住。

三十日(9月8日)　晴，甚爽。未刻，志克庵拜会。辞行。见。差人送志克庵礼物。

八月初一日丁亥(9月9日)　寅正，赴文庙陪祀。卯正，散，回府。晴，微风，甚爽。未刻，西北浓阴，大风。文星垣、绍润轩官印德禀见，会。申初，大雷雨一阵，带有小雹。酉刻，复细雨一阵。

初二日(9月10日)　卯初，赴社稷坛上祭。毕，少歇，换蟒袍，赴山川、风云雷雨、城隍坛上祭。辰初，进署，赴衙神前上香。毕，堂齐。辰正，赴将军衙门，会同拜发采访局第二次请恤折、收过日捐厘捐数目折。散后，回府。兵部宜司官及远峰、子垣、安洲、耕畬禀见，会。晴，甚爽。午后，微风，浮阴。申刻，细雨一阵。

初三日(9月11日)　申刻，奎辅臣禀见，会。晴，浮云。

初四日(9月12日)　未刻，进署堂齐。散后，赴府衙门，会同竹樵过堂□起。申初，回府。早间，浮阴。午刻，细雨一阵。后晴，微风。酉刻，复阴，雷鸣，雨。戌刻，微住。

初五日(9月13日)　辰刻，赴大政殿前坐班。散后，回府。未刻，出门。拜庆协领官印丰、蔼云拜寿。均未会；莲舫、海岚，均会。酉刻，回府。早，阴。午后，晴，浮云。戌正，复阴，细雨一阵。雷鸣。

初六日(9月14日)　卯正，赴龙王庙陪祀。辰初二刻，散，回府。午正三刻，进署。未正二刻，散，回府。晴，浮云。

初七日(9月15日)　寅正，赴文昌庙陪祀。卯正，散，回府。未刻，蔼云拜会，见。淡阴。

初八日(9月16日)　未初，进署堂齐。散后，拜树南，会。申正，回府。酉刻，海岚拜会，见。晴，浮云。未刻，落雨数点。

初九日(9月17日)　寅初，穿朝服，起身，赴昭陵陪祀。忌辰，大祭。祭毕，换青褂。散后，陪竹樵、莲舫、吉甫、树南赴润庵兄约在太平寺。未初，散。到润庵兄寓少坐，回府已申初矣。晴，微云。

初十日(9月18日)　辰刻，和叔、安洲禀见，会。午正二刻，进署堂齐。未正，散，回府。连瑞臣禀见，会。晴。

十一日(9月19日)　卯初，起身。赴小东边门外，与竹樵、莲舫、吉甫会齐。卯正，到齐，同赴福陵陪祀。散后，在关家店少歇，点心。午初，起身。未初，回府。晴，微云。早间，甚觉凉。午后，仍暖。

十二日(9月20日)　寅初二刻，赴关帝庙陪祀。卯初，散，回府少歇。午正二刻，进署堂齐。未正，散，回府。戌刻，安洲禀见，会。淡阴。戌刻，落雨数点。

十三日(9月21日)　午刻，讷雨田来看。晴，微云。

十四日(9月22日)　阴。辰刻，雨。申初二刻，微住，出门。赴树南处拜寿，未会。申正，住。戌正，晴，甚爽。唱影戏。丑正，始散。

十五日(9月23日)　唱影戏，寅初始散。晴，甚爽。天清月朗，无风，云。

十六日(9月24日)　午刻，王嘉铨字衡甫禀见，会。未□，瀚峤拜会，见。酉正二刻，赴府衙门，会同竹樵过堂□起。戌正三刻，月食，救护复圆。后竹樵留吃热汤面。丑初，回府。晴，浮云。

十七日(9月25日)　晴，微云。

十八日(9月26日)　午刻，恩吉臣回省禀安、禀见，会。未正，进署堂齐。申初，散。赴蔼云之约，瀚峤、竹樵、莲舫在坐。晴，微云。

十九日(9月27日)　巳刻，恒季安官印泰禀见，会。晴，风，浮云。

二十日(9月28日)　巳刻，和叔、安洲、耕畬禀见，会。未刻，进署堂齐。散后，拜竹樵，会。申刻，将军衙门送阅初二日会拜之折。请恤折，奉旨："富隆阿等均着交部分别旌恤，单并发。钦此。"附片，奉旨："刘景醇着准其于死事地方建立专祠。随同阵亡兵丁着一并附祀。钦此。"日捐厘捐折，奉旨："户部知道。钦此。"晴，大风，微云。亥刻，阴，细雨，仍大风。

二十一日(9月29日)　辰正二刻，会同将军等赴凤凰楼，敬谨叩瞻圣容。午正二刻，散。未刻，约瀚峤、竹樵、蔼云、莲舫、吉甫、树南、润庵兄便饭，至亥正始散。并与阿大弟、松茂如、三弟饯行，约文琪斋、英老二、又香、智临陪。晴。

二十二日(9月30日)　巳刻，会同将军赴凤凰楼，敬谨抖晾圣容。午正，散，进署堂齐。未初，散，回府。马慎斋禀见，会。申刻，奉到七月二十一日拜发之折。雨水粮价折、并无私立铺头行头折、并无蝻子化生折，均奉旨："知道了。钦此。"保举循吏折，奉旨："文吉着送部引见。钦此。"晴。

二十三日(10月1日)　午刻，蔼云、树南先后拜会，均见。未刻，赴府衙门，会同竹樵拜发雨水粮价折、并无删本经书折、审明昌图反狱先行讯结折。晴，淡云，风。晚间，收拾书信等物，丑初始略歇。

二十四日(10月2日)　寅正，起来，差折差贾顺、刘福起身。不意贾顺竟敢在外妄为，整夜未归。闻其在税书顾富家住宿。以致多少话均不能说，实在可恨。辰初，送松茂如、阿大弟、三弟、寿峰侄起身回京。差岳顺、闫禄送至塔湾。午刻，恩吉臣禀见，会。晴，风。

二十五日(10月3日) 巳刻，和叔、安洲禀见，会。午刻，润庵兄来看。未刻，同赴吉甫之约，瀚峤、竹樵、蔼云、莲舫、树南均在坐。不意润庵兄贪饮大醉，费尽心力，始解劝回府。而蔼云、吉甫又因闲话争竞，同树南诸君复又排解许久，方各少释。及辞回，润庵兄犹在二门外坐，不肯进内。命众家人扶入书房，少歇始略醒。唉，心之不静可谓极矣！晴，微云。子刻，阴，雷电，细雨。

二十六日(10月4日) 阴，细雨。午刻，下细雹一阵。未初，住。进署堂齐。散后，拜客。陈鹤溪，未会。瀚峤、树南，均会。郝兰舫，投帖。吉甫，会。申初，晴，浮云。酉刻，回府，莲舫来拜，留便饭。晚间，赵林朝阳县役来请安。

二十七日(10月5日) 早，晴。巳后，阴。牟子厚、穆远峰先后禀见，均会。未刻，出门。拜竹樵，会。细雨。少坐即辞回。申正后，住，仍浓阴。

二十八日(10月6日) 巳刻，福倅禀见，会。午刻，直夫拜会，见。午正二刻，进署堂齐，后会同树南审讯金州案。酉刻，方散。晴，微云。稍觉感冒，服午时茶。

二十九〔日〕(10月7日) 辰初，起身，赴善缘寺迎接钦差。巳刻，到，会同将军等跪请圣安。午初，回府少歇。未正，出门。拜魁华峰、希赞臣，均会；舒蓝田，未会；竹樵，会。回府又酉正矣。晴，微云。感冒仍未甚清。

三十日(10月8日) 申刻，赞臣、华峰先后拜会，均见。晴。因感冒未清，且车为赞臣借用，故未出门。

九月初一日(10月9日) 巳刻，和叔、安洲禀见，会。午刻，宝楚珍拜会，见。未刻，赴嘉禾堂公饯华峰、赞臣。酉正，散。晴，微风，云。

初二日(10月10日)　辰正,赴大南关外施大人庙公送华峰、赞臣。巳正,散。拜楚珍,会。午初,回府少歇。未初,进署堂齐。散后,回府。晴,微风。送楚珍土仪八匣。

初三日(10月11日)　辰刻,前铁岭县瑞芝田官印福、天津委员言□□先后禀见,均会。未刻,出门拜蔼云、马慎斋官印永修,均未会;莲舫,会,留饭,海岚在坐。亥正,始散。夜间,咳嗽一阵。晴。

初四日(10月12日)　午正二刻,进署堂齐。散后,拜树南,会。谈许久,赴吉甫处拜寿,未会。晴,风,甚暖。

初五日(10月13日)　辰初,赴大政殿前坐班。散后,赴府衙门,会同竹樵过堂二起。后商拟会议奏底。巳刻,回府。穆远峰禀见,会。午初二刻,赴润庵兄处拜寿。酉刻,回府。阴。午、未刻,飞雨星。夜间,雨。

初六日(10月14日)　午刻,新任金银库掌关防郎中成喜禀见,会。午正二刻,进署堂齐。散后,回府。阴。戌刻,细雨。

初七日(10月15日)　未刻,吉甫拜会,见。淡阴,风。

初八日(10月16日)　午刻,赴将军衙门,会同拜发添设海关道员折、吉林黑龙江官兵过境日期折,进署堂齐。散后,赴府衙门,会同竹樵过堂二起四名口。后回府。晴,风,微云。

初九日(10月17日)　午、未刻,瀚峤、莲舫先后拜会,均见,同赴海岚之约。戌初,散。赴莲舫寓谈。亥正,始回府。晴,甚暖。

初十日(10月18日)　巳刻,成司员喜、远峰、星垣及和叔、安洲先后禀见,均会。午正二刻,进署堂齐。散后,回府。晴。夜间,风。

十一日(10月19日)　巳刻,文子星、于教授官印宗瀚先后禀见,均会。午刻,蔼云拜会,见。未初,出门。拜子良,贺喜。会。直夫在坐,谈许久。商改折底。申初,赴瀚峤之约,在座者海岚、蔼云、莲舫。戌初,散,回府。晴,微风。

十二日(10月20日)　巳刻,定静村拜会,见。未刻,进署堂齐。散后,拜直夫,会,子良在坐;成司员,未会;静村,会,海岚在坐。晴。

未后，淡阴。

十三日（10月21日） 酉刻，吉臣禀见，会。色子良拜会，见。晴，浮云。

十四日（10月22日） 巳刻，静村拜会，见。午刻，进署堂齐。散后，拜文子星。投帖。回府后，申刻，吉臣禀见，会。谈至酉正后，始辞去。修理菊花盆架。晴，微风。

十五日（10月23日） 巳刻，和叔、安洲及教授毕光斗等三员先后禀见，均会。晴，风。

十六日（10月24日） 午初，赴将军衙门，会同直夫挑内务府甲缺共三缺。后进署堂齐。散后，回府。酉刻，吉臣禀见，会。晴，风。

十七日（10月25日） 午刻，海岚拜会；申刻，树南拜会，均见。风，淡阴。申刻，细雨一阵。戌刻，晴。查税家人岳顺、姜文、书吏李宽回府销差。

同治五年岁次丙寅九月十八日（10月26日） 巳刻，文子星禀见，会。午刻，进署堂齐。散后，赴府衙门，会同竹樵过堂三起。散后，回寓少歇。申刻，赴树南之约。子良、海岚、莲舫在坐。掌灯后，散。同海岚拜静村，会谈至子初始回寓。晴，浮云。巳刻，将军衙门送阅初八日拜发回折。会奏添设海关道员折，奉旨："该部速议具奏。钦此。"官兵过境折，奉旨："知道了。钦此。"

十九日（10月27日） 午刻，莲舫拜会，见。未刻，同赴瀚峤之约。竹樵、蔼云、吉甫、树南在坐。戌初，散，回寓。晴，风，微云。

二十日（10月28日） 午刻，赴将军衙门，会同拜发恭贺慈禧皇太后万寿折表。毕，进署堂齐。散后，赴府衙门，会同竹樵拜发雨水粮价折、京控之案先行拟结折。散后，回寓。修理菊花。晴。

二十一日（10月29日） 未刻，静村拜会，见。申刻，赴树南处拜寿系老太太千秋，留饭。海岚、莲舫在坐。亥刻，始散。晴，浮云。

二十二日（10月30日） 午刻，进署堂齐。散后，回寓。未刻，请子良、直夫、海岚、静村、莲舫赏菊。晴，风，浮云。戌刻，阴。

二十三日(10 月 31 日)　午刻，请瀚峤、竹樵、蔼云、莲舫、吉甫、树南赏菊。饮至亥刻，始散。晴。戌刻，东南阴，闪。

二十四日(11 月 1 日)　巳刻，新选员外郎阿良瑶峰，行六禀见，会。未刻，进署堂齐。散后，赴蔼云、莲舫之约在工部寓。子良、海岚、静村、竹樵、树南在坐。子初始散。晴。戌刻，阴。申刻，接奉兵部递到军机处夹板一分。系寄谕，吉林将军奏催军饷等因。

二十五日(11 月 2 日)　阴。巳刻，雨。午刻，大雪。申后，住。酉刻，晴。

二十六日(11 月 3 日)　阴。午刻，飞雪花二阵。未刻，进署堂齐。散后，拜子良，未会。静村，会。蔼云在坐。略谈，即赴海岚之约。子良、竹樵、静村、莲舫、树南在坐。戌正，散。晴。

二十七日(11 月 4 日)　卯初二刻，起身。仍在小东边门会齐。赴福陵陪祀。散后，略坐，赴关家店吃点心。未正，起身。申正，始回寓。早，晴。未后，淡阴，甚冷。早间，道路微冻。午后，复化，极其难走。

二十八日(11 月 5 日)　巳刻，谈云浦、于教授先后禀见，均会。未初，进署堂齐。散后，回寓。申刻，明毓亭、福通判先后禀见，均会。淡阴，甚冷。

二十九日(11 月 6 日)　辰正，起身，赴祖茔上祭。关外，乘马。申正，回寓。阴。午后，晃风，甚冷。

十月初一日(11 月 7 日)　巳刻，和叔、安洲禀见，会。申刻，远峰、吉臣先后禀见，均会。晴。

初二日(11 月 8 日)　午刻，子良拜会。酉刻，和叔禀见，均会。申刻，刘福同贾四折差回府。雨水粮价折、并无删本经书折，均奉旨："知道了。钦此。"讯明昌图反狱折，奉旨："该部议奏。钦此。"接家信及亲友信。晴，浮云。

初三日(11 月 9 日)　未刻，出门。拜子良、蔼云、莲舫，均会。在莲舫处，写条幅一张。瀚峤在坐。晴，甚冷。将军衙门送阅九月初八日拜发回折。系吉林黑龙江官兵过境折，奉旨："知道了。钦此。"前误记于九月十八日记内。

初四日(11月10日) 午刻，进署堂齐。后会同树南问金州案，点灯后始散。晴，甚冷。莲舫来看。

初五日(11月11日) 辰初，赴大政殿前坐班。散后，拜直夫，会。酉刻，树南拜会，见。留便饭。晴。

初六日(11月12日) 午刻，进署堂齐。散后，赴府衙门，会同竹樵过堂。二起，共人犯八名口。毕，同树南拜黄继塘，会。申正，回寓。酉刻，和叔禀见，会。晴。

初七日(11月13日) 辰初，赴大清门坐班。散后，拜奕小峰，会。午初，回府。未刻，阿瑶峰禀见，奕小峰拜会，均见。申刻，静村拜会，远峰禀见，均会。文琪斋来看。留便饭。晴，微云。

初八日(11月14日) 午刻，赴府衙门，会同瀚峤、竹樵、蔼云、莲舫、小峰、静村、吉甫、树南，赴直夫处公吊。其弟西四大人去世。后进署堂齐。散后，赴莲舫约。蔼云、树南在坐。亥刻，始回寓。晴。

初九日(11月15日) 午刻，直夫拜会，见。酉刻，海岚拜会，见。晴。

初十日(11月16日) 辰刻，赴大清门，行礼。散后，回寓。午后，进署堂齐。晴，微云。

十一日(11月17日) 申刻，税书禀见。晴，微云。

十二日(11月18日) 午初，赴将军衙门，同直夫挑内务府甲缺共三缺。后进署堂齐。散后，会竹樵，同赴直夫之约。戌刻，散，回寓。晴，微云。

十三日(11月19日) 辰刻，赴大清门坐班。后会同将军、四部拣补凤凰边门章京缺，补户部主事霍隆武。及赞礼郎、读祝官各一缺。未初，始散。回寓少歇，赴蔼云处公请小峰、瀚峤、竹樵、静村、吉甫。亥正，散。晴，微云。

十四日(11月20日) 午初，赴将军衙门，会同拜发长至贺表、请拨大饷折、补放边门章京折、采访局请恤折、捐修忠义局片、在局官绅可否酌奖片、那尔洪阿控案请会同刑部主稿审办折，后进署堂齐。散后，拜直夫送行，会。晴，微云。

十五日(11月21日)　巳刻，治中、首县、景丞、复州学正杨敏之先后禀见，均会。晴，微云。

十六日(11月22日)　午刻，进署堂齐。散后，赴瀚峤、竹樵、吉甫之约。在嘉禾堂。小峰、蔼云、静村、莲舫在坐。戌刻，散。晴，淡云，微风。

十七日(11月23日)　未出门。淡阴，微风。

十八日(11月24日)　未刻，进署堂齐。散后，赴府衙门，会同竹樵过堂。四起四名，内栾瑛一名翻供，交发审局复讯。散后，拜晓峰，未会。晴，微云。夜间，风。

十九日(11月25日)　辰正，赴大南边门外施大人庙迎接钦差，后回寓少歇。午刻，穆远峰禀见，会。未刻，出门。拜蔼云，会；莲舫。未在寓，商议请客。晴，浮云，风，甚冷。

二十日(11月26日)　巳刻，和叔、安洲禀见，会。午正，进署堂齐。散后，拜希赞臣，会。魁华峰，未会。晴，微云，甚冷。

二十一日(11月27日)　巳刻，赞臣拜会，见。午刻，同蔼云、莲舫、树南公请华峰、赞臣在本寓，约瀚峤、竹樵、静村、吉甫作陪。静村辞。戌初，散。晴，微风，甚冷。

二十二日(11月28日)　辰刻，赴瀚峤、竹樵、静村、吉甫之约在嘉禾堂。华峰、赞臣、蔼云、莲舫、树南在坐。午初，散。同诸君赴善缘寺，恭送华峰、赞臣，跪请圣安。后同诸君至新建昭忠祠看视。祠在小西门外迤北，祠宇壮丽，规模宏畅。在彼少坐。申初后，始回寓。晴，微风，甚冷。

二十三日(11月29日)　未刻，莲舫、树南来谈。看金州卷。留便饭，谈至子正始散。晴。

二十四日(11月30日)　未刻，进署堂齐。拜发拨解过吉林饷银数目折。交将军衙门折差递。后赴府尹衙门，会同静村、竹樵拜发奏请开复新民厅同知等官摘去顶戴折、雨水粮价折、并无私设铺头行头折、拣员升补义州知州折。后过堂二起五名。散后，回寓。阴。午后，晴，冷。

二十五日(12月1日) 巳刻、午刻，文士林及和叔、安洲、芗岩并庶吉士、施之博号济航先后禀见，均会。晴，微云。写家信。至子刻始睡。

二十六日(12月2日) 差刘福折差起身，带家信。巳刻，新选本部员外郎海瀛星南，行二禀见。午刻，文士林拜见，均会。未刻，进署堂齐。散后，回寓。酉刻，余海珊禀见，会。晴，云。午刻，将家人吕泰、甄泰、刘顺辞出。因伊等卖放税课故也。

二十七日(12月3日) 浮云。卯正二时，飞雪花。申刻后，晴，微风。

二十八日(12月4日) 瀚峤、竹樵、海岚、莲舫、静村、树南先后来拜寿，均会。留饭，至子初始散。晴，微云，甚暖。

二十九日(12月5日) 辰刻，治中、粮厅、首县及候补丞倅、州县并佐杂等官同来拜寿，会。安洲世兄、馨兰、小洲来拜寿，留饭。晴，微风，云，甚暖。

三十日(12月6日) 午刻，刘子畹官印景芳拜会，见。恩吉臣禀见，会。未刻，进署堂齐。散后，回拜士林、星南、海珊、岐斋，均投帖；竹樵，会；子畹，未会。晴，浮云。戌刻，细雨一阵，后变雪约一指厚。

十一月初一日(12月7日) 辰初，起身，赴昭陵监礼。毕，赴润庵兄处道乏，留饭。后进城，拜施济航、扎椿园、玉宝臣，均投帖。海岚、莲舫、蔼云、静村，均会。酉正，始回寓。晴，微云。

初二日(12月8日) 午刻，进署堂齐。接奉请拨大饷折。系十月十四日拜发。奉旨："该部速议具奏。单并发。钦此。"散后，赴嘉禾堂，同竹樵公请士林。晴。

初三日(12月9日) 未刻，出门，拜和叔、星南，均投帖。直夫、瀚峤,均会。安洲、藕舲、府经、司狱、额令、奎文轩、奎辅臣、高柏年、荣春圃、何耕畲、阿瑶峰、霍司员等。均投帖。树南,会,留饭。戌初,散。晴。

初四日(12月10日)　巳刻,将军衙门送阅十月十四日会拜回折。奏补边门章京折,奉旨:"知道了。钦此。"请将那尔洪阿控案会同刑部审办折,奉旨:"依议。钦此。"采访局第三次请恤折,奉旨:"邬廷云等均着交部分别旌恤。单、片并发。钦此。"修理忠义祠完竣片,奉旨:"览。钦此。"在局人员可否奖叙片,奉旨:"着准其酌保数员,毋许冒滥。钦此。"午刻,进署堂齐。散后,拜福倅、郝兰舫、穆远峰均投帖。后赴树南之约系全约。亥刻,散。晴。

初五日(12月11日)　辰刻,赴大政殿前坐班。散后,拜吉甫,会;恩吉臣、唐伯华、阮吏目均投帖。后回寓。未刻,直夫拜会,见。晴,微云。

初六日(12月12日)　未刻,进署堂齐。散后,拜竹樵,会。长兴吉、兴盛德,均投帖。晴,微云。

初七日(12月13日)　未出门。晴,风,微云。

初八日(12月14日)　未刻,进署堂齐。散后,赴府衙门,会同竹樵过堂五起六名口。后拜刘子畹,会。晴,风,微云。

初九日(12月15日)　午刻,恭王府骁骑校福禄、护军校玉禄禀见,会。酉刻,锦府经历王邦彦禀见,会。晴。

初十日(12月16日)　巳刻,安洲、海珊禀见,会。午刻,进署堂齐。散后,赴嘉禾堂,会同瀚峤、竹樵、蔼云、莲舫、静村、吉甫、树南公请直夫、海岚。戌刻,散。晴。

十一日(12月17日)　晴。

十二日(12月18日)　未刻,进署堂齐。散后,回拜联公官印绶,投帖;树南,会。晴。

十三日(12月19日)　早,阴。午后,晴。

十四日(12月20日)　午刻,海岚拜会,见。未刻,进署堂齐。

散后，拜竹樵、静村，均会。回寓已掌灯矣。早，阴。午后，晴。

十五日(12月21日) 卯正二刻，起身，赴福陵监礼。毕，到关家店少歇。巳正三刻，起身。午正，回寓。酉刻，新授复州城守尉增如川官印来拜会，见。系介甫之亲，有介甫之信。安洲禀见，会。晴，甚暖。

十六日(12月22日) 冬至。卯正二刻，起身，赴昭陵陪祀。巳初，散。赴润庵兄寓少坐。巳正二刻，至府尹衙门。未初，会同竹樵拜发雨水粮价折、汇案请奖拏获盗犯官员折、请奖办理军需文案出力之京府经历张云蕃片、京控销案折、奏调已故新民屯同知易文浚家丁折。□后，始回寓。阴。未后，晴。

十七日(12月23日) 巳刻，赴将军衙门，会同拜发京控销案折二件、奏补新民屯同知折、调补海城县知县折。散后，拜增如川未会。回寓少歇。巳、午、未间，穆远峰、冯安洲、佛立山、董达川官印执先后禀见、拜会，均见。申初，出门。拜静村，会。后赴莲舫处拜寿，系十九日寿辰，单内误记。留饭。晴。

十八日(12月24日) 巳刻，恩吉臣、他六品官禀见。午刻，扎椿园禀见，均会。未刻，进署堂齐。散后，拜增如川，会。文星垣，未会。晴。

十九日(12月25日) 巳、午、未刻，文星(园)〔垣〕、贾溟南官印鸿升、余海珊先后禀见，均会。晴。

二十日(12月26日) 巳刻，回拜贾溟南。后赴内务府，会同直夫掣拨王(壮)〔庄〕丁名签。未初，散。进署堂齐。申正，散。甫到寓，继可亭、树南、和叔先后禀见、拜会，均见。客走后，始吃饭。整饿一天。晴。

二十一日(12月27日) 未刻，赴静村处吊祭。伊伯母故。后拜竹樵、际塘、树南，均会。接奉十月二十六日拜发之雨水粮价折，奉旨："知道了。钦此。"由将军衙门折差寄回，系封错。阴，风。酉初，雪。戌刻，住，仍阴。夜间，风。

二十二日(12月28日) 午初，会同直夫赴内仓，监收官庄粮石。后同赴金银库兑收粮折银两。散后,拜竹樵,会。未正,回寓。莲舫拜会,见。早,阴,飞雪花。午后,晴,仍有浮云。

二十三日(12月29日) 午刻,舒小岩官印准禀见;未刻,竹樵拜会,均见。晴。午后,浮云。因牙疼未出门。

二十四日(12月30日) 未刻,进署堂齐。散后,拜直夫,会。阴。后半夜,风,雪。

二十五日(12月31日) 午刻,请瀚峤、竹樵、蔼云、莲舫、吉甫、树南吃梦。亥初,散,风,雪。戌刻,住。

二十六日(1867年1月1日) 午刻,赴将军衙门,会同将军、四部拣选六品官,拟兵部笔帖式文贵正,本部笔帖式绍德陪。散后,进署堂齐。散后,同蔼云、莲舫、吉甫、树南拜直夫,商议边外事件。晴。晚间,甚冷。

二十七日(1867年1月2日) 午刻,陈鹤溪拜会,见。未刻,出门。拜竹樵,会,商议公事。晴,甚冷。

二十八日(1867年1月3日) 午刻,安洲禀见,会。未刻,进署堂齐。散后,回拜鹤溪、瀚峤,均未会。申刻,回寓。吉臣禀见,会。晴,冷。

二十九日(1867年1月4日) 午刻,安洲禀见,会。未刻,赴府衙门,会同竹樵过堂咨案二起。散后,回寓。申刻,折差刘福回寓,奉到十月二十四日拜发回折。升补义州知州折,奉旨:"吏部议奏。钦此。"会奏开复新民屯旗民地方官顶戴折,奉旨:"文景、马朝云均着准其开复,仍饬严拏逸盗,务获究办。倘不知奋勉严缉,再行从重参处。钦此。"查无私设铺头行头折,奉旨:"知道了。钦此。"拨解过吉林饷银折,奉旨:"户部知道。钦此。"此件系封错。接家信。据刘福禀称,二十八日五更时,走至靠山屯东二里许,路遇步行贼匪六七名,各持枪械截住车辆,将带来之马鞍二老爷的、小菜蒌工部的及本府之荆条筐一个,内盛酱三十斤、醉枣一瓶、水烟一包,并伊之马褂、靴子、帽盒一个、皮帽二顶,连伊怀内之银二十二两零一并劫去。当即赴新民厅报明等语。晴。

三十日(1867年1月5日) 巳刻,留奉补用同知舒准、知州盛思源、巡检兆龄禀见，会。递履历。昌图举人赵昌弼禀见未会。未刻，进署堂齐。散后，拜继塘、竹樵，均会。晴。未后，浮阴。

十二月初一日(1867年1月6日)　午刻，和叔禀见，会。未刻，出门。看英老二，见。晴。未刻，日出双耳，有晕二周，东北有反弓一道。

初二日(1867年1月7日)　午刻，进署。京察，过堂。散后，拜直夫，未会。赴瀚峤之约，竹樵、蔼云、莲舫、吉甫、树南在坐。晴，微云。

初三日(1867年1月8日)　午刻，直夫拜会，见。早，晴。巳刻，日出双耳。不甚现明。午后，淡阴。戌刻，风。夜间，微雪。

初四日(1867年1月9日)　午刻，进署堂齐，折封。散后，回寓。晴，微云。

初五日(1867年1月10日)　辰刻，赴大政殿坐班。午刻，治中禀见，会。接据户部知照："奉天牛马税事务，奉御章钤出'兵部侍郎延煦。钦此。'等因，行知前来。"未刻，出门。赴树南处贺喜，遂同赴吉甫处公请继塘。亥刻，散。晴，微云。将军衙门送阅十一月十七日拜发回折。张善本京控销案折、孙曰瑚京控销案折，均奉旨："该衙门知道。钦此。"调补海城县知县折，奉旨："吏部议奏。钦此。"奏请升补新民屯同知折，奉旨："赵受璧着准其升补。该部知道，余依议。钦此。"

初六日(1867年1月11日)　巳、午二刻，首县及留省补用典史章凤翔、恩吉臣先后禀见，均会。未刻，进署堂齐。散后，回寓。酉刻，税局书吏及治中先后禀见，均会。晴，微云。

初七日(1867年1月12日)　巳刻，文岐斋来看。午刻，福乾修禀见，会。未刻，润庵兄来看。晴，甚暖。

初八日(1867年1月13日)　早，阴，微风。巳刻，雪。午刻，赴将军衙门，会同拜发元旦贺表，及采访局第四次请恤折、酌增兵车价值折、征兵回兵口分请照驻防官兵例发给折、京控案件拟结折。又将军衙门主稿，会奏年终例折七件。一，派员保护永陵陌岸堤工折；一，开铁所属封闭金厂煤窑折；一，动用缉捕经费数目折；一，并无戏班演戏折；一，查明各属明春青黄不接之时不致拮据折；一，京控高太脱逃销案折；一，□□□折。

后进署堂齐。散后,拜直夫,会。申正,始回寓。戌刻,雪住。晴。雪约二寸余厚。

初九日(1867年1月14日)　未刻,赴竹樵约,蔼云、吉甫在坐。晴。夜间,微雪。

初十日(1867年1月15日)　巳刻,治中、粮厅、首县禀见,会。笔帖式文光等具禀,发还;绍德禀辞。未刻,进署堂齐。散后,赴府衙门,会同竹樵过堂二起二名。后回寓。晴,冷,微云。看公事,至子后始睡。

十一日(1867年1月16日)　晴,冷。

十二日(1867年1月17日)　巳后,日出双耳,北面有反弓。不甚真。未刻,进署堂齐。散后,拜竹樵,会。商议公事。未后,淡阴。

十三日(1867年1月18日)　巳刻,署海关道成竹坪禀见,会。申刻,瀚峤拜会,见。写家信。浮云。

十四日(1867年1月19日)　辰刻,竹樵拜会,见。巳刻,出门。回拜成竹坪官印林。后赴府衙门,会同直夫、静村、竹樵拜发京控销案折、决过盗犯名数折、学院考试无弊折、雨雪粮价折、京控未完案件折、□折。又单衔具奏查办牛庄防守尉盛福亏空未完折、会同将军估修金银库工程折。后午刻,进署堂齐,会同树南拜发钦交未完案件折。未刻,散。赴将军衙门,会同直夫挑内务府甲缺。共四缺。申初,始回寓。吉臣禀见,会。浮云,微风,暖。街上化冻。

十五日(1867年1月20日)　差刘福折差起身。巳刻,竹坪、和叔、耕畬、安洲先后禀见,均会。申刻,静村拜会。亥刻,海岚拜会,均见。淡阴。酉后雪,亥刻住。约二三分。微晃。

十六日(1867年1月21日)　辰刻,静村拜会,见。午刻,赴兵部会同京察,过堂。散后,拜施济航,未会;送伊银十二两,托树南转交。莲舫,会;竹樵,会。商拟改奖折底。回寓又申刻矣。和叔禀见,会;吉臣禀见,会。晴。

十七日(1867年1月22日)　巳刻,赴将军衙门,会同拜发金杨氏京控销案折、改奖绍仁折、捐修土边墙折。散后,回寓。静岩禀见,会。酉刻，赴莲舫处，看视英老二病已垂危。子刻，始回寓。晴。早间，日有晕，出双耳，反弓不甚真。

十八日（1867年1月23日）　巳刻，内务府佐领等禀见，会。赴工部府叹丧。未刻，进署堂〔齐〕。酉正，散。赴瀚峤之约，竹樵、海岚、蔼云、吉甫、树南在坐。亥刻，散。晴。

十九日（1867年1月24日）　申初，接奉十一月十七日拜发之折。获盗请奖折，奉旨："该部议奏。单、片并发。钦此。"请奖片，奉旨："览。钦此。"雨雪粮价折，奉旨："知道了。钦此。"京控销案折，奉旨："该衙门知道。钦此。"奏调易丞家丁折，奉旨："另有旨。钦此。"申初二刻，赴工部府接三，莲舫留饭。亥初，回寓。晴。接家信。

二十日（1867年1月25日）　午刻，进署封印。散后，拜竹樵，会。晴，甚暖，微风。

二十一日（1867年1月26日）　未刻，出门。拜蔼云、莲舫，均会。晴，暖，微风。

二十二日（1867年1月27日）　午刻，谈云浦禀见，会。未刻，出门。回拜和叔、继塘、亮清、耕畬、安洲、瀚峤、树南均未会；吉甫，会。晴，甚暖。

二十三日（1867年1月28日）　未刻，赴莲舫处看视。后赴海岚之约，蔼云、静村、树南在坐议结交。戌后，散。回寓。晴，甚暖。亥刻，风。子刻，阴，飞雪花不及一分。

二十四日（1867年1月29日）　辰刻，赴工部府，送英老二灵柩起身。莲舫只此一子，不意夭年。惜哉！后同蔼云、树南到莲舫新房看视。莲舫留在彼吃饭。未正后，回寓。扎椿园禀见，会。晴，微云。

二十五日（1867年1月30日）　辰刻，赴祖茔上祭。申刻，进城。拜静村，会。酉刻，回寓。吉臣禀见，会。晴，风，甚冷。

二十六日（1867年1月31日）　巳刻，留奉补用知县刘茂勋禀见，会。午刻，请瀚峤、竹樵、海岚、莲舫、蔼云、吉甫、树南吃饭。亥刻，散。酉刻，将军衙门送阅初八日拜发之折。请恤折，奉旨："□"。京控销案折,奉旨:“该衙门知道。钦此。”酌增兵车价值折,奉旨:“着照所请,该部知道。钦此。”征兵回兵口分折,奉旨:“户部知道。钦此。”又保护陌岸堤工折、封闭金厂煤窑折、并无戏班演戏折、明春青黄不接之时不致拮据折,均奉旨:“知道了。钦此。”高太京控脱逃折,奉旨:“该衙门知道。钦此。”动用缉捕经费数目折,奉旨:“□”。晴。又将军衙门送阅廷寄一道。

二十七日(1867年2月1日)　巳刻,首县禀见,会。晴。

二十八日(1867年2月2日)　辰刻,赴大清门坐班。散后,赴竹樵之约。蔼云、海岚在坐。散后,回寓。海岚拜会,见。晴。

二十九日(1867年2月3日)　午刻,赴府尹衙门,会同竹樵、瀚峤赴小东边门内迎春。乘轿,有鼓乐执事。在春棚内饮黄酒一杯,食汤元一枚。散后,回寓。晴,微风。

三十日(1867年2月4日)　立春。天气清明和暖。

同治六年(1867)盛京

同治六年岁次丁卯正月初一日丙辰(2月5日)　辰初,朝服,赴大政殿行礼。毕,换蟒袍、补褂,赴大清门坐班。散后,进署,衙神前上香行礼。毕,赴龙王庙行礼。后回寓,佛祖前行礼。讷雨田、润庵兄、桂莲舫先后来贺,均会。未刻,出门。拜竹樵、直夫、瀚峤、树南、吉甫,并回拜各部司员及丞倅、州县等官均投帖。自卯刻后,阴。未、申二时,飘雪花。

初二日(2月6日)　午后,直夫、海岚先后拜会,均会。未正,出门。拜润庵兄、海岚、莲舫、静村,均会;蔼云,未会。并回拜司员等均投帖。辰、巳二时,阴,飘雪花。午后,晴。亥后,阴,下树挂。

初三日(2月7日)　晴,微云,风。亥刻,阴。

初四日(2月8日)　未刻,赴兰坡世叔处拜寿,会。并回拜客。淡阴。未后,日晕。

初五日(2月9日)　辰初,赴大清门坐班。散后,回拜客。巳正,回寓。未刻,扎椿园禀见,会。阴。辰刻,飞雪花。未刻,风,飞雪。申刻，住。晃。戌刻，晴。大风连夜。

初六日(2月10日)　午刻，会同树南请瀚峤、直夫、竹樵、海岚、蔼云、莲舫、静村、吉甫吃春酒在本寓。丑初，散。晴，风。未后，风稍息。申刻，接奉十二月十七日拜发之折。京控销案折，奉旨："该衙门知道。钦此。"捐修边墙工程折，奉旨："该部知道。钦此。"改奖折，奉旨："绍仁着赏加布政使衔。钦此。"会同刑部具奏京控未完案件折，奉旨："知道了。钦此。"

初七日(2月11日)　午刻，静村拜会，见。未刻，出门，赴蔼云、莲舫之约。在刑部寓。瀚峤、直夫、竹樵、静村、吉甫、树南在坐。亥刻，散。晴。午后，微云。

初八日(2月12日)　巳刻，松令秀峰，行□、张署倅官印兰瑞禀见，会。未刻，阿瑶峰禀见，会。晴。未后，浮云。酉刻，淡阴。风，飘雪花。

初九日(2月13日)　巳刻，杜芷轩禀见，会。未刻，出门拜客。后赴直夫、吉甫之约。在礼部寓。瀚峤、竹樵、蔼云、莲舫、静村、树南在坐。亥刻，散。晴。

初十日(2月14日)　午刻，和叔、静岩先后禀见，均会。未正，出门拜客。后赴瀚峤、竹樵之约。在嘉禾堂。直夫、蔼云、莲舫、静村、吉甫、树南在坐。戌正后，散。晴。

十一日(2月15日)　写家信。晴。

十二日(2月16日)　午初，赴将军衙门，会同拜发酌抽盐厘折、筹备围场官兵折。散后，回寓。晴，微云。武顺、程裕告假回京，带家信。

十三日(2月17日)　辰初，赴大清门坐班。散后，赴直夫之约。竹樵、蔼云、莲舫、静村、吉甫在坐。午正二刻，散。回拜扎椿园、玉宝臣，均投帖。海岚、莲舫、蔼云，均会。穆二爷投帖。早，晴。午后，大风。

十四日(2月18日)　未刻，出门。回拜静村、竹樵、树南均会，瀚峤、吉甫均未会，治中等均投帖，晴。

十五日(2月19日)　巳刻，赴黄寺在小西边门外路北。看跳布扎。静村、吉甫到,瀚峤遣孙世兄到,蔼云遣泽山到。未刻,散。回寓。晚间,放花盒县内送。晴。

十六日(2月20日)　巳初,松云、祥令、海珊禀见,会。子厚禀见,会。未初,出门。赴竹樵之约。瀚峤、直夫、莲舫、静村、吉甫、树南在坐,猜灯谜。亥正,散。晴。

十七日(2月21日)　巳刻,舒小岩禀见,会。午刻,请瀚峤、竹樵、莲舫、静村、吉甫、树南吃酒。直夫、蔼〔云〕辞。亥初,散。晴。

十八日(2月22日)　巳刻,牧亭、聘之禀见,会。未刻,会同竹樵约蒋和叔、冯安洲、松秀峰、祥芝亭、英桐友、刘松云、赵聘之、吴牧亭、俞海珊、牟子厚吃春酒。何耕畬、杜芷轩辞。戌正后,散。晴。午后,淡阴。申刻,日出双耳。酉后,阴。

十九日(2月23日)　巳初,进署开印。散后,回拜外城州县。后回寓。申刻,侍卫倭什洪额拜会,见。形极蓝缕,(门)〔问〕其所以。据云:伊系巴大人讳清德之子,现官侍卫。因差来奉,刻下盘费不足,特来告帮。惟生平从未识面,且其言语支离,诈情毕露,好在所望不赊,念系世谊,即取二金赠之。折差刘福回奉,接奉十二月十四日拜发各折。特交未完案件折、会同树南具奏特交未完案件折、雨雪粮价折,均奉旨:"知道了。钦此。"会奏估修金银库工程折,奉旨:"着照所请,工部知道。钦此。"会奏京控销案折、年终未完案件折,均奉旨:"该衙门知道。钦此。"学政考试无弊折,据军机处知会,奉旨留中。接家信及亲友信。晴。午后,微风,浮云。

二十日(2月24日)　午初,会同将军赴金银库盘查。散后,拜定尉官印纯、松云均投帖;莲舫,会。晴。午后,微云。申刻,日晕单耳。晚间,放花,甚暖。

二十一日(2月25日)　巳刻,增厚田禀见,会。午刻,出门。赴润庵兄寓看视。晴,甚暖。

二十二日(2月26日)　午刻,进署堂齐。散后,回寓。晴,甚暖。

二十三日(2月27日) 未刻,出门。拜莲舫,会同赴海岚、静村之约。在海岚寓。竹樵、蔼云、吉甫、树南在坐。亥正后始散,回寓。写家信,至丑正方睡。晴,暖。

二十四日(2月28日) 巳正,赴府衙门,会同竹樵拜发雨雪粮价折、并无私设铺头行头折,后过堂二起二名。散后,进署堂齐。未初,散,回寓。晴,微风。酉刻,浮云。戌初,飞雪花。戌正,晴。带家信。

二十五日(3月1日) 巳刻,和叔、耕畲、安洲及云浦先后禀见,均会。晴,浮云,微风。

二十六日(3月2日) 未初,进署堂齐。散后,拜静村,会。回寓。申初,莲舫拜会,见。晴,风。未后,风息。

二十七日(3月3日) 申刻,静村拜会,见。晴,风。

二十八日(3月4日) 午刻,进署堂齐。散后,拜直夫、瀚峤、树南,均会。晴。

二十九日(3月5日) 巳刻,穆远峰禀见,会。未初,赴莲舫之约。借坐天后宫。瀚峤、海岚、蔼云、静村、吉甫、树南在坐。亥正后,散。晴。

二月初一日(3月6日) 巳刻,和叔、耕畲、安洲、云浦先后禀见,均会。未刻,出门。赴蔼云处拜寿未会。淡阴。午后,飞雪花。未后,晃。酉刻,晴。将军衙门送阅正月十二日拜发回折。盐斤抽厘折,奉旨:"户部议奏。钦此。"酌筹围场官兵折,奉旨:"着照所请,该部知道。钦此。"

初二日(3月7日) 辰初,进署。衙神前上香。毕,堂齐。散后,赴府衙门,会同竹樵过堂二起二名。巳正,回寓。晴。

初三日(3月8日) 寅初,赴文庙陪祀。毕,赴文昌庙陪祀。辰初,散,回寓少歇。晴。寅时,微云。

初四日(3月9日) 卯正,赴社稷坛上祭。巳刻,散,回寓少歇。晴,微风,甚暖。夜间,飞雪花。

初五日(3月10日)　辰初,赴大政殿前坐班。散后,回寓。晴,风,浮云。戌刻,飞雪花。

初六日(3月11日)　未初,进署堂齐。申初,散。回寓。吉臣禀见,会。晴。

初七日(3月12日)　晴,浮云,大风。

初八日(3月13日)　卯刻,赴龙王庙陪祀。散后,回寓。巳刻,俞海珊禀见,会。午正,进署堂齐。未初二刻,回寓。申刻,直夫拜会,见。酉刻,文琪斋来看。晴,微风。

初九日(3月14日)　寅正,赴文昌庙陪祀。辰初,散。回寓。晴。

初十日(3月15日)　巳刻,和叔、耕畬、安洲禀见,会。午正,进署堂齐。散后,拜吉甫,会。竹樵、蔼云在坐。谈至申正始散。晴,云。

十一日(3月16日)　午刻,出门。拜莲舫,会。晴。巳后,大风,阴。未后,晃。

十二日(3月17日)　寅正,赴关帝庙陪祀。散后,回寓少歇。午正,进署堂齐。未正,散,回寓。恩吉臣禀见,会。晴,微云。

十三日(3月18日)　阴。巳刻,微晃。午后,飞雨星。酉后,大风。晴。戌刻,讷雨田拜会,见。据云,闻蔼云云,月有晕一周,北面有一套晕。

十四日(3月19日)　午正二刻,进署堂齐。未正二刻,散。赴绍静岩之约,海岚、蔼云、绍实庵在坐。晴,微云,大风。戌后,风息。

十五日(3月20日)　巳刻,和叔、耕畬、安洲禀见,会。申初,赴府衙门,会同竹樵救护,复圆。后竹樵留便饭。戌刻,散,回寓。晴。未后,浮云。

十六日(3月21日)　午刻,张芷生禀见,会。未初,进署堂齐。散后,拜富春轩官印和,未会。申正,回寓。晴。巳刻,浮云。日晕。

十七日(3月22日)　巳初,赴将军衙门,会同直夫拜发平余归公折。散后,回寓。未初,出门。赴蔼云之约。瀚峤、竹樵、海岚、莲舫、静村、树南在坐。亥初,散。晴,微云,风。

十八日(3月23日) 午刻,进署堂齐。散后,赴润庵兄处拜寿。饭后回寓,已酉正多矣。阴。午后,风,雪。申刻,住。亥刻,晴。夜间,复雪。厚一寸余。大风。

十九日(3月24日) 未初,赴直夫之约。春轩、静村、竹樵在坐。阴,微风,时晃。戌刻,海珊禀见,会。写家信。子后,始睡。

二十日(3月25日) 辰初,赴府衙门,会同竹樵拜发雨雪粮价折、奏补昌图厅同知折。巳正后,始散,回寓。因折内有修补处,是以耽延。差折差贾四起身,带七号家信。午初,扎椿园、恩吉臣禀见,会。午正,出门。拜瀚峤,会。因误记二十日拣选,及到兵部始知。申初,回寓。吉臣禀见,会。晴,微云。

二十一日(3月26日) 巳初,赴海岚之约。春轩、瀚峤、竹樵、蔼云、莲舫、静村、树南在坐。晴,浮云。辰刻,日出单耳。午刻,微雪。

二十二日(3月27日) 午初,进署堂齐。散后,赴兵部,会同将军、各部拣选驿站正监督。奏补兵部主事景福。散后,拜吉甫,会。家眷到省。晴,微云。润庵兄来看。酉刻,叶经历禀见,会。

二十三日(3月28日) 午刻,出门。拜静村、莲舫,均会;蔼云,未会。淡云,风。巳后,大风连夜。巳刻,日出单耳。接家信。吉甫家人送来。

二十四日(3月29日) 午刻,静村拜会,见。未刻,进署堂齐。散后,拜树南,会谈许久。留吃点心。阴,黄沙。莲舫来看。

二十五日(3月30日) 巳刻,蒋和叔、增厚田禀见,会。晴,风,微云。酉后,大风。亥刻,郝兰舫禀见,会。

二十六日(3月31日) 午初,海岚拜会,见。午正,进署堂齐。散后,拜吉甫,会。瀚峤在坐,谈许久。酉初,始回寓。淡云,风。闻得树南已于今日拜发参折,直夫亦发三百里折一件。

二十七日(4月1日)　午初,赴内务府,会同将军京察,过堂,列一等者二名。委主事成诰、笔帖式联奎,均系上次一等。散后,拜竹樵,会。未正,回寓。酉初,瀚峤拜会,见。淡云,风。戌后,阴。大风。

二十八日(4月2日)　午初,穆远峰禀见,会。未初,进署堂齐。申初,回寓。蒋和叔禀见,会。酉初,叶荫之送阅正月二十四日拜发回折。雨雪粮价折、并无私立铺头行头折,均奉旨:"知道了。钦此。"阴。辰初,起细雪。微风。酉刻,风息。雪连夜。接家信。府衙门折差带来。

二十九日(4月3日)　细雪。辰正,同润庵兄、智临侄赴祖茔上祭。申正,回寓。吴牧亭禀辞,会。巳刻,雪住。酉刻,晴。雪除已化外,尚积二三寸厚。年来颇形短雪,今值种麦之际,得此祥霙,麦收可望丰稔矣。

三十日(4月4日)　张芷生、增厚田、舒小岩先后禀见,均会。晴,浮云,微风。戌刻,阴。亥刻,雪约寸余。将军衙门会画裁撤军务处稿。

三月初一日(4月5日)　卯刻,赴昭陵陪祀清明大祭。散后,同莲舫、竹樵赴润庵兄处看望,少坐即一同进城。淡阴,风,甚冷。二万自京来投。

初二日(4月6日)　晴,微风。

初三日(4月7日)　巳刻,赴竹樵之约,瀚峤、海岚、莲舫、蔼云、静村、树南在坐。未正,散,回寓。晴,微风。

初四日(4月8日)　午刻,穆远峰禀见,会。未初,进署堂齐。散后,拜吉甫,会。晴,微风。

初五日(4月9日)　辰初,赴大政殿前坐班。散后,回寓。和叔、安洲、耕畬、厚田、炳轩禀见,会。午后,吉甫、吉臣先后拜会、禀见,均会。晴,风。写家信。奉字八号。酉刻,接奉二月十七日拜发之平余归公折,奉旨:"该部知道。钦此。"是日,接准吏部知照:"具题议覆,监犯反狱未能先事预筹防范,请将盛京户部侍郎兼管奉天府府尹事务额勒和布等照防范不严,降一级留任上加等降二级留任。系公罪，例准抵销。可否准其抵销之处，恭候钦定。奉旨：‘额勒和布等所得降、留处分，均准抵销等因。钦此。’查盛京户部侍郎兼管奉天府府尹事务额勒和布，任内有寻常加一级纪录十九次，应销去寻常加一级纪录四次，抵降二级等因。同治五年十月十四日题，本月十六日奉旨：‘额勒和布着销去加一级纪录四次，免其降级。余依议。钦此。’”

初六日(4月10日) 辰初，地微动。巳刻，赴将军衙门，会同拜发万寿贺折贺表蟒袍。毕，进署堂齐。散后，回拜煜炳轩、增厚田均投帖。未初，回寓。叶经历禀见，会。晴，大风，甚暖。

初七日(4月11日) 杜培之拜，不会。午刻，出门。拜静村，会送帖；培之，会。申刻，回寓少歇。酉刻，赴蔼云之约，海岚、静村、莲舫、树南在坐。晴，风。

初八日(4月12日) 午刻，进署堂齐。散后，赴瀚峤之约。直夫、竹樵、蔼云、莲舫、静村、吉甫、树南在坐。亥正，散。辰后，阴。午后，大风，黄沙。申刻后，细雨一阵。地皮将湿。戌刻，晴，仍大风。

初九日(4月13日) 辰初，穿朝服，赴先农坛陪祀。毕，换蟒袍，挂朝珠，扶犁耕藉。左手执鞭，右手扶犁。三推三返。毕，穿补褂，至北面棚内圣训桌前，行三跪九叩首礼。毕，席地坐。礼生恭捧圣训，至东向桌上宣读“劝农桑以足衣食”一条。毕，赏农夫黄酒馒首。后进西向棚内酒席桌位，略坐始散。回寓，换衣服。拜静村，会。送礼。直夫、竹樵在坐。略谈，即回寓。午刻，静村来辞行，会。酉刻，赴莲舫之约。静村、海岚、蔼云在坐。子初后，散。晴，风。

初十日(4月14日) 辰正，赴礼部寓，会同瀚峤、直夫、竹樵、蔼云、莲舫、树南、吉甫公饯静村。适培之往拜，亦留作东。申正，静村辞行，遂同诸君赴善缘寺跪请圣安。毕，目送静村起身。知己之友，一旦相别，能不恋恋。然宦海茫茫，惟冀他日相会耳！酉正，始回寓。晴。午后，阴。风，黄沙。酉后，风稍息，晃。

十一日(4月15日) 巳刻，培之拜会。午后，新任凤凰城城守尉奕艾政甫，行二拜会，均见。晴。巳后，淡阴。风。午后，晃。税局书吏李宽进京送册,回奉禀见销差。

十二日(4月16日)　巳刻,谈云浦禀见,会。午刻,进署堂齐。散后,拜奕政甫,未会。赴树南新居,贺移徙之喜,会。蔼云、海岚先后往拜,谈至申正后始散。拜培之,会。贺到任喜。回寓已酉正矣。晴,微风,浮云。接据将军衙门知照:十一日接准军机大臣字寄上谕一道,系树南奏参带队官员折。

十三日(4月17日)　未刻,谈云浦禀见;申刻,树南拜会,均见。淡云,风。夜间,大风,细雨。

十四日(4月18日)　阴,风。午刻,进署堂齐。散后,拜竹樵,会。未刻,风息。雪。申正,住。酉刻,晃。种罂粟花。亥刻,复阴,大雪一阵,即晃。

十五日(4月19日)　卯正,起身。出大东关,赴福陵监礼。辰正,到礼。毕,顺拜连衡甫,会。少坐即辞行。赴关家店点心。巳正,起身。午初三刻,回寓。早间,阴,大雾。巳后,雾散。晃。买玉器。

十六日(4月20日)　午刻,进署堂齐。散后,赴府衙门,会同竹樵拜发暴张氏京控销案折、雨雪粮价折。后过堂一起一名。少谈,树南往拜。以派审兴奎京控案拉抄示阅。又谈许久始回寓。谈云浦禀辞,会。晴,风,浮云。

十七日(4月21日)　巳刻,何耕畬、文士林先后禀见,均会。浮云。午后,阴。未刻,细雨一阵。戌后,晃。买玉器、炉砚、手卷等物。差岳顺送帮云浦盘费银二百两。

十八日(4月22日)　午刻,进署堂齐。散后,拜直夫,会;云浦、士林均投帖。申刻,奎黼臣禀见,会。浮云,微风。

十九日(4月23日)　巳、午、未刻,杨香岩、文士林、冯安洲、绍润轩官印德先后禀见,均会。晴,浮云,甚浓。戌刻,郝兰舫禀见,会。

二十日(4月24日)　辰初,赴大清门坐班。散后,回寓。未初,进署堂齐。散后,拜何耕畬投帖。申刻,回寓。晴,浮云。午后,大风,黄沙。送树南、士林菜。

二十一日(4月25日) 巳刻,成、穆二司员禀见,会。未刻,出门。拜文六品官。印贵,号书田,行一。后赴海岚之约,蔼云、树南、静岩、实庵在坐。午前,大风,黄沙。午后,风息,浮云。

二十二日(4月26日) 午刻,进署堂齐。散后,拜竹樵,会。申刻,回寓。贾四折差回奉,接奉二月二十日拜发回折。雨雪粮价折,奉旨:“知道了。钦此。”升补昌图同知折,奉旨:“吏部议奏。钦此。”接家信。晴,微云。朝阳县乡约赵亮来请安。据云,老头会案内逃凶阿木古朗,已于去年七月间被协理塔布囊白音巴土等拏获,后伊即畏罪自残身死等语。

二十三日(4月27日) 卯初二刻,穿朝服,赴大政殿前行礼。毕,换蟒袍,赴大清门坐班。散后,赴瀚峤之约,竹樵、海岚、莲舫、蔼云、吉甫、树南在坐。未正,散,回寓。晴,微云。

二十四日(4月28日) 午刻,恩吉臣、福乾修先后禀见,均会。未刻,进署堂齐。散后,赴直夫之约,瀚峤、竹樵、蔼云、培之、莲舫、吉甫、树南均在坐,会商东边之事。亥正,散。晴,微云。

二十五日(4月29日) 晴,大风,微云。

二十六日(4月30日) 辰初,赴大清门坐班。散后,赴竹樵之约,瀚峤、蔼云、莲舫、吉甫在坐。午正,散。进署堂齐。散后,回寓。晴,微云。

二十七日(5月1日) 淡阴。

二十八日(5月2日) 午正,进署堂齐。散后,赴竹樵处拜寿未会。后回寓。酉刻,竹樵拜会,见。晴,云,微风,甚暖。子刻,查出刘福半夜未归。至丑刻,伊始跳北墙而回,丑正后始睡。次早,极拟驱逐。因李太、李达等再四叩求,是以暂缓撵出,且观后效。

二十九日(5月3日) 午刻,赴府衙门,会同竹樵过堂四起四名。散后,赴树南寓,会同竹樵、蔼云、莲舫、吉甫商议具奏东边外情形。即请树南拟定稿底。树南留吃饭。吉甫、蔼云均有醉意,致相抵牾。亥刻,始散。晴,暖。

四月初一日(5月4日) 巳刻,和叔、安洲禀见,会。接家信。将军衙门折差带来。约高先生号照明看房。晴,大风,干热。酉后,风息。

初二日(5月5日)　午刻,进署堂齐。散后,竹樵约赴嘉禾堂,商议附片拟底。因将军衙门将何名庆等咨送过府,无可位置,故拟附片具奏。适树南往拜,谈许久始散,回寓已酉刻矣。淡晴,大风,热。夜间,雷电,风,细雨数阵。

初三日(5月6日)　辰刻起,细雨,微风。未后,时住。觉凉。复穿绵。

初四日(5月7日)　午刻,莲舫拜会,见。未初,进署堂齐。散后,回寓。浮云,稍凉。亥刻,一星自西向东徐徐而落,光大而有余芒。

初五日(5月8日)　卯正,赴大政殿前坐班。散后,回寓。晴,微云。

初六日(5月9日)　午正,进署堂齐。散后,回寓。早间,浮云。巳后,阴。午后,飞雨星。申刻,雷鸣,细雨。酉后,稍住。戌刻,复大雷雨一阵。亥刻,自南晴。夜间,大风,复细雨一阵。

初七日(5月10日)　辰初,赴府衙门,会同莲舫、树南、竹樵拜发具奏东边情形折、片。蔼云、吉甫因病未到。后竹樵留吃饭。晴,微风,浮云。

初八日(5月11日)　未刻,进署堂齐。鲍连桢递呈。散后,回寓。晴,微风,云。酉后,大风。

初九日(5月12日)　淡阴,大风。

初十日(5月13日)　巳刻,和叔、安洲禀见。午刻,吉臣、远峰先后禀见,均会。未刻,进署堂齐。散后,赴树南之约,瀚峤、直夫、竹樵、蔼云、培之、莲舫在坐。子初,始散。晴,浮云,微风。亥后,阴。夜间,细雨一阵。

十一日(5月14日)　晴,大风,微云。日色,甚红。申刻,莲舫拜会,见。留饭。吃薄饼。

十二日(5月15日)　午正,进署堂齐。散后,拜吉甫。未会。晴,淡云,微风。

十三日(5月16日) 未刻,出门。赴瀚峤、树南二处拜寿。均未会;莲舫,会。酉初,回寓。晴,淡云,大风。

十四日(5月17日) 午刻,瀚峤拜会,见。后进署堂齐。散后,拜直夫、竹樵,均会。晴,微云。

十五日(5月18日) 巳刻,蒋和叔、冯安洲、福乾修、杨香岩禀见,会。酉正,赴蔼云处烧香贺喜。值莲舫、树南在彼吃饭,谈至子初始回寓。晴,淡云。树南云,本日接得吏部行知,初六日奉旨:"调补户部右侍郎兼管钱法堂事务,所遗之缺补放瑞联"等语。

十六日(5月19日) 午正,赴刑部衙门会同各部侍郎、府尹秋审过堂。刑部一起,府尹衙门二十四起。散后,同蔼云往拜瀚峤,会谈许久。吃点心。散后,回拜山东委员。候补知府李宗岱、惠庆,候补知县张□□、刘□□,均投帖。酉正,回寓。晴,微云。

十七日(5月20日) 卯初二刻,起身,赴昭陵陪祀。散后,润庵兄留吃饭。未刻,回寓。接奉三月十六日拜发之折。京控销案折,奉旨:"该衙门知道。钦此。"雨水粮价折,奉旨:"知道了。钦此。"接家信。府衙门折差带来。晴。午刻,大风,淡阴,甚暖。

十八日(5月21日) 巳正,奎黼臣禀见,会。午正,进署堂齐。散后,回寓。晴,淡云,大风,甚热。

十九日(5月22日) 未正,出门。赴瀚峤之约,竹樵、海岚、蔼云、莲舫、树南在坐。亥刻,散。淡阴。

二十日(5月23日) 巳刻,和叔、藕舲禀见,会。未初,进署堂齐。散后,回寓。阴。辰刻起,细雨。午后,少住,复雨。夜间,住约二寸余。写信。

二十一日(5月24日) 写信。申刻,赴海岚之约,瀚峤、蔼云、莲舫在坐。亥刻,散,回寓。收拾书信等物。丑刻,始睡。晴,浮云。甚凉爽。

二十二日(5月25日) 辰初,赴府衙门,会同竹樵拜发雨水粮价折、并无私立铺头行头折、奏补盖平县知县折。后过堂三起三名。

散后,回寓。遣贾四折差起身,带家信及银两等物。午刻,进署堂齐。散后,回寓。雨田、蔼云先后拜会,均见。晴,微风,浮云,觉凉。因感受风寒,右颏浮肿作热,畏风,服汤药又香方。

二十三日(5月26日)　因感冒未出门。阴。未后,雷鸣。未、戌、亥三时,均落雨数点。

二十四日(5月27日)　因颏间肿仍未消,未进署。润庵兄来看。阴。酉刻,落雨数点。

二十五日(5月28日)　巳刻,和叔、安洲禀见;申刻,树南拜会,均见。晴,浮云。

二十六日(5月29日)　午刻,进署堂齐。派恩庆、廉奎会办盐厘局事务。散后,拜直夫、竹樵,均会。晴,微风,云。文琪斋来看。是日,接据吏部知照,议覆拏获盗犯请奖原奏,均照原拟给奖。惟鲁铭一员行查。

二十七日(5月30日)　午刻,增如川、定志堂印纯,行五。先后拜会,均见。未刻,竹樵夫人来拜留饭。申刻,和叔禀见,会。晴,风,浮云。

二十八日(5月31日)　巳刻,英桐友禀见,会。午刻,进署堂齐。散后,拜竹樵、树南、莲舫,均会。同莲舫、树南赴蔼云兄处贺牛马税之喜。即在彼吃饭,子初始散。晴,风,浮云。

二十九日(6月1日)　巳初,竹樵拜会,见。未刻,出门。回拜增如川、定志堂、载□□印耀、果□□印勒明阿、英桐友、冯安洲,均未会;瀚峤,会。送小绿玉烟壶一个。申正,回寓。晴,风,浮云,甚浓。戌刻,雷鸣,雨约一时许。夜间,复雨一阵。时已形旱,得此甘霖,二麦可望丰收矣。

五月初一日(6月2日)　巳刻,蒋和叔禀见;午刻,顺天府籥、章二委员禀见,均会。未刻,瀚峤拜会,见。晴,微风。

初二日(6月3日)　巳刻,福潜修禀见,会。午刻,进署堂齐。散后,拜竹樵,会。桐友夫人来看。留饭。增如川拜会,见。晴。夜间,风。

初三日(6月4日) 阴,大风,雷鸣。巳后,飞雨星。申刻,雷鸣,大风,雨一阵。酉后,时细雨。亥刻,晴。

初四日(6月5日) 晴,微风,淡云。酉刻,阴。戌刻后,细雨数阵。

初五日(6月6日) 卯正二刻,赴大政殿前坐班。后赴崇谟阁敬堪地址。散后,回寓。晴,浮云。未刻,落雨数点。戌刻,细雨一阵。

初六日(6月7日) 阴。辰刻起,细雨。午后,住,晃。未刻,赴府衙门,会同竹樵过堂。五起五名。散后,回寓。酉后,复飞细雨三四次。戌后,晴。

初七日(6月8日) 午刻,吉甫拜会;未刻,蔼云拜会,均见。午后,写文一篇、诗一首又香文课。晴。午后,风,微云。

初八日(6月9日) 辰初,赴小西关外路南关帝庙内,迎接潘白寅,跪请圣安。后进城拜白寅,见;长、吴二司员。投帖。午初,回寓。申刻,奎辅臣禀见,会。辰刻,阴。巳后,晴,微云。

初九日(6月10日) 辰刻,阴。巳后,晴。未刻,白寅拜会,见。老太太出门,赴润庵兄寓看视。

初十日(6月11日) 辰正,进署堂齐。散后,拜竹樵、白寅,均会。午后,回寓。申刻,吉臣禀见;戌刻,和叔禀见,均会。晴,风。

十一日(6月12日) 巳刻,徐仲三号步由禀见,会。未刻,赴嘉禾堂,会。同瀚峤、直夫、竹樵、蔼云、培之、吉甫、莲舫、树南公请白寅。戌初,散。晴,风。酉刻,雷电,雨一阵。间有小雹。戌后,复雷鸣,细雨二三阵。

十二日(6月13日) 辰刻,进署堂齐。散后,拜树南,未会;莲舫,会。午初,回寓。戌刻,和叔禀见,会。阴。酉刻,雷雨一阵。戌后,晴。子后,阴。

十三日(6月14日) 丑正三刻,起身,赴关帝庙陪祀。辰初,回寓。午刻,广竹亭、啚大人印库尔拜会,见。未刻,会同莲舫请白寅,约瀚峤、竹樵、蔼云、树南作陪。亥刻,散。在本寓。阴。寅后,晃。戌后,复阴,雷电,飞雨星。

十四日(6月15日) 辰刻,进署堂齐。后巳刻,同礼、兵、刑、工四部侍郎拜发谢照旧供职恩折。散后,拜广竹亭、畾大人,均会。后回寓。未刻,赴瀚峤、竹樵之约。在嘉禾堂。白寅、蔼云、莲舫、树南在坐。戌刻,散。晴,浮云。酉刻,雷电,雨一阵。

十五日(6月16日) 未刻,竹樵拜会,见。申初,出门拜白寅及长寿峰官印润、吴硕卿官印景萱,均未会。后赴树南之约,白寅、竹樵、蔼云、莲舫在坐。亥正,散。晴,微风,浮云。酉后,阴,雷电,落雨数点。亥刻,晃,西南仍阴,雷电。

十六日(6月17日) 卯初,起身。赴善缘寺候送白寅,跪请圣安。辰初,散。进署堂齐。散后,赴府衙门,会同竹樵过堂。□起。巳后,散,回寓。晴,大风。申后,阴。酉后,时细雨。徐仲三禀辞。

十七日(6月18日) 阴,细雨。辰后,住。巳刻,英桐友禀见;申刻,恩吉臣禀见,均会。申正,雷雨一阵。子后,复雨,连夜。

十八日(6月19日) 阴,细雨。辰正,进署堂齐。散后,回寓。午后,风,雨住,已深透。酉刻,晃。戌刻,晴,甚爽。日来虽得微雨,总未沾足农田,望泽正殷,得此透雨,丰收可望矣。写家信十一号。

十九日(6月20日) 巳刻,赴将军衙门,会同拜发奏奖海、盖二城防守出力旗民官绅折、奏奖前任监督片。三口通商大臣主稿、查明大孤山旗民官员互禀折、采访局第五次请恤折、内务府奏请添设金龙顶柜折。托寄家信。后赴府衙门,会同竹樵拜发雨水粮价折、升补义州知州折,后过堂三起三名。散后,回寓。未刻,俊质堂禀见,会。晴,微云,极爽。

二十日(6月21日) 卯刻,赴学院衙门,会点新取增贡名。正取三名:郝钊、于民新、姚思赞;陪取三名:田济普、杨维垣、吴日杲。毕,因时尚早,同竹樵赴府衙门闲谈。和叔、安洲、白华禀见,同竹樵会。辰正,进署堂齐。散后,回寓。阴。未、酉二时,均微雨。子刻,微晴。代又香写文会一本。

二十一日(6月22日) 巳刻,广竹亭、畾三爷、俊质堂先后拜会、禀见,均会。申刻,出门。回拜竹亭、畾三爷,均会。送竹亭银三十两,交莲舫汇送;畾君,银十两,面交。酉刻,海岚拜会,见。晴,浮云。

二十二日(6月23日) 辰刻,进署堂齐。散后,回寓。崇藕舲、文子星禀见,均会。酉刻,瀚峤拜会,见。晴,浮云。午刻,三姨太太来看,同内子回拜恩太太,后留饭。

二十三日(6月24日) 午刻,赴府衙门,会同树南、竹樵提讯潘兴奎、张王氏控案。戌刻,始散。阴,时时细雨不过寸余。

二十四日(6月25日) 辰刻,云浦禀见,会。巳初,进署堂齐。散后,回寓。未刻,赴嘉禾堂,同瀚峤、竹樵公请质堂,约和叔、藕舲、安洲陪。戌刻,散。晴,浮云。酉后,细雨数点。辰刻,贾四折差回奉,接奉四月二十二日拜发回折。雨水粮价折、并无私设铺头行头折,均奉旨:"知道了。钦此。"奏补盖平县知县折,奉旨:"吏部议奏。钦此。"接家信。午刻,吉甫夫人来看。

二十五日(6月26日) 巳刻,和叔、乾修、安洲禀见;午刻,陪取增贡田济普号秋江,行七,又行三。拜见;未刻,正取增贡郝钊号吉庭、于民新号子元、姚赞臣号襄庭拜见,均会。酉刻,俊质堂禀见,会。转荐家人齐升,系花二爷托荐。晴。申刻,延四太太来拜。

二十六日(6月27日) 辰正,进署堂齐。接据将军衙门知照,二十五日接准军机大臣字寄,恭亲王等会议边外私开禁地原奏及所奉上谕。散后,拜质堂、云浦均投帖,后回寓少歇。未刻,赴府衙门,会同树南、竹樵问潘兴奎案,后传讯何名庆、宋得胜、高栋均系边外递呈人。边外情形。戌刻,散。早,晴。午后,阴,飞雨星。

二十七日(6月28日) 晴,微云。午正二刻,自西北浓阴,大风,雷电,雨一阵,间有小雹。申刻,出门。赴府衙门,会同竹樵、树南拜直夫,会。商议办理边外事务。后拜培之,会。酉刻,晴。戌刻,蒋和叔禀见,会。

二十八日(6月29日)　辰正,赴将军衙门,会同直夫挑内务府甲缺共四缺。后进署堂齐。散后,赴府衙门,拜发地丁奏销折、耗羡奏销折。巳初,回寓。午刻,培之拜会,见。晴,微风,云。武顺自京回奉。

二十九日(6月30日)　午刻,出门拜蔼云。未会;莲舫、树南、海岚,均会。酉后,回寓。晴,风,微云。

三十日(7月1日)　辰刻,刘晋三官印启同禀见,会。后进署堂齐。散后,拜竹樵,会。晴,风。内子出门,回拜吉甫夫人及英太太。

六月初一日(7月2日)　巳刻,和叔、乾修、安洲禀见,会。晴,极热。戌刻,树南来谈。

初二日(7月3日)　辰初,赴将军衙门,会同直夫、竹樵拜发吉林官兵过境日期折。后进署堂齐,会同将军、四部签掣金银库副关防、掣出刑部京缺主事苏拉芳阿。复州仓官、补工部外郎。凤凰城仓官。补□□外郎。巳正,回寓。晴,浮云,热。沐浴。

初三日(7月4日)　巳刻,安洲禀见;未刻,椿园禀见,均会。晴,浮云。

初四日(7月5日)　辰刻,莲舫拜会,见。后进署堂齐。散后,拜竹樵,会。商议会议八条拟底。后回寓。阴,风。未刻,飞雨星。酉刻,细雨一小阵,晃。

初五日(7月6日)　辰初,赴大政殿前坐班。散后,拜刘晋山投帖;春霈田官印霖,会。巳刻,回寓。刘松云、谈云浦禀见,会。未刻,文琪斋来看。早,阴。巳后,晴。戌后,东面连闪。夜间,风,细雨一阵。侄女、侄媳等来看。

初六日(7月7日)　辰刻,进署堂齐。散后,回寓。未刻,蔼云拜会,见。阴。辰后,晴,风。

初七日(7月8日)　申刻,将军衙门送阅五月十九日会拜回折。奏奖海、盖二城防守出力官绅折、片,均奉旨:"另有旨。钦此。"岫岩厅界互相禀揭折,奉旨:"另有旨。钦此。"五次请恤折,奉旨:"柳新生等均着交部分别旌恤。

单并发。钦此。”内务府奏添设金龙顶柜折，奉旨：“另有旨。钦此。”晴，微云，风，甚热。

初八日(7月9日) 辰刻，进署堂齐。接奉会衔谢恩折，奉旨：“知道了。钦此。”散后，拜直夫，会。送直夫世兄礼。晴，云，极热。晚间，叫瞽目三人唱曲，至丑初始散。

初九日(7月10日) 戌刻，莲舫拜会，见。晴，云，甚热。

初十日(7月11日) 辰刻，云浦禀见，会。后进署堂齐。散后，赴竹樵处拜寿未会。早间，极热，浮云。辰刻，落雨数点。未刻，东北浓阴，雷鸣。申刻，大雷雨一阵约二刻许。戌刻，复雨连夜。夜间，大雷，已深透。

十一日(7月12日) 阴。辰、午二时，均细雨。申正后，大雨一阵。海岚拜会，见。酉正，住。虹见，晃。

十二日(7月13日) 辰刻，进署堂齐。散后，回寓。阴，大雾。巳后，时晃，仍浓云。未、申时，均雷鸣。

十三日(7月14日) 阴，飞雨星。辰后，晃，仍浓云。午刻，出门。拜海岚，会；椿园。投帖；莲舫，会，同赴蔼云之约。竹樵、吉甫、树南在坐。亥刻，散。是时，万里无云，月明如水，极爽。

十四日(7月15日) 辰刻，安洲禀见，会。后进署堂齐。散后，回寓。申刻，吉臣禀见，会。禀内仓出示情形。酉刻，莲舫差人约吃便饭。海岚、蔼云、树南在坐。晴。巳后，浮云。酉后，自北浓阴，大风雨一阵约二三刻。亥刻，散，回寓。

十五日(7月16日) 巳刻，治中、首县禀见，会。未刻，出门。拜直夫、竹樵，均会。直夫以具奏查明辽阳邪教拟底示阅。晴，浮云。申刻，北面雷鸣。

十六日(7月17日) 辰刻，进署堂齐。散后，回拜常司官印山、明康工部司员。后回寓。晴，浮云，甚热。晚间，大晴。

十七日(7月18日) 晴，热，微云。午刻，桐友夫人来看。

十八日(7月19日) 辰刻，进署堂齐。散后，回寓。沐浴。未刻,赴竹樵之约,瀚峤、海岚、蔼云、莲舫、树南在坐。亥刻,散。晴,微云,极热。夜间,微雨。

十九日(7月20日)　风。早,晴,浮云。申后,阴。写家信。将军衙门送阅初二日会拜回折。奏报征兵过境折,奉旨:"知道了。钦此。"巳刻,海岚夫人来看。

二十日(7月21日)　阴,雨。辰刻,赴将军衙门,会同直夫、竹樵、瀚峤拜发议覆昌图善后八条折、解抡元等控案请交热河都统讯办折。散后,回寓。巳刻,住。午后,晴,浮云,爽。

二十一日(7月22日)　辰初,赴内务府,同直夫陪莲舫查看金龙柜作法尺寸。毕,查勘敬典阁、崇谟阁工程。后赴府衙门,会同竹樵拜发代奏谢恩折、锦州府文吉谢放福建汀漳龙道恩。雨水粮价折。散后,回寓。差折差张禄起身。午刻,府衙门送阅五月十九日拜发回折。雨水粮价折,奉旨:"知道了。钦此。"奏补义州知州折,奉旨:"吏部议奏。钦此。"风,浮云,时晃。申正后,阴,西南雷鸣,雨一小阵。酉正,大雷电,风雨一阵。戌初,西北晃,复雷雨风一阵。子刻,复大雷,风雨一阵。

二十二日(7月23日)　辰刻,赴将军衙门,会同拜发慈安皇太后贺折贺表,及拣补金银库副关防折。后进署堂齐。散后,回寓。时阴时晃时飞星。

二十三日(7月24日)　午刻,增厚田禀见,会。未刻,出门。赴庆秀臣官印彦之约,莲舫代约。在李家楼,海岚、莲舫、树南在坐。楼在小河沿西南,系一果木菜园。虽不甚宏敞,有小北楼五楹,颇可望远。秀臣约讷雨田、春晴岚作陪。戌刻,散,浮云。亥刻,阴,雨一阵。

二十四日(7月25日)　辰正,进署堂齐。散后,回寓。晴,浮云。酉刻,西北浓阴,雷鸣,飞雨星。

二十五日(7月26日)　巳刻,和叔、安洲、辅臣禀见;未刻,继可亭、恩吉臣禀见,均会。申初,出门。拜树南,会。后赴海岚之约,蔼云、莲舫在坐。子正,散。晴,浓云。未刻,飞雨星。酉后,晴。

二十六日(7月27日) 巳初,进署堂齐。散后,回拜厚田、可亭均投帖;直夫,会。申刻,高照明来占课。淡阴。子后,细雨。

二十七日(7月28日) 巳刻,张蔚文禀见,会。递骡一头。未刻,厚田、瀚峤先后禀见、拜会,均见。阴,细雨。巳后,住。申后,晃。酉后,晴。夜间,微雨。

二十八日(7月29日) 辰正,进署堂齐。散后,赴府衙门,会同竹樵过堂。八起八名。后回寓,沐浴。申刻,增如川来拜,会。晴,浮云。

二十九日(7月30日) 辰初,竹樵拜会,见。晴,浮云,闷热。

七月初一日(7月31日) 寅正三刻,起身,赴昭陵监礼。毕,赴润庵兄处看视。留吃饭。巳刻,进城。回拜庆秀臣、全廉斋。后午初,回寓。未刻,张云蕃、章凤翔先后禀见,均会。戌刻,和叔禀见,会。时阴时晃,风。辰刻,西北虹见智临侄见。巳、未、申时均落雨数点,热。未刻,府衙门送阅五月二十八日拜发回折。地丁奏销折,奉旨:“户部知道。钦此。”耗羡奏销折,奉旨:“知道了。钦此。”

初二日(8月1日) 辰正,进署堂齐。散后,拜增如川。未会;竹樵,会。巳正,回寓。安洲禀见,会。后沐浴。申刻,海岚拜会,见。浮云,风,甚热。未刻,飞雨星。酉后,西北浓阴,雷电雨一阵。

初三日(8月2日) 浮云,微风,极热。酉后,落雨数点。戌后,西北浓阴,连电。

初四日(8月3日) 辰初,进署堂齐。散后,拜培之。未会。巳初,回寓。阴。巳刻起,细雨。申初,住。牙齿肿痛,微觉感冒,作热。睡歇后,大汗淋漓,被褥皆湿,始稍轻减。夜间,雷鸣,细雨。

初五日(8月4日) 阴,细雨,雷鸣。辰初后,大雨一阵。后仍细雨。巳、申二时,住。酉刻,晃。戌刻,复雷电,雨。亥后,住。是日,拜发“凤凰城边外团会击贼获胜,及金州探报山东捻匪窜扰登州一带情形”折。因牙疼、感冒,未能会拜。

初六日(8月5日) 辰刻,煜炳轩禀见,会。后进署堂齐。散后,回寓。申刻,增厚田禀辞,会。阴。巳刻,细雨一阵。

初七日(8月6日)　卯正二刻,赴大清门坐班。巳初,回寓。阴,大雾。巳刻,晃。申刻,增如川来辞行,会。

初八日(8月7日)　辰正,进署堂齐。散后,拜竹樵,会。巳初,回寓。申刻,莲舫来看。留便饭。阴,热。辰、未二时,细雨。戌刻,雨,连夜。

初九日(8月8日)　巳正,赴善缘寺,迎接奕晓峰。后午正起身,赴祖茔上祭。路极难走。行至西塔地方,细雨一阵。未正,到。随同润庵兄率智临侄上祭。毕,申初始吃饭。申正,起身。同润庵兄等坐厂车,至边门始换车。回寓已酉后矣。阴。未刻,雨二阵。戌后,大雷电,风,细雨一阵。

初十日(8月9日)　辰正,进署堂齐。散后,拜奕晓峰、杜培之均未会。后回寓。晴,微云。将军衙门送阅六月二十日会拜回折。会议八条折,奉旨:"该部议奏。单并发。钦此。"解抡元等控案请交热河都统讯办折,奉旨:"另有旨。钦此。"

十一日(8月10日)　巳刻,安洲禀见,会。未刻,晓峰拜会,见。润庵兄来看。阴,时晃,闷热。申初,雷鸣,大风,雨一阵。酉刻,复大风,细雨一阵。戌后,复雨,时大时小,时风。

十二日(8月11日)　雨。卯正,出门。拜竹樵,会。后赴大清门外行礼。毕,坐班。散后少歇,进署堂齐。巳正,散,回寓。申初,赴树南之约,晓峰、直夫在坐。商议出边事务。戌刻,散。午初,雨住。申刻,复飞细雨。酉后,晴。

十三日(8月12日)　巳刻,景介堂禀见,会。未刻,赴蔼云之约,晓峰、海岚、瀚峤、莲舫、吉甫、树南在坐。子正,散。阴。酉后,晴,爽。

十四日(8月13日)　申初,赴学院衙门,同直夫、莲舫、吉甫、瀚峤公请晓峰、蔼云、树南。亥正,散。晴,爽。

十五日(8月14日)　寅正,起身乘轿。赴福陵陪祀。毕,少坐,至关家店点心。巳正,起身。午正,回寓。晴,微风,云。巳刻起,忽患水泻。晚间,止。

十六日(8月15日) 辰刻,竹樵拜会,见。巳初,赴府衙门,会同直夫、竹樵拜发并无蝻子化生折、雨水粮价折、并无私设铺头行头折、奏升承德县知县折、更正董源处分片、请豁免殉难署通判刘景醇等亏短银钱米石折、查明原任同知福立实系赤贫所亏银米请免片。晴,浮云,甚浓。午后,雷鸣。申后,晴,微云。

十七日(8月16日) 申初,赴树南之约,竹樵、海岚、晓峰在坐。亥正,散。晴,云。

十八日(8月17日) 辰正,进署堂齐。散后,拜培之,会。将军衙门送阅初五日拜发回折。边外团会击贼获胜及探报山东逆捻窜扰情形折,奉旨:"另有旨。钦此。"晴。午后,浮云。内子出门回拜恩二太太及三姨太太。子后,风雨一二阵。将军衙门送阅军机大臣字寄上谕一道,另恭录。

十九日(8月18日) 辰刻,瀚峤、培之拜会。巳刻,安洲禀见,均会。阴。辰至未,均微风,时雨。午后,风息,晃。申后,晴。午后,内子出门,赴树南寓贺满月之喜。

二十日(8月19日) 辰初,进署堂齐。散后,拜晓峰、竹樵,均会。午正,回寓。晴,微风,浮云。酉刻,细雨数点。恩太太来看。

二十一日(8月20日) 卯刻,雨。巳后,住。午后,晴。仍浮云。午刻,张蔚文禀见;酉刻,和叔、安洲禀见,均会。

二十二日(8月21日) 辰初,赴将军衙门,会同拜发征兵过境折、收过日捐厘捐数目折。毕,进署堂齐。六品官绍德禀呈,官庄比丁有勒索情弊。派穆奇先、海瀛、廉奎、玉和查办。散后,拜树南、莲舫,均会。酉刻,树南拜会,见。晴。卯后,阴。午后,晴,蒸热。

二十三日(8月22日) 午后,玉宝臣、蒋和叔先后禀见,均会。申刻,远峰、溟南、瑞臣、宝臣禀见,会。据禀,绍德之禀系误听下人之言,现已后悔,请免究办,将禀撤销等语。因顾全大局,俯如所请。申正,赴府衙门,传讯何名庆等斟酌出边情形。后竹樵留饭。戌正后,散。戴雨回寓。晴,浮云,蒸热。酉刻,阴,雷鸣,大雨。亥刻,住。夜间,晴。

二十四日(8月23日)　卯刻,阴,雨。午后,细雨。申初,赴直夫之约,晓峰、竹樵、莲舫、吉甫、树南在坐。夜间,复雨,达旦。

二十五日(8月24日)　卯刻,雨住。巳刻,和叔、安洲禀见;未刻,吉臣禀见,均会。午后,晁。申后,晴。酉刻,树南拜会,见。

二十六日(8月25日)　辰正,赴南关药王庙内候送奕小峰起身。巳刻,散,回寓。申刻,张蔚文禀见,会。晴,微云,甚爽。

二十七日(8月26日)　煜炳轩、穆远峰、景介祺、文琪斋、蒋和叔先后禀见、拜会,均见。晴,微风,甚爽。

二十八日(8月27日)　辰初,进署堂齐。散后,赴树南之约,蔼云、莲舫在坐。商议出边事务。未初,散。同蔼云赴府衙门,会同竹樵过堂。一起,官犯刘树滋。散后,拜培之,会。申正后,始回寓。阴,时飞雨星。酉后,晴。夜间,雨一阵。

二十九日(8月28日)　晴,微风,浮云。子后,雷电,细雨一阵。

八月初一日(8月29日)　巳刻,蒋和叔禀见;申刻,竹樵、树南先后拜会,均见。晴,微云。

初二日(8月30日)　辰正,进署诣衙神前行礼。毕,堂齐。散后,拜杜培之,一号果亭,会;成魁元、崇直甫。均投帖。晴,微云。差岳顺送培之程仪。

初三日(8月31日)　辰刻,瀚峤拜会未得见。午刻,杜果亭来辞行,成魁元禀见,均会。未刻,出门。赴绍实庵处吊祭。后拜文殿元、(古)〔文〕子星、万全峰,均投帖;瀚峤,会。酉后,回寓。微风,浮云。

初四日(9月1日)　卯正,赴府衙门,会同竹樵、树南拜发查勘荒地酌议章程折、奏补盖平县知县折、添设营口同知未尽事宜折、道属应办事宜仍暂照旧详办片。后赴善缘寺候送杜果亭起身,跪请圣安。毕,同竹樵赴府衙门过堂。六起,共八名口。散后,回寓。晴,风,微云。

初五日(9月2日)　辰初,赴大政殿前坐班。散后,回寓。和叔、安洲、松云禀见，会。申初，赴蔼云处拜寿。未会。晴，风，微云。

初六日（9月3日） 辰初，进署堂齐。散后，回寓少歇。巳正，赴小东关内路北灶君庙内，候接清捷庭。午正，散。顺拜捷庭。在福海长店，会。淡阴，风。

初七日（9月4日） 寅正，赴文庙陪祀。卯正，散。回寓。辰刻，蔼云拜会，见。阴。午后，细雨一小阵。亥刻，雨，连夜。写家信及致乐初信。延四太太来看。

初八日（9月5日） 阴，雨。卯刻，微住。赴社稷坛上祭。毕，至山川、风云雷雨、城隍坛上祭。散后，回寓。巳初，复细雨一阵。未后，直夫、捷庭、连衡甫先后拜会，均见。晚间，晴。托将军衙门带十三号家信。

初九日（9月6日） 寅正，起身，赴昭陵陪祀。散后，同竹樵至润庵兄寓看视。午正，回寓。晴，浮云。

初十日（9月7日） 辰刻，进署堂齐。散后，拜捷庭。未会。申刻，远峰禀见；酉刻，和叔禀见，均会。晴，浮云。早间，阴。戌刻，张禄同老郭折差回奉，接奉六月二十一日拜发回折。代奏谢恩折、雨水粮价折，均奉旨："知道了。钦此。"接家信。据张禄等禀称，伊等于七月十六日起身，因关内外雨水太大，路极难走，所以耽延。

十一日（9月8日） 卯初，起身。在小东关外，与诸君会齐，赴福陵陪祀。毕，同莲舫、树南至关家店点心。午初，起身回寓。晴，云，微风。

十二日（9月9日） 寅正，赴龙王庙陪祀。毕，进署堂齐。散后，回寓。福潜修、冯安洲先后禀见；申刻，海岚拜会，均见。阴。酉刻，细雨一阵。

十三日（9月10日） 寅初，起身，赴文昌庙陪祀。散后，回寓。阴。巳、午二时，均微雨。

十四日（9月11日） 卯正，赴将军衙门，会同拜发捐（翰）〔输〕米石折、催调上海轮船折。散后，赴树南处拜寿。未会。早间，大雾。

辰后，晴，微风，极爽。

十五日(9月12日)　晴，浮云，燥热。酉后，阴，东北连闪。子刻，风，大雷电，雨。

十六日(9月13日)　阴。巳刻，仓场委员候补(布)经历蒋汝修和叔之子禀见，会。酉后，晴。

十七日(9月14日)　未、申、酉刻，文琪斋、爱丽堂、系京工部奏派，随同将军修理碑楼工程、树南先后拜会，均见。熙司库差竣回奉。带到十四号家信一封。晴。将军衙门送阅七月二十二日拜发之折。吉林官兵过境折，奉旨："知道了。钦此。"日厘捐数目折，奉旨："户部知道。钦此。"

十八日(9月15日)　寅初二刻，起身，赴关帝庙陪祀。散后，回寓少歇。午刻，进署堂齐。散后，回拜蒋布厅投帖。后回寓。张经历送阅七月十六日会拜回折。并无蝻子化生折、雨水粮价折、并无私设铺头行头折，均奉旨："知道了。钦此。"奏升承德县知县折、更正董源处分片，均奉旨："吏部议奏。钦此。"请免刘景醇等亏短银钱米石折，奉旨："着照所请，该部知道。钦此。"请免原任同知福立亏短银米片，奉旨："户部知道。钦此。"浮云。午后，晴。夜间，雷鸣，雨一阵。内子出门，赴清太太之约。

十九日(9月16日)　未、申、酉刻，绍润轩、张蔚文、牟子厚先后禀见，均会。晴。内子出门，回拜恩太太、桂太太。

二十日(9月17日)　辰刻，蒋和叔禀见，会。午正，进署堂齐。散后，拜奕政甫、爱丽堂、竹樵，均会；董达川、朱燮臣印仪训，未会。晴。

二十一日(9月18日)　未刻，出门。拜蔼云、莲舫、海岚，均会。酉刻，回寓。和叔禀见，会。晴。

二十二日(9月19日)　巳、午刻，桐友、松云、润轩、莲舫先后禀见、拜会，均见。未初，进署堂齐。散后，拜直夫、瀚峤，均会。在直夫处，见莲舫陛见旨。酉刻，回寓。张蔚文禀见，呈阅初四日拜发回折。奏补盖平县折，奉旨："冯继尧仍着准其补授盖平县知县。钦此。"营口未尽事宜折，奉旨："该部议奏。钦此。"片，奉旨："该部知道。钦此。"晴，微云，风。

二十三日(9月20日) 午、未、申时,竹樵、廉瑞臣、瀚峤先后拜会、禀见,均会。写十四号家信。晴,风,微云。收拾带回银两等物。

二十四日(9月21日) 巳初,赴府衙门,会同竹樵拜发雨水粮价折、拏获盗犯请奖折。后差折差刘福起身。拜爱丽堂,会。午刻,进署堂齐。散后,回寓。吉臣禀见,会。淡阴。酉后,落雨点。夜间,雷鸣,细雨二三阵。将军衙门送阅初七日拜发回折。拏获无照洋人并请调轮船折,奉上谕一道。

二十五日(9月22日) 卯刻,微雨。辰后,住,浮云。巳刻,和叔、松云、雨田先后禀见、拜会,均见。午刻,自西南阴,雷鸣,风雨一阵。未刻,晴。出门拜莲舫,会,留饭,树南、海岚在坐。亥刻,散,回寓。

二十六日(9月23日) 午正,进署堂齐。散后,回寓。润轩禀见,会。未刻,将军衙门折差带来家信。内云,成哥因患噤口痢,于七月二十一日去世。呜呼！兄弟相聚十余年,气味极相投,骤闻此音,曷胜悲恸。且吾兄年虽逾六气,体素健。以为虽暂相离,终当团聚遨游,共乐余年,孰意兄竟弃弟而长逝耶！呜呼哀哉！晴,微云。写家信十五号。

二十七日(9月24日) 辰刻,赴西教场,会同将军阅看内务府佐领、骁骑校等军政马步箭。毕,挑缺共四缺。散后,回寓。刘松云禀见,会。未初,出门。赴莲舫之约,瀚峤、直夫、竹樵、捷庭、蔼云、吉甫、树南在坐。亥刻,散。晴。托将军衙门折差带家信。午刻,桐友夫人来看。

二十八日(9月25日) 午正,进署堂齐。散后,拜直夫,会。未正,回寓。内务府主事恩泰禀见,会。晴。

二十九日(9月26日) 未刻,佛立山、昆玉峰先后禀见,均会。酉刻,捷庭来谈。亥刻,散。晴。午刻,恩大太太来看。

三十日(9月27日) 巳刻,刘晋山禀辞,会。午刻,进署堂齐。散后,赴瀚峤之约。直夫、竹樵、捷庭、蔼云、莲舫、吉甫在坐。亥刻,散。晴,风,冷。将军衙门送阅接奉廷寄一道。系王、大臣会议朝鲜原奏,并催令进山及所捐米石交部优叙等事。

九月初一日(9 月 28 日)　晴。

初二日(9 月 29 日)　午刻,进署堂齐。散后,回拜常总管。投帖。后赴府衙门,会同竹樵过堂。四起四名。散后,回寓。申刻,椿园禀见,会。晴。三姨太太来看。

初三日(9 月 30 日)　巳刻,文士林禀见;午刻,昆玉峰禀见,均会。未刻,同直夫、竹樵、蔼云、吉甫、树南请瀚峤、捷庭、莲舫。接风,送行。子刻,散。淡阴,微风。

初四日(10 月 1 日)　午刻,玉宝臣、穆远峰先后来见。晴,浮云,微风。

初五日(10 月 2 日)　辰初,赴大政殿前坐班。散后,回拜士林,赴吉甫处拜寿。均未会。巳刻,回寓。午正,出门。赴润庵兄处拜寿。留饭。酉正,回寓。浮阴。申刻,雷鸣,砖城内以南有雨。夜间,雷鸣,雨。

初六日(10 月 3 日)　阴,细雨。巳刻,文子星禀见,会。据禀,解抡元于八月十七日逃走等语。未刻,进署堂齐。散后,赴蔼云之约,海岚、莲舫、树南在坐吃素。亥刻,散。未刻,雨住。戌后,晃。

初七日(10 月 4 日)　辰初,赴将军衙门,会拜谢交部从优议叙恩折。散后,回寓。午初,会同将军、四部、副都统、府尹敬诣凤凰楼,恭晾圣容。散后,回寓。未刻,恭请瀚峤、海岚、莲舫、树南、蔼云吃饭。竹樵、吉甫辞。亥刻,散。巳后,阴。未后,雨。申后,住。戌后,晃。

初八日(10 月 5 日)　巳、午刻,文子星、恩吉臣先后禀见,均会。午后,进署堂齐。恩庆撤去兼管官庄事务。散后,回寓。申刻,绍润轩禀见,会。阴,细雨。巳后,住。午后,晃。请恩大太太、恩二太太、清大太太、延四太太、三姨太太吃饭。

初九日(10 月 6 日)　辰正,赴将军衙门,会同拜发知照朝鲜定地接见折。后直夫约赴西教场,看洋枪队操。会奖钱一千二百千,每位摊钱二百千。午初后,散,回寓。晴。未刻,吉甫拜会,见。请英太太、二太太吃饭。

初十日(10月7日) 午刻,赴将军衙门,会同直夫、竹樵过堂。一起,杨华贵等六名。后同将军敬诣凤凰楼,恭晾圣容行乐图。毕,申初回寓。请丽堂、士林、和叔、藕舲、松云吃饭。戌刻,散。晴。内子出门,赴延四太太诸位约。

十一日(10月8日) 巳、午、未刻,富春轩、穆远峰、恩吉臣先后拜会、禀见,均会。申正,出门。拜蔼云,会。送奖赏分钱二百千。后赴海岚之约,瀚峤、竹樵、蔼云、吉甫、树南在坐。亥刻,散。晴。

十二日(10月9日) 午刻,进署堂齐。散后,赴莲舫处送行,会。送程仪银百四十金。后赴树南之约,春轩、瀚峤、莲舫、海岚、竹樵、蔼云、吉甫在坐。亥刻,散。晴,微风,云。

十三日(10月10日) 巳刻,莲舫来辞行,会。申刻,出门。拜莲舫,会。送帖。同赴蔼云之约,春轩、瀚峤、竹樵、海岚、吉甫、树南在坐。亥刻,散。晴,微风,云。此二日系日后补记。

十四日(10月11日) 辰正,赴吉甫之约,瀚峤、直夫、竹樵、莲舫、蔼云、树南、捷庭、春轩、海岚、又芗在坐。申初后,散,回寓。工部司员禀安,呈送工部堂钥、档册、库钥等物。晴,微风,云。

十五日(10月12日) 卯正,出小北边门,绕至善缘寺,送莲舫起身,会同跪请圣安。后巳刻,回寓。杨香岩禀见,会。未初,赴大南关内路西药王庙内,候接晓峰。申初,回寓。廉瑞臣禀见,会。淡阴。

十六日(10月13日) 午刻,进署堂齐。散后,拜晓峰。未会;竹樵,会。后赴树南之约,竹樵、海岚、晓峰、云岩在坐。子初,散。淡阴,时飞雨星。戌后,晃。

十七日(10月14日) 辰刻,新选义州吏目刘树楷禀见,会。巳初,出门。拜富春轩,会。送程仪二十金。回赠茜绿鱼牙烟壶一个。后赴善缘寺候送春轩起身。午正后,回寓。未、申刻,绍润轩、兴云崕先后禀见、拜会,均见。晴,浮云。戌后,大风。

十八日(10月15日) 巳刻,赴将军衙门,会同拜发慈禧皇太后万寿贺折、表,及解抢元逃案折、审明刘树滋殴死雇工折。后赴晓峰寓略谈。午刻,进署堂齐。散后,拜竹樵、继塘、亮清,均会。后赴海岚寓,随同约请晓峰、云崕、蔼云、树南。子刻,散。晴,微云。

十九日(10月16日) 巳刻,赵聘之、文士林、增厚田先后禀见,均会。未、申刻,竹樵、和叔先后来辞行,均会。会勘处送阅初九日拜发回折。知照朝鲜定地接见折、府尹印信暂交兼尹署理片,均奉旨:"知道了。钦此。"写十六号家信。交府衙门折差带回。晴,微云。午刻,约复州李看子平,赏伊酒资八千。

二十日(10月17日) 巳刻,张经历赍送府尹印信到寓。是刻,赴将军衙门,会同拜发出边日期及随带官员折。后进署堂齐。领催刘庆麟、张有兆递呈,交廉奎、玉和查办。散后,赴官参局候送竹樵起身,后回寓少歇。黄继塘、朱亮清、恩吉臣、张蔚文先后拜会、禀见,均会。酉刻,出门。赴蔼云之约,海岚、晓峰在坐。子刻,散。晴,微云。午后,接到钉封一件,系刘永旺案。

二十一日(10月18日) 巳刻,工部员外郎明康、张蔚文先后禀见;未刻,文书田官印贵禀见,均会。申初,出门。拜海岚,会同赴树南处拜寿,会。晴。

二十二日(10月19日) 巳、午刻,松云、吉臣、瑞臣先后禀见,均会。午后,进署堂齐。散后,回寓。拟办筹拨饷银奏底。酉刻,晓峰拜会,见。晴,风,浮云。酉后,阴。未刻,内子出门,赴兵部拜寿。

二十三日(10月20日) 巳、午刻,兴云岩、文琪斋先后拜会,均见。未刻,出门。拜云岩、晓峰、嵩善斋官印宝,均未会;继塘、亮清,会。后回寓。酉刻,松云禀见,会。淡阴,风。辰、巳刻,飞雨星。

二十四日(10月21日) 巳刻,赴官参局,送晓峰起身。后进署堂齐。散后,回寓。张蔚文、廉瑞臣、刘松云、新任庆守,印爱,号兰圃,行七。先后禀见,均会。晴。

二十五日(10月22日) 巳刻,松云禀见,会。未刻,出门。拜喀司员。投帖;树南、海岚,均会。酉刻,回寓。廉瑞臣禀见,会。晴,微风,云。

二十六日(10月23日) 巳刻,张蔚文、刘松云、恩吉臣先后禀见,均会。午正,出门。赴刑部衙门,会同蔼云过堂。一起一名。后进署堂齐,拜发筹垫吉林官兵整装银两折。散后,拜庆兰圃、文琪斋。均投帖。后回寓,工部大政殿六品官钰纯禀见,会。晴,微风,云。工部折差回奉。修造金龙顶柜拟用楸木折,奉旨:"工部知道。钦此。"接莲舫信。因左边牙床肿疼,微觉感冒,遣人致信吉甫,明日福陵忌辰大祭,不克前往陪祀。戌后,东南连电。夜间,雷。

二十七日(10月24日) 未刻,郭赞臣官印鉴襄拜会;酉刻,海岚拜会,均见。晴。将军衙门送阅初七日拜发回折。谢恩折,奉旨:"知道了。钦此。"

二十八日(10月25日) 辰刻,赴海岚处送行,会。午正,赴善缘寺候接瑞睦庵,跪请圣安。申刻,回寓。晴。午刻,折差刘福回奉,接奉八月二十四日拜发回折。雨水粮价折,奉旨:"知道了。钦此。"获盗请奖折,奉旨:"该部议奏,单并发。钦此。"接家信。

二十九日(10月26日) 辰正,起身。赴祖茔,同润庵兄、智临侄等上祭。未初,起身。进城拜树南、睦庵,均未会。路遇树南。申刻,回寓。酉刻,松云、厚田禀见,会。微云,晴,暖。

十月初一日(10月27日) 辰初,起身,赴昭陵监礼。毕,进城,赴树南处送行。业经起身。午初,回寓。张芷生、工部明司员官印哲、张蔚文先后禀见,均会。酉刻,睦庵拜会,见。淡阴。戌刻,飞雪花。夜间,落雨数阵。

初二日(10月28日) 午刻,赴将军衙门,会同直夫挑内务府兵缺。执事人、马甲各一缺。后拜瀚峤,会。直夫在坐。以廷寄及通商衙门公信示阅。继塘、亮清。未会。申刻,回寓。文琪斋、廉瑞臣、张蔚文、增厚田先后禀见,均会。阴。申后,飞雨星。夜间,雨。

初三日(10月29日)　阴,细雨。巳刻,庆兰圃禀见,会。午后,晃。申刻,晴。因牙疼脸肿未出门,收拾菊花架。

初四日(10月30日)　巳、午、申刻,英桐友、廉瑞臣、绍润轩先后禀见,均会。晴,微云。因牙疼脸肿未出门。

初五日(10月31日)　因牙疼未能坐班。申刻,出门。拜捷庭送行,会。后赴瀚峤之约,因老兄不日回京,未便固辞。睦庵、直夫、蔼云、吉甫在坐。戌刻,散。晴,微云,暖。

初六日(11月1日)　巳刻,新选天桥厂巡检袁梦麟禀见,会。未刻,赴府衙门过堂三起三名。后拜继塘、亮清,均会。辰后,阴,时飞雨、雪星。

初七日(11月2日)　辰初,赴大清门坐班。散后,回寓。申、酉刻,睦庵、会老大、树南世兄,官印章。刘甄甫兴盛德执事人。先后拜会,均见。晴。将军衙门送阅九月十八日拜发回折。解抡元逃案折,奉旨:"着理藩院查明该原抱告等是否在京,奏明办理。钦此。"此旨记忆不清。福陵隆恩殿工程请暂行保护折,奉旨:"知道了。钦此。"

初八日(11月3日)　午刻,张芷生禀见,会。午后,进署堂齐。后赴工部堂齐。散后,拜芷生、工部明司员、延司员、吉甫,均未会。酉刻,回寓。晴。

初九日(11月4日)　巳刻,张芷生禀辞,会。午刻,接奉九月二十六日拜发回折。筹垫吉林官兵整装银两折,奉旨:"户部知道。钦此。"晴。申后,浮阴。夜间,雨。数阵。

初十日(11月5日)　辰初,赴大清门前行礼。毕,坐班。散后,进署堂齐。巳刻,散,回寓。午、未、申、酉刻,会老大、文子星、吉甫、恩吉臣先后禀见、拜会,均见。阴。未后,时细雨。酉后,住,微晃。夜间,雨。

十一日(11月6日)　阴,时雨。未刻,晃。出门拜蔼云、睦庵,均会。申后,复雨,大雷电。申正后,回寓。酉正,雨住。

十二日(11月7日)　晴,微云。辰刻,日出双耳,上有反虹一道。午刻,张经历禀见,会。未刻,进署堂齐。后赴工部堂齐。散后,回寓。瀚峤来辞行。因进署公出,未得会。申后,阴,时细雨,连夜。

十三日(11月8日) 辰初,赴大清门坐班。散后,赴瀚峤处送行,会。送程仪银百两。直夫、蔼云、睦庵在坐。瀚峤留饭。未后,回寓。押运委员陈天爵、王仲禀见,会。阴。

十四日(11月9日) 午刻,瀚峤来辞行,会。未刻,进署堂齐。散后,回拜郭赞臣。投帖。后回寓。晴。

十五日(11月10日) 辰初,起身,赴福陵监礼。毕,赴关家店少歇,点心。午初,起身。赴善缘寺候接任蕢台,跪请圣安。未正后,回寓。戌刻,冯安洲禀见,会。晴,微云。

十六日(11月11日) 午刻,进署堂齐。后进工部堂齐。散后,拜冯安洲、任蕢台均未会。后回寓。申刻,卓逢源直夫世兄,官印勒洪额,行二。拜会,见。晴。

十七日(11月12日) 巳、午刻,松云、子星、安洲先后禀见,均会。申刻,出门。拜直夫、瀚峤,均会。酉刻,回寓。浮云,微风。酉后,晴。

十八日(11月13日) 午刻,赴将军衙门,会同拣选叆阳边门章京。只剩兵部主事珠隆阿一员,即行奏补。后进署堂齐。散后,回寓。酉刻,安洲禀见,会。阴,风,雪。约一指厚。巳后,晴。

十九日(11月14日) 午刻,安洲禀见,会。未正,出门。拜塔二太爷、会老大,均会。后赴蔼云之约,瀚峤、蕢台、睦庵、直夫、吉甫在坐。戌刻,散,回寓。晴。

二十日(11月15日) 巳刻,松云禀见,会。午刻,赴府衙门拜发雨水粮价折、并无私立铺头行头折。后进署堂齐。后赴工部堂齐。散后,回寓。写家信十七号。晴。

二十一日(11月16日) 辰刻,文子星禀见,会。未正,起身。赴善缘寺接海纯之官印瑛,行二,新任吉林阿勒楚喀副都统。跪请圣安。后送瀚峤老兄起身,跪请圣安。酉初,回寓。晴。瀚翁年虽七十有一,而精神矍铄，似五十许人。且为人正直和平，蔼然可亲，诚益友也。今任满调京，未卜何年始得相见也。噫！差折差武顺起身。

二十二日(11月17日) 午刻，进署堂齐。散后，回寓。申刻，海纯之拜会，见。晴。

二十三日(11月18日) 巳刻，松云、丽堂先后禀见、拜会，均见。申刻，出门。拜纯之、蔼云，均会。酉刻，回寓。接奉九月十八日拜发回折。雨水粮价折，奉旨："知道了。钦此。"审明刘树滋殴死雇工折，奉旨："刑部议奏。钦此。"接家信。晴。

二十四日(11月19日) 未刻，进署堂齐。后赴工部堂齐。散后，拜直夫、蕡台，均会。晴，微云。午前，微风。

二十五日(11月20日) 巳刻，松云禀见，会。晴。未后，微风。

二十六日(11月21日) 午刻，进署堂齐。散后，赴府衙门过堂三起三名。后回寓。申刻，捷庭拜会，见。晴，微风。

二十七日(11月22日) 巳刻，松云、会老大先后禀见、拜会，均见。未刻，出门。拜直夫，会；捷庭，未会。申刻，睦庵拜会，见。晴。

二十八日(11月23日) 拜发奏补叆阳边门章京折。未能会拜。巳至申刻，吉甫、直夫、雨田及在省丞倅、州县并佐杂等官先后来拜寿，均会。恩大太太、清大太太、延四太太及各府姑娘均来拜寿。晴。酉后，风。戌刻，雪。约寸余厚。

二十九日(11月24日) 晴，冷。

三十日(11月25日) 未刻，进署堂齐。散后，拜客。丽堂、直夫、蕡台、燮臣、继塘、亮清，会；余俱投帖谢步。酉刻后，回寓。浮云。巳后，阴。戌后，晃。

十一月初一日(11月26日) 未刻，出门。拜客。蔼云、睦庵、会老大、塔二老爷，会；余俱投帖。酉后，回寓。工部笔帖式富润禀见，会。浮云。巳后，阴。未后，飞雪花一阵。申后，晃，甚冷。戌刻后，雪。厚不及寸。午后，喀司员禀见，会。

初二日(11月27日) 巳刻，朱亮清拜会，见。午后，进署堂齐。

后赴工部堂齐。散后，拜客。丽堂，会；余俱投帖。浮云，冷。内务府送贡余冰鸭。写家信。送丽堂、夔臣、亮清、蒋少爷礼。

初三日(11月28日) 巳刻，董源禀见，会。未刻，出门。赴润庵兄处看视。酉刻，回寓。晴，微云。写家信及致莲舫信。

初四日(11月29日) 巳刻，张蔚文禀见，会。午刻，工部笔帖式承霖禀见，会。据呈，伊送桂大人回奉，行至新民屯所属孤家子迤东，忽遇步行贼四名，执持刀械，将车截住威吓，将路票、书信、衣服等物一并劫去，逃逸。幸遇张游击之勇，跟踪追捕，拏获贼匪三名。所失之物虽未逸失，尚未领回等语。午后，进署堂齐。散后，赴府衙门过堂六起六名。申后，回寓。晴，浮云。

初五日(11月30日) 辰刻，赴大政殿前坐班。散后，回寓。午刻，崇质甫、全廉斋禀见；未刻，吉臣禀见，均会。请直夫、蕢台、蔼云、吉甫、睦庵吃饭。亥刻，散。浮云。巳刻，飞雪花。

初六日(12月1日) 午刻，赴将军衙门，会同拜发官兵过境折、贺表长至贺表及请拨大饷折。后赴刑部衙门，会同过堂二起二名。后赴工部堂齐。毕，进署堂齐。申刻，回寓。请黄继塘、丁范初、梁云帆、讷雨田、又香吃饭。戌刻，散。酉刻，穆远峰差旋禀见，会。晴，浮云。带家信。托将军衙门折差带。

初七日(12月2日) 午刻，恭王府护军校玉禄、骁骑校福禄禀见，会。未后，出门。拜树南、塔二老爷、竹樵，均会。酉后，回寓。晴。接家信。李智带来。午刻，又芗起身，赴辽阳。安洲约看文章。

初八日(12月3日) 午刻，吉臣禀见，会。未刻，进署堂齐。散后，拜晓峰、海岚，均会；成魁元。投帖。晴。巳后，浮云，风。

初九日(12月4日) 午、未刻，和叔、竹樵先后禀见、拜会，均见。申正，出门。赴蔼云之约，海岚、晓峰、睦庵、树南在坐。子初，始散。晴，微云。申后，海岚来拜。

初十日(12月5日) 巳刻，和叔、松云、子星禀见；午刻，晓峰拜会，均见。午后，进署堂齐。明琳递呈。后赴工部堂齐。散后，拜客。

均投帖。申后,回寓。廉瑞臣禀见,会。晴,微云。修理书房。

十一日(12月6日)　未刻,出门。拜蔼云,会。后赴竹樵、树南之约。在嘉禾堂。亥刻,散。晴。蔼云、晓峰、吉甫在坐。

十二日(12月7日)　午刻,瑞臣、远峰禀见,会。未刻,进署堂齐。散后,赴府衙门,会同过堂。二起二名,一名翻供。申正,回寓。晴。

十三日(12月8日)　午刻,和叔禀见,会。申刻,蔼云拜会,见。同赴捷庭之约,竹樵、晓峰、吉甫、树南、睦庵在坐。亥刻,散。阴,细雨。时落时住。酉后,飞雪星。

十四日(12月9日)　午刻,吉臣、瑞臣先后禀见,会。未刻,进署堂齐。后赴工部堂齐。散后,拜直夫、竹樵,均会。后同蔼云赴海岚之约,晓峰、树南在坐。亥刻,散。晴。

十五日(12月10日)　午刻,蒋和叔、刘松云禀见;未刻,蕡台、吉甫拜会;申后,廉瑞臣、穆远峰禀见,均会。晴。写家信。十九号。

十六日(12月11日)　午刻,树南拜会,见。未刻,进署堂齐。散后,赴府衙门,会同直夫、竹樵拜发审明杨华贵京控案件折、雨水粮价折。酉刻,回寓。晴,浮云。托折差带家信。

十七日(12月12日)　辰刻,折差武顺回奉,接十月二十日拜发回折。雨水粮价折、并无私设铺头行头折,均奉旨:“知道了。钦此。”接家信。晴。

十八日(12月13日)　巳刻,松云禀见,会。午刻,进署堂齐。后赴工部堂齐。散后,赴竹樵、蔼云之约。在嘉禾堂,直夫、海岚、蕡台、晓峰、树南、吉甫、睦庵在坐。亥初,散。将军衙门送阅十月二十八日拜发回折。奏补叆阳边门章京折,奉旨:“知道了。钦此。”晴。

十九日(12月14日)　午刻,佛立山禀见;未刻,廉瑞臣、穆远峰禀见,均会。浮云。午后,阴。

二十日(12月15日)　巳刻,和叔、松云禀见,会。午刻,进署堂齐。明琳悔过乞恩,且经廉奎、穆奇先再四恳求,姑免参办,仍记过。散后,回寓。未刻,同蕡台、吉甫请竹樵、海岚、蔼云、晓峰、睦庵、树南吃饭在本寓,直夫、到,未坐。捷庭辞。亥刻,始散。晴,暖。

二十一日(12月16日) 巳刻,松云禀见,会。未刻,出门。拜佛立山。投帖;捷庭、蔼云,均会。后同海岚、蔼云、睦庵公请竹樵、蕡台、晓峰、吉甫、树南吃饭。在海岚寓。亥刻,散。浮云。申后,晴。午后,飞雪花。

二十二日(12月17日) 巳刻,赴将军衙门,会同拜发动用缉捕官兵盘费折。后挑内务府缺,官学生、马甲各一缺。后回寓少歇。午刻,进署堂齐。后赴工部堂齐。散后,拜晓峰、蕡台,均会。申正,赴直夫之约,竹樵、蕡台、蔼云、晓峰、吉甫、睦庵、树南在坐。亥刻,散。晴,暖。

二十三日(12月18日) 浮云。午后,晴。内子出门,同恩二太太公请延四太太。

二十四日(12月19日) 午刻,进署堂齐。散后,拜竹樵、继塘,均会。申正,回寓。早间,大雾。辰后,晴,暖。

二十五日(12月20日) 巳刻,和叔、松云禀见,会。未刻,出门。拜树南,会。送程仪二百两。海岚,未会。申后,回寓。松云禀见,会。商改拟底。晴。

二十六日(12月21日) 巳刻,和叔禀见;午刻,远峰禀见,均会。午后,进署堂齐。后赴工部堂齐。申正,回寓。阴,下树挂。酉后,微晃。是刻,绍润轩禀见,会。戌后,晴,风。

二十七日(12月22日) 卯正,起身,赴昭陵陪祀。散后,同竹樵至润庵兄寓看视。少歇,进城。拜树南,会送帖。午正,回寓。未刻,玉护军校禄暨和叔、松云先后禀见;申刻,会老大拜会,见。酉刻,树南来辞行,会送帖。晴,微云,冷。会老大,号东桥。

二十八日(12月23日) 巳刻,刘楷庭官印楙勋禀见,会。午刻,进署堂齐。拜发会讯金州互相奏讦情形折。树南差戈什哈呈递。散后,赴府衙门,会同竹樵过堂。五起五名。后回寓。浮阴,时晃。戌刻后，风。内子出门，拜延太太。

二十九日(12月24日)　卯正，起身。赴善缘寺候送树南，跪请圣安。巳后，散，回寓。午后，润庵兄来看。明毓亭琳禀见，会。申正，出门。会同蕡台、蔼云、睦庵赴海岚消寒会约。子初，始回寓。晴。午后，阴。夜间，微雪不及分。

三十日(12月25日)　午刻，松城守尉龄禀见，会。午后，进署堂齐。少坐即赴内仓，会同将军监收官庄稗石、盐斤。后赴金银库监收银两、绵花。散后，回寓。浮阴。辰后，微晃，复阴。申后，复晃，微风。

十二月初一日(12月26日)　巳刻，张蔚文禀见；午刻，穆远峰禀见，均会。阴。午、酉二时，飞雨星。戌刻，细雨数阵，房檐滴水。时微风。

初二日(12月27日)　巳刻，全廉斋、福潜修先后禀见，会。午正，进署堂齐。后赴工部堂齐。散后，赴府衙门，会同竹樵挑补辽阳外委。放□。后拜继塘，会；松城守尉投帖。晴，微风，云。将军衙门送阅十一月初六日拜发回折。官兵过境折，奉旨："知道了。钦此。"

初三日(12月28日)　巳至申刻，福潜修、崇直圃、全廉斋、张蔚文、捷庭、直夫、海溟南、张兰瑞陆续禀见、拜会，均见。接家信。将军衙门折差带来。晴。

初四日(12月29日)　巳刻，档房送阅十一月初六日拜发回折。请拨戊辰年东三省官兵俸饷折，奉旨："户部速议具奏。单并发。钦此。"清单，奉旨："览。钦此。"午正，进署堂齐。散后，赴海岚寓拜寿未会。后拜捷庭、直圃均未会。申刻，回寓。扎椿园禀见，会。晴，微云。

初五日(12月30日)　辰初，赴大政殿前坐班。散后，看竹樵，会。巳后，回寓。午、未刻，松云、和叔、蔼云先后禀见、拜会，均见。晴，微云。

初六日(12月31日)　午刻，进署堂齐。未刻，赴善缘寺候接庆余斋，跪请圣安。申刻，散。同蔼云、睦庵及海岚赴蕡台处消寒二集。

亥刻，散。阴，飞雪。戌后，住。厚四五分。

初七日(1868年1月1日) 巳刻，赴府衙门过堂。系锦县逆案，共人犯五名口。逆子常春、逆媳常泰氏、帮凶泰毛氏、尸弟常洪纲、干证韩文德。后升大堂，点名毕，恭请王命。王命在府衙仙人堂内供奉，请时行三跪九叩首礼。后拜发审明定拟折。后看视竹樵。午刻，回寓。未刻，余斋拜会，见。申后，又香回寓。晴，微风，云。

初八日(1868年1月2日) 午刻，赴将军衙门，会同拜发元旦贺折表，穿蟒袍、补褂。及监收官庄米石折、保护泊岸堤工折、明春青黄不接时不致拮据折、年终未完案件折、审明辽阳邪匪赵希柏正法折、封闭金场煤窑折、并无容留戏班折，又例折二件。后进署堂齐。散后，赴蕢台处拜寿，夫人寿。未会。拜余斋，会。蔼云、海岚先后往拜。酉刻，回寓。晴，微云，冷。是日交卸工部印钥。

初九日(1868年1月3日) 巳刻，张蔚文禀见；未刻，王赓堂官彦禀见，均会。申刻，赴海岚之约，蕢台、蔼云、睦庵在坐。亥刻，散。晴，冷。

初十日(1868年1月4日) 巳刻，和叔、松云禀见，会。午刻，进署堂齐。散后，看竹樵，会。拜直夫，会。送白玉翎管一枝。申后，回寓。明毓亭禀见，会。将军衙门送阅十一月二十二日拜发回折。动用缉捕官兵盘费折，奉旨："知道了。钦此。"晴，微云。

十一日(1868年1月5日) 阴。午刻飞雪花，申后住。系微雪。

十二日(1868年1月6日) 午刻，进署堂齐。拜发年终未完案件折。散后，赴府衙门过堂一起一名。后拜发雨雪粮价折、同知舒准一年期满甄别折。毕，看竹樵，会。申刻，回寓。写家信，收拾带回书信、银两等物，至子后始睡。阴。

十三日(1868年1月7日) 辰刻，差折差贾福起身。午至酉刻，锦府经历王邦彦、新任内务府佐领恒桂、黄继塘、绍润轩先后禀见、拜会，均见。阴。戌后，微晃。夜间，风。

十四日(1868年1月8日) 午刻，赴刑部衙门，会同拜发年终未完案件折。后进署堂齐。申后,回寓。阴,微风。午后,微晃,飞雪。酉后,风,雪连夜。约二三寸厚。

十五日(1868年1月9日)　巳刻,和叔、松云禀见,会。午初,赴府衙门,会同将军、都统拜发编查保甲折、决过盗犯名数折、年终未完案件折。后看竹樵,会。未刻,回寓。申刻,绍润轩禀见,会。阴,飞雪星,时晃。午刻,日出双耳,北面有反弓一道。戌刻,月出双耳。直夫云,夜间丑刻,月上出有一圈,极直且大,其大圈向东北,月在西南边,下有五色直虹一道。

十六日(1868年1月10日)　午刻,进署堂齐。散后,拜睦庵,未会;海岚,会。后赴蔼云处消寒三集。亥刻,散。淡阴,飞雪。巳初,日出双耳,上有反弓。不甚真。戌刻,月初双耳,耳中各出白气一股,向上结成一圈。其圈极大,圈在月西。戌后,晴。

十七日(1868年1月11日)　午后,文书田、穆远峰先后禀见,均会。未刻,赴将军衙门,会同拜发官兵过境折、查明吉林民户数目折、查明无照洋人折。后挑内务府缺马甲、官学生各一缺。散后,赴色子良灵前叹丧。送奠仪二十金,暂停福海长店。世兄名富凌布。后同直夫赴睦庵之约,余斋、捷庭、蕡台、蔼云、吉甫在坐。亥刻,散。晴,冷。

十八日(1868年1月12日)　申正,出门。赴蕡台之约,余斋、海岚、蔼云、吉甫、睦庵在坐。亥刻,散。晴,冷。巳刻,内子出门。直夫约,与卓逢源下定礼。

十九日(1868年1月13日)　巳初,出门。拜直夫,未会。赴将军衙门,会拜请安折。因十一月二十六日未时,敬事房下司房不戒于火,是以会衔恭请圣安。后赴府衙门,看竹樵,见。后过堂六起六名。散后,回寓。巳后,直夫来看。晴,微云,冷。

二十日(1868年1月14日)　午初,进署,封印,拜庙。散后,赴府衙门,封印。毕,看竹樵,会。后回寓,晴。

二十一日(1868年1月15日)　申刻,余斋拜会,见。阴,时飞细雪。午、酉二时,晃。戌后,晴。夜间,下树挂。

二十二日(1868年1月16日) 未刻,出门。拜客。恒佐领、海岚、扎椿园,均未会;润庵兄、睦庵、蔼云,均会。酉后,回寓。接奉十一月十六日拜发回折。杨华贵京控销案折,奉旨:“刑部议奏。钦此。”雨雪粮价折,奉旨:“知道了。钦此。”接家信二十二号。晴,微云,暖。

二十三日(1868年1月17日) 未刻,出门。拜客。竹樵、继塘、亮清、蒉台、余斋,均会;和叔、藕舲、松云、桐友、子星、荣椿圃、远峰、秀臣、润轩、明司员哲、延司员年及清吉甫,均未会。阴,微风。午后,晴,浮云。

二十四日(1868年1月18日) 未刻,张蔚文禀见,会。申刻,约海岚、蒉台、蔼云、睦庵消寒四集。亥刻,散。晴,微云。

二十五日(1868年1月19日) 巳正,起身。赴祖茔,率同智临侄上祭。酉刻,回寓。晴,微云。

二十六日(1868年1月20日) 午刻,和叔禀见,会。未刻,出门。拜忍庵、竹樵、直夫、蒉台、继塘,均会。送继塘分金十六两。酉刻,回寓。晴。

二十七日(1868年1月21日) 未刻,直夫拜会,见。阴。酉后,雪。□时,微风,雪。夜间,住。约厚寸许。

二十八日(1868年1月22日) 辰初,赴大清门坐班。散后,看竹樵,见。巳后,回寓。和叔禀见,会。阴。巳刻,晴。午刻,复阴。申后,复晴。

二十九日(1868年1月23日) 卯正,起身,赴福陵陪祀。散后,同直夫、余斋到关家店少歇。午正,起身,进城。拜竹樵,会。未正,回寓。申刻,海岚拜会,见。晴。

三十日(1868年1月24日) 申刻,余斋拜会,见。接奉初七、八日会拜回折。审明锦县逆犯折,奉旨:“刑部议奏。钦此。”保护(陌)〔泊〕岸堤工折、另行开采磺矿折、封闭金场煤窑折、并无容留戏班折、审明辽阳邪匪折、监收官庄米石完竣折、明春不致拮据折,均奉旨:“知道了。钦此。”未刻,接准兵部四百里驿递夹板一分。系军机大臣字寄,吉林奏催欠饷,酌核垫发等由。晴。

同治七年(1868)盛京

同治七年岁次戊辰新正月初一日庚戌(1月25日)　辰初,赴大政殿前行礼。穿朝服。毕,换蟒袍、补褂,诣大清门坐班。后进署,至衙神祠上香。行礼毕,赴龙王庙行礼。后回寓,佛祖前行礼。午后,出门,拜客。申刻,回寓。巳至申刻,雨田、捷庭、润庵兄、象泽山先后来拜,均见。天气清明和暖。

初二日(1月26日)　巳刻,接奉十一月二十八日会拜之折。讯明金州副都统协领互相参讦折,奉旨:"另有旨。钦此。"松龄之案请添派大员会讯片,奉旨:"着改派瑞联会同审讯。钦此。"松云禀见,会。未刻,出门,拜客。蔼云、睦庵、润庵兄、海岚,会;余均投帖。酉刻,回寓。是日,打到文书,内准将军衙门咨称:"'奏派管理宗室觉罗学事务'一折,同治六年十二月二十九日奉到,御印钤出侍郎额勒和布。钦此。"接树南信。天气清明和暖。

初三日(1月27日)　天气清明和暖。

初四日(1月28日)　午刻,卓逢源来拜,会。未刻,出门。赴塔二老爷处拜寿,会。拜客。酉刻,回寓。晴,淡云,甚暖。午前,微风。戌后,大风。

初五日(1月29日)　辰初,赴大清门坐班。散后,拜客。巳后,回寓。未刻,和叔、海岚先后禀见、拜会,均见。晴。

初六日(1月30日)　午、未刻,香岩、吉臣、宝臣、瑞臣、蔼云先后禀见、拜会,均见。晴,微风,淡云。

初七日(1月31日)　午刻,明毓亭、文斗垣官印光先后禀见,均会。未刻,出门。看竹樵,会。后赴睦庵寓消寒五集,海岚、蕡台、蔼云在坐。子初,散。晴,冷。

初八日(2月1日)　巳刻,张蔚文禀见,会。未刻,约直夫、余斋、捷庭、蕡台、蔼云、吉甫吃春酒。睦庵辞。戌后,散。晴,微云,冷。

初九日(2月2日)　巳刻,松云、云浦禀见,会。午刻,拜发谢恩折。谢管宗室觉罗学事务恩。申刻,出门。拜吉臣、瑞臣均投帖。后赴吉甫之约,直夫、余斋、海岚、捷庭、蕡台在坐。亥正,散。晴,微风,云,冷。

初十日(2月3日) 巳刻,云浦、定志堂官印纯、阿防守尉印勒京阿先后禀见,均会。午正,赴府尹衙门,会同蕡台出内治门,至小东边门迎春。乘轿,有鼓乐、执事。礼毕,回府衙门。至芒神前行三揖礼。毕,在嘉禾堂少歇。未后,回寓。安洲、黼臣先后禀见,均会。晴。

十一日(2月4日) 戌刻,赴府尹衙门,会同蕡台诣芒神前,行二跪六叩首礼。毕,打春。散后,回寓。早间,浮云。午后,晴,和暖。晚间,放花炮。

十二日(2月5日) 巳刻,杜芷轩禀见,会。晴。唱吼戏。晚间,放花炮。

十三日(2月6日) 辰初,赴大清门坐班。毕,同余斋诣崇谟阁,勘验金龙柜。巳后,散。赴直夫之约,余斋、捷庭、蕡台、吉甫在坐。申初,散。回拜客。晴。唱吼戏。

十四日(2月7日) 未刻,出门。拜客。余斋,会;余均投帖。申正,回寓。晴。

十五日(2月8日) 未刻,出门。拜客。睦庵、润庵兄、海岚,会;余俱投帖。酉后,回寓。晴。

十六日(2月9日) 午刻,古子新禀见,会。申刻,约春云峰官印岱、伯华、安洲、藕舲、松云、芷生、子星、聘之、桐友、云浦吃春酒。亥刻,散。晴。巳后,阴。酉后,晃。折差贾四回寓,奉到十二月十二日拜发回折。单衔年终未完案件折、雨雪粮价折,均奉旨:“知道了。钦此。”同知舒准一年期满甄别折,奉旨:“该部知道。钦此。”接家信二十三号。

十七日(2月10日) 午刻,睦庵拜会,见。申刻,〔请〕继塘、亮清、和叔、泽山、蔚文、又芗吃春酒。戌刻,散。府衙门送阅十二月十五日拜发回折。编查保甲折、决过盗犯名数折,均奉旨:“知道了。钦此。”钦交未完案件折,奉旨:“该部知道。单并发。钦此。”晴,暖。写家信。

十八日(2 月 11 日)　午初,赴府衙门,拜发雨雪粮价折、并无私立铺头行头折。后回拜徐步由投帖。后回寓。因竹樵因病请假一个月,暂行接署府尹印信。未刻,步由禀见,亮清辞行,均会。申刻,约明毓圃官印哲、庆秀臣、马慎斋、佛立山、成郎中、扎椿园、恩吉臣、廉瑞臣、玉宝臣、绍润轩、穆远峰、讷雨田吃春酒。亥刻,散。晴,微云。带家信二十一号。

十九日(2 月 12 日)　巳至未刻,周慎枢、(陈)〔张〕蔚文、继可亭、蕡台先后禀见、拜会,均见。申刻,出门。拜蔼云。与泽山送行,未会。后赴余斋之约,海岚、捷庭、蕡台、吉甫、睦庵在坐。晴,浮云。

二十日(2 月 13 日)　巳至酉刻,和叔、芷生、桐友、瑞臣、海岚先后禀见、拜会,均见。未刻,送又香起身。进京会试。带家信二十二号。晴,云。

二十一日(2 月 14 日)　卯刻,在寓开府尹印信,后进署开印。毕,诣衙神祠,上香行礼。后堂期。散后,回寓。晴,云。

二十二日(2 月 15 日)　巳初,服阕巡检阎恺禀见,会。后赴将军衙门,会同拜发请暂缓奏派大员统巡会哨折、暂停采买奉省米石折。后同直夫盘查金银库。午后,回寓。晴。午后,英太太来看,留便饭。

二十三日(2 月 16 日)　申刻,蔼云拜会,见。晴。酉刻,远峰禀见,会。

二十四日(2 月 17 日)　午正,进署堂齐。散后,拜竹樵、霁塘,均会。后赴睦庵处拜寿未会。拜海岚,会。后赴蔼云之约,余斋、海岚、蕡台在坐。戌正,散。晴。

二十五日(2 月 18 日)　午刻,和叔、藕舲、松云禀见,会。风,浮云。

二十六日(2 月 19 日)　巳刻,炳轩、安洲、王维藩先后禀见,均会。午正,进署堂齐。散后,赴府衙门过堂三起三名。毕,看竹樵,会。后赴蕡台之约,直夫、余斋、海岚、蔼云、吉甫、睦庵在坐。亥初,散。

浮云，风。晚间，风息。阴。

二十七日(2月20日) 申刻，孙房斋拜会，官印骥元，行六，山西太原人，系西关益发店东家人，甚古道，蔼然可亲。见。阴。酉后，细雨，连夜。暖。

二十八日(2月21日) 午刻，进署堂齐。散后，回寓。阴，细雨。午刻，起雪，风。未后，大风，雪连夜。除融化外，约厚寸余。

二十九日(2月22日) 未刻，润轩禀见，会。申刻，约余斋、静岩、海岚、蕡台、吉甫、睦庵便酌。蔼云辞。亥刻，散。晴，风。

二月初一日(2月23日) 卯刻，起身，赴昭陵监礼。毕，至润庵兄处看视留饭。午刻，进城。至蔼云寓拜寿未会。后回寓。润轩、宝臣禀见，会。申刻，约耕畬、牧亭、晋三、步由、炳轩、可亭、安洲吃春酒。戌后，散。风，阴。午后，晃。晴。

初二日(2月24日) 辰初，进署，恭祭衙神。毕，堂齐。散后，拜直夫、竹樵，会。耕畬、晋三投帖。午正，回寓。未刻，江克昌、和叔先后禀见，均会。晴，微云。初一日奉到谢恩回折。

初三日(2月25日) 寅正，恭诣文昌庙主祭。卯正，散，回寓少歇。午、未刻，穆远峰、俞海珊先后禀见，均会。申初，出门。拜海岚，会。房斋在坐。后赴睦庵之约，直夫、余斋、海岚、蕡台、蔼云、吉甫在坐。子刻，散。晴，淡云。

初四日(2月26日) 午初，进署堂齐。散后，拜蕡台，会。同赴官学查学。后同蕡台、吉甫拜余斋，会。申正，回寓。晴，浮云，暖。

初五日(2月27日) 辰初，赴大政殿前坐班。散后，看竹樵，会。巳后，回寓。刘晋三禀辞，见。申刻，捷庭拜会，见。晴，云。

初六日(2月28日) 巳刻，藕舲禀见，会。午正，进署堂齐。散后，拜海珊投帖。后回寓，椿园禀见，会。晴，浮云，微风。酉后，阴，大风，雪一阵不及分，旋晴。

初七日(2月29日) 巳刻，和叔、松云、芷生禀见，会。午刻，热河委员俞从九官印道生，押解陈安来奉。禀见，会。申刻，出门。赴雩塘之约，蔼云、和叔、牧亭、松云、芷生、聘之在坐。晴。

初八日(3月1日)　巳刻，吴牧亭禀辞，会。午刻，进署堂齐。散后，看竹樵，会。后赴海岚之约，余斋、蕢台、蔼云、吉甫、睦庵在坐。亥初，散。晴，浮云。午后，阴。申后，时飞雪花。

初九日(3月2日)　寅正，恭诣文庙主祭。卯正，散，回寓少歇。阴。午后，细雨。酉后，雪连夜厚寸许。

初十日(3月3日)　卯刻，恭诣社稷坛主祭。毕，恭诣山川、风云雷雨、城隍坛主祭。散后，回寓。午至酉刻，芷生、睦庵、润轩先后禀见、拜会，均见。阴。辰后，晴。午前，风。

十一日(3月4日)　申刻，张蔚文禀见，会。晴，云。申后，阴。

十二日(3月5日)　午刻，进署堂齐。散后，拜直夫，会。申刻，回寓。继可亭禀见，会。将军衙门送阅正月二十二日会拜回折。暂缓奏派大员会哨折，奉旨："着照所请，该部知道。钦此。"暂停采买奉省米石折，奉旨："户部议奏。钦此。"阴，风。申后，晴。

十三日(3月6日)　寅正，恭诣文昌庙主祭。卯正，散，回寓少歇。晴，微云。

十四日(3月7日)　卯刻，恭诣龙王庙主祭。毕，恭诣八蜡神前主祭。散后，赴将军衙门，会同拜发恭藏玉牒时预请宣宗成皇帝圣容暂行供奉东配殿折内务府，请添昌图学额折会衔，奏补承德县知县折、锦州府知府庆爱请敕交军机处存记片、奏参盖平县越狱折均单衔。后赴府衙门，看竹樵，会。后过堂一起四名。毕，进署堂齐。午刻，散，回寓。申刻，满德、绍恭禀见，会。酉刻，海岚拜会，见。晴，微风，云。

十五日(3月8日)　卯刻，起身。恭赴福陵监礼。毕，拜连衡甫，会。后至关家店少歇，点心。午正，回寓。酉刻，直夫拜会；戌刻，和叔禀见，均会。晴，时微风。

十六日(3月9日)　午正，进署堂齐。散后，看竹樵，会。后回寓。申刻，马慎斋禀见，会。晴，暖。

十七日(3月10日)　寅正，恭诣关帝庙陪祀。散后，回寓少歇。

晴,淡云。日晕。

十八日(3月11日) 午刻,远峰禀见,会。后赴润庵兄处拜寿。申刻,进城。赴海岚之约,蕢台、蔼云、睦庵在坐。亥正,散。晴,风,微云。

十九日(3月12日) 巳刻,聘之、子星谢委、蔚文禀见,均会。晴。未后,澹阴。子后,细雨。

二十日(3月13日) 午刻,远峰禀见,会。后赴刑部,会同蔼云过堂一起一名。散后,回寓。阴,细雨。申正后,雪,风,连夜。雪除融化外,约寸许。

二十一日(3月14日) 申刻,讷雨田来看,会。阴。午刻,微晃,复阴。酉后,飞雪花,风。

二十二日(3月15日) 午刻,进署堂齐。散后,看竹樵,会。后回寓。申刻,捷庭拜会,见。晴。未后,微云。

二十三日(3月16日) 未刻,玉宝臣、张蔚文先后禀见,均会。接奉正月十八日拜发回折。雨水粮价折、并无私设铺头行头折,均奉旨:"知道了。钦此。"竹樵请假折,奉旨:"恩锡着赏假一个月。钦此。"接家信二十五号。晴,微云。

二十四日(3月17日) 午刻,进署堂齐。散后,看竹樵,会。申初,回寓。晴,云。

二十五日(3月18日) 巳刻,和叔、炳轩、可亭禀见,会。午刻,赴将军衙门,会拜平余归公折。后拜蕢台,会。同赴宗室觉罗学察学。散后,回寓。润轩、蔚文先后禀见,均会。晴。巳后,阴,冷。戌后,细雨二三阵。三月十六日,奉到回折,奉旨:"该部知道。钦此。"

二十六日(3月19日) 午正,进署堂齐。散后,回寓。写家信二十三号。阴,风。

二十七日(3月20日) 午刻,赴府衙门,拜发雨雪粮价折、竹樵续假折。毕,过堂一起一名。后看竹樵,会。未刻,回寓。接家信二十六号。阴,细雨。巳后,住。申后,复细雨。

二十八日(3月21日)　巳刻,和叔禀见,会。据称,继令于二十七〔日〕酉刻自尽。午刻,进署堂齐。散后,拜竹樵,会。商酌委署等事。后回寓。申刻,约余斋、海岚、蕡台、蔼云、吉甫、睦庵便酌。亥刻,散。晴。巳后,阴。午刻,飞雪一阵。酉后,晃。接家信二十四号。新任吉林同知恩公禧寄来。

二十九日(3月22日)　卯刻,恭诣贤王祠主祭。辰后,回寓。煜炳轩禀辞,会。巳刻,讷雨田辞行。未刻,刘松云禀见;县考开门。申刻,章光勋禀辞,委赴广宁提案。均会。晴。

三十日(3月23日)　午刻,进署堂齐。散后,拜雨田未会。后回寓。瑞臣禀见,会。晴,微云。酉刻,瑞芝田禀见,谢委广宁。会。

三月初一日(3月24日)　巳刻,和叔、松云、恩泰内府主事先后禀见,均会。晴,微风,云。午后,阴。酉后,晴。

初二日(3月25日)　午刻,远峰禀见,会。后进署堂齐。散后,拜雨田,会。后回寓。申刻,松云禀见,会。禀验继令戕缢情形。晴,云。未刻,奕大太太来拜。写家信。

初三日(3月26日)　巳刻,郝兰舫禀见,会。午刻,赴将军衙门,会拜万寿贺折表,托带家信二十四号。后拜竹樵、睦庵,托看课卷。均会。后赴海岚之约,余斋、蕡台、蔼云、吉甫、睦庵在坐。亥初,散。奉到二月十四日拜发回折。预请圣容暂供配殿折,奉旨:“另有旨。钦此。”请添昌图学额折,奉旨:“礼部议奏。钦此。”奏补承德县知县折、锦州府知府庆爱请交军机处存记片,均奉旨:“吏部议奏。钦此。”盖平越狱折,奉旨:“另有旨。钦此。”晴。边务处接据将军都①咨称:“初二日奉到寄谕:‘着派都会同延、奕②查勘边地,恩③着赏给五品顶戴,随带前往差遣等因。’”

初四日(3月27日)　午刻,明毓亭、谈云浦先后禀见,均会。后

---

① “将军都”,即盛京将军都兴阿,下同。

② “延”,即户部右侍郎延煦;“奕”,即锦州副都统奕榕。

③ “恩”,即已革盛京将军恩合。

进署堂齐。散后，赴府衙门过堂五起五名。毕，看竹樵，会。后回寓。晴，浓云，时阴。午刻，恩大太太来看，留饭。申刻，雪一阵。

初五日(3月28日) 卯刻，日晕，耳南北各有竖虹一道。辰初，赴大政殿前坐班。散后，回寓。蒋和叔、瑞芝田、刘楷庭禀见，会。申刻，出门。赴蔼云之约，余斋、海岚、蕡台、吉甫、睦庵在坐。亥刻，散。晴，云。巳后，时阴雪，时晃。

初六日(3月29日) 午刻，进署堂齐。散后，拜直夫、蕡台、余斋，均会。酉刻，回寓。松云禀见，会。晴，云。

初七日(3月30日) 巳、午刻，藕舲、余斋、直夫先后禀见、拜会，均会。申初，出门。拜捷庭未会。后赴吉甫之约，余斋、海岚、蕡台、睦庵在坐。戌刻，散。晴。巳后，时阴。午后，飞雪花一阵。酉后，晴。

初八日(3月31日) 午刻，进署堂齐。散后，看竹樵，会。未正，赴西关关帝庙内候送蕡台起身。赴锦考试。申正后，回寓。晴，浮云，风。暂行接署工部印钥。

初九日(4月1日) 辰刻，起身。赴祖茔，同润庵兄、智临侄上祭。酉刻，回寓。晴，微云。

初十日(4月2日) 巳、午刻，蒋和叔及留奉补用知州盛思源号海泉、通判宜崇额、直夫之侄，号敦圃。知县王寿嵩号云樵、徐庆璋号玙斋禀见，会。后云浦禀见，会。酉刻，扎椿园禀见，会。晴，微云。戌刻，松云禀见，会。

十一日(4月3日) 午刻，出门。拜海岚、睦庵，均会。酉后，回寓。椿园、和叔先后禀见，均会。晴，微风，云。

十二日(4月4日) 清明。卯初，起身，赴昭陵陪祀。散后，赴润庵兄寓看视。留吃薄饼。未刻，回寓。明毓圃、国仁波禀见，会。晴。巳后，微风，浓云。未后，飞细雨星数点。

十三日(4月5日) 午、未、申刻，和叔、忍庵、云浦先后禀见、拜会，均会。润庵兄来看。留饭。晴，微风，云。内子出门，拜清太太、奕太太。

十四日(4月6日)　午刻,进署堂齐。散后,拜竹樵,会。后回寓。晴,风。

十五日(4月7日)　卯刻,恭诣先农坛主祭。毕,耕耤。后宣读圣训。散后,回寓。交卸工部印钥。酉刻,松云禀见,会。晴。

十六日(4月8日)　巳刻,松秀峰禀见,会。午刻,赴刑部,会同蔼云过堂三起三名。后进署堂齐。散后,赴府衙门过堂。韩广发一起,三名。后拜竹樵,会;秀峰投帖;忍庵,会。申后,回寓。余斋拜会,见。晴,风。

十七日(4月9日)　巳、午、未刻,庆秀臣、张观海昌图学正、竹樵先后禀见、拜会,均会。申刻,出门。拜捷庭未会;蔼云、海岚,均会。戌刻,回寓。澹阴,大风。酉后,飞细雨星一阵。戌后,时细雨。

十八日(4月10日)　辰刻,交卸府尹印信。后赴府衙门,会同竹樵拜发雨水粮价折、继令自缢折、竹樵销假折。后拜直夫、余斋,均会;宜敦圃、盛海泉、徐玙斋、谈云浦、王云樵、刘楷庭,均投帖。后进署堂齐。午正,散,回寓。播种花卉。晴,云。酉后,风。

十九日(4月11日)　巳刻,云浦、楷庭、海泉、敦圃、云樵、玙斋禀见,会。未、申、酉刻,捷庭、房斋先后拜会,均见。房斋坐谈二时许。晴,微云,大风。内子出门,拜恩二太太、恩大太太。恩大太太留饭。

二十日(4月12日)　辰初,赴大清门坐班。散后,回寓。松云禀见,会。午刻,进署堂齐。散后,拜竹樵、海岚,均会。后赴蔼云之约,直夫、睦庵在坐。子初,散。晴。卯刻,微云。日出耳冠,南面有虹一道。

二十一日(4月13日)　午刻,果防尉禀见,会。晴,淡云,大风。日晕。夜间,细雨。

二十二日(4月14日)　午刻,进署堂齐。散后,回寓。阴,细雨,微风。雨连夜。

二十三日(4月15日)　卯刻,赴大政殿前行礼。毕,赴大清门坐班。散后，回寓。舒小岩禀谢委，会。申刻，海岚拜会，见。阴，大雾。巳后，晴，云。

二十四日(4月16日) 午刻，进署堂齐。散后，赴吉臣处吊祭。后回府。晴，风，云。午后，阴。申后，细雨。戌后，住。

二十五日(4月17日) 巳刻，松云、云浦、楷庭禀见，会。午刻，出门。拜吉甫，会。同赴官学查学。散后，回寓。晴，淡云。移花出窖。

二十六日(4月18日) 辰初，赴大清门坐班。散后，进署堂齐。巳后，回寓。未刻，余斋拜会，见。晴，淡云。

二十七日(4月19日) 未刻，睦庵拜会，见。申刻，风水先生侯德峻来看房，松云荐。见。晴，微云，甚暖。

二十八日(4月20日) 午刻，赴竹樵处拜寿。后进署堂齐。散后，赴直夫处贺喜。世兄续弦。酉后，回寓。晴，风，淡云。

二十九日(4月21日) 未刻，蔚文禀见，会。润庵兄来看留饭。晴，微云，暖。辰刻，内子出门，赴直夫处娶亲。

三十日(4月22日) 午刻，施芳斋拜会印润，由热河来沈谋馆，有北园之信。见。未刻，竹樵拜会，见。晴，云，微风。日晕。

四月初一日(4月23日) 午刻，直夫、玉宝臣先后拜会、禀见，均会。申刻，张禄回奉，接奉二月二十七日拜发之折。雨雪粮价折，奉旨："知道了。钦此。"竹樵请假折，奉旨："恩锡着再赏假一个月。钦此。"接家信。阴，时飞细雨星。酉后，细雨一阵。

初二日(4月24日) 午刻，进署堂齐。散后，赴府衙门，会同竹樵过堂三起三名。毕，竹樵留点心。申后，回寓。阴，时细雨。午后，雨。申后，住，仍阴。雨已透。

初三日(4月25日) 巳至申刻，厚田、吉臣、松云先后禀见，均会。阴，时细雨。

初四日(4月26日) 巳刻，庆秀臣禀见，会。午刻，进署堂齐。散后，拜施芳斋投帖，后回寓少歇。申正，出门。赴竹樵之约，直夫、余斋、蔼云、吉甫、睦庵在坐。亥初,散。晴,微风,云。

初五日(4月27日)　辰刻,赴大政殿前坐班。散后,回寓。张蔚文禀见,会。晴,微云。直夫处大少奶奶、二少奶奶,恩大太太先后来拜。

初六日(4月28日)　午刻,进署堂齐。散后,回寓。阴,时飞细雨。

初七日(4月29日)　巳、午、未刻,刘甄甫、松云先后来看、禀见,均会。庆秀臣引田景兰号子清,行一,承德人。来拜门,会。申刻,绍润轩禀见,会。晴,时微风,云。未后,飞雨星。

初八日(4月30日)　午刻,进署堂齐。散后,拜高柏年、刘松云、庆秀臣、舒小岩、田子清,均投帖。后回寓。晴,微云。

初九日(5月1日)　未刻,出门。拜蔼云、海岚,均会。后赴余斋、睦庵之约在兵部寓,直夫、竹樵、海岚、蔼云、吉甫在坐。亥刻,散。淡阴。日晕。

初十日(5月2日)　巳刻,各城巡典禀见,押犯来省。见。阴。巳后,风,晴,云。辰刻,内子出门,赴吉甫处,代为放定。

十一日(5月3日)　阴,风。午后,晴,云。酉后,风息。

十二日(5月4日)　午初,赴将军衙门,会掣边门章京缺。二缺,碱厂掣升平,旺清掣承瑞。后进署堂齐。散后,回寓。远峰、吉甫先后禀见、拜会,均会。晴,微云。

十三日(5月5日)　未、酉、戌刻,宝臣、海岚、房斋先后禀见、拜会,均见。晴,风,微云。

十四日(5月6日)　午刻,赴刑部,会同秋审过堂。刑部十四起,情实一名;奉天二十九起,情实五名。散后,回寓。申刻,瑞臣禀见,会。晴,大风,浮云。

十五日(5月7日)　辰刻,宝臣禀见,会。未刻,赴府衙门,会同竹樵拜发升补辽阳州知州折、升补锦县知县折。后拜海岚,会。申后,回寓。晴,云,大风。

十六日(5月8日)　卯刻,赴将军衙门,会拜奏补边门章京折、奏补兼库协领折。散后，赴竹樵处吃祭肉。午初，回寓。卯刻起，阴，雨时大时细。酉后，住，晃。

十七日(5月9日) 寅刻，恭诣昭陵陪祀。散后，赴润庵兄处看视。巳后，回寓。晴，大雾。辰后，雾散，浮云。酉后，晴。戌刻，谈云浦禀见，会。

十八日(5月10日) 午刻，进署堂齐。散后，赴吉甫处迎妆。酉后，回寓。时阴时晃。内子赴吉甫处，代为娶亲。差人接蕡台。

十九日(5月11日) 午刻，出门。拜蕡台未会。申刻，蕡台拜会，见。阴，时微晃。

二十日(5月12日) 巳刻，松云禀见，会。申刻，高先生来看房。酉刻，蔚文送阅三月十八日拜发之折。雨水粮价折、继令自戕折、竹樵销(价)〔假〕折，均奉旨："知道了。钦此。"阴。辰后，风，晴，云。内子赴吉甫寓陪新亲吃酒。

二十一日(5月13日) 酉刻，将军衙门送阅军机大臣字寄："奉上谕：'奕榕未到任以前，盛京将军印信，都兴阿即交额勒和布暂行管理等因。钦此。'"是刻，出门。拜直夫，会。晴。

二十二日(5月14日) 午刻，进署堂齐。散后，赴府衙门，会同竹樵过堂三起四名。后回寓。酉刻，蔼云、直夫先后拜会，均见。晴，微云。

二十三日(5月15日) 午至酉刻，庆秀臣、吉甫、余斋、捷庭先后禀见、拜会，均会。晴，微云。灯下写家信。

二十四日(5月16日) 午刻，进署堂齐。散后，拜直夫，会。送程仪百两。刘梦湖山长投帖。后赴府衙门，会同竹樵拜发雨水粮价折、审明罗永祥京控案件折、请豁前任承德县知县姚承恩亏款折、审明逆犯韩广发折。后同余斋、捷庭、蕡台、蔼云、吉甫、睦庵、竹樵公请直夫在嘉禾堂。戌刻，散，回寓。写家信。晴，微云。

二十五日(5月17日) 卯初，赴将军衙门，拜发谢暂管将军印信恩折。后回寓。巳刻，赴西关外关帝庙内候送直夫，跪请圣安。午后,回寓。酉刻,霁堂拜会,见。戌初,赴将军衙门住宿。阴。卯后,晴,云。

二十六日(5月18日)　辰刻,将军衙门堂齐。后赴户部堂齐。散后,回寓。托子明拜会;午刻,营务粮饷等处委员全顺号乐庭等禀见;未刻,竹樵拜会,均见。申刻,出门拜客。睦庵、海岚、捷庭,会;子明、蔼云,未会;庆云庭,投帖。酉后,回寓。戌刻,松云禀见,会。后赴将军衙门住宿。晴,云。夜间,微风。

二十七日(5月19日)　辰刻,回寓。酉刻,海岚拜会,见。戌刻,赴将军衙门住宿。阴。巳、午刻,微雨。

二十八日(5月20日)　辰刻,将军衙门堂齐。后赴户部堂齐。散后,回寓。宜敦圃禀辞,会。未正,赴嘉禾堂,会同竹樵公请蕢台、余斋、蔼云、吉甫、睦庵便酌。戌刻,散。赴将军衙门住宿。阴。卯刻,雷鸣,雨二阵。巳后,时晃。夜间,风。

二十九日(5月21日)　辰刻,回寓。午刻,兴主事官印福禀见,会。晴。辰后,大风,浮云。午后,风息。酉刻,率家人分植菊花。午刻,内人出门,赴将军〔衙门〕看视少奶奶,送行。戌刻,赴将军衙门住宿。

闰四月初一日(5月22日)　辰刻,拜客。卓逢源、蕢台、余斋,会;霁塘、明主事、万泉峰、吉甫,未会。巳后,回寓。未刻,逢源来辞行,会。晴。辰后,阴,时飞细雨。戌刻,赴将军衙门住宿。夜间,风雨数阵。

初二日(5月23日)　辰刻,将军衙门堂齐。后赴户部堂齐。散后,回寓。午初,接得直夫五百里飞咨。内称,二十九日在大凌河途次奉到廷寄一道。陈安着照响马例定拟,毋庸行查热河等因。当约全乐亭,面嘱其调派马步兵队迅速办理。未、申刻,睦庵、余斋拜会,见。酉刻,集四老爷及全乐亭诸位销差,会。阴,时晃。戌刻,赴将军衙门住宿。

初三日(5月24日)　卯刻,庆云亭禀见,会。辰刻,拜竹樵,会。后回寓,松云、奇车布、王寿嵩奇,王系粮饷处委员。先后禀见,均会。未刻,海岚拜会,见。晴。戌刻,赴将军衙门住宿。戌刻起,风。

初四日(5月25日) 辰刻,将军衙门堂齐。后赴户部堂齐。散后,回寓。未正,赴府衙门,会同竹樵过堂十起十名。后同赴蕢台之约,余斋、蔼云、吉甫、睦庵在坐。戌刻,散。赴将军衙门住宿。晴。未后,阴,风。申后,雷鸣,雨一阵。酉后,晃。

初五日(5月26日) 卯刻,赴大政殿前坐班。散后,回寓。巳后,集协领、全佐领官印顺等禀见,会。据禀,盗犯王得才等二名均经审明,请领王命,即行正法,依拟办理。申后,吉臣、宝臣、瑞臣陆续禀见,会。晴,云。巳后,风。申后,晴。戌刻,赴将军衙门住宿。

初六日(5月27日) 辰刻,将军衙门堂齐。后赴户部堂齐。散后,拜竹樵,会同赴萃升书院,同蕢台送山长刘梦湖先生官印孔谓进院。巳后,回寓。奉到四月十五六日拜发回折。升补辽阳州知州折、升补锦县知县折、奏补兼库协领折、奏补边门章京折,均奉旨:"知道了。钦此。"申刻,赴绍实庵之约,余斋、海岚、蔼云在坐。亥初,散。赴将军衙门住宿。晴,云,风。

初七日(5月28日) 辰刻,回寓。戌刻,赴军署住宿。晴,大风,微云。

初八日(5月29日) 卯刻,拜发审拟陈安正法折。毕,堂齐。后赴户部堂齐。散后,回寓。晴,风,微云。戌刻,赴军署住宿。带二十五号家信。

初九日(5月30日) 辰初,回寓。奇车布、盛思源、松云先后禀见,均会。阴。未后,时飞细雨。申后,风。

初十日(5月31日) 辰刻,将军衙门堂齐。后进署堂齐。散后,拜竹樵,会。后回寓。午刻,海岚拜会,见。戌刻,赴将军衙门住宿。晴,云,微风。

十一日(6月1日) 卯刻,回寓。巳刻,拜竹樵,会。同赴小西边门外关帝庙内,候接筱峰。午正,进城。拜筱峰,会。未正,回寓。晴。巳后,时阴,大风,细雨。未后,雷鸣。酉后,晴。余斋拜会,见。戌刻,赴将军衙门住宿。

十二日(6月2日)　辰初,将军衙门堂齐。后进署堂齐。散后,回寓。椿园禀见,会。午刻,赴刑部衙门,会同补行秋审过堂。散后,部,二起;府,六起。拜蕡台,会。同赴嘉禾堂,同竹樵公请筱峰、余斋、捷庭、蔼云、吉甫、睦庵便酌。戌刻,散,回寓。晴。巳后,风。云。

十三日(6月3日)　交卸将军印钥。巳、午刻,云浦、许善昌新选昌图训导先后禀见,均会。申正,出门。赴余斋、捷庭、吉甫之约在礼部寓,晓峰、竹樵、蕡台、蔼云、睦庵在坐。戌后,散。阴,大风。午刻,风息。雨,夜间住。雨已深透。

十四日(6月4日)　辰刻,进署堂齐。散后,回寓。蒋和叔及新选刑部员外郎长春号如亭,行二,系德仁山世兄。先后禀见,均会。未正,赴府衙门,会同竹樵过堂四起五名。后同赴蔼云、睦庵之约,余斋、晓峰、捷庭、蕡台、吉甫在坐。亥后,散。晴,浓云。酉刻,电,雷鸣。

十五日(6月5日)　巳刻,和叔、松云禀见,会。晴,云,风。未刻,奉到谢恩折四月二十五日拜发,奉旨:“知道了。钦此。”

十六日(6月6日)　辰刻,进署堂齐。散后,回寓。阴。辰刻起,雨时大时小。夜半住。

十七日(6月7日)　申刻,晓峰及张得禄号恕臣、德昌号□□先后拜会、禀见,均会。戌刻,瑞臣禀见,会。阴。午后,徐晴。

十八日(6月8日)　辰刻,进署堂齐。散后,赴府衙门,会同竹樵拜发雨水粮价折、并无私设铺头行头折。毕,过堂四起四名。后拜张恕臣未会。巳后,回寓。申后,蔼云拜会,见。晴。

十九日(6月9日)　未后,出门。拜晓峰,会。福司员官印申、秀臣之世兄长如亭、德□□官印昌,均投帖。酉刻,回寓。晴,微风,云、热。戌刻,远峰禀见,会。

二十日(6月10日)　辰刻,进署堂齐。散后,回寓。和叔、松云禀见,会。未刻,竹樵拜会,见。阴。辰后,晴,云,热。

二十一日(6月11日)　晴,风。未后,阴。夜间,细雨。

二十二日(6月12日)　阴,时细雨。午后,微晃。细雨连夜。

二十三日(6月13日) 卯刻,赴将军衙门,拜发疏防盗案折。散后,回寓。酉后,和叔禀见,会。阴,细雨。辰后,徐晴。

二十四日(6月14日) 辰刻,进署堂齐。散后,拜竹樵,会。后回寓。巳、午、酉刻,安洲、如川、云浦先后禀见、拜会,均见。淡云,微风。日晕。

二十五日(6月15日) 巳、午、申刻,松云、步由、安洲、馨兰、吉甫先后禀见、拜会,均见。晴,云。

二十六日(6月16日) 辰刻,赴将军衙门,会同晓峰挑内务府缺。执事人,一缺;马甲,共六缺。奉到初八日拜发之折。审拟陈安正法折,奉旨:"知道了。钦此。"接家信二十八号。后进署堂齐。散后,拜安洲、馨兰、如川均投帖。后回寓。申刻,余斋拜会,见。酉初,出门。赴蔼云之约,海岚、晓峰、睦庵在坐。子刻,散。晴,热。

二十七日(6月17日) 巳刻,绍润轩禀见,会。晴,云、热。

二十八日(6月18日) 辰刻,进署堂齐。散后,赴府衙门,会同竹樵过堂四起四名。后刘凯庭禀见,会。后回寓。申正,出门。赴海岚之约,蔼云、晓峰、睦庵在坐。子刻,散。晴,云,热。子刻,东南连闪。

二十九日(6月19日) 申刻,瑞臣禀见,会。晴,云,热。

五月初一日(6月20日) 卯刻,赴昭陵监礼。毕,至润庵兄寓略歇。巳刻,回寓。和叔、松云及范清塘新选金州训导先后禀见,均会。晴,云,风。申刻,雨一阵。

初二日(6月21日) 申刻,瑞臣、余斋先后禀见、拜会,均会。阴,时微晃。卯刻,雷鸣。卯、辰、巳刻,时雨。

初三日(6月22日) 巳刻,田子清禀见,会。阴,微风。

初四日(6月23日) 巳刻,出门。拜蔼云、睦庵,均会。午正,回寓。未后,廉瑞臣禀见,会。阴。未后,渐晃。晴,云。逐出张禄,因无出息。

初五日(6月24日) 卯刻,赴大政殿前坐班。散后,回寓。远峰禀见,会。晴,浮云,热。戌后,西南连闪。夜间,风,雷鸣。

初六日(6月25日)　巳刻,新选主事奎誠行一禀见;酉刻,远峰禀见,均会。晴,云,大风。酉后,风息。唱吼戏。

初七日(6月26日)　未刻,吉臣禀见,会。晴,云。唱吼戏。

初八日(6月27日)　辰刻,进署堂齐。散后,回寓。淡阴。午后,风。未刻,细雨一阵。

初九日(6月28日)　午初,赴内务府,会同晓峰查看工程。毕,挑缺。马甲,四缺。散后,拜竹樵、蔼云,均会。申正,回寓。阴。午后,徐晴,云。

初十日(6月29日)　辰刻,进署堂齐。散后,回寓。和叔、松云禀见,会。晴,浮云。

十一日(6月30日)　酉初,出门。赴小峰之约,余斋、竹(桥)〔樵〕、捷庭、蔼云、吉甫、睦庵在坐。亥刻,散。时阴时晃。申刻,雷鸣,雨数点。

十二日(7月1日)　辰刻,进署堂齐。散后,拜奎主事、余斋,均未会。阴,时晃。卯、午时,均微雨。酉后,时飞雨星。

十三日(7月2日)　寅初,恭诣关帝庙陪祀。卯刻,散。回寓。阴,时晃。酉刻,雨一阵。

十四日(7月3日)　辰刻,进署堂齐。散后,赴府衙门,过堂五起九名口。后回寓。未刻,蔼云拜会,见。晴,云。

十五日(7月4日)　寅初,起身。恭诣福陵监礼。毕,赴关家店少歇。午初,回寓。淡阴。辰、午刻,晃。巳、酉刻,均微雨。

十六日(7月5日)　辰刻,进署堂齐。散后,拜杨芗岩、锐理堂均投帖。后回寓。香岩禀见,会。晴,浮云,风。酉刻,和叔禀见,会。

十七日(7月6日)　酉刻,芷轩禀见,会。晴,浓云。辰刻,微雨。酉刻,雷鸣,浮阴,复微雨,风。

十八日(7月7日)　辰刻,进署堂齐。散后,赴府衙门,会同晓峰、捷庭、竹樵过堂。铁岭当铺案,共四名。后赴兵部,会同将军、都统、四部拣选牛庄仓官。户部笔帖式常魁,拟正;礼部笔帖式达哈柬,拟陪。散后，回寓。晴，云，热。沐浴。戌后，东北连电，雷，雨数点。

同治七年五月十九日(7月8日)　申正，出门。赴竹樵之约，锐理堂、余斋、蔼云在坐。戌刻，散。阴，时晃。未正，风，雷鸣，雨。申后，住，徐晴，仍浮云。

二十日(7月9日)　辰正，进署堂齐。散后，拜杜芷轩投帖。后回寓。晴，微云。

二十一日(7月10日)　巳刻，余斋拜会，见。阴，时晃。酉后，西南雷鸣。

二十二日(7月11日)　辰刻，进署堂齐。散后，回寓。松云禀见，会。未刻，竹樵拜会，见。申正，同赴蔼云之约。莅堂、余斋、捷庭、睦庵在坐。亥刻，散。晴，云，时阴。戌后，南面连电。

二十三日(7月12日)　申刻，莅堂拜会，见。申后，阴。酉后，细雨。戌后，雷鸣。夜间，时雨时住。

二十四日(7月13日)　辰刻，进署堂齐。散后，赴将军衙门，会同签掣边门章京缺。威远堡，掣刑部主事春长；英额，掣户部主事明禧。后拜莅堂投帖。后回寓。晴，云。未后，阴，时飞雨星。沐浴。夜间，时微雨。

二十五日(7月14日)　辰刻，和叔、松云、蔚文先后拜会，会。阴，时飞雨星。未、酉刻，均细雨一阵，微风。

二十六日(7月15日)　辰刻，进署堂齐。散后，赴府衙门，会同晓峰、捷庭、竹樵过堂一起一名。后拜发雨水粮价折、调补宁远州知州折。午初，回寓。写家信。阴，时晃。巳、未、申刻，均风雨一阵。申后，雷鸣。夜间，雨二三阵。

二十七日(7月16日)　卯刻，差折差武顺起身。带家信二十六号。阴，时微晃，时飞雨星。未刻，雨一阵，南面雷鸣。

二十八日(7月17日)　辰刻，进署堂齐。散后，拜晓峰，会。后赴府衙门，会同竹樵拜发地丁奏销折、耗羡奏销折、奏参易州踈防押犯逃封折、奏调继故令亲属片。午刻，回寓。阴。未后，徐晴，仍浮云。

二十九日(7月18日)　巳、未、申刻，桐友、远峰、溟南、和叔先后禀见，均会。浮云，时阴时晃。申刻，微雨。

三十日(7月19日)　辰刻，蔚文禀见，会。后进署堂齐。散后，回寓。午刻，冯馨兰禀见，会。阴，时微晃。申后，细雨连夜。

六月初一日(7月20日)　阴，雨。未后，风。戌后，住。夜间，复细雨数阵。

初二日(7月21日)　午初，赴府衙门，会同竹樵过堂二起二名。后同赴刑部，会同四部补行秋审过堂。散后，拜蕢台，会；霁堂、馨兰均未会。申刻，回寓。云浦禀见，会。阴。卯刻，雨一阵。辰后，时晃，仍浮云甚浓。申刻，飞雨星。

初三日(7月22日)　巳、申刻，馨兰、蔚文、瑞臣先后禀见，均会。晴，浮云。酉后，大晴。

初四日(7月23日)　辰刻，进署堂齐。散后，拜文琪斋未会。后回寓。酉初，又香及刘福等回奉，奉到四月二十四日拜发回折。雨水粮价折，奉旨："知道了。钦此。"审明罗永祥京控案件折，奉旨："刑部议奏。钦此。"请豁前任知县亏款折，奉旨："着照所请，该部知道。钦此。"审明逆犯韩广发折，(奏)〔奉〕旨："刑部速议具奏。钦此。"又张蔚文送阅闰四月十八日拜发回折。雨水粮价折、并无私设铺头行头折，均奉旨："知道了。钦此。"接家信及亲友信。晴，浮云，甚热。沐浴。

初五日(7月24日)　卯刻，赴大政殿前坐班。散后，回寓。和叔、松云、海珊、芗岩、云浦禀见，会。晴，浮云，甚热。

初六日(7月25日)　午初，进署堂齐。散后，赴刑部，会同蔼云问金州案。申刻，散，回寓。晴，浮云，甚热。巳刻，蕢台拜会，见。酉刻，蔚文禀见，会。

初七日(7月26日)　辰刻，蔼云来拜，会。晴，云。午后，阴，雨。酉后，住。戌后，复雨数阵。

初八日(7月27日)　辰刻，进署堂齐。散后，回寓。午刻，云浦禀见，会。酉正，出门。赴余斋之约，竹樵、海岚、賷台、晓峰、吉甫、蔼云、睦庵在坐。亥刻，散。晴，浮云。晚间，西北连电，雷鸣。

初九日(7月28日) 卯刻，赴将军衙门，会同拜发奏补边门章京折、审明铁岭当商齐行折。散后，回寓。晴，浮云，热。

初十日(7月29日) 辰刻，进署堂齐。散后，赴竹樵处拜寿未会。后回寓。午正，晓峰拜会，见。挑内务府缺。马甲，一缺；执事人，一缺；官学生，三缺。未刻，睦庵拜会，见。澹阴，时微晃。酉后，自西北浓阴，雷鸣，大风一阵，雨。戌后，住。

十一日(7月30日) 辰、午刻，松云、施芳亭先后禀见、拜会，均见。晴，浮云，时阴。戌刻，微雨。夜间，雨三四阵。

十二日(7月31日) 辰刻，进署堂齐。散后，回寓。晴，浮云，时飞雨星。

十三日(8月1日) 晴，浮云，甚浓。买红马。

十四日(8月2日) 辰刻，进署堂齐。散后，拜桐友投帖；晓峰会。后回寓。酉刻，竹樵拜会，见。晴，浮云，甚浓。

十五日(8月3日) 巳、午刻，蔚文、和叔、松云、芗岩、芷轩先后禀见、禀辞，均会。晴，浓云。未刻，雨一阵。酉后，文琪斋来看。

十六日(8月4日) 辰刻，进署堂齐。散后，回寓。未刻，蔼云拜会，见。阴。未后，晴，云。卯、辰、午刻，均微雨。

十七日(8月5日) 巳刻，云浦谢委，会。阴。申刻，飞雨星。戌后，雨连夜时大时小。

十八日(8月6日) 辰刻，进署堂齐。散后，赴府衙门，会同竹樵过堂六起六名。后回寓。辰刻，张蔚文谢补缺行知，会。阴。卯、辰刻，雨。午后，复雨。时大时小，时微住。复连夜。

十九日(8月7日) 阴，雨时大时小。申初二刻，雷鸣。酉后，住。徐晴。

二十日(8月8日) 辰刻，进署堂齐。散后，拜蔼云、海岚，均会。海岚留饭。申正，回寓。晴。早间，微云，甚爽。写家信。

二十一日(8月9日)　巳刻，松云禀见，会。午初，赴府衙门，会同竹樵拜发雨水粮价折、奏补海城县知县折、覆审逆犯韩广发定拟折。带家信二十七号。后赴将军衙门会同拜发慈安皇太后贺折贺表、委员查勘边外情形折。散后，回寓。晴，微云，甚爽。

二十二日(8月10日)　辰刻，进署堂齐。散后，回寓。申正，出门。赴竹樵之约，余斋、海岚、蕢台、晓峰、吉甫、睦庵在坐。戌刻，散。阴，时飞雨星，时微晃。戌刻，雨一阵，旋晴。

二十三日(8月11日)　巳、未、申刻，晋三、润轩、蕢台禀见、拜会，均会。晴，微云。恩大太太来看，留饭。

二十四日(8月12日)　辰刻，进署堂齐。散后，回寓。晴，微云。

二十五日(8月13日)　巳刻，和叔、松云禀见；未刻，常、班二关防禀见，均会。晴，云。

二十六日(8月14日)　辰刻，进署堂齐。散后，拜睦庵，会。午初，回寓。午、未刻，晋三、云浦禀辞，蔼云拜会，均见。申后，雷鸣。酉后，细雨一阵。

二十七日(8月15日)　淡阴，时飞雨星，时微晃。夜间，微雨。

二十八日(8月16日)　辰初，进署堂齐。后会同将军、都统、四部选补仓外郎。广宁，补工部部属外郎张鉴；牛庄，补八旗户部外郎达隆阿。散后，回寓。酉刻，和叔禀见，会。卯刻，大雾。辰后，晴，浮云。

二十九日(8月17日)　巳、未刻，余斋、吉臣拜会、禀见，均会。申正，出门。赴海岚之约，蕢台、蔼云、晓峰、睦庵在坐。亥后，散。云，时阴时晴。武顺回奉，接奉五月二十七日拜发回折。雨水粮价折，奉旨："知道了。钦此。"调补宁远州知州折，奉旨："吏部议奏。钦此。"接家信。

七月初一日(8月18日)　卯初，起身乘轿，恭诣福陵，率同司员员外郎穆奇先、主事廉奎敬谨验收碑楼工程。后赴关家店少歇点心。午正，回寓。将军衙门送阅六月初九日拜发回折。奏补边门章京折，奉旨："知道了。钦此。"审明铁岭当商齐行折，奉旨："刑部议奏。钦此。"浮云，时阴时晴。夜间,大雷雨数阵。

初二日(8月19日) 辰刻,进署堂齐。散后,赴将军衙门,会同拜发开元失火折。后回寓。酉正,出门雇车。赴睦庵之约,余斋、竹樵、捷庭、蕡台、蔼云、晓峰、海岚在坐。子正,始回寓。阴,时微雨。辰后,徐晴,仍浮云。

初三日(8月20日) 巳、午刻,和叔、松云、海泉、蔚文、远峰先后禀见,均会。浮云,时阴时晴。

初四日(8月21日) 辰刻,进署堂齐。散后,拜董达川未会。后回寓。未、申刻,竹樵、蔼云、睦庵先后来拜,会。阴。巳后,时晃。申后,微雨。戌后,复微雨。

初五日(8月22日) 辰刻,和叔、海泉禀见,会。阴,时细雨,连夜。

初六日(8月23日) 辰刻,进署堂齐。送仓差,点廉奎。散后,赴府衙门,会同竹樵过堂四起四名。后拜晓峰,会。午刻,回寓。奉到五月二十八日拜发回折。地丁奏销折,奉旨:"户部知道。钦此。"耗羡奏销折,奉旨:"知道了。钦此。"奏参易州押犯逃封折,奉旨:"煜斌着交部议处。钦此。"奏调继故令亲属折,奉旨:"另有旨。钦此。"阴,雨连夜。时大时小,时微住。

初七日(8月24日) 辰初,赴大清门坐班。散后,回寓。阴,雨。时大时小,时微住。戌后,住。夜间,晴。夜间,小河沿河水涨发。

初八日(8月25日) 辰刻,进署堂齐。散后,回寓。晴,微云,爽。酉刻,远峰禀见,会。

初九日(8月26日) 巳、午刻,松云、叶荫之禀见,均会。晴,爽。午后,微风,云。戌后,西北雷鸣,雨一小阵。

初十日(8月27日) 辰刻,和叔、松云禀见,会。后进署堂齐。后会同将军各部拣选内仓监督。正监督,工部郎中明哲,拟正;户部主事廉奎,拟陪。副监督,刑部郎中托克托欢,拟正;兵部主事景福,拟陪。散后,回寓。申初,出门,拜蔼云,会。后回寓。晴,云。申刻,雷鸣,风雨一阵。

十一日(8月28日)　辰刻，松云禀见，会。后出门，拜晓峰，会。后赴余斋处拜寿未会。夫人生日。后回寓。晴。午后，云。申刻，飞雨星。

十二日(8月29日)　卯正，赴大清门行礼，毕。坐班。后同晓峰挑内务府甲缺一缺。后进署堂齐。散后，拜海岚，会。午初，回寓。晴，云。未刻，睦庵夫人来看。

十三日(8月30日)　巳刻，余斋拜会，见。晴，云。申刻，微雨。

十四日(8月31日)　晴，云。

十五日(9月1日)　卯初，起身乘轿。至关家店更衣。后恭诣福陵陪祀。毕，同余斋至关家店少歇点心。未初，回寓。晴，云。

十六日(9月2日)　巳刻，赴府衙门，会同竹樵过堂三起五名。后回寓。阴。未后，微风，雨先大后小。酉后，住。夜间，时微雨。

十七日(9月3日)　巳刻，起身。同润庵兄、智临侄等恭赴祖茔上祭。申初，(赴)〔起〕身，进城。酉初，回寓。路极泥泞难走。阴，雨。辰后，住，徐晃，仍浮云。

十八日(9月4日)　申刻，瑞臣禀见，会。阴。辰刻，雨。巳后，住。午后，徐晴，仍浮云。

十九日(9月5日)　巳刻，出门。拜蔼云，会。晴，微云。

二十日(9月6日)　辰刻，进署堂齐。散后，回寓。酉刻，和叔禀见，会。晴。

二十一日(9月7日)　申、酉刻，孙房斋、扎春园、蕡台先后禀见、拜会，均会。晴，微云。

二十二日(9月8日)　辰刻，进署堂齐。散后，因二张王氏拦舆咆哮，赴府衙门，同竹樵约松云，嘱其严行究讯。后赴晓峰处拜寿，未会。拜清二爷吉甫令弟，未会。午刻，回寓。午、未、申刻，和叔、松云、海泉及张树臣、吉甫先后禀见、拜会，均会。阴。巳刻，微雨。午后，晴。戌后，浮云，雨数点。

二十三日(9月9日)　未刻，出门。回拜树臣、房斋均未会。后回寓。云，时阴时晃。午后，大风。申后，阴，雷鸣，雨数点。酉后，雨一阵，间有小雹不多。戌后，晴，南面仍阴，电。

二十四日(9月10日) 辰刻，进署堂齐。散后，赴府衙门，会同将军、都统、府尹拜发并无蝻子化生折、雨水粮价折、并无私立铺头行头折、查估贤王祠工程折。后同竹樵过堂一起一名。后拜文老爷，官印荃，行九，号楚香，系蔼云堂叔，山东候补县丞，解饷来奉。未会；蔼云，会。午刻，回寓。申刻，蔼云拜会，见。晴，微云，写家信。

二十五日(9月11日) 辰、午、未刻，和叔、余斋、晓峰、楚香先后禀见、拜会，均会。晴，微云。

二十六日(9月12日) 辰刻，进署堂齐。散后，赴将军衙门，会〔同〕将军、都统、工部、府尹拜发永陵陌岸被水冲刷情形折、试办盐厘情形折，及查收福陵碑楼工程折此折单衔。后赴内务府，会同晓峰挑缺。执事人，一缺；马甲，三缺。午正后，回寓。军署送阅初二日会拜回折。开原县失火情形折，奉旨："该部议奏。钦此。"阴，细雨。

二十七日(9月13日) 未、申刻，竹樵、宝臣先后拜会、禀见，均会。晴，浮云。

二十八日(9月14日) 辰刻，进署堂齐。散后，赴府衙门，会同竹樵过堂二起二名。后回寓。阴，雨连夜。请女客。

二十九日(9月15日) 辰刻，赴府衙门，同竹樵赴将军衙门，会拜覆参宁远踈防抢案折、仍请对调宁远州知州折、奏请加广盖平复州学额折。后回寓。何耕畬禀见，会。阴。酉后，徐晴。

八月初一日(9月16日) 巳刻，松云禀见，会。未刻，出门。拜晓峰、余斋、吉甫，均会。申正后，回寓。晴，微云。

初二日(9月17日) 卯刻，进署。恭祀衙神。毕，堂齐。散后，拜蕡台，会。巳初，赴兵部，会同拣选仓官共五缺。午初，回寓。晴，微云。接署工部印钥。

初三日(9月18日) 寅刻，恭诣文庙陪祀。散后，回寓。浮云。戌后，雷电，风雨。半夜，住。接署内府印钥。

初四日(9月19日)　卯刻,恭诣社稷坛、山川、风云雷雨、城隍坛主祭。毕,进城。拜贾溟南投帖。后进署堂齐。散后,回寓。午、申刻,溟南、春园先后禀见,均会。晴,微云。瑞臣来禀辞,未会。

初五日(9月20日)　辰初,赴大政殿前坐班。散后,赴蔼云寓拜寿未会。后赴海岚处送行,回家聘女。会。巳后,回寓。和叔、松云禀见,会。浮云。

初六日(9月21日)　寅刻,恭诣文昌庙陪祀。卯后,散,回寓。酉刻,椿园禀见,会。阴。辰、巳刻,时飞细雨。酉后,徐晴。

初七日(9月22日)　未、申刻,润轩、蔼云先后禀见、拜会,均会。晴。

初八日(9月23日)　巳刻,赴府衙门,会同竹樵过堂三起三名。后进署堂齐。午正,赴刑部,会同补行秋审过堂一起一名。散后,回拜陈鹤溪未会。未正,回寓。阴,时飞细雨。

初九日(9月24日)　卯初,起身。恭赴昭陵陪祀。散后,赴润庵兄寓看视留饭。未正,回寓。府衙门送阅六月二十一日拜发回折。雨水粮价折,奉旨:"知道了。钦此。"奏补海城知县折,奉旨:"吏部议奏。钦此。"覆讯逆犯韩广发折,奉旨:"刑部议奏。钦此。"阴。巳后,晴。接家信。交卸内务府、工部印钥。

初十日(9月25日)　巳刻,和叔禀见,会。午正,进署堂齐。散后,拜晓峰、余斋,均会。申刻,回寓。文琪斋来看。晴,微云。

十一日(9月26日)　卯刻,起身。恭赴福陵陪祀。散后,至关家店少歇点心。未刻,回寓。晴,微云。

十二日(9月27日)　卯刻,恭赴龙王庙、蜡神祠陪祀。散后,回寓少歇。巳刻,赴将军衙门,会同拜发抽收日厘捐数目折。后进署堂齐。午正,回寓。未刻,晓峰拜会,见。申刻,出门。赴睦庵处拜寿夫人寿,未会。拜海岚,会。戌刻,始回寓。晴。

十三日(9月28日)　寅刻,恭赴关帝庙陪祀。散后,余斋约吃点心吊炉烧饼、油炸果子。巳后,回寓。和叔查道禀辞,会。未、申刻,宝臣、余斋先后禀见、拜会，均会。晴，微云。

十四日(9月29日) 申刻，睦庵拜会，见。同赴晓峰之约，余斋、竹樵、蕡台、蔼云、吉甫在坐。亥刻，散。淡阴。巳后，晴。

十五日(9月30日) 晴，微云。

十六日(10月1日) 晴，云。奉到二十六日会拜回折。试办盐厘折，奉旨："知道了。钦此。"永陵陌岸被水冲刷折，奉旨："另有旨。钦此。"查收福陵碑楼工程折，奉旨："知道了。钦此。"

十七日(10月2日) 午、申刻，姚星甫官印协赞、吉臣、海岚先后禀见、拜会，均见。申后，出门。赴余斋之约，竹樵、蕡台、蔼云、晓峰、吉甫、睦庵在坐。亥刻，散。晴，云。

十八日(10月3日) 午刻，椿园禀见，会。后进署。散后，赴府衙门，会同竹樵过堂二起二名。后回寓。申刻，余斋拜会，见。晴，云。戌刻，宜敦甫禀见，会。奉到二十九日回折。调缺，吏部议奏。加额，礼部核议具奏。续参，照折。

十九日(10月4日) 写家信。晴，微云。未刻，智临侄生一女。

二十日(10月5日) 巳刻，松云、余文凤新选经历先后禀见，均会。午刻，进署堂齐。散后，拜慎斋未会；海岚，会。申后，回寓。晴，云。

二十一日(10月6日) 巳刻，赴府衙门，会同竹樵拜发雨水粮价折、竹樵奏报起身折单衔。后回寓。午后，捷庭拜会，见。借银百两。申刻，接署府尹印信。后出门，拜霁堂未会。后赴蟠榆簃，会同余斋、蔼云、晓峰、吉甫、睦庵、蕡台公请竹樵、捷庭。亥刻，散。晴，云。申刻，浮阴浓云，雷鸣。酉刻，雨一阵，间有小雹，旋晃。带家信二十九号。

二十二日(10月7日) 午刻，进署堂齐。散后，拜竹樵，会。后回寓。申刻，出门。拜捷庭，会。后赴海岚之约，竹樵、余斋、蕡台、蔼云、晓峰、吉甫、睦庵在坐。亥刻，散。晴，云。

二十三日(10月8日) 午初，赴善缘寺，送竹樵查道起身。未后,回寓。润庵兄来看。淡阴,时晃,微风。

二十四日(10月9日)　巳刻,松秀峰禀见,会。午刻,赴刑部衙门,会同蔼云过堂二起二名。后赴内务府,会同余斋验收金龙顶柜工程。毕,会同晓峰挑缺。马甲,三缺。后赴府衙门过堂四起五名。申正,始回寓。景介堂禀见,会。酉刻,文琪斋来看,崇藕舲禀见,会。晴,微风,云。验收金龙顶柜,派扎勒杭阿、玉和。

二十五日(10月10日)　午刻,赴善缘寺,送捷庭查道起身。后拜余斋、吉甫,均会;色石友未会。后回寓,晴,微云。酉刻,接署工部印钥。

二十六日(10月11日)　巳刻,全廉斋禀见,会。午刻,进署堂齐。散后,回寓。申后,安棣棠拜会,见。松云禀见,会。晴。

二十七日(10月12日)　午后,出门。拜棣堂、玙斋、霁塘均未会;蕡台,会。申后,回寓。晴。酉刻,蔚文禀见,会。晴。夜间,大风。

二十八日(10月13日)　午刻,进署堂齐。散后,赴将军府,同蔼云、睦庵、晓峰公请棣棠、子明、石友、海岚。亥后,散。阴,风,微雨。午后,风息,徐晴。巳刻,徐玙斋禀见,会。凉。买兔、虎、马。

二十九日(10月14日)　午刻,恭诣凤凰楼,抖晾圣容。申后,回寓。阴,冷。将军衙门送阅十二日会拜回折。日厘捐数折,奉旨:“知道了。钦此。”酉后,晴。晓峰送黄马。

三十日(10月15日)　午刻,恭诣凤凰楼,抖晾圣容行乐图。申后,回寓。晴,风。午后,风息。冷。

九月初一日(10月16日)　卯刻,起身。恭赴昭陵监礼。散后,至润庵兄寓道喜留饭。未刻,回寓。酉刻,松云禀见,会。晴,风。酉后,风息。冷。

初二日(10月17日)　午刻,赴将军衙门,会同拜发谢加级恩折、查收金龙顶柜工程折。后进署堂齐。散后,拜余斋,会。申后,回寓。霁塘拜会,见。晴,云,风。

初三日(10月18日) 辰刻,贾四带同吉祥回奉,接奉七月二十六日拜发回折。查估贤王祠工程折,奉旨:“另有旨。钦此。”雨水粮价折、并无私设铺头行头折、查无蝻子化生折,均奉旨:“知道了。钦此。”接家信三十二号。晴。

初四日(10月19日) 辰刻,差戈什哈李义同武顺赴关,迎接三老爷,并致竹樵信。午刻,进署堂齐。散后,拜棣棠,后赴吉甫寓拜寿均未会。未后,回寓。宝臣、余斋先后禀见、拜会,均会。晴。午后,大风,云。

初五日(10月20日) 辰刻,赴大政殿前坐班。散后,回寓。松云禀见,会。申刻,出门。拜阿防守尉投帖;海岚,会。后赴蔼云之约,余斋、海岚、蕡台、晓峰、睦庵在坐。子刻,始回寓。晴,云。巳、午、未刻,风。

初六日(10月21日) 午刻,赴善缘寺候接树南,跪请圣安。后同余斋、蕡台、蔼云、晓峰、睦庵赴书院,拜树南,顺拜随员。海岚亦往拜。即在公馆吃饭。亥后,始回寓。知友久别,一朝欢聚,诚快事也!晴,云,风。未后,风稍息。阴。亥后,飞雨星,连电雷鸣,复风。

初七日(10月22日) 阴,风。未后,晴,冷。

初八日(10月23日) 卯刻,敬诣凤凰楼,恭请宣宗成皇帝行乐圣容至崇政殿内黄案上供奉,行礼。毕,穿蟒袍、补服。回寓。巳刻,松云禀见,会。午刻,进署堂齐。散后,赴刑部,会同蔼云过堂。未后,回寓。酉、戌刻,树南、远峰先后拜会、禀见,均会。晴。

初九日(10月24日) 午、未、申刻,椿园、劳守纯及查边委员简南屏、范次典、史岳申、奎星垣、怀午桥、禄廉臣先后禀见,均会。申后,出门。拜树南,会。后赴晓峰之约,海岚、蕡台、蔼云、余斋、睦庵、树南在坐。子刻,散。晴。南屏,印宗杰;次典,印鸿谟;岳申,印崧翰;星垣,印昌;午桥,印清;廉臣,印德。

初十日(10月25日) 午刻,进署堂齐。散后,回寓。椿园、远峰、宝臣禀见,会。商酌派差。阴,微风。巳前,微晃。

十一日(10月26日)　未刻,汪元培禀见系捐铜局书吏,随查边司员来奉。见。送《捐例》一部。申刻,出门。拜霁塘,会。后赴蕢台之约,余斋、海岚、蔼云、晓峰、睦庵、树南在坐。亥后,散。浮阴。亥刻,雨一阵。子后,风,电,复雨一阵。

十二日(10月27日)　巳刻,桐友谢委,会。午刻,进署堂齐,派差。行运:绍德;坐办:嵩宝、明琳、得志、宜吉、国仁。当税:阿良、常山、陈福申、赵承宝。晴,浮云,风。

十三日(10月28日)　午后,馨子铭拜会官印德,系继可庭之弟,新科庶常。见。申刻,出门。回拜子铭投帖。后赴余斋之约,海岚、蕢台、蔼云、晓峰、睦庵、树南在坐。子刻,散。晴。申后,淡阴。

十四日(10月29日)　巳刻,松云禀见,会。午刻,进署堂齐。散后,回寓。申刻,赴树南寓剧会,海岚、蕢台、蔼云、晓峰、余斋、睦庵在坐。子后,散。阴。卯后,雪一阵。巳后,晴。微云。

十五日(10月30日)　卯刻,起身。恭赴福陵监礼。毕,至关家店少歇点心。午后,回寓。未刻,余斋拜会;酉刻,松云禀见,均会。晴。申刻,接奉拨解黑龙江军饷银廷寄夹板一付。

十六日(10月31日)　午刻,进署堂齐。散后,回寓。琪斋、宝臣、房斋及阎全德号瑞征,系合盛元掌柜人。先后禀见、拜会,均会。晴,微云。

十七日(11月1日)　午刻,椿园禀见,会。后赴将军衙门,会同拜发慈禧皇太后万寿贺折表。毕,同至树南寓略坐。写迎客帖。申刻,回寓。和叔禀见,会。晴,微风,云。

十八日(11月2日)　辰刻,润庵兄来看。午刻,赴内务府演礼。散后,回寓。申初,树南拜会,见。请给老太太诊脉服药。酉初,出门。赴睦庵之约,海岚、蕢台、蔼云、余斋、晓峰、树南在坐。子刻,散。晴,风,微云。酉后,风息。

十九日(11月3日)　巳刻,余经历禀见,会。晴,云,风。申后,风息。

二十日(11月4日) 辰刻，和叔禀见，会。巳刻，三弟到寓。文琪斋来看，树南拜会，见。请诊脉。午刻，桐友同王赓堂来看。请诊视老太太脉服药。未、申刻，玉宝臣、余经历、蕡台先后禀见、拜会，均会。申正，始吃早饭。润庵兄来看。酉刻，福□□官印年，内阁蒙古侍读，送玉牒差来奉。拜会，见。晴，微风，云。

二十一日(11月5日) 巳初，赴小西关外，龙棚外候接册宝、圣容、实录、圣训。申刻，到。跪接后，至善缘寺跪请圣安。毕，进城。至内务府太庙及崇政殿，各依次供奉，行礼。毕，始回寓，时已戌刻矣。晴，大风。

二十二日(11月6日) 辰、巳刻，韩吟舫、裕竹村均系工部随员及松云先后拜会、禀见，均见。巳正，出门。拜佩公号少甫、岳大人、官印林，号友石。溥大人、官印盛，号德甫。恩大人、官印全，号佩轩。礼王、睿王、全小汀、万藕舲、毛旭初、英善庭，及工部司员玉楚樵、裕竹村、庆子健、韩吟舫，礼部随员英惠号□□、张元益号泉初、堃岫，侍卫连余斋，官印庆，系绪斋之弟。福年、裕竹孙、官印寿，系竹樵之婿。竹樵。竹樵、竹孙，会；余均未会。午后，赴内务府，先至太庙，俟请回册宝，起行。后诣凤凰楼，恭待尊藏玉牒。毕，诣崇谟阁，恭候尊藏实录、圣训。毕，敬诣崇政殿，恭捧宣宗成皇帝圣容还御凤凰楼中层供奉，均各行礼。毕，至内务府堂上，拜发礼成折。毕，已戌刻矣。同在城诸君赴嘉禾堂，公请诸位钦差。藕舲、旭初到，余均辞。子刻，始回寓。晴，微云。午后，礼王、睿王、藕舲、小汀、旭初、恩佩轩、连余斋、裕竹孙均来拜，礼部随员及张恕臣均禀安。差人分送礼物。

二十三日(11月7日) 卯初，赴西关外龙棚外，候跪送请回册宝，行驾起行。后赴善缘寺，跪请圣安。巳初，回寓。午刻，赓堂来看脉。午、未、申刻，庆子健官印锡纶、集竹坡海岚之叔、余斋先后拜会，均见。阴。午、未间，晴。后复淡阴，时风，甚冷。未刻，交卸府尹印信。

二十四日(11月8日) 卯刻，赴小东关灶君庙内，候送毛旭初查工起身。后拜海岚，会；椿园投帖。午初，始回寓。赓堂来看脉。

未初,进署堂齐。散后,拜吉甫,会。申后,回寓。文琪斋来看。晴,微风,云。午刻,桐友夫人来看。夜间,雪。

二十五日(11月9日)　巳刻,和叔、松云禀见,会。午刻,赓堂来看脉。申后,蔼云、海岚先后拜会,见,谈至酉后始散。阴,雪。巳初,雪住厚二寸余,时晃。戌后,晴。

二十六日(11月10日)　午刻,吉臣、竹樵先后禀见、拜会,均见。午后,赴将军衙门,会同签掣凤凰边门章京缺。掣户部主事文光。后进署堂齐。散后,赴府衙门,会同竹樵拜发雨水粮价折。毕,过堂一起一名。申后,回寓,写信。酉刻,差刘福折差起身。致茂如、老龄信。阴,时微风,微晃。午刻,赓堂来看脉。

二十七日(11月11日)　卯刻,起身,赴福陵陪祀。散后,至关家店少歇。同余斋点心。未初,回寓。申正,出门。赴蔼云之约,晓峰、树南、海岚在坐。子初,散。阴。辰后,时晴。夜间,时微雨。后,雪。

二十八日(11月12日)　阴,雪。巳后,椿园禀见,会。午初,出门。赴竹樵之约,吃白肉。余斋、海岚、蕡台、蔼云、晓峰、吉甫、树南在坐。酉刻,雪住厚六寸许,回寓。午刻,赓堂来看脉。酉后,晴。

二十九日(11月13日)　辰正,起身。赴祖茔,同润庵兄、竹轩弟、智临侄上祭。申刻,回寓。晴。辰后,时晃时阴时飞雪星。午刻,赓堂来看脉。府衙门送阅八月二十一日拜发回折。雨水粮价折,奉旨:“知道了。钦此。”酉后,晴。

十月初一日(11月14日)　辰刻,接署将军印信及军务事宜。巳刻,托子明拜会,见。午刻,赓堂来看脉。未刻,庆秀臣禀见,会。申初,出门。拜晓峰、树南,均会。酉后,回寓。晴,云。

初二日(11月15日)　辰刻,索大人官印索布多尔扎布,御前头等侍卫。拜会,见。午刻,赓堂来看脉。未后,出门。赴海岚之约,余斋、竹樵、蕡台、蔼云、晓峰、吉甫、树南在坐。酉后,散。拜托子明,会;索大人投帖。戌刻,回寓。晴。

初三日(11月16日) 巳刻,奇车布、王寿嵩、孙文奎禀见,会。午刻,赓堂来看脉。申刻,约怀午桥、简南坪、范次典、史岳申、奎星垣、禄廉臣、蒋和叔、刘松云吃饭。戌后,散。浮云。申后,阴。亥后,飞雨星。暖。

初四日(11月17日) 巳刻,成魁元、穆远峰禀辞,会。午刻,赓堂来看脉。午后,赴将军衙门堂齐。散后,拜色石友,会。后回寓。申刻,请余斋、竹樵、蕡台、蔼云、晓峰、树南、吉甫吃饭。海岚、睦庵辞。子刻,始散。浮云。未刻,飞雪花。酉后,晴,冷。日后记。

初五日(11月18日) 辰刻,赴大政殿前坐班。散后,拜树南,会,留饭。午后,回寓。赓堂来看脉。申刻,乌悦庭禀见,会。酉刻,赴马履祥处拜寿留饭。亥后,回寓,看公事。丑后,始歇。晴,云,冷。履祥官印泰,系慎斋之父。

初六日(11月19日) 辰刻,奇车布、王寿嵩、孙文奎禀见,会。巳后,赴小东关内灶君庙内,候接毛旭初。午后,进城。赴军署堂齐。毕,进署堂齐。散后,拜旭初,会;子健、泉初、棣棠,均未会;吉甫处拜寿未会。酉后,始回寓。午刻,赓堂来看脉。戌刻,文案处程世荣来画稿,见。以上二日均日后记。

初七日(11月20日) 辰刻,赴大清门坐班。散后,拜晓峰,会。送程仪百两。巳后,回寓。奇车布、孙文魁禀见,会。午刻,赓堂来看脉。毛旭初拜会,见。玉宝臣禀见,会。申刻,赴嘉禾堂,同余斋、蕡台、蔼云、吉甫、睦庵、竹樵公请旭初、棣棠、晓峰、树南。亥刻,散。晴,云。

初八日(11月21日) 巳刻,张泉初拜会,见。后赴官参局送树南、晓峰查边,棣棠回任起身。后进城拜旭初,会。送东参二两、(罕)〔犴〕皮二张。后进署堂齐。散后,赴军署堂齐。散后,赴蟠榆簃,同蔼云、睦庵、蕡台公请子健、泉初。亥后,散。晴,微云,甚冷。午刻,赓堂来看脉。日后补记。

初九日(11月22日) 巳刻,玉宝臣禀见,会。后送竹轩弟起身回京。午初，起身。赴善缘寺候送旭初起身，跪请圣安。毕，进城。拜海岚，会。申后，回寓。晴，微云，甚冷。午刻，赓堂来看脉。日后补记。酉后，赴书院住宿。文琪斋来看。后补记。

初十日(11月23日)　辰刻，赴大清门外行礼。毕，坐班。散后，进署堂齐。后赴军署堂齐。散后，回寓。盛海泉禀见，由金州查案回省。会。午刻，赓堂来看脉。申正，接奉五百里夹板一件。系军机处字寄，“暂时署理将军等因”，上谕一道。申后，吉臣禀见，会。酉后，赴书院住宿。晴，甚冷。

十一日(11月24日)　辰刻，回寓。松云禀见，会。巳、午、酉刻，芳庭、石友、海岚陆续禀见、拜会，均会。午后，赓堂来看脉。申刻，约赵先生占课。戌后，赴书院住宿。晴，浮云。未刻，飘雪花一阵。戌后，晴，甚冷。

十二日(11月25日)　辰刻，回寓。午刻，赓堂来看脉。午后，赴军署堂齐，验鲜鹿肉、鹿舌、鹿尾、鹿肠及内务府东鸭等贡，挑补内务府甲缺一缺，补记名者。及北塔班第一缺。亦系补记名者。后进署堂齐。散后，回寓。竹樵、海岚先后来看，均会。晴，云，甚冷。恩大太太、桐友夫人均来看。

十三日(11月26日)　辰刻，赴大清门坐班。散后，挑内务府缺。马甲，一缺。后回寓。松云禀见，会。申后，和叔禀见，会。午刻，赓堂来看脉。晴，云，冷。补记。

十四日(11月27日)　午初，赴府尹衙门，会拜借补义州知州折、请补海城县知县折，后过堂二起二名。后赴将军衙门请令。出斩盗犯姜老疙瘩。后堂齐。毕，拜发谢暂时署理将军印务恩折。后进署堂齐。散后，回寓。吉甫来看，会。赓堂来看脉，商立丸药、膏子药方。晴，风，微云。

十五日(11月28日)　巳后，恩泰内务府主事、董永春佐领先后禀见，会。午刻，赓堂来看脉，润庵兄来看。酉刻，出门。拜捷庭，会。晴，云。早间，雾。

十六日(11月29日) 巳、午刻,竹樵、子明、松云先后拜会、禀见,均会。赓堂来看脉。午正,赴军署堂齐。后进署堂齐。散后,回寓。余斋、睦庵拜会,见。晴,微云。恩二太太、桐友夫人来看。接奉九月二十七日拜发回折。奏补边门章京折,奉旨:"知道了。钦此。"又军署查明被灾情形折,奉旨:"知道了。钦此。"请开复德音泰、胡五云顶戴片,奉旨:"□。"

十七日(11月30日) 巳刻,郝兰舫、毓昌禀见,会。未刻,赓堂来看脉。申刻,捷庭、连衡甫先后拜会,均见。晴,微云。

十八日(12月1日) 午初,出门。拜竹樵,会。后赴军署堂齐。后进署堂齐。散后,回寓。赓堂来看脉。酉刻,兰舫禀见,会。晴,云。

十九日(12月2日) 巳刻,桐友禀见,会。未刻,赓堂来看脉。申刻,赴府衙门,会同拜发雨雪粮价折、并无私设铺头行头折。散后,回寓。晴,微风,云。补记。

二十日(12月3日) 巳刻,和叔、松云、海泉禀见;午刻,瑞臣禀见,均会。后赴军署堂齐。后进署堂齐。申正,回寓。赓堂来看脉。晚间,写家信。晴,微云。补记。

二十一日(12月4日) 午初,赴将军衙门,会同拜发长至贺表,及撤回官兵肆行滋扰截留审办折、奏报福陵二柱门等处工程就近移咨钦差大臣查估折。散后,拜托子明,会。后回寓,赓堂来看脉。集四太爷拜会,见。晴,云。午后,大风。带顺字一家信。将军折差带。后半夜,雪一阵约分余。

二十二日(12月5日) 午刻,赴军署堂齐。后进署堂齐。散后,回寓。蔼云、余斋候见,会。后赓堂来看脉。浮阴。午后,徐晴。

二十三日(12月6日) 申刻,赓堂来看脉。阴。午刻起,雪。戌刻,住,晴。亥后,复阴,风。雪厚三寸许。

二十四日(12月7日) 巳正,赴将军衙门堂齐,后挑缺。永陵拜堂阿,一缺;内务府执事人,二缺;马甲,一缺。后会同蔼云、睦庵拣选宗室营族长。一缺,补醇连。后同捷庭拣选挑缺。昭陵世袭防御,一缺;抚顺掌路记防御,一缺,奏补骁骑校祥安;兴京领催,二缺;岫岩领催,一缺。散后,进署堂齐。申后,始回寓。赓堂来看脉。后吉臣禀见,会。晴,云。桐友夫人来看。

二十五日(12月8日) 申刻,椿园、瑞臣禀见,会。请奖经会司书吏郑金。后赓堂来看脉。阴。巳刻,雪。午刻,住。未刻,老太太心跳一阵。戌后,时微晃。雪厚寸许。

二十六日(12月9日) 巳刻,赴将军衙门堂齐。后拣选凤凰城骁骑校。一缺,奏补德青阿。后进署堂齐。散后,回寓。赓堂来看脉。文案处请拣补吉林骁骑校。一缺,奏补尽先佐领花翎领催李正谟。阴。辰后,大雾,时飞细雨,暖。道路融化。亥后,雾散,晴。

二十七日(12月10日) 晴。酉刻,赓堂来看脉。因自初十日以后,祗每日诊脉,并未服药,而赓堂亦因家中有事,禀请回任,亦未便再行挽留,只好允之。

二十八日(12月11日) 余斋、蕡台、琪斋先后来拜寿,均〔会〕,竹樵、吉甫及各部司员、州县佐杂各官,均挡驾。恩大太太、恩二太太、桐友夫人均来拜寿,因老太太病势较重,均未留饭。申刻,瑞臣、宝臣、润轩禀见,会。请点送中江监督,本地无员送选,京员送奎諴。晴。补记。

二十九日(12月12日) 巳刻,托子明拜会,见。未刻,蔼云来拜寿,会;余均挡驾。未后,刘福回寓。奉到九月二十六日拜发回折。雨水粮价折,奉旨:“知道了。钦此。”接亲友信。晴,微云。

三十日(12月13日) 辰、巳、午刻,索大人、色石友、刘松云先后禀见,均会。午正,赴军署堂齐。后进署堂齐。申正,回寓。晴,微风,云。桐友夫人来看。

十一月初一日(12月14日) 申刻,奉到十月十四日拜发回折。谢暂时署理将军印务恩折,奉旨:“知道了。钦此。”借补义州知州折、奏补海城县知县折,均奉旨:“吏部议奏。钦此。”晴,云。

初二日(12月15日) 午刻,松云禀见,会。后赴军署堂齐。后进署堂齐。散后，回寓。晴，浮云。

初三日(12 月 16 日) 午刻，赴小东关灶君庙内迎接晓峰、树南。未后，回寓。润庵兄来看。酉刻，张蔚文禀见，增厚田禀辞、叩谢，均会。晴，微风，浮云，冷。送厚田、子铭程仪各百两。

初四日(12 月 17 日) 巳正，赴军署拣选挑补官兵缺。复州防御，一缺，奏补云骑(御)〔尉〕佛尔国春；又三两领催，四缺；二两领催，一缺。堂齐。后进署，会同拣选中江监督。拟正，掣工部员外郎魁盛；拟陪，掣工部员外郎喀勒崇阿。后堂齐。散后，回寓。穆远峰禀见，会。文琪斋来看。晴。桐友夫人来看。

初五日(12 月 18 日) 辰刻，赴大政殿前坐班。散后，拜晓峰、树南，均会；诸随员投帖。后回寓。申刻，海岚拜会，见。浮云，时阴雾时晴。写家信。

初六日(12 月 19 日) 巳正，赴军署堂齐。后拜发奏补防御骁骑校折、奏请己巳年大饷折、奏请陛见折。后挑缺。领催、马甲、步甲，共三十余缺。散后，赴府尹衙门，会同竹樵过堂二起三名。一名翻供，发局另审。申后，回寓。史岳申、禄廉臣禀见，会。晴。带家信顺字二号。军署折差带。又挑章京品级三缺。福陵，一缺；昭陵，二缺。

初七日(12 月 20 日) 辰刻，赴礼部恭阅福、昭陵祝板、祭品。毕，回寓。桐友、宝臣先后禀见，均会。午初，赴军署挑缺。领催、马甲、步甲，共四十余缺。申后，散，回寓。托子明、索侍卫、色石友禀见，会。晴，云。

初八日(12 月 21 日) 冬至。辰初，起身。恭诣昭陵监礼。散后，回寓。阴。巳刻，雪。午刻，住厚分许。酉后，徐晴。

初九日(12 月 22 日) 午初，赴内仓监收官庄谷石，较对斛斗。毕，赴金银库兑收银两、绵花。散后，回寓。赓堂、余斋、吉臣先后禀见、拜会，均见。酉初，赴嘉禾堂，会同余斋、捷庭、蕢台、蔼云、竹樵公请海岚、晓峰、树南。戌后，先告辞回寓。浮阴。巳后，晴，微云。

初十日(12 月 23 日) 巳刻，方士毅禀见，号果斋，系丁忧服满候补知县。会。午刻,进署堂齐。散后,回寓。淡阴,时晃。

十一日(12 月 24 日)　辰正,赴大北边门内关帝庙候接直夫。巳后,回寓。午刻,交卸将军印钥并内务府印钥。申刻,直夫拜会,见。晴。未后,阴。桐友夫人来看。

十二日(12 月 25 日)　巳刻,晓峰拜会,见。午后,进署堂齐。散后,拜直夫未会;晓峰,会;树南未会;简南坪、范次典、史岳申,会。送树南银百两,简南坪、范次典、史岳申、怀五桥、奎星垣、禄廉臣银各二十两,供事共银十六两。申后,回寓。阴。巳刻,雪。申后,住厚二寸余,时微风。戌后,晴。差人送文楚香银二十两及褂筒、帽沿、袖头。

十三日(12 月 26 日)　午初,穆远峰禀辞,会。后赴小西边门外关帝庙内候送树南、晓峰,跪请圣安。后回寓。晴,微风,云,甚冷。差人送远峰银三十两。

十四日(12 月 27 日)　午后,进署堂齐。散后,回寓。阴,风。巳后,飞雪花。酉后,住厚分许,旋晴。军署送阅十月二十一日拜发回折。截留撤回滋事官兵审办折,奉旨:"三音巴雅尔等,即着咨提到案,严行讯办。其滋事兵丁,并着审明,从重惩办。钦此。"福陵工程折,未发回。接家信。

十五日(12 月 28 日)　巳、午刻,锐莅堂、托子明先后拜会,均见。晴,冷。

十六日(12 月 29 日)　巳刻,桐友禀见,会。午后,进署堂齐。散后,回寓。晴,云,冷。未后,日出双耳。

十七日(12 月 30 日)　午、未、酉刻,卓逢源、张树臣、吉甫、竹樵、海岚先后拜会,均见。申刻,约朱医生来看脉,服药。晴,冷。

十八日(12 月 31 日)　未进署。因老太太病势较重。未后,约朱乃文来看脉。晴,微云。桐友夫人来看。

十九日(1869 年 1 月 1 日)　未刻,约朱乃文来看脉。润庵兄来看。晴。

二十日(1869 年 1 月 2 日)　午刻,松云、海泉、云樵、凯庭禀见,会。未初，进署堂齐。散后，回寓。晴，云。恩大太太来看。

二十一日(1869年1月3日) 申刻，府衙门送阅十月十九日拜发回折。雨雪粮价折、并无私设铺头行头折，均奉旨："知道了。钦此。"又福陵明楼等处工程折，奉旨："工部知道。钦此。"此折系由将军衙门拜发，归入府尹衙门折内发回。晴。

二十二日(1869年1月4日) 午刻，进署堂齐。后拜发监收官庄谷石完竣折、奏催各省积欠饷银折。散后，回寓。带家信顺字三号。文琪斋来看。晴，云，微风。竹樵处约，辞。

二十三日(1869年1月5日) 申刻，蕡台、睦庵先后拜会，均见。淡阴，时微晃。未后，阴。申后，雪。酉后，住，风。戌刻，复雪。亥刻，晴。雪厚寸许。

二十四日(1869年1月6日) 午初，海泉、凯庭禀见，会。后赴府尹衙门拜发辽阳未定罪名人逃狱折、遵驳覆讯助逆犯妇泰毛氏定拟折、雨雪粮价折。竹樵已先封拜。后进署堂齐。散后，回寓。晴。酉后，微云。

二十五日(1869年1月7日) 申刻，余斋拜会，见。将军衙门送阅初六日拜发回折。奏请陛见折，奉旨："毋庸来见。钦此。"请拨大饷折，奉旨："户部速议具奏。单并发。钦此。"奏补防御等缺折，奉旨："佛尔果春等，均着依拟升补，该部知道。单并发。钦此。"晴，微云。

二十六日(1869年1月8日) 午后，进署堂齐。散后，回寓。申刻，竹樵拜会，见。晴，云。

二十七日(1869年1月9日) 申刻，赴嘉禾堂，同余斋、捷庭、蕡台、蔼云、吉甫、睦庵、竹樵公请直夫。酉后，先辞，回寓。晴，云。午后，风。申后，风息。未刻，桐友夫人来看。写家信顺字四号。

二十八日(1869年1月10日) 卯刻，差武顺折差起身。午后，进署堂齐。散后，回寓。淡阴。午后，晴。带家信及食物。

二十九日(1869年1月11日) 晴，时浓云。午刻，飞雪星。

三十日(1869年1月12日) 午后，进署堂齐。散后，回寓。文琪斋来看。申刻,蔼云拜会,见。淡阴。酉后,晴。

十二月初一日(1869年1月13日)　午刻,将军衙门送阅军机大臣字寄上谕一道、原奏一件。系十一月二十六日有人奏参宁远州知州借差苛派商民,奉旨:"着交查办等因。"未、酉刻,直夫、海岚拜会,均见。晴,云,时日耳。

初二日(1869年1月14日)　未初,赴将军衙门,会同直夫挑内务府缺。领催,一缺。后进署堂齐。散后,回寓。晴,云。

初三日(1869年1月15日)　润庵兄来看。酉刻,绍润轩禀见,会。阴。酉后,晴。戌后,复阴,时晃。子后,风。丑刻,雪。卯后,住。雪厚寸余。

初四日(1869年1月16日)　午后,进署堂齐。散后,回寓。辰后,晴,云,风。

初五日(1869年1月17日)　辰刻,赴大政殿前坐班。散后,赴海岚处拜寿未会。后拜蔼云,会。巳后,回寓。申正,复出门,赴和叔署贺喜未会。其二世兄完姻,送分金二十两。后赴直夫之约,余斋、竹樵、捷庭、蕡台、蔼云、吉甫、睦庵在坐。猜灯谜。戌刻,先辞,回寓。晴,云。又香之妾李氏丑刻身死,因吞洋药。

初六日(1869年1月18日)　午后,进署堂齐。散后,回寓。晴,浮云,时风。申后,飞雪花。酉后,晴。

初七日(1869年1月19日)　晴,时风,老太太病势较重。

同治八年(1869)盛京

同治八年岁在己巳五月二十四日乙未(7月3日)　巳刻,起身回任①。申初,至栅栏店住。松茂如、阿大弟、海叙九来送。时阴时晃。起身时,雨一阵。

二十五日(7月4日)　坐尖。巳刻,起身。至通州渡口,因近日

① 额勒和布丁母忧服满,自京师回任盛京户部侍郎兼奉天府府尹。

雨水太大，内外河连成一道。据水手云，河内只有渡船二只，且有一只渗漏，须连夜修理。明早再请过渡，因车辆较多，并闻箭杆河一带尤不易行，未便勉强，只得回栅栏店落程一日。晴，云。晚间，雨一阵。

二十六日(7月5日) 卯刻，起身。遇张泉初差竣回京，因道路既狭且泞，仅寒暄数语，未得详谈，实深怅惘。至渡口，候至巳刻，始上船，一时余方渡完。茂如等辞回。午后，至龙旺庄尖。未正，起身。行十余里，至箭杆河，河虽不宽，而水甚深，且仅有小船一只往来摆渡，大车又须卸载始渡。是以，又躭延一时余始渡完。酉后，至燕郊住。晴，微云。路间泥潦甚多，极为难走。

二十七日(7月6日) 卯正，起身。巳刻，至枣林尖。未初，起身。差郭什哈执帖拜三河县钱令官印枞。路过草桥河一道。申正二刻，至邦均住。阴。午刻，微雨一阵。未后，复细雨，约半时许，虹见。

二十八日(7月7日) 卯正，起身。行三十里，过阴流河，水虽不宽，因仅有渡船一只，水手又少，躭延一时余始渡完。午刻，至别山尖。未正，起身。酉初二刻，至玉田县东关路北三义店住。店东甚可恶。阴。辰刻，细雨半时许。夜间，雷电，大雨。因店屋渗漏，寅刻即起来。

二十九日(7月8日) 卯后，雨住，西南虹见。辰刻，起身。午刻，至沙流河尖。未正二刻，起身。申正二刻，至丰润县住。店亦不好。因夜间雨大，路极难行。阴。辰后，晴，浮云。早间，差郭什哈执帖拜玉田令廷秋圃。

六月初一日(7月9日) 卯正二刻，起身。差郭什哈执帖拜丰润令彭海峰。巳正二刻，至榛子镇尖。未正二刻，起身。酉正二刻，至新店住。晴，甚热。午后，阴。申后，时细雨，微凉。

初二日(7月10日) 卯正二刻，起身。巳正二刻，至野鸡坨尖，大车午后始到。未初二刻，起身。渡滦河，有渡船二只。又河岔一道。有船一只。行十余里，渡青龙河。均因水大船少，共躭延二时余，亥初始到永平府南关外住。因道路泥淖，深陷大车，于子刻始到，比及睡歇已两点钟矣。晴，云。

初三日(7月11日)　辰正二刻，起身。差郭什哈执帖拜永平守桐子沾、司马唐兰轩、卢龙令黄熙亭。行至距双旺堡五里许，有泥沟一道，既窄且陷，幸人多保护，大、小车辆均无恙。然躭延一时余始过完，及至双旺尖已未初矣。申初二刻，起身。一路登山涉水，加之天气阴凉，亦颇觉爽神。行至距抚宁里许，过洋河一道。水深尺余。戌刻，至抚宁县东关，路北店内住。阴，时微晃。子后，雨连夜。

初四日(7月12日)　阴，雨。辰刻，县内家人及店家云：因官兵过境，此店已站，公馆催促起身，不得已差人执帖拜抚宁令钱小厓，嘱其另站公馆。午后，雨仍未住，只得落程一日。因前院屋内臭虫甚多。申刻，搬于后院屋内住。未后，雨住，微晃，复阴。小厓送果席一桌。

初五日(7月13日)　卯正二刻，起身。因道路泥淖难行，绕越二十余里，午正始至深河尖。早间，晴，云。未刻，大雨一阵。申初，雨住，浮云，起身。酉正二刻，至红花店住。因行李车未到，合衣盹睡片时，寅刻即起来。大车卯刻始到，而衣包诸物多半霖湿，命仆折包抖掠，略微收拾，已巳刻矣。

初六日(7月14日)　巳初，起身。过石河一道。水深尺余。午刻，至山海关，玉昆圃在西关关帝庙内跪请圣安，临榆令同兰岩亦在彼候接，略谈即辞行。拜昆圃、兰岩均投帖。后出关，至红墙子中前所，佐领差弁兵五名接，宁远州知州差捕盗外委带兵接。未正二刻，至老君屯住。晴，云。申后，阴。

初七日(7月15日)　卯正二刻，起身。过凉水河一道。水深尺余。午初二刻，至前屯卫尖。申初三刻，起身。过石河、狗儿河二道。水均深尺余。酉初三刻，至叶家坟住。浓阴。酉刻，飞雨星一阵。路间，中前所路记佐领德海、署中后所巡检江克昌、缉捕骁骑校赵松岚差兵二十名先后来接。

初八日(7月16日)　辰初三刻，起身。过小河二三道。均系沙河,水深数寸。午初三刻,至中后所尖。后所路记佐领额勒精额、缉捕骁骑校赵松岚带兵接,署宁远牧刘松云在所街外候接。松云禀见,会。据禀,道路泥泞,已备行轿,请乘轿行走。辞。额佐领、赵骁政、江巡检均禀安。未初三刻,起身。过六股河水深二尺许,宽十余丈。有水手保护。及小河数道、奇河一道。酉刻,至望海店住。阴。卯刻,雷鸣。辰后,晴。巳后,复阴。午后,晴,云。亥刻,雨一阵约一时许。闻早间中后所大雨一阵。

初九日(7月17日) 卯正,起身。过砂河一道。水深尺余。巳初,至砂河所尖。午正,起身。过女儿河水亦尺余。宁远路记佐领色普铿额、管界佐领李国文、仓官王保仁、学正王铭德、吏目叶荫之均在河沿候接。酉正,至宁远南关公馆住。松云在公馆内候接。色佐领等五员及松云先后禀见,均会。时阴时晴。因大路积潦甚多,绕越行走,约多走十余里。然仍多泥陷处,实不易行。

初十日(7月18日) 辰初,起身。进州城,拜佐领、知州等六员均投帖。后出东门,过小河沟四五道水均不深。松云暨色佐领等均在八里铺庙前候送。路间锦县捕盗营兵来接。至连山西街外,锦令张蔚文候接。午正,至连山公馆尖。蔚文禀见,会。阴。是日,原拟在三义庙住,不意自未刻起雨,至夜半始住。只得即在连山落程半日。连山西街外,地名五里河子,一片泥塘,极为难走,骡马无不疲乏。

十一日(7月19日) 在连山坐尖。巳初,起身。甫行数里,坐车忽陷入泥坑。虽人多牵出,而余之衣帽及车之内外无不泥污。又数里,遂乘马行。午正,至老鹳堡子店内略歇、茶尖。未初,车辆到齐,复坐车行走。酉初,至高桥住。蔚文在公馆候接、禀见,会。浓阴。巳后,徐晴,仍浓云。

十二日(7月20日) 浓阴。辰初,雨。因恐小峰在前途等候,只得冒雨起身。午初,至杏山尖。庆兰圃、张蔚文、徐经历镐、劳司狱守纯均在公馆候接、禀见,均会。雨至未正始住。原拟起身至松山住,因蔚文禀称,前途路太泥泞,且须过砂河二道,恐雨后山水涨发,诸多不妥，无奈又在杏山落程半日。申后，时飞细雨。

十三日(7月21日)　辰初，起身。巳正，至松山尖。蔚文禀见，会。午正，起身。未正，至小凌河过渡。有船一只。蔚文在河沿候送。酉正，至双杨店住。筱峰至公馆跪请圣安。后坐谈一时许，辞行。后蔚文、陈典史天爵禀见，会。署协领、佐领德庆禀安。阴，大雾。午间，微晃，复浓阴，时飞细雨。在双杨店买黄马一匹，价银二十八两。

十四日(7月22日)　卯正二刻，起身。巳初二刻，至大凌河公馆尖。蔚文禀见，会。荐家人贾顺于蔚文。午正二刻，起身。过大凌河。渡船一只，半渡半涉。蔚文送至东河沿，辞回。酉正二刻，至十三山站住。晴，云，微风。

十五日(7月23日)　辰初二刻，起身。巳初二刻，至四台子尖。锦县家人辞回。午正，起身。未正三刻，至闾阳驿住。晴，云。步由差家人禀安，宋升备轿来接。

十六日(7月24日)　卯正三刻，起身乘轿。巳初二刻，至常兴店尖。借坐福源泰杂货铺。午初三刻，起身。未正三刻，至孤家子住。住倒宅。徐步由禀见，会。晴，云。酉刻，落雨点。戌刻，步由禀见，会。据云，唐伯华于五月十九日过世。惜哉！

十七日(7月25日)　阴，时晃。卯正三刻，起身。步由在店候送。午初，至羊肠河尖。大、小车辆午正始到。张树臣差陈把总带勇十名来接。申初，起身。小黑山佐领乌凌阿在店外候接。过羊肠河。水深尺余。行至小黑山街外，雨一阵。新民屯捕盗外委马万宝带兵接。申正二刻，至小黑山住。戌刻，雨一阵。

十八日(7月26日)　辰初，起身。巳初，至胡家窝铺尖。赵聘之在山坡上候接。后在公馆禀见，会。未初，起身。过鹞莺河。水深尺余。行至茶棚庵地方，路遇古子新禀安。立谈片时。申正，至二道境子住。贾溟南官印鸿升禀安，见。谈半时许始辞去。晴。辰后，风，淡阴，日色惨暗，四塞迷离，似土非土，似雾非雾，夜间亦然。

十九日(7月27日)　辰初，起身。巳初，至一半拉门尖。宜敦圃禀见,会。伊由京回省,并接眷属。午初三刻,起身。未正一刻,至大白旗堡。因厅内家人禀称,此间距屯太远,而前途又无宽敞店房,只得即在此住。扎椿园等差郭什哈李义、曾德纯来接。风,阴,霾。未后,微晃,日色赤暗无光。

二十日(7月28日) 在大白旗堡坐尖。巳初,起身。过柳河沟。水深尺余,宽二三丈许。未初三刻,至新民屯住。茅巡检、赵聘之、张树臣先后禀见,均会。直夫差郭什哈探接。淡晴,仍云雾迷漫,后半夜起雨。

二十一日(7月29日) 阴,细雨。在新民屯坐尖。本拟稍霁再行起身,奈天已交午,雨仍淋漓不止。闻星使定于屯内打尖,又恐巨流河水势涨发,只得冒雨起身。拜李心一、户部副郎官,印如柏。聘之、树臣。因天雨路滑,均投帖。差人拜茅巡检。差郭什哈执帖拜接荫方、小渠。行至东街口外,遇荫方、因在泥淖中,彼此拱手而已。小渠。未得招呼。聘之、茅巡检均在街外候送。申后,至巨流河过渡,有船一只。雨始住。酉正一刻,至孤家子住。车辆至亥刻始到齐。天雨路泞,人马无不疲乏。余虽乘轿,腰腿亦摆摇酸疼矣。

二十二日(7月30日) 辰初,起身。因路太泥泞难走,午初二刻始至老边跕公馆尖。舒小岩在店候接、禀见,会。未初一刻,起身。行十余里,张木匠来接。申后,西北浓阴雷鸣,即至麻三家子路北店内暂避。甫入门,雨骤至。约半时微小。因天时已晚,未敢久停,复冒雨起身。行里余,雨始住,虹见,东南仍雷鸣。路更滑泞难走矣。戌正后,始至大石桥住。芷生、小岩在公馆候接、禀见,会。玉宝臣和、王衡甫嘉铨赶到,禀见,会。戌后,晴。大车至子正始到。加之住屋系属饭房,嘈杂聒耳,而炕又极热,彻夜未能睡熟。此次来奉,行路苦楚,备尝之矣!噫!

二十三日(7月31日) 寅后,芷生、小岩及宜吉禀见,均会。卯初,起身。巳初,恭谒昭陵。毕,与润庵兄相见,略谈即辞行。和叔、藕舲诸位在红门外候接。因直夫诸位尚未到齐,顺拜黄寺达喇嘛,会。后赴善缘寺，将军衙门协、佐等官，五部司员，府衙门正佐各官，均在庙内接见。后直夫诸位跪请圣安。后在庙略谈。午刻，进城，回寓。寓所依旧，慈亲何存？哀哉！恸哉！蔼云、瑞臣、芝庵、直夫、海岚先后拜会、禀见，均会，余均禀安。智临侄来看。时阴时晴，风。

二十四日(8月1日)　辰刻，捷庭、余斋、瑞臣先后拜会、禀见，均会。巳刻，起身。恭谒福陵。毕，拜连衡甫，会。申初，回寓。文齐斋来看。晴，云。沐浴。

二十五日(8月2日)　辰、巳刻，祥芝亭、崧秀峰、蒋和叔、谈云浦先后禀见，均会。午正，出门。拜客。芝庵、余斋、賨台、直夫、竹樵，会；恩吉臣、廉瑞臣、兴主事、舒小岩、谈云浦、荣春圃、黄霁塘、朱亮清、崇藕舲、张木匠、满谦斋、焕笔政，均投帖。酉正后，回寓。绍实庵拜会，见。智临侄来看。晴，云。看折底。

二十六日(8月3日)　辰刻，出门。拜客。蔼云、睦庵、海岚，会；恩主事泰、忍庵、捷亭、崇直圃、凯司员肇、乌悦亭、惠笔政格、庆云亭、扎椿园、彭小椿、玉宝臣、文书田、熙睦堂、马慎斋、承佐领安、喀健庵、庆校政善，均投帖。午正，回寓。舒小岩禀见，会。讷雨田来看。未刻，拜发回任日期折。酉刻，出门。拜客。刘楷庭，投帖。后至嘉禾堂，赴直夫、余斋、捷亭、賨台、芝荠、睦庵、竹樵之约。戌后，散。晴，微云。

二十七日(8月4日)　巳刻，芷生、忍庵先后禀见、拜会，均会。午初，进署。恭谒衙神上香。毕，堂期。散后，至府衙门，拜竹樵，会。未刻，回寓。润庵兄来看。画各衙门稿。阴。巳后，细雨。未后，住。

二十八日(8月5日)　辰刻，赴将军衙门，会同拜发官兵过境折、请免店铺日捐折。后回寓。巳刻，和叔、海泉、晋山、芷生、云浦先后禀见，均会。未后，出门拜客。因客太多，记忆不清。申正，赴海岚之约，余斋、竹樵、賨台、蔼云、芝荠、睦庵在坐。子初，散，回寓。晴，云。

二十九日(8月6日)　阴，时微雨时晃。

三十日(8月7日)　辰正，进署堂齐。散后，拜竹樵，会。巳后，回寓。午、未刻，卓逢源、绍静岩先后来拜，均会。未正，出门。拜客。

因雨骤至，顺拜芝莽，值出门未回，只得在其书房暂避。约刻许，雨即住，复拜客。实庵，会；余均投帖。因客多，未能记忆。时阴时晃时雨。夜间，雨一阵。

七月初一日(8月8日) 卯初，起身。恭诣昭陵监礼。散后，看润庵兄留饭。午刻，起身。拜客。广义、蔼云，会；余俱投帖。申初，回寓。芷生、和叔先后禀见，均会。阴，时晃。

初二日(8月9日) 巳初，出门。赴善缘寺，候送蔼云，跪请圣安。午刻，散，进城拜客均投帖。回寓后，射箭。阴。巳后，晴。

初三日(8月10日) 未刻，郭赞臣拜会，见。后出门拜客均投帖。申后，回寓。荣春圃、廉瑞臣、海岚先后禀见、拜会，均会。晴，云。

初四日(8月11日) 辰刻，进署堂期。散后，赴府衙门，会同竹樵过堂。五起五名，翻供一名。午刻，回寓。云浦、和叔、芷生先后禀见，均会。申刻，祥芝庭禀见，会。阴。巳后，时雨。戌后，雨连夜。

初五日(8月12日) 辰刻，和叔、小岩禀见；申刻，云浦禀见，均会。阴，细雨。辰后，雨住。巳后，时晃。

初六日(8月13日) 辰刻，进署堂期。散后，赴府衙门，会同竹樵过堂五起五名。午刻，回寓。申刻，小岩、香岩、芷轩禀见，会。后赴府衙门，会同竹樵拜发府幕被控折。散后，拜客。利胜公、长兴吉，均投帖。酉后，回寓。晴，云。

初七日(8月14日) 申刻，出门拜客均投帖。酉刻，回寓。吉臣、和叔、瑞臣先后禀见，均会。晴，云。酉后，阴，雷鸣，时雨时住。戌后，大雷电，雨。亥后，始住。

初八日(8月15日) 辰刻，进署堂齐。散后，拜客。芝莽，会；余均投帖。巳后，回寓。未后，绍润轩禀见，会。阴，时微晃。申后，微风，大雷雨。

初九日(8月16日) 午后，牟子厚禀见；申后，芷生禀见，均会。晴，微云。以上二日，均日后记。

初十日(8月17日)　辰刻,芷生、小岩、芝亭先后禀见,均会。后进署堂齐。散后,拜竹樵,会。巳后,回寓。未后,齐斋来看。申刻,藕舲禀见,会。晴,浮云。

十一日(8月18日)　辰正,起身。恭赴祖茔,同润庵兄、智临侄祭奠。申正,回寓。兰舫禀见,会。晴,云。

十二日(8月19日)　卯初,出门。拜竹樵,会同赴大清门外叩贺慈安皇太后万寿节禧。礼毕,坐班。散后,进署堂齐。散后,赴余斋寓贺寿未会。辰正,回寓。午刻,玉宝臣禀见,会。晴,云。

十三日(8月20日)　午刻,吉臣禀见,会。未刻,雷鸣,细雨一阵。

十四日(8月21日)　辰、巳刻,余斋、竹樵先后拜会,均见。阴。午后,雷,雨。申后,住,晃。戌后,复阴。

十五日(8月22日)　辰刻,和叔、小岩禀见,会。阴。巳后,雨。未后,住,晃。

十六日(8月23日)　未刻,睦庵拜会,见。申刻,赴将军衙门,会同直夫、竹樵拜发拏获盗犯请仍照旧章办理折。后同竹樵赴直夫之约。亥刻,散。阴。卯刻,大风,雷鸣。午刻,雨。未后,微住,复雨。戌后,住。

十七日(8月24日)　午刻,恩主事泰禀见,会。晴,云。

十八日(8月25日)　辰初,进署堂齐。散后,回寓。申刻,直夫拜会,见。时阴时晃。酉刻,虹见。亥后,雨一阵。

十九日(8月26日)　午后,和叔禀见,会。军署送阅六月二十三日拜发贺折,及二十八日拜发官兵过境折、请免店铺日厘捐折,均奉旨:"知道了。钦此。"时阴时晃。戌后,雷鸣,雨一阵。

二十日(8月27日)　辰刻,奉到六月二十六日拜发回任折,奉旨:"知道了。钦此。"辰正,进署堂齐。散后,回寓。和叔、小岩禀见,会。未正,出门拜客。芝荐、直夫,均会。晴,云。戌后,阴,雷,雨一阵。

二十一日(8月28日)　未刻,实庵拜会,见。晴,云。

二十二日(8月29日) 辰初，进署堂齐。散后，赴府衙门，会同直夫、竹樵拜发查无蝻子化生折、雨水粮价折、并无私设铺头行头折、改归驿递折、请留从九品周榕片。后同竹樵过堂七起七名口。巳正后，回寓。差马俊赍折进京。赍回银二十两，二号信一封。申、酉刻，小岩、敦圃、芷轩先后禀见，均会。阴。辰后、巳后，微住，复细雨。戌后，大雷电、雨。夜半始住。

二十三日(8月30日) 未、申刻，海岚、芝莽先后拜会，均见。晴，微云。

二十四日(8月31日) 辰刻，进署堂齐。散后，拜捷亭未会。后回寓。申刻，牟子厚禀见，会。晴，微云。

二十五日(9月1日) 巳刻，治粮承口禀见，会。晴。申后，北面雷鸣。酉后，阴，细雨一阵。

二十六日(9月2日) 辰刻，进署堂齐。散后，回寓。忍庵拜会，见。未刻，芷轩禀见，会。晴，云。

二十七日(9月3日) 阴。卯刻，雷鸣，雨。午后，住。未刻，赴将军衙门，会拜武英殿失火请安折、覆查边外情形拟请试办折、拏获在逃太监请交慎刑司审办折。后回寓。申后，徐晴，仍浓云。戌后，复细雨。

二十八日(9月4日) 辰刻，进署堂齐。散后，拜直夫，补贺寿。会。后回寓。申刻，讷雨田来看。阴，时晃。

二十九日(9月5日) 辰刻，敦圃、芷轩禀见，会。后直夫拜会，见。晴，微云。

八月初一日(9月6日) 辰刻，和叔、小岩禀见，会。未后，出门。拜海岚、睦庵，均会。酉刻，回寓。阴，时晃。酉后，晴，云。

初二日(9月7日) 卯刻，进署恭祭衙神。毕，堂齐。散后，拜雨田、竹樵，均会；龚荣斋、刘石君投帖。二人均小监修。后回寓。阴。巳后，雷鸣，雨一阵。午后，时晃。酉后，复雷鸣，大雨一阵。亥后，复细雨。

初三日(9月8日)　晴,云。

初四日(9月9日)　辰刻,进署堂齐。散后,回寓。晴,云。

初五日(9月10日)　辰刻,和叔、小岩禀见,会。晴,微云。

初六日(9月11日)　辰刻,进署堂齐。散后,回寓。午、未、申刻,聘之、雨田、海岚先后禀见、拜会,均会。阴。辰后,晴,云。

初七日(9月12日)　卯后,雷,雨一大阵。辰后,徐晴。酉刻,郝兰舫差家人(欣)〔诉〕称,伊主人接得家信,内云:萧竹园已于六月二十间去世云。噫!事之不顺可谓极矣!半年之间,二西席相继去世。且又香、竹园学虽中平,品均稳当,诚为可惜。将来再约朋友,又不知何如也。咳!

初八日(9月13日)　辰刻,进署堂齐。散后,拜雨田,会;聘之,投帖。后回寓,聘之、小岩先后禀见,均会。晴,云。将军衙门送阅,会拜拏获盗犯请仍照旧章办理折,奉旨:"另有旨。钦此。"

初九日(9月14日)　巳、午刻,捷亭、竹樵先后拜会,均见。未正后,始吃饭。酉刻,军署送阅七月二十七日会拜边务回折,奉寄谕一道。阴,时细雨。

初十日(9月15日)　辰刻,进署堂齐。散后,拜竹樵,会。奉到七月初六日拜发府幕被控折,奉旨:"着交盛京刑部审办。钦此。"巳后,回寓。阴,时细雨。恩二太太来看。亥后,雨。

十一日(9月16日)　午刻,小岩禀见,会。阴,时细雨时微晃。

十二日(9月17日)　辰刻,进署堂齐。散后,赴军署,同直夫挑内务府甲缺共六缺。散后,拜雨田未会。后回寓。晴。

十三日(9月18日)　未刻,出门。拜直夫、賫台,均会。申后,回寓。晴,云。

十四日(9月19日)　辰刻,赴府衙门,会同竹樵过堂。三起四名口,一名翻供,交局严审。散后,拜睦庵,会。午刻,回寓。未刻,余斋拜会,见。阴,微雨。辰后,晃,徐晴。申刻,奉到寄谕一道。系吉军请拨冬围款项由。

十五日(9月20日) 阴,雨。戌后,住,徐晴。

十六日(9月21日) 阴。巳后,徐晴,云。申刻,董经历回事,见。

十七日(9月22日) 巳刻,小岩禀见;未、申、酉刻,竹樵、睦庵、蕢台先后拜会,均见。晴。

十八日(9月23日) 巳刻,和叔禀见,会。午刻,进署堂齐。散后,回寓。申初,赴嘉禾堂,同直夫、余斋、捷亭、蕢台、芝荞、竹樵公邀睦庵。亥刻,散。阴,微雨。巳后,徐晴,云。

十九日(9月24日) 申正,赴府衙门,会同竹樵拜发附驿具奏"贼匪窜入凤界,岫判路遇受伤被困,因闻调兵,业已逃散"折。散后,回寓。晴,云。

二十日(9月25日) 辰刻,小岩禀见,会。文齐斋来看。午刻,进署堂齐。散后,拜睦庵、海岚,均会。酉初,回寓。晴,云。

二十一日(9月26日) 阴,时细雨。

二十二日(9月27日) 巳刻,恩主事泰禀见,会。午刻,进署堂齐。散后,拜竹樵,会。未后,回寓。酉刻,陈汝霖禀见,会。送郑梯庵信。晴,云。

二十三日(9月28日) 晴,云。未正后,阴,微风,雨一阵,旋晃,徐晴,云。

二十四日(9月29日) 巳刻,新补海城令易省吾官印继曾禀见,会。午刻,进署堂齐。散后,赴府衙门,会同竹樵拜发雨水粮价折、京控销案折、调补金州同知折、升补义州知州折。后回寓。申刻,山东解饷委员卢秉诚及杜芷轩、宜敦圃先后禀见,均会。戌刻,折差马俊回寓,奉到七月二十二日拜发回折。查无蝻子化生折、雨水粮价折、并无私设铺头行头折,均奉旨:"知道了。钦此。"紧要公文请改归驿递折,奉旨:"着照所请,该部知道。钦此。"请留从九品周榕片,奉旨:"吏部议奏。钦此。"接二号家信。晴,云。

二十五日(9月30日) 巳刻,和叔、小岩禀见;申刻,马慎斋禀见,均会。晴,风,微云。

二十六日(10月1日)　午刻,进署堂齐。散后,赴府衙门,会同竹樵过堂。四起四名,一名翻供。后赴蕡台之邀,余斋、海岚、竹樵、芝莽、睦庵在坐。亥初,散。晴,风,微云。

二十七日(10月2日)　申刻,连衡甫拜会,见。晴,风。

二十八日(10月3日)　午刻,进署堂齐。散后,回寓。申刻,出门。赴睦庵之邀,余斋、竹樵、捷亭、蕡台、芝莽在坐。亥初,散。晴,风,微云。亥后,时微雨。

二十九日(10月4日)　申刻,直隶解差委员候补知县郝钟麟、候补典史张政维均奉天人禀见,会。晴,风,微云。晚间,忽患腹泻,致夜间未得安眠。

九月初一日(10月5日)　晴,因感冒腹泻,未出门,亦未会客。

初二日(10月6日)　因感冒未清,未出门,亦未会客。

初三日(10月7日)　巳、未刻,捷亭、竹樵先后拜会,均见。晴,微风,云。午刻,奕大太太来看。申初,始吃早饭。

初四日(10月8日)　午刻,进署堂齐。散后,拜易省吾投帖。未正后,回寓。晴。外郎得志在署具禀。

初五日(10月9日)　巳刻,和叔、小岩禀见,会。和叔荐书启张象九。午后,吉臣来见。阴。申后,细雨。

初六日(10月10日)　午刻,进署堂齐。散后,回寓。申刻,瑞臣、春轩先后禀见、拜会,均见。晴,风,微云。

初七日(10月11日)　辰初,出门。拜春轩、竹樵,均会。后赴善缘寺候送春轩,跪请圣安。散后,回寓。未初,赴将军衙门,会拜日厘捐数折、捐收盐厘数目折。散后,回寓。润庵兄来看。晴,微云。

初八日(10月12日)　巳刻,省吾、晋山先后禀见,均会。午正,进署堂齐。散后,回寓。东山刘掌柜来看。阴,微风。申后,细雨。酉后,住。

初九日(10月13日)　午刻,广和尚义来拜。阴,雾。午后,徐晴。

初十日(10月14日) 巳刻,和叔、小岩禀见,会。午后,进署堂齐。散后,拜竹樵,会。申初,回寓。阴。午刻,微雨,雷鸣。午正后,住,徐晴,云。约竹樵之令嫒及其孙、世兄吃饭。

十一日(10月15日) 未刻,出门。拜直夫、蕢台,均会。申后,回寓。晴,云。

十二日(10月16日) 午刻,进署堂齐。散后,回寓。吉臣禀见,会。晴,云。

十三日(10月17日) 巳后,出门。赴太清宫,与直夫会齐,率同随员等赴西教场点验军器。未初,回寓。晴,云。午后,风。

十四日(10月18日) 午后,进署堂齐。补放粮储司书吏宋佩玉。散后,赴府衙门,会同竹樵过堂六起六名。散后,回寓。直隶解饷委员候补知县张令官印瑛,承德县人。禀见,会。阴,时晃,微风,凉。酉后,微雨。

十五日(10月19日) 巳刻,和叔、小岩禀见,会。未刻,出门。拜睦庵,会;张委员,投帖。申正,回寓。云,时晴。戌后,阴,细雨连夜。

十六日(10月20日) 阴,雨。未后,雪,风。酉后,微住。戌后,复雪,连夜。

十七日(10月21日) 阴,风,雪,时大时小时微住,复连夜。

十八日(10月22日) 午后,进署堂齐。散后,拜竹樵,会。申刻,回寓。阴,细雨。午刻,住。申后,徐晴。

十九日(10月23日) 未、申、酉刻,直隶委员郝钟麟、张政维及吉臣、海岚先后禀见、拜会,均会。晴,微云。

二十日(10月24日) 巳刻,和叔禀见,会。午正,进署堂齐。散后,拜竹樵,会。申初,回寓。晴。

二十一日(10月25日) 辰正,赴内务府,同直夫点验内务府军器。散后,回寓。未、申刻,瑞臣、兰舫先后禀见,均会。晴,风,云。

二十二日(10月26日)　午刻,进署堂齐。散后,回寓。睦庵来拜,会。晴,微风,云。

二十三日(10月27日)　午初,赴将军衙门,会同拜发恭贺慈禧皇太后万寿折表,及点验军器完竣折、京控案件请添派大员会讯折。散后,回寓。晴。

二十四日(10月28日)　巳刻,李佐领官印天恩、和叔先后禀见,均会。午刻,进署堂齐。散后,拜直夫、竹樵,均会。申后,回寓。晴。

二十五日(10月29日)　巳、未、酉刻,和叔、小岩、竹樵、松云禀见、拜会,均会。晴。

二十六日(10月30日)　午刻,直夫拜会,见。后进署堂齐。散后,赴府衙门,会同竹樵拜发雨水粮价折。毕,过堂三起三名。申后,回寓。晴,云。戌后,微雨。

二十七日(10月31日)　巳刻,和叔禀见,会。晴。

二十八日(11月1日)　卯刻,差折差李奇、来成起身。午刻,进署堂齐。散后,赴将军衙门,会同拜发"牛庄、广宁等处灾歉,请分别抚恤、缓征"折。后赴兵部拣选驿站副监督,会。掣工部员外郎达林。散后,拜芝莽,未会。申后,回寓。瑞臣禀见;酉刻,小岩禀见,均会。晴。

二十九日(11月2日)　辰刻,起身。赴祖茔,同润庵兄、智临侄上祭。未正,起身进城。申正,回寓。少歇,复出门。赴芝莽之约,余斋、竹樵、蕢台、睦庵在坐。戌刻,散。晴,微风。戌后,北面阴,闪,风。夜间,微雪。日间,甚暖。

三十日(11月3日)　未刻,古子新禀见,会。阴,冷。

十月初一日(11月4日)　巳刻,和叔、小岩禀见;申刻,芝莽拜会,均会。晴。

初二日(11月5日)　午刻,赴将军衙门,会掣叆阳边门章京缺。掣工部员外郎富亮。散后,拜古子新投帖。后回寓。申刻,约直夫、余斋、竹樵、海岚、捷庭、蕢台、芝莽、睦庵吃饭。亥正,散。晴。

初三日(11月6日) 未刻,张树臣禀见,会。申刻,约子畴、子新、和叔、松云、藕舲、小岩吃饭。戌正,散。晴。

初四日(11月7日) 午刻,进署堂齐。散后,拜树臣、海岚、睦庵,均会。晴,云。

初五日(11月8日) 申刻,润轩禀见,会。后出门,赴余斋之约,竹樵、海岚、蕢台、芝莽、睦庵在坐。亥初,散。晴。府署送阅八月二十四日拜发回折。调补金州同知折、升补义州知州折,均奉旨:“吏部议奏。钦此。”雨水粮价折,奉旨:“知道了。钦此。”京控销案折,奉旨:“刑部议奏。钦此。”

初六日(11月9日) 午刻,进署堂齐。散后,拜实庵、芗岩、小岩、子畴均投帖;蕢台,会。后同赴嘉禾堂,会同余斋、捷亭、芝莽、睦庵、竹樵公请直夫。亥初,散。晴。

初七日(11月10日) 巳后,阴。酉后,晴。丑后,阴,雪厚寸许,旋晴,云。

初八日(11月11日) 午刻,进署堂齐。散后,拜竹樵,会。后回寓少歇。申初,复出门,拜阿防守尉投帖。后赴海岚之约,余斋、蕢台、芝莽先散,睦庵在座。亥刻,散。晴,云。

初九日(11月12日) 午、未刻,和叔、小岩、芷生先后禀见,均会。淡阴,时晃。酉后,晴。

初十日(11月13日) 辰初,赴大清门外行礼。毕,坐班。散后,回寓。和叔、小岩、章凤翔先后禀见,均会。午刻,进署堂齐。散后,拜张芷生、延静山均投帖。后回寓。晴,微云。戌刻,月晕双珥,珥内复套一晕。

十一日(11月14日) 未刻,出门。拜集竹坡、海岚,会。酉初,回寓。晴,云。

十二日(11月15日) 午刻,润轩禀见,会。未刻,进署堂齐。散后,回寓。酉刻,杨子畴到馆。阴,时微晃。午、申刻,飞雪花。酉后,晴。

十三日(11月16日)　巳、午刻,小岩、芷生先后禀见;未刻,直夫拜会;申刻,润轩、玉峰禀见,均会。晴,云。

十四日(11月17日)　巳刻,松云禀见,会。午后,赴府衙门,会同竹樵过堂四起五名口。散后,回寓。阴。辰后,细雨。夜间,住。

十五日(11月18日)　巳刻,和叔、小岩、芷生禀见,会。午后,出门。拜直夫,未会。后回寓。阴。巳后,雪,风。夜间,住。接管内务府印钥。

十六日(11月19日)　辰初,赴将军衙门,会拜请拨大饷折、奏补边门章京折。后赴大北边门庙内,候送直夫行围起身。后睦庵约同余斋、竹樵、蕢台、芝莽赴兵部寓便饭。午后,进署堂齐。散后,回寓。晴,云。

十七日(11月20日)　申刻,军署送阅九月二十八日会拜回折。广宁等处灾歉折,奉旨:"知道了。钦此。"晴。

十八日(11月21日)　午刻,进署堂齐。散后,回寓。润轩禀见,会。晴。

十九日(11月22日)　奉到九月二十三日拜发回折。京控案件请添派大员折,奉旨:"着派瑞联会同审讯。钦此。"晴,微云。

二十日(11月23日)　巳刻,和叔、小岩禀见,会。午刻,进署堂齐。散后,赴府衙门,会拜雨雪粮价折、查无私设铺头行头折、募勇经费请作正报销折。申刻,回寓。晴,微云。

二十一日(11月24日)　巳、未、申刻,松云、芷生、新授金银库掌关防郎中隆瑞、实庵先后禀见、拜会,均见。晴,微风,暖。

二十二日(11月25日)　巳刻,松云、省吾先后禀见,会。午后,进署堂齐。散后,回寓少歇。申初,出门。赴余斋之约,海岚、实庵、睦庵在坐。亥正,散。晴。

二十三日(11月26日)　晴。

二十四日(11月27日)　午后,进署堂齐。散后,赴府衙门,会同竹樵过堂。五起五名,翻供一名。后回寓。瑞臣禀见,会。时阴时晃。

二十五日(11 月 28 日) 巳刻,和叔、小岩禀见;未刻,余斋拜会,均见。阴,风。申后,徐晴。

二十六日(11 月 29 日) 午刻,进署堂齐。散后,拜蕡台,会。后回寓。晴。

二十七日(11 月 30 日) 阴,微风,时晃。未刻,雪。申后,住,徐晴。雪厚寸余。

二十八日(12 月 1 日) 巳刻,松云禀见,会。午后,进署堂齐。散后,回寓。晴,云,微风。伊生上工,系润庵兄荐。

二十九日(12 月 2 日) 阴。雪,午后住厚寸尺许。未后,徐晴。

十一月初一日(12 月 3 日) 卯正,起身。恭赴昭陵监礼。毕,至润庵兄寓看视。饭后,家人驰禀,绵大人于申刻进城,遂赴善缘寺候接佩卿,跪请圣安。散后,回寓。至府已酉初矣。晴,甚冷。

初二日(12 月 4 日) 巳刻,福乾修禀见;午刻,海岚拜会,均见。未正,进署堂齐。散后,赴府衙门,会同竹樵过堂六起九名口。申后,回寓。李祺、来成回府,奉到九月二十六日拜发回折。雨水粮价折,奉旨:"知道了。钦此。"接三号家信。晴,甚冷。

初三日(12 月 5 日) 巳刻,耕畲禀见;未刻,佩卿拜会,均见。申刻,出门拜佩卿,未会。后回寓。晴,甚冷。

初四日(12 月 6 日) 申刻,润庵兄来看。晴,甚冷。因车无暇,未进署。

初五日(12 月 7 日) 巳刻,和叔禀见,会。晴,甚冷。

初六日(12 月 8 日) 午刻,进署堂齐。散后,拜乾修、耕畲,均投帖。余斋、芝莽,均会。申后,回寓。晴,甚冷。

初七日(12 月 9 日) 辰正,赴小东关灶君庙,候接直夫。散后,拜霁塘,未会。午初,回寓。申初,赴将军衙门,会拜长至贺表。散后,拜直夫,会。申正后,始回寓。晴,冷。

初八日(12 月 10 日) 巳刻,子新、芷生禀见,会。午后,进署堂齐。散后,赴府衙门,会同竹樵过堂二起二名。申初,回寓。文齐斋、恩吉臣、卓逢源先后禀见、拜会,均会。申正,赴佩卿寓接三。其夫人故。酉后,回寓。晴,冷。初七日,奉到十月十六日拜发请拨大饷回折并清单,奉旨:"户部速议具奏,单并发。钦此。"

初九日(12月11日)　未、申刻,直夫、余斋拜会,均见。晴。酉刻,刘晋山禀见,会。

初十日(12月12日)　巳、午刻,和叔、小岩、松云先后禀见、禀辞,均会。午正,进署堂齐。散后,拜竹樵,会;松云,投帖。未正,回寓。吉臣、芝荞、子新、芷生先后拜会、禀见,均会。比及客散,已近酉正矣。晴,微风,云。

十一日(12月13日)　未后,新选刑部员外郎舒芝田官印龄,系蓝田胞兄。禀见,会。申刻,赴佩卿寓吊祭。送银百两。申正后,回寓。晴。午前,云。辰刻,飞雪花。

十二日(12月14日)　巳正,赴佩卿寓送殡。起杠后,及先行至宝灵寺等候。未后,杠始到。俟停放毕,即起身进城。比及回寓,已申初三刻余矣。晴。

十三日(12月15日)　午、未、申刻,贾溟南、恩竹樵、廉瑞臣先后拜会、禀见,均会。晴。

十四日(12月16日)　午刻,海岚拜会,见。甫辞行,睦庵拜会,见。谈至申后始散,是以未能进署。晴,云。

十五日(12月17日)　卯正,起身。恭赴福陵监礼。散后,拜连衡甫,会。略谈,至关家店点心。午正,回寓。霁塘、芝荞、余斋、小岩先后拜会、禀见,均会。酉后,客始散。晴。

十六日(12月18日)　巳初,直夫拜会,见。巳正一刻,起身。户部内务府各司员、府衙门印佐各官,均在小东关外老龙口烧锅前候送。午正二刻,至关家店茶尖。连衡甫来谈。未初一刻,起身。申初三刻,至兴隆店,路北广顺店公馆住承备。云。巳后,晴。

十七日(12月19日)　辰初,起身。巳初二刻,至抚顺,路北日新店尖自备。抚顺掌路记防尉英祥、防御尚阿泰、庆麟、富科精阿等四员在店内候接、送。午初二刻，起身。酉初，至营盘，路北延庆店住自备。晴。

十八日(12月20日)　卯正三刻，起身。午初二刻，至上夹河，路北福兴店尖自备。未初，起身。过马尔墩岭。路极滑澾难行。酉初一刻，始至木奇，路西和盛店住自备。荣春甫在店候接、禀见，会。晴。夜间，微雪。

十九日(12月21日)　辰正，起身。过木奇、杨祭台二岭。路滑难走。至夏园地方，新尉瑞、荣协领惠、荣令昌、得外郎祥均在庙前候接。总管关防等均差人接。午正，至兴京仓公所住。得外郎在仓候接。新尉、荣令先后禀见，均会。后恭谒永陵。毕，恭阅祝版，验看供帛。后回仓，常总管存、诺关防穆洪阿及翼长、副关防等五员禀见，会。散后，始吃早饭仓上备。晴，云。辰、申刻，飞雪花。申刻，富有花店刘掌柜来看。送鹿尾二盘。

二十日(12月22日)　寅正三刻，恭赴永陵监礼。散后，回仓坐尖。巳初三刻，起身。拜新尉、荣协领、诺关防、刘掌柜、常总管、荣令均投帖。荣春甫在夏园庙前候送。未初，至木奇，天义德烧锅住。因前途路滑，且天时已晚，恐前无可住之店，而厅中已备便饭。未便太拘，只好即在此住。烧锅地方甚大，掌柜吴姓，系辽阳州人。晴。

二十一日(12月23日)　辰初一刻，起身。午初一刻，至上夹河尖自备。未初，起身。酉初，至萨尔浒广兴涌烧锅住。廉清借，掌柜张姓，山西榆次人。晴。

二十二日(12月24日)　辰初二刻，起身。午正二刻，至抚顺尖自备。掌记防御英祥等四员在店候接、送。未正二刻，起身。申正二刻，至兴隆店住承备。小岩在店候接、禀见，会。云。午刻，大风。未后，雪，风微息。申后，雪住约厚寸许。夜间，下树挂。

二十三日(12月25日)　辰正，起身。小岩在店候送。午正至小东关，户部及内务府各司员、府衙门正佐各官，均在老龙口烧锅前候接。午正一刻余,回寓。各官均禀安,瑞臣、蕡台先后禀见、拜会,均见。晴。

二十四日(12月26日)　午刻,进署堂齐。散后,拜竹樵、直夫、蕡台,均会;扎司员拉丰阿、福司员兴、舒司员龄、隆关防瑞,均投帖。酉后,回寓。晴。

二十五日(12月27日)　辰、巳、午、未刻,文齐斋、和叔、小岩、晋山、椿园、集竹坡先后拜会、禀见,均会。未正,出门。拜睦庵、海岚、佩卿,均会;椿园,投帖。酉初,回寓。晴,微风,云。

二十六日(12月28日)　巳刻,余经历送阅十月二十日拜发回折。雨雪粮价折、并无铺头行头折,均奉旨:"知道了。钦此。"募勇经费请作正报销折,奉旨:"该部议奏。钦此。"午刻,润轩、小岩先后禀见,均会。午后,进署堂齐。散后,赴府衙门,会同竹樵过堂五起五名。散后,拜余斋,会;芝荞,未会。申后,回寓。阿关防、熙司库禀见,会。晴。接家信。

二十七日(12月29日)　午、未刻,佩卿、静岩及新选刑部主事启颖之印秀,有崇佩如信。先后拜会、禀见,均会。申初,赴嘉禾堂公请佩卿。戌后,散,回寓。写六号家信,并收拾应酬信,至丑正始歇。晴。

二十八日(12月30日)　辰刻,差长泰、吉祥赍折起身。系二十六日拜发之雨雪粮价折。带家信。午正,进署堂齐。散后,拜捷庭、魁元,均未会。未后,回寓。申、酉刻,瑞臣、和叔先后禀见,会。晴,微云。

二十九日(12月31日)　未刻,小岩禀见,会。晴。夜间,微雪不及寸。

三十日(1870年1月1日)　午刻,进署堂齐。未刻,赴军署,会拜暂缓查勘边地折。后回寓。阴,时微晃。午后,飞雪花。巳刻,武顺回寓,寄到五号家信一封。

十二月初一日(1870年1月2日)　卯刻,微雪不及寸。辰后,大风,淡阴。

初二日(1870年1月3日) 午刻,进署堂齐。散后,拜竹樵,会;霁塘,未会。晴,云,冷。

初三日(1870年1月4日) 晴,微云。午后,日出双耳。冷。

初四日(1870年1月5日) 午刻,载欣甫禀见,会。后进署堂齐。散后,拜霁塘、亮清,会。申后,回寓。晴,微风,极冷。

初五日(1870年1月6日) 未刻,海岚拜会,见。申刻,赴嘉禾堂消寒第一会睦庵东。戌初,散。晴。

初六日(1870年1月7日) 午刻,进署堂齐。散后,拜载欣甫。已起身进京。未后,回寓。晴。

初七日(1870年1月8日) 午刻,罗沃亭拜会,见。申初,出门。拜海岚、佩卿,均会。酉后,回寓。晴。

初八日(1870年1月9日) 未刻,霁塘、亮清拜会,见。晴,微云,风。因忌日,未出门。是日,军署会拜元旦贺折、保护永陵陌岸折、查无私挖矿厂折、锦州用过缉捕经费折、灾歉地方明春不致拮据折、殉难绅民妇女请恤折,及遵保循吏折、讯明辽阳脱逃狱犯折。

初九日(1870年1月10日) 申刻,廉瑞臣禀见,会。阴。酉后,风。

初十日(1870年1月11日) 巳、午刻,海岚、和叔、齐斋先后拜会、禀见,均会。午刻,进署堂齐。散后,回寓。申后,瑞臣呈看折底,会。晴,微云,冷。

十一日(1870年1月12日) 午刻,沃亭、阿司官良先后拜会、禀见,均会。阿司官告帮。未初,进署京察,过堂。司员一等,扎拉杭阿、恩庆;笔帖式一等,玉和、奎瀛。散后,拜穆司员特布、启颖之均投帖;蕢台、齐斋,均会。申正,回寓。云,风,甚冷。

十二日(1870年1月13日) 午初,进署折封,后堂齐。散后,赴将军衙门,会同直夫挑内务府缺。执事人、马甲各一缺。后赴府衙门,同竹樵挑补海城县外委。毕,同睦庵、竹樵过堂。系潘兴奎案,共四名口。申后,回寓。晴。

十三日(1870年1月14日)　未刻,赴府衙门拜发雨雪粮价折、学政考试无弊折。后消寒二聚自东。戌刻,散,回寓。写七号信。晴。

十四日(1870年1月15日)　辰正,赴军署,会拜并无寻常演戏折、查明锦属并无未报荒地折、年终未完案件折军、户、刑共三件,并请假折。散后,回寓。小岩禀见,会。午正,出门。赴兵部,京察大过堂。未后,散,回寓。申刻,瑞臣禀见,会。晴。未后,阴。

十五日(1870年1月16日)　巳刻,和叔禀见,会。写八号信,收拾应酬信共二百零八封。风,浮云。未后,飞雪花,冷。

十六日(1870年1月17日)　巳初,赴府衙门,会拜编查保甲折、决过盗贼名数折、兵车饭食援案报销折。带家信三布包,银票百两。后同竹樵过堂五起十一名。散后,回寓。午刻,进署堂齐。散后,回寓。亥初,月食,赴府衙门救护。竹樵备东。子正三刻,复圆。丑初,回寓。晴,微云,冷。戌刻,月出双耳。

十七日(1870年1月18日)　未刻,宝臣禀见,会。申刻,出门。拜恩佐领锡。后赴佩卿之约,直夫、余斋、竹樵、捷亭、蕡台、芝荠、睦庵均在座。戌正,散。晴,微云。

十八日(1870年1月19日)　巳刻,俞承卿禀见,会。午正,赴将军衙门,会同拣补觉罗学满教习。后进署堂齐。散后,拜罗沃亭,未会。后回寓。晴。

十九日(1870年1月20日)　午刻,小岩禀见,会。未正,出门。拜海岚,会。后赴嘉禾堂消寒三集蕡台东。戌初,散,回寓。晴。县内禀称,蒋和叔于未刻去世。噫!和叔为人性少刚愎,而吏治熟习,公务勤奋,不避嫌怨,为奉省得力之员。一朝去世,又少一办事人矣。哀哉!

二十日(1870年1月21日)　午刻,赴军署,会同直夫、捷亭、竹樵过堂。岫岩互禀案,因阿勒精阿心不(输服)〔服输〕,商酌谕委员调查案卷。后进署堂齐。散后,拜竹樵,会。后赴治中署吊丧。申后,回寓。晴,微云。

二十一日(1870年1月22日) 午刻,进署堂齐,后封印。毕,拜庙。散后,回寓。余斋、芝莽拜会,见。晴,微风,云,冷。

二十二日(1870年1月23日) 未刻,出门拜客。佩卿、睦庵,会;衡甫、椿园、宝臣、海岚、霁塘、恩主事,均未会。酉刻,回寓。晴,冷。

二十三日(1870年1月24日) 巳刻,藕舲禀见,会。未正,出门拜客。余斋、蕢台,会;芝庵、瑞臣、吉臣、润轩、溟南、小岩、藕舲、兰舫、省吾、教授、府经、捕厅,均未会。晴,云。辰刻,雪厚不及寸。

二十四日(1870年1月25日) 午后,赴府衙门,会同竹樵过堂三起四名口。后拜亮清,会。申后,回寓,请客。余斋、竹樵、海岚、蕢台、芝莽、睦庵到;佩卿辞。亥后,散。晴。申后,瑞臣禀见,会。

二十五日(1870年1月26日) 巳刻,起身。恭赴祖茔,同润庵兄、智临侄上祭。申正,回寓。晴,云。

二十六日(1870年1月27日) 午刻,施芳亭拜会,见。申刻,小岩、兰舫先后禀见,会。酉刻,长泰回奉,接到冬月二十六日拜发回折。雨水粮价折,奉旨:“知道了。钦此。”云,飞细雪似树挂。巳后,晴。

二十七日(1870年1月28日) 未刻,出门。赴润庵兄寓看视。酉初,回寓。军署送阅初八日会拜回折。保护陌岸折、并无私挖矿洞折、锦属捕盗经费折、歉区明春不致拮掘折,均奉旨:“知道了。钦此。”请恤折,奉旨:“李遇春等,均着分别旌恤。单并发。钦此。”晴,微云。

二十八日(1870年1月29日) 巳刻,余经历送阅初八日拜发回折。遵保循吏折,奉旨:“庆爱着送部引见。钦此。”讯明辽阳踈脱监犯折,奉旨:“该部议奏。钦此。”申刻,奉到军机处五百里寄谕一道。系黑军请拨整装,俟豫省解到,即行给领等因。阴。午后雪,申后住约二寸许。徐晴。

二十九日(1870年1月30日) 酉刻,瑞臣禀见,会。晴。

同治九年(1870)盛京　京师　盛京

同治九年岁次庚午正月初一日丁卯(1月31日)　辰初,进署,衙神祠上香。毕,恭赴龙王庙上香。礼毕,回寓。未刻,睦庵、余斋、芝荈陆续来拜,均会。晴,云。酉刻,雪。戌初,住,徐晴。

初二日(2月1日)　晴,云。戌后,阴。

初三日(2月2日)　未后,奉到十二月十四日拜发回折。请假折,奉旨:"另有旨。钦此。"未完案件折,奉旨:"知道了。钦此。"接七号家信。申刻,小岩禀见,会。酉初,直夫处借得宫门抄,内奉上谕:"额勒和布奏'恳请赏假回旗葬亲'一折,额勒和布着赏假一个月,准其回旗葬亲。盛京户部侍郎兼管奉天府府尹着麟书兼署。钦此。"酉后,军署送阅会拜回折。并无寻常演戏折、查明黑地折、年终未完案件折,均奉旨:"知道了。钦此。"阴,风,时飞细雪。

初四日(2月3日)　刑部送阅会拜回折。年终未完案件折,奉旨:"该衙门知道。单并发。钦此。"晴,大风。未后,阴。亥后,微雪厚二三分。冷。

初五日(2月4日)　巳刻,海岚拜会,见。谈二时余。晴,大风,冷。

初六日(2月5日)　午后,出门拜客。直夫、蕡台、余斋,会;余均未会。后赴直夫、捷亭之约在将军府,余斋、竹樵、蕡台、佩卿、芝荈、睦庵均在坐。戌刻,散。晴,微云,风,冷。

初七日(2月6日)　午刻,海溟南禀见,会。未初,出门拜客。竹樵、睦庵、海岚、佩卿,会;余均投帖。酉后,回寓。晴,云。日晕双耳。

初八日(2月7日)　午后,定挚斋、吉臣、瑞臣先后禀见,均会。申初,出门拜客均投帖。并赴景枢卿处吊祭。伊母故。酉刻,回寓。晴。

初九日(2月8日)　辰刻,赴将军衙门,会拜"神机营换班官兵过境"折;"奉省赴黑龙江巴彦苏苏地方垦地旗丁,请俟该省册报后,再行查办”片。后拜客均投帖。巳后，回寓。午正，复出门拜客均投帖。后赴润庵处看视。申初，进城拜客均投帖。毕，申正，赴余斋、芝荞、睦庵之约在睦庵寓，直夫、竹樵、捷亭、蕡台、佩卿均在座。戌刻，散。晴，微云。日耳。

初十日(2月9日) 未刻，张树臣禀见，会。润庵兄来看留饭。晴，微云。

十一日(2月10日) 未刻，沃亭拜会；酉刻，瑞臣、海岚先后禀见、拜会，均会。晴。

十二日(2月11日) 未、申刻，余斋、瑞臣、芝荞、〔睦〕庵先后拜会、禀见，均会。淡阴，风。戌后，雪。

十三日(2月12日) 巳刻，聘之、桐友、子星先后禀见，均会。午刻，瑞臣禀见，会。后赴府衙门，会拜雪泽粮价折、并无私立铺头行头折。后拜客。直夫、芝荞，会；余均投帖。申正，赴嘉禾堂蕡台、佩卿、竹樵之约。直夫、余斋、芝荞、睦庵在座。戌初，散。晴，微风，云。

十四日(2月13日) 午、未、申刻，新选本部员外郎世荫静岩继子、吉臣、霁塘先后禀见、拜会，均会。晴，微云。

十五日(2月14日) 午、未刻，兰圃、蔚臣先后禀见，均会。午刻，经历送阅十二月十三日暨十六日拜发回折。雨雪粮价折，奉旨：“知道了。钦此。”学政考试无弊折，奉旨留中。编查保甲折、决过盗贼名数折，均奉旨：“知道了。钦此。”兵车奏销折，奉旨：“该部知道。钦此。”申正，出门拜客均投帖。后赴嘉禾堂消寒五集余斋东。戌刻，散，回寓。收拾行李，丑正始歇。晴，风，微云。酉后，风息。天气清朗，冷。接八号家信。

十六日(2月15日) 巳后，易省吾、施芳亭先后禀见、拜会，均见。午后，出门拜客。佩卿、海岚、睦庵、捷亭，会；余均投帖。酉后，回寓。晴，冷。交卸户部印钥及兼管府尹事务。

十七日(2月16日) 未、申、酉刻，余斋、芝荞、海岚、莅堂先后拜会，均见。晴，云。

十八日(2月17日) 午至酉刻，直夫、芗岩、蔚臣、竹樵、逢源、瑞臣、海岚陆续拜会、禀见,均会。晴,微云。

十九日(2月18日)　午刻,石友、蔚臣、小岩先后禀见,均会。未后,出门,赴和叔寓吊祭。送分金百两。后拜客。直夫、竹樵、蕡台、余斋、实庵、芝荠,会;余俱投帖。酉后,回寓。连衡甫拜会,见。晴。

二十日(2月19日)　巳至戌刻,玉宝臣、杜芝轩、张蔚臣、吴牧亭、扎椿园、郝兰舫、廉瑞臣、黄霁塘、朱亮清、余斋、蕡台、实庵、海岚陆续禀见、拜会,均见。晴。收拾行装。

二十一日(2月20日)　巳后,捷庭拜会,见。午正,起身。至善缘寺,协佐庆云亭、集竹坡、恩兰阁、成魁元、崇直圃、奇车布司员、扎椿园、熙穆堂、马慎斋、明毓圃,及内务府佐领等官并府衙门印佐各官,暨直夫、捷庭、芝荠、佩卿、睦庵、余斋、竹樵、蕡台,均在庙内候接,谈半时许。未正后,直夫诸位跪请圣安。毕,即辞行。至塔湾,海岚在庙内候送,又谈半时许始辞行。智临侄亦辞回。酉初,至大石桥即永安桥公馆住。张树臣差把总一名,带兵十名接。崇藕舲、文子星、崧秀峰、全廉斋、舒小岩、张蔚臣、王云樵、杜芷轩、盛海泉、刘楷庭、宜敦甫、色冶轩、英桐友、余海珊、牟子厚、徐步由、杨香岩、吴牧亭、荣春圃、章凤翔等,及恩吉臣、廉瑞臣、玉宝臣、海溟臣、文书田、世荫彭年、春元、王嘉铨、琨龄、马萃、惠格、吉瑞等均在公馆候接,后多辞回。晴。各路界兵,分界随送。

二十二日(2月21日)　卯正,起身。香岩、海泉、云樵、桐友、楷庭、冶轩在公馆候送。巳初,至老边尖。祥芝田、舒小岩在公馆候接、禀见,会。午初,起身。小岩辞回。新民厅差对子来接。至兴隆店,赵聘之来接。酉初,至新民屯东口外,张树臣候接。顺拜树臣。后至公馆住。树臣、聘之及李子心先后禀见,均会。云。午后,晴。路界兵按段随送。

二十三日(2月22日)　卯正,起身。差人拜聘之、子心。聘之在公馆候送,树臣差守备卢长春带勇十二名护送。巳正二刻,至白旗堡尖。午正三刻,起身。未正三刻,至半拉门,路南公馆住。云。午后,晴。沿途界兵随送。

二十四日(2月23日) 卯正一刻,起身。巳正,至胡家窝。甫尖,贾溟南禀见,会。送楮敬百两。午正三刻,起身。小黑山路记佐领穆克得科在路间接,见。酉初三刻,至中安堡住。行李车酉正三刻始到。晴,微风。

二十五日(2月24日) 辰初,起身。巳初二刻,至孤家子尖。午初三刻,起身。申初三刻,至闾阳驿公馆住。大车申正三刻始到。晴,云。巳后,大风。申后,风息,凉。

二十六日(2月25日) 辰初一刻,起身。巳正二刻,至石山站公馆尖。未初一刻,起身。申初三刻,至大凌河公馆住。西路缉捕骁骑校庆廉带兵接,晓峰差人来接。晴,微云,风。未后,大风,冷。

二十七日(2月26日) 辰初,起身。巳正三刻,至松山公馆尖。古子新、庆兰圃、单教授、徐经历、陈典史均在公馆内候接、禀见,会。后晓峰来拜,会,谈许久。未正,晓峰跪请圣安后即辞行。酉初二刻,至高桥住。鲁铭在街外接,后至公馆禀见,会。晴,微云。宁远路记佐领差对子来接。

二十八日(2月27日) 辰初,起身。鲁铭在公馆候送。巳正三刻,至连山尖。未初,起身。行至距宁远五六里许蒋家庙地方,色佐领、李佐领、刘署牧、王铭德、王仲、前府经王邦彦均在庙前候接。申初三刻,至宁远南关外公馆住。色佐领等先后禀见,均会。晴,云。辰刻,飞雪花。

二十九日(2月28日) 卯正三刻,松云禀见,会。后起身,色、李二佐领,松云,王邦彦,王铭德,王仲均在女儿河西南二三里许头台子地方候送。巳正三刻,至砂河所尖。午正三刻,起身。后所路记佐领额勒经额、缉捕骁骑校赵松岚、署巡检江克昌在路陆续候接。酉初二刻十分,至后所公馆住。额佐领等先后禀见,均会。淡阴。行李、车辆戌后始到。

三十日(3月1日) 卯正一刻,起身。巳正三刻,至前屯卫尖。

未正二刻,起身。酉正二刻,至老君屯住。署中前所路记在路间接。玉昆圃、俊质堂均差人来接。晴,云。

二月初一日(3 月 2 日)　卯正二刻,起身。巳刻,进关。卢长春等辞回,赏伊等银三十两。昆圃、质堂及临榆令赵允祜号子受,行四。均在关内官厅候接,略谈。昆圃、质堂跪请圣安。毕,即辞行。午初,至红瓦店尖。子受送席一桌。饭后,质堂禀见,会。未初一刻,起身。酉初三刻,至深河驿住。晴,云,风,冷。

初二日(3 月 3 日)　卯正三刻,起身。巳正二刻,至抚宁县尖。未初一刻,起身。申正三刻,至双旺住。晴,微风,云。丑刻,雪。

初三日(3 月 4 日)　卯后,雪住。辰初一刻,起身。巳正三刻,至永平府尖。未初一刻,起身。酉初三刻,至砂河驿住。行李车戌初三刻始到。晴,云。

初四日(3 月 5 日)　卯正二刻,起身。巳正二刻,至榛子镇尖。未初十分,起身。申正二刻,至丰润县住。阴。午后,飞雪星。未后,时晃。

初五日(3 月 6 日)　卯正二刻,起身。路遇博川。巳初三刻,至沙流河尖。午正,起身。申正二刻十分,至彩亭桥住。阴。早间,飞雪花。

初六日(3 月 7 日)　卯初,茂如来接。卯正,起身。巳初三刻,至阴流尖。午正,起身。酉正,至枣林住。晴,风。

初七日(3 月 8 日)　辰初,起身。巳初,至下店尖。午初三刻,起身。申正二刻,至栅栏店住。沿途因雪泽较少,殊觉干燥。戌后,李达等坐车来接。

初八日(3 月 9 日)　辰正,起身。未初,至灵感祠住。亲友来看。晴,微风。

二月初九日(3 月 10 日)　寅正,由东华门进内预备请安。午刻,蒙恩召对。谕问启身日期、回省日期,盛京有无得雪,马贼是否安静,民情如何,在省几年,部中司员若干,年岁多少等谕。午正后,回宅。佛祖前上香,行礼。申初,出门拜客均未会。晴。

初十日(3月11日) 国寿岩、和璧田琨、孙秋溪先后拜会,均见。未后,出门拜客。张泉初,见;余均未会。晴。酉后,阴。戌后,雪。

十一日(3月12日) 王晓楠、延树南、师伯骏先后拜会,均见。及客散已申正矣。赶即起身出城,赴衍法寺料理一切。阴。雪,申后住厚三寸许。

十二日(3月13日) 恭请先母灵柩安位。念经。成鉴泉、桂莲舫、玉澍田、玉云亭、哲松亭、松寿泉、福洵如、刘善初、张星舫、师伯骏、恩姑爷、六亲家老爷、丰舅老爷、松茂如、海叙九、郭亲家老爷、文介如、印阿哥、阿大弟及诸亲友来吊。阴。未后,时微晃。

十三日(3月14日) 念经。文老七、阿老二诸亲友来吊。晴,微风,云。

十四日(3月15日) 念经。送楼库。晚间,焰口。庆熙台、存立修、讷雨田、文齐斋、龚叔雨、龚荣斋、寿幼芝、爱丽堂、倭二少爷及诸亲友来吊。晴,微云。亥后,大风。

十五日(3月16日) 念经。龚荣斋、王晓楠、钟六英众亲友来吊。晴。巳后,大风。未后,阴。酉后,飞雨星。

十六日(3月17日) 念经。晚间,焰口。常沛霖、赵心泉、阿朴斋、庆祥农、福雨农、国寿岩、怀五桥、禄廉臣、哲松亭、精阿老爷,及吉、奉二省京官于莲舫诸公四十五员,内宜阶平、王子朱、陈鹤溪、施济航等七位到,并诸亲友来祭。晴。

十七日(3月18日) 念经。送库。诸戚友来祭。晴,风。

十八日(3月19日) 巳正三刻,发引。亲友来送。未正二刻,到,安葬。毕,酉刻回衍法寺,住宿。晴。未后,风。

十九日(3月20日) 在庙住宿。晴。

二十日(3月21日) 巳刻,恭赴茔地圆坟。未刻,回宅。晴,微风,云。

二十一日(3月22日) 新选治中齐鹤松号梦公,昌黎人。禀见,会。晴,微云。

二十二日(3月23日)　未刻,出门谢客。王晓楠、孙秋溪、朱爕臣、师伯骏,会;吴时斋、张泉初、刘善初、张星舫,均未会。酉刻,回宅。比及进顺治门,门已关半扇矣。晴,微云,燥。

二十三日(3月24日)　未后,出门谢客。郭亲家老爷、二亲家老爷、钟六英,会;国寿岩、连瑞庭祥、王子朱、施济航、陈鹤溪、于莲舫、锡珍、兰永清、英雨臣贵,均未会。酉后,回宅。晴,微云,燥热。

二十四日(3月25日)　李筱轩拜会,见。未后,出门拜客。伊姨太太、寿幼芝、庆熙台、福二奶奶、二姑太太,均见;哲松亭、增厚田、存立修、阿介石,均未会。晴,淡云。申后,风。

二十五日(3月26日)　巳刻,方子望拜会,见。未刻,出门拜客。方子望、李筱轩、朱竣卿,均未会。后赴茔地,酌看种树地式。后复拜客。衍法寺、武定侯、达子庙、养马营、成鉴泉,会;福锡斋年,未会。酉正,回宅。晴,云。申刻,风。酉刻,阴。细雨连夜。

二十六日(3月27日)　未后,出门。赴清辑庭处吊祭,顺拜客。魁华峰,未会;后宅海大弟、阿大弟、庆祥农、福雨农、文齐斋,会;文翰昶光、福潜斋,均未会;庆老五、庆老大,太平桥桂大爷、述大爷、德老大,均会。回宅又掌灯矣。成鉴泉来看。阴,时飞雨星。

二十七日(3月28日)　巳至未刻,张泉初、吴时斋、福洵如先后来拜,均会。及客散,已酉刻矣,故未出门。阴。申刻,雪。酉刻,住,仍阴。

二十八日(3月29日)　未刻,出门拜客。周兰士、何盘阶、郑王、福洵如、爱丽堂,均未会;龚叔雨,会;龚荣斋、庆雨香,均未会;庆老大,见;祥朗山、苏颖轩、麟四爷、怀五桥,均未会;富六老爷,会;庆世古、金舅爷,均未会;禧祉堂、讷雨田,均会;花育甫,未会。戌初,回宅。晴,云。申后,阴。戌后,晁。

二十九日(3月30日)　未刻,出门拜客。玉云亭、阿朴斋、清三爷,均未会;福大奶奶、恩太太,均见;宜阶平、睿王、瑞中堂、禄廉臣、征莲溪、明大人庆、玉澍田、海豁庭，均未会；桂莲舫，会。酉后，回宅。淡阴。

三十日(3月31日) 午刻，麟四爷拜会，见。未刻，出门拜客。和璧田，未会；都大少奶奶，见；延树南，会；铭鼎臣、托雨臣、阜荫方、明文甫、常沛霖、灵芝生、广励旃、赵心泉、德仁山、容贝子、穆远峰，均未会；象泽山，会。酉后，回宅。晴，微云。

三月初一日(4月1日) 巳刻，冯馨兰禀见，会。未刻，出门拜客。齐梦公、冯馨兰、俞子安、王馨亭、刘祖棨、毛煦初、李绪昌、刘善初，均未会；苗鲁生，会；广竹亭、松寿泉湝，均未会。阴。戌后，雨。亥后，雪。

初二日(4月2日) 巳刻，王晓楠拜会，见。托借银两。午后，出门。赴茔地，候张泉初、吴时斋勘视地理。酉初，回宅。文五舅爷来见。据云，伊父于本日申刻病故。多年至戚，一旦长逝，闻之曷胜悲悼。阴。辰刻，雪住。天时已形干旱，得此甘霖，麦收可望矣。

初三日(4月3日) 巳刻，起身。赴茔地上祭。酉初，回宅。阴。

初四日(4月4日) 巳至酉刻，刘善初、亮和尚、文翰昶、寿幼芝、桂莲舫、国寿岩先后拜会，均见。酉后，出门。赴中宽街接三。送奠仪二十两。亥正，回宅。晴。早间，雾。酉后，阴，闪，雷鸣。戌后，时飞雨星。亥后，风。

初五日(4月5日) 申刻，出门。赴讷汝舟处吊祭。后拜客。文星垣、官中堂、广绍彭、宝佩衡，均未会；桂莲舫，会。商拟请假折底。晴，风。酉后，风息。

初六日(4月6日) 申正，出门。赴莲舫、树南之约。在郎家胡同，铭鼎臣在座。亥刻，散，回宅已子初多矣。晴。申后，风，阴。子后，时飞雨星。

初七日(4月7日) 申初，出门拜客。王瀚峤、简南坪、吴时斋，均未会；张泉初，会。酉后，回宅。阴，时飞细雨。辰后，住。申后，晃。

初八日(4月8日) 递奏请假折。原请假一个月回旗葬亲，因假期已满，茔地内尚须添种树木，修盖房屋，加之微受感冒，是以续请病假二十日。

折系托察雨田世兄西老大缮递。申刻,张泉初、吴时斋、玉澍田先后来拜。酉刻,同泉初、时斋赴武衣库胡同看房。晴,云。

初九日(4月9日)　午刻,哲松亭来看。辰后,阴,时飞细雨。

初十日(4月10日)　辰刻,赴茔地照料种树。酉刻,回宅。晴,云。午后,风。酉后,风息。

十一日(4月11日)　辰刻,赴茔地照料种树。酉刻,进阜成门,至中宽街辞灵。晴,微风,云。

十二日(4月12日)　辰刻,赴中宽街送殡。因起杠尚早,遂先赴茔地照料种树。午正,赴中宽街茔地候殡。到下葬毕,仍赴茔地照料。酉后,回宅。晴。辰后,风。酉后,风息。

十三日(4月13日)　辰刻,写致润庵兄及杨子畴信并正月分月折,均交侯廷和,送交竹樵家人寄回。巳刻,赴茔地照料种树。酉刻,回宅。晴,微风,云。

十四日(4月14日)　辰刻,赴茔地照料种树。酉后,回宅。晴,微云,风。酉后,风息。夜间,复风。共种树一百六十三棵。内马尾松六棵,槐树八棵,青杨六十九棵,千松五十四棵,榆树四棵,白杨二十二棵,系老张、来子二人包种。

十五日(4月15日)　午刻,魁华峰拜会;申刻,范次典拜会,均见。风,淡阴,云,土弥漫。

十六日(4月16日)　午刻,何盘阶拜会,见。晴,微云,风。

十七日(4月17日)　辰刻,恭赴茔地上满月祭。酉刻,回宅。晴。

十八日(4月18日)　晴,云。

十九日(4月19日)　辰刻,赴茔地照料浇树。酉刻,回宅。阴。申后,微晃。戌后,雷鸣,飞雨星。后半夜,大风。

二十日(4月20日)　辰刻,赴茔地照料浇树。酉后,回宅。晴,大风。

二十一日(4月21日)　申刻,伯骏拜会,见。淡晴,微风,云,土弥漫。

二十二日(4月22日) 巳刻,余子安拜会,见。申刻,出门。拜蔼云,未会。后至郎家胡同,赴熙台、蔼云、树南之约。子正,散,回宅。淡晴,云,土弥漫。

二十三日(4月23日) 申初,出门拜客。存姑爷、文介如、精阿老爷,会;鄂焕渠、庆秀臣、福锡斋、庆三爷,均未会。淡晴。酉初,风一阵,云,土弥漫。戌后,闪。子后,落雨点。庆三爷系连衡甫胞弟。

二十四日(4月24日) 申刻,徐掌柜同危南皋,及又香胞侄王春生印大年,系六先生子。来拜,会。又香灵柩付托有人,又可了一心事矣。酉刻,钟六英拜会,见。淡阴。辰刻,落雨点。午后,徐晴。南皋,官印凌云。

二十五日(4月25日) 辰刻,出门拜客。刘善初、张泉初、吴时斋,会;庆子健、史岳申官印嵩翰、方寿甫官印恭铭、王春生,均投帖。晴。申后,徐阴。

二十六日(4月26日) 午、申、酉刻,广励旃、文介如、福洵如、桂莲舫先后来拜,均会。未刻,出门。赴羊肉胡同看房。阴。辰刻,落雨点。巳后,徐晴。申后,复阴。

二十七日(4月27日) 未后,出门拜客。庆星阶、讷静山、宝佩蘅,均未会;桂莲舫,会。酉后,回宅。晴,云。

二十八日(4月28日) 巳刻,王公辅官印器成,系瀚峤世兄。拜会,见。未刻,出门。赴毕东河朱修伯处吊祭,顺拜客。倭艮峰、王瀚峤,会;李兰孙、方子望,均未会。酉刻,回宅。剃头。晴,微云。

二十九日(4月29日) 递假满跪安请训折。用黄折三分,无白折,托松茂如递。卯正,起身。进西华门恭候跪安未叫。午刻,回宅。申刻,鄂焕渠、刘善初先后拜会,均见。酉初,出门拜客。恭邸、熙台、介石,均未会;立修、二姑太太,会。晴。卯后,风。午后,风息,微云。

三十日(4月30日) 午刻,庆禧堂拜会,见。午后,赴茔地照料浇树,并勘丈盖房地址。酉后,回宅。晴,微云。午后,大风,黄沙。

四月初一日(5月1日)　巳刻，增厚田、章凤翔先后禀见，均会。巳正三刻，出门，赴茔地照料浇树。酉刻，回宅。接杨子畤信及杨金龙禀。系二月二十二日发，由信局带。酉后，郭什哈李义、冯天元来宅请安。据云，因绍品官与恩司员、玉品官因问案口角揪殴，经麟大人奏参，差伊等赍折来京。问其详，则称不知。呜呼！仕途之难可谓极矣！同寅若仇，动相疑贰，势不至两败俱伤不止也。闻之，惟有浩叹而已。晴，淡云，尘土弥漫。申、酉刻，时飞雨星。

初二日(5月2日)　巳刻，刘善初同余黼臣官印上华、王春生来领又香遗物，遂将金银衣物公同点明，交春生收领讫。巳至酉刻，王子朱官印麟绂、寿幼芝、文齐斋、富五老爷、吴雨臣、馨丹岩、蒋三世兄官印汝传先后来拜，均会。淡阴，尘土弥漫。申后，落雨点一阵，雷鸣。戌后，大风。

初三日(5月3日)　未刻，英雨臣禀见，会。送阅邸抄。申刻，出门辞行。都大少奶奶、树南、伯王，会；余均未会。顺至载鹤峰处吊祭。后赴莲舫之约，蔼云、树南、文山在座。散后，回家已子正矣。晴，云，风。酉后，风徐息。

初四日(5月4日)　巳、午刻，王晓楠、长如亭官印春、赵心泉先后拜会，均见。未后，出门辞行。蔼云、莲舫，会；余均未会。晴，云。酉后，时风。

初五日(5月5日)　午、未刻，盛京内务府委署主事成诰、笔帖式联奎及陈鹤溪、金舅爷、丰舅老爷先后禀见、拜会，均会。未后，出门辞行。国寿岩、恩太太、福大奶奶、郭亲家老爷，见；余均未会。淡晴，尘土弥漫。

初六日(5月6日)　巳至酉刻，朱燮臣、宜阶平、福□□官印成、倭艮峰、玉澍田先后拜会，均见。酉后，出门辞行。伊太太、寿幼芝、福二奶奶，见；余均未会。晴，微云。酉后，微风。

初七日(5月7日)　巳、午刻，王公辅、延树南、张藕堂、文介如先后拜会，均见。未初，出门辞行。王晓楠、王瀚峤、吴禹臣、张泉初、潘白寅、朱修伯，会；余均未会。晴，云。未后，风。

初八日(5月8日) 辰刻，出门辞行。刘善初，会。后出南西门，同国寿岩诸老友钓鱼。戌后，始同回宅共饭。多年旧友复得相聚遨游，极为快事，然不知后会又在何年也。云。午后，微风。

初九日(5月9日) 巳刻，出门辞行。伯骏，会；余均未会。午刻，至茔地监视动工。酉后，回宅。晴，淡云。

初十日(5月10日) 未刻，出门辞行。亲友众多，未能详记。戌后，回宅。晴，云。申后，至海叙九处。阴，雷电，风雨一阵。酉后，雨住。亥后，复微雨。

十一日(5月11日) 未初，出门辞行。西城亲友，未能详记。酉后，回宅。晴，云。未后，阴。申初，细雨。申正后，住。

十二日(5月12日) 巳刻，亮和尚来拜，会。未初，出门辞行。后至茔地辞行。申后，回宅。晴，云。

十三日(5月13日) 伯骏、晓楠、洵如印方、雨田、澍田、云亭、俭斋官印萨廉、文五爷、寿岩及诸亲友先后来看，均会。收拾行装。丑后，始歇。晴，云。

十四日(5月14日) 辰刻，德二老爷、郭亲家老爷、松寿泉、文介如、国寿岩、文老七、海大弟、阿大弟及祥哥、升哥诸亲友均来送行。巳正，起身。至正阳门关帝庙上香。申初，至路南玉成栅栏店住。茂如父子来送。晴，云，暖。申后，淡阴。

十五日(5月15日) 辰初，起身。茂如父子辞回。未初，至枣林尖。申初，起身。酉正一刻十分，至邦君，路北义合店住。晴，云，风。酉后，风息。

十六日(5月16日) 卯初三刻，起身。巳初三刻，至别山尖。午初三刻，起身。酉正一刻，至晾甲店，路北大成店住。晴，云。辰后，大风。戌后，息。

十七日(5月17日) 卯正，起身。午初一刻，至丰润县尖。未初二刻，起身。酉初，至榛子镇，路北公和店住。晴，微云。

十八日(5月18日)　卯初二刻,起身。巳正,至沙河驿尖。午正,起身。酉初二刻,至永平府南关,路北□□店住。戌刻,永平守桐子沾禀见,会。阴。午后,淡晴,风,云,凉。

十九日(5月19日)　卯初三刻,起身。午正,至抚宁县东关,路北店内尖。未正二刻,起身。酉正一刻,至深河驿住。云,淡晴,微风,凉。日色惨淡。

二十日(5月20日)　卯初三刻,起身。巳正,至红瓦店尖。午正三刻,起身。未正,至山海关,玉昆圃在路北庙内跪请圣安。后略坐即辞行,拜昆圃及临榆令赵子受。后出关,至姜女祠瞻仰。因云土四塞,不能望远,加之寺僧俗不可耐,略游即起身。行三四里许,忽自西南浓阴雷鸣,即驰行。酉初,至老军屯公馆住。质堂差刘顺来请安。云。辰后,微晴。巳后,淡阴,云土弥漫。申后,阴,雷电。酉刻,雨一阵。

二十一日(5月21日)　卯正,起身。午初,至前屯卫尖。路间,宁远州班役、勇夫接、随行。中前所佐领德海接,并派缉捕兵接送。未初二刻,起身。酉正一刻,至中后所,路南公馆住。路间,宁远外委刘长清、后所佐领佛尔精额、骁骑校赵松岚、署巡检江克昌陆续候接。至公馆禀见,均见。佛佐领派对子及缉捕兵接送。晴,云。未后,阴,时晃,微风。

二十二日(5月22日)　卯正一刻,起身。午初一刻,至砂河所尖。未初一刻十分,起身。酉初一刻,至宁远南关公馆住。路间,行至七里坡中间,宁远路记差顶马对子递接。至头台子地方,宁远路记佐领恩裕、缉捕佐领李国文并缉捕官兵,及刘松云、王铭德、王仲候接。至公馆先后禀见,均会。晴,云。未后,淡阴,时微晃,风。

二十三日(5月23日)　卯正一刻十分,起身。恩佐领及松云诸位均在蒋家寺庙前候送。巳正二刻,至连山尖。行至老和尚台地方,锦县对子换接。未初二刻,起身。至高桥西朱家漥子地方,缉捕骁骑校庆升带兵接。酉初二刻,至高桥住。张蔚臣、鲁铭在公馆候接、禀见,均会。晴,微云。辰刻,风。酉后,微风,暖。

二十四日(5月24日) 卯正,起身。鲁铭在公馆候送。路间,小凌河顶马对子换接。巳正二刻,至松山,先赴路南店内,奕晓峰跪请圣安。毕,略谈即辞行。至路北公馆店尖。庆兰圃、崇藕舲、张蔚臣。单教授、徐经历、陈典史均在公馆候接、禀见,均会。略坐,晓峰拜会,见。未初,起身。酉初二刻,至大凌河公馆住。王云樵禀见,会。提案过此。晴,微云,风。

二十五日(5月25日) 辰初,起身。路间,闾阳驿佐领差弁兵三名接送。巳正二刻,至石山站尖。未初,起身。酉初,至闾阳驿路西公馆住广界。晴,云。晚间,广宁捕盗外委白永发及对子来接。

二十六日(5月26日) 卯正,起身。午初,至大孤家子尖。徐步由禀见,会。小黑山佐领差对子接。未初,起身。酉初,至羊肠河公馆住。戌刻,步由禀见,会。阴,时微晃。辰后,大风。巳后,飞雨星。酉后,风微息。

二十七日(5月27日) 卯刻,小黑山佐领穆克得科禀见,会。卯正,起身。步由在公馆内候送。巳初三刻,至胡家窝铺尖新界。午正一刻十分,起身。行至二道境子迤东,东路缉捕佐领乌凌阿带兵候接。酉初,至半拉门公馆住。新民屯外委马万保带兵八名在街外接。酉后,舒小岩禀见,会。晴,云。卯后,阴。巳后,晃。酉后,复阴,雷鸣,细雨一阵。

二十八日(5月28日) 卯正三刻,起身。小岩在公馆内候送。行至小白旗堡迤东,张树臣差守备卢长春带勇十名来接。巳初一刻,至大白旗堡尖。小岩在公馆内候迎。午初三刻,起身。行至柳河沟迤西,廉瑞臣差郭什哈李义、何维铨来接。申刻,至新民屯西街口,张树臣、舒小岩、刘楷庭及陈树勋候接。申正,至路南公馆住。树臣、楷庭禀见,会;陈巡检禀安。戌后,李子心、官印如柏,系户部副郎。小岩禀见,会。商议煮赈。晴,云,微风。

二十九日(5月29日) 卯刻,李子心、舒小岩禀见,均会。卯正二刻,起身。小岩在公馆内候送。过巨流河摆渡。巳正三刻,至孤家子尖。小岩在公馆内候迎。宋升备轿来接。午正三刻，起身。小岩辞回。至兴隆店地方，直夫、捷庭差郭什哈执帖接。至老边地方，谈云浦、荣春圃、杨香岩候接。酉初，至大石桥公馆住。福乾修、文子星、刘晋三、谈云浦、荣春圃、杨香岩及部中司员海溟南、廉瑞臣、文书田，笔帖式奎瀛等均在公馆内候接。老张及智临侄并家人杨茂云等亦先后来接。云浦、瑞臣先后禀见，均会。云。辰后，风，徐晴。午后，大风。申后，徐息。

五月初一日(5月30日)　辰初三刻，起身。巳正，至昭陵敬谨叩谒。毕，润庵兄诸位跪请圣安。后略坐谈，午初起身。路间，直夫诸位差人接。午正，至小西边门。因捷庭诸位均尚未到，遂先赴黄寺拜达喇嘛，会。未初，始到齐，遂至善缘寺。谈云浦诸位及扎椿园、熙睦堂、马慎斋并金银库掌关防等本部司员、笔帖式、内务府佐领、主事等官均在庙内候接，见。后捷庭、芝莽、睦庵、余斋、竹樵、蒉台跪请圣安。毕，略坐谈。未初三刻，起身回寓，佛前上香。智临侄来看。杨子畴、恩鲁峰太、绵佩卿、恩吉臣、玉宝臣、廉瑞臣及老张先后拜会、禀见，均会。军署协、佐各官，各部司员、笔政，府署正、佐等官，内务府官员等均禀安。晴，云。辰后，风。酉后，息。是日，接署内务府印钥。

初二日(5月31日)　卯正，起身。恭谒福陵。毕，连衡甫跪请圣安。后略坐，即起身。拜衡甫，会。午初二刻，回寓。午正，出门。进署恭谒衙神。毕，堂齐。散后，拜客。竹樵、直夫、蒉台、余斋、芝莽，会；余均投帖。阴。辰后，时飞细雨。巳后，微风，徐晴，云。

初三日(6月1日)　巳刻，谈云浦、荣春圃、何耕畬、刘晋三禀见，均会。午刻，润庵兄来看。未刻，出门拜客。佩卿、海岚、睦庵、捷庭，会；余均未会。戌初，回寓。晴，云。

初四日(6月2日)　未初，出门拜客均投帖。申后，回寓。晴，云。午间，暖。

初五日(6月3日)　晴，云。

初六日(6月4日)　午刻，施芳亭、恩鲁峰、庆余斋、荣春圃、宜敦甫、文子星先后拜会、禀见，均会。未正，出门拜客均投帖。后至润庵兄寓看视留饭。戌后，回寓。晴，云。

初七日(6月5日) 午初，起身。赴祖茔行礼，顺拜客均投帖。酉初，回寓。晴，云，微风。未、酉刻，飞雨星。夜间，时细雨。

初八日(6月6日) 辰刻，进署堂齐。散后，回寓。阴，细雨。巳后，微住。未后，风，复时细雨。酉后，时微晃。戌后，住。

初九日(6月7日) 辰刻，王赓堂禀见，会。巳初，进署拜发回任折。交军署折差递。后回寓。申刻，香岩禀见，会。申后，出门，赴嘉禾堂，应捷庭、余斋、佩卿、芝莽、蕢台、睦庵、竹樵之约。亥初，散，回寓。晴，云。

初十日(6月8日) 辰刻，进署。巳后，散，回寓。松云禀见，会。午、酉、戌刻，恩鲁峰、黄霁塘、余竹楼文凤先后禀见，均会。阴，细雨。巳后，住，时晴时阴。未后，微风，复微雨。酉刻，雷鸣，复雨一阵。

十一日(6月9日) 未刻，出门拜客。竹樵、直夫。会；余均投帖。申刻，回寓。晴，云。申后，雷鸣，飞雨星。

十二日(6月10日) 辰刻，庆沛田官印恩，盛刑主事。禀见，会。后进署堂齐。散后，回寓。午、申、酉刻，长如亭官印春、连衡甫、廉瑞臣先后禀见，均会。晴，微云。搭松棚。

十三日(6月11日) 巳刻，宜敦甫禀见，会。晴，云。午后，风。

十四日(6月12日) 辰刻，进署堂齐。散后，拜直夫，会；余斋，未会；荣协领惠投帖。巳后，回寓。恩鲁峰禀见，会。云。午刻，阴，雨，雷鸣。申后，住。酉后，复细雨。戌后，徐晴。

十五日(6月13日) 卯初，起身。恭赴福陵监礼。散后，至关家店略歇，点心。午初，回寓。晴。

十六日(6月14日) 辰刻，进署堂齐。散后，拜朱亮清，未会。巳刻，回寓。午后，睦庵拜会，见。晴，云。午后，微风。十七日。未、申、酉刻，文子星、竹樵、祥芝亭、刘楷庭先后拜会、禀见，均会。

晴,云。

十八日(6月16日)　辰刻,进署堂齐。散后,拜博川,未会。巳刻,回寓。子星、云浦禀见,会。申刻,慎斋禀见,会。晴,云,微风。

十九日(6月17日)　辰刻,赴府衙门,会拜雨水粮价折、文景升补新民厅同知折。散后,回寓。巳、午、申刻,海岚、鲁峰、亮清先后拜会、禀见,均会。晴,云。

二十日(6月18日)　卯初,赴学院衙门,会同覆试优贡点名。正取刘振镛、李云岚、单廷鏊,陪取陈焕章、郑逢霖、王友云。散后,赴府衙门,竹樵约吃点心。辰初,进署。会同四部拜发谢照旧供职恩折,后堂齐。午初,散,回寓。未刻,云浦禀见,会。晴,云。卯后,阴,时雷雨。午后,住。酉后,复时细雨。夜间,住,晴。

二十一日(6月19日)　巳刻,耕畬禀见;申刻,瑞臣禀见,均会。申正,出门,赴余斋之约。竹樵、佩卿、睦庵、芝荞在座。亥正,散,回寓。晴,云。卯刻,差马俊赍折进京,带顺字一号家信。

二十二日(6月20日)　辰刻,进署堂齐。书绅递呈。散后,拜耕畬、芳亭、芝亭均投帖。后赴府衙门,会同竹樵过堂三起三名。散后,回寓。午后,新取增贡刘振镛号笙甫、单廷鏊号海桥、王友云号□□、李云岚号萼堂先后拜见,均会。酉刻,余竹楼禀见,会。晴,云。申后,阴。戌后,时飞雨星。

二十三日(6月21日)　卯初,赴小东关灶君庙内,候接单地山前辈。工竣回省。辰初,回寓。午后,地山拜会,见。增贡陈焕章号绍棠拜见,会。阴,时飞雨星。

二十四日(6月22日)　辰刻,进署堂齐。散后,拜蕡台、地山,均会;周怡亭投帖。巳后,回寓。未刻,香岩禀见,会。阴。巳后,飞雨星。午后,雨一阵。

二十五日(6月23日)　巳、午、申刻,云浦、香岩、松云、楷庭、晋三、炳轩、实庵先后禀见、拜会,均见。买黄骡。阴。卯后,微雨,时微晃。

二十六日(6月24日) 辰刻,进署堂齐。散后,回寓。阴。辰后,雨。巳刻,微住,复雨。申后,时雷电。酉后,风。夜间,雨住。

二十七日(6月25日) 阴,风。卯刻,飞细雨。申后,时晃。酉后,自西北浓阴雷电,风大,雨一阵,后仍细雨。夜间,晴。

二十八日(6月26日) 辰刻,进署堂齐。挑补领催。陈文有革缺,瑞臣保放农田司书吏陈君弼。散后,拜实庵,未会。后回寓。戌刻,奉到奏报回任折,奉旨:"知道了,钦此。"晴。午后,云,微风,热。

二十九日(6月27日) 辰刻,赴府衙门,会拜地丁奏销折、耗羡奏折、截留地丁片。散后,回寓。巳、申、酉刻,庆宝轩官印善、文博川、廉瑞臣先后禀见、拜会,均见。晴,云。申刻,飞雨星,潮热。

三十日(6月28日) 辰刻,祥芝亭禀见,会。后进署堂齐,挑补农田司书吏。瑞臣保放,贴写曾德谦。散后,拜直夫、地山,均会。午初,回寓。未刻,余竹楼禀见,会。阴。午后,时细雨。

六月初一日(6月29日) 辰刻,云浦、香岩、楷庭禀见。酉刻,地山拜会,均见。晴。辰后,时阴。未后,飞星,复自西南浓阴雷鸣,大风雨一阵。申后,住,徐晴。交卸内务府印钥。

初二日(6月30日) 辰刻,进署堂齐。散后,拜竹樵、佩卿、海岚,均会。午正后,回寓。晴。辰后,阴。巳至申刻,时细雨。申后,雷声连绵。酉后,微晃。戌刻,复自西南浓阴,连雷电,大风,雨一阵。约二刻许。

初三日(7月1日) 阴。早间,时晃。巳后,雷鸣。午刻,雨,大雷。未后,住。

初四日(7月2日) 辰刻,进署堂齐。散后,回寓。未刻,直夫拜会,见。阴。早间,时晃。未刻,落雨点一阵。申后,雷鸣,时飞雨星。酉后,时晃。

初五日(7月3日) 辰刻,云浦、春圃、香岩、子星、芝亭禀见,会。晴,云。

初六日(7月4日) 辰刻,进署堂齐。散后,拜地山、蕢台,均会。后进内同地山查看工程。午刻,回寓。松云禀见,会。晴,云。

初七日(7月5日)　巳刻,子新、直圃、芷生禀见。未刻,子星禀见,均会。申刻,出门。拜睦庵,会。晴,云。

初八日(7月6日)　辰刻,进署堂齐。散后,拜直夫、竹樵,均会。巳后,回寓。未、申、酉刻,鲁峰、海岚、瑞臣先后拜会、禀见,均会。戌刻,接顺字一号家信。新选本部副郎英官印朴寄到。晴,云。夜子刻,长太与来成斗殴,用刀扎伤来成之臂。

初九日(7月7日)　午、未刻,地山、英□□、官印朴,新选本部员外郎。董源、王汝舟新选广宁训导先后拜会、禀见,均会。晴,微风,云。巳刻,将长太交县看管。

初十日(7月8日)　辰初,进署堂齐。散后,赴军署,会同直夫拣挑内务府各缺。食俸催长、仓掌、执事人、馆达、官生各一缺;马甲十五缺。午刻,散,回寓。申刻,古子新禀辞,会。晴,云。午后,时阴。

十一日(7月9日)　巳刻,余文凤禀见,会。后出门拜客。地山,会;子新、芷生、英司员,均投帖。午刻,回寓。未后,芝荞拜会,见。戌初,出门,拜恩露溥,会。先是县内报称,恩大人定于十二日卯刻进省,续于申刻禀报,现已快到。因牲口均未在寓,是以未能往接。晴,云,微风。

十二日(7月10日)　辰初,进署堂齐。甫画二司稿,据家人禀云,单大人现已起程,遂起身驰赴善缘寺恭送地山,跪请圣安。后略坐进城,拜竹樵,会。午刻,回寓。阴。早间,时晃。申后,时落雨点。夜间,细雨。

十三日(7月11日)　辰刻,赴将军衙门,会同拜发查勘边地折、奏留王邦彦片。散后,拜露溥,会。巳刻,回寓。午刻,王赓堂禀见;未后,余斋拜会,均见。阴,细雨。辰后,住,复时微雨。午后,时晃。

十四日(7月12日)　辰刻,进署堂齐。散后,回寓。晴,云,微风。

十五日(7月13日)　丑正,起身。赴善缘寺候送恩露溥起身。辰刻,散,进城拜客。海岚、佩卿,会;博川,未会。巳后,回寓。午刻,咸世兄官印魁，海岚世兄。来辞行进京乡试；未刻，芷生禀辞，均会。晴。巳后，云。未后，雷鸣。申刻，阴，风，落雨点一阵，旋晃。亥刻，复微雨。

十六日(7月14日) 辰刻，进署堂齐。散后，赴府衙门，同竹樵过堂四起四名。巳后，回寓。晴，云。午刻，落雨点一阵沐浴。巳刻，将长太放出，辞去。因来成之伤已愈，而李太等又再四恳求，是以将其放出。惟伊强悍成性，万难再用，故酌给银两，将其辞出。

十七日(7月15日) 巳刻，赓堂禀见，会。晴，云。寅刻，微雨。戌刻，射箭。二常告假回京。因将伊兄长太逐出，伊不愿独在府中，未便强留，故准其告假。

十八日(7月16日) 辰刻，进署堂齐。散后，拜赓堂，未会。后回寓。酉刻，海岚拜会，见。晴，云。

十九日(7月17日) 未刻，出门。拜海岚，会。申刻，回寓。酉后，瑞臣禀见，会。未刻，马俊、刘正一同回寓，奉到五月十九暨二十日拜发回折。雨水粮价折，奉旨："知道了。钦此。"升补新民厅同知折，奉旨："吏部议奏。钦此。"会谢照旧供职恩折，奉旨："知道了。钦此。"接二号家信及亲友信。阴。早间，时晃。酉初，微风，雷鸣，雨一阵。子后，复雨。

二十日(7月18日) 辰刻，进署堂齐。散后，回寓。午初，复出门，赴将军衙门会拜恭贺慈安皇太后万寿折表。午后，回寓。申正，出门。赴嘉禾堂竹樵之约，直夫、余斋、海岚、佩卿、睦庵、芝莽在座。亥初，散，回寓。阴，细雨。

二十一日(7月19日) 申刻，佩卿拜会，见。阴。未后，晃，时细雨。巳刻，拜折。

二十二日(7月20日) 卯后，进署堂齐。散后，赴将军衙门，会掣边门章京。凤凰，掣刑部副郎昆麟；碱厂，掣兵部副郎和福。散后，赴直夫之约，射鹄。余斋、竹樵、捷庭、佩卿、芝莽、睦庵在座。申正，散，回寓。晴，云。英额，误碱厂。

二十三日(7月21日) 晴，云。

二十四日(7月22日)　辰刻,进署堂齐。散后,回寓。松云禀见,会。时阴时晃。申后,阴,时飞细雨。戌后,时风,雨连夜。

二十五日(7月23日)　巳刻,云浦禀见,会。阴,雨,风。午后,雨住。申后,渐晃。

二十六日(7月24日)　辰刻,进署堂齐。散后,回寓。阴,微风。申后,晃。

二十七日(7月25日)　寅初,闪,雨,微风。未刻,雨住,时微晃。未刻,车房落架,将紫油车门柱等处压伤。

二十八日(7月26日)　辰刻,进署堂齐。散后,赴府衙门,云浦、香岩、子星及松云先后在府署禀见,均会。后同竹樵过堂三起三名。巳后,回寓。在嘉禾堂,托香岩看脉,服汤药。阴,湿热,时微晃。

二十九日(7月27日)　卯后,雨。午后,住,时微晃。戌后,电,复时细雨。

七月初一日(7月28日)　阴。卯后,大雨,时微小。午后,住。未后,复时雨时住。巳、酉、戌刻,雷鸣,湿热。

初二日(7月29日)　因部中官人禀称,大堂上积雨未消,故未进署。阴。巳后,飞雨星。申刻,微晃,湿热。

初三日(7月30日)　阴。辰、申、酉刻,飞雨星,潮热。

初四日(7月31日)　因部中官人禀称,堂上顶棚铺垫均未备妥,是以又未进署。阴。巳后,起雨。亥后,住。

初五日(8月1日)　酉后,瑞臣、海岚先后禀见、拜会,均见。阴,时晃。

初六日(8月2日)　辰刻,进署堂齐。散后,回寓。文子星禀见,会。晴,云,微风。

初七日(8月3日)　辰初,赴大清门坐班。散后,回寓。晴,微风,云。

初八日(8月4日)　辰刻,进署堂齐。散后,回寓。阴,时晃。午刻,落雨点一阵。

初九日(8月5日) 晴,云。

初十日(8月6日) 辰刻,进署堂齐。散后,回寓。晴,微云。

十一日(8月7日) 辰刻,起身。赴祖茔,同润庵兄、智临侄上祭。酉初,回寓。松云禀见,会。晴,云。戌后,阴,雷电。亥刻,雨,风。

十二日(8月8日) 卯刻,赴大清门恭贺慈安皇太后万寿之禧。毕,查勘文溯阁工程。后进署堂齐。散后,拜余斋及永寿山,均未会。后回寓。未刻,佩卿拜会,见。借银。后出门,拜穆堂、慎斋,均投帖;海岚,会。酉正,回寓。晴,爽。

十三日(8月9日) 晴,云,风。酉后,阴。夜间,微雨。

十四日(8月10日) 未刻,余斋拜会,见。阴,雾。辰后,徐晴。佩卿借银五十两。

十五日(8月11日) 辰刻,云浦、香岩禀见,会。酉刻,松云禀见,会。卯刻,阴,雷。辰刻,雨一阵,旋晴,云。

十六日(8月12日) 未刻,云浦禀见,会。时阴时晃。酉后,晴。府衙门送阅五月二十九日拜发回折。地丁奏销折、耗羡奏销折,均奉旨:"户部知道。钦此。"又截留地丁片,奉旨:"着照所请,该部知道。钦此。"

十七日(8月13日) 未正,出门。拜竹樵,会。后同赴蕢台寓叹丧。伊长子故。后拜联旭斋官印勋,投帖。后回寓。酉刻,瑞臣禀见,会。晴,云。接三号家信,系军署折差带来。

十八日(8月14日) 辰刻,进署堂齐,派差。兴京仓,派王嘉铨;凤凰城仓外郎,派李兴智。散后,回寓。午后,协理内仓监督文殿元官印绪到任,呈缴部札。申刻,出门。拜捷庭、直夫,均会。后赴蕢台处接三。酉后,回寓。晴,云。

十九日(8月15日) 申刻,捷庭拜会,见。晴,云。

二十日(8月16日) 辰刻,进署堂齐。散后,赴府衙门,会同竹樵过堂二起二名。散后,回寓。晴,云。约香岩与内子诊脉。

二十一日(8月17日) 巳刻,云浦、香岩先后禀见,会。约香岩与内子诊脉。未刻，王芸樵禀见，会。遵赴新民屯催放赈米。阴。卯刻，微雨。辰后，徐晴，云，热。

二十二日(8月18日)　辰刻，进署堂齐。散后，回寓。晴，云，风，热。未刻，约香岩与内子诊脉。

二十三日(8月19日)　阴。辰刻，落雨点，时晃，热。

二十四日(8月20日)　辰刻，进署堂齐。散后，赴府衙门，会同竹樵拜发奏补盖平县知县折、遵驳覆审辽阳疏防监犯越狱禁卒折、奏革捐职同知韩廷振折、会奏并无传习删本经书折、雨水粮价折、并无私设铺头行头折。午初，回寓。未初，出门。拜张树臣，未会；余斋、直夫，会。后赴将军衙门，会拜奏补边门章京折、永陵陌岸被冲折。申正，回寓。写家信。云，时晃，热。酉刻，微雨。约香岩与内子看脉。接署内务府及工部印钥。因直夫、余斋赴永陵查勘被冲情形，照章接署。

二十五日(8月21日)　巳刻，云浦禀见，会。写家信。午刻，差武顺、孙廉清赍折进京起身。带顺字三号信及亲友禀信。申刻，树臣禀见，会。晴，云。未后，时阴。戌刻，雨一阵西面雨大，热。

二十六日(8月22日)　辰刻，进署堂齐。散后，赴府衙门，会同竹樵过堂三起三名。后赴蕢台寓吊祭，会。未收分金。午刻，回寓。申刻，瑞臣禀见，会。议拨内城俸饷稿。时阴时晃。申后，雷电。戌刻，微雨一阵。

二十七日(8月23日)　浓云，时晃，风。卯、巳、未刻，均微雨。

二十八日(8月24日)　辰刻，进署堂齐。散后，拜竹樵、博川，均会。午初，回寓。画工部稿。云，风。

二十九日(8月25日)　晴，云，风。午后，淡阴。

三十日(8月26日)　辰刻，进署堂齐。散后，回寓。未、申刻，竹樵、厚田先后拜会、禀到，均见。申刻，府衙门送阅六月二十一日拜发回折。“查出已故同知唐恩寿亏款，请提亲属、丁书究办，并先行查抄备拒”折，奉旨：“另有旨。钦此。”请援案豁免原参已故同知易文浚亏款折，奉旨：“户部议奏。钦此。”雨水粮价折，奉旨：“知道了。钦此。”酉后，瑞臣禀见，会。

戌刻，兵部递到，马上飞递军机处夹板一件。系户部议拨“吉林将军请拨冬围资装银两”，上谕一道；又议覆“黑龙江将军请拨备办马牛银两”，奉上谕一道。晴，云，微风。夜间，雷电，微雨。

八月初一日(8月27日) 卯初二刻，起身，恭赴昭陵监礼。行至东鹿角以内，车触树根以致倾倒。虽衣服均为烟袋水所湿，而身未受伤，亦为幸矣。散后，至润庵兄寓看视。巳后，回寓。申刻，瑞臣禀见，会。呈阅将军衙门咨驳拨饷咨文。时阴时晃。午后，雷鸣，旋晴，微云。交卸内务府印钥。

初二日(8月28日) 辰刻，进署恭祭衙神。毕，堂齐。散后，拜直夫，未会；賡台、余斋，均会。在余斋处见直夫。巳后，回寓。交卸工部印钥。申初，出门。赴王家花园看菊花。后拜海岚，会。酉后，回寓。戌刻，瑞臣禀见，会。呈画咨覆军署兵饷稿。云，时阴。酉刻，雷鸣，微雨。旋晴，云。

初三日(8月29日) 未刻，润庵兄来看，香岩、云浦、子星先后禀见，会。约香岩与内子诊脉。晴，云。

初四日(8月30日) 辰刻，瑞臣禀见，会。呈阅军署咨覆文。后进署堂齐。散后，赴府衙门，会同竹樵挑补开原县捕盗外委。放郝郡昌。散后，回寓。酉刻，余斋拜会，见。晴，云，热。

初五日(8月31日) 午至酉刻，恩鲁峰泰、新授本部司库斐什克、海岚、瑞臣先后禀见、拜会，均见。后拟办奏底。晴，云，热。

初六日(9月1日) 辰刻，进署堂齐。散后，拜竹樵、霁塘，均会。午刻，回寓。晴，云，热。酉刻，落雨星数点。

初七日(9月2日) 申刻，在寓拜发“借款垫放兵饷，并请拨银两，及严催欠解垫款”折。由驿具奏，马上飞递。申正，赴嘉禾堂，同竹樵公请直夫、余斋、賡台、佩卿、芝荞、睦庵均到，捷庭辞。戌初，散，回寓。晴，微云，极热。

初八日(9月3日) 辰初，进署堂齐。后会同将军、都统、四部拣补仓外郎缺。开原仓外郎，指补兵部外郎萨霖；辽阳仓外郎，指补将军衙门外郎钟音;岫岩仓外郎,指补本部部属外郎李兴智。巳刻,散,回寓。晴,云,风,热。申后,阴。戌后,时微雨。

初九日(9月4日)　阴,时细雨。未后,复细雨一阵。

初十日(9月5日)　辰刻,进署堂齐。散后,拜竹樵,会。后回寓,贵楚堂禀到系新任海关道,官印宝。会。晴,云,爽。射箭。

十一日(9月6日)　午刻,春圃、子星禀见;未刻,楚堂禀辞,均会。申初,出门。拜楚堂,投帖。后回寓。晴,爽。

十二日(9月7日)　辰刻,进署堂齐。散后,回寓。未刻,博川拜会,见。申刻,出门,拜香岩,未会;蕡台,会。后赴直夫之约,余斋、竹樵、捷亭、蕡台、佩卿、芝莽、睦庵在坐。射鹄。亥初,散,回寓。晴,爽。

十三日(9月8日)　巳刻,云浦禀见,会。晴。

十四日(9月9日)　卯刻,兵部递到,四百里军机处夹板一件。系户部议覆"吉林将军请拨整装银两,及筹拨欠款各缘由",奉上谕一道。未初,赴府衙门,会同竹樵过堂。四起四名,一名翻供。后松云禀见。散后,拜睦庵,会;博川,未会。酉正,回寓。晴,淡云。

十五日(9月10日)　卯初,起身。恭诣福陵监礼。散后,至关家少歇。巳正,回寓。晴,云。

十六日(9月11日)　晴,云,微风。未后,雷鸣,微雨。酉后,复雷电,风,阴。戌初,雨一阵,旋晴。

十七日(9月12日)　未刻,润庵兄来看。睦庵拜会,见。申正,出门。赴芝莽之约,直夫、竹樵、捷庭、蕡台、余斋、睦庵、佩卿在坐。子初,散,回寓。卯后,阴,雾。辰后,晴,云。申刻,拜姚馨甫,未会。

十八日(9月13日)　巳刻,云浦禀见,会。午刻,进署堂齐。散后,拜博川,未会。后回寓。未后,蕡台拜会,见。未刻,兵部递到,初七日拜发驿递回折,奉旨:"户部速议具奏。钦此。"晴,云,热。

十九日(9月14日)　寅正,起身。赴善缘寺候送博川,跪请圣安。散后,略歇。辰正,回寓。松云禀辞,香岩禀到,齐梦公官印鹤松,新选治中。禀到，均会。写四号家信。晴，云，热。

二十日(9月15日) 辰刻，赴府衙门，会同直夫、竹樵拜发海城县阵亡练总庞世奇请优恤折、请以广宁县知县奎瑞升补营口海防同知折、恭办大差报销请领实银折、雨水粮价折。托带家信及应酬信。散后，拜倭□□官印星额、斐□□官印什克、齐梦公、刘松云均投帖。后回寓。午刻，进署堂齐。散后，回寓。晴，云，风，热。

二十一日(9月16日) 未刻，兵部递到军机处五百里夹板一件。系户部议覆"筹拨银两，暨严催欠款等因"，奉上谕一道。阴。寅刻，雷电，风雨一阵。后时微风细雨。戌后，晃。

二十二日(9月17日) 午刻，进署堂齐。散后，回寓。未后，瑞臣禀见，会。阴。辰后，晃，时飞细雨。未、申刻，雷鸣。酉刻，雨一阵。虹见，徐晴。

二十三日(9月18日) 午刻，子星禀见，会。申初，出门。赴嘉禾堂，同余斋、賁台、佩卿、睦庵、芝荠、竹樵公请捷亭。直夫感冒未到。亥初，散，回寓。晴，微云。

二十四日(9月19日) 辰刻，捷亭来辞行，会。午刻，进署堂齐。散后，赴捷亭处送行，会。送程仪四十两。后拜佩卿，未会；海岚，会。酉初，回寓。晴，微云，风。

二十五日(9月20日) 巳刻，云浦、香岩、子星禀见，会。晴，云，微风。未后，阴。申刻，雷鸣，飞雨星。戌后，微晃。

二十六日(9月21日) 巳初二刻，起身。赴善缘寺，候送捷亭，跪请圣安。散后，赴府衙门，会同竹樵过堂一起一名。未初，回寓。阴。巳刻起，雨连夜，时风。

二十七日(9月22日) 阴，雨。卯后，住。巳后，徐晴。

二十八日(9月23日) 辰刻，赴竹樵处吃肉。午刻，进署堂齐。散后，拜厚田投帖。后回寓。未刻，孙廉清回奉，奉到七月二十五日拜发回折。奏补盖平县知县折，奉旨："吏部议奏。钦此。"覆审辽阳疏防越狱折，奉旨："刑部议奏。钦此。"奏革同知韩廷振折，奉旨："韩廷振着即革职，从严审办。该部知道。钦此。”并无删本经书折、雨水粮价折、并无私设铺头行头折，均奉旨：“知道了。钦此。”接四号家信及亲友信。晴，微云，风。

二十九日(9月24日)　巳刻，绍静岩拜会，见。晴，云，风。未刻，落雨点。

九月初一日(9月25日)　卯初，兵部递到军机处五百里夹板一件。系户部议覆“黑龙江将军奏‘催欠解军饷’”，奉上谕一道。未刻，福乾修、连衡甫先后禀见，均会。晴，微风，云。

初二日(9月26日)　辰刻，赴府衙门，会同睦庵、竹樵拜发“部驳张王氏、兴奎互相京控，覆讯定拟”折。后赴将军衙门，会同直夫、竹樵拜发官兵过境折、捐收日厘捐数目折、豫采木植备修凤凰楼工程折。巳正，回寓。午刻，进署堂齐。散后，回寓。申刻，慎斋禀见，会。后出门，拜慎斋投帖。后赴睦庵之约，余斋、竹樵、海岚、蕡台、佩卿、芝荞在座。亥初，回寓。浓云，微风，热。

初三日(9月27日)　巳刻，荣春圃禀见，会。申刻，佩卿拜会，见。晴，微云，热。

初四日(9月28日)　午刻，进署堂齐。散后，赴府衙门，会同竹樵过堂三起三名。未后，回寓。阴，微风，时落雨点，时微晃。申后，徐晴，凉。

初五日(9月29日)　巳刻，子星、春圃、海珊、云浦禀见，会。未刻，直夫拜会，见。晴，微风。未后，云，时微阴。

初六日(9月30日)　午初，出门，恭诣凤凰楼，恭晾圣容。后进署堂齐。申初，回寓。阴，时微晃。子后，微雨。

初七日(10月1日)　阴。未后，晃。申后，徐晴。

初八日(10月2日)　辰刻，赴将军衙门，会同直夫挑内务府甲缺共十一缺。后进署堂齐。巳后，回寓。晴，云。

初九日(10月3日)　申初，出门。拜兴介堂福、文殿元绪、绍静岩仁、毓宝庭纯。后赴余斋之约，竹樵、海岚、蕡台、佩卿、芝荞、睦庵在座。亥初，散，回寓。晴，云，风。申刻，阴，雷鸣，微雨。酉后，徐晴。

初十日(10月4日) 巳刻,春圃、香岩、子星、芸樵、厚田、云浦及劳守纯先后禀见,均会。午刻,进署堂齐。散后,回寓。阴,风,时微晃。午后,时细雨。酉后,雷电,雨一阵。戌后,时晃。

十一日(10月5日) 巳刻,余文凤同新选辽阳州吏目路洪钧禀见,会。午刻,恭赴凤凰楼恭晾圣容。散后,回寓。阴,时微晃。阴,时晃。

十二日(10月6日) 午刻,进署堂齐。散后,赴直夫寓射鹄留饭。酉后,回寓。晴,微风,凉。早间,见冰。

十三日(10月7日) 晴,云,风,凉。

十四日(10月8日) 午刻,进署堂齐。散后,拜竹樵,会。后回寓。晴,云,风,凉。

十五日(10月9日) 巳刻,子星、芸樵、香岩先后禀见,会。未后,出门。拜佩卿,会。因其妹、其女均回京聘嫁,送仪敬五十两。申正,回寓。晴,微云。

十六日(10月10日) 未进署。因车无暇。晴,微云。

十七日(10月11日) 未刻,佛立山禀见;申刻,直夫拜会,均见。晴,微云。

十八日(10月12日) 午刻,进署堂齐。散后,赴府衙门,会同竹樵过堂三起三名。申正,回寓。阴,时风。戌后,渐晴。

十九日(10月13日) 未刻,扎椿园禀见,会。润庵兄来看留饭。酉刻,军署送阅初二日拜发回折。官兵过境折,奉旨:"知道了。钦此。"试办盐捐折、日厘捐数折,均奉旨:"户部知道。钦此。"晴,时风。闻巳刻练兵追一狼,入大北门内毙之。

二十日(10月14日) 巳刻,余文凤送阅初二日会拜回折。覆讯张王氏等京控折,奉旨:"另有旨。钦此。"午刻,进署堂齐。散后,拜英司员官印桂,投帖。后拜蕡台,会。未后,回寓。晴,微云,风。

二十一日(10月15日) 辰刻,赴军署,会拜恭贺慈禧皇太后万寿折表及雨水粮价折、查无蝻子化生折。散后,拜直夫,会。巳后,回寓。午、未刻,照磨蒋寿同、新选金州厅训导鲁瑞山及海岚先后禀见、拜会,均见。晴,微云,风。

二十二日(10月16日)　巳刻,云浦、文笔政光先后禀见,均见。午刻,进署堂齐。散后,拜竹樵,会。未后,回寓。连衡甫拜会,见。晴,微风,云。寅刻,雨一阵。卯刻,雷鸣。智临侄来见。

二十三日(10月17日)　未、申刻,香(崖)〔岩〕、余斋、蕡台先后禀见、拜会,均见。晴,风,云。卯刻,差李琪赍折起身,带六号家信。

二十四日(10月18日)　午刻,进署堂齐。散后,拜连衡甫,会。送奠仪四两,程敬八两。未后,回寓。晴,风,云。

二十五日(10月19日)　巳刻,春圃、子星、厚田、芸樵、云浦禀见,会。是刻,接得兵部递到,军机处四百里夹板一件。系户部议覆"黑龙江将军请拨整装银两",奉上谕一道。未刻,直夫拜会,见。申正,出门。拜芝莽。后赴海岚之约,余斋、竹樵、蕡台、佩卿、芝莽、睦庵在座。戌正,散,回寓。晴,微风,云。

二十六日(10月20日)　辰初,起身。赴善缘寺候接荫方,跪请圣安。巳正,回寓。午刻,进署堂齐。散后,拜荫方及随员张泉初、伯著之,官印桢,系吏部副郎。均会。申正,回寓。晴,微风,云。

二十七日(10月21日)　巳刻,芝莽拜会,见。申刻,荫方、泉初先后拜会,见。接五号家信。泉初寄来。时淡阴时晃,风。未刻,微雨。

二十八日(10月22日)　午初,赴将军衙门,会同拜发辽阳等处被灾情形折。后进署堂齐。散后,赴府衙门,会同竹樵过堂四起五名口。毕,挑补承德县外委。放马兵张廷柏。申刻,回寓。余经历送阅八月二十日拜发回折。请优恤练勇折、奏补营口同知折,均奉旨:"该部议奏。钦此。"大差报销请领实银折,奉旨:"该部议奏。钦此。"雨水粮价折,奉旨:"知道了。钦此。"晴,风,云。请补同知折,系吏部议奏,误写该部。带七号家信。托军署折差带。戌后,阴,大雷电,雨一阵。子后,复微雨。

二十九日(10月23日) 巳初，起身。恭赴祖茔，同润庵兄、智临侄上祭。申初，回寓。晴。巳后，雾。午后，晴。

十月初一日(10月24日) 未刻，新选本部郎中世振之官印麟禀见；申刻，古子新、张芷生禀见，均会。晴，风，云。

初二日(10月25日) 巳刻，王云樵禀谢委，派署开原县，全廉斋病故遗缺。会。申正，出门。赴嘉禾堂，同直夫、余斋、佩卿、芝莽、睦庵、竹樵公请賁台。顺拜丁范初。亥初，散，回寓。晴，微风，云。闻夜间北面天气紫赤色。

初三日(10月26日) 未刻，芷生禀见；酉刻，海岚拜会，均见。晴，云。戌后，阴。

初四日(10月27日) 子刻起，雨，时微住，风。巳刻，复雨。至戌后，渐住。

初五日(10月28日) 申刻，出门。赴賁台之约，直夫、余斋、竹樵、佩卿、芝莽、睦庵在座。亥初，散，回寓。阴。夜间，微雪。未后，徐晴。

初六日(10月29日) 午刻，进署堂齐。散后，回寓。晴，微云。此二日甚冷，已冻冰。

初七日(10月30日) 巳、午刻，特忍庵、芷生、云樵先后拜会、禀见，均会。未后，出门。拜子新、芷生、振之、阿裕庭，均投帖；静岩、芝莽，会。酉初，回寓。晴，云，微风，冷。

初八日(10月31日) 午刻，进署堂齐。散后，回寓。未初，赴军署，会拜委员查勘边地起程折。后拜穆堂、椿园均投帖。后赴睦庵之约，賁台、余斋、海岚、芝莽在座。亥初，回寓。晴，云。

初九日(11月1日) 巳刻，新选宁远州吏目谢觐光禀见，会。午后，赴小东关灶君庙内候接荫方。申正，散，回寓。晴，云。

初十日(11月2日) 辰初，恭赴大清门外叩贺慈禧皇太后万寿节禧。礼毕，坐班。散后，拜荫方及泉初、著之，均会。巳正，回寓。午刻，进署堂齐。散后，拜竹樵，会。未后，回寓。申刻，武顺回寓。

接六号家信。云武衣库之房已买妥,于九月二十二日立契讫。酉刻,泉初拜会,见。阴。午后,晴,云。

十一日(11月3日)　巳、未刻,著之、荫方先后拜会,均见。申刻,出门。赴海岚之约,荫方、蕡台、余斋、芝莽、睦庵在座。亥初二刻,回寓。晴,云,风,冷。

十二日(11月4日)　巳刻,泉初拜会,见。送程〔仪〕三十两。又送伯著之银十六两,托泉初代致。午刻,进署堂齐。未正,回寓。申刻,出门。拜荫方、泉初、著之均未会。后赴嘉禾堂,同直夫、余斋、蕡台、芝莽、睦庵、竹樵公请荫方。直夫安座后先辞行。戌正,散,回寓。晴,云,风,冷。

十三日(11月5日)　午初,起身。赴善缘寺,候送荫方,跪请圣安。未正二刻,回寓。阴。丑后,雪。午后,雨。酉刻,风,复雪,夜半始住。

十四日(11月6日)　巳初,赴善缘寺,候接张霁亭。至午初,据荣春圃禀称,适县内差人来云:探得张大人因道路难走,今日不能进城云,遂起身进署堂齐。未初始回寓吃饭。阴,微风。巳后,时晃。酉后,晴,甚冷。

十五日(11月7日)　巳刻,春圃、子星、云浦及余文凤先后禀见,均会。晴,冷。

十六日(11月8日)　午刻,进署堂齐。散后,赴府衙门,会同竹樵过堂四起五名口。后拜蕡台,会。送程仪一百两。申后,回寓。晴,冷。

十七日(11月9日)　巳刻,出门。拜忍庵,会。后赴善缘寺候接霁庭,跪请圣安。未初,回寓。申、酉刻,香岩、瑞臣先后禀见,均会。早间,云。巳后,晴。

十八日(11月10日)　午刻,进署堂齐。散后,拜霁庭,会。未后,回寓。申刻,庆兰圃禀到,见。晴。

十九日(11月11日)　午刻,霁庭拜会,见。申初,出门。拜兰圃。后赴嘉禾堂,同直夫、余斋、佩卿、芝莽、睦庵、竹樵公请霁庭、蕡台。亥刻,散,回寓。淡阴。

二十日(11月12日) 巳刻,赴将军衙门,会同直夫、芝莽拣选宗室学正、副管长。正,寿琳正,善元陪;副,谦福正,庆祥陪。散后,进署堂齐。午正,回寓。阴。丑后,雨,旋雪。午后,时风,微晃,住。未后,复微雪。申后,徐晴。

二十一日(11月13日) 午刻,锐莅堂拜会;申刻,春圃、子星、厚田禀见,均会。后出门,拜蕡台,会。酉后,回寓。写家信。

二十二日(11月14日) 巳刻,赴府衙门,会拜雨水粮价折、并无私设铺头行头折。托带八号家信。后进署堂齐。散后,拜莅堂、霁庭,均会。后赴善缘寺,候送蕡台,跪请圣安。申刻,回寓。云浦禀见,会。晴,云,时风。

二十三日(11月15日) 申刻,斐实庵官印什克禀见,会。面禀库款支绌情形。军署送阅九月二十八日拜发回折。辽阳等处灾歉折,奉旨:"着照所请,该部知道。钦此。"接八号家信。晴,云。送黄马与直夫。

二十四日(11月16日) 午后,赴将军衙门,会同签掣凤凰边门章京缺。掣补工部主事裕昌。后进署堂齐。散后,拜海岚,会,留饭。亥初,回寓。晴,云,风,冷。海岚以所买电气匣出示,据云:此物购自津郡洋商,可治风痹云。其匣高五寸余,长六七寸许,宽约三寸,用楠木作成。内有大铜轮一,小轮四,小轮上均缠有绿线,中设钢篡一。其宽面外,一面中间设有铜针盘,一旁凿小孔二;一面中有上篡之铜拐一,外有铜丝缠绿紫色绒线二条,每条约长四尺余,一头用铜片包裹,一头缚寸余铜管一。其用法,以铜包线头塞于小孔内,令病者左右手各执铜管一,一人即将铜拐拧转。须臾,病者两手发热作抖,顷刻达于遍体,不觉汗出。病轻者即可就痊,而少年无病者,若执片刻,则筋骨即觉麻热难支矣。诚鬼物也!而价不甚贵,云系四十五金买者。

二十五日(11月17日) 巳后,春圃、香岩、子星、潜修、厚田、云浦禀见,会。未刻,约直夫、霁庭、睦庵、余斋、佩卿、竹樵、芝莽吃饭。申正,齐。亥初,散。晴。

二十六日(11月18日)　午刻,进署堂齐。散后,拜直夫,会。申刻,回寓。晴,云。

二十七日(11月19日)　午、未、申刻,兰圃、直夫、瑞臣、莅堂、竹樵先后禀辞、辞行、禀见、拜会,均会。晴,云。李琪回奉,折均奉旨:"知道了。钦此。"接七号家信。

二十八日(11月20日)　辰刻,赴将军衙门,会同拜发请拨东三省官兵俸饷折、详陈库款支绌情形请筹拨银两片、采办要工木植请拨工价运脚银两折、拣补凤凰边门章京折。画暂署将军印钥稿。后赴大北边门关帝庙内,庙在门内路西。候送直夫行围起身。散后,同余斋、竹樵、霁庭、佩卿、芝荞赴睦庵之约。午刻,散。拜集竹坡、海岚,会;成魁元投帖。未刻,回寓。是日,接署盛京将军及内务府印钥。酉初,进城。在将军衙门后身雅王府内居住。晴,云。衙门值宿,协领文绪。

二十九日(11月21日)　辰刻,起身拜客。石友,会;殿元、兴介堂、丰子元,均未会;芝荞,会。午刻,回。申刻,瑞臣禀见,会。酉刻,上祭。毕,进城住宿。晴,云,风。值宿,协领德音泰。

三十日(11月22日)　巳初,赴将军衙门堂齐。后进署堂齐。午刻,回寓。未、申、酉刻,石友、梦公、海岚先后禀见、拜会,均见。酉正,进城住宿。晴。值宿,署协领佐领宝文。是日军署各司处呈递事宜单。未刻发审处委员等禀呈,讯明盗犯,请打到正法。

闰十月初一日(11月23日)　巳刻,拜竹樵,会。后回寓。酉刻,进城住宿。晴,云,风,暖。值宿,协领荣惠。

初二日(11月24日)　巳刻,赴将军衙门堂齐。后进署堂齐。散后,拜霁庭,会。午正,回寓。云浦禀见,会。酉刻,进城住宿。晴,云。巳后,阴。未刻,微雨。值宿,协领集竹坡。戌后,晃。

初三日(11月25日)　巳刻,回寓。厚田、楷庭先后禀见,会。申后,霁庭拜会,见。酉刻,进城住宿。阴,时微雨时风。辰正后,微雪。未后,晃。值宿,署协领候补防守尉奇车布。戌后,时阴,风。

初四日(11月26日) 巳刻,赴将军衙门堂齐。后进署堂齐。散后,赴府衙门,同竹樵过堂二起二名。午刻,回寓。酉刻,进城住宿。值宿,署关防候补协领德云。晴,云。

初五日(11月27日) 巳刻,余斋、竹樵、芝莽来谈。巳正后,回寓。申正,出门。赴芝莽之约,余斋、竹樵、雩庭、海岚、佩卿、睦庵在座。亥正,散。进城住宿。晴。值宿,署关防佐领李天恩。

初六日(11月28日) 巳刻,赴军署堂齐。后同竹樵拜发官兵过境折。散〔后〕,进署堂齐。午刻,回寓。申刻,香岩禀见,睦庵拜会,均会。后出门,拜慎斋、德协领印音太。后赴海岚之约,余斋、芝莽、睦庵在座。亥刻,散。进城住宿。值宿,协领成魁元。晴。

初七日(11月29日) 巳刻,拜启颖之、毓□□印昌,均投帖;忍庵,会。后回寓。申初,复出。拜索侍卫,未会;睦庵,会。后赴佩卿之约,余斋、竹樵、雩庭、海岚、芝莽在座。亥刻,散,进城住宿。值宿,协领景运。晴。

初八日(11月30日) 巳刻,赴军署堂齐。后进署堂齐。午刻,散,回寓。申刻,瑞臣禀见,会。酉刻,进城住宿。值宿,协领庆玺。晴,云,时风。

初九日(12月1日) 巳刻,回寓。发审处委员等禀呈,讯明盗犯李得武、王得有,请打到正法。午刻,毓□□印昌禀见,会。据称,接奉将军来谕,札派伊带领马队二百名,前赴李家台住扎,听候调遣。申刻,文殿元禀见,会。酉刻,进城住宿。值宿,署协领四品官佐领全顺。晴,云。辰刻,日出双耳。

初十日(12月2日) 巳刻,赴军署堂齐。后进署堂齐。散后,赴礼部,同芝莽拣补北塔教习喇嘛。放鄂木咱特沙英阿。午初三刻,回寓。未刻,前天津府张翰泉、官印光藻,安徽广德州人。前天津县刘彦三官印杰,云南会泽县人。禀见,因津郡教民之案,谪戍黑龙江过此。持宋雪帆、延树南、王晓楠、成竹坪书来见。会。申刻,陈印川来拜,印川,官印万清,锦县人,善写照。会。酉刻,进城住宿。值宿,署协领佐领胡五云。晴,大风。酉后,风微息,微云。戌后,复大风。

同治九年闰十月十一日癸酉(12月3日)　巳刻,由下处回寓。午刻,子星、香岩、云浦禀见,会。酉刻,进城住宿。值宿,署协领佐领董永春。晴,时风。

十二日(12月4日)　巳刻,赴军署堂齐。后进署堂齐。散后,回拜张翰泉、刘彦三。后拜竹樵,会。午正,回寓。未刻,发审处委员全乐庭官印顺、佛立山官印宝、樊□□官印克让,以讯明各犯请正法及作何办理请打到,会。当以王金、王珍、王甸沅三犯,供认迭次讹借强抢不讳,即打到正法。其□□□、□□□二犯供无抢掠等情,解回原籍讯办。其抢伤卖烧饼人之犯赵□□、张珍二名,虽系纠众三人,且有拒伤事主情事,惟究系抢夺食物。若照盗案办理,似觉情轻法重,拟交会审盗案局讯办。申刻,云浦来见,会。酉刻,进城住宿。值宿,协领文绪。晴,微云,时风。

十三日(12月5日)　辰刻,骁骑校得胜保,送阅兵部递到将军都六百里夹板一件,当饬司驰递。巳初,回寓。发审处委员全乐庭、佛立山禀呈,讯明盗犯马士保,请打到正法。申刻,博佐领官印栋武缉捕回省,禀见,会。据禀,拏获盗犯胡长奎等四名,请交发审处讯办。酉刻,海岚拜会,会。后进城住宿。值宿,协领德音泰。晴,云,风,冷。

十四日(12月6日)　巳初,赴军署堂齐,验送世职二员,一,承袭防御扎拉芬;一,承袭云骑尉乌勒锡苏。放鄂木咱特一名。补剌麻托克湍额。后进署堂齐。散后,回寓。申刻,竹樵拜会,见。酉刻,进城住宿。值宿,署协领宝文。晴,阴,时晃,微风,冷。

十五日(12月7日)　巳初,回寓。子星、香岩、云浦禀见,会。酉时,进城住宿。值宿,协领荣惠。晴,冷。

十六日(12月8日)　辰刻,赴军署堂齐。后会同竹樵、霁庭拜发长至贺表。毕,进署堂齐。巳后,回寓。全乐庭、佛立山禀见,会。据禀,讯明盗犯胡常奎、托广恩、郭万金即郭大彪、高同春、张泳得即张留五,请打到正法。未、申刻,佩卿、石友先后来拜,均会。酉刻,进城住宿。值宿,协领集竹坡。晴,时风。

十七日(12月9日) 辰初三刻,军署接得兵部递到,将军都六百里加紧夹板一副,当即饬司速行飞递讫。巳初,赴内务府挑缺。执事人,二缺;马甲,五缺。散后,拜石友,会。午刻,回寓。申刻,余斋、张翰泉、刘彦三先后来拜,均会。酉刻,进城住宿。值宿,署协领候补防守尉奇车布。时阴时晃时风。酉刻,晴,冷。

十八日(12月10日) 巳初,赴军署堂齐。后进署堂齐,接直夫信。内称,十五日申刻奉到廷谕:"着将由古北口撤回吉、黑二省官兵截留二千名,调赴乌里雅苏台军营等因",并将廷谕寄示。午刻,回寓。未刻,石友、藕舲先后禀见;申刻,魁元、枢卿、殿元禀见,均会。军署送阅十月二十八日会拜回折。请拨采办木植运脚银两折,奉旨:"该部议奏。钦此。"奏补边门章京折,奉旨:"知道了。钦此。"户部送阅回折。请拨三省俸饷折,奉旨:"户部知道,单并发。钦此。"单,奉旨:"览。钦此。"请拨银两片,奉旨:"户部议奏。钦此。"酉刻,进城住宿。值宿,署关防候补协领德云。晴,云,冷。子初二刻,骁骑校长寿请领小南门对牌。因兵部递到刑部侍郎瑞夹板一件。丑刻,接到宗人府、山海关马递各一件。宗人府,为洪从僖奉旨免勾发往黑龙江永远监禁事;山海关,为灾民出关就食事。

十九日(12月11日) 辰后,殿元禀见,会。呈阅十七日之廷寄。巳初,赴大北边门关帝庙内候接直夫。因时尚早,香岩备有油炸果、烧饼、粳米粥,佩卿备有酒菜、火锅,遂同余斋、竹樵、霁庭、芝荞、佩卿在庙西院小屋内大吃讫。未刻,直夫始到。散后,回寓。申刻,魁元、枢卿、殿元禀见,会。晴,风,微云。申刻,交卸盛京将军及内务府印钥。

二十日(12月12日) 巳刻,进署堂齐。散后,拜直夫,会。午正,回寓。申初,赴直夫之约。请吃鲜鹿肉、鹿下水。余斋、竹樵、霁庭、佩卿、芝荞在座。戌初,散,回寓。晴,风,微云。酉后,风息。未刻,府衙门送阅十月二十二日拜发回折。雨水粮价折、并无私设铺头行头折,均奉旨:"知道了。钦此。"接顺字九号信及亲友信。

二十一日(12月13日) 辰正二刻,赴善缘寺候接捷庭,跪请圣安。散后,回寓已午正二刻矣。因佩卿去迟,是以散晚。申刻,直夫拜会,见。晴。

二十二日(12月14日)　巳刻,子星、香岩、云浦禀见,会。因廉斋眷属狡展,呈阅厚田、云樵信。午刻,进署堂齐。散后,拜捷庭,未会。未后,回寓。竹樵、霁庭先后来拜,均会。晴,微云。

二十三日(12月15日)　申刻,捷庭来拜,会。晴,云。午后,风。申刻,子畴赴承德县阅卷,香岩约。

二十四日(12月16日)　巳刻,藕舲禀谢委,会。午刻,进署堂齐。散后,拜翰泉、彦三。送行,均未会,程仪亦未收。后赴府衙门,会同竹樵拜发雨水粮价折;"护理昌图厅同知、署八家镇经历、候选通判、牛庄巡检姚利绅(拿)〔拏〕获邻境盗犯,请留省序补"折;"清查案内已革知县李廷辉,逾限未缴欠款,即行监追"折;"已故署开原县知县全禄,交代未完银钱米石,请勒限两个月,责成该故员家属完缴"片;"清查案内已故锦州府知府德亨、已故锦县知县伊克唐阿,应追应赔各款,经各该旗查明,均无子嗣、家产,援案请豁"折。后过堂二起二名。散后,回寓。更换素服,赴海岚处接三。伊祖母故。酉初,回寓。阴,风。午后雪,申后住厚寸余。戌后,徐晴。

二十五日(12月17日)　辰刻,闻得竹樵接得京报,闰十月十四日奉旨"补授江苏布政使,奉天府府尹着德椿补授。钦此。"余与竹樵共事五载,意气相投,于一切公务从无龃龉。今又更易新手,未知将来处之如何也。巳刻,文子星禀见;未刻,新选天桥厂巡检周行铃禀到,均见。军署送阅初六日拜发回折。官兵过境折,奉旨:"知道了。钦此。"未后,出门。赴竹樵处贺喜,会。申后,回寓。晴,冷。午刻,差来成赍折进京。带九号家信。

二十六日(12月18日)　巳后,进署堂齐。后会同直夫、芝荞、佩卿、余斋签掣中江税务监督。拟正,刑部主事启秀;拟陪,刑部郎中永奎。午正后,散,同赴善缘寺接晓峰。至庙,晓峰已先到。散后,拜晓峰,会。后赴芝荞处送行,会。申正,回寓。子星、云浦禀见,会。禀开原交代事。直夫差人以围内所获小虎送视。晴,冷。子后,时风。

二十七日(12月19日)　未刻,出门。赴海岚处吊祭。送饽饽,桌挂祭幛。申刻,回寓。云浦禀见,会。阴。巳后,雪。酉后,住。戌后,徐晴。雪厚。

二十八日(12月20日)　午刻,晓峰拜会,见。后进署堂齐。散后,拜贾溟南投帖。申初,赴嘉禾堂,同直夫、余斋、霁庭、捷亭、佩卿、竹樵公约晓峰。因时尚早,而竹樵又出门未回,乃同余斋赴霁塘书房闲谈。酉后,始到齐。亥初,散。晴。

二十九日(12月21日)　午刻,贾溟南禀见,会。阴。巳刻,微雪。午后,风。申后,徐晴。

十一月初一日(12月22日)　巳刻,子星、云浦禀见,会。申初,出门。拜晓峰,会。后赴云浦寓到喜。后回寓。晴,微云。

初二日(12月23日)　午刻,进署堂齐。散后,回寓。未、申、酉刻,竹樵、溟南、厚田先后拜会、禀见,均会。晴,微云,冷。

初三日(12月24日)　未刻,云浦禀见,会。晴,云,冷。

初四日(12月25日)　午刻,进署堂齐。散后,赴兵部会拣驿站正监督。题补兵部员外郎熙林泰。散后,拜藕舲、溟南均投帖;芝莽,会。申正,回寓。晴,微云,极冷。

初五日(12月26日)　巳刻,福乾修、徐旐斋禀见;未刻,竹樵拜会,均见。晴,微云,甚冷。

初六日(12月27日)　午刻,恩鲁峰禀见,会。后进署堂齐。散后,拜直夫,会。申初,回寓。王衡甫禀见,会。禀呈查灾情形。晴,微风,云,冷。稍觉感冒。

初七日(12月28日)　未、申、酉刻,捷亭、霁塘、芝莽、香岩先后拜会、禀见,均会。约香岩诊脉。晴,微云。服汤药。

初八日(12月29日)　将军衙门会挑宗学满教习,又定未刻在嘉禾堂公请竹樵,因感冒均未能到。酉刻,香岩来看脉。晴,微云。服汤药。

初九日(12月30日)　晴,微风,浮云。感冒虽稍清,因早间尚服汤药,且仍畏风,故未会客。

初十日(12月31日)　巳后,子星、云浦禀见,会。午刻,进署堂齐。散后,赴府衙门,会同竹樵拜发"以承德县知县刘杞,请升宁远州知州"折。后拜霁塘,会;直隶候补知县朱乃恭系锦县人,押解官犯来奉。投帖。后赴芝莽之约,竹樵、直夫、余斋、霁庭、捷亭、佩卿在座。亥初,散。晴,微云。

十一日(1871年1月1日)　巳刻,张芷生、谈云浦、舒小岩先后禀见,均会。申刻,出门,回拜芷生投帖。后赴余斋之约,竹樵、霁庭、直夫、捷亭、佩卿在座。亥初,散。晴,微云。

十二日(1871年1月2日)　巳刻,鲁峰、云浦、云樵先后禀见,均会。午刻,进署堂齐。散后,拜云樵、小岩、香岩均投帖;霁庭,会。后赴直夫之约,竹樵、余斋、霁庭、捷亭、佩卿、芝莽在座。亥正,散,回寓。晴,微云。

十三日(1871年1月3日)　巳刻,楷庭谢委署营口同知,会。午刻,子星、厚田、云樵、云浦禀见,会。禀称,开原交代,亦算有规模。申刻,出门。赴海岚处吊祭。送分金一百两。酉后,回寓。晴,微云。

十四日(1871年1月4日)　午刻,进署堂齐。散后,拜竹樵,会;旟斋、直圃,均投帖。后赴捷庭之约,竹樵、霁庭、直夫、余斋、佩卿、芝莽在座。亥正,散,回寓。晴,微云。

十五日(1871年1月5日)　卯刻,起身。恭赴福陵监礼。散后,至关家店少歇。午初,回寓。余文凤禀见,会。申刻,余海珊禀见;酉刻,子星、厚田禀见,据称,开原交代业经核算清楚。均会。阴,时微晃。酉后,时微风。戌后,徐晴。

十六日(1871年1月6日)　午刻,舒小岩禀见,会。后进署堂齐。散后,回寓。申刻,余斋、芝莽拜会,见。后同赴海岚处吊祭。酉刻,回寓。阴,时微风。午后,雪。

十七日(1871年1月7日)　寅刻,赴府衙门,同竹樵、霁庭救护月食。辰初,复圆。后竹樵约食点心。辰正三刻,回寓。更换素服,赶赴海岚处送殡。见后,先行至大南边门外路西施大人庙内等候。

达喇嘛、芝荐、余斋均先后到庙。午刻，殡到，见。后进城拜永寿山投帖，回寓已午正矣。申刻，郝兰舫禀辞，请假措资。会。阴。雪，卯后住厚三寸许。辰后，徐晴。

十八日(1871年1月8日) 午刻，进署堂齐。散后，赴将军衙门，会拜委员勘查边地折。由驿递。后拜竹樵，会。未后，回寓。申正，复出门。赴霁庭之约，竹樵、直夫、余斋、捷亭、佩卿、芝荐在座。亥正，散，回寓。阴。戌后，徐晴。

十九日(1871年1月9日) 辰刻，赴大北边门，迎接睦庵。比至，闻已进城，遂往拜，会。谈许久，起身。拜马慎斋，回寓已午刻矣。云浦禀谢委，护理治中。会。申刻，启颖之禀见，随睦庵出差回省。会。晴。

二十日(1871年1月10日) 午刻，进署堂齐。散后，回寓。约竹樵、直夫、余斋、霁庭、捷亭、佩卿、芝荐、睦庵吃饭。申刻，齐。子后，散。晴，微云。是日，接署府尹印钥。

二十一日(1871年1月11日) 巳、午刻，张蔚臣、恩鲁峰先后禀见，均会。未刻，出门。拜竹樵，会；蔚臣，投帖；霁塘，会。申后，回寓。阴。未刻，来成回奉，奉到闰十月二十四日拜发回折。“请将拏获邻境盗犯之候补通判、牛庄巡检姚利绅留省序补”折；“清查案内逾限未缴欠款之已革知县李廷辉，请即监追”折；“援案请豁已故府、县赔款”折，均奉旨：“着照所请，该部知道。钦此。”“已故开原知县未交交代银钱，请着落故员家属完缴”折，奉旨：“该部知道。钦此。”雨雪粮价折，奉旨：“知道了。钦此。”接十号家信及亲友信。

二十二日(1871年1月12日) 巳、午刻，荣椿圃谢委委署复州、张蔚臣禀辞；云浦、子星、厚田、云樵禀见，均会。午刻，进署堂齐。散后，拜竹樵，会。商拟片底。后回寓。子星来见，竹樵拜会，均见。申后，出门。拜霁塘，会。商改片底。酉后，赴佩卿之约，竹樵、余斋、霁庭、捷亭、芝荐、睦庵在座。亥刻，散。复拜霁塘，会。商写奏片。子刻，回寓。看公事，丑后始歇。晴，微风，云，冷。

二十三日(1871年1月13日)　巳后,云浦禀见,会。呈阅奏片。午后,出门。赴府衙门,同竹樵拜发雨雪粮价折;“援案请豁清查案内,已故盖平县知县刘汝新,未完咨追各款”折;已故开原县全禄家属清完交代片。后看直夫,会。后拜椿圃、颖之、赓堂均投帖。酉初,回寓。晴,微云,冷。

二十四日(1871年1月14日)　卯刻,起身。赴善缘寺,候送竹樵起身。巳刻,回寓。午刻,进署堂齐。未刻,回寓。晴,微云,极冷。

二十五日(1871年1月15日)　巳刻,子星、云浦禀见;赓堂谢委,升补昌图巡检。均会。未刻,出门。拜云浦投帖;海岚、霁塘,均会。酉后,回寓。晴,微云,甚冷。辰刻,差廉清赍折进京。带十号家信。酉刻,老沙骡子倒毙。次日,埋于府前南坡下。

二十六日(1871年1月16日)　巳刻,云樵禀辞回开原任;午刻,内阁中书昌荣禀见系树南侄婿,告假来东办地,树南函托照拂。均会。午后,进署堂齐。散后,拜直夫,会。据云,适营务发审处由县监牌提盗犯三名,行至小南门外永远当胡同口外,刘万才一犯脱逃云,诚奇闻也。申后,回寓。云浦禀见,会。晴,微风,云,甚冷。午间,查出廉清将刑部随咨漏未带去,遂差来成赶紧雇车,于申刻起身飞追送去。

二十七日(1871年1月17日)　未、申刻,恩鲁峰禀见,霁塘拜会,均见。酉刻,陈汝霖禀见,会。禀(欣)〔诉〕刘万才脱逃情形,哓哓不休,并云如是办法,卑职不甘云云。晴,微云,冷。

二十八日(1871年1月18日)　午刻,进署堂齐。散后,回寓。申正,云浦禀见,会。甫坐谈,适刘正回寓,云顷接广州将军咨文,谈大老爷已丁父忧云云,云浦即去。呜呼!云浦品端趋正,吏治熟习,委署各缺交卸时,百姓莫不攀留。与余分虽师生,从未因之干求,且通达大体,一切深资臂助,实为奉省出色人员。而补缺在望,突遭大故而去官,诚为可惜,闻之曷胜怅闷。噫!省中更少办事之人矣。晴,微云,冷。

二十九日(1871年1月19日)　未刻,香岩禀见,会。后出门,赴云浦寓叹丧。后拜霁塘,会。戌刻,霁塘来拜,会。晴,云。未后,日出双耳，上有反弓。

三十日(1871年1月20日) 午刻，施芳亭拜会，见。午后，进署堂齐。未后，回寓。申刻，瑞臣禀见，会。晴，微云，甚冷。

十二月初一日(1871年1月21日) 巳后，藕舲、子星、乾修、介堂、旗斋禀见；色冶轩禀到，引见回省。均会。未刻，出门。拜冶轩、芳亭均投帖；佩卿、睦庵，均会。酉刻，回寓。晴，微云，甚冷。戌后，阴，时微风。夜间，微雪。

初二日(1871年1月22日) 午刻，进署堂齐。散后，回寓。阴，甚冷，时微风时飞雪花。酉后，晴，云。酉刻，陈汝霖禀见，会。

初三日(1871年1月23日) 晴。

初四日(1871年1月24日) 巳后，奎辅臣禀到，见。调取引见。午刻，进署堂齐。散后，回寓。申刻，佩卿拜会，见。后出门，赴霁庭之约，余斋、佩卿、芝荞、睦庵在座。子后，散。晴。申刻，来成回寓。据云，二十九日清早至宁远州，将廉清追及，当将咨文交付讫。并将十一月初十日拜发之折带回。升补宁远州知州折，奉旨："吏部议奏。钦此。"晴。

初五日(1871年1月25日) 巳后，子星禀见，谢委署治中，会。午刻，赴善缘寺接景融，跪请圣安。后进城，赴汇隆拜景融，会。申刻，回寓。晴。

初六日(1871年1月26日) 午刻，香岩禀见；景融拜会，均见。午后，进署堂齐。申后，散。回寓，晴。

初七日(1871年1月27日) 巳后，香岩禀见，董源禀辞，委署牛庄巡检。均会。申初，出门。拜霁塘，会。后赴佩卿之约，霁亭、余斋、芝荞、睦庵在座。亥正，散，回寓。淡阴，微雪。辰后，晴，微云。

初八日(1871年1月28日) 因忌日未出门。午刻，交卸府尹印务。军署会拜元旦贺折表、官兵过境折、灾歉户口明春不致拮掘折。晴。

初九日(1871年1月29日) 未刻，出门。赴云浦寓吊祭。挂祭幛。后拜海岚，会。晴，风，微云。

初十日(1871年1月30日)　午刻,藕舲禀见,会。后进署堂齐。散后,拜景融、霁塘,均会。申正,回寓。晴,微风,云。

十一日(1871年1月31日)　晴。差岳顺将合盛东存条送借海岚。

十二日(1871年2月1日)　午刻,新选岫岩训导高鸿洲禀见,会。后进署堂齐。散后,拜子星,投帖。后回寓。申刻,新选刑部员外郎镳琳号宝之,系景履云之子。及瑞臣先后禀见,均会。晴,时云。巳刻,飞雪花。

十三日(1871年2月2日)　午刻,子星禀见,赓堂禀辞;赴昌图巡检任。未刻,罗沃亭辞行,本差进京。均会。申正,出门。赴海岚寓送行,回熊岳安葬。会。酉正,回寓。阴,雪。午刻,住。未后,复时飞雪花约四寸许。申后,微晃。戌后,晴。

十四日(1871年2月3日)　午刻,进署堂齐。散后,回寓。晴,微云。

十五日(1871年2月4日)　午刻,子星、香岩禀见,辅臣禀辞,均会。申刻,景融、霁塘先后拜会,均见。晴。日后记。

十六日(1871年2月5日)　午初,赴府衙门,会拜编查保甲折、决过盗贼名数折、雨水粮价折、年终未完案件折。散后,进署堂齐。挑补领催。放已满书吏刘庆元。散后,赴云浦寓吊祭。送分金一百两。后复进城,拜沃亭,会。送程仪八两。申初,赴恩荫轩,同直夫、捷亭、余斋、睦庵、芝荞、佩卿、霁庭公请景融。亥后,散。晴,微云。申后,风。申刻,差马俊赍折进京,带十一号家信及应酬信。日后补记。

十七日(1871年2月6日)　巳后,子星、厚田禀见,会。未初,赴军署,会拜保护泊岸折、锦属用过缉捕经费折、并无开挖金矿煤窑折、并无寻常演戏折、年终未完案件折。军、户、刑共三件。散后,回寓。晴,风,微云。

十八日(1871年2月7日)　午刻,子星、香岩、竹楼禀见,会。呈画铁岭县拏获造赌具人犯稿。后赴军署,同直夫挑内务府缺。官学生,一缺;马甲,二缺。散后,进署堂齐。散后,回寓。申刻,捷亭拜会,见。晴。

十九日(1871年2月8日) 酉刻,瑞臣禀见,会。阴。巳后,微风,雪。申后,住。厚二寸许。徐晴。

二十日(1871年2月9日) 巳刻,子星、厚田禀见;午刻,王嘉铨、吉瑞禀见,禀请在仓存住。均会。午后,进署堂齐。散后,赴府衙门,会同景融过堂七起七名。申后,回寓。酉刻,齐梦公禀见,会。晴。申后,时微风。

二十一日(1871年2月10日) 午初,进署堂齐。后封印毕,恭拜衙神。后升堂受贺。散后,回寓。巳后,廉清回寓,奉到十一月廿四日拜发二十日坐日回折。"请豁清查案内,已故盖平县知县刘汝薪欠款"折,奉旨:"着照所请,该部知道。钦此。"开原交代缴清片、雨水粮价折,均奉旨:"知道了。钦此。"接十一号信。晴,云,时微风。

二十二日(1871年2月11日) 未初,出门拜客。芝荞,会;瑞臣、兴介堂、世振之、静岩、殿元、余斋、香岩、霁庭、镳宝之、司狱、典史、竹楼、藕舲、于教授,均未会。申后,回寓。晴,微云。

二十三日(1871年2月12日) 巳刻,子星禀见,会。未初,出门拜客。景融、睦庵、佩卿,会;穆堂、慎斋、海岚、霁塘、鲁峰、芳亭、旟斋,未会。晴,微云。

二十四日(1871年2月13日) 未刻,直夫拜会,见。申初,起身。慎斋及本部、内务府官员等均在小东边门外老龙口烧锅前候送。戌初一刻,至兴隆店住。时店房已住满,只好借永盛杂货铺住。系空闲房二间,虽现生火烧炕,依然阴冷。掌柜人荆姓云,小东关有一市之永顺绳麻铺。晴,微云。巳前,飞花。

二十五日(1871年2月14日) 辰初二刻,起身。赏铺内伙计钱六吊。巳初三刻,至抚顺路北日新店尖。防御富科精阿、庆祥、尚阿泰在店内候接。当差人回拜。午初三刻,起身。申正二刻,至营盘,路北延庆店住。阴,飞雪花。午后,住,晴,云,冷。

二十六日(1871年2月15日) 辰初,起身。午初一刻,至上夹河,路北复兴店尖。午正三刻,起身。酉初十分,至木奇,和盛栈店住。盛海泉禀见,会。晴,云。日出双耳。午后,阴,时微晃,微风,冷。马尔墩岭路滑难走。

二十七日(1871年2月16日) 辰初,海泉禀见,会。后起身,因合木岭路滑,绕河滩行走。计多走十余里。至夏园,新又亭在庙前候接。午正一刻,至仓,又亭、海泉在仓内候接、禀见,会。后赴永陵敬谨叩谒。毕,恭阅祝版、供帛。未初,回仓。常总管等三员禀见,会。申初,始吃饭仓上备。晴,冷。

二十八日(1871年2月17日) 子初二刻,署中差郭什哈金太宽、张庆恩送到二十六日未刻接得兵部马上飞递军机处二十日封发夹板一件。系户部议覆"吉林将军奏'请催各省欠饷等因'",奉上谕一道。寅初,赴陵验祭。毕,监礼。极冷,耳、足俱冻,胡须上冰挂满。寅正二刻,礼毕,回仓。略歇,坐尖。午初,起身,拜新尉盛牧总管关防及刘掌柜等均投帖。申初二刻,至木奇和盛店住。仍绕路走。海泉在店内候接、禀见,会。晴,微风,云,冷。

二十九日(1871年2月18日) 巳初,起身。午正三刻,至上夹河住。屋宇狭窄而污秽,加之天气寒凉,屋中尤冷,滴水即冰。虽生两大火盆,无益也。因郭什哈等均愿住此,且云前途店口尤不洁净,只好即在此过年,客中原无所较也。晴,微云,冷。

同治十年(1871)盛京　京师　张家口

同治十年岁次辛未正月初一日辛卯(2月19日) 辰初,起身。午初一刻,至营盘延庆店尖。未初,起身。酉初二刻,至抚顺日新店住。防御富科精阿在店内候接。晴。天气清和,无少风云。

初二日(2月20日) 辰初二刻,起身。巳初三刻,至兴隆店尖。午初三刻,起身。申初,回寓,佛祖前上香行礼。晴,微风,冷。

初三日(2月21日) 午初,起身,赴祖茔行礼。申初,回寓。酉刻,佩卿拜会,见。晴,微风。午后,日晕双耳。

初四日(2月22日) 巳、未、申刻，锐莅堂、芝荠、霁庭先后拜会，均见。晴，微风，云。判阅公事。

初五日(2月23日) 申刻，睦庵拜会；酉刻，舒小岩禀见，均会。晴。

初六日(2月24日) 巳、午刻，姚利绅、宜敦圃先后禀见，均会。午后，出门拜客。景融、直夫、霁庭、余斋、芝荠，会；余均投帖。酉刻，回寓。奉到十二月十七日本部拜发回折。年终未完案件折，奉旨："知道了。钦此。"

初七日(2月25日) 巳刻，子星禀见，会。军署、刑部各送阅十二月十七日会拜回折。军署保护泊岸折、锦属缉捕经费折、并无开采窑矿折、并无寻常演戏折，均奉旨："知道了。钦此。"刑部年终未完案件折，奉旨："该部知道。单并发。钦此。"未初，出门拜客。佩卿、海岚、睦庵，会；余俱投帖。晴。早间，微云。

初八日(2月26日) 未初，出门。赴润庵寓看视，顺拜铺户。申正，回寓。晴。

初九日(2月27日) 未初，出门，赴南关拜均投帖。后拜霁庭，会。后赴景融之约，直夫、余斋、霁庭、捷亭、佩卿、芝荠、睦庵在座。亥后，散。晴。接桂龄禀。

初十日(2月28日) 午至酉刻，盛海泉、余竹楼、吴牧亭、芝荠、瑞臣先后禀见、拜会，均见。晴，风，云。

十一日(3月1日) 午刻，直夫拜会，见。晴，云。

十二日(3月2日) 巳、午、未刻，子星、德风占官印昌、张树臣、余斋先后禀见、拜会，均会。申后，出门，赴睦庵之约，直夫、余斋、景融、霁庭、捷亭、佩卿、芝荠在座。亥后，散。晴，微云。

十三日(3月3日) 巳、午、未刻，徐步由、英桐友、张蔚臣先后禀见，均会。未后，出门谢客。景融、直夫、霁庭、余斋、芝荠，会；余俱投帖。戌刻，回寓。晴，微风，云。接十二号家信。西府折差带回。

十四日(3月4日) 巳、午刻，祥芝亭、杜芷轩禀见，均会。申初,出门拜客。佩卿、海岚、睦庵、云浦,会;余俱投帖。晴,云。经历送阅十二月十六日拜发回折。编查保甲折、决过盗贼名数折、年终未完案件折、雨雪粮价折,均奉旨:“知道了。钦此。”

十五日(3月5日)　巳后,易省吾禀见,景介堂禀辞,赴复州查办交代。均会。未正,出门,赴南关拜客均投帖。申刻,赴余斋之约,直夫、景融、霁庭、佩卿、芝荞、睦庵在座。亥后,散。晴,云。酉后,风。

十六日(3月6日)　巳后,桐友禀见;申刻,香岩、树臣陆续禀见,均会。晴。

十七日(3月7日)　晴,风,微云。

十八日(3月8日)　未后,煜炳轩禀见,会。申刻,请客。吴牧亭、盛海泉、祥芝亭、易省吾、英桐友、徐步由、王云樵、杜芷轩、张蔚臣、舒小岩、文子星、崇藕舲、杨香岩,到;荣春圃、宜敦甫,辞。亥初,散。晴,风,微云。

十九日(3月9日)　请客。直夫、余斋、景融、霁庭、捷庭、佩卿、芝荞、睦庵均到。亥后,散。晴,微云。

二十日(3月10日)　未刻,瑞臣禀见,会。因有期限,当面缴帖。申刻,请客。明玉甫、扎椿园、文殿元、熙穆堂、马慎斋、恩鲁峰、兴介堂、嵩善斋、嵩芝岩、文书田、世振之、世田孙,均到。亥刻,散。晴,微风,云。

二十一日(3月11日)　午刻,进署开印。毕,恭拜衙神。后堂齐受贺。散后,赴府衙门,会同景融拜发雨雪粮价折、并无私设铺头行头折、请饬吉林将军查办齐鹤松被参各款折、清理讼案折。托带十二号家信。散后,回寓请客。霁塘、亮清、芳亭、子畴、余竹楼、姚佩经均到。亥后,散。阴,时风。申后,细雨,旋雪。酉后,住,徐晴。

二十二日(3月12日)　巳后,云浦禀见,会。未后,出门,拜芝荞、景融,均会;德赞礼郎,官印龄,太常司送供果差。投帖。后回寓。阴。巳后,雪。未后,住,徐晴。

二十三日(3月13日)　未刻,扎如山禀见,领花红回省。申刻,芝荞拜会。酉刻,子星禀见,均会。阴,下树挂。巳后,徐晴。

二十四日(3月14日)　巳后,香岩署盖平、芷轩署治中、子星署粮厅、小岩署承德、藕舲署新民谢委，均会。午刻，进署堂齐。散后，回寓。晴，云。

二十五日(3月15日) 午刻，刘松云、冯安洲先后禀见，均会。未刻，出门拜安洲、睦庵、松云均未会。申初二刻，赴芝莽之约，直夫、余斋、景融、佩卿、霁庭、睦庵在座。亥后，散。晴。

二十六日(3月16日) 巳刻，山东解饷委员候补县丞陈曾禀见，会。午初，出门，会同直夫查库。散后，拜启颖之、扎如山均投帖。未后，回寓。晴，微风，云。

二十七日(3月17日) 未后，施芳亭拜会，见。申刻，出门。赴直夫之约，余斋、景融、霁庭、佩卿、芝莽、睦庵在座。亥后，散。晴，微云。亥初三刻十分，地微震云。

二十八日(3月18日) 午刻，进署堂齐。散后，回寓。申后，祥芝亭禀辞回任，会。晴，微风，云。买小青马。价钱二百五十吊。

二十九日(3月19日) 巳后，云樵禀辞回任；午后，叶荫之禀见，捐复来奉。均会。未刻，出门，拜景融，补祝寿。会；锡体乾，官印临泰，驿站监督。投帖。后回寓。晴，风，微云。

三十日(3月20日) 巳后，张蔚臣禀辞回任，会。午刻，进署堂齐。散后，拜子星、芷轩。均投帖道喜。后回寓。未后，景融拜会；申刻，宜敦圃禀辞回任，均会。晴，微云。

二月初一日(3月21日) 午刻，子星、牧亭、桐友、省吾、云浦禀见，盛海泉禀辞回任，均会。晴，微风，云。

初二日(3月22日) 辰刻，进署，恭祭衙神。毕，堂齐。散后，回寓。申正，出门。拜藕舲、香岩均投帖。后赴霁庭之约，直夫、余斋、景融、捷亭、佩卿、芝莽、睦庵在座。亥后，散。晴，风，云。申刻，子畴起身，赴开原。云樵约看卷。

初三日(3月23日) 午刻，藕舲禀见；酉刻，云浦禀辞，初五日起身回旗，当送程仪一百两。海岚拜会，均见。淡阴，大风。

初四日(3月24日) 巳后，桐友禀见，佩卿拜会，据(欣)〔诉〕领米情形。均见。午刻,进署堂齐。散后,拜舒小岩投帖;谈云浦,会。申初,回寓。酉刻,瑞臣禀见,会。晴,云,大风。戌后,风息,阴。亥后,雨。

初五日(3月25日)　午刻,徐步由、调署金州。徐玙斋派署广宁。谢委,文子星、刘松云禀见,均会。未初,出门,拜海岚,会。申初,回寓。阴,时细雨。巳后,住。午后,复飞细雨。申刻,住。酉后,晃。酉初二刻五分,西北方雷发声。徐晴。

初六日(3月26日)　巳后,熙穆堂、舒小岩先后禀见,均会。午刻,进署堂齐。散后,回寓。阴,时晃。辰、未刻,时飞雨雪星。申后,晃。

初七日(3月27日)　未刻,叶荫之禀见,会。申刻,出门,赴佩卿之约。景融、霁庭、余斋、芝荞、睦庵在座。直夫先散。亥刻,散。晴,云。

初八日(3月28日)　午刻,进署堂齐。散后,拜海岚,会。因其次女十一日出阁,送奁敬百两。申正,回寓。晴,云。

初九日(3月29日)　申刻,新补司库多济禀见,会。晴,微风,云。

初十日(3月30日)　巳后,子星、小岩、松云、步由禀见;桐友、藕舲禀辞赴任,会。午刻,进署堂齐。散后,回寓。晴,微云,风。买银合马,此马买自牛庄兵丁赵姓,纯走,永不改步。据张姓云,此马冬天两头见日走三百里。价银六十二两。

十一日(3月31日)　巳刻,林德庵官印树滋,系户部郎中。禀见,会。未后,出门,拜睦庵、景融,均会。酉刻,回寓。晴,云。

十二日(4月1日)　午刻,松云禀见,会。谢部覆准升宁远州知州。未刻,叶荫之禀见,会。申刻,鏸宝之禀见、徐旗斋禀辞赴任,均会。晴,风,云。

十三日(4月2日)　辰刻,马二同来子回寓。巳初,起身赴祖茔,同润庵兄、智临侄上祭。未正,起身。乘马至边门始坐车。申初,回寓。晴,微云。接十三号家信。

十四日(4月3日) 未刻,赴府衙门,会同景融挑补广宁外委,放白永福。后过堂四起四名。申初,回寓。酉后,海岚拜会,见。晴,云。承德差人禀称,牟子厚于昨日病故。呜呼,惜哉!

十五日(4月4日) 巳后,子星、小岩禀见,香岩禀辞;赴盖州任。午刻,奎允臣官印斌,系海岚次婿。拜会,均见。晴。晚间,微云。

十六日(4月5日) 未刻,出门。拜奎□□投帖、海岚,会。申后,回寓。淡阴,时晃。午后,风。未后,飞雨星。

十七日(4月6日) 晴,风,微云。戌初一刻许,见一大星自西向东偏北而没,光茫极长大,似大起花。少顷,东北殷然雷鸣。然仰视天上,并无纤云,岂俗所谓"天鼓鸣"耶?

十八日(4月7日) 巳刻,芷生禀见;午刻,景融拜会,均见。后进署堂齐。散后,回寓。阴,微风。午后,细雨。申后,住。酉后,晃,徐晴。

十九日(4月8日) 未刻,出门,赴佩卿处道喜,放牛马税监督。会。后拜睦庵,会。申正,回寓。晴,风,云。

二十日(4月9日) 巳、午刻,子星、小岩先后禀见,步由禀辞,赴金州任。均会。托步由西席补镌图章。午后,进署堂齐。散后,回寓。申刻,复出门,赴嘉禾堂吃牛马税佩卿主,余斋、霁庭、芝荞、睦庵、佩卿、景融在座。亥初,散。风,淡阴。戌后,晃。

二十一日(4月10日) 未刻,出门,拜芷生、松云均投帖,直夫,会。申刻,回寓。睦庵拜会,见。晴,云。酉后,阴。酉刻,府署送阅正月二十一日拜发回折。请饬查齐鹤松被参各款折,奉旨:"另有旨。钦此。"清理讼案折,奉旨:"依议。钦此。"雨雪粮价折、并无私设铺头行头折,均奉旨:"知道了。钦此。"接十四号家信原误十三号。

二十二日(4月11日) 巳后,松云禀见,会。午刻,进署堂齐。散后,赴府衙门,会同景融拜发雨雪粮价折;"查明已故金州厅同知唐恩寿亏短各款,分别定拟"折;"请将锦州府知府改归本省题升,并将辽阳州知州改归满汉兼用"折。申刻,回寓。候选监大使王致龢禀见,系王赓堂之子,边务处请拟派委员。会。淡阴。酉后,徐晴。

二十三日(4月12日)　巳刻,省吾禀辞回任,会。申刻,子畴回寓。晴,微云。

二十四日(4月13日)　巳后,赴军署,会同直夫拜发平余归公折。后进署堂齐。散后,回寓。未、申刻,佩卿拜会,瑞臣禀见,牧亭禀辞回任,均会。晴,大风。

二十五日(4月14日)　辰刻,差武顺赍折,同岳来起身回京。带十三号家信。午刻,芷生禀辞,出边查地。会。阴,风。卯后,细雨。申后,住。酉后,徐晴。

二十六日(4月15日)　午刻,冯安洲禀见,会。后进署堂齐。散后,回寓。晴,云。夜间,风。

二十七日(4月16日)　未刻,署海城县训导张桂林禀见,送考来省。会。酉后,厚田禀见,呈阅讯取朝鲜送来犯越人四十二名供。会。晴,微云,大风。

二十八日(4月17日)　午刻,进署堂齐。散后,回寓。晴,云,风。酉后,风息。夜间,复大风,微雨。

二十九日(4月18日)　巳后,子星禀见,松云、春圃禀辞均回任;申刻,瑞臣禀见,均会。晴,云。

三十日(4月19日)　辰初,赴军署,会同拜发"朝鲜呈送犯越人犯,请解回山东原籍查讯"折;"盛京礼部咨朝鲜来文,登州渔船赴该国掷送条示等因,请饬山东巡抚迅速查办"片;"议覆御史邓庆麟条奏展边情形"折;"请派管理六边侍郎,会办边务"片。均由驿四百里驰递。散后,回寓。午刻,进署堂齐。散后,回寓。阴。午后,微风。酉后,徐晴。

三月初一日(4月20日)　卯刻,起身,恭赴昭陵监礼。散后,赴润庵寓看视留饭。午后,回寓。晴,微风,云。

初二日(4月21日)　午刻,进署堂齐。散后,回寓。酉刻,霁塘拜会，见。淡阴，风。午后，徐晴，云。

初三日(4月22日) 午刻，子星禀见，会。后起身，赴善缘寺候接恩露溥，跪请圣安。散后，进城，拜露溥，会；随员耀云舫官印年，投帖。申后，回寓。云，大风。戌后，飞雨星。

初四日(4月23日) 午刻，进署堂齐。散后，回寓。晴，微云，暖。

初五日(4月24日) 巳刻，辽阳州学正姚学程、复州学正杨敏之、金州厅训导鲁瑞山、开原县训导华长卿、铁岭县训导刘玉林先后禀见，均会。申刻，出门，赴海岚之约，景融、霁庭、余斋、捷亭、佩卿、芝荞、睦庵在座。亥初，散，回寓。晴，微风，云，暖。

初六日(4月25日) 巳刻，新选本部员外郎福东如官印诜禀见，会。午刻，进署堂齐。散后，回寓。酉刻，瑞臣禀见，会。晴，微风，云。

初七日(4月26日) 午初，赴将军衙门，会同拜发万寿贺折、表，船规银两请尽征尽解并免追赔积欠折。散后，回寓。申初，赴嘉禾堂，同直夫、余斋、霁庭、捷亭、佩卿、芝荞、睦庵、景融公请露溥。戌正，散，回寓。晴，云，时风，暖。

初八日(4月27日) 午刻，进署堂齐。散后，回寓。上二十七个月服满祭。痛哉！晴。酉后，风，云。子后，微雨。

初九日(4月28日) 换常服。午刻，昌荣禀见，内阁中书，系树南之侄婿。会。未刻，出门拜客。司库多济、霁庭，员外郎福铣，均未会。酉刻，霁庭拜会，见。晴，风，云。

初十日(4月29日) 巳、午刻，子星、小岩、树臣先后禀见，均会。午正，进署堂齐。散后，赴府衙门，会同景融过堂三起三名。散后，回寓。晴，微风，云。

十一日(4月30日) 巳刻，岫岩厅训导高鸿洲禀到；午刻，余斋拜会；未刻，芝荞拜会，均见。申刻，出门，拜霁庭，会；树臣，未会。酉后，回寓。晴，风，云。军署送阅二月三十日拜发回折。朝鲜呈送犯越人犯折、片，均奉旨："另有旨。钦此。"边务折，奉旨："览奏均悉一切，应办事宜仍着都兴阿等悉心会商，届时次第兴办。钦此。"片，奉旨："仍着责成都兴阿一手经理，绵宜毋庸会办。钦此。"又，寄谕一道。

十二日(5月1日)　巳刻，昌图厅训导许善昌禀见，会。未初，赴善缘寺送霁庭赴锦考试起程。申刻，回寓。奉到二月二十四日会拜回折。平余归公折，奉旨："户部知道。钦此。"阴，风。午后，雨连夜。酉后，复风。丑后，时雪。

十三日(5月2日)　未刻，赴(直)〔芝〕莽寓拜寿未会。后回寓。阴，雨，风，时雪。午刻，住，风息。申后，徐晴。雨已深透。

十四日(5月3日)　午刻，进署堂齐。散后，回寓。晴，微风，云。

十五日(5月4日)　卯初，起身，恭赴福陵监礼。散后，至关家店少歇。巳正后，回寓乘轿。晴，云，风，时淡阴。

十六日(5月5日)　午刻，进署堂齐。散后，回寓。云，时阴。午刻，微雨。

十七日(5月6日)　辰初，起身，赴善缘寺候接温明叔，跪请圣安。散后，进城，拜明叔，会；随员张泉初、英挥平、官印文，礼部副郎。高芝友、官印胪璟，工部主事。伊善亭，官印铿额，工部副郎。均会。午初，回寓。未刻，芝莽拜会；申后，泉初、挥平、芝友、善亭拜会；酉刻，明叔拜会，均见。阴，微风，时晃。未后，雷鸣，时飞雨星。接十五号信。泉初寄来。

十八日(5月7日)　巳刻，小岩禀见，会。午刻，进署堂齐。散后，回寓。未后，罗沃亭来拜、本差回省。直隶委员张□□官印瑛，系承德县人，候补知县。禀见，均会。申刻，赴嘉禾堂，同直夫、余斋、捷庭、佩卿、芝莽、睦庵公请明叔直夫先辞行。戌后，散，回寓。晴，云，微风。买次青马。价银二十五两。

十九日(5月8日)　未刻，出门，拜直夫，会；送行，赴兴京修工。沃亭、成宝岩官印善，系崇直圃之兄，现官工部正郎，随禄溥修工来奉。均投帖。申后，回寓。小岩禀见；酉后，瑞臣禀见，均会。阴，微风，时晃。酉后，徐晴。

二十日(5月9日)　辰初，赴大清门坐班。后进署堂齐。散后，赴府衙门，会拜雨水粮价折、岫岩昌图两厅请添拔贡定额折、遵查解役薛义存疏脱盗犯刘万才折。巳后，回寓。王绍岐禀见；系吟樵之子，因回避请咨赴部改掣省分，子畴托函致定静翁照拂。午刻，蒋寿同禀见；押运八年①米豆赴通。申刻，集竹坡拜会；谢孝。酉刻，子星、厚田禀见，均会。晴。酉后，云。戌后，时风，飞雨星，旋晴。接内务府印钥。

二十一日(5月10日)　未刻，出门，拜余斋、芝荞，谢步。均会。申正，回寓。晴，云。

二十二日(5月11日)　午刻，进署堂齐，拣补部属外郎。王芝兰告病遗缺，放记名外郎已满书吏郑金。散后，拜睦庵、海岚、佩卿，均会。酉后，回寓。阴。酉后，晃。

二十三日(5月12日)　卯初，赴大政殿前行恭贺万寿节礼。毕，诣大清门坐班。散后，回寓。未刻，小岩禀见，会。申正，出门，赴余斋、佩卿、芝荞、睦庵、景融之约在嘉禾堂。亥初，散。阴。午后，细雨。亥后，住。

二十四日(5月13日)　午刻，进署堂齐。散后，回寓。申刻，沃庭拜会，见。阴，时晃。戌后，雷鸣，细雨。子后，时住时雨。

二十五日(5月14日)　阴。卯后，雨。巳后，雷鸣，微住，时晃。申刻，复细雨。酉后，住。戌后，风，时晃。亥后，复细雨连夜，时风。

二十六日(5月15日)　辰初，赴大清门坐班。散后，挑内务府甲缺一缺。后进署堂齐。巳刻，回寓。阴，雨。卯刻，住，微风，时晃。戌后，晴。

二十七日(5月16日)　巳刻，赵聘之禀见，告病来省。会。云。

二十八日(5月17日)　午刻，进署堂齐。散后，赴府衙门，会同

---

① “八年”，同治八年。

捷亭、景融过堂一起一名。申刻,回寓。画外城钱粮稿。晴,微云。

二十九日(5月18日) 晴,云。巳后,阴,时风。午后,微雨。未后,复雨,时微住。

四月初一日(5月19日) 阴。午刻,微雨。酉后,晃。戌后,晴。夜间,复微雨。种莲花。

初二日(5月20日) 午刻,进署堂齐。散后,拜聘之投帖,后回寓。酉初,教读西席赵松峰来寓。系山东文登附生,福洵如荐,罗沃亭亦与之相好,人甚沉静和平。奉到二月二十二日拜发回折。雨水粮价折,奉旨:“知道了。钦此。”请改府州缺分折,奉旨:“吏部议奏。钦此。”查明金州唐丞亏空折,奉旨:“刑部议奏。钦此。”接十六号家信。晴,云。丑后,阴,雷鸣,雨。

初三日(5月21日) 酉刻,候选知县尚宗濂禀见,系洵如门生,赴海城查看茔地树株。会。阴,雨。辰刻,住。午后,复微雨。酉后,风。戌后,徐晴。请松峰、子畴吃饭。

初四日(5月22日) 巳、午刻,小岩、子星、厚田先后禀见,均会。据称,海城童生因赴庙滋事,经兵丁弹压不服,竟敢赴县署聚众喧闹,经首县坐堂开导更肆猖狂,而今日覆考承德、开原、□□、□□四处,乃海、昌童生三十余人持棍横门,不准入场,现已罢考等语。当嘱其严饬各学教官各约束本学生童,勿得附和聚众,并将为首之人查明,从重惩办。午后,进署堂齐。散后,回寓。写十四号信。交来成送交韩和带回。晴,微云。

初五日(5月23日) 辰初,赴大政殿前坐班。散后,回寓。午刻,子星、厚田禀见,会。申后,出门,拜景融、霁塘,均会。戌初,回寓。晴,云,风。亥后,阴。子后,微雨。

初六日(5月24日) 午刻,进署堂齐。散后,回寓。晴,云,风。

初七日(5月25日) 午刻,沃亭拜会,见。申刻,军署送阅三月初七日拜发回折。船规银两请尽收尽解折,奉旨:“户部议奏。钦此。”晴,浓云。午、酉刻,均微雨。

初八日(5月26日) 午刻,进署堂齐。散后,拜亮清未会。后回寓。申刻,章凤翔、王宾禀到,解犯来省。均见。晴,云。后记。

初九日(5月27日) 阴,风。巳后,微雨。未后,雷鸣,雨一阵。申后,住,旋晴,云。

初十日(5月28日) 午刻,会同四部、府尹秋审过堂。刑部十八起,人犯十八名,内情实一起,缓决十七起;府衙门五十五起,人犯五十六名口,内情实五起,余均缓决。散后,拜直夫,会。未后,回寓。申刻,复出门,赴睦庵之约,余斋、景融、海岚、佩卿、(直)〔芝〕荞在座。亥刻,散,回寓。阴。巳后,时雨。酉后,住,徐晴。

十一日(5月29日) 阴。午刻,雷鸣,雨一阵。未后,徐晴。

十二日(5月30日) 午刻,进署堂齐。散后,回寓。时阴时晴。丑后,雨一阵。午后,雷鸣,时微雨。

十三日(5月31日) 午刻,余竹楼禀见,赴复州盘查米石回省。会。阴。午后,时晃时落细雨。夜间丑、寅间,雨一阵。

十四日(6月1日) 午刻,进署堂齐。散后,拜直夫未会。后回寓。未后,直夫拜会;戌刻,霁塘拜会,均见。晴。午后,云。

十五日(6月2日) 晴,微风,云。

十六日(6月3日) 午刻,进署堂齐。散后,回寓。阴。

十七日(6月4日) 卯初,起身,恭赴昭陵陪祀。忌辰,大祭。散后,至润庵寓看视。巳后,回寓。安洲禀见,会。晴,云。早间,大雾。

十八日(6月5日) 辰刻,送伯麒入学拜师。午刻,进署堂齐。散后,回寓。申刻,佩卿拜会,见。托带信。晴,云。

十九日(6月6日) 巳刻,子星、小岩、厚田、聘之禀见,会。晴,风,云。接武顺禀及做法单二件。

二十日(6月7日) 午刻,进署堂齐。散后,赴府衙门。拜发雨水粮价折、并无私设铺头行头折。景融面称,若不标画周慎枢咨补牛庄巡检稿,恐外间以意见不和等词议论,且伊已画行,怎好改销,并云嗣后必先商明,然后定稿等语。余本面善,见其赧然景况,只好含笑允之。未后,回寓。检查寄京书信,至丑后始歇。晴,云。

二十一日(6月8日)　辰刻，差来成赍折进京。寄十五号家信及应酬信，禀五供字画并修房费一千三百两，盘费一百两，蔼云把什二百两。阴，时飞雨点。午后，风，时晃。申刻，雷鸣，雨一阵，间雹。旋晴，云。

二十二日(6月9日)　午初，进署，会同将军、都统、四部拣选金银库副关防。签掣礼部员外郎恩焘。后堂齐。散后，回寓。申正，出门，赴景融之约。直夫、捷亭、余斋、佩卿、芝荠、睦庵在座。亥刻，散，回寓。云，晴。

二十三日(6月10日)　申刻，余经历送阅三月二十日拜发回折。雨水粮价折、查明疏防盗犯脱逃折，均奉旨："知道了。钦此。"昌、岫请添拔贡定额折，奉旨："礼部议奏。钦此。"晴，云。

二十四日(6月11日)　巳初，赴军署，会拜奏补金银库副关防折、拏获抢劫朝鲜客商盗犯正法折。后进署堂齐。散后，拜霁庭，会。赴锦试毕回省。午刻，回寓。晴，云，热。

二十五日(6月12日)　酉刻，霁庭拜会，见。晴，云，风，热。

二十六日(6月13日)　午刻，进署堂齐。散后，回寓。晴，风，云，热。未后，时阴。申后，落雨点一阵。

二十七日(6月14日)　未刻，崇萃农禀见；官印福，系直隶河屯协副将，告假来奉查地。申刻，余斋拜会，均见。阴，风。申后，落雨星。

二十八日(6月15日)　午刻，进署堂齐。散后，拜萃农。店内云，已于今早起身回去矣。未刻，回寓。阴，时微风。午后，雨，连夜。

二十九日(6月16日)　阴，雨。寅刻，大雷，时风。未后，雨住。申后，晃，徐晴。

三十日(6月17日)　午刻，进署堂齐。散后，拜海岚，会。后赴慎斋处叹丧。伊父故。申正，回寓。亥刻，阴，雷，风，细雨一阵。

五月初一日(6月18日)　辰刻，子星、小岩禀见，会。阴，细雨。午后，住。未后，晃。酉后，晴。

初二日(6月19日)　午刻，进署堂齐。接准盛京刑部咨称："司员揪殴之案，业经讯结具奏。恩庆等先行饬令回任等因。"散后，回寓。申正，出门,赴芝莽之约,直夫、余斋、景融、霁庭、佩卿、捷亭、睦庵在座。亥刻,散,回寓。晴,微云。申刻,芷轩禀见,会。考试完竣。

初三日(6月20日) 晴,云。

初四日(6月21日) 晴,风,微云。接朱北园信及屯绢袍褂料一套。由直隶派解官犯葛振川来奉,行至宁远属满井地方,葛振川病故。因距省太远,是以具禀请安,即由彼回直矣。

初五日(6月22日) 卯刻,赴大政殿前坐班。散后,回寓。晴,微风,云。

初六日(6月23日) 卯刻,赴将军衙门,会拣宗学正、副管长拟陪人员。正陪,申福;副陪,禄善。散后,回寓。酉刻,瑞臣禀见,会。呈阅拟底,并商派各差。晴,云,热。

初七日(6月24日) 未刻,赴直夫之约射鹄,余斋、景融、霁庭、捷亭、佩卿、芝莽、睦庵均在座。亥刻,散,回寓。阴。卯、辰刻,均微雨,时飞雨星,时微晃。

初八日(6月25日) 辰正,进署堂齐。散后,回寓。申刻,恩吉臣、玉宝臣禀见,会。晴,云,微风。

初九日(6月26日) 未、申、酉刻,新选治中高同善禀到号雨人、张芷生禀见、查边回省。霁堂拜会,均见。阴,细雨。亥后,住。接十七号家信,雨人寄来。

初十日(6月27日) 辰正,进署堂齐。散后,拜雨人、芷生,均投帖。巳后,回寓。子星、厚田、冶轩禀见,会。阴。卯刻,细雨,如雾。辰后,时晴时阴时微风。

十一日(6月28日) 未后,景融拜会,见。晴,微风,云。

十二日(6月29日) 辰正,进署堂齐,派差。行运:文光;坐办:世荫、奎瀛、春元、文贵;领花红:福诜;当税:松恒、音登额、荣广、国仁。散后,赴余斋寓拜寿。后回寓。申刻,直隶候补知县贾云峰禀见,号华九,宁远后所人,押解官犯来奉。海岚拜会,均会。晴,微风,云。

十三日(6月30日) 丑正,恭赴关帝庙陪祀。散后,至余斋寓点心。卯刻,回寓。晴,风,微云。

十四日(7月1日)　辰正,进署堂齐。散后,拜贾华九、崇直圃、赵聘之均投帖,后回寓。晴,极热。酉后,浓云,风,雷鸣,细雨一阵,旋晴。

十五日(7月2日)　巳刻,高雨人禀见,忍庵、余斋先后拜会,均见。酉刻,月食,赴府衙门救护。子初,回寓。晴,微云,风。

十六日(7月3日)　辰刻,进署堂齐。散后,回寓。午刻,接十八号家信。由北关车店寄来。四月十八日卯时,三弟生一子,诚喜事也。未刻,绍静岩拜会,见。申初,出门,赴直夫之约,景融、张芷生、庆云亭、景枢卿、文殿元、崇直圃在座。亥刻,散,回寓。芷生禀见,会。商改边务拟底。晴,微风,云。

十七日(7月4日)　晴,云。申后,浓云,雷,风,微雨一阵。旋晃,晴。

十八日(7月5日)　辰刻,进署堂齐。散后,赴军署,会拜海贼窜扰庄河折、查勘边地折。散后,回寓。晴,微风,云。

十九日(7月6日)　晴,微风,云。

二十日(7月7日)　辰刻,进署堂齐。散后,拜忍庵,会。巳正,回寓。晴,微风,云。酉后,时阴。子后,雷,微雨。

二十一日(7月8日)　午刻,厚田禀谢;补开原县。未刻,周怡庭官印僖,书院山长。拜会,均见。申后,出门,赴马慎斋处吊祭。伊父故,送分金廿两。酉初,回寓。晴,云,风。未后,阴,雷鸣,微雨。申后,复雷鸣,大风,细雨时大。亥后,住,旋晴。

二十二日(7月9日)　辰初,赴萃升书院请掌院山长周怡亭开馆。散后,进署堂齐。巳刻,回寓。文子星禀见,会。阴,时晃时风。巳后,时雨。未后,住,旋晴,云。

二十三日(7月10日)　申刻,新选本部主事达凌禀见,会。晴,微风,云。

二十四日(7月11日)　辰刻,进署堂齐。巳刻,拜发请拨银两折。散后，回寓。阴，雨，时微住。申后，时微晃。亥后，住。

二十五日（7月12日） 巳刻，雨人谢委到任，奎辅臣禀到，引见回省。子星、小岩禀见，均会。午刻，赴府衙门，会拜雨水粮价折；“请奖拏获盗犯之舒准、余文凤”折；“奏参候补知县俞恒瀛、已故候补同知景灏、候补知县牟毓堃亏短库款”折；“已故知州何焕经霉变米石，请着追”片；请咨追已故知县李廷辉亏项片。后过堂七起七名。散后，看直夫未会。后回寓。申后，海岚拜会，见。阴，时细雨，时微晃。申后，晴，浓云。

二十六日（7月13日） 辰刻，进署堂齐。散后，回寓。芷生禀辞回任，会。晴，浓云，热。

二十七日（7月14日） 晴，浓云，极热。亥后，阴，细雨一阵。

二十八日（7月15日） 辰刻，进署堂齐。散后，拜直夫，会；达主事、恩关防官印焘、奎辅臣、高雨人，均投帖。巳后，回寓。晴，浓云，时飞雨星，热。

二十九日（7月16日） 申刻，来成回寓，奉到四月十九日拜发回折。雨水粮价折、并无私设铺头行头折，均奉旨：“知道了。钦此。”接十九号家信。阴，时晃时飞雨星。未后，雨一阵。申后，晃。戌后，复时雨。

三十日（7月17日） 辰刻，进署堂齐。散后，赴府衙门，会拜地丁奏销折、耗羡奏销折。散后，回寓。军署送阅十八日驿递回折。二件均奉旨：“另有旨。钦此。”外军机大臣字寄奉上谕一道。阴，雨，时住时微晃。戌后，住，渐晴。

六月初一日（7月18日） 巳、午刻，雨人、子星、小岩、厚田及梁遇春、杨文圃先后禀见；未刻，捷庭拜会，均见。晴，云，风。辰刻，微雨。

初二日（7月19日） 辰刻，进署堂齐。散后，回寓。申刻，赴睦庵寓吊祭、接三。伊岳母故。酉后，回寓。晴，云。辰至未，阴，热。

初三日（7月20日） 午刻，小岩禀见，会。阴，时晃。申、酉刻，均微雨。

初四日(7月21日)　辰刻,进署堂齐。散后,回寓。阴,时微晃时雨。日后记。

初五日(7月22日)　卯刻,赴大政殿坐班。散后,拜直夫,会。后回寓,刘树楷禀见,会。申正,芝莽拜会,同赴睦庵寓吊祭。送分金二十两。戌初,回寓。阴,时晃。子后,大雨。丑刻,住。午刻,飞雨星。亥刻,复微雨,热。

六月初六日(7月23日)　卯刻,起身,赴睦庵寓送殡。停于西关外山西会馆。午正,回寓。申后,色冶轩谢委,署兴京通判。会。阴,时晃。申后,雷鸣。酉后,微雨,徐晴。

初七日(7月24日)　巳刻,赓堂禀见;直夫约看病。新选海城县训导任仙吏禀到;申后,瑞臣禀见,均会。晴,微云,爽。

初八日(7月25日)　辰刻,进署堂齐。散后,回寓。子星禀见,会。晴,微云。唱吼戏。

初九日(7月26日)　晴,云。午后,阴。未后,雨,连夜。唱吼戏。

初十日(7月27日)　阴,雨。辰后,住,时晃。晚间,晴,云。唱吼戏。接署内务府印钥。

十一日(7月28日)　午刻,小岩禀见,会。申刻,准吏部飞咨五月廿六日奉上谕:“盛京户部侍郎兼管奉天府府尹事务着瑞联调补等因。钦此。”咨文系六月初三日行,而余升调何处,并未行知,诚奇闻也。酉刻,瑞臣禀见,会。晴,云。辰后,阴。未后,雨。

十二日(7月29日)　辰刻,睦庵、捷亭拜会;午刻,瑞臣禀见;酉刻,海岚拜会,均见。阴,时晃。辰刻,微雨。巳刻,移交内务府印钥于睦庵署理。

十三日(7月30日)　巳刻,聘之禀辞;赴复[①]放赈。未、申、酉刻,逢源、景融、余斋、芝莽、霁堂、亮清先后拜会,均见。阴,时晃。未后,

---

① “复”,奉天府复州。

徐晴。

十四日(7月31日) 巳刻,忍庵拜会;午刻,佩卿拜会,均见。晴,云。申刻,微阴。

十五日(8月1日) 画稿打到后,巳刻移交盛京户部印钥及兼管府尹事务于睦庵。午刻,斐司库实庵禀见,会。晴,浓云,时阴。酉刻,微雨。

十六日(8月2日) 午刻,恩鲁峰禀见;申刻,廉瑞臣禀见,均会。晴,浓云,时阴。

十七日(8月3日) 巳刻,庆宝轩官印善禀见,会。午初,接准兵部飞咨,内开清文同治十年五月二十五日内阁抄出:本日奉旨:"察哈尔都统着额勒和布补授。未到任以前,着庆春前往署理。钦此。"申刻,武顺回寓。接廿号信。午至酉刻,景融、睦庵、瑞臣、奎□□官印瀛先后拜会、禀见,均见。晴,浓云。巳后,阴。午刻,雨一阵。戌后,复微雨。

十八日(8月4日) 巳、午刻,余斋、佩卿、捷亭、芝庵、石友先后拜会;酉刻,海岚拜会,均见。润庵兄来看。晴,云。

十九日(8月5日) 辰刻,出门拜客。直夫、芝荞,会;瑞臣、吉臣、兴介堂、余斋、石友、厚田、安洲、沃亭、隆海门、海珊、镳宝之、夏司狱、陈典史、王赓堂、小岩、子星、余竹楼、张木匠、芝岩、雨人,均未会。午后,回寓。未刻,沃亭来看。申刻,雨人禀见,会。阴,时晃。未后,微雨。

二十日(8月6日) 卯刻,赴将军衙门,会拜恭贺慈安皇太后贺折及谢恩折。托军署折差带。散后,拜客。景融、索大人、睦庵、海岚、佩卿,会;亮清、文书田、王衡甫、文斗垣、扎椿园、彭小椿、奎允臣、玉宝臣、恩兰阁龄、德协领音太、文汇东熙、穆堂、承佐领、喀健庵、马慎斋、集竹翁,均未会。午后,回寓。时阴时晃。子刻,微雨。

二十一日(8月7日) 阴,雨,时微住。亥后,风。

二十二日(8月8日) 辰刻,出门拜客。忍庵、捷庭,会;黄霁堂、恩鲁峰、恩隆、奎瀛、□□、崇直圃、庆云亭、庆宝轩、富润,均未会。午后,回寓。

阴。子刻,微雨,时微晃。

二十三日(8月9日)　阴,时晃。辰后,微雨。

二十四日(8月10日)　辰刻,出门,赴润庵兄寓看视,顺拜客。兴盛德、利胜公、合盛元,均投帖。未刻,回寓。晴,云。

二十五日(8月11日)　巳初,出门拜客均未会。午后,回寓。未、申、酉刻,倭晋阶官印星额、瑞臣、小岩先后禀见,均会。晴,云。亥刻,有一星光芒甚大,自丑向未而没,余光许久始散,并有十数小星先后向未而没。据家人云,子刻复有二星,亦自东北向西南而没。其一,光芒较前略同;其一,光芒尤大,余光荡漾,约二三刻始散。

二十六日(8月12日)　辰刻,出门拜客。直夫,会;余均投帖。巳后,回寓。申刻,俞海珊禀见,会。晴,微云,热。

二十七日(8月13日)　晴,微云,热。酉刻,差人送海珊银五百两。因闻其景况甚难,是以赠之。

二十八日(8月14日)　未刻,霁庭拜会;申刻,海珊禀谢,均会。阴。卯、辰刻,均微雨。巳后,晴,云。申正,出门,赴景融之约。霁庭、睦庵、余斋、佩卿、芝莽在座。亥刻,散。

二十九日(8月15日)　申刻,出门,拜奇□□官印车布。后赴海岚之约。睦庵在座。戌刻,散,回寓。阴,时晃。辰刻,微雨。戌刻,飞雨星。

七月初一日(8月16日)　巳刻,奎瑞、增堃先后禀辞赴任,均会。后出门拜客。余斋、霁亭,会;煜炳轩,投帖。午刻,回寓。晴,微云,爽。

初二日(8月17日)　巳刻,出门,赴景融处拜寿,其夫人寿。未会。后看直夫,会。午刻,回寓。晴,微云。

初三日(8月18日)　辰初,起身,恭赴祖茔上祭。酉后,回寓。晴,微云。

初四日(8月19日)　巳刻,余斋拜会,见。府尹衙门送阅五月二十四、五日拜发回折。户部请拨银两折,奉旨:“户部议奏。钦此。”府署雨水粮价折,奉旨:“知道了。钦此。”请奖获盗官员折,奉旨:“吏部议奏。钦此。”

奏参亏短仓库厅县折及附片二件，均奉旨："另有旨。钦此。"又三十日拜发奏销折二件，均奉旨："户部知道。钦此。"酉刻，瑞臣禀见，会。晴，云。夜间，风。

初五日(8月20日) 申刻，出门，赴睦庵之约。霁亭、余斋、景融、海岚、捷亭、佩卿、芝荞在座。亥刻，散，回寓。阴，风。辰刻，飞雨星。戌后，晃。

初六日(8月21日) 酉刻，海岚拜会，见。晴，微云，爽。唱吼戏。

初七日(8月22日) 晴，云。唱吼戏。

初八日(8月23日) 云。申后，阴，时飞雨星。

初九日(8月24日) 巳初，起身，恭赴祖茔，同润庵兄上祭。未正，起身，复恭诣祖茔行礼，辞行。毕，进城。申正，回寓。阴。寅后，细雨。巳初，住。未刻，复落雨点。申后，晃。

初十日(8月25日) 申刻，文斗垣官印光禀见，会。晴，云。

十一日(8月26日) 巳刻，出门，赴余斋处拜寿，未会。回寓。晴，浓云。申刻，雷鸣。

十二日(8月27日) 卯初，恭赴大清门外行庆贺慈安皇太后万寿节礼。散后，回寓。申后，霁堂拜会，见。晴，云。午后，阴。酉后，雷鸣，风。戌后，雨一阵。

十三日(8月28日) 未刻，余斋拜会，见。晴，浓云。午刻，阴，雨。未刻，住，时晃时飞雨星。

十四日(8月29日) 申后，出门，赴芷轩寓吊祭。送分金百两。后拜盛海泉投帖。后回寓。阴。寅后，雨。巳后，住，时微晃时飞雨星。

十五日(8月30日) 午刻，文子星禀见，会。据称，刘金镕案现已讯结。阴。丑后，大雨一阵。午后，复雨。子后，住。

十六日(8月31日) 申刻，出门，拜海岚送帖，会。酉刻，回寓。阴，雾。巳后，晴，云。

十七日(9月1日)　晴。申刻,浓云,雷鸣。酉后,西北浓阴,雷电,风。戌刻,微雨。

十八日(9月2日)　巳刻,捷亭拜会,见。送条幅一张。申刻,出门,赴霁亭署拜寿未会。后拜直夫、景融,均会。酉后,回寓。奎□□瀛禀见,会。晴,微云。

十九日(9月3日)　巳刻,余斋拜会;派管内务府。午、未、申刻,明毓甫哲、睦庵、霁亭先后禀见、拜会,均见。晴,微云。

二十日(9月4日)　巳刻,奉到六月二十日拜发回折。谢恩折、贺折,均奉旨:“知道了。钦此。”巳、午、未刻,安洲、子星、沃亭先后禀见、来看,均会。申正,出门,赴余斋之约。景融、霁亭、海岚、佩卿、芝莽、睦庵在座。亥正,回寓。晴,微云。

二十一日(9月5日)　酉刻,瑞臣禀见,会。晴。

二十二日(9月6日)　巳、午刻,聘之、溟南先后禀见,均会。申正,出门,赴霁亭之约。余斋、景融、海岚、佩卿、芝莽、睦庵在座。亥刻,散,回寓。晴,微云。润庵兄来看。

二十三日(9月7日)　巳刻,直夫拜会,见。申刻,出门,拜霁堂、捷亭均未会;佩卿,会。酉正,回寓。晴,微云。

二十四日(9月8日)　巳刻,文子星禀见,会。未正,出门,赴余斋寓贺得孙满月之喜。景融、霁庭、海岚、佩卿、芝莽、睦庵在座。戌刻,散,回寓。晴,微云。

二十五日(9月9日)　巳、午刻,王云樵、余竹楼、忍庵先后禀见、拜会,均会。晴,云,时阴。未后,雷鸣,微雨。日后记。

二十六日(9月10日)　巳刻,出门,拜海岚,会留饭。后拜睦庵,会。申正,回寓少歇。复出门,赴芝莽之约。余斋、景融、霁亭、海岚、佩卿在座。亥刻,散,回寓。日间,佩卿、捷亭、逢原来拜。晴,微云。

二十七日(9月11日)　巳刻,高雨人禀见,会。后赴直夫寓拜寿,未会。后回寓。晴,云。巳后,大风。未后,雷鸣,时阴。戌、亥刻,均微雨。送直夫鱼。

二十八日(9月12日) 申刻,扎椿园禀见,会。后赴佩卿之约。余斋、景融、霁亭、海岚、芝荐、睦庵在座。亥初,散,回寓。阴,微风。

二十九日(9月13日) 午、未、申刻,连顺、系果业堂之子,现任熊岳笔帖式。捷亭、德宝之先后禀见、拜会,均见。阴。申后,晴,云。

三十日(9月14日) 午、未刻,直夫、树臣先后拜会、禀见,均会。阴,时飞细雨时微晃。

八月初一日(9月15日) 未刻,出门,拜树臣、连顺号□□、霁堂,均未会;直夫,会。申后,回寓。阴,时微晃。

初二日(9月16日) 巳刻,章凤翔禀见,佩卿拜会,均见。申刻,芝荐拜会,会。后同赴海岚之约。余斋、景融、霁庭、佩卿、芝荐、睦庵在座。亥刻,散,回寓。阴。

初三日(9月17日) 未刻,霁亭拜会;申刻,霁堂拜会,均见。阴,微风。巳后,晴,云。

初四日(9月18日) 申刻,出门,赴直夫之约。余斋、景融、霁亭、捷亭、佩卿、芝荐、睦庵在座。亥刻,散,回寓。阴。巳后,晴,云。未后,复阴。

初五日(9月19日) 未、申、酉刻,慎斋、瑞臣、逢源先后禀见、拜会,均见。阴。丑后,微雨。戌后,复时微雨,连夜。

初六日(9月20日) 巳刻,出门,赴佛立山、分金八两。刘楷亭分金十两。寓吊祭。午刻,回寓。未刻,余斋拜会,见。阴。巳后,徐晴。夜间,风。

初七日(9月21日) 未刻,景融拜会,见。晴,微云。唱吼戏。

初八日(9月22日) 申刻,聘之禀辞。赴西城查催米豆。并云,昨晚景融接得吏部知照,□月□□日奉旨"补授内阁学士兼礼部侍郎衔。钦此。"晴,云。唱吼戏。

初九日(9月23日) 辰正,出门,赴善缘寺候接铭鼎臣,跪请圣安。散后,进城。拜鼎臣,会;于□□宗瀚、周怡亭均投帖。午刻,回寓。因微感,未出门。时阴时晴。

初十日(9月24日)　午刻,出门辞行。景融、霁堂、亮清、润庵兄、海岚,会;余均投帖。戌刻,回寓。晴,云。

十一日(9月25日)　巳刻,海岚拜会;未刻,穆堂禀见,会。后出门辞行。芝荛、静岩、余斋,会;余均投帖。酉后,回寓。沃庭来看。晴。酉刻,子畴搬入府署。

十二日(9月26日)　巳刻,景融拜会,见。未后,出门拜客。鼎臣,会;余均未会。申刻,至子畴寓看视。二年宾东相处甚得,一旦分别,能不恋恋?后赴直夫、余斋、景融、霁亭、捷亭、佩卿、芝荛、睦庵公约在嘉禾堂。亥刻,散,回寓。晴,微云。

十三日(9月27日)　巳刻,俞海珊禀见,会。午刻,霁亭拜会,见。未刻,出门,赴睦庵寓拜寿夫人寿,会。后辞行,佩卿、捷亭、忍庵,会;余均投帖。酉后,回寓。吉臣禀见,会。晴,微云。日后记。

十四日(9月28日)　巳刻,俞海珊禀见;午刻,绍静岩禀见,均会。午后,出门,赴恩鲁峰处吊祭。伊父故,送分金百两。后拜客。未后,回寓。铭鼎臣拜会,见。申正,海岚、睦庵来拜。留便饭,与睦庵换帖。戌刻,散。晴,云。

十五日(9月29日)　巳刻,小岩禀见;午后,沃亭拜会,均见。未刻,出门,拜直夫、霁亭,均会。酉刻,回寓。瑞臣禀见,会。晴。

十六日(9月30日)　申刻,出门,拜温明叔,工竣回省。会。酉刻,回寓。自巳至酉刻,拜会者络绎不绝。缘在奉五年余,无甚过错,故诸亲友均恋恋也。晴,云。

同治十年八月十七日(10月1日)　辰正三刻,起身。部中差郭什哈、吴铎、王富山、李义、张庆恩、武得银、崔富春、曾德谦、冯天元八名随送至西边门外。黄霁堂慕宪、朱亮清仪训在路南关帝庙内候送。略坐,即赴善缘寺,协领庆云亭丰、集竹坡尔哈布、荣□□惠、德□□音泰、崇直圃善、文殿元绪、庆□□玺,防守尉奇瑞亭车布并札椿园勒杭阿、马慎斋永修、熙穆堂敬、隆海门瑞,内务府佐领、骁骑校,府署佐杂等官及温明叔、都直夫、清捷亭、瑞睦庵、麟芝荛、绵佩卿、铭鼎臣、奕余斋、德景融、张霁亭均在庙内候接。巳初三刻，明叔、直夫诸位跪请圣安。毕，即辞行。至塔湾地方，府署书吏在彼候送，海岚在店内候送。略谈，即辞行。海岚送玉烟壶一个。未初三刻，至大石桥，路北公馆店住。恩吉臣、廉瑞臣、玉宝臣和、世振之麟、明□□禧、奎和斋諴、王衡甫嘉铨、文书田贵、文斗垣光、吉□□瑞、都□□伦泰、国□□仁、郑□□金、彭小椿年、斐实庵什克及高雨人同善、文子星景、舒小岩度、王云樵寿嵩、福乾修隆阿、盛海泉思源均在店内候接，先后禀见，均会。阴。卯刻起，细雨。午后，住。申后，徐晴。马市桥二嫂及侄女等随行。

十八日(10月2日) 卯正，起身。直夫差吉林佐领海青带兵二十名来送行。至马三家子地方，张树臣差守备卢长春带勇二十名来接送，当嘱海青带队回省。又行二三里许，新民厅外委马万保带兵四名及厅内对子来接。午正，至孤家子公馆店尖。崇藕舲福在店内候接、禀见，会。申初，起身。过巨流河摆渡，约二时余始过完。亥正，至新民屯住。张巡检兰瑞在东街口接。树臣、藕舲禀安。子刻，施芳亭润拜会，见。大车丑正后始到。晴，微云，风。

十九日(10月3日) 辰初二刻，起身。拜树臣、藕舲、芳亭、张巡检、李子心如柏，均投帖。后至西街，路南关帝庙内张得禄跪请圣安。略谈即辞行。藕舲、张巡检在西街口候送。过柳河沟，水深二尺余，水手保护涉过。约一时许始过完。未初三刻，至大白旗堡，路南公馆店尖。申正二刻，起身。酉正二刻，至半拉门公馆店住。晴，微风，云。

二十日(10月4日) 辰初，起身。巳初三刻，至拉他山子贾溟南鹏升家吊祭。伊母故，送分金百两。略坐，即辞行。午正，至胡家窝铺尖。未正三刻，起身。申正二刻，至小黑山公馆店住广属①。徐玙斋禀见，会。阴，风，冷。巳后，微雨。午后，时晴。

二十一日(10月5日) 徐玙斋庆璋禀见，会。卯正三刻，起身。

---

① “广属”，即锦州府广宁县属地。

午正,至小孤家子尖。玓斋禀安。申初,起身。玓斋禀辞。送宝蜡丸四百包。路间,广宁记名外委萧景春带兵八名接。酉初三刻,至常兴店公馆住。店极腌脏。晴。

二十二日(10月6日)　卯正,起身。行至闾阳驿,锦县对子来接。广宁外委兵丁对子辞回。午初一刻,至石十三山站尖。西府折差来见。据云,关内路极泥泞,车不能行。申初,起身。路间,小凌河佐领庆云差顶马对子接。申正二刻,至土老坡甸公馆店住。晴,微云。午后,微风。

二十三日(10月7日)　卯正三刻,起身。至大凌河东岸,蔚臣在彼候接。午初一刻,至双阳店公馆店尖。张蔚臣云蕃禀见,会。未初二刻,起身。行至锦郡东五里营子地方林德庵树滋,户部正郎在彼候接。文石岩格前,湖南布政差人接。又三四里许,古子新呢音布、庆兰圃爱、赵聘之、受璧,出差来锦。祥芝亭、瑞,办米来锦。单教授维模、徐经历镐、陈巡检天爵及锦州笔帖式纶贵、佐领恩裕、国兴阿、兴福、合升额、德奎均在路北益发栈内候接。略坐,即辞行。川城至南门外,路北公馆店住。蔚臣在店内候接,兰圃、子新、聘之、芝亭、蔚臣、德庵先后禀见,均会。子新、兰圃敦请于明日在大佛寺公约,辞之再四,势不能已,且城内之客均未得拜,只好许之。惟人数众多,未免太骚扰耳。晴,微风,云。

二十四日(10月8日)　辰刻,庆兰圃拜见,会换帖。后出门拜客。文石岩,会;余均投帖。午初,回店。祥芝亭拜见,会换帖。蔚臣诸位均禀安、缴帖。未刻,子新禀见,会。申初三刻,出门。至天后宫,赴子新、兰圃之约,聘之在座。戌初二刻,散,回店。蔚臣禀见,会。送程敬、礼物。阴,时微晃时飞雨星。戌后,徐晴。

二十五日(10月9日)　巳初,起身。子新、兰圃、聘之、芝亭、单教授、徐经历及佐领等官均在火神庙内候接。略坐,即辞行。子新跪请圣安。毕,即起身。未正二刻,至高桥路北公馆店住。蔚臣及天桥厂巡检周行铃在店内候接、禀见,均会。宁远佐领李国文禀安。晴,微风，云。

二十六日(10月10日) 卯刻，蔚臣禀辞，会。卯正三刻，起身。巳正二刻，至连山公馆店尖。未初，起身。行至五里河子地方，遇德凤占昌带队查道经此。略谈，即行。路间，宁远佐领差顶马对子接。州内差对子来接。行至州城北三四里许，茶棚庵庙前刘松云杞、色佐领普铿额、王学正铭德、谢吏目觐光在彼候接。略谈，即辞行。进城拜客均投帖。酉初二刻，至南门外公馆店住。松云等先后禀见、谢步，均会。晴，阴。漏，未记。

二十七日(10月11日) 差武顺先行进关，在州坐尖。松云禀见，会。巳初三刻，起身。至女儿河河沿缉捕佐领李国文来见。至三台子地方，松云、色佐领、王学正、谢吏目均在彼候送。申初三刻五分，至望海甸公馆店住。少歇，同松峰赴东南看海，掌灯后始回店。往返约八九里许。晴，微云。

二十八日(10月12日) 辰初，起身。至六股河地方，中后所巡检屠振伦候接。巳正三刻，至中后所公馆店尖。屠巡检、额佐领勒经额先后禀见，均会。未初一刻，起身，屠巡检在街口候送。行至叶家坟地方，中前所顶马对子换接。酉正二刻，至满井公馆店住。晴。大车亥正始到。

二十九日(10月13日) 辰正一刻，起身。至大松岭沟地方，中前所路记佐领德海候接。午正二刻，至中前所公馆店尖。申初三刻，起身。德佐领在店候送。申正三刻，至老君屯公馆店住。晴，微风。因风闻关内道路不靖，命守备卢长春酌带勇丁十名随行进关，余者酌给盘费银三十两，嘱其先行归伍。

九月初一日(10月14日) 在老君屯坐尖。巳初十分，起身。午初二刻，进关，拜玉崐圃亮。因病请假，未会。后带同眷属等赴澄海楼观海，眺望许久，始赴红瓦店住，时申正二刻矣。阴。巳后，飞雨星。午后，徐晴。

初二日(10月15日) 辰初，起身。巳初二刻，至范家店尖。午正,起身。申初一刻,至深河驿住。晴。是日,原拟深河尖,抚宁住。因武顺折回,云前途路极泥泞,虽行恐赶不到,是以仅走五十里。住。

初三日(10月16日)　辰正,起身。午正一刻,至抚宁县住。晴。因西边道途泥泞,大车难行,复在此添雇小车十四辆,行路之难,银钱不能计也。

初四日(10月17日)　辰初二刻,起身。午正一刻,至双旺尖。未正二刻,起身。戌正二刻,始至永平府南关住。路间桐子沾泽、唐兰轩津差人接。到店后,子沾因扃门考试,差人禀安;兰轩禀见,会。署卢龙令唐钺差人禀安。晴,西面云。是日,路极难走,以为到店后可以歇息,不意值府内文武考试,加之回兵到府,所有大小客店均已住满。闻带兵官系副都统富魁,当即差人持帖往拜,仅匀出店房六间安顿眷口,非特人无歇处,而牲口亦无草料,自行路以来从未经此,诚堪浩叹也。

初五日(10月18日)　住永平府,差人回拜子沾、兰轩、唐令钺、桐守等均差人禀安。申刻,同松峰赴河沿闲步。阴。辰刻,飞雨星。巳后,徐晴。是日,府中考外场,青龙河不渡行人。比及探得北门外可以荡哨,而时已太晚,是以又落程一日。

初六日(10月19日)　辰初,起身。至青龙河渡口,虽有船只,仅水手二名,许久始渡过小车一辆,无奈复回。进西门,出北门荡哨而过。约绕越十数里。至滦河,乘摆渡而过,至夷齐庙瞻仰。庙内有纯庙、成庙御笔石刻诗六首和亲王诗二首,又石刻一,不记得姓名。门外左右石碑各一,一刻“忠臣孝子”四字,一刻“到今称圣”四字。惟屋宇半多残破,而东隔壁行宫更形倾塌,在禅堂略坐,吃茶一杯即辞行,给住持培生钱四千。未正一刻,至野鸡坨住。申刻,同松峰村外散步。晴。因闻回兵现住沙河驿,而天时已晚,势不能赶到新店,只好又走半站。如此行路,正不知何日始抵都门。总因大车太夯,不能快走之故。然借以随处游玩,亦苦中一乐也。

初七日(10月20日)　卯正一刻五分,起身。午初三刻,至新店尖。未初二刻,起身。行至莲花池地方,因小车陷住三辆,耽延半时许。申正二刻,至榛子镇住。晴。

初八日(10月21日)　卯正三刻,起身。午初二刻,至丰润县尖。未正二刻，起身。酉正，至沙流河住。早间大雾。巳后，住。晴，云。

初九日(10月22日) 卯正二刻，起身。巳正二刻，至玉田县尖。未初，起身。酉正，至别山住。卯后，大雾。巳后，住，云。

初十日(10月23日) 卯正三刻，起身。过阴流河。摆渡，约耽延半时余。午正二刻，至邦均尖。未正，起身。过草桥河。摆渡，亦耽延半时余。酉正二刻，至枣林住。晴。早间，微云。路遇睦庵折差。

十一日(10月24日) 辰初，起身。午初二刻，至燕郊尖。未正，起身。过通州里外河。均摆渡，共耽延一时许。酉正，至栅栏店住。晴，微云。来子、六四来接。

十二日(10月25日) 大雾。巳后，晴，云。因大车未到，又落程一日。申正，同松峰赴里河钓鱼。获鲇鱼二尾、噶牙五尾。酉后，回店。黻亭兄来接。察哈尔佐领庆文、笔帖式景廉带领帖写五名，值班章京乌尔贡泰、鹤年带同郭什哈十名来接。嘱守备卢长春带领勇丁回防，赏伊等盘费银四十五两。大车酉刻始到。

十三日(10月26日) 辰正，起身。未初一刻，至华嘉寺庙内住。晴，云。巳刻，微雾。夜间，微雨。亲友来看。

十四日(10月27日) 寅正，起身。进西华门，赴内豫备请安，未蒙召见。巳初二刻，散。巳正，回家。佛祖前上香行礼。未正，出门拜客。佩衡、莲舫，会；恭王、伯王、六额驸、惇王、孚王、绍彭、小汀，均未会。戌后，回家。阴，时风时微雨。巳后，晴，云。亲友来看。

十五日(10月28日) 巳刻，松寿泉拜会，崇龄沃亭之子来看，均见。未正，出门，赴茔地行礼。后进西便门拜客。兰荪、博川、醇王，均未会。酉正，回家。晴，云。

十六日(10月29日) 卯正，进西华门。午初，随同兵部引见人员进内跪安谢恩。散后，赴甘井儿胡同叹丧。德二老爷于初十日病故。未初，回家。申刻，文星垣魁、桂莲舫先后拜会，均见。晴，云。酉后，微风。

十七日(10月30日)　巳至酉刻,玉澍田春、尚□□宗濂、恩石仙福、玉云亭岱、志蔼云和、恩□□启、文齐斋凯、孙秋溪兰谷先后拜会,是以未得出门。晴,微风,云。是日,户部郭什哈吴铎等辞回,赏伊等盘费银四十两。

十八日(10月31日)　辰至未刻,张藕堂树甲、赵心泉鸿仪、鄂焕渠云布、海豁庭通先后拜会,均见。未后,出门拜客。焕渠、武定侯、达子庙、养马营、成鉴泉、太平桥、明爷,均会;阿孚山克敦、福潜斋勒洪阿,均投帖。酉后,回家。晴,云。夜间,微雨。

十九日(11月1日)　辰、巳刻,孟定轩保、景子乾闻拜会。未刻,出门拜客。龄二爷、文齐斋、阿大爷、海大爷、福二爷趾、阿二爷、鹏四爷、魁华峰、述大爷,均见。张藕堂、景子乾、王三爷文焕、连衡甫魁、清辑庭瑞、奕丽堂贵、桂小岩丰、胡朴斋图礼、钰锡之坤、庆禧堂、色怡亭、文芝山寿、英雨农贵、宝振甫森、佛二爷、松寿泉淮,均未会。酉正二刻,回宅。阴,云,风,凉。福观澜来谈。

二十日(11月2日)　程檀叔祖诰、英雨农、钟稚泉濂、蔡侣方宗瀛、禧趾堂先后拜会。未正二刻,出门拜客。国寿岩、寿幼芝、伊太太、松茂如,会;彭芍亭、庆雨香、龚叔雨、奕大人、载凤仪、爱丽堂、花育甫、何盘阶、周兰士、杨□□联恩、田五爷、诚老爷裕、德七爷、福观澜、德大爷、萨久亭、萨俭斋、马掌柜、连老爷祥,均投帖。酉正,回宅。晴,云,微风。

同治十年九月二十一日(11月3日)　师伯骏长灼、庆秀臣彦、讷雨田先后拜会。未后,出门拜客。禧趾堂麟、文五爷秀、讷雨田隆阿、罗沃庭霖、郭亲家老爷、格三老爷、清吉甫夫人,会;庆世古勋、景老爷□、庆秀臣、玉楚樵珩、哲松亭克东额、施济航之博、王子朱麟绂、庆星阶升、景履云祺、豫子琴璋,均投帖,未会。戌刻,回家。晴,微云,风。日后补记。

二十二日(11月4日)　寿幼芝来拜。未正,出门。拜富椵斋森布,投帖。后赴崇佩如纶家拜寿。略坐即辞行。赴甘井儿胡同送圣。掌灯后,同经阿老爷打十胡一班。丑刻,回家。晴,微风,云。日后补记。

二十三日(11月5日)　王公辅器成拜会,见。未后,出门。赴甘井儿胡同辞灵。戌刻,回家。晴,风,微云,凉。

二十四日(11月6日)　辰刻,赴甘井儿胡同送殡。未后,至衍法寺,停放毕。申后,回家。晴,微风,云。

二十五日(11月7日)　萨俭斋廉、格三老爷、简南坪宗杰先后拜会,均见。晴,微云,风。未出门。

二十六日(11月8日)　锡厚庵缜拜会。午后,出门拜客。恩承之启、阿介石克敦布、二姑太太,会;文子乘辂、苏荫轩勒布、载欣甫庆、春辅庭佑、存立修诚、继世兄恩、熙台之子。励贝勒、兴承斋恩、祥朗山明,均投帖;麟四爷芝莽之弟,会。酉后,回家。晴,微云,风。

二十七日(11月9日)　午后,出门拜客。都直夫宅、延树南、奎华亭英、赵心泉、志蔼云、泽山,见①。文质堂盛,均会;洞古尔胡图克图、继恕堂格、广励旃科、晋老爷亨、托禹臣云、荣仲华禄,均未会。酉后,回家。晴,微云,风。庆佐领文、景笔政廉呈阅请假折。夜间呈递。

二十八日(11月10日)　因到京后私务烦多,一时摆脱不开,不得已请修墓假一个月,蒙恩允准。巳、午刻,洞古尔胡图克图、徐管侯、彤锡,任刑部主政,系申锡前辈之弟。刘善初余庆先后拜会,均见。未后,出门拜客。庆大爷,见;尚老爷宗濂,投帖。申后,回家。晴,微云,风。

二十九日(11月11日)　午后,出门拜客。福□□长,会;绵五爷文、佩卿之弟。崇文山绮、松□□林、寅虎臣宾、灵芗生桂、常沛霖恩、明元甫善、皂荫方保、锡厚庵缜、容贝子、载竣峰崇、祥东屏泰、孟定甫保、海豁亭通、谟公爷、英老爷桂,盛兵②副郎、载鹤峰龄、成魏卿琦、英善庭元,均投帖。酉刻,回家。晴,微云,风。

三十日(11月12日)　午后,出门拜客。师伯骏长灼、王钰如式曾、经阿老爷,会;赵朗夫曾向、阎梦岩汝弼、胡小蘧家玉、范次典鸿谟、张安甫文澜、李小轩廷箫、万藕舲青藜、苗鲁生厚田、史岳申崧翰、李李村衢亨、刘善初余庆,均投帖。酉刻,回家。晴,微云,风。自二十五日至三十日,均日后补记。

---

① 志和,字蔼云;象某,字泽山,为志和僚属。

② “盛兵”,即盛京兵部。

十月初一日(11月13日)　巳刻,恭赴茔地上祭。酉刻,回家。阴,风,冷。是日,差察哈尔佐领庆文等回口。致锡台、静村信,并将海岚给静村信、物转致。

初二日(11月14日)　阴,风,冷。未后,徐晴。

初三日(11月15日)　午刻,出门拜客。张泉初元益、朱燮臣(鸿)〔仪〕训、宋雪帆晋、张芝浦端卿、孙秋溪兰谷,会;何芝阁耀纶、孙山麓庆咸、韩吟舫宗源、张吉人敬生、蒋□□立言、张吉人度、方寿甫恭铭、蔡侣方宗瀛、谭静甫继洵、姚彦士□□、黎□□淞庆、黄孝侯钰、董新甫僎翰、赵价人宗德、朱修伯学勤、叶兰台衍兰、潘白寅祖荫、翁叔平同龢、温明叔葆深、徐管侯彤锡、庞宝生钟璐、鲍华潭源深、王少舫守基、胡□□瑞澜,均未会。酉刻,回家。晴,云,风。未后,时阴,冷。

初四日(11月16日)　张星舫照南拜会,见。午后,出门拜客。简南坪宗杰,会;王小云金台、黄□□元善、余黼臣上华、周允臣文俞、张星舫照南、杨蔼亭沛霖、李景柳希祖、任蕡台兆坚、吴时斋协中、佘松南培轩、翁巳兰琳、傅鉴川驯、皮小舲宗翰、庆子健锡纶、黄滋园培昌、贺云浦寿慈、柳心斋维德、桑白斋春荣、杨鹄山鸿典、程檀叔祖诰、危南皋□□、胡□□砺山,均未会。酉刻,回家。时阴时晃,风,冷。

初五日(11月17日)　温明叔、张吉人度、恩石仙福、管莛生贻萼、玉澍田春先后拜会,均见。申刻,出门拜客。因护书忘带,只拜袁□□廷俊一家,未会。申正,回家。晴。

初六日(11月18日)　巳至申刻,吴时斋协中、文质堂、张泉初元益先后拜会,至申后始散,是以未能出门。晴,微云。得质堂久谈,固大有益,然倍加一层畏惧矣。

初七日(11月19日)　傅鉴川驯拜会。午刻,出门拜客。汪芾村朝棠、钟小岩岱、于莲舫凌辰、广次静安、管莛生贻萼、徐荫轩桐、徐□□承煜、张子修增道、朱桐轩凤标、玉云亭岱、黄恕阶倬、阿朴斋勒经阿、裕竹村昆、荣雨田、恒□□寿、察鉴泉杭阿、文星垣魁、毛旭初昶熙、文星垣奎、荣竹舫绪、恩石仙福、陆晋卿寿祺、载贝勒治、承鲁岩泰、董小楼润,均未会。酉刻,回家。晴。

初八日(11月20日)　午刻,出门拜客。单地山懋谦、成竹坪林、恩露溥承、讷静山仁、董蕴卿珣、恩文甫龄、睿王、承少泉勋、钟稚泉濂、钟叔佩珂、常润伯恩、瑞芝生常、凤梧冈山、禄廉臣德、海溟南瀛、宝东山珣、绍秋皋祺、禧豫峰晟、馨丹岩桂、春□□□、玉澍田春、福绥庭兴、明□□庆、夏伯音家镐，均未会；绍实庵荣，会。酉刻，回家。晴。

初九日(11月21日) 宋雪帆拜会。午后，出门拜客。锡□□拉绷阿、蒋怿甫汝传、有梦琴泰，均未会。申后，回家。晴，微云。

初十日(11月22日) 午刻，出门。赴桂爷林寓贺喜。伊子成家。后拜客。广竹亭凤，未会。后赴倭艮翁宅补行吊祭。送分金二十两，世兄均未会。申后，回家。广竹亭拜会，见。晴，微云。

十一日(11月23日) 午刻，出门拜客。王钰如式曾、余子安恒治，会；藏棚铺、蒙贤初克勤、杜雅堂正诗、林香墀元芳、王馨亭兆兰、冯馨兰金鉴、奎雯浦瀛、李亦青希莲、杨□□凤翔、施丽生庚曜、蒋香泉英元、戴仲泉霖祥、志西屏华，均未会。酉正，回家。晴，微云。

十二日(11月24日) 奎雯浦瀛、福海□长先后拜会。未刻，出门。赴文齐斋处送行，会。后拜鄂焕渠云布，未会。申刻，回家。淡阴，时晃。申后，风。

十三日(11月25日) 戴仲泉拜会。晴。

十四日(11月26日) 朱修伯学勤、皮筱舲拜会。晴。酉后，云。夜间，风。

十五日(11月27日) 未刻，出门拜客。承立斋启、嵩□□峪，均未会。后赴莲舫之约。亥初，回家。晴，风，微云。

十六日(11月28日) 陆晋卿调阳拜会。国寿岩来看。晴，微云，风。

十七日(11月29日) 晴，风，微云。

十八日(11月30日) 馨丹岩桂、常润伯恩、延树南煦、成鉴泉明先后拜会。晴，微云，风，冷。

十九日(12月1日) 午后，出门请客。太平桥、成鉴泉、海老大、六舅太太，均见。后回家。晴，风，微云。

二十日(12月2日) 师伯骏长灼拜会。晴，风，微云。

二十一日(12月3日)　晴,微风,云。以上三日均日后记。

二十二日(12月4日)　丑、未刻,上祭。是日,天清气爽,无少风,云。

二十三日(12月5日)　子刻,上祭。是日,天气清明,无少风,云。

二十四日(12月6日)　未刻,换锁。上祭。阴,时微晃。亥后,细雪连夜。

二十五日(12月7日)　雪。午后,住,徐晴。约国寿岩诸位吃烤肉。察哈尔佐领庆文等禀到。

二十六日(12月8日)　寿幼芝庆拜会,庆佐领等禀见。晴,微风,时阴。

二十七日(12月9日)　时阴时晃。

二十八日(12月10日)　假满。卯正,进内请安。巳正二刻,回家。清辑庭瑞禀见。晴,风,微云,冷。

二十九日(12月11日)　晴,风,微云。

十一月初一日(12月12日)　绍实庵拜会。晴,风,微云。

初二日(12月13日)　未刻,出门拜客。醇王、文博川,均未会。晴,风,微云。

初三日(12月14日)　未出门。叫鼓彩。晴。

初四日(12月15日)　师伯骏、志克庵刚拜会。未后,出门拜客。醇王、博川、志克庵、英雨农贵,均未会。晴。

初五日(12月16日)　未后,出门拜客。恭王、宝佩衡、锡厚庵缜、锡子由纶,均未会;志蔼云,会。酉后,回家。晴,微云。戌后,风。

初六日(12月17日)　未刻,出门拜客。醇王,未会;博川,会。晴,微云,风。以上八日均日后补记。

初七日(12月18日)　卯刻,进内请训。巳初二刻,蒙恩召见。午初一刻,入对。谕问:"几时起身?走几日?兵丁若干?"并谕以"台站、蒙古及兵丁均皆苦累,到任后须好好办理"。并谕问:"年岁若干?”即谕令跪安。午后,回家。申初,出门。赴马市桥二嫂夫人家看视。因初六日搬家。酉刻,回家。晴,微云,时微风。

初八日(12月19日)至十四日(12月25日)　每日出门辞行,而早晚拜会之客甚多,连日奔忙,是以未能逐日笔记,而过后又多记忆不清,今仅记大概而已。十一日,赴蔼云、莲舫、树南之约在树南宅,值荣仲华禄往拜,遂亦作东。文礼堂在座。子刻,散。十三日。赴松寿泉溎之约,英辑五瑞、志克庵刚、罗沃亭霖、宝振甫森、福观澜泉、赵松峰在座。戌后,散。此数日,惟十二日阴,晚间雨雪,其余各日均晴暖无风。

十五日(12月26日)　出门。恭赴茔地辞行,顺拜客。晴暖,微云。

十六日(12月27日)　午刻,出门拜客。醇王,未会。后回家,锡子由纶、继恕堂格拜会,均见。晴,微云。亥后,微风。原拟十六日起身,因骡轿不齐,而日期又不甚嘉,加之三弟之病亦未甚愈,是以改于二十二日起身。

十七日(12月28日)　申刻,出门拜客。恩承之启,会;余投帖。晴,风。稍觉感冒。

十八日(12月29日)　玉云亭岱禀见。晴。因感冒未出门。

十九日(12月30日)　因感冒未出门。玉澍田春禀见。亲友来看。晴。

二十日(12月31日)　因感冒未清,未出门。亲友来看。晴。

二十一日(1872年1月1日)　感冒较轻。午初,出门。赴本家及亲戚家辞行。申后,回家。诸亲友来看。晴。以上三日均日后记。

二十二日(1872年1月2日)　辰刻,佛祖前上香行礼。巳正,起身坐车。诸亲友来送。茂如、叙九随送。至德胜门关帝庙内上香。后出城,在马店路东茶馆略歇。申初至沙河,路东店内住。晴。

二十三日(1872年1月3日)　卯初,起身。乘驼轿,茂如、叙九辞回。巳初一刻,至南口,路南回回店内尖。午初一刻,起身。雇人夫、骡、驴盘关。申初三刻,至岔道城外,路北回回店内住。晴。路间轿翻一次。是日,天气晴暖。关沟内并不寒冷,路亦不甚难行。惟因乘轿,其中景致未得详览,为可惜耳。

二十四日(1872年1月4日)　卯正三刻,起身。乘驼轿。巳正十分,至怀来县,西关外店内尖。午正,起身。申正一刻,至沙城堡,街内路北店内住。阴。未后,雪,微风。戌后,住,时晃时飞雪花。

二十五日(1872年1月5日)　寅正二刻,起身。辰正二刻,至鸡鸣驿尖。宣化县知县方汝翊号友兰送一品锅一、小碗四、果碟八。午初,起身。绕洋河,过泥河,行至距城五六里许换车。路间,前锋章京喜麟带前锋四十八名接。酉正,至宣化府东关外,口北道奎乐山官印斌、宣化府李静山官印培祜、宣化县方友兰,及游击、都、守并佐杂等官均在八蜡庙前候接。酉正一刻,至南关外,路北公馆店住。乐山、静山、友兰、万全县知县李廉夫官印葆桢先后禀见,均会。乐山送席一桌,友兰送上、下席五桌。时阴时晃时飞雨星。辰后,徐晴。

二十六日(1872年1月6日)　在宣化府坐尖。巳正,进城。拜奎乐山、李廉夫、李静山、方友兰。后起身,行至七里台地方换车,庆熙台及监督、副将、协领、都、守等官均差人接。至通桥南,都司和伸布等带兵排队跪接,十旗兵丁支搭账房接。申正,至龙王堂,司员、协、佐等官均在庙外接。庆熙台官印春及副将玉祥号润峰跪请圣安。后监督嵩博泉官印溥来见,略坐,即辞行。至下堡,路东通海店住。熙台、博泉先后拜会,余均禀安。博泉送果席、烧猪,收;三协领送席,辞。澹阴,时晃。公馆内三翼预备茶叶、烛炭,当令撤回,并嘱以后不准预备。

二十七日(1872年1月7日)　午后,出门拜客。熙台,会,商拟任、卸日期。因熙台定于初一日起身,拟于二十九日交卸,初一日拜折,未便勉强,只好应之。余均投帖。酉刻,回店。李廉夫禀见,会。晴,微云。

二十八日(1872年1月8日)　午刻,熙台拜会,清祥颐亭,行二,任印房员外郎。禀见,均会。申正,出门拜客。嵩博泉,会;余俱投帖。酉刻,回店。晴,微云。

二十九日(1872年1月9日) 巳刻,接收印钥,来文判到。印房员外郎清祥、左司员外郎承恩枫桥,行一、右司员外郎鄂奎梅亭,行一、左翼协领讷钦泰春圃,行一、右翼协领额勒鸿额安斋,行三、蒙古协领塔清阿雨亭,行一、正白旗满洲理刑员外郎恒亮,先后禀见。佐领以下各官,均禀安。时额协领尚未服满,系佐领伊勒当阿署理,此误记。未初,出门。拜熙台送行,会。申后,回店。酉刻,佐领庆文郁亭,行一、笔帖式景廉介臣,行□呈阅奏折,会。淡阴,时风,冷。

十二月初一日(1872年1月10日) 巳初,拜发到任折。差官:明顺;兵:吉祥。后诸属谒见。后赴龙王堂候送熙台起身,跪请圣安。散后,拜粮台委员、候补知州文镛序东,行□,后回店。晴,微云。印房呈递事宜官员单。

初二日(1872年1月11日) 准兵部递到五百里夹板一件。系军机大臣字寄,户部议覆"筹拨巴、塔二城军需银两",奉上谕一道。巳刻,堂齐。各司处呈递事宜官单,标画稿件。后兵部笔帖式松连、派赴伊犁差委。镶黄旗满洲理刑主事崇勋先后禀见。申刻,清颐亭画稿,会。晴,微云。夜间,风。

初三日(1872年1月12日) 巳刻,印房左司呈画稿件。牛子告假回奉。晴,微云。

初四日(1872年1月13日) 巳刻,印房左司呈画稿件。晴,云。未后,风,冷。

十二月初五日(1872年1月14日) 巳刻,进署。先拜仪门。上香,行一跪三叩礼。毕,进内宅。略坐,赴大堂拜印,都统印一颗,上驷院、太仆寺、军台关防各一颗。行三跪九叩礼。礼毕,各司处官员谒见。后赴照房、仙人堂及马号、马王庙上香。均行一跪三叩礼。午后,眷属、家人均入署。晴,风,微云,极冷。

初六日(1872年1月15日) 巳刻,堂期。各司处呈画稿件。后驿传道瑞森□□,行□禀见。据云,台站业已办理妥协,赴伊十起大臣不致遗误,当嘱其详细呈报。晴,云,风,极冷。

初七日(1872年1月16日)　土尔扈特二等台吉阿玉什呈递哈达一方。未会,哈达收。巳刻,桂伯舫官印全,系桂莲舫嫡堂兄,现任独石口防守尉。禀见,会。送伊一品锅一具。晴,风,微云,极冷。

初八日(1872年1月17日)　巳刻,堂期。差进贡汤羊、长尾羊、黄羊、奶酒差弁起身。廉清告假回家,随同起身。申刻,差郭什哈寄送二号家信及应酬信、禀二十六封。因廉清起身时,家信尚未写完。申刻,伯舫禀见,会。酉刻,上祭。先母三周年。晴,微风,云,冷。

初九日(1872年1月18日)　午、未刻,粮台委员、候补知州文序东官印镛、奎乐山先后禀见,会。后出门,拜桂伯舫,会。申刻,回署。嵩博泉、王枫臣官印可升,行□。先后拜会,均见。晴,微云。

初十日(1872年1月19日)　巳刻,堂期。未初,出门拜客。枫臣已回郡、乐山未会,博泉及前赴伊犁之大臣、头等侍卫沙振庭官印克都林扎布,二等侍卫特云峰官印尔清阿,均会。申后,回署。晴,微云。

十一日(1872年1月20日)　未刻,沙振庭、特云峰、李廉夫先后拜会、禀见。申刻,营务处官员禀见,会商布鲁图台站事务。酉刻,散。晴,微云,时风。

十二日(1872年1月21日)　巳刻,奉到到任谢恩回折。"军机大臣奉旨:知道了。钦此。"堂齐。因绥远城将军咨称布鲁吐所属台站有将运送军装、火药损坏、遗失情形,当饬办稿,将该台章京多尔济扎布暂行摘去顶戴,以观后效。并发堂谕,晓谕各司处官员人等,嗣后务宜廉洁自持,谨慎从公等谕。未初始散。因探差禀报,托大人已离口十余里。若饭后再接,恐赶不及,即赴龙王堂候接。申后,子明始到,跪请圣安。毕,略坐。回署已申正一刻矣,始吃早饭。晴,微云。午后,风,冷。

十三日(1872年1月22日)　巳刻,拜发元旦贺表。午刻,托子明官印伦布拜会,见。未刻,出门。回拜子明未会。接一号家信。送熙台郭什哈带回。申刻,射箭。晴,微云。

十四日(1872年1月23日)　巳刻,堂期。未初,挑缺共四十缺。

申初二刻，挑完。晴，微云。

十五日(1872年1月24日) 巳刻，出门。拜关帝庙、(普)〔菩〕萨庙。后回署，拜仙人堂、马王庙。每月朔望同。酉刻，营务处官员禀见，差佐领伊勒当阿睿斋，行一出口，详查察汉托罗盖、布鲁图二段台站驼马数目及积滞粮石情形。晴，微云。

十六日(1872年1月25日) 巳刻，堂齐。午刻，拜发年终稽查台站废员折、牧群堪调马匹数目折。晴，微云。

十七日(1872年1月26日) 晴，微云。日后记。

十八日(1872年1月27日) 巳刻，堂齐。晴，微云。申后，时风。日后记。

十九日(1872年1月28日) 午刻，特云峰拜会；未刻，营务处官员禀见，会。后出门，拜云峰，未会。后回署。拟办奏稿。郭俊来署。玉澍田所荐之家人。晴，微云，时风。因头晕，未射箭。差来成送给陈姓钱三吊。系敬业堂陈芝田养子，因谋事来口，病在店内。酉后，署驿传道连厚禀云，适接伊犁折报，日期不符，恐有遗失等情。当嘱其将包上所书蒙文译出，呈阅详核，并无舛错，即令发递，而时已丑正矣。

二十日(1872年1月29日) 巳刻，堂齐。午刻，拜发元旦贺折。毕，封印。晴，微云，时微风。

二十一日(1872年1月30日) 晴，微云，时微风。

二十二日(1872年1月31日) 申刻，接到通商衙门五百里公文一角。系俄商改道由。晴，微云，风。

二十三日(1872年2月1日) 午刻，沙振庭拜会，见。未刻，拜发现办台站大概情形折、请拨饷银折、拟请分案报销片。均由驿四百里驰递。后派员外郎承恩、鄂奎，协领塔清阿，佐领庆文，笔帖式景廉办理通商事务。后出门，回拜振庭，会。后回署。晴，微云。

二十四日(1872年2月2日) 午刻，贡差回口，奉到请安折。奉旨："知道了。钦此。"接二号家信。未后，营务处官员禀见。申刻，兵部递到军机处□百里夹板一件。系户部议覆"乌鲁木齐都统景廉请拨粮饷"，奉上谕一道。晴,微云,风。

二十五日(1872年2月3日)　晴,微云。日后记。

二十六日(1872年2月4日)　午刻,赴龙王庙候接乌达峰,官印勒喜崇阿,赴车臣罕赐奠。跪请圣安。后拜达峰,会。后回署。未后,承枫桥禀见,达峰拜会。交莲舫信。晴,云。子后,微雪。

二十七日(1872年2月5日)　巳刻,奉到十六日拜发回折。稽察军台废员折,奉旨:"知道了。钦此。"堪调马匹折,奉旨:"兵部知道。钦此。"后各司处呈画稿件。申后,传景笔政封发密复通商衙门信。澹云,时晴时飞雪花。

二十八日(1872年2月6日)　巳刻,张理厅、熙兰斋官印格禀见。呈递履历。午刻,营务处官员承恩、景廉禀见。晴,微云,风。

二十九日(1872年2月7日)　巳刻,准兵部递到二十三日拜发回折。现办台站情形折,奉旨:"该衙门知道。钦此。"请饷折,奉旨:"户部速议具奏。钦此。"附片,奉旨:"知道了。钦此。"并寄谕三道。一,户部议覆"科布多参赞大臣文硕请拨饷银十万两,解到转解"由;一,巴里坤领队大臣伊勒屯请拨银两,议由各省拨解转递由;一,署乌里雅苏台将军奎昌奏,请将吉林、黑龙江、察哈尔军饷由口北道办理,着会同直督妥议具奏由。晴。未后,时风。

三十日(1872年2月8日)　丑刻,接神。晴,时风。

同治十一年(1872)张家口

同治十一年正月初一日(2月9日)　佛祖前行礼。毕,巳初,赴万寿宫,同监督率同各属司员、协、佐等官拜牌。毕,略坐。至关帝殿拈香。毕,赴菩萨庙拈香。后顺拜客。托子明,会;余均投帖。后回署。午正,复出门。赴下堡拜客均投帖。未初二刻,回署。晴,微淡云,暖,日晕。

初二日(2月10日)　巳刻,托子明拜会,谈许久,未后始别。晴,微云。

初三日(2月11日)　晴,云。申后,时风。

初四日(2月12日) 巳刻,奉到贺折。均奉旨:“知道了。钦此。”晴,云,时微风。

初五日(2月13日) 午刻,托子明拜会。未刻,出门回拜子明,会。申初,回署。晴,云,时风。

初六日(2月14日) 晴,云,风,冷。

初七日(2月15日) 晴,时微风。子正,准兵部递到,军机处初六日申刻发交四百里夹板一件。系户部速议“察哈尔军需紧要,请暂由部库拨给银十万两等因”,奉上谕一道由。

初八日(2月16日) 晴,时微风。

初九日(2月17日) 未刻,堂齐。后瑞森禀见。晴。酉后,时风。

初十日(2月18日) 晴。夜间,风。日后记。

十一日(2月19日) 巳刻,千家店防御禄荷乌珍禀见。晴。亥后,风。

十二日(2月20日) 唱戏大兴园班。嵩博泉来拜,会。送祝敬二十两。晴。

十三日(2月21日) 唱戏。晴,微云。

十四日(2月22日) 巳刻,堂齐。后正白旗理刑员外郎恒亮、察哈尔正蓝旗参领巴札尔、蒙古员外郎鲁勒木札普先后叩见。晴,暖。

十五日(2月23日) 巳刻,赴关帝、菩萨庙拈香。毕,回署。阴,微雪。巳后,徐晴。申后,时风。

十六日(2月24日) 巳刻,堂齐。后正黄、镶红、正蓝、镶蓝四旗满洲理刑司员等叩见。午刻,出门拜客。博泉,会;余均投帖。未后,回署。晴,微云。未后,风。

十七日(2月25日) 申后,赴下堡三义宫庙内候接志可庵,跪请圣安。酉后,回署。晴,微风,云。

十八日(2月26日) 巳刻,堂齐。未刻,出门。拜可庵,会。后回署,可庵来拜,会。晴。

十九日(2月27日)　晴。

二十日(2月28日)　巳刻,堂齐。晴,云,微风。申后,淡阴。戌后,微雪。子后,住,晃,时飞雪花。

二十一日(2月29日)　午刻,开印。后堂齐。晴,云。早间,时飞雪花。

二十二日(3月1日)　巳刻,堂齐。发致李少荃、鲍花潭密信。有牛羊群牧丁一名喊冤,当派承恩、讷钦泰、塔清阿会同该群主事讯办。晴,微云。

二十三日(3月2日)　晴,微云。

二十四日(3月3日)　巳刻,堂齐。点派办理军政官员。未刻,请客志可庵、嵩博泉、玉润峰。戌后,散。晴,微云。

二十五日(3月4日)　晴,微云。日后记。

二十六日(3月5日)　巳刻,堂齐。午刻,李廉夫禀见,会。后出门,拜可庵、廉夫均未会。后回署。晴,云,风。戌后,大风。

二十七日(3月6日)　晴,微云。日后记。

二十八日(3月7日)　巳刻,堂齐。后出门,赴口门候送克庵起身。午正,回署。未刻,奎乐山禀见,会。晴,微云。

二十九日(3月8日)　未刻,出门。回拜乐山未会。后回署。晴,微云,暖。

二月初一日(3月9日)　巳刻,出门。拜庙。未刻,请客乐山、博泉、润峰。戌刻,散。晴,微风,云,暖。

初二日(3月10日)　巳刻,堂齐。饬左司详查寄监人犯,银库详查各项用款,印房造送官员行、号。晴,微云,暖。是日,马二、高二、来成告假回家,一同起身。

初三日(3月11日)　卯正二刻,赴万寿宫,恭祭文昌。辰初,回署。申刻,桂五云官印祥,系降调步军翼尉。禀见,会。晴,云。

初四日(3月12日)　巳刻,堂齐。午刻,出门。赴三〔义〕宫候接锡子由，跪请圣安。后拜子由、官印纶，新授哈密办事大臣，系锡厚庵胞弟。五云均会。晴，云。未后，淡阴，微风。

初五日(3月13日) 申刻，桂五云禀见。晴，风，微云。日后记。

初六日(3月14日) 巳刻，堂齐。未刻，子由拜会。申刻，岳来来署。接三号信。据岳来云，四妞于正月十三日忽患惊风，延至二十六日殇亡。惜哉！恸哉！晴，微云。

初七日(3月15日) 晴，微云，暖。射鹄。

初八日(3月16日) 堂齐。晴，微云，暖。

初九日(3月17日) 阴。酉后，晴。

初十日(3月18日) 巳刻，堂齐。晴，微云。亥后，淡阴。夜间，雪约厚寸许。

十一日(3月19日) 晴，云，微风。

十二日(3月20日) 巳刻，堂齐。未刻，桂五云禀见，会。晴，微云，风。

十三日(3月21日) 寅刻，准兵部火票递到，十一日酉刻发夹板一件。系军机大臣奉上谕："张廷岳等奏'贼匪出窜'"由。午刻，拜发皇上万寿贺表，及废员朱潮坐台八年期满折、废员周成镐三年期满台费缴清折、会同直督奏独石口千家店官兵借支俸饷修理官署兵房折。晴，微风，云。

十四日(3月22日) 巳刻，堂齐。后挑放军台正参领等官。阴，时微晃。巳后，雪。夜间，住约厚三寸许。

十五日(3月23日) 卯正，赴万寿宫文昌庙上祭。毕，拜庙后回署。巳后，李廉夫禀见，会。晴，云。夜间，微雪。

十六日(3月24日) 巳刻，堂齐。阴。酉后，徐晴。

十七日(3月25日) 卯正，恭赴万寿宫、关帝庙上祭。午刻，子由拜会。晴。辰后，阴，时晴。

十八日(3月26日) 寅初二刻，准兵部递到，十六日申刻军机处发交五百里夹板一件。系杜嘎尔奏"贼匪窜扰情形"，奉上谕一道。巳刻，堂齐。申刻，新任万全县知县程仁育号寿臣，湖北人。禀见，会。晴，微云，大风，冷。

十九日(3月27日)　晴，微云，风，冷。

二十日(3月28日)　巳刻，堂齐。晴，微云。

二十一日(3月29日)　未刻，出门。拜子由，会；程寿臣、张令，官印邦瑞，顺天解饷委员，系蒋怿甫岳父。均投帖。申刻，回寓。新调张家口同知裕光号午亭禀见。晴，微云。

二十二日(3月30日)　巳刻，堂齐。放太仆寺牛羊群牧长各一缺。淡阴，时晃。

二十三日(3月31日)　晴，云。未后，风。

二十四日(4月1日)　巳刻，奉到十三日拜发回折。借饷修房折，奉旨："着照所请，该部知道。钦此。"朱潮期满折，奉旨："朱潮着即释回。该部知道。钦此。"周成镐期满折，奉旨："周成镐着即释回。该部知道。钦此。"接五号信。午初，堂齐。晴，微风，云。

二十五日(4月2日)　午刻，子由拜会。晴，微风，云。

二十六日(4月3日)　巳初，赴口门候送子由。午刻，回署。堂齐。阴，时风。未初，飞雪花。

二十七日(4月4日)　巳刻，营务处官员禀见。晴，微云，暖。子由交驿传衙门转送青马一匹。

二十八日(4月5日)　丑初三刻，准兵部递到，二十六日申刻封发军机处五百里夹板一件。系字寄，户部议覆"伊犁将军奏'酌复索伦，请拨饷银等因'"，奉上谕一道寄知由。巳刻，堂齐。派佐领连喜、防御钟锦等分赴察汉托罗盖、布鲁图二段整顿，转运粮石。申刻，李琪、老史来口，带来先父太原遗政碑、匾稿底。及现种树木单。晴，淡云，暖。

二十九日(4月6日)　巳刻，打到布鲁图参领驰报十二、三台逃散情形。批令速办。讷协领呈请病假二十日。晚间闻得即于是日病故，该员年甫六十，人尚老成谨慎，极为可惜。晴，云，微风，暖。

三十日(4月7日)　巳刻，堂齐。晴，云。未后，阴，暖。

三月初一日(4月8日) 巳刻,出门拜庙。回署后,裕午亭禀见,会。晴,云。午后,阴。

初二日(4月9日) 巳刻,堂齐。未刻,出门拜客。乌达峰,会;熙兰斋格、裕午亭光,均投帖。后回署。晴,云,微风。午后,阴。

初三日(4月10日) 巳刻,连佐领、钟防御等禀辞,会。未刻,乌达峰拜会。晴,云,风,时微阴。

初四日(4月11日) 辰正,出门。赴通桥南狐神庙候送乌达峰,跪请圣安。巳后,回署。堂齐。毕,拜发"察哈尔镶蓝旗参领兼公中佐领鄂勒哲依,因病呈请原品休致"折;"太仆寺值年主事恩常、笔帖式文懋三年期满,照案保送"折。带六号家信。阴。辰刻,飞雪花。巳后,徐晴,微云,风。

初五日(4月12日) 阴。辰后细雨,丑刻住约二寸余。日后记。

初六日(4月13日) 巳刻,堂齐。阴。午后,徐晴,云。申后,风,凉。

初七日(4月14日) 晴,云,微风。接海岚信。日后记。

初八日(4月15日) 巳刻,堂齐。午后,云。未后,飞雨星。厨役孙富告假回奉。

初九日(4月16日) 午初,起身。赴赐儿山祭炉。山颇幽静,点缀亦尚可观。申初,回署。晴,微云。

初十日(4月17日) 巳刻,堂齐。晴,云。午后,阴。未后,时细雨。戌后,住,晃。

十一日(4月18日) 晴,云。申刻,雷鸣。

十二日(4月19日) 巳刻,堂齐。晴,微云。

十三日(4月20日) 午初,赴教场拣选左翼协领一缺,伊勒当阿,拟正;庆文,拟陪。察哈尔正红旗佐领一缺,蓝翎护军校贡楚克色普腾,拟正;蓝翎侍卫宾巴济尔噶勒,拟陪。镶红旗护军校一缺。六品顶戴前锋拉特那西哩,拟正;金顶护军噶勒桑多尔济,拟陪。后挑放兵缺。马甲、步甲、养育兵、抬枪兵共十九缺。未后,散,回署。酉刻,拜发万寿贺折、察哈尔

□□旗副参领兼□□□图克济扎普因病呈请休致折、俄官出口日期片。晴,微云。

十四日(4月21日)　堂齐。补放正蓝旗察哈尔八品笔帖式一缺、补索诺木巴尔斋。达喇嘛一缺、放济普西拉巴。格斯贵一缺。放里克丹。晴,微云。

十五日(4月22日)　巳刻,奉到初四日拜发回折。主事期满折,奉旨:"着照所请。该部知道。钦此。"奏请休致折,奉旨:"鄂勒济着以原品休致。该部知道。钦此。"接五号信。后出门拜庙。晴,云。未后,阴。酉后,飞雨星。戌后,雷电,雨。子后,住。

十六日(4月23日)　巳正,堂齐。未刻,金和甫顺差甘肃候补知县安成系荆州驻防人、游击李鸣銮系滦州人持信来口,雇觅驼只,禀见。申刻,营务处承恩、景廉禀见。派阿尔苏赴绥远城递解火药。酉刻,解送火药委员顺天候补知县孙均号云艭,河南人,系毛旭初表亲,持有旭初信。禀见,均会。阴。卯后,细雨。未后,住。

十七日(4月24日)　巳刻,出门拜客。文淑南,会;安成、李鸣銮、孙均,均投帖。午刻,回署。未刻,淑南拜会。谈许久,申后始散。阴。酉后,细雨。亥后,住。子正,接得兵部十六日未刻发军机处五百里夹板一件。系军机大臣字寄,直督会奏"口外军饷,未便由口内办理等因",奉上谕一道。

十八日(4月25日)　巳刻,堂齐。放达喇嘛一缺、得木奇一缺、格斯贵二缺。添派乐尔津递送火药。午刻,穆立甫禀见,赴省问案。会。未后,出门拜客。立甫,未会;淑南,会。申正,回署。阴。巳后,晴,云。未后,细雨一阵。

十九日(4月26日)　差龄儿送淑南银二十两。申刻,淑南拜会。晴,云。未后,阴。戌后,雨。后半夜,住。

二十日(4月27日)　巳刻,堂齐。放军台章京一缺。发致总理衙门信。时阴时晴。后补记。

二十一日(4月28日)　时阴时晴。后补记。

二十二日(4月29日)　辰刻,差讷莫合恩等贡差起身,三顺、增印进京起身,阿尔苏等解送火药起身。巳刻,堂齐。放牛群笔帖式一缺、大马群牧长一缺。发七号信。晴,云。接子畴信。六四来看。

二十三日(4月30日)　辰初,恭赴万寿宫行礼。毕,同博泉略谈,即回署。晴,风,微云。

二十四日(5月1日)　巳刻,堂齐。未刻,奉到十三日拜发回折。贺折,奉旨:"知道了。钦此。"休致折,奉旨:"图克济扎普着以原品休致。该部知道。钦此。"附片,奉旨:"知道了。钦此。"晴,云。

二十五日(5月2日)　时阴时晴时微风。夜间,风。

二十六日(5月3日)　巳刻,堂齐。晴,云,风。后补记。

二十七日(5月4日)　晴,云,风。未后,阴。戌刻,微雨。

二十八日(5月5日)　巳刻,堂齐。放察哈尔□□旗达喇嘛一缺丹达尔、得木奇一缺巴雅尔图。午正,赴教场拣选察哈尔正黄旗总管一缺、拟托达托克托第一,巴雅尔第二,巴图成格勒第三。正白旗世管佐领二缺、一,世袭一等男鄂齐呼胡雅克图,拟正;一,护军威噜普钟奈,拟正。正蓝旗世管佐领一缺、从九品那木济勒车得恩,拟正。正蓝旗护军校一缺、索特那木,拟正;都拉木扎普,拟陪。大马群总管一缺。捐输保奏"以总管尽先前补用"之委翼长额林臣,拟正;"以总管尽先补用"之翼长图们巴雅尔,拟陪。后阅看口内十旗前锋马甲等骑射。申初,散,回署。程寿臣、文序东先后禀见,均会。晴,微云。

二十九日(5月6日)　晴,云。未后,徐阴。酉后,时飞雨星。

四月初一日(5月7日)　巳刻,出门拜庙。喇嘛布伦递呈。午刻,金和甫委员安成、李鸣銮禀见。晴,云。

初二日(5月8日)　巳刻,堂齐。接连喜等禀。晴,云。

初三日(5月9日)　巳刻,接到通商衙门四百里夹板一件。系查办蒙古地方由。午刻,赴库平兑太仆寺牧群俸饷银两。后承恩、景廉禀见。商办台站事务。晴,云。后半夜,微雨。

初四日(5月10日)　巳刻,堂齐。后佐领桂林禀见。在神机营当差。阴,时飞雨星。未后,时细雨。酉后,晃,徐晴。

初五日(5月11日)　晴,云。戌刻,接总署咨文信函。

初六日(5月12日)　巳刻,堂齐。派协领塔清阿及正黄旗署总管毕都尔业会同直、晋委员查办案件。晴,云。补记。

初七日(5月13日)　辰刻,杜三、广发告假回家,同六四一同起身进京。带八号信。巳刻,验看大马群,补送官圈骆驼。因身小疲瘦,嘱令更换。后传见塔协领。嘱其妥为查办,而该协领势极畏难,多方推诿,说一时许始应允。难哉!阴。申后,风,雷雨一阵。酉后,晃,徐晴。

初八日(5月14日)　巳刻,堂齐。阴,时晃。申后,飞雨星。戌后,雷电,微风,细雨。夜半,住。

初九日(5月15日)　巳刻,赴库放台站饷银抽平。晴,云。申后,阴。戌后,微雨。

初十日(5月16日)　巳刻,堂齐。放塞尔乌苏所属军台委副甲喇章京一缺呢玛多尔济、正章京一缺布拉齐楼、副章京一缺得木伯哷尔、群牧长二缺。一,桑斋扎普;一,布彦辍克图。未刻,贡差讷章京等回口。晴,云,风,凉。

十一日(5月17日)　巳刻,赴库平兑大马群俸饷银两。接张理厅禀。后传见承恩、景廉。晴,微风,云。

十二日(5月18日)　巳刻,堂齐。致总署信。晴,微风,云。

十三日(5月19日)　午刻,赴西教场阅看十旗抬枪、鸟枪、打牌。散后,八旗旗妇十数口,拦舆控告三翼协领不放饷米等情。喇嘛布伦又递呈。回署。传见承恩、景廉。后复出门,赴静村宅看视。其母、妻等回家。见后,回署。晴,云。未后,飞雨星,时阴时雷鸣,微风。

十四日(5月20日)　堂齐。放太仆寺牧长一缺鄂勒哲依巴扎尔。后赴库监放太仆寺两翼俸饷抽平。未刻,库伦委员、户部候补主事忠斌号正之,贵州司行走,乙丑进士。禀见,会。晴,云。未后,阴。申后,雷鸣,飞雨星。

十五日(5月21日)　巳刻,出门拜庙。申刻,程寿臣禀见,禀查勘营房情形。会。晴，云。申后，飞雨星。

十六日（5月22日）　巳刻，堂齐。散后，裕午亭禀见。据禀，民教起衅情由。并云，口外亥拉坎山东坡地方煤窑内，现有匪徒四五十人在彼麇聚等语。当嘱其随时妥为查探。晴，微云。

十七日（5月23日）　巳刻，赴库平兑达哩岗崖牛羊群俸饷银两。后承恩、景廉禀见。晴，微云。未刻，北面云，雷鸣。

十八日（5月24日）　巳刻，堂齐。接钟锦等禀。晴，微云，暖。

十九日（5月25日）　卯后，赴教场阅看十旗枪操演队。后回署。塔清阿、霍钦泰禀辞。出口查办事件。未刻，直隶委员布政使衔、甘肃候补道余紫垣官印思枢，安徽人。禀见，会。亦系奉派出口查办事件。时阴。巳后，晴，云。

二十日（5月26日）　巳刻，堂齐。承恩禀称，牛车业已雇妥。放大马群牧长一缺鄂勒哲依胡图克。云。未后，阴。戌后，飞雨星。后半夜，起细雨约在丑刻。

二十一日（5月27日）　阴，雨。后半夜，住。约在丑后，雨已沾足。时已觉旱，今得此甘霖，二麦均可望收矣。

二十二日（5月28日）　寅刻，准兵部递到，二十日戌刻军机处发交五百里夹板一件。系奎昌等奏拟修城垣并饬各台添派官兵督运以免损失由。巳刻，堂齐。放大马群达喇嘛一名贡桑巴勒扎尔。后赴库监放商都达里岗崖大马群俸饷。晴，微风，云。

二十三日（5月29日）　巳、午刻，奎乐山、余紫垣先后禀见，议论民教之案。谈至未初始散。晴，云。

二十四日（5月30日）　巳刻，堂齐。庆文回口叩见。后赴库平兑达哩堎牛羊群俸饷银两。未后，出门拜客。乐山、紫垣、惠升、忠斌、陈掌柜，均投帖。后回署。申后，乐山禀见，会。晴，云。

二十五日（5月31日）　时阴时晃。未后，时细雨。

二十六日（6月1日）　巳刻，堂齐。云，时阴时晃。未后，雷鸣，微风，雨一阵。酉后，复时飞细雨。

二十七日(6月2日) 巳刻,承恩、鄂奎、庆文、景廉禀见。云,时阴时晃时飞细雨。未后,雷鸣。钟锦禀到。

二十八日(6月3日) 巳刻,堂齐。接连喜禀。晴,云。

二十九日(6月4日) 晴,云,热。

三十日(6月5日) 巳刻,堂齐。伊勒当阿回口叩见。阿尔苏等销差。头台参领那逊布彦禀见。晴,云。未后,雷鸣,微风,雨一阵。酉后,时飞雨星。亥后,复微雨。

五月初一日(6月6日) 辰刻,赴庙上香。后回署。巳初一刻十四分四十四秒日食,率同阖署官员行救护礼。午正三刻四分二十六秒,复圆,复率各员行礼。申刻,岳顺、增印回署。接六号信及亲友信。松峰闻讣,丁嫡母忧。晴,云,时阴。未刻,雷鸣,风雨一阵。酉后,时微雨。子后,复雨一阵。

初二日(6月7日) 巳刻,堂齐。午刻,赴教场验补察哈尔正蓝旗公中佐领一缺。补布彦。挑补张家口镶黄等旗前锋等缺共十九缺。未后,回署。晴,浓云。未后,时雷鸣时飞雨星。

初三日(6月8日) 晴,浓云。未后,飞雨星。觉心神恍忽。

初四日(6月9日) 巳刻,堂齐。放太仆寺牧长一缺特古勒得尔、军台副骁骑校一缺丹巴多尔济。晴,浓云。未后,阴,雷鸣,大风雨一阵,旋晃。

初五日(6月10日) 晴,云。酉后,阴,雷鸣,雨一阵内间小雹。戌后,时雷时落雨星。

初六日(6月11日) 巳刻,金和甫委员安成禀见,会。后堂齐。考试察哈尔正蓝旗空衔笔帖式一缺。策旺冻鲁普,拟正;策啉巴特吗,拟陪。后瑞森禀见,会。晴,云。申后,阴。亥后,雷鸣,微雨。

初七日(6月12日) 阴,细雨。午后,住。酉后,晃。□刻,准兵部递到,军机处初六日□刻发五百里夹板一件。系景廉奏"探闻西路贼情,并着所属台站添设驼马,递送乌鲁木齐军饷等因",奉上谕一道。日后记。

初八日(6月13日) 巳刻,堂齐。晴,微云。

初九日(6月14日) 巳刻,营务处官员及塔协领等先后禀见。未刻,连喜禀到、禀见;申后,文序东禀见,均会。晴,云。未后,雷鸣。酉后,雷电,风,微雨一阵,旋晃。

初十日(6月15日) 巳刻,堂齐。是日起,雇用牛车转运粮石。申刻,李廉夫禀见。酉后,承恩、伊勒当阿、景廉禀见。据称,头批米石业已装运完竣。晴,云。

十一日(6月16日) 晴,云。后补记。

十二日(6月17日) 巳刻,堂齐。新放大马群总管额林臣叩见。酉后,皮筱舲拜会,由大同回京。见。晴,云。申后,雷鸣。

十三日(6月18日) 卯正,赴关帝庙上祭。毕,回拜筱舲,会。辰刻,回署。营务处官员禀见。派钟锦等携银赴布鲁吐一段,转运积粮。发致通商衙门信。晴,云,热。

十四日(6月19日) 巳刻,堂齐。晴,云,热。

十五日(6月20日) 巳刻,三翼协领禀见。因署前有孀妇数口,欲拦舆告状,云为请领积欠饷银。该协领回明,赴司开导。钟锦等禀辞。后赴库监放牛羊群俸饷。毕,赴庙拈香。后回署。商拟奏底。晴,云。未后,阴,时风。子初后,微雨。

十六日(6月21日) 巳刻,赴教场拣选厢黄旗佐领一缺。祥贵拟正,玉山拟陪。察哈尔正红旗骁骑校一缺。都嘎尔拟正,鄂勒哲依布彦拟陪。验补察哈尔正黄旗骁骑校一缺都嘎尔扎普。挑补军台委骁骑校一缺图们巴札尔。后画稿。刺麻布啉又递呈,交左司讯办。后回署少歇。复出门,赴嵩博泉处拜寿未会。后回署。晴,浓云。未后,雷鸣,微雨,风一阵。

十七日(6月22日) 晴,云。

十八日(6月23日) 巳刻,堂齐。放大马群牧长一缺栋鲁普。午、未刻,裕午亭、余紫垣先后禀见,讯办张鹏控案完结回口。均会。晴,云。未后,阴,大风,雷一阵,雨。酉刻,雨住。亥刻,复微雨。

十九日(6月24日) 巳刻,传见塔协领,责其不应先行回口,不意该员一味抗论请参。当拟办奏参折底。午刻,承司员、鄂司员、清司员、伊协领、额协领禀见。求缓办奏折。后博泉拜会,见。未后,始吃饭。晴,云。未后,雷鸣,雨。酉后,住。亥刻,复微雨。未刻,有旗妇聚众来署,请放欠饷,经协、佐等官开导,至晚始散去。

二十日(6月25日)　巳刻,鄂、清二司员,伊、额二协领禀见。以塔清阿一时糊涂,不会说话,现已颇知错过,恳请免参。当以事关中外交涉,一经奏参,于大局不无窒碍,是以姑如所请,免其参办,仍饬该协领会同妥为商办。后堂齐。放牛羊群委笔帖式一缺那木萨赖札布。晴,云。申后,阴,雨,风,雷电,雹一阵。酉后,雨住。亥刻,准兵部递到,十九日未刻发军机处四百里夹板一副,内寄谕二道。一,奎昌等奏请分拨驼马着如数拨给由;一,户部议覆杜嘎尔奏请拨军需银两由。

二十一日(6月26日)　午刻,余紫垣、奎乐山先后禀见,谈许久,申初始散。晴,云。酉后,自西浓阴、大风、雨、雷、雹一阵。亥后,雨住。

二十二日(6月27日)　巳刻,堂齐。放牛羊群委翼长一缺精默特。军台委章京二缺。七台,察克都尔札普;三台,玛哈西哩。晴,云。未刻,雷鸣,微雨。申后,住。

二十三日(6月28日)　巳刻,赴库监放三旗牛羊群俸饷。后奎乐山禀见,会。未刻,出门回拜紫垣、乐山均未会。晴,云。未后,飞雨星一阵。

二十四日(6月29日)　巳刻,堂齐。后拜发庆贺慈安皇太后贺表。毕,裕午亭禀见,会。晴,云。

二十五日(6月30日)　巳刻,营务处官员禀见。呈递整顿台站拟底。晴,云。

二十六日(7月1日)　巳刻,堂齐。后验补察哈尔镶蓝旗公中佐领一缺布彦克什克。后过堂,察哈尔□□旗绞犯一名巴彦都楞。晴,云。

二十七日(7月2日)　巳刻,营务处官员禀见。晴,云。酉刻,飞雨星。亥刻，风雨一阵。

二十八日(7月3日) 巳刻，堂齐。晴，云。日后补记。

二十九日(7月4日) 晴，云。丑后，细雨。未后，住，时微晃。日后补记。

三十日(7月5日) 巳刻，堂齐。未刻，洞古尔胡图克图拜会，见。晴，云。酉刻，飞雨星。

六月初一日(7月6日) 辰刻，出门拜庙。毕，回拜洞古尔胡图克图，会。后回署，裕午亭禀见，会。后拜发"阿巴该台吉拉尔济勒桑多普捐输驼只请奖"折；"废员征麟三年期满，遵旨再行留台三年"折；俄官出口日期片。阴，时微晃，燥热。亥后，雨一大阵。后细雨连夜。

初二日(7月7日) 巳刻，堂齐。阴，细雨。巳后，住，时微晃。酉后，复雨。戌后，住。

初三日(7月8日) 未刻，准兵部递到，初一日酉刻发军机处六百里夹板一件。系景廉奏"请拨兵、筹饷等因"，奉寄谕一道。午后，旗妇七口复来署，口称房屋不堪居住，肆行求恩。酉后，传见伊、额二协领，嘱其传谕各佐领妥为开导约束，戌后始散去。晴，云。

初四日(7月9日) 巳刻，候补防御玉璞系静村妹夫叩见。协、佐等官禀见。仍嘱其开导解散，勿任効尤。后堂齐。晴，云，热。接七号信。玉璞带来。

初五日(7月10日) 巳刻，传见景廉。交付奏底，令其迅速缮写。时晃时阴。酉后，微雨一阵。

初六日(7月11日) 巳刻，堂齐。午刻，静村之侄阿芳阿来叩见，因捐都司衔。会。阴。丑后，细雨。午刻，住。申刻，复雨一阵，时晃。夜间，时落雨星。沐浴。

初七日(7月12日) 巳刻，出门。赴静村宅贺喜。见后，回署。申后，程寿臣禀见，会。晴，云。申后，雨一小阵。

初八日(7月13日) 巳刻，堂齐。接八号信，买折纸差带回。午刻，拜发整饬台站折绘图，撤保护粮道官兵片，乌鲁木齐请设粮台等项片,筹拨乌、科二城驼马折,张家口驿传道请拨马匹片,安集散台片。均由驿四百里驰递。晴,云。申刻,微雨一阵。

初九日(7月14日) 巳刻,赴库监放三旗牛羊群俸饷抽平。晴,云。申后,微雨。

初十日(7月15日) 巳刻,堂齐。放牛羊群委笔帖式一缺鄂察拉巴图。晴,云。未刻,微雨。

十一日(7月16日) 晴,云。未后,阴。酉刻,风,雷雨一阵。

十二日(7月17日) 巳刻,奉到初一日拜发回折。捐输折,奉旨:"该衙门议奏。钦此。"废员折,奉旨:"知道了。钦此。"附片,奉旨:"知道了。钦此。"后堂齐。放太仆寺骟马群牧长一缺鞥克。晴,云。后补记。

十三日(7月18日) 巳刻,营务处官员禀见。接钟锦等禀。亥正三刻,准兵部马上飞递到,十一日申刻军机处发交初八日回折。整饬台站折,奉旨:"着理藩院会同神机营妥速议奏。图并发。钦此。"安集散台片,奉旨:"另有旨。钦此。"乌鲁木齐请设粮台片,奉旨:"知道了。钦此。"筹拨驼马折,奉旨:"知道了。钦此。"驿传道请拨马匹片,奉旨:"着照所请。该衙门知道。钦此。"请撤护粮官兵片,奉旨:"知道了。钦此。"晴,云。

十四日(7月19日) 巳刻,堂齐。晴,云。酉后,阴,风,雷,微雨一阵。

十五日(7月20日) 巳刻,出门拜庙。回署后,营务处官员承、伊、庆、景禀见;未刻,顺天解饷委员蓟州知州宋彭寿禀见,彭寿,号静山,系雪帆之侄,有信。会。晴,微云,热。

十六日(7月21日) 巳刻,堂齐。后出门,赴静村宅拜寿,伊母七十寿。见。后回拜宋静山投帖。后回署。申刻,静村之侄阿芳阿来谢步,会。晴,微云。沐浴。

十七日(7月22日) 巳刻,裕午亭禀见、禀辞,云穆立甫去世,派伊署多伦厅。会。晴,云。何顺来口。

十八日(7月23日) 巳刻,堂齐。验补察哈尔正蓝旗护军校一缺色登。晴,云。

十九日(7月24日) 老何告假，同何顺进京。带十号信。晴，云。戌后，时微雨。以上三日均后补记。

二十日(7月25日) 巳刻，堂齐。未刻，新放正黄旗总管托达托克托禀见，会。申刻，李廉夫禀见，兼署张理厅。会。阴，细雨。辰后，住。旋晴，云。

二十一日(7月26日) 酉刻，玉润峰禀辞，因军政保荐，调赴古北口考验。会。晴，云。自十八日起，至是日止，西墙外菩萨庙前唱戏四天。

二十二日(7月27日) 巳刻，堂齐。晴，云。酉后，阴，大雷电，微雨一阵。戌后，晃。自是日起，万寿宫前唱戏三天。

二十三日(7月28日) 晴，云。酉后，阴，雷，微雨。

二十四日(7月29日) 巳刻，堂齐。晴，云。日后补记。

二十五日(7月30日) 晴，云。申刻，风一阵，微雨。

二十六日(7月31日) 巳刻，堂齐。验补察哈尔正红旗公中佐领一缺拟陪记名之骁骑校鞥科布彦。放大马群牧长一缺胡里业吐。后拜发"镶蓝旗总管达米林扎普三年期满，代奏请陛见"折；"察哈尔镶黄旗公中佐领达木钦扎普，因病奏请勒休"折；羊群均齐折。后李廉夫禀见，会。晴，云。粮儿告假回家。

二十七日(8月1日) 晴，云，热。申刻，雷鸣。

二十八日(8月2日) 巳刻，堂齐。阴。辰后，细雨，时微住。

二十九日(8月3日) 阴，时飞细雨。亥后，复雨。

七月初一日(8月4日) 因雨未拜庙。巳刻，李廉夫禀见，会。阴，细雨。午后，住。酉后，时微晃。

初二日(8月5日) 巳刻，堂齐。阴，时晃。未刻，雷鸣，飞雨星一阵。酉后，自西北浓阴，风、雷、雨一阵，约半时许旋晃。

初三日(8月6日) 阴。巳后，晴，云。

初四日(8月7日) 巳刻，堂齐。放镶蓝旗达喇嘛一缺贡楚克、得木齐一缺嘎勒桑扎普、格斯贵一缺岳木扎普。□刻，拜发慈安皇太后万寿贺折、出口考验军政折。晴，云，

初五日(8月8日)　晴,云。未刻,雷鸣。后补记。

初六日(8月9日)　巳刻,防御玉山回口叩见;绥远城委员、候选道德成号秋舫禀见,会。后堂齐。晴,云。后补记。

初七日(8月10日)　申刻,马二、高二回署。带来十号信及亲友信。阴。辰刻,微雨。巳后,住,旋晃,晴,云。

初八日(8月11日)　巳刻,奉到二十六日拜发回折。代请陛见折,奉旨:“着毋庸来见。钦此。”奏请休致折,奉旨:“兵部知道。钦此。”均齐羊群折,奉旨:“仍着暂缓均齐。钦此。”后堂齐。接理藩院、神机营议覆整顿台站原奏。散后,回拜德秋舫投帖。后回署。晴,云。未后,雷。申后,微雨。

初九日(8月12日)　阴,时微晃。午后,时微雨。

初十日(8月13日)　巳刻,直隶解饷委员、候补知县张瑛系奉天承德县人禀见,会。后堂齐,嘱营务处速办会奏乌鲁木齐都统运粮买驼拟底,及会商咨文。晴,云。

十一日(8月14日)　晴,云,微风。后补记。

十二日(8月15日)　辰刻,恭赴万寿宫行礼。毕,回拜张委员瑛,投帖。后回署堂齐。又催营务处速拟奏底。晴,云,风。

十三日(8月16日)　晴,云,风。后补记。

十四日(8月17日)　巳刻,奉到初□日拜发回折。贺折、出口折,均奉旨:“知道了。钦此。”后堂齐。放正黄旗羊群牧长二缺。一,鄂勒哲依巴达尔豁;一,巴图。后玉润峰禀见,会。晴,云,微风。是日,公事极繁。后补记。

十五日(8月18日)　辰正,出门。拜庙。午刻,拜发册立皇后贺表。带十三号信。晴,云。是日,公事尤多。后补记。

十六日(8月19日)　辰刻,赴教场,画堂齐稿。后拣选察哈尔官缺共四缺,镶蓝旗参领一缺、齐巴克扎普,拟正;满达胡济尔嘎勒,拟陪。正红旗骁骑校一缺,图们鄂勒哲依,拟正;济克济双淖,拟陪。又骁骑校一缺。爱隆阿,拟正;达什津丕勒,拟陪。验补正蓝旗骁骑校一缺。拟补拟陪记名之都拉木扎普。验补独石口防御一缺。补拟陪记名之骁骑校统存。放赛尔乌苏所属台站官二缺。官缺、人名均不记忆。放张家口委骁骑校,委前锋,马、步甲等共四十缺。蒙古六品功牌吉□□递呈,以补缺不公等情控诉。当将应补之抬枪兵缺暂扣,交左司会同该协领等,再行秉公查核。未初后,散。旗妇等又拦舆,以无房居住,惟求施恩等语控诉。其刁泼情形,殊堪痛恨。当谕以赴各佐呈控。晴,云。未后,雷鸣,时风。申后,雨。戌后,时住时微雨,连夜。腹泻。

十七日(8月20日) 阴,细雨。申后,住。戌后,渐晃。夜间,风。

十八日(8月21日) 巳刻,堂齐。后午刻拜发会商办理乌鲁木齐筹饷调兵买驼折。由驿四百里驰递。晴,云。日后记。

十九日(8月22日) 巳刻,李廉夫禀见,会。午后,出门拜客。博泉,会;寿臣、廉夫、玉峰,均投帖。申后,回署。程寿臣禀见,会。晴,云。后半夜,阴,雨。

二十日(8月23日) 巳刻,堂齐。申刻,博泉拜会,见。阴,雨。未后,住。酉后,复细雨。亥后,住。夜间,微风,晃。

二十一日(8月24日) 午初,携带大印一颗、关防三颗,同松峰及随员协领伊勒当阿、左司员外郎承恩、佐领庆文、候补防御景文、候补防御笔帖式景廉、巡捕章京乌珍布、鹤年并郭什哈、兵丁等起身出口坐车。副将玉祥、万全县知县程仁育并驿传道及署中官员等均在口门候送。嵩博泉、李廉夫差人持帖送。未正,至土井子宿。系住店,计程三十里。镶黄旗德敦官递奶腐一碟、奶酒一罐,该旗备廪羊三只。晴,云。

二十二日(8月25日) 在土井子店内坐尖。吃汤饭。辰正三刻,起身坐车。行十数里,至生金坝。俗名大坝,盖即蒙语"达板"之误。在关帝庙上香后,略坐即起身。庙前颇可望远。又五六里许,至坝顶,一望平坦,遂在沙屯尔坝地方换坐架杆车。其车系原坐之车,更换长轴于两辕之端,各用皮条拴成一套,以径二寸许、长八九尺之杆贯之,二蒙古兵乘马置杆于鞍翘之上，又二蒙古兵持皮条左右帮助策马奔驰，牵掖而行，其快如飞。未初三刻，至得尔吉西巴尔台，路西天玉店住镶黄旗备，计程五十里，承恩等画稿禀见，牛羊群总管达密林扎普递马二匹，辞回。店内有一女喇嘛递呈，因系蒙文，交司译满呈阅。晴，云，微风。上坝后，顿觉寒凉，穿夹袍、绵背心尚冷，时令之不同如此。

二十三日(8月26日)　卯正三刻，起身坐架杆车。辰正三刻，至莫多鄂博尖，计程五十里。镶黄旗备。午初二刻，起身。未初二刻，至拜新土店内住，计程五十里。镶黄、正白二旗备。正白旗得敦章京递茶一碗，不知何名，不可吃。奶皮、奶腐共一碟亦不见嘉。左翼太仆寺总管囊苏特扎普等递马二匹、奶酒五瓶、蘑菇二斤、奶油二瓶、奶皮二包，传见当面辞回。和郡王府即容贝子府、牧厂总管拉齐色伯克等递羊一只，奶皮、奶腐一碟，收奶豆腐一碟，余均退回。晴，云。

二十四日(8月27日)　卯正二刻五分，起身坐架杆车。巳初，至邓努苏台，在蒙古包内尖，计程六十里。镶白旗备。路间，见黄羊五只。午初三刻，起身。未初二刻，至张麻子井住，计程六十里。镶白旗备。路间，见黄羊三只。得敦章盖递奶酒一瓶，碎奶皮、奶豆腐共一碟，收奶腐六条，余均退回。晴，云。巳刻，自西北阴，细雨一阵约二刻许，旋晃。未初，复自西北浓阴，细雨一阵，约刻许即住，复晃，少间北面自西向东复浓阴、雷电，微雨。看光景，北面雨甚大。申刻，复雨，内间雹一阵。承恩等禀见画稿。

二十五日(8月28日)　辰初二刻，起身。路间，过河沟一道。巳初二刻，至哈毕尔噶布拉克一名"白庙子"，在蒙古包内尖，计程五十里。镶白旗备。正白旗署总管巴图承格勒等接。正蓝旗蒙古理刑官车德恩禀安。午正，起身。路间，过闪电河一道。行至距宿处七八里许，镶黄等四旗总管等官接，路旁备有茶尖。因天气不妥，辞未往。道傍见一逸兔，太仆寺委翼长巴图那逊系管架车乌拉齐者驰马追逐，徒手生获之以献，当赏伊小刀一把。未正三刻，至萨达克图店内住，计程六十里，系左翼齐集处。系四旗备。四旗总管等官，及独石口防守尉桂全等并独石汛把总郑魁元带兵，均在店外接。桂伯舫禀见，会。后率各官禀辞，镶黄旗满洲理刑官崇勋、正蓝旗满洲理刑官瑞全、蒙古理刑官鲁拉木扎普禀见，会。左翼太仆寺翼长等禀安，镶黄、正白、镶白、正蓝四旗总管、札兰、副札兰等先后禀安，均传见，嘱其务遵札谕，不得稍有克扣兵丁，滥行应酬等语。承恩等禀见，请示于明日阅看官员军政。阴，时细雨时微晃。

二十六日(8月29日) 辰初二刻，起身乘马。赴教场系支搭中军帐。阅看四旗官员马步箭。步靶宽二尺余，旗员居前，世职在后。镶黄旗共考官五十八员，步箭中五枝者仅二员，中三四枝者亦少，马箭中帽者甚多。镶白旗共考官三十二员，步箭中五枝者十员，中三四枝者颇多，骑射中帽者与镶黄旗等。午初，回寓。未正，复赴教场阅看。正白旗共考官五十九员，步箭中五枝者十二员，马箭中帽者甚多。正蓝旗共考官三十七员，步箭中五枝者四员，马箭中帽者亦多。酉正二刻，散，回寓。晴，云，时细雨。

二十七日(8月30日) 晴，云，时细雨。巳初二刻，赴教场阅看镶黄旗兵丁马步箭。兵一百八十名，步箭中五枝者十四名，中四枝者十名，马箭中帽者六十四名。马箭将毕，微雨，休息二刻许，雨止。续看马箭，分放奖银，复遇雨。未正，回寓。旋晴，云。酉初，复赴教场阅看镶白旗兵丁马步箭。兵一百三十名，步箭中五枝者二十一名，中四枝者七名。戌初一刻，回寓。

二十八日(8月31日) 雨。巳初一刻，晴，云，赴教场。路间蒙妇二口递呈，交左司。后阅看镶白旗兵丁马箭。中帽者八十名，分放赏银。后阅看正白旗兵丁步箭，共兵一百七十五名，中五枝者三十二名，中四枝者十一名。未初二刻，回寓。申初，阴云四合，未起身。酉初一刻，稍霁，复赴教场。路间，一蒙妇递呈，交左司。后阅看正白旗兵丁马箭，中帽者百九名，颁给奖赏。毕，戌初，回寓。

二十九日(9月1日) 晴，云。辰正，赴教场。路间，一女喇嘛递呈，交左司讯问。阅看正蓝旗兵丁马步箭，共兵一百二十五名，步箭中五枝者二十二名，中四枝者一名。马箭中帽者七十三名，分给赏银。毕，午初二刻，回寓。申初二刻，复赴教场，阅看四旗枪操。四旗各列成队，先演九进三连环；次梅花阵均尚整齐；次演马枪，三枪者多，二枪者甚少；又次演牌枪，中一枪者仅二名，余皆中三二枪不等。按中数多寡分赏奖银。毕，酉初一刻，回寓。雨。

三十日(9月2日)　晴，云。巳正，起身。赴巴彦达普萨克地方行围仍坐架杆车。约十里许，至围场，换马。众官兵陆续禽献黄羊、狐兔等兽，约行五里许出围场。至达岔西呼山坡，设大帐茶尖。少歇即起身。由来时之路遍西撒围，所获无多。出围后仍换架杆车。未正二刻，回寓。少歇，于屋门外设几案，列小刀、火链数十事，四旗蒙古官兵各执所获跪献，共得黄羊七、红狐二、沙狐四、猞猁狲形似家猫而微大，盖即狸也，俗误呼为“猞猁狲”云尔。一、兔七，酌赏小刀、火链有差。惟镶黄旗世袭三等公兼佐领林津多尔济托克，举止安详，弓马娴熟，俨然一翩翩佳公子也，特赠与黄岫玉烟壶一、湖笔三枝。分赏随员等黄羊五，郭什哈等黄羊二、兔五。所获猞猁狲，系为骨镞射伤前胯，乃以绳斜系其颈腿，拴于桌腿。戌刻，将就寝，以烛照之，仅遗绳扣，而猞猁狲已不知所之。遍烛屋内，至行李筐后，则猞猁狲在焉。掩执之，急窜内屋，复追之，并不惊扰，因遣家人送至店外迤东里许，纵之逸去。镶黄旗总管图都普巴札尔等递马二匹，力却之，余旗遂未递。

八月初一日(9月3日)　巳初，起身。因店东任意勒索房银，云非八十两不行，图总管等再四婉商不允。予闻而呵饬之，始行了结，是以起身稍迟。行里许，四旗总管等设帐备茶尖，辞未往。路傍见旧砖城洞一座。土人相传，系萧太后梳妆楼云。午初，〔里〕至智伦巴勒嘎苏，蒙古包内尖计程六十里，正蓝旗备。未正，起身。行数入山沟，车辙、马迹渐多，地亦多开垦，时油麦半获，荞麦亦熟。□刻，至独石口。计程五十里。防守尉桂全伯舫、副将额勒春、同知熙格兰斋均在口门外候接。口门甚窄，不容架杆，伯舫备有轿车，因换车入门。寓处颇洁净系门内官厅，伯舫等陆续禀见，均会。伯舫送果席一桌，辞谢不获，因关戚谊，只好受之。晴,云。晚间,风。差人持帖回拜伯舫及额副将、熙兰斋。

初二日(9月4日) 细雨溟蒙。巳初,稍住。坐伯舫所备之轿车,赴教场看操。因天气浓阴,势将复雨,是以先阅枪操。后阅官兵马步箭,均尚整齐可观。独石口驻防较优,千家店驻防次之,移设之伊犁驻防又次之。阅看毕,分放奖赏间,雨渐大。午初二刻,回寓。少歇即起身。伯舫固留,未允,遂冒雨出口,从者衣靴尽湿。行十余里,雨渐小。未初一刻,至达兰都咙尖,计程二十五里。正蓝旗备。申初二刻,起身。时阴时晴。酉正,至张麻子井住,计程六十里。正蓝旗备。一蒙妇递呈,交左司。

初三日(9月5日) 辰初三刻,起身。巳正,至邓努苏台,蒙古包内尖,计程六十里。正白旗备。未初,起身。申初,至拜新土住,计程六十里。正白旗备。晴。

初四日(9月6日) 辰初二刻,起身。巳正,至达查尖,计程五十里。正白旗备。未初二刻,起身。路过兴和城。北面仅存土堆一道,土人相传,系萧太后兴皇城遗址。黎明之际,远而望之,城雉楼堞宛如云。沿途屋宇渐多,蒙民杂处,地亦尽开。申初,至布尔嘎苏台即二台,蒙古包内住,计程七十里。正黄旗备。阅看察哈尔八旗帮台之察克达、哈普苏尔嘎官十五员马步箭。后阅看抽查之海留台即三台官兵步射枪操。官一员病,兵五名,演枪兵三名。晴。申后,阴,雷鸣,阅操甫毕,雷雨骤至,半夜始住。

初五日(9月7日) 辰正一刻,起身。路多碎石。午初一刻,至智伦旺乌查,蒙古包内尖计程六十里,正黄备。午正,起身。路间,乱石丛错,崎岖难行。行李车渡河,陷于河内,米粮、文具等物尽湿。系郭什哈祥林跟车。未初一刻,至哈克蒙古包内住计程三十里,正红旗备。晴。夜间,霜。

初六日(9月8日) 辰初三刻,起身。路多乱石,且多泥淖。巳正,至奎腾,蒙古包内尖,计程五十里。正红旗备。午正,起身。路间泥淖更多。未正,至赛尔,蒙古包内住,计程五十里。镶红旗备。绰尔吉庙业固咱尔呼图克图之呼毕勒罕图普登吉哩克章桑，偕正黄旗世管佐领达克党罗索尔未请安，见。呼毕勒罕年二十许，貌颇清秀，人亦安详。晴。

初七日(9月9日)　辰正，起身。路甚平坦。沿途地多开垦，竟有开山到顶者。一望闾阎铺地。虽无大村落，然三五家或十数家均相距不远。行十余里，至南壕堑地方，居民尤多，路旁有天主堂一座，正在兴修。盖左近多教民也。巳正，至哈达和硕蒙古包内尖，计程七十里。镶红旗备。午正，起身。田畴弥望，路仅容车。行十余里，右翼四旗于路旁备有茶尖，辞未往。未初二刻，至绰尔吉庙住，庙名“佑安寺”。右翼四旗备。计程三十里。业固咱尔呼毕勒罕，及四旗总管，札兰，满、蒙理刑司员等官，均在庙前候接。后陆续禀见，均会。当嘱总管等务当恪遵札谕，不得克苦兵丁。业固咱尔呼毕勒罕递哈达一块、羊一只，收。晴，微云。

初八日(9月10日)　辰正一刻，赴教场亦系支搭中军帐，阅看四旗官员马步箭。正黄旗官五十六员，马箭中帽者二十五员，步箭中四枝者二员。正红旗官三十五员，马箭中帽者十员，步箭中五枝、四枝者各二员。镶红旗官三十五员，马箭中帽者十六员，步箭中五枝者三员，中四枝者二员。镶蓝旗官三十三员，马箭中帽者八员，步箭中五枝者四员，中四枝者一人。午正，回寓。未正三刻，复赴教场校阅正红旗兵丁马步箭，共备兵一百二十二名，步箭中五枝者七名，中四枝者四名。马箭中帽者六十一名。酉初一刻，散，回寓。晴。

初九日(9月11日)　辰正一刻，赴教场。校阅正黄旗兵丁马步箭，备操兵一百七十六名。步箭中五枝者二十七名，中四枝者九名。马箭中帽者八十九名。坠马者二名，各赏银二钱七分养伤，并赏三黄宝蜡丸各一包。午初一刻，回寓。路间，旗员明泰递呈，交司。申初一刻，复赴教场。校阅镶红旗兵丁马步箭，备操兵一百二十二名。步箭中五枝者五名，中四枝者九名。马箭中帽者六十六名。酉正，散，回寓。晴。

初十日(9月12日)　辰正一刻，赴教场。先阅四旗枪操进步连环阵；次演牌枪，中者颇多。阅将毕，中军帐顶正中忽然火起，延烧尺余，立即扑灭。盖因演牌枪者之火绳飞上之故。继演马上三枪。后校阅镶蓝旗兵丁马步箭，备操兵一百二十五名。步箭中五枝者二十一名，中四枝者八名。马箭中帽者七十九名。四旗兵丁中枪、箭者分别奖赏与左翼同。午正一刻，散，回寓。晴。

十一日(9月13日)　辰正，起身。赴庙之西北十余里地方地名未记行围。出门坐架杆车，行三四里许即换马。围场获黄羊一、狐狸四、野猫十二、灰鹤一。巳初二刻，出围。至茶尖处少歇，即回行。午初一刻，回寓。官兵等各献所禽，分别赏给小刀、火链有差。晴。

十二日(9月14日)　辰正一刻，起身。业固咱尔呼毕勒罕在庙门外候送，各旗总管等在路旁备茶尖候送，辞未往。巳初一刻，至哈达和硕，蒙古包内尖，计程三十里。镶蓝旗备。午正，起身。未正，至赛尔，蒙古包内住，计程七十里。镶红旗备。晴。

十三日(9月15日)　辰初一刻，起身。巳处，至奎腾，蒙古包内尖，计程五十里。镶红旗备。午初一刻，起身。午正二刻，至哈克，蒙古包内住，计程五十里。正红旗备。晴。

十四日(9月16日)　辰初一刻，起身，巳初三刻，至智伦旺鄂查，蒙古包内尖，计程三十里。正红旗备。午初一刻，起身。未初二刻，至博罗差吉庙内住，计程八十里。正黄旗备。晴。酉刻，阴，雷电，至暮不已。夜间，细雨。

十五日(9月17日)　卯正二刻，起身。至生金坝，在关帝庙上香，后略歇即行。巳正二刻，至土井子店内尖，计程五十里。正黄旗备。口内官兵来接。午初三刻，起身。未刻，进口计程三十里，监督、驿传道均差人持帖接。副将及署中官员均在口门内候接。未初三刻，回署。晴，云。子后，雨。

十六日(9月18日)　买蒙古包一架价银六十两，系右翼太仆寺委翼长巴图那逊代买。赏伊青玉子烟壶一个、茶叶二篓。系郭什哈祥寿经手。阴,细雨。巳后,微住。申后,晃。

十七日(9月19日)　巳刻,程寿臣仁育禀见,会。午刻,拜发军政事毕回任折、抽查台站片。填十六日。带十四号家信。未刻,防御钟锦、察罕托罗盖参领那逊布彦等禀见,销差。运米回口。晴,云。

十八日(9月20日)　巳初,堂期。放牛羊群达喇嘛一缺。放札木巴拉。毕,李静山培祜,宣化守禀见,会。后传见承恩、伊勒当阿、庆文,添派玉璞、钟海在营务处行走。午正,始散。未刻,出门拜客。嵩博泉,会;李静山、程寿臣、图署协、陈掌柜,均投帖。申刻,回署。晴,云。酉后,自西北阴、雷电,风雨一阵。戌后,晃。

十九日(9月21日)　未刻,博泉拜会,见。晴,云。

二十日(9月22日)　巳刻,堂齐。放正黄旗羊群牧长二缺、一,放额尔克;一,放德勒格尔那逊。张家口所属军台委章盖一缺、放桑都克多尔济。委昆都一缺、放沙克都尔。塞尔乌苏所属军台昆都二缺。一,放桑都克扎普;一,放达什端多普。晴,云。日后补记。

二十一日(9月23日)　申刻,李廉夫禀见,相验回口。会。晴,云。申后,阴,雷鸣。酉后,雨一阵。戌后,复时雨。

二十二日(9月24日)　巳刻,堂期。出堂谕。晓谕各司处兼行人员,于一切公事务须逐一详阅标画等谕。阴,时晃。辰刻,微雨。未后,飞雨星。酉后,复微雨。

二十三日(9月25日)　午刻,营务处官员等禀见。阴,时飞雨星。戌后,雨。

二十四日(9月26日)　巳刻,堂期。验补张家口镶白旗防御一缺、补玉璞。察哈尔正红旗骁骑校一缺。补固噜什迪。未刻,接胡广发信。申、酉刻,李廉夫、文序东镛,署多伦厅、昆柘园嘉,署张理厅先后禀见,均会。阴,细雨。午后,住。申后,时晃。

二十五日(9月27日)　辰正,赴龙王堂候接景玉堂瑞,署副都统,跪请圣安。毕,略谈即回署。玉堂拜会,见。谈许久始散。刘老、龄儿、秀儿告假回京。未刻,出门。回拜玉堂,未会。申刻,李廉夫禀见。交卸张理厅。酉刻，拣发乌鲁木齐知州蒋家启原名“三成”、杜绍唐禀见，均会。晴，云，时飞雨星。酉后，雨。后半夜，住。

二十六日(9月28日) 巳刻，堂齐。申刻，山东解饷委员董绪昌府经历，以知县用。禀见，会。晴，微云，凉。

二十七日(9月29日) 阴，时飞雨星时晃。申后，风。丑刻，有窃贼开门入室，余虽听得屋内似有人步履声，初以为眷属人等赴后。至寅初，闻内屋云灯只不见，方悟有贼，即起身持剑看视，见印箱已开，内短印二颗，遂出屋呼家人等追寻。见匣锁已折弃于西小院地上，并未损失，惟匣内废钥十数把无存。复经官兵、家人等于后院墙外等处拾回小绵袄二件，绵套裤一双、风帽一顶，遂查点衣物被窃，毡袍褂二套、绵夹哈喇马褂各一件，蓝江绸绵袍一件，蓝洋绉绵袄一件，红青毡大褂一件，小刀一把，蓝洋布包袱一块。余物有无丢失，一时实无从检查，幸余已醒，即起身追逐，是以要物未被盗去，不则不可思议矣。最奇者，闻得是夜副都统署中亦有贼进院云。

二十八日(9月30日) 巳刻，奉到十七日拜发回折。折、片均奉旨：“知道了。钦此。”后堂期。当嘱三翼协领转饬珠车兵丁，此次姑免严办，嗣后务须小心巡查，倘再有事故，定行从重究办，并饬速办札文，严饬协厅、县一体严缉。未刻，乌里雅苏台兵部章京三品衔员外郎，即补郎中诺敏禀见，有志克庵信。会。据云，本城派伊赴口内外办理捐修城工事务，现拟进京，在外馆劝捐，并恳委员在口帮同办理。当告以口内地方例归万全县管理，本署呼应难灵，必为转致地方官，并函覆志大人等语。阴，时晃。后补记。

二十九日(10月1日) 未刻，出门。拜玉堂，会。申刻，回署。后程寿臣禀见，会。当嘱其认真查拏。晴，微云。

同治十一年九月初一日(10月2日) 巳初，出门，赴庙上香。毕，回署。上香后，恭祭马王供献全羊。午刻，库伦委员、候补知县文桂禀见，会。请示贺表款式，当将礼部表式交其领回抄录，并嘱其务于今晚送回。晴，云。申后，西北浓阴，雷鸣，微风，雨一阵。

初二日(10月3日) 巳刻，堂齐。未后，崇文门茶局委员富全拜会,见。系存医惠之子,持其父名片来拜,年甫二十余岁,谈吐殊觉狂妄。晴,微云。

初三日(10月4日)　晴,微云。午后,自西北阴,风一阵,飞雨星,旋晃。

初四日(10月5日)　巳刻,同玉堂画堂期稿。后拜发庆贺大婚贺表。带十五号家信。未刻,镇迪道恩佩言纶禀见,会。晴,云,微风。午刻,飞雪花一阵。夜间,冻冰约一指厚。

初五日(10月6日)　晴,云。日后补记。

初六日(10月7日)　巳刻,同玉堂画堂期稿。后拜发庆贺慈禧皇太后万寿贺表、大婚贺折。午后,散。晴,微云。

初七日(10月8日)　晴,微云。

初八日(10月9日)　巳刻,堂期。将军政所取察哈尔八旗印结,交办理军政处存案。晴,微云。

初九日(10月10日)　午刻,同玉堂赴赐儿山祭炉。散后,拜恩道、蒋育卿均投帖。申初,回署。晴,微云。自是日起至二十四日止,均穿花衣。

初十日(10月11日)　静村差人送《游牧志》一部。巳正,堂期。午正,赴教场,同玉堂阅看口内驻防官员军政,并补看察哈尔病痊人员。军政毕,拣选正白旗察哈尔骁骑校一缺。图们鄂勒哲依中箭五枝,拟正,不识字;棍布车林,中箭一枝,拟陪,识字。余人均未中箭。察哈尔镶蓝旗骁骑校一缺。希呼尔特依,中箭五枝,不识字,拟正;僧格中箭三枝,马箭中帽,亦不识字,拟陪。余人内虽有识字者,惟仅中一二矢不等,因思既然看箭,即不便选取中矢较少者,是以仍按中箭多寡定拟,不得已也。淡阴,时晃。丑后,飞雪花,旋细雨。

十一日(10月12日)　午刻,赴教场,同玉堂阅看察哈尔镶蓝旗补考军政官二员。毕,验补张家口正蓝旗满洲委前锋一缺补鹤年、马甲一缺补恒年。后阅看满蒙十旗兵丁步射。中箭四五枝者分别奖赏。申初,散,回署。阴,细雨。辰刻,住。旋晴,云。

十二日(10月13日) 巳刻,堂期。未刻,孙廉清回口。据云,家中亦于二十七日白天失盗等语。晴,云。

十三日(10月14日) 增印告假回京。据云,伊叔病重。申刻,程寿臣禀见,会。晴,微云。后补记。

十四日(10月15日) 巳刻,堂期。放牛群额外委固山达一缺、放阿尔他希迪。牧长二缺、一,放托郭奇;一,放阿玉什。记名一。鄂齐尔扎普,因该群一起带验,误作二排,先将其挑补。后询系一排,是以改挑阿玉什,将伊记名。右司呈放察哈尔镶黄旗得木奇一缺、放多尔济。格斯贵二缺。一,放根敦巴勒桑;一,放札密彦。酉后,岳顺禀称,李二等压马,被下营房居住之闲散郭勒明额辱骂、斗殴等语。晴,微云。

十五日(10月16日) 巳刻,出门,赴庙上香。有马甲公元系四品顶戴花翎带同郭勒明额之祖公喜,喊控都统家人将人打伤,并将李二马鞭呈验。当诘以"既系余之家人将人打伤,何以伊之马鞭反在尔手?然既系余之家人在外滋生事端,亟须严行究办,尔即听候办理。"回署后,即传左司,饬令迅速办稿,札交张理厅讯办,而佐领庆文等恳请先交左司办理,当暂如所请,饬令速办。晴,云。申后,自西北阴、风,时细雨。

十六日(10月17日) 巳刻,伊协领、庆佐领等禀见。据称,公喜、公元颇知悔惧,请免究办。当以伊等既知理亏,姑施恩免其究办。后堂期,放察罕托罗盖属额外委参领一缺、放达木沁札布。委昆都一缺、放得勒格布彦。额外委昆都一缺。放巴图苏尔。晴,云,风。

十七日(10月18日) 奉到贺折。奉旨:"知道了。钦此。"晴,云。后补记。

十八日(10月19日) 巳刻,堂期。晴,微云。后补记。

十九日(10月20日) 午刻,奎乐山禀见,会。晴,微云。后补记。

二十日(10月21日) 巳刻,堂期。午刻,范八老爷来看。申刻,王枫臣拜会,见。晴,微云。后补记。

二十一日(10月22日)　午刻,差岳顺随同恭进奶皮、奶饼、熏猪、晾羊贡差进京。寄回银五百两及贡余等物。未刻,前甘肃提督成玉峰瑞拜会,有成鉴泉信。见。后出门拜客。王枫臣、成玉峰、奎乐山,均未会。申后,回署。晴,微风。丑刻,准兵部递到,二十日酉刻军机处发交六百里夹板一件。系景廉奏报乌鲁木齐情形及在口设立粮台等因,奉上谕一道。

二十二日(10月23日)　巳刻,同玉堂画堂期稿。后拜发崇上两宫皇太后徽号贺表。午后,散。未刻,出门。赴定静村宅贺喜,伊继侄成家,送贺敬三十两。少坐即回署。申刻,乐山拜会,见。托合盛元之事。淡阴。未刻,飞雨星。酉后,徐晃。

二十三日(10月24日)　晴,云。

二十四日(10月25日)　巳刻,堂期。晴,微云。后补记。

二十五日(10月26日)　晴,微云。后补记。

二十六日(10月27日)　辰刻,范八老爷起身回京。送伊盘费银十两、庙内布施银二两、奶饼一匣。巳刻,堂期。未刻,出门。拜玉堂,会。晴,微云。

二十七日(10月28日)　阴。午后,晃,风冷。

二十八日(10月29日)　巳刻,堂期。后顺天府解运科布多洋枪委员候补知县林觐光、吏目李廷桂禀见,会。未刻,成玉峰及前任山东曹州镇总兵双龄拜会,见。恳请饬催速饬台站应付等语。晴,微云。

二十九日(10月30日)　未刻,传见承恩。嘱其详查成瑞等究竟应否驰驿。晴,微云。

三十日(10月31日)　巳刻,堂期。未刻,玉堂拜会。商办覆奏拟底。申后,始散。李廉夫禀见,会。亥刻,准兵部递到,军机处二十九日酉刻发交六百里夹板一件。系字寄,荣全奏"伊犁俄人情形,及遗失火药等因",奉上谕一道由。晴,微云。

十月初一日(11月1日)　巳刻,出门赴庙上香。后回署。差人送李廉夫贡余。晴。

初二日(11月2日) 巳刻,同玉堂画堂期稿。后拜发叩贺慈禧端佑皇太后万寿折。晴。

初三日(11月3日) 午刻,同玉堂拜发"雇驼运粮,及解运乌鲁木齐饷银"折;查办遗失火药片。由驿四百里递。后同赴黄土厂阅看十旗枪操。抬枪、排枪、打牌。放大马群委翼长一缺、放伊丹扎普。赛尔乌苏所属军台章盖一缺、放车林达什。委章盖一缺、达呢巴特。昆都一缺吉克巴拉尔。散后,旗妇等又拦舆求恩。晴,微风。

初四日(11月4日) 巳刻,堂期。晴,云。戌后,阴。夜间,微雨。

初五日(11月5日) 巳刻,静村夫人带其侄媳来拜。阴。午后,晃,晴,云。

初六日(11月6日) 巳刻,堂期。未刻,昆柘园禀见,会。晴,微云。

初七日(11月7日) 午刻,赴教场,同玉堂阅看补考军政人员。共六员,内张家口协领额勒洪额、察哈尔正红旗骁骑校爱隆阿二员,病尚未愈,均给假调理,俟就痊后再行补考。后拣选察哈尔镶白旗参领一缺、拟正:布尔;拟陪:阿玉巴咱尔。正蓝旗旧鄂勒特即额鲁特公中佐领一缺。拟正:图们;拟陪:吹苏隆扎普。验补千家店骁骑校一缺。补景禄。挑补张家口马甲二缺,步甲、养育兵各一缺。未正,散,回署。晴,云,暖。夜间,风。

初八日(11月8日) 巳刻,堂期。晴,云,风。午后,时阴,冷。

初九日(11月9日) 未刻,出门。拜玉堂,会。商拟军政举劾人员。申刻,回署。申正,准兵部递回马上飞递初三日拜发之折。折、片均奉旨:"知道了。钦此。"晴,风,微云,冷。

初十日(11月10日) 辰正,赴万寿宫,同副都统、监督率同阖署文武官员叩贺慈禧端佑皇太后万寿。后同玉堂画堂期稿。毕,挑牛羊群镶黄旗牧长一缺、放棍布札普。大马群委笔帖式一缺、补鄂勒哲依彰阿。察罕托罗盖属章盖一缺、放棍布札普。委章盖一缺、放丹巴多尔济。委昆都一缺。放吹津札普。后拆军政册封,拟定举二员、一,察哈尔正白旗署总管参领巴图成格勒;一,张家口镶红旗满洲防御钟锦。参劾三员。察哈尔正黄旗参领衔世管佐领达克党罗索勒,才力不及;察哈尔镶红旗一等轻车都尉世管佐领奇莫特塔尔,患病;察哈尔镶蓝旗六品补盗官鄂齐尔札普,患病。巳后,回署。晴,微云。

十一日(11月11日)　午初,承恩、伊勒当阿、庆文、连喜、景廉禀见,请点举劾官员考语。晴,微云,风。

十二日(11月12日)　巳刻,堂期。承恩禀请添派骁骑校禄通兼营务处行走,同阿尔苏管理火药。晴,微云。

十三日(11月13日)　巳刻,奉到贺折。奉旨:"知道了。钦此。"更改题奏稿底。少间,军政处官员带领正黄旗恩骑尉达克苏尔札普禀见。据称,该员系由卡伦班甫经赶到等语。当告以该员既系因公来迟,自与无故不到者不同,即定于明日补看。晴,微云。

十四日(11月14日)　巳刻,堂期。午刻,赴教场,同玉堂补看军政达克苏尔札普一员。后同玉堂回署。玉堂以拟致醇邸信稿相商。申后,散。晴,云。

十五日(11月15日)　巳刻,出门拜庙。后回署。晴,云,微风。

十六日(11月16日)　巳刻,堂期。未刻,由乌里雅苏台遣撤回旗之黑龙江统带苏章阿禀见,会。晴,云,时微风时飞雪花。

十七日(11月17日)　午刻,出门。拜苏统带,会。后回署。晴。

十八日(11月18日)　巳刻,堂期。晴。

十九日(11月19日)　巳刻,赴库兑收太仆寺牧群俸饷银两。晴。

二十日(11月20日)　巳刻,同玉堂画堂期稿。毕,放达里岗爱羊群牧长二缺、一,蒙克鄂齐尔;一,布彦图。记名二人。一,达什彭楚克;一,车林多尔济。后拜发军政应举应劾应留题本、逾岁人员精力未衰奏请留任折。后商议津贴兵丁等事。未初,散。晴,微云。

二十一日(11月21日) 阴。卯后,雪。午后,住,仍时飞雪花。酉后,徐晴。雪厚五寸余。

二十二日(11月22日) 巳刻,堂期。申初,出门。赴龙王堂候接新任监督、兵部郎中承季膺官印禄,行四,系荣仲华堂兄,仲华有信。略坐。据玉堂之郭什哈云,监督已到三清宫,遂同玉堂至彼相见。坐谈片时即行。拜博泉,会。酉刻,回署。晴,微云,冷。承季膺来拜,因尚未回署,未见。

二十三日(11月23日) 未正,同玉堂率同阖署官员,赴西辕门外,跪接九月十八日大婚礼成颁发喜诏。系本属官员乘马恭请。至大堂供设,行三跪九叩礼。毕,至书房恭阅。后同玉堂闲谈。申后,始散。晴,冷。

二十四日(11月24日) 巳刻,同玉堂画堂期稿。午刻,拜发长至贺表。后略谈即散。未刻,嵩博泉来辞行,会。晴,微云,冷。

二十五日(11月25日) 卯刻,差郭什哈送博泉起身。未刻,出门,拜承季膺未会。后回署。

二十六日(11月26日) 巳刻,堂期。未后,三顺随其母来署。接十六号家信。晴。

二十七日(11月27日) 巳刻,赴库兑收大马群俸饷银两。阴。申后,晃。

二十八日(11月28日) 巳刻,堂期。淡阴,时微晃时飞雨星。

二十九日(11月29日) 申刻,景廉禀见。呈阅玉堂所拟请赏奏底。晴,云。

三十日(11月30日) 巳刻,堂期。放布鲁图属章盖一缺、放拟正之巴彦布彦,拟陪之色楞栋鲁普记名。委章盖一缺。放拟正之乌尔呢呼济尔嘎勒,拟陪之栋鲁普记名。晴,微云。后补记。

十一月初一日(12月1日) 巳刻,出门拜庙。后回署。赶写家信。晴,微云。

初二日(12月2日) 巳刻,同玉堂跪接二十日拜发回折。逾岁官员请留任折，奉旨："旺舒克等，均着准其留任。该部知道。钦此。"后画堂期稿。毕，拜发请催两淮生息银两折、废员禄兴无力完交台费折、废员花里雅春无力完交台费片、俄官进京片、俄官出口片、奏署察哈尔正白旗佐领折、鄂勒特佐领绰克图莽鼐三年期满奏请实授折、开复太仆寺牧长等顶戴片、俄官自行雇轿进京片。后商议津贴牛羊群主事、笔帖式、佐领帮贴稿。未后，始散。阴，时微晃。

初三日(12月3日)　晴，微云，暖。

初四日(12月4日)　午初，赴教场，同玉堂画堂期稿。后拣选正白旗总管一缺、巴札尔，拟第一；德木伯呼勒札普，拟第二。镶白旗总管一缺、巴图承格勒，拟第一；林沁多尔济托克，拟第二。镶黄旗副参领一缺、嘎勒桑车林，拟正；棍布札普，拟陪。正白旗副参领一缺。特古斯吉尔嘎勒，拟正；车林多尔济，拟陪。验补镶蓝旗副参领一缺、补国仁色。镶蓝旗补行引见之骁骑校一缺贡嘎札勒沁。正蓝旗开复引见之骁骑校一缺绷苏克。放独石口委骁骑校二缺兴林、荣林。未后，散，始回署吃饭。晴，云。

初五日(12月5日)　巳刻，赴库监放两翼太仆寺俸饷银两抽平。未刻，准兵部递到，初三日戌刻军机处发交四百里夹板一件。系字寄，神机营奏"调赴乌鲁木齐之吉、黑官兵，改由神机营换班官兵内拨往，仍由阿勒台军台行走等因"，奉上谕一道由。接神机营信。系添设洋枪队由。阴。午后，晴，云。

初六日(12月6日)　巳刻，堂期。未刻，玉堂拜会。商办征兵出口拟底。时阴时晃。申刻，飞雪花，旋晃，徐晴，云。

初七日(12月7日)　晴，云。日后补记。

初八日(12月8日)　丑刻，准兵部递到，初六日酉刻军机处发交五百里夹板一件。系字寄，荣全奏"添调官兵，以资镇抚，请饬张家口等处整顿转运事宜等因"，奉上谕一道由。巳刻，堂期。未后，出门。拜玉堂，会。商拟奏底信稿。申后，回署。接海岚信。晴，微云，风。

初九日(12月9日)　午刻，传见景廉。交付"请饷及筹办乌鲁木齐官兵起身”折底。淡阴，时晃。申后，飞雪花。

初十日(12月10日) 巳刻，新授张家口驿传道恒庆禀见。后堂期。阴，微风，冷。午刻，微雪，时晃。

十一日(12月11日) 阴，微风，冷。

十二日(12月12日) 巳刻，同玉堂画堂期稿。后放右翼太仆寺骟马群牧长一缺固鲁札普、商都骒马群牧长二缺。一，齐默特；一，依达拉巴图鲁。后拜发奏请军需饷银折、筹办乌鲁木齐征兵出口折、覆奏整顿台站片；均由驿驰递。奏请赏借兵丁饷银折。专差呈递。未后，始散。达里岗嗳总管等呈递汤羊贡样十只。晴，云。未后，风。申后，飞雪花。

十三日(12月13日) 绰尔济庙业固咱尔呼毕勒罕差人送黄羊一只、奶油一肚。回送伊貂沿袖各一副、岫玉烟壶一个、锦皮朝珠盒一个、奶饼二包。午刻，传见左司官员。因镶黄旗总管图都普巴札尔报称，将嘎勒桑车林拣选副参领，诸多窒碍等情。当交该司逐一详细查核，有无舛错，据实禀复，勿得回护。晴，云。子后，微雪。

十四日(12月14日) 巳刻，奉到初二日拜发回折。奏催两淮生息银两折，奉旨：“另有旨。钦此。”废员无力完交台费折，奉旨：“兵部议奏。片并发。钦此。”片，奉旨：“览。钦此。”俄官出口、进口片三件，均奉旨：“该衙门知道。钦此。”奏署佐领折，奉旨：“着照所请，该部知道。钦此。”试署佐领期满奏请实授折，奉旨：“着照所请，该衙门知道。钦此。”开复牧长等顶戴折，奉旨：“多尔济拉克札勒等，均着准其开复顶戴。钦此。”后堂期。晴，微云。

十五日(12月15日) 巳刻，承季膺拜会，见。后出门拜庙，后回署。承启递呈，交右司。晴。未后，阴。酉后，微雪。拟办“奏参司员朦混办稿”折底。

十六日(12月16日) 巳刻，同玉堂穿蟒袍补褂。赴西辕门外，跪接崇上皇太后徽号诏书，至大堂供设，行三跪九叩首礼。毕，赴书房画堂期稿。后拜发元旦贺表。毕，商议参奏拟底。未初，始散。晴，微风，云。

十七日(12月17日)　午刻,玉堂拜会,见。晴,微云。日后补记。

十八日(12月18日)　巳刻,堂期。午后,出门。拜玉堂,会。商看拟底。申刻,准兵部由四百里递到,十六日酉刻军机处发交十二日拜发回折。请拨军需饷银折、筹办征兵出口折,均奉旨:"另有旨。钦此。"内寄谕一道:"均照原奏准行。"整顿台站片,奉旨:"知道了。钦此。"散后,回拜土尔扈特王投帖。后回署。晴,微云。

十九日(12月19日)　办理参折。系松峰缮写。晴,微云。夜间,微风。左边牙疼。

二十日(12月20日)　巳刻,同玉堂画堂期稿。后拜发奏参朦混办稿之司员折。后派荣魁署左司印务,未到任以前,着清祥暂行署理。未初,始散。晴,云,时淡阴。左边浮肿,微觉感冒,后半日未敢出门。

二十一日(12月21日)　子初,准兵部递到,军机处十九日酉刻发交六百里夹板一付。系奎昌等奏"探闻科城被扰,请拨调官兵,并请由察哈尔拣派马队二百五十名,务于明正到乌等因",奉上谕一道由。巳初,赴万寿宫,同玉堂率同阖署官员行长至贺礼。毕,传见左司官员及大马群总管,商议派兵买驼等事。午刻,散。晴,云。感冒稍觉轻减。

二十二日(12月22日)　巳刻,堂期。派连喜、钟海会同采办驼只。晴,暖。

二十三日(12月23日)　巳、酉刻,营务处官员禀见。呈回买驼、捐驼等事。晴,微云。

二十四日(12月24日)　巳刻,同玉堂跪接十二日拜发回折。请赏借兵丁饷银折,奉旨:"着照所请。户部知道。钦此。"后画堂期稿。毕,商议买驼、筹给盘费,及调兵进口查验并征兵出口一切事宜。至申正始散,吃早饭。晴。

二十五日(12月25日)　午刻,赴教场,同玉堂验补察哈尔镶蓝旗护军校一缺奈丹札普、镶黄旗记过年满补行引见之护军校一员阿木尔布彦。后监收捐输驼只。派大马群翼长巴图鄂齐尔等验收。申正,散,回署。晴,微云,时微风。后半夜,阴。

二十六日(12月26日) 巳刻,堂期。午刻,出门拜客。季膺,会;副将、驿传道,均投帖。申刻,回署。库伦管理买卖章京惠升禀见,进京办理奏销完竣回库。会。阴。巳后,徐晴,微云。

二十七日(12月27日) 午刻,传见清祥、塔清阿、伊勒当阿,嘱其拜惠升,询问办理奏销章程。申刻,清祥等禀见。所说均不堪法。阴,时飞雪花。亥后,晃,时风。稍觉感冒。

二十八日(12月28日) 巳刻,堂期。晴,云,风,冷。感冒仍未觉轻。

二十九日(12月29日) 未刻,同玉堂赴教场放大马群牧长二缺。一,隆噜普;一,景默特。后监收捐输驼只。申后,散。晴,微云。

十二月初一日(12月30日) 巳刻,出门拜庙。午刻,同玉堂跪接十一月二十日拜发回折。奏参司员折,奉旨:"另有旨。钦此。"未刻,散。申刻,接十七号家信。东光裕带来。晴,微云。

初二日(12月31日) 午初,堂期。晴,微云。

初三日(1873年1月1日) 午刻,营务处官员禀见。未后,程寿臣禀见,会。托陈映台事。亥刻,准兵部递到,军机处初二日申刻发交五百里夹板一副。系字寄,定安奏"筹拨马队等因",奉上谕一道由。晴,云。

初四日(1873年1月2日) 寅后,微雪。巳刻,堂期。未后,昆栢园禀见,会。晴,云,时阴。

初五日(1873年1月3日) 未刻,出门。拜玉堂,会。申后,回署。阴,时微晃。未后,时风,冷。

初六日(1873年1月4日) 午刻,堂期。放正白旗羊群牧长一缺。补捐输之牧丁索特那木丕勒。晴,微云,时风。

初七日(1873年1月5日) 赶写书信。晴,微云。晚间,微风。

初八日(1873年1月6日) 巳刻,差马二随同呈进羊贡差弁等起身回京。带十九号信及贡余羊只等物。后堂期。晴,微云。杨升告假回京。后补记。

初九日(1873年1月7日)　午刻,玉堂拜会,见。晴,云。未后,淡阴。

初十日(1873年1月8日)　巳刻,堂期。放正白旗羊群牧长一缺。放巴特玛札普,拟陪之图都普僧格记名。晴,微云。亥后,风。后补记。

十一日(1873年1月9日)　丑刻,准兵部递到,初九日戌刻军机处发交六百里夹板一件。系字寄,奎昌等奏"催所调官兵等因",奉上谕一道寄知由。申刻,差郭什哈佛尔腾补送羊只进京。带二十号信。晴,微云,时微风。

十二日(1873年1月10日)　巳刻,堂期。所调备拣营总之佐领布彦德勒格尔等禀见。申刻,传见清祥等。交付九年奏档。晴,微云,风,冷。辰刻,日耳。

十三日(1873年1月11日)　未初,赴教场,同玉堂验补察哈尔镶黄旗护军校一缺。补车林丕勒。后挑派调赴乌里雅苏台之察哈尔镶黄、正白二旗官兵,派委镶红旗公中佐领那木济勒色楞为营总。申正后,散。晴,微云。未后,日耳。

十四日(1873年1月12日)　巳刻,奎乐山禀见,会。后同玉堂画堂期稿。毕,拜发征兵起身日期等因折、筹拨饷银片、抽收茶马厘金数目折、察哈尔护军校因病走失折、军台提拨俸饷折、年终稽查废员折、堪调马匹数目折。以上二件填十五日。申刻,始散,吃饭。毕,出门,拜景子乾,会;查旗来口。乐山,投帖。酉后,回署。晴,云,时微阴。

十五日(1873年1月13日)　巳刻,出门拜庙。午后,景子乾拜会,见。未后,出门。赴教场,同玉堂挑派察哈尔正黄、正红二旗官兵。申后,散,回署。晴,微云,风,冷。戌后,月出五色栏一周,内白黄色,中紫外绿边红,形如月晕,而小盖月华也。亥后,渐消。

十六日(1873年1月14日)　巳刻,堂期。晴,微云,风,冷。

十七日(1873年1月15日)　巳刻,中天微北有白云一道,自西阻东长亘天。巳正后,渐消。巳刻,荣魁号梅岑禀到,见。午刻,新授张理厅希拉本号贤阶禀见;未刻,奎乐山禀见,均会。后赴教场,同玉堂挑派镶白、正蓝二旗察哈尔官兵。申后,散。晴,微云。

十八日(1873年1月16日) 卯刻,准兵部递到,十六日酉刻军机处发交五百里夹板一件。系奎昌等奏“请拨饷银等因”,奉上谕一道由。巳刻,正黄旗满洲理刑官崇勋禀见,会。后堂期。晴,微云。

十九日(1873年1月17日) 午刻,准兵部由驿递到,十四日拜发回折。征兵起身日期折,奉旨:“另有旨。钦此。”附片,奉旨:“知道了。钦此。”内寄谕一道。均照原奏准行。后放大马群牧长一缺鄂勒哲依布彦。后同玉堂封印。毕,传见察罕托罗盖穆胡尔嘎顺参领,改派清祥署左司印钥,荣魁承办印房事务兼左司营务处行走。未刻,散。晴,微云。

二十日(1873年1月18日) 午后,赴教场,同玉堂挑派镶红、镶蓝二旗察哈尔官兵。申初,散。回拜子乾、会。希丞。投帖。酉初,回署。晴,微云。

二十一日(1873年1月19日) 午刻,景子乾拜会,见。后营务处官员禀见。呈回征兵马匹驼只等事。晴,微云,风。

二十二日(1873年1月20日) 午初,同玉堂画堂齐稿。后拜发元旦贺折,恭缴朱笔。毕,验看采买驼只,添派善昌号子光、桂林、库穆吉太、惠钟兼营务处行走。申初,散。贡差祥寿、乌勒希布回口。晴,微风,云,冷。

二十三日(1873年1月21日) 晴,微云。日后补记。

二十四日(1873年1月22日) 巳刻,堂期。午刻,散。未后,营务处官员禀见。呈回三起官兵已全数出口,及采买驼只领价等事。申刻,吉林头起官兵到口。营总顺喜。神机营所派弹压委员侍卫色楞额、永强阿禀见,会。晴,微云。

二十五日(1873年1月23日) 未刻,出门拜客。玉堂,会;色侍卫、永侍卫,均投帖。申后,回署。贡差乌珍布等回口。接十八号家信。晴,微云。晚间,微风。

二十六日(1873年1月24日) 巳刻,奉到十四日拜发回折。茶

中国近现代稀见史料丛刊【第五辑】

张剑 徐雁平 彭国忠 主编

额勒和布日记（下）

额勒和布 著

芦婷婷 整理

本辑执行主编 徐雁平

凤凰出版社

马厘捐折,奉旨:“户部知道。钦此。”职官逃走折,奉旨:“知道了。钦此。”军台提拨俸饷折,奉旨:“着照所请,该衙门知道。钦此。”稽查废员折,奉旨:“知道了。钦此。”堪调马匹折,奉旨:“兵部知道。钦此。”后同玉堂拜发谢恩折。后画堂期。毕,留玉堂便饭。晴,微云。

二十七日(1873年1月25日)　晴,云。未后,时阴。亥后,细雪。日后补记。

二十八日(1873年1月26日)　卯后,雪住厚一指许。巳刻,直隶赍送诏书之委员、候补巡检侯鉴禀见,会。后堂期。午刻,散。未刻,清祥、伊勒当阿、塔清阿禀见。呈回征兵口分、皮衣等事。淡阴。午后,晴,云。

二十九日(1873年1月27日)　午刻,同玉堂拜发皇上亲政贺表。后吉林二起照料侍卫丰盛阿禀见,会。后色楞额、永强阿来见,同赴银库监放吉林头起官兵口分、皮衣等项银两。系头起营总顺喜等面领。甫毕,二起照料侍卫八十一,及吉林总统兴禄并营总等禀到。因住处尚未找定,即在仪门外院内见。略谈即辞去。酉后,始散。晴,云,风,冷。马二回口。带来十九号家信。

三十日(1873年1月28日)　晴,微风,冷。

同治十二年(1873)张家口

十二年正月初一日(1月29日)　丑刻,接神后少歇。辰刻,赴万寿宫行礼。毕,同玉堂、季膺少谈。后拜庙。巳后,回署。佛祖前上香行礼。午刻,出门拜客。静村宅,见;余均投帖。未初后,回署。未正,准兵部递到,十二月二十九日酉刻发军机处五百里夹板一件。系字寄,荣全奏“请饬绥远采办茶叶,并收到银两有短平情形,请将乌里雅苏台委员李吉祥严讯等因”,奉上谕一道由。申刻,阿芳阿静村之侄来拜,见。晴,微风,冷。

初二日(1月30日)　午刻,奉到元旦贺折。奉旨:“知道了。钦此。”晴,微云。

初三日(1月31日)　午刻,营务处官员禀见。据称,景大人交付拟派桂林、玉璞赴绥远城催买驼只等情。晴,微风,云,冷。

初四日(2月1日)　午初,玉堂拜会。以致静村信稿见视。营务处官员禀见。未后,散,始吃早饭。晴。午后,时微风。

初五日(2月2日)　午刻,奉到玉堂谢恩折。奉旨:“知道了。钦此。”后营务处官员禀见。未初,始散。晴。戌后,时风。

初六日(2月3日)　晴,云,时淡阴,日晕。

初七日(2月4日)　立春。午后,伊勒当阿、清祥禀见。据云,景大人谕商拟派员经理驼只等事。承恩禀辞未见。据云,请假回京省亲,于明日起身。晴。未后,时风。

初八日(2月5日)　午刻,独石口防御统存禀见。据称,该处闲散众多,恳请调济等语。晴,云,时淡阴,日月均有晕。

初九日(2月6日)　午刻,营务处官员禀见。回布鲁图台站情形,及派群牧官兵照料驼只等事。晴,云,日晕,时淡阴。

初十日(2月7日)　午刻,营务处官员禀见。呈画稿件。未后,出门。拜玉堂,会。酉刻,回署。晴。

十一日(2月8日)　午刻,同玉堂赴教场点验吉林头二起官兵马匹。申后,散。晴,微云。午刻,静村夫人来拜。酉刻,静村之侄阿芳阿来拜。

十二日(2月9日)　晴,微云。

十三日(2月10日)　未刻,清祥等禀见。回津贴布鲁图台等事。后出门拜客。静村宅、三司、三群、三协领,均未会。申刻,回署。晴,微云。

十四日(2月11日)　巳正三刻,准兵部递到,十二日申时发军机处交六百里夹板一件。系字寄,景廉奏“拨军饷,及催买转运驼只等因”,奉上谕一道由。申刻,照料黑龙江头起官兵之二等侍卫富林布、系色子良次子。护军校宗昌及营总兴山等禀见,会。晴。

十五日(2月12日)　巳刻,出门拜庙。后回拜富侍卫等均投帖。

午刻,回署。晴。

十六日(2月13日)　巳刻,堂期。未刻,玉堂拜会,同赴银库监放黑龙江头起官兵口分、皮衣、银两。后传见清司官及牛羊群总管达米林札布等。商议买驼等事。酉初,散。晴,微云。

十七日(2月14日)　晴,微风,云。

十八日(2月15日)　午刻,堂期。未刻,直隶赍送诏书委员、候补知州汤懋寅禀见,会。系阳湖县人。晴,微风,云。

十九日(2月16日)　午刻,同玉堂开印。毕,拜发皇上亲政贺折。晴,风,云。

二十日(2月17日)　巳刻,堂期。未刻,同玉堂拜发筹办吉、黑马队驼马出口日期折、饬备粮石片、暂行津贴台站片。后商办公事。申刻,程寿臣禀见,会。酉后,散。晴,微风,云。后补记。

二十一日(2月18日)　未刻,总统黑龙江官兵统领克什克图禀见。有明三大人信。申刻,照料侍卫、蒙克那苏图章京成春禀见,均会。晴,微云。

二十二日(2月19日)　巳刻,堂期。晴,云。后补记。

二十三日(2月20日)　申后,清祥禀见,云:"适有俄商五人,均不晓华言。同通事二人,至左司内声称,伊等在下堡会仙楼吃饭。出来坐车,行至坝岗地方,突有官兵数人将伊等殴伤,皮破血出者二人,伤重卧地者一人,务须即为拿人办理,在司肆行喧闹"等语。当嘱其俄人既不懂华言,可向其通事开导,云"尔等既是中国人,当知官事。此项官兵,并非本衙门所管。即使本管,尔等既不知其姓名,亦不能立时拏办。况客兵千余名,各有本管,实无从去拏。然无论何项官兵,既在本处滋生事端,即应查办,以儆不法。尔等可先行回去,听候办理"等语,交付去后。至酉后,据清司员禀称:"受伤较重之人,已乘马出口。在司之人,已均散去。定于明日九点钟,赴伊等住处验伤"等语。当嘱其迅速办稿,札知张理厅、万全县,务于明日辰刻同至本衙门,以便会同出口验伤。一面札知吉、黑二军统带等,务将滋事之兵系何队内，共有几人，及因何起衅斗殴之处，逐一查明，务于明日连人一并送辕，以便究办。戌后，始画稿行文。晴，云。日后补记。

二十四日(2月21日) 巳刻，堂期。据清司官禀称："张理厅已到万全县，昨已回县，已由六百里札传。伊已差前站到口，云少时即可赶到。"当以"俄情最讲信实，我们不可失信于彼。现已交巳，可先差人与彼送信。云，'万全县距此太远，恐不能如期赶到，俟到时即来相验'"。堂期毕，张理厅禀见，会。午刻，玉堂拜会，云："适拜客回归，行至东辕门外，有吉林兵百余名，拦舆呈递团呈，云口分不敷，恳请添给"等语，是以来署商办。当传该营总统兴禄及营总等来辕，嘱其详查情形。如果口分不敷应用，须办呈文递辕，听候办理。勿任兵丁妄为，致干究办。据该总统等禀称："查明昨日与俄商斗殴之兵丁系吉林二起之兵，共三名。伊等均已受伤，现皆押带来辕。讯其起衅情由，据云，因兵丁买有皮靴一双，走至坝岗，遇见俄人等，似要靴子看视，当即递与伊等，乃竟将靴子存留不给。向其索要，致被殴打。后遇同队之兵，因见伊被打，是以向俄人互殴"等语。当令其带赴左司，听候办理。张理厅、万全县禀见，同清司官出口相验。申后，清司官相验回署，禀见，取具伤单呈验。云，验得俄人伤均不重。当以俄人之伤既经验明，兵丁所受之伤亦须相验，遂嘱其赴左司内相验。嗣据禀称，验得兵丁之伤亦均不重，取具伤单呈阅。正商办间，神机营总理照料之营务翼长恩佑字保亭、双印字绶田禀见，会。是日自巳至酉，张理厅、万全县禀见三次。加之恩保亭等，及吉林总统、营总先后禀见，纷忙已极。嗣与玉堂商酌，两造之伤虽均不重，究竟如何了结，亦须筹划。乃复传见清司官、张理厅、万全县，嘱其即传其通事讯问，"现已相验，两造之伤均不甚重。尔俄人欲如何办理？若不欲了结，必欲函致尔国钦差，则我们亦须咨行总理衙门。俟接到回文，再行办理。若以互相斗殴，事不要紧，即可了结。则该兵丁等不守营规，我们也要札饬该管营，从重惩办。然该起官兵已定有出口日期，办后即饬起身矣。尔等须早定夺方妥"等语。至酉后，事稍就绪，玉堂始辞去。晴,微云,暖。

二十五日(2月22日)　午后,出门拜客。恩保亭等均投帖。未后,回署。清颐亭、希贤阶、程寿臣先后禀见。据称,昨晚已将交付之话传其通事,当面谕知。今早通事来署,声称:“俄人难以理讲,不好了结。”问其所以,据称“俄人声称,伊等所受之伤似觉内损,须进京医治,所有盘费、药饵等项所费甚多。且万一不测,家有父母,亦须有养赡。每人需给银二千两,始能了结”等语。当谕以“仍传通事人,告知俄人,固是外国,该兵丁等亦是路过。我们因系地方官,不得不出来料理。若如俄商所要,不特该兵丁等断无此力。若受伤兵丁亦要如俄人之数要银,更当如何办理?如伊等必欲如此办理,我们亦惟有咨行总理衙门酌办”等语。酉刻,张理厅等禀称“伊等仍持前说,不肯了结”等语,亦只好由他,听之而已。晴,微云。

二十六日(2月23日)　皇上亲政。辰刻,同玉堂率同文武官员,恭赴万寿宫行礼。巳刻,散。午刻,堂期。后同玉堂拜发皇太后崇上徽号贺表。毕,传见吉林头起营总顺喜。因玉堂闻得,该起兵丁不欲于明日起身,是以传其来辕。谕以“尔等以兵丁苦累,请添放口分。现已筹添一个月口分,尔等务当严饬该队,于明日起身。”而顺喜声称:“风闻俄人在口外等候”,又以“驼只不敷,且多疲瘦”等词推诿。玉堂当嘱其务于明日出口,若不起身,定行参办。并定于明日赴店,看其起身云。申初,散。晴,微云。

二十七日(2月24日)　午后,出门。拜奎云亭官印昌,由乌里雅苏台回京。会。未后,回署。云亭来拜,会,谈至申后始散。淡阴。酉后,徐晴。吉林头起头二札兰官兵,于亥后始起身出口。

二十八日(2月25日)　巳刻,堂期。午后,出门。拜玉堂,会。申初,回署。申正,张理厅、万全县禀见,呈阅所取吉林兵丁供词。内仍有不妥之处,嘱其另讯酌改。晴,微云。

二十九日(2月26日)　晴,微风,云。

二月初一日(2月27日)　巳后,出门拜庙。晴,微云。贾秉政又递呈。

初二日(2月28日) 巳刻,奉到正月十九日拜发皇上亲政贺折。奉旨:"知道了。钦此。"后堂期。晴,微云。

初三日(3月1日) 辰正,赴万寿宫,同玉堂率同阖署官员恭祭文昌。巳初,回署。晴,微云。酉后,阴。亥后,雪。

初四日(3月2日) 巳刻,堂期。放正黄旗羊群牧长一缺察林太。阴,时飞雪花。巳后,时晃。未后,复雪一阵。戌后,雪。

初五日(3月3日) 丑刻,雪住约厚三寸许。午刻,奎乐山禀见,会。后赴教场,同玉堂点验黑龙江官兵马匹。毕,放大马群牧长一缺。放都勒玛。申后,散。晴,风,微云,冷。

初六日(3月4日) 巳刻,堂期。晴,云,风,冷。

初七日(3月5日) 清司官等禀见。晴,云,风,冷。

初八日(3月6日) 巳刻,堂期。放正黄旗羊群牧长一缺。放沙克都尔札布。未后,接总理衙门来文。咨查互殴案件。晴,微云。

初九日(3月7日) 巳刻,清司官等禀见。晴,微云。

初十日(3月8日) 巳刻,同玉堂画堂期稿。后拜发皇上万寿贺表。未后,散。晴,微云。

十一日(3月9日) 巳刻,接二十号家信。表差带回。晴,微云。

十二日(3月10日) 巳刻,堂期。未刻,出门。回拜恩佑、双印、色楞额、丰盛阿、永强阿。因差竣回京,均投帖。后回署。晴,云。

十三日(3月11日) 巳刻,清司官等禀见。午刻,伊犁委员连魁禀见。系荣润庭族孙。未刻,吉林总统兴禄禀见。据称,斗殴兵丁何顺等二名,已赶队出口等语。当嘱其迅速追回候示。后传见营务处官员。交其迅速办稿,照会兴禄,酌派弁兵留口,看管斗殴之兵,勿再任令潜行出口等语。晴,微云。

十四日(3月12日) 巳刻,堂期。赵布店递呈。晴,微云。

十五日(3月13日) 辰刻,赴万寿宫,同玉堂率同阖署官员恭祭文昌帝君。毕,略谈,拜庙后回署。午后,出门。赴奎云亭寓送行,伊于明日起身。会。未后,回署。吉林统带兴禄禀见。据云,已派人追调何顺二人,不日即可回口等语。并递看管关福之委防御成福兵四名名单一纸。后传见清司员。将原单交其收存,并饬大马群将成福等骑回驼二只先行收回。淡云,微风。子后,雪约厚寸许。

十六日(3月14日)　辰正,赴万寿宫,同玉堂率同阖署官员恭祭关圣帝君。毕,画堂期。后同赴龙王堂候送奎云亭,跪请圣安。午初,回署。回拜兴禄投帖。申刻,黑龙江统带克什克图禀见。据称,今日已搬于元盛碱店居住,当嘱其严束兵丁,勿令滋生事端。又称兵丁口分不足,并称官兵因不服水土,患病生花者甚多,当嘱其具文详报。晴,云,微风。

十七日(3月15日)　营务处呈递元盛碱店递禀,云官兵在伊店内居住有碍税课等语,当谕其听候办理。晴,微云,风。

十八日(3月16日)　巳刻,堂期。晴,风,微云。是日,署西慈恩寺前唱戏。

十九日(3月17日)　巳刻,接得通商衙门四百里夹板一件。系查前咨与信内所叙情节不符等因。午刻,玉堂拜会,营务处官员禀见。呈回事件。申刻,散。晴,微风,云。

二十日(3月18日)　巳刻,堂齐。放商都驼群牧长二缺。一,放诺尔布散丕勒;一,放散丕勒诺尔布。后程寿臣禀见。嘱其赴俄商寓处,查看情形。午刻,散。申刻,寿臣回口禀见,会。据云,俄人进京者实止二人,现在均已回口,其所受之伤亦均平复,探其有无话说。据称,现已告官,由官办理,伊等均无话说。询其起衅之由,则称因兵丁及内地买卖人等骂伊等洋鬼子,以致互殴。问其孰先动手,则云兵丁先动手,似不足信也。当嘱程寿臣赴后衙门回明。晴,云。

二十一日(3月19日)　午后,出门。拜玉堂。商拟覆通商衙门信稿。未后,回署。晴,微云。

二十二日(3月20日)　巳刻,堂期。阴,微风。申后,飞雪花。

二十三日(3月21日)　午刻,传见清祥、禄德,交其改写覆信,并嘱其详查吉林兵丁有无请领火药之事。缘老赵闻得,西边庙内居住之吉林兵赵姓、祥姓云，都统留派伊等官兵押送火药。并云，有下营房住的阿老爷说，都统看上伊等之青马，伊为说道，嘱其送上等语。言虽不经，不能不留心访查也。晴，风，云。

二十四日(3月22日)　巳刻，堂期。晴，风，云。日后补记。

二十五日(3月23日)　巳刻，会同玉堂拜发查明到台已满三年废员折、察哈尔正红旗总管僧格塔尔五次三年任满折，送驾安折、接驾安折。皇上奉两宫皇太后恭谒东陵。后山东采买勇营马匹委员、候补参将王林魁禀见。系湖北孝感县人。未后，牛羊群主事祥禄、笔帖式英铨汇同内务府羊圈厩长惠英禀见。据称："此次随围羊只，仅有两黄旗解到，均甚瘦小。而白旗及达里冈爱均未解到，计日业已逾期，请行文内务府通融"等语。当以"该群既已迟误，即干参处，未便行文通融"。玉堂乃嘱其"自行写信，通融办理，总以不误差使为要。我们再向该群督催，设法归补"等语。事关上用之差，余亦未便只答官话，只好听其自行办理也。申后，散。申正，始吃早饭。晴，微风，云。日后补记。

二十六日(3月24日)　巳刻，堂期。晴，微风，云。

二十七日(3月25日)　午刻，赴教场，同玉堂阅看病痊及军营撤回应行补考军政官员。毕，验补察哈尔镶白旗参领一缺。补引见记名之佐领阿玉巴札尔。拣选镶白旗护军校一缺、三音布彦，拟正；贡楚克色德恩，拟陪。镶红旗护军校一缺、巴札尔，拟正；三音巴札尔，拟陪。独石口委骁骑校一缺。补托克托布。未后，回署。晴，风，微云。

二十八日(3月26日)　巳刻，堂期。晴，微云。

二十九日(3月27日)　晴，微云，暖。

三月初一日(3月28日)　巳刻，出门拜庙。后回署。晴，微云，暖。

初二日(3月29日)　巳刻，堂期。申刻，克什克图禀见，会。淡阴。酉后，风，一阵细雨约半时许。时当播种，得此甘霖，二麦可望矣。

初三日(3月30日)　克什克图送桦木鞍板一个，璧回。晴，微云。是日，黑龙江头起官兵出口。

初四日(3月31日)　巳刻,堂期。晴,微云。

初五日(4月1日)　申刻,出门。回拜土尔扈特王,伊递哈达一块,回送伊奶饼、茶叶各二匣。及押送洋炮之神机营委员、候补参将穆津布均投帖。后回署。文序东禀见,会。卸事回口。晴,云。申后,阴,雷鸣,微雨。

初六日(4月2日)　巳刻,堂期,时阴时晃。

初七日(4月3日)　戌正,准行在兵部递到,由燕郊发军机处交出五百里夹板一件。系字寄,长顺等奏"查出哈密委员杨万清,携带私货,骚扰台站,请饬议拟章程等因",奉上谕一道由。晴,微风,云。

初八日(4月4日)　巳刻,奉到二月二十五日拜发回折。查明废员折,奉朱批:"该部议奏,单并发。钦此。"总管期满折,奉朱批:"着毋庸来见。钦此。"后堂期。晴,微云。

初九日(4月5日)　午刻,同玉堂赴教场,阅看察哈尔补考军政官员。毕,验看补行引见之察哈尔正红旗护军校一员桑斋札普,拣选察哈尔镶红旗骁骑校一缺。齐莫特棍布,拟正;郭勒敏色,拟陪。未后,散,回署。晴,微风,云。酉后,阴,细雨。子后,住。夜间,复时微雨。

初十日(4月6日)　巳刻,堂期。午后,赴赐儿山,同玉堂祭炉,时因阴雨,山路滑泞,未得至炉前上祭,谨于殿内上香行礼。申初三刻,回署。克统带禀见。据称,该营病伤官兵请撤回原旗等语。阴,时飞雨星。未后,雨。申后,住。

十一日(4月7日)　晴,云,时阴。酉刻,微雨,雷鸣,旋晴。戌后,东南电,是日将李琪辞去。缘昨晚在院散步,闻得伊在书房内与其乡亲云,馈送司员荸荠相见等语。且近日伊极荒唐,时常在外居住,而伊之云乡亲者,又常在署中居住,并风闻其此外尚有串通舞弊之处,虽未真切,究不可容,是以将其辞出,以儆余人。

十二日(4月8日)　巳刻,堂期。未刻,克统带禀见。据称,禀报后,现又查有出痘官兵,请示可否一并遣撤,当以既经查明,实系出痘,自应一并遣撤,并嘱其续行详报。阴,时晃。酉刻,雷电,雨一阵,旋晃,时雷鸣。

亥后，复雨一阵。间有小雹。

十三日(4月9日) 多伦厅同知吉英禀见未会。未后，程寿臣禀见，会。据云，适接道台来信云，俄商之案如完结时须取具该俄商无事之结等语。当告以既咨总理衙门，只有听之，未便再向伊等商办。晴，云。

十四日(4月10日) 巳刻，堂期。晴，云。

十五日(4月11日) 巳刻，出门拜庙。后回署。午刻，会同玉堂拜发叩贺皇上万寿折、奏补镶白旗副参领折。毕，放大马群牧长一缺敏珠尔多尔济。申后，散。晴，微云。

十六日(4月12日) 巳刻，堂齐。晴，云，时阴。申后，时飞雨星。

十七日(4月13日) 巳刻，奉到二月二十五日拜发接送驾安〔折〕。后接静村信及二十二号家信并亲友信。晴，云。申后，北风，雨。戌后，细雪连夜。日后补记。

十八日(4月14日) 巳刻，堂期。放镶黄旗达喇嘛一缺阿木固朗、正白旗达喇嘛一缺嘎勒桑般迪、得木奇一缺拉普斋、格斯贵一缺那旺达尔济。后张乐山之二世兄国正禀见，会。号笏臣，系工部候补郎中，告假赴库省亲。未后，出门。拜玉堂，会。商议覆静村及果亭信，并笏臣出口事。时值克统带禀见。据称，二起官兵等因盘费不敷，不能起身，请借银二千两，将来到乌时由饷银内坐扣等语。当与玉堂商酌既系借银，与添领饷银不同，事尚可行，否则恐其实不能起身，亦不妥当，遂嘱其迅速详报。后驿传道恒庆禀见。嘱其张大人少爷出口，应需乌拉等项迅速查案办理。申后，回署。传见清司官，交其拟覆果亭信，并传谕银库迅放借项。阴，风，时飞雪花。申后，雪一阵，冷。地、水均复冻。

十九日(4月15日) 午后，出门。回拜张笏臣投帖。后回署。晴，云，风，冷。

二十日(4月16日) 巳刻，堂期。未刻，塔协领禀见。据称，湖广省会到之银凭砝不敷。当嘱其取具蔚泰厚甘结，以便咨查该省。赶写家信。晴，微风，云。日后补记。

二十一日(4月17日)　午刻,同玉堂率同阖署官员赴辕门外,跪接皇上亲政颁发诏书,供奉大堂行礼。后至书房恭读。毕,营务处呈画稿件。申初,散。晴,微风,云。

二十二日(4月18日)　辰刻,贡差起身。原定二十一日起身,因驼只未齐,改于今日。马二告假,同差起身。巳刻,武顺率同妻子告假回家。因伊父病重。差来成进京。带二十三号家信,同武顺等一同起身。巳后,堂期。因左司所拟们都巴札尔控案,并札那西哩控案及拣选捕盗官等稿,均不甚妥,饬令另行拟办。来文内据镶红旗总管详报,达呼玛巴札尔系棍乌玉图佐领下人,并非阿尔塔什迪佐领下人等语,检查原案相符,当交该司拟稿奏请更正。晴,微云。日后补记。

二十三日(4月19日)　辰初,赴万寿宫,同玉堂、季膺率同阖署文武官员行叩贺皇上万寿礼。毕,坐谈许久。散后,拜克统带,会。伊定于二十四日起身。午初,回署。未后,额协领禀见。请定拜折日期。晴,微风,云。

二十四日(4月20日)　巳刻,堂期。淡阴,时晃。

二十五日(4月21日)　淡云,微风,时晃。

二十六日(4月22日)　巳刻,奉到十五日拜发回折。贺折,奉清字朱批:“知道了。钦此。”奏补参领折,奉清字朱批:“兵部知道。钦此。”后堂期。午后,出门。拜景子乾,伊昨日回口。未会。后回署。未刻,子乾拜会;酉刻,伊犁派赴河南省提饷委员副参领忠祥、中书庆祚禀见,均会。阴,时微晃。申刻,微雨,旋晴。

二十七日(4月23日)　午刻,同玉堂率同阖署官员,拜发恭谢恩诏加级恩折。后放商都骒马群牧长一缺济克济特。后同赴教场,验补张家口正白旗佐领一缺。补引见记名之防御玉山。后阅看左翼满蒙前锋马甲等骑射。中帽者仅六名。未后,散,回署。又有旗孀妇二十余口进署,欲行挝鼓,经值班章京等拦问,声称无房无米,求都统施恩。当经劝阻出署,闻得复拦玉堂之车控诉云。刁狡之风,诚堪痛恨。晴,微风,云。午刻,老史回署。

二十八日(4 月 24 日) 午刻,赴教场,同玉堂画堂期。后阅看右翼满蒙兵丁骑射。中帽者十六名。未后,回署。买佛手、香橼。晴,云。日后补记。

二十九日(4 月 25 日) 午后,出门。拜子乾,会。申刻,回署。晴,云。

三十日(4 月 26 日) 巳后,堂期。玉堂来拜,云适接家信云,二十七日奉清字上谕:"景瑞着来京当差,察哈尔副都统着奎昌前往署理。钦此。"闻之曷胜怅惘,缘玉堂自抵任以来,于一切公事均极和衷,且熟习军务情形,所有关系军务折奏多出其手,拟办颇觉省心。况现拟筹整台站、添练旗兵等事,均资其力。今一旦更易生手,未知将来如何也。申刻,子乾拜会,留其射鹄、吃便饭。戌刻,散。晴,云。

四月初一日(4 月 27 日) 巳刻,出门拜庙。后回署。晴,云,时阴。子后,细雨。寅后,住。日后补记。

初二日(4 月 28 日) 巳刻,堂期。未后,出门。拜玉堂,商拟吉、黑官兵出口折;自行检举片底。谈至酉后,始行回署。阴,时微晃。午、酉刻,均微雨。戌后,徐晴。子乾来辞行,未会。

初三日(4 月 29 日) 巳刻,赴库监放军台俸饷等项。午刻,出门。拜子乾,会。申刻,回署。子乾复来拜。嘱看折底。晴,云,时阴。

初四日(4 月 30 日) 辰刻,赴龙王堂,同玉堂、季膺、润峰候送子乾,跪请圣安。巳刻,回署,堂期。午刻,同玉堂跪接敕书。穿蟒袍补褂,行三跪九叩首礼。后商拟"借饷修理兵房"折底,谈至申初始散。晴,云,风。

初五日(5 月 1 日) 申刻,会同玉堂拜发"吉、黑马队官兵全数出口"折;由驿三百里驰递。借款黏修营房折;填本日。废员包容八年期满折;废员周冕八年期满折;"查明因病走失护军校之佐领书写错误,请旨更正,并自请议处"片。以上均填初六日。酉正始散。晴,云,风,冷。

初六日(5 月 2 日) 巳刻,堂期。晴,云,微风。

初七日(5月3日)　巳刻,营务处官员禀见。申刻,清祥禀见。呈递包揽运送军粮商人单。当嘱其务须取具切实铺保后,令各将脚价数目严密封固送司。俟汇齐后,定期将所有各商一并传齐,会同拆封,择其价少者,即派其领运,则浮言自无从而生矣。晴,微云。

初八日(5月4日)　巳刻,奉到谢恩折。奉清字朱批:"知道了。钦此。"午刻,赴教场,同玉堂画堂期稿。后拣选察哈尔镶黄旗巴尔虎佐领一缺、旺舒克,拟正;色尔固楞,拟陪。镶蓝旗捕盗六品官一缺。孟克特木尔,拟正;绰克阿尔毕吉呼,拟陪。后挑张家口兵缺。马甲,二缺;步甲,二缺;养育兵,二缺;抬枪兵,三缺。申初,回署。晴,微云。

初九日(5月5日)　午初,玉堂拜会,同赴黄土场阅看满蒙兵丁抬枪、排枪操演。未正,回署。晴,微云。

初十日(5月6日)　贡差鹤年等回署。巳刻,堂齐。未刻,出门。拜玉堂,会。酉初,回署。是日,换季。晴,云,微风。

十一日(5月7日)　未后,出门。赴龙王堂接奎云亭,云亭原定申刻到口,不意尚未申初已先到庙。跪请圣安。散后,拜云亭,会。酉初,回署。戌刻,准兵部马递递到初五日拜发回折。征兵出口折,奉朱批:"知道了。钦此。"阴。辰后,细雨。申后,住,徐晴。

十二日(5月8日)　辰刻,会同玉堂拜发官兵捐输驼只折。后画堂期稿。毕,略谈。清祥、伊勒当阿等呈递各商人运粮脚价原封。当同玉堂拆封阅看,或四两或四两余,惟德义木店单开三两七钱,遂嘱其传齐各商公同阅看,并须取具该木店切实铺保方妥。不意清祥极力推辞,请另行派人办理。问其所以,则云恐伊等家人使钱,言极吞吐,殊为难解。当将前闻李琪句串之事当面唱破,并谕以"余家人中如有要钱者,尔等务当破除情面,立即禀知,幸勿扶同狥隐,致干并究"。午后始散。未刻,云亭拜会,见。晴,云。日后补记。

十三日(5月9日)　巳后,玉堂拜会、辞行。午刻,同玉堂、云亭拜发交卸到任折。交卸折、到任折,均单衔;安折,连衔。午后,散。申刻,出门。拜玉堂。尚未回署。后回署。午刻,刘老、来成、秀儿、三儿来署。接家信及亲友信。莲舫来信云，玉堂布散谣言，诬余起的太迟，吸食鸦片烟，枢庭已有所闻等语。余以玉堂自到任后，于公事尚肯帮同办理，不辞劳苦，是以于一切公事无不开诚布公，虚心商酌，以期尽善，不意其中外相违如此，知人诚不易也。然坚白岂能磷缁，亦惟有听其皂白而已。晴，云，风。

十四日(5月10日) 辰刻，赴龙王堂候送玉堂。谈刻余。同云亭、季膺、润峰跪请圣安。巳后，回署堂期。未刻，吐尔古特汗差护卫杨福持该汗信及伯王信来，云该汗差其赴伊犁议事，请饬传驼马等语。因思现在伊犁军务未竣，且所需乌拉无多，未便拘执。遂传伊协领，嘱其办稿，札饬驿传道办理。酉刻，准兵部递到，十二日未刻发军机处交四百里夹板一件。系字寄，杜嘎尔奏"请添调察哈尔官兵三百名，并请就近由本衙门赴部请领锅帐等情"，奉上谕一道由。晴，微云，风。

十五日(5月11日) 巳后，出门拜庙。后回署。清祥、伊勒当阿禀见。据云，揽脚商人内有情愿落价者，当告以既已拆封，不能更改，纵有一两者，亦不能办等语。晴，微风，云。

十六日(5月12日) 巳刻，堂期。申刻，希贤阶禀见、禀辞。出口查办万姓张村地亩。酉初一刻十四分三十五秒，月食，救护。亥初初刻十分十七秒，复圆。晴，云。

十七日(5月13日) 未后，李廉夫禀见，会。酉初，奉到初五日拜发回折。借款修房折，奉朱批："户部议奏。钦此。"废员期满折，奉朱批："包容着准其释回。钦此。"废员期满折，奉朱批："周冕着准其释回。钦此。"检举更正片，奉朱批："清祥着交部议处，额勒和布、景瑞均着加恩改为交部察议，该部知道，余依议。钦此。"因闻得玉堂尚在宣化，当派连佐领赶赴宣化，面回一切。晴，云，微风。日后补记。

十八日(5月14日) 巳刻，堂期。酉刻，连佐领回口禀见，会。晴，云，微风。

十九日(5月15日) 午刻，清祥、伊勒当阿禀见，呈阅承保德义木店之德元碱店之保结。当嘱其迅速晓谕各商，毋再耽延，致招物议。未刻，传见伊协领。交付致蔼云、莲舫信。后出门，赴云庭衙门道进署喜，会。晴,云,暖。

二十日(5月16日)　巳刻,堂期。午刻,同云亭率同阖署官员赴西辕门外,跪接恭上两宫皇太后康庆、康颐徽号诏书,供设大堂行礼。毕,至书房略坐。拜发恭谢改为交部察议恩折。申后,散。晴,云,时微风,暖。

二十一日(5月17日)　辰初,赴教场,同云亭阅看满蒙十旗合操,散。后回署。地商刘通递呈,交右司取具的保,札交张理厅讯办。后赴库监收达里岗嗳牧群官兵俸饷。阴。卯刻,微雨,时晃。酉后,晴。

二十二日(5月18日)　巳刻,文序东禀见。据称,粮石可否暂缓起运,当告以牛车业已雇妥,且所调之吉、黑官兵口粮已经过期,碍难再缓,须酌量情形,变通办理,庶免贻误等语。午正,赴教场,会同云亭拣选察哈尔正蓝旗参领一缺,原送选官六员内,齐苏隆初次中箭五枝,拟正;桑鲁普诺尔窄二次品箭中五枝,拟陪。验补镶黄旗护军校一缺札密彦札普。后挑张家口兵缺。正蓝旗满洲马甲一缺、步甲二缺、养育兵二缺。左翼蒙古委前锋一缺、马甲二缺、匠役一缺、步甲五缺、养育兵五名、补马甲一缺。右翼蒙古委前锋一缺、马甲三缺、匠役一缺、步甲三缺、养育兵三缺。申正,回署。戌后,清祥禀见。据称:"适有俄商一人同一通事来司云,伊伙路过宣化住宿,因夜间不安静,伊伙施放洋枪恐吓。后即闻外边有磨刀之声,伊伙畏惧,不敢起身,求派人往接"等语。当嘱其告之"本国公事各有专司,此系地方官之事,本衙门不能越俎。即使差人前往,地方官亦不理会。尔等须自行差人,赴宣化地方官处禀报,当不误"等语,向其明白告之为要。嗣据清祥回称:"即照所谕告之后,伊等即辞去矣。"晴,云。

二十三日(5月19日)　巳刻,奉到十二日拜发回折。捐输请奖折,奉朱批:"该衙门议奏,单二件并发。钦此。"改派佐领庆文赴京请领锅帐。晴,云,热。

二十四日(5月20日)　巳刻,奉到十三日拜发回折。"玉堂交卸,云亭接任,会衔请安"折,奉清字朱批:"知道了。钦此。"后堂期。酉刻,清祥、鄂奎、伊勒当阿、塔清阿禀见。呈回雇觅牛车价银。晴,云,风,热。

二十五日(5月21日) 晴,云,微风,热。日后补记。

二十六日(5月22日) 未初,赴教场,同云亭画堂期稿。后拣选察哈尔正蓝旗额鲁特骁骑校二缺。一排,贡僧巴勒中步箭五枝,拟正;车林多尔济中步箭四枝,拟陪。一排。得木伯呼勒三保,中步箭五枝、马箭一枝,拟正;巴图尔中步箭五枝,拟陪。护军齐丹札普呈诉,云伊有捐输保奖等语,当谕以"尔虽有保奖,尔本旗总管并未单名请补。今既统送拣选,则不能不论箭枝。尔一枝未中,不能拣选",饬令下去。后放商都大马群达喇嘛一缺罗普桑端多普,挑张家口兵缺。镶黄旗马甲、匠役、步甲、养育兵,各一缺;正红旗马甲、步甲、养育兵,各一缺。申初,回署。晴,微云。

二十七日(5月23日) 巳后,钟锦回口禀到、禀谢,见。庆文、庆安赴京请领锅帐禀辞,见。交带致玉堂信。晴,云。申后,阴,风,飞雨星。

二十八日(5月24日) 巳后,堂期。致奎乐山信。晴,云。未后,阴,落雨点,风,时晃。酉后,雷电,雨。戌后,住,旋晃。雨约二寸许。

二十九日(5月25日) 巳刻,赴库监放达里岗爱马群俸饷抽平。毕,独石口驻扎之伊犁骁骑校伊勒东阿禀见,诉称该官兵困苦情形,恳请津贴。当与塔协领商酌,暂行借放一个月饷银,并饬札催积欠饷米。晴,微云。

五月初一日(5月26日) 巳刻,出门拜庙。后回署。晴,云。

初二日(5月27日) 巳刻,奉到二十日拜发回折。谢恩折,奉清字朱批:"知道了。钦此。"后堂期。晴,云,时阴。戌后,细雨。亥后,住。

初三日(5月28日) 巳后,传见清祥、伊勒当阿。斟问运米情形,并令速办防御一缺,行查兵部稿。阴,时晃。酉后,徐晴。

初四日(5月29日) 午刻,差刘老起身回京。带二十四号信。后赴教场,同云亭画堂期稿。毕,拣选察哈尔正黄旗新鄂勒特佐领一缺、骁骑校巴彦保中马、步箭各一枝,拟正;亲军鄂齐尔巴雅尔中步箭三枝,拟陪。正蓝旗护军校一缺。贡嘎拉什,拟正;达尔济,拟陪,均中箭三枝。验补镶白旗护军校一缺。诺罕泰。后挑补张家口兵缺。镶蓝旗马甲、步甲、养育兵各一缺、调补马甲一缺。未正后,回署。晴,云。日后补记。

初五日(5月30日)　阴,时微晃。戌后,风,微雨。亥后,住。

初六日(5月31日)　巳后,堂期。清祥请派景文、讷莫合恩兼左司行走。阴,风,冷。未后,雨间有小雹。申后,住。酉后,复雨。亥后,住。时已稍旱,得此透雨,百谷皆可播种矣。

初七日(6月1日)　阴,时微晃时飞雨星。酉后,徐晴。

初八日(6月2日)　巳后,堂期。桂林、玉璞差桂山等来递禀。派乐尔津兼左司行走。晴,微云,风。

初九日(6月3日)　晴,微云。

初十日(6月4日)　巳后,堂期。放商都骟马群牧长一缺玛呢巴达尔。后驿传道恒庆禀见。嘱其赶紧起身,所有布鲁图台之案,须会商绥远城委员及玉璞等妥为办理,务期一劳永逸,以免后患为要。晴,微云。

十一日(6月5日)　晴,云,时风。

十二日(6月6日)　巳后,堂期。阴。申后,大风,时微雨。是日,接到户部议覆"借厘修房",议准;"俸饷足额,再行扣还"一节,议驳。并接莲舫信、蔼云名片。

十三日(6月7日)　卯刻,赴万寿宫,同云亭率同文武各官恭祭关帝。辰后,回署。晴,微云。

十四日(6月8日)　巳刻,堂期。晴,微风,云。日后补记。

十五日(6月9日)　巳刻,出门拜庙。后回署,同云亭拜发奏参骚扰台站之吉林委参领贵庆折;"挑选驾炮车马匹,另派官兵径解乌里雅苏台交收"片;"察哈尔镶黄旗总管图都普巴札尔三年任满,可否进京陛见"折。带二十五号信。后考补大马群委笔帖二缺巴图鄂齐尔、僧格塔尔。午刻,散。晴,微风,云。日后补记。

十六日(6月10日)　巳刻,正黄旗满洲理刑官崇勋、蒙古理刑官登津禀见。面回牛群相验之案。后堂期。未刻,赴库兑收商都大马群及达里岗嗳牛羊群俸饷银两。晴,云。未后,阴。酉后,微雨。

十七日(6月11日) 晴,微云,风。戌后,阴,旋晴。

十八日(6月12日) 巳刻,堂期。申刻,赴通海店,接赴吐尔古特赐奠之头等侍卫寿昌,号锡卿,系黑龙江人。同云亭跪请圣安。申正,回署。晴,云。未后,阴。雷电,雨一阵间有小雹。申后,住,旋晃。

十九日(6月13日) 申刻,寿锡卿拜会,见。晴,云。

二十日(6月14日) 巳后,堂期。放太仆寺正红旗骒马群牧长一缺绰克巴达尔胡。后营务处呈领置买驼屉银两,当谕以"此项价银内多有不实不尽之处。前因风闻余家人李琪有句通情事,当即逐出,所有市价实值若干,余已采访明白。且景大人洞悉其弊,起身时亦曾告知所有此项价银。即着该商等务开实数,以便付给。勿得再打花消,否则惟有官事官办,毋贻后悔"。阴,时晃。

二十一日(6月15日) 阴。丑后,雨,时大时小时住。未后,雷鸣。

二十二日(6月16日) 巳刻,堂期。放牧长一缺。何群、何名,均忘记。午刻,奎乐山禀见,会。申刻,出门。回拜乐山投帖,后回署。接玉堂信庆安带来。晴,云。未刻,微雨。

二十三日(6月17日) 巳刻,赴库监放达里岗獖牛羊群俸饷抽平。后传见清祥、鄂奎、塔清阿,嘱其赶紧核办奏销。缘玉堂有信故也。晴,云。

二十四日(6月18日) 巳刻,堂期。将改移伊犁驻防官兵于张家口拟底交左司办理。此拟底系玉堂所拟,且有信云,系邸帅所嘱云。然不意左、右司人员多有不豫之色,不解何意。然木已成舟,欲不办亦不能也。后放镶白旗达喇嘛一缺嘎勒桑那木鲁勒、商都骟马群牧长一缺都嘎尔。晴,云。

二十五日(6月19日) 晴,微云。

二十六日(6月20日) 巳刻,奉到十五日拜发回折。骚扰台站折,奉朱批:"另有旨。钦此。"总管任满折,奉朱批:"着勿庸来见。钦此。"解送炮车马匹折,奉朱批:"知道了。钦此。"后堂期。接二十四号信。晴,云。申刻，雷鸣，微雨。

二十七日(6月21日)　晴，云。亥刻，来成回署。云，适有二人找伊云，萧二在下堡找伊，有要紧话说，遂同伊等行至孤神庙迤西河沟边。又来一人，一手背持小刀，语言支离，自称高姓。幸伊看破行藏，先行动手，打倒二人。其高姓者持刀来刺，被其夺住，支持久，未受重伤，仅将左手被其咬伤三四处，腿上为其掷石打伤一处。牵扯至署西边，经人劝散。看光景，其为李琪所使无疑等语。闻之曷胜诧异，当以天时太晚，拟于明日再行办理。

二十八日(6月22日)　巳刻，堂期。放太仆寺镶红旗骒马群牧长三缺。一，达密林札普；一，额林沁呢音布；一，彭素克拉普坦。晴，云。辰刻，来成赴县丞衙门控告，即同差人指拏高姓。高姓者乃剃头匠，及至其铺，据云伊已于昨日辞工去矣。当嘱王金成，先传该铺掌柜人追究高姓下落为要。闻得晚间将高姓获案云。

二十九日(6月23日)　晴，云。日后补记。

三十日(6月24日)　巳刻，堂期。后浙江解饷委员、候补知县谢继增禀见。号善卿，系江宁人。申刻，山东解饷委员、候补巡检赵廉澄禀见。据云，伊曾充官票所书吏。送阿胶、茶叶等物，辞之再四不获，只好收之。晴，云。亥后，阴。子后，细雨。

六月初一日(6月25日)　阴。申后，时细雨。戌后，时晃。是日，有人托李二说合，恳求将高姓放出，只得允之。

初二日(6月26日)　辰正，赴教场，同云亭拣选察哈尔正白旗护军校一缺，善丕勒诺尔布，拟正；乌尔根巴雅尔，拟陪。验补正红旗骁骑校一缺鞥克巴雅尔，放正黄旗羊群翼长一缺拉什巴勒丹。后挑张家口兵缺。镶白、正黄、镶红、镶蓝等旗前锋、领催、马甲、步甲、养育兵、抬枪兵共三十七缺。午正，散，回署。晴，云。

初三日(6月27日)　巳刻，程寿臣禀见，会。晴，云。

初四日(6月28日)　巳刻，堂期。晴，微云。

初五日(6月29日)　申刻，洞阔尔胡图克图拜会，见。出口避热。晴，微云，热。

初六日(6月30日)　辰刻，出门。回拜洞阔尔胡图克图，会。

后回署，堂期。晴，云。未后，阴，雷鸣，风，微雨，旋晃。

初七日(7月1日) 阴，时微晃，热。

初八日(7月2日) 巳刻，堂期。后乌里雅苏台领饷委员、防御广□禀见。持有玉堂信，来口询问有无各省解到该处饷银。阴。未后，细雨，雷鸣。申后，住。亥后，复微雨。

初九日(7月3日) 午刻，传见清祥、伊勒当阿、塔清阿。商议折底及乌城饷银。阴。巳后，晴，云。

初十日(7月4日) 巳刻，堂期。塔协领请派鹤年、讷莫合恩兼库行走。阴。早间，时微晃。午后，时细雨。酉后，微住。戌后，复雨。

十一日(7月5日) 阴。卯后，雨住，徐晴，云。

十二日(7月6日) 巳刻，堂期。晴，微云。戌后，自西南阴，雷电，风一阵。亥后，微雨约刻许。

十三日(7月7日) 巳刻，赴库监收牛羊群三旗俸饷。午刻，散。晴，云。

十四日(7月8日) 巳刻，堂期。放商都骒马群牧长一缺都嘎尔札布。晴，云。

十五日(7月9日) 巳刻，出门拜庙。后回署。更衣，复出门，赴静村宅拜寿。伊母寿日。少坐即回署。有一民妇拦舆喊冤，询系控告镶蓝旗之人者，当交该旗先行讯究。午刻，阿芳阿来谢步，会。戌初，准兵部递到，军机处十四日未刻发五百里夹板一件。系字寄，金顺奏“调战马一千匹等因”，奉上谕一道由。晴，云，热。丑刻，岳妈忽患霍乱。

十六日(7月10日) 巳刻，堂期。晴，云，热。

十七日(7月11日) 巳刻，静村夫人来谢寿。午刻，同云亭拜发请拨军需银两折、起运各城军粮片、筹办运解乌鲁木齐铜炮洋枪等件片。申初，散。晴，云，热。

十八日(7月12日) 巳刻，堂期。晴，云，热。西墙外唱戏。

十九日(7月13日) 酉初，准兵部递到，军机处十八日申刻发六百里夹板一件。系字寄，景廉奏“催绥远步队，及运解洋枪铜炮”，奉上谕一道由。晴，云，热。

二十日(7月14日)　巳刻，清祥、伊勒当阿、塔清阿禀见。回派差进京、递送玉堂信及销册等情。后堂期。午刻，同云亭拜发叩贺慈安端佑康庆皇太后万寿贺表，及“请将(附)〔赴〕防独石口之伊犁官兵，改驻张家口”折；“由独[1]借补甲兵二名，请暂留原饷，在独当差片”；俄官出口日期片。晴，云。未后，阴。申后，细雨连夜。

二十一日(7月15日)　阴，雨。卯刻，住，晃。午后，雷电，复阴，雨。酉后，住，晃。子后，复雷电。风雨一阵后，复时微雨。

二十二日(7月16日)　巳刻，堂期。后赴库监兑太仆寺两翼春季俸饷。午后，散。阴，时微雨。午后，雷鸣，雨，时大时小时风。申刻，略住。后复时细雨连夜。

二十三日(7月17日)　巳刻，恭祀马王。后赴库监放牛羊群俸饷抽平。阴，时飞雨星。戌后，细雨一阵。亥后，住。

二十四日(7月18日)　巳刻，堂期。阴。未后，时雨。酉后，住。亥后，晃。

二十五日(7月19日)　时阴时晃。

二十六日(7月20日)　巳刻，堂期。放军台察罕托罗盖段委昆都一缺索诺木巴勒桑、牛羊群镶黄旗羊群牧长一缺扎伦达拉、商都骒马群牧长一缺那木萨赉。晴，云。

二十七日(7月21日)　晴，云，热。

二十八日(7月22日)　巳刻，堂期。晴，云。

二十九日(7月23日)　阴。午后，细雨。申后，住。夜间，时飞细雨。日后补记。

同治十二年闰六月初一日(7月24日)　巳后，出门拜庙。后回署。老史因病复发告假回家。阴。卯后，细雨。巳后，住。申后，时晃。日后补记。

---

① “独”，即独石口，下同。

初二日(7月25日) 巳刻,奉到六月二十日拜发回折。请将伊犁官兵改驻张家口折,奉朱批:“着照所请,该部知道。片并发,钦此。”借补甲兵片,奉朱批:“览。钦此。”俄官出口片,奉朱批:“知道了。钦此。”后堂期。申刻,赴大门前验看大马群拨解金营[1]头起马三百匹。膘分均可。阴。巳后,晴,云,热。

初三日(7月26日) 午后,赴大门前,验看大马群拨解金营二起马三百匹。膘分与头起等。阴。巳后,晴。未后,复阴,微雨一阵,时晃。戌后,复阴。亥刻,细雨一阵,热。

初四日(7月27日) 巳刻,堂期。午后,希贤阶禀见,会。申刻,赴大门前,验看太仆寺拨解金营马四百匹。膘分亦可。晴,微云,热。戌后,风,爽。日后补记。

初五日(7月28日) 巳后,鄂奎、塔清阿禀见。商办万姓张村地亩。晴,微云,热。

初六日(7月29日) 巳刻,堂期。放商都骟驼群牧长一缺鄂勒哲依那逊。阴。辰后,细雨。巳后,住。

初七日(7月30日) 晴,云。

初八日(7月31日) 巳刻,堂期。晴,微云。来子来署。

初九日(8月1日) 晴,云,热。戌后,自西北浓阴。亥刻,大雷电,风雨一阵。

初十日(8月2日) 巳刻,堂期。放正黄旗达喇嘛一缺根敦拉克巴。后赴库监放太仆寺两翼俸饷抽平。阴,时雨时晃。未后,雷鸣。

十一日(8月3日) 晴,云。日后补记。

十二日(8月4日) 巳刻,堂期。午刻,同松峰出门,赴永丰堡迤西水泉子即龙泉寺及高家坟地游览。地颇清静,庙在半山,左近遍植杨柳。山下有小泉十余汇流而下。高家坟在庙东南里许,俗呼“高豁子坟”,系驻防旗人,伊长子系现任骁骑校继善。山势雄壮,修理极为精

---

① “金营”,即前任乌里雅苏台将军金顺军营,下同。

工,颇可游览,实张家口之名胜也。戌初,始起身回署。晴,云。

十三日(8月5日)　巳正,赴大境门,候接志克庵官印刚。由乌里雅苏台参赞大臣告病回京。午刻,回署。晴,云。酉后,雷鸣,大风,雨一阵。戌后,微住。亥后,复雨,连夜。日后补记。

十四日(8月6日)　巳刻,堂期。申后,出门。拜克庵,会。阴,雨。寅后,住,仍时飞细雨。申后,时晃。日后补记。

十五日(8月7日)　巳刻,出门拜庙。午刻,志克庵拜会。申刻,承季膺拜会,均见。阴。戌刻,微雨。

十六日(8月8日)　巳刻,堂期。晴,云。

十七日(8月9日)　阴,时微雨。写家信。

十八日(8月10日)　辰刻,察哈尔正黄旗参领阿穆尔布彦禀到,见。后同云亭拜发"调赴金顺军营马匹全数起程"折;"牛羊群办公款项不敷,请由茶马厘捐项下动用"折;废员柯沅八年期满折。带二十六号家信。后同赴教场,画堂期稿。毕,阅看察哈尔补行军政官员骑射,镶黄旗二员,正红、镶红二旗各一员。验补察哈尔正红旗骁骑校一缺拟陪记名之鄂勒哲布彦。后挑张家口兵缺。正蓝旗马甲、步甲、养育兵,各一缺;右翼蒙古抬枪兵,一缺。巳后,回署。晴。辰后,阴。午后,复晴,云。

十九日(8月11日)　晴,微云。

二十日(8月12日)　巳刻,堂期。午刻,内子等出门,赴水泉子。晴,风,云。申刻,飞雨星。

二十一日(8月13日)　晴,微云,风。

二十二日(8月14日)　巳刻,署正红旗总管毕都尔业禀见。后堂期,突有太仆寺委笔帖式额尔贺布彦进堂递呈,经郭什哈、章京等逐出。询据太仆寺主事善昌声称,现出有固山达一缺,该委笔帖式之父委固山达那木达克,现派赴金营解送马匹,请俟伊父回游牧后再行拣选。该主事等开导不听,仍敢进署递呈。此等刁风,若不严办,则嗣后公事更难办理等语。当谕以"蒙古性情愚鲁,尔等再行明白晓谕。如仍前执迷不悟，再行斥革”。晴，云。

二十三日(8月15日) 时阴时晃。戌后，雷电，风，微雨。

二十四日(8月16日) 巳刻，堂期。据善昌禀称，额尔贺布彦不遵开导，请画稿斥革。接总理衙门文信。未初，出门。拜克庵未会，季膺会。申后，回署。晴，云，热。酉后，阴。亥刻，大风，雷电，雨一阵。子后，住。约半时许。

二十五日(8月17日) 丑后，大雨一阵，后细雨。未后，住。申后，徐晴。

二十六日(8月18日) 巳刻，堂期。晴，云。未后，阴，雷，微风。申刻，雨一阵。

二十七日(8月19日) 晴，云。日后补记。

二十八日(8月20日) 巳刻，堂期。午刻，阿大弟来看。未刻，孙房斋印骥元拜会，见。赴隆新庄算账完结来口。申初，赴龙王堂候接文星垣，官印奎，署乌城参赞。跪请圣安。申后，回署。晴，云。酉后，阴。亥刻，电，风，微雨一阵。

二十九日(8月21日) 巳刻，奉到十八日拜发回折。调赴金营马匹全数起程折，奉朱批："知道了。钦此。"废员期满折，奉朱批："柯沅着照例释回，该部知道。钦此。"牛羊群款项不敷请由茶马厘捐项下动用折，奉朱批："着照所请，该部知道。钦此。"午刻，文星垣拜会，见。据称，盘〔费〕不敷，恳请通融等语。当嘱其具文咨借。阴，时微晃。卯后，细雨一阵。申刻，雷声连绵，复雨一阵。闻得是日宣化府迤西、榆林驿迤东大雹，平地积冰二寸许。路间打伤骡子三头，伤人与否，尚不确知，诚灾异也。

三十日(8月22日) 巳刻，堂期。补达里岗嗳羊群额外委翼长一缺。补记名之嘎坦巴图尔。后志克庵拜会，见。午后，始散。未刻，出门拜客。文星垣，会；云亭、克庵，均在座。孙房斋，会；志克庵，会。以所得外国表、枪等物见示，并送伊之照像二个。酉正，回署。李廉夫禀见。谈许久始辞去。桂林、玉璞赴布鲁图问案完结，回口禀见。戌后，始得歇。晴，云。是日，公事既多，应酬又繁，以致头目眩晕，盖用心太过故也。

七月初一日(8月23日)　辰刻,岳来起身回京。巳后,出门拜庙。未刻,接总理衙门夹板一件。酉后,李廉夫禀见,会。阴。申后,徐晴。日后补记。李天福即李福来口。松峰留用。

初二日(8月24日)　巳刻,传见阿穆尔布彦、毕都尔业。嘱其迅速会同李葆贞办理拨地案件。后堂期。毕,新捐各员叩见。接神机营咨文。未刻,同云亭拜发恭叩慈安端裕康庆皇太后万寿贺折。后派讷莫春办理运解伊犁火药,并饬阿尔荪帮同办理。申初,散。静村之侄阿芳阿来叩谢,亦系新捐骁骑校。见。阴。未后,徐晴,云。日后补记。

初三日(8月25日)　未刻,出门。赴静村宅道喜,见。后拜云亭,会。申后,回署。晴,云。日后补记。

初四日(8月26日)　巳刻,堂期。后伊犁佐领额尔格图禀见。未刻,传见清祥、伊勒当阿。交付请添设精锐营奏底。后出门。拜星垣,会。李廉夫及星垣随员均投帖。申刻,回署。李廉夫禀见,会。据称,拨地之事已商拟妥协,定期出口。后清祥、伊勒当阿禀见,会。晴,云。酉后,自西北浓阴,大雷电,风雨、雹一阵。约三四刻许,地上积冰二寸许,融化之水色微黑,花木皆伤,况禾稼乎! 后时微雨。

初五日(8月27日)　丑刻,大雷,雨一阵。后复雨时大时小。午后,住。酉后,复微雨。戌后,徐晴。未刻,李葆贞、希拉本禀见,会。后塔协领禀见,会。

初六日(8月28日)　巳刻,毕都尔业禀辞,见。后堂期。毕,阿穆尔布彦禀辞,见。申刻,文星垣拜会,见。晴,微云。

初七日(8月29日)　晴,微云。日后补记。

初八日(8月30日)　巳刻,佐领额尔格春禀见。请示官兵来口日期,并请借银两。当嘱其回口后,自行斟酌,俟收拾整齐即行呈报。至借银一节,俟筹办有款,再行饬知。后堂期。交致景玉堂信于禄通,伊定于初九日起身进京。毕,补察哈尔正黄旗八品笔帖式一缺,补图鲁巴图。放商都骟马群牧长一缺拉什栋鲁普。晴,云。未后,时阴。亥后,微雨。

初九日(8月31日) 晴,云。日后补记。

初十日(9月1日) 巳刻,同云亭拜发奏请添设洋枪炮队折、片。发致枢庭信。毕,驿传道恒庆禀见,会。后同赴教场画堂期稿。毕,拣选正白旗牛群固山达一缺、那木萨赉,拟正;都嘎尔札普,拟陪。太仆寺镶红旗骒马群固山达一缺。拉什索那木,拟正;鄂勒哲依巴达尔胡,拟陪。验看大马群捐复六品翼长一名察连太。放正白旗牛群牧长一缺贺什克达赖。补正红旗马甲一缺,挑步甲、养育兵各一缺。午刻,散,回署。晴,云。

十一日(9月2日) 晴,云。日后补记。

十二日(9月3日) 辰刻,赴万寿宫,同云亭、季膺率同文武各官叩贺慈安端裕康庆皇太后万寿。毕,略谈。季膺散后同云亭跪接贺折。奉清字朱批:"知道了。钦此。"后画堂期稿。毕,略坐。午刻,回署。晴,云,时微阴。

十三日(9月4日) 阴。早间,微雨。戌后,复微雨。

十四日(9月5日) 巳刻,恒庆、桂林、玉璞禀见。后堂期。阴。申后,时晃。

十五日(9月6日) 巳刻,出门拜庙。后回署。晴,云,时微阴。

十六日(9月7日) 巳刻,堂期。阴。辰后,时细雨时微晃。日后补记。

十七日(9月8日) 午刻,文星垣来辞行,会。接玉堂信。叙奏销情形。晴,云,时微阴。日后补记。

十八日(9月9日) 巳刻,堂期。挑补太仆寺左翼牧放捐输孳生马群委牧长一缺拉特那巴札尔。放右翼咸安寺达喇嘛一缺。放格隆桑噶巴勒。后传见清祥、伊勒当阿、塔清阿。交付玉堂寄回原单,并嘱其拣派有品之人承办。后程寿臣禀见,会。午后,达尔玛王差包衣达玉福禀见,当谕其至右司详陈情形,以便核办。后出门,赴文星垣寓送行,会。未正,回署。晴,云。申后,微雨。戌后,住。夜间,风。

十九日(9月10日) 晴,浓云,风,时飞雨星。

二十日(9月11日)　巳刻,堂期。晴。

二十一日(9月12日)　阴,时微风。亥后,徐晴。

二十二日(9月13日)　巳刻,接到初十日拜发回折。添设洋枪炮队折,奉朱批:"该部议奏,片并发。钦此。"片,奉朱批:"览。钦此。"后堂期。毕,清祥、伊勒当阿、塔清阿回称,拟派办理销册之委笔帖式及贴写兵丁共八名。当谕以照营务处之案,放给口分银两。后清祥、伊勒当阿禀称,驼屉铺商于原说价钱内减去钱七十文呈领价银等语。当谕以此项价值系同景大人酌定,万不能增,如其愿领,即按实价每块三百四十文发给,否则听其不领。晴。申后,自西北阴,雷电,微风,雨一阵。

二十三日(9月14日)　晴,云。日后补记。

二十四日(9月15日)　巳刻,堂期。放太仆寺镶黄旗骒马群牧长一缺巴彦济尔噶勒、牛羊群正白旗羊群额外委固山达一缺玛哈巴拉、记名一栋鲁普。放镶黄旗羊群牧长一缺鄂勒哲依贺什克。未刻,传见塔协领。商办伊犁官兵领项。晴,微云。日后补记。二十四、二十六二日誊写颠倒,此系二十六日,误誊二十四日下。

二十五日(9月16日)　晴,云。日后补记。

二十六日(9月17日)　巳刻,伊犁佐领额勒格春禀见。据称,伊犁官兵困苦,无力迁移,恳求恩典。后堂期。晴,云,时阴。日后补记。此系二十四日,误誊二十六日下。

二十七日(9月18日)　未刻,志克庵拜会,见。申刻,禄通回口禀到,见。带有玉堂覆信。晴,云。辰刻,微雨。

二十八日(9月19日)　巳刻,堂期。未刻,原任赛尔乌苏管站部员玉和之女二口请见。当告以署中妇女不便请见,有话可以留下。据云,所有伊父棺木等项价银均尚未给,现有该商人等随同来口,伊父尚有未领口分,请即放给等语。遂传见军台印房行走之奇臣,嘱其迅速办理。晴,云。日后补记。

二十九日(9月20日)　差廉清送玉和奠金四两。未刻,传见伊勒当阿。交付致莲舫、仲华信。伊即派郭什哈福勒东阿即日送往。晴,云。

申后，雷鸣，微雨。

三十日(9月21日) 巳刻，堂期。放正白旗达喇嘛一缺贡楚克拉普斋、格斯贵一缺散都克、得木齐一缺靳巴。后新任赛尔乌苏驿传道定升号跻堂禀到，见。未刻，出门。回拜跻堂，投帖；克庵，会。申正，回署。阴，时微晃。

八月初一日(9月22日) 巳刻，出门拜庙。毕，回署。阴，时细雨时微晃。申刻，雷鸣，雨一阵。酉后，晃，微风。

初二日(9月23日) 巳刻，堂期。晴，云，风，时微阴。

初三日(9月24日) 午刻，阿大弟起身回京。送伊盘费、轿价共银二十五两五钱，钱二串。托带二十七号家信。晴，微云，凉。

初四日(9月25日) 巳刻，堂期。阴，时微晃。申刻，细雨一阵。

初五日(9月26日) 午刻，传见伊犁委员、护军校多斌等。询问伊犁情形。未刻，出门。赴克庵寓送行未会。后回署。晴，云。以上五日，均日后补记。

初六日(9月27日) 巳刻，堂期。放正白旗达喇嘛一缺多普招、得木奇一缺图普德恩、格斯贵一缺凌鲁普。亥初，准兵部递到，初五日未刻军机处发交五百里夹板一件。系字寄，李鸿章奏"乌里雅苏台换防兵丁，请饬由台行走等因"，奉上谕一道由。晴，云。

初七日(9月28日) 辰初，赴万寿宫，同云亭率同文武各官，恭祀文昌帝君。毕，略坐，即回署。晴，云。酉后，阴，雷电。亥刻，微雨。

初八日(9月29日) 巳刻，堂期。午刻，同云亭拜发废员吴奎祥八年期满折。发致总理衙门信。晴，微云，风。

初九日(9月30日) 福勒东阿回口。据云，宅中于七月二十七日失盗，被窃佛堂锡器等物云。接莲舫、仲华覆信。据称，添设洋枪队，系户部主稿，已议准矣。晴，微云。

初十日(10月1日) 辰初，赴万寿宫，同云亭率同文武官员，恭祀关圣帝君。毕,画堂期稿。左司呈递察哈尔镶黄旗世袭佐领奇莫特哩克锦、骁骑校色伯克札布等三员呈控本旗总管图都普巴札尔不住公所等五条,详阅所控,均系事不干己,当饬该司将该旗呈送色伯克札普入选副参领之名先行撤销,听候查办。后赴三翼公所查勘地势。拟改为精锐营公所。巳后,回署。蒙古阿凌阿遣子丰伸太递呈,控告地亩,交右司查办。云,时阴时晃。

十一日(10月2日)　晴,微云。

十二日(10月3日)　巳刻,堂期。申刻,希贤阶、李廉夫禀见,会。晴,微云。

十三日(10月4日)　淡阴,时晃。亥后,飞雨星。以上二日均后补记。

十四日(10月5日)　午初,赴教场,同云亭画堂期稿。毕,验补察哈尔正白旗参领一缺布彦德勒格尔。拣选察哈尔镶蓝旗佐领一缺,送选官五员,三音济尔嘎勒中箭三枝,拟正;贡果尔札普,中箭一枝,拟陪。张家口镶黄旗佐领一缺,应选官二员,阿尔逊,拟正;玉璞,拟陪;均中箭二枝。正蓝旗防御一缺,应选官四员,吉尔萨,中箭二枝,拟正;恒寿,中箭一枝,拟陪。验补镶黄旗防御一缺经文布。拣选达里岗嗳羊群护军校一缺。彭楚克,中二枝,拟正;乌尔古玛勒,拟陪。挑张家口镶白旗马甲、步甲、养育兵各一缺。未初,散,回署。阴,时细雨。

十五日(10月6日)　巳刻,出门拜庙。后回署。阴。巳后,时飞细雨。戌后,徐晴。

十六日(10月7日)　巳刻,堂期。申刻,孙房斋拜会,见。晴,微云。

十七日(10月8日)　晴,云。日后补记。

十八日(10月9日)　巳刻,堂齐。未刻,同云亭拜发恭贺慈禧端佑康颐皇太后万寿贺表。后谈论公事。申初,散。晴,云。申、亥刻,均飞雨星。

十九日(10月10日)　巳刻,接到初八日拜发回折。废员期满折,奉朱批:“吴奎祥着准其释回,该部知道。钦此。”晴,云。早间,飞雪花,后微雨。接二十六号家信。

二十日(10月11日) 巳刻,堂期。未刻,传见大马群太仆寺主事等。因洞阔尔胡图克图来信云,伊所捐马五百匹,可否就近交群等语。据庆瑞等声称,并无办过似此成案,仍应解至西巴尔台验收为是。遂谕办稿,缮信回复。后出门,回拜赴伊犁差委之二等侍卫巴彦布号润泉。因玉堂有信托照应。未会。后回署。晴,云。

二十一日(10月12日) 午刻,彦润泉禀见,会。后清祥禀见,会。晴,微云。

二十二日(10月13日) 巳刻,堂期。晴,云。

二十三日(10月14日) 晴,云。戌后,微雨。

二十四日(10月15日) 巳刻,清祥、伊勒当阿、额勒洪额、塔清阿禀见。声称伊协领接得户书来信云,洋枪队已议准,惟需费甚多等语。当谕此辈成事不足坏事有余,况此事早经议准,此辈何从为力,诸位须详细斟酌,切莫受其撞骗为要。后堂期。未刻,传见清祥、伊勒当阿。交付色伯克札普等呈供。申刻,武顺等回署。带来二十七号家信。晴,微云。

二十五日(10月16日) 晴,微云。亥刻,王全、六子先后见一穿青衣之人,走入东院,即饬家人等各处搜寻,并无踪迹,谅已逃去矣。遂嘱家人及步甲等小心防范,至子后始歇。寅后,风,时微雨。

二十六日(10月17日) 午初,赴教场,同云亭画堂期稿。后验补察罕托罗盖委章京一缺布彦德勒格尔、委昆都一〔缺〕嘎勒桑那木济勒。后阅看左翼兵丁步箭操。未正二刻,散,回署。阴,微风,冷。早间,微雨。

二十七日(10月18日) 午刻,同云亭拜发奏补正白旗参领折、发给伊犁官兵安家等项银两片。后同赴教场,阅看右翼兵丁步箭操。未正二刻,散,回署。阴,微风,时微晃,冷。

二十八日(10月19日) 巳刻,堂期。阴,微风,时雪时住,冷。已冻冰。

二十九日(10月20日)　阴,风,冷。未后,晃。

九月初一日(10月21日)　巳刻,出门拜庙。贾秉政之父递呈,掷还。后回署。清祥、伊勒当阿、禄通禀见。呈回公事。晴,微风,云。戌刻,家人闻得檐下有脚步声,即唤人查看,见有一人身穿皂衣逃出。来成追至西院,不意贼人袖土迷其眼目,乘间越墙逃去。官署重地,时有肖小入院窥伺,实属不成事体。当饬内外严密巡防之。

初二日(10月22日)　巳刻,堂期。放镶黄旗鄂鸾托罗盖庙得木奇一缺贡楚克札勒沁、格斯贵一缺罗普桑伊什。后嘱协领等添派兵丁,在三门外住宿,每日由内放给茶叶、蜡烛、点心。以护印信。午初,三顺告假,同妻子及何顺送伊母回京起身。带二十九号家信。晴,微云。

初三日(10月23日)　晴,微云。以上二日,均后补记。

初四日(10月24日)　巳刻,堂期。放正蓝旗管理八庙达喇嘛一缺丹毕勒达尔济、正蓝旗七庙得木奇一缺雅林丕勒占巴、正蓝旗鄂鸾诺尔庙格斯贵一缺那旺根敦、镶黄旗羊群牧长一缺阿玉什札普。后乌里雅苏台换防守备福尔松阿禀见,午正始散。未初,出门。拜寿锡卿官印昌,会。适云亭亦往拜。未正后,回署。阴,时微晃。申后,时飞细雨。

初五日(10月25日)　晴,云。

初六日(10月26日)　巳刻,堂期。放察罕托罗盖军台额勒锦托多罗庙格斯贵一缺拉西栋鲁普。阴。巳后,时微雨。

初七日(10月27日)　未后,承季膺拜会,见。后清祥呈回公事。晴,云。讷莫合恩回口,送竹根鲍头箭一对,当给与原价收存。

初八日(10月28日)　巳刻,堂期。放镶黄旗达喇嘛一缺永端。未、申刻,洞阔尔胡图克图及寿锡卿先后拜会,均见。阴。巳、午刻,微雪。未后,渐晃。锡卿原定于巳刻起身,乃自卯刻待至巳后,忽又改于明日起身矣。以上四日,均日后补记。

初九日(10月29日)　巳刻,出门。回拜洞阔尔胡图克图,会。后赴龙王堂候送锡卿。伊原定巳初起身,不意未初后始到。略坐,即同云亭、季膺、润峰跪请圣安。后同云亭赴赐儿山祭炉。毕，略歇，即回署，时已申正。奉到八月二十七日拜发回折。奏补参领折，奉朱批："着照所请，兵部知道。钦此。"片，奉朱批："知道了。钦此。"晴，云，风，冷。

初十日（10月30日） 巳刻，堂期。放太仆寺右翼牧长一缺策旺拉普坦。晴，云，风，冷。

十一日（10月31日） 晴，微云。

十二日（11月1日） 巳刻，堂期。午刻，同云亭过堂。系拟发湖广、福建之察哈尔旗窃马贼犯一名。后同赴教场，验补镶蓝旗察哈尔骁骑校一缺绰克阿尔毕吉胡，阅看补考军政之察哈尔镶黄旗骁骑校一员索诺木车林。未后，回署。申刻，李廉夫禀见，会。晴，云，风。

十三日（11月2日） 晴，云。

十四日（11月3日） 巳刻，堂期。放正黄旗羊群牧长一缺丹巴。戌刻，准兵部递到，十三日未刻军机处发交五百里夹板一件。系字寄，常顺奏"调察哈尔官兵一千名等因"，奉上谕一道由。晴，云。申后，淡阴。

十五日（11月4日） 巳刻，出门拜庙。后传见清祥、伊勒当阿、连喜。商酌折底。亥正一刻三分三十三秒，月食，救护。丑初三刻三分三十五秒，复圆。晴，微云。

十六日（11月5日） 巳刻，堂期。未后，出门。拜季膺，会；李廉夫投帖。申正后，回署。程寿臣禀见，会。晴，微云。以上四日，均后补记。

十七日（11月6日） 午刻，出门。赴黄土场，会同云亭阅看十旗枪操。未后，回署。牛子、广发来口。接二十八号家信。晴，微云。

十八日（11月7日） 巳刻，堂期。午刻，托子明委员志海禀见，会。晴，云。

十九日（11月8日） 午刻，会同云亭拜发长至贺表。毕，考试察哈尔正黄旗空衔笔帖式一缺。拉什呢玛，拟正；那逊布彦，拟陪。申后，散。晴，云。申后，淡阴，冷，时飞雪花。

二十日（11月9日） 巳刻，堂期。晴，云。早间，时飞雪花。以上三日，均日后记。

二十一日(11月10日)　巳刻，差来成随同贡差起身进京。带三十号家信及应酬信。午刻，同云亭拜发"筹办乌里雅苏台奏调察哈尔官兵一千名，请拨部款"折；截留河南饷银一万两片。由驿四百里驰递。申刻，李廉夫禀见，会。晴，微云。

二十二日(11月11日)　巳刻，堂期。晴，云。日后补记。

二十三日(11月12日)　午刻，承季膺拜会，见。据云，大马群主事庆瑞昨晚赴伊署喧闹，请查问等语。因思事虽非公，然彼既来说，则未便漠视。当差讷莫合恩赴庆主事寓，嘱其至监督处陪礼。后赴龙王堂接新任监督玉楚樵官印珩，系工部郎中。略坐，散。后拜楚樵、季膺均未会。申后，回署。晚间，庆瑞来署云，已遵谕往拜监督，未会云。晴，云。日后补记。

二十四日(11月13日)　巳刻，堂期。未刻，同云亭赴教场，放正白旗牛群委固山达一缺托郭奇。后验收锦州解到昭乌达盟所进孳生马匹，马极疲瘦，率多有病。且沿途倒毙甚多，均未取有各州县印结。据各群总管云，堪收之马不及一半。而解马之牧副等所说之话极不近理。当经面加训饬，并饬各群再行认真挑选，开单呈报，以凭核办，遂先行。回署已申正矣。晴，微云。

二十五日(11月14日)　辰正，赴龙王堂候送季膺。午初，回署。申刻，善昌等禀见。据称，锦州马匹等次，两处尚未分晰明白，请示办法。当谕以解马弁兵既已分出等次，自应饬令各群赶紧查验接收，勿再耽延，致多倒毙。子初，准兵部五百里递到，军机处交出二十一日拜发回折。调兵请拨部款折，奉朱批："另有旨。钦此。"截留饷银片，奉朱批："知道了。钦此。"并承准军机大臣字寄上谕一道："均照原奏办理。"晴，微云。

二十六日(11月15日)　巳刻，堂期。晴，微云。

二十七日(11月16日)　午刻，赴库兑收大马群俸饷。申刻，王枫臣拜会，见。晴，微云。以上二日，均后补记。

二十八日(11月17日)　巳刻，察哈尔正蓝旗满洲理刑官瑞全禀见。后堂期。晴，微云。

二十九日(11月18日) 未后,宣化守王补庵官印衮禀见,会。后图普新巴雅尔禀见。派伊雇觅驮运征兵驼只。申刻,出门。回拜补庵未会。后回署。晴,云,风,冷。稍觉感冒。

三十日(11月19日) 巳后,堂期。未后,玉楚樵拜会,见。晴,微云,风,冷。

十月初一日(11月20日) 午刻,出门拜庙。后回署。清祥、伊勒当阿、图普新巴雅尔禀见。回雇驼事。晴,微云。

初二日(11月21日) 巳刻,堂期。恒寿叩见。引见回口。晴,微云。

初三日(11月22日) 未刻,同云亭放正黄旗羊群新添额外委固山达一缺额林沁旺济勒、记名一名彭苏克。后拜发恭叩慈禧端佑康颐皇太后万寿贺折。未正后,散。晴。

初四日(11月23日) 巳后,堂期。放大马群鄂垒布拉克庙达喇嘛一缺图普登西拉巴。晴,微云。

初五日(11月24日) 晴,微云。以上二日,均后补记。

初六日(11月25日) 巳刻,堂期。晴,微云。

初七日(11月26日) 午刻,赴库监放大马群俸饷抽平。阴。未后,徐晴。后半夜,阴,雪约厚二三分。

初八日(11月27日) 巳刻,镶黄旗满洲理刑官崇勋禀见,会案来口。会。后堂期。阴。未后,徐晴,风,冷。

初九日(11月28日) 晴,微云,风。

初十日(11月29日) 辰刻,赴万寿宫,同云亭、楚樵率同文武官员,叩贺慈禧端佑康颐皇太后万寿。毕,楚樵散后同云亭画堂期稿。毕,拆阅各铺商包揽运粮驼脚密封。共六家,内德义木店、万义成二家均开四两二钱,其余四两三四五钱不等。当饬营务处即传德义木店二家办理。巳正,回署。未刻,马二同贡差回口。接二十九号家信。阴,时微晃。巳后,飞雪花。

十一日(11月30日) 丑初,准兵部递到,军机处初九日申刻发六百里夹板一件。系字寄,景廉奏“勿庸由口转运军粮等因”,奉上谕一道由。晴,微云,风。

十二日(12月1日)　巳刻,堂期。布鲁图段军台参领多尔济札普禀见。商议该段运米情形。阿大弟差家人高升来口。当告以此处缺分甚苦,而家人众多,并无多事,且连住处均无,尔既已到此,未便即令回去,只好暂行住下,再作打算。晴。戌后,阴。

十三日(12月2日)　孙房斋来辞行。因伊近日声气招摇,辞未会。晴,云。日后补记。

十四日(12月3日)　巳刻,堂齐。毕,传见清祥、伊勒当阿、塔清阿、连喜。谕其奏销册内切不可加添回空,致与奏案不符。晴,微云。

十五日(12月4日)　巳后,出门拜庙。毕,回署。图普新巴雅尔禀见。据称,交买驼只均已购齐,其价银俟交驼后再行付给。未刻,乌里雅苏台奏调之统带、头等侍卫永德号竣斋,帮带、三等侍卫倭恒额号竣峰,行二,系都直夫胞侄。拜会,见。后出门,回拜永峻斋、倭峻峰均未会,玉楚樵会,孙房斋投帖。申后,回署。晴,微云。

十六日(12月5日)　巳后,堂期。谕左司众官云:“镶黄旗控案,外间颇有议论,而余亦被谤言。然余自到任以来,于一切公事无不秉公办理,毫无偏私,自问不愧于心。诸君亦当自爱,幸勿自蹈愆尤方好”。缘外间有受该总管千五百金之说,虽无确据,不得不剀切教谕,冀其改勉也。晴,微云。申后,阴。

十七日(12月6日)　未后,倭峻峰拜会,见。晴,微云。

十八日(12月7日)　巳刻,验看大马群例进驯练马匹。后堂期。交晓谕察哈尔官兵告示底于营务处,嘱其翻译满、蒙。晴,云。附录示底。

为晓谕事。照得此次奉调察哈尔官兵一千名,前经札饬八旗总管,按照各该旗佐领数目均匀派拨。右翼四旗齐集波罗差吉。左翼四旗齐集西巴尔台,听候本都统、副都统札调进口。会同统带侍卫永[1]等

---

① “侍卫永”,即头等侍卫永德。

公同挑选在案。查该官兵等，世受国恩。当此边鄙多事之秋，正宜及时自奋，勉图报称。乃闻每次挑选征兵，往往夤缘请托，冀免远征。而口内不法之徒，因之恐吓撞骗，借端招摇，鬼蜮伎俩，实堪痛恨。殊不知本堂自到任以来，办理一切公事，均系一秉至公，毫无徇庇。所有此次挑兵赴乌防剿，深恐或有前项情弊，除严密查拏外，合行出示晓谕，为此示仰察哈尔官兵人等知悉。设有不法之徒，向尔等恐吓撞骗，借端招摇者，着即扭禀到署，以凭究办。幸勿受其欺诈，自干罪戾。勿违，特示。

十九日(12月8日)　午刻，营务处官员禀见。呈阅告示。晴，微云。

二十日(12月9日)　午刻，堂期。阴。午刻雪，未刻住。厚约五六分。申后，徐晴。

二十一日(12月10日)　未初，永峻斋、倭峻峰拜会，见。后赴教场，同云亭验补镶黄旗牛群固山达一缺拉希诺尔布，拣选正白旗羊群护军校一缺，魏鲁普，中箭二只，拟正；嘎勒桑，拟陪。验补达里岗叆羊群笔帖式一缺鄂勒哲依胡图克，放太仆寺正红旗骒马群委固山达一缺，补解送马匹出力、经将军金[1]保奏、以委固山达尽先升用之闵吉克。补张家口正黄旗马甲一缺岳克清阿，挑步甲、养育兵各一缺。后验收捐输驼只。代三弟捐驼十七只，亦于今日验收。申后，回署。晴，微云。

二十二日(12月11日)　午刻，堂期。毕，传见清祥、伊勒当阿、庆文、连喜，谕以景文等："请补骁骑校原案，率多舛错不符，务须咨查明晰，始能拟办"。并谕伊勒当阿："尔既为协领，系一翼之领袖，于一切公事，务当秉公办理。断不可稍有私心，致人有所借口"等语。缘景文系伊勒当阿之子，该司所递保奖原案，率多不符，显有情弊，是以谕令咨查，以折服其心。乐□□官印斌之子敬铭禀见。递愚侄帖，因堂期未毕，未会。未刻，交付图普新巴雅尔驼价银三百七十四两。高银市平每只合银二

---

① "金"，即金顺。

十二两，系借用库平。在三群公所同塔协领等平兑交付，并赏图普新巴雅尔针凿四色，熏烟一瓶、茶叶一罐。申刻，代理万全县县丞潘宝善禀见，会。晴，微云。

二十三日(12月12日)　未刻，永峻斋、倭峻峰拜会，见。晴，微云。

二十四日(12月13日)　巳后，堂期。太仆寺右翼总管鄂勒哲依递呈，请收捐驼。当传左司官员，面加申饬，令其迅速办理，定于明日验收。后金和甫采买驼只委员、副都统衔尚玉禀见，会。未后，始散。晴，微云。

二十五日(12月14日)　午刻，验收右翼太仆寺捐驼五只。毕，左司官员等禀见。后传见盛京护送捐马之佐领伊勒杭阿、连寿、巴克唐阿等。申刻，赴大门验看盛京解到哲里木盟所递孳生马匹。亦多疲瘦有病，各群总管等均不接收。当谕以此项马匹，系该盟自行解到，与锦州情形不同，须分定等次，赶紧查收。晴，微云。

二十六日(12月15日)　巳刻，堂齐。未刻，倭峻峰拜会，谢送食物。见。晴，微云。

二十七日(12月16日)　晴，微云。

二十八日(12月17日)　巳刻，清祥禀见，具呈声称才识庸愚，请调简缺等语。当谕以听候办理。后堂期。放镶黄旗羊群牧长一缺、补捐输记名之莽嘎勒札普。正白旗羊群牧长一缺、补拟陪记名之图都普僧格。达里岗裟羊群学习笔帖式一缺、补巴图鄂勒哲依。记名一布彦吉尔嘎勒。后卸任万全县县丞杭楚沅禀见，会。后营务处官员及图普新巴雅尔禀见。晴，微云。

二十九日(12月18日)　未刻，赴京请领军装之防御钟锦等回口，见。后奎乐山叩见，库伦大臣保奏，赏加按察使衔。会。后营务处及大马群太仆寺司员等先后禀见。申后，始散。晴，云。

三十日(12月19日)　午刻，堂期。后传见清祥，将原呈交回。谕以现在公事繁多，未便更调，并嘱其谨慎当差，毋负委任。未后，出门。拜倭峻峰会，乐山、尚委员均投帖。淡阴，时微晃。子刻，微雪。

十一月初一日(12月20日) 午刻，传见大马群太仆寺司员等。交办收到马匹回文。后出门拜庙。毕，回署。左司官员等禀见。后奎乐山禀见，会。未后，散，始吃早饭。晴，云，风。以上七日，均后补记。

初二日(12月21日) 巳后，堂期。未刻，永峻斋、倭峻峰拜会，见。晴。

初三日(12月22日) 辰刻，赴万寿宫，同云亭率同文武各官行长至贺礼。毕，营务处官员呈画稿件。巳后，回署。来成回口。申刻，李达来口。晴，微云。

初四日(12月23日) 午刻，堂期。晴，云。

初五日(12月24日) 晴，云。以上二日，均后补记。

初六日(12月25日) 午刻，堂期。未刻，赴教场，同云亭、峻斋挑派调赴乌里雅苏台之察哈尔镶黄、正白二旗官员。后挑派镶黄旗兵丁。掌灯后，散，回署已酉后矣。晴，微云。

初七日(12月26日) 阿尔荪等禀到。未刻，赴教场，同云亭、峻斋挑派正白旗兵丁。酉后，散。晴，微云。后补记。

初八日(12月27日) 午刻，堂期。发给永德统带关防。未刻，始散。倭峻峰禀见，会。后略歇，赴教场，同云亭、峻斋补挑正白旗兵丁。申刻，准兵部递到，军机处初六日未刻发交五百里夹板一件。系字寄，文奎等奏"催调察哈尔官兵等因"，奉上谕一道由。酉后，回署。营务处官员禀见，会。晴，微云。

初九日(12月28日) 午刻，营务处官员禀见。商议征兵出口事宜。晴，云。日后补记。

初十日(12月29日) 午刻，堂期。传见镶黄旗公中佐领布彦鄂勒哲依、正白旗副参领特固斯济尔嘎勒。后图普新巴雅尔禀见。请领驼价银两。未后，始散。倭峻峰禀见，会。谢送食物。晴，云。子后，飞雪花。日后补记。

十一日(12月30日) 未刻，赴教场，同云亭、峻斋拣选特固斯济尔嘎勒、额色呼库莽鼐系镶白旗公中佐领。二员委为营总。后挑派镶白旗官兵。酉刻,散。淡云,时晃。戌后,细雪,微风,冷。日后补记。

十二日(12月31日) 午刻,堂期。申刻,赴教场,同云亭、峻斋挑派正蓝旗官兵。掌灯后,散。未挑完。卯刻,雪住约厚寸许。淡阴,时晃时飞细雪,微风,极冷。

十三日(1874年1月1日) 未刻,赴教场,同云亭、峻斋补挑正蓝旗兵丁。申刻,散。晴,微云,风,冷。

十四日(1874年1月2日) 午刻,堂期。后驿传道恒庆禀见。据称,倭侍卫及库伦贡差均于明日起身,驿马不敷应用等语。当嘱其妥为通融筹办,毋得(遗)〔贻〕误。未刻,赴库兑收太仆寺俸饷。毕,倭峻峰禀辞,会。晴,微风,云,极冷。

十五日(1874年1月3日) 巳刻,会同云亭拜发元旦贺表,及奏留赛尔乌苏笔帖式定惠折、收到锦州解交马匹折、盛京解交马匹片、废员李世玉五年期满折。后出门拜庙。毕,回署。午刻,永峻斋拜会,见。未刻,神机营派来之洋枪队正令官宝勋,副令官玉兴、桐英,带同教习官二十三员禀到,见。后赴教场,会同云亭、峻斋挑派正黄旗兵丁。申正,散,回署。晴,微云,甚冷。

十六日(1874年1月4日) 巳后,堂期。未刻,出门。赴库仁龛寓吊祭。毕,回拜宝勋等均投帖。后赴三翼公所看视。后回署,宝勋、玉兴禀见,会。据云,教习官阿昆布于本月二十八日成家,请给假期。晴,微云,冷。

十七日(1874年1月5日) 未刻,赴教场,同云亭、峻斋挑派正红旗兵丁。峻斋以笔帖式口分不敷,请添放。并以所领短枪不能使用,且云所领器械数目不符等语,哓哓执辩,殊为可厌。申后,回署。传见营务处官员,嘱将永侍卫所说各节详细查明办理。图普新巴雅尔禀见。据云,伊所驼只现被茶商加价强去等语。当谕营务处,即传该铺商来署讯究。晴,微云,冷。

十八日(1874年1月6日) 午刻,堂期。镶红旗公中佐领巴彦巴图禀到。据称,伊因来口送册,回去后始接传文,且因有病,坐车行走,是以来迟。营务处官员及图普新巴雅尔禀见。据称,该铺商人等抗传不到,已饬传地方铺头矣,俟到后再行查问。未后,始散。申刻,同云亭、峻斋拣选右翼营总。委巴彦巴图及镶蓝旗公中佐领三音济尔嘎勒二员为营总。后拣委正黄、正红二旗委参领等官。戌正,散。晴,云,微风。

十九日(1874年1月7日) 午刻,营务处官员禀见。申刻,会同云亭拜发续调察哈尔官兵出口日期折;分别发给统带、营总等关防钤记片;雇驼起运各营军粮日期片。晴,微云。

二十日(1874年1月8日) 午刻,堂期。新放游牧主事存祥叩见。未刻,赴教场,会同云亭、峻斋挑派镶红旗兵丁。申正,散。淡阴。午刻,微雪,旋晴,云。

二十一日(1874年1月9日) 午后,营务处官员禀见。未刻,赴教场,同云亭、峻斋拣委镶红、镶蓝二旗官员。后挑派镶蓝旗兵丁。计短额九名。当谕三音济尔嘎勒,于该旗兵丁内指派九名,以便带往。酉刻,散。晴,微云。

二十二日(1874年1月10日) 巳后,堂期。放太仆寺左翼骒马群牧长一缺济克济特札普、新添太仆寺左翼牧放新收孳生马群兼牧长一缺鞥克济尔嘎勒。晴,微云。

二十三日(1874年1月11日) 午刻,伊勒当阿、塔清阿禀见。未刻,宝勋、玉兴、桐英禀见,均会。晴,微风,云。

二十四日(1874年1月12日) 丑正,准兵部马上飞递到,军机处二十二日未刻发交十九日拜发回折。征兵出口日期折、刊发关防钤记片、起运各营军粮片,均奉朱批:“知道了。钦此。”午刻,赴教场,同云亭点派存祥为正黄、正红二旗理刑官,派伊勒当阿精锐营专操章京,额勒洪额、塔清阿帮操章京。后验补张家口正白旗防御一缺恒寿、察哈尔正黄旗护军校一缺拉什巴勒。放正白旗得木奇一缺那旺达尔济、格斯贵一缺党津。验补镶黄旗羊群护军校一缺嘎勒巴桑。放镶黄旗羊群委固山达一缺奇莫特多尔济、镶黄旗羊群新添额外委固山达一缺旺楚克呢玛、记名一巴勒卓尔。后验挑左翼四旗及左翼蒙古闲散。申刻，散，回署。李廉夫禀见，会。晴，风，微云。

二十五日(1874 年 1 月 13 日)　午后，同云亭在署验挑右翼四旗及右翼蒙古闲散。申后，散。晴，微云。

二十六日(1874 年 1 月 14 日)　午刻，奉到十五日拜发回折。收到马匹折、片，均奉朱批："该衙门知道。钦此。"奏留笔帖式折、废员期满折，均奉朱批："着照所请，该部知道。钦此。"后堂期。酉刻，理藩院候补主事连祥禀见，因前任理右①时，伊曾当递牌笔帖式。会。据云，代伊戚耿姓及某侯出口办地等语。查其语多荒唐，殊堪厌恶。当谕值班官兵，如伊再来时，即告以不见。接三十一号家信。晴，微云。

二十七日(1874 年 1 月 15 日)　午刻，赴库监放两翼太仆寺俸饷抽平。毕，面谕两翼总管等，于各所属地方务当认真巡查，设有抢劫之案，立即严拏，毋任蔓延。晴，微云。亥后，风。

二十八日(1874 年 1 月 16 日)　午刻，堂期。放商都大马群学习笔帖式一缺诺尔布。后补挑十旗精锐营队兵。共补挑闲散七名。未后，散。晴，微云。戌后，风。日后补记。

二十九日(1874 年 1 月 17 日)　未刻，考挑精锐营贴写队兵。酉刻，始散。阴，微风。午后，时晃。戌后，复阴，冷。

十二月初一日(1874 年 1 月 18 日)　巳后，出门拜庙。晴，云，微风。

初二日(1874 年 1 月 19 日)　午刻，堂期。放太仆寺左翼骟马群牧长一缺诺尔布三保。晴，微云。戌后，风。

初三日(1874 年 1 月 20 日)　巳后，独石口同知成培禀见，会。未刻，同云亭拣派精锐营办事章京二员、荣魁、庆文。办事官四员、连喜、色普什新泰、禄通、景廉。管队章京十二员、明福、明寿、乌珍布、讷莫合

---

① "理右"，即理藩院右侍郎。

恩、钟海、吉尔萨、桂林、乌尔棍泰、乐尔津、景文、海清阿、讷莫春。带队官二十员。恩绍、阿达哈、额勒博克、吉雅哈尔沙、春福、克精阿、克什图、随福、吉成、多尔欢、凌山、哲臣德克津、元福、福勒东阿、浓依泰、卓林吉雅、巴图孟克、全福、特尔钦、乌雅泰。酉刻始散。夜间看稿,子正始歇。晴,微云。是日,公事尤多,颇觉精力不支,头目旋晕。

初四日(1874年1月21日) 午刻,堂期。放太仆寺左翼领班笔帖式一缺索特那木达尔济、左翼骒马群牧长一缺伊特格勒。后签掣队章京、队官、队次。未刻,希贤阶禀见,会。晴,微云。

初五日(1874年1月22日) 晴,微云。善子光送梨膏十两。

初六日(1874年1月23日) 午刻,堂期。未后,文序东禀见,会。催运军粮。晴,微云,风。夜间,李达痰喘不止,以致整夜未睡。

初七日(1874年1月24日) 午后,营务处官员禀见,会。后玉楚樵拜会,见。晴,云。

初八日(1874年1月25日) 午刻,同云亭画堂期稿。毕,验挑独石口千家店闲散。独石口闲散内有瑞山、秀山弟兄二人,系族叔巴桂佐领下人,亦系同族。惟问其行辈,则茫然不知,盖因驻防年久故也。计精锐营枪炮队兵五百名,内挑张家口十旗闲散四百五十名、独石口闲散三十名、千家店闲散二十名。申刻,永峻斋来辞行,会。巳刻,贡差起身。午刻,差马二送李达回家坐驮轿。晴,云。

初九日(1874年1月26日) 未刻,出门。拜峻斋,送行未会。后回署。晴,微云。

初十日(1874年1月27日) 巳后,堂期。未后,始散。宝勋、玉兴、桐英禀见。据云,明日开操,辰时不如午时,拟请改于午时开操。晴,云。日后补记。是日,同云亭拜发折三件,漏未记。

十一日(1874年1月28日) 子正,赴精锐营,会同云亭率领合营官员拈香。因择得是时吉,惟系夜间,未便开操,是以先行拈香。毕,回署。丑后,始歇。早间,赶写家信。午刻,赴精锐营开操。未刻,回署。差郭什哈乌能英阿起身。带三十二号家信及应酬信,并汤羊、黄羊。

晴,云。

十二日(1874年1月29日) 午初,赴精锐营看操。未刻,回署。饭后,堂期。放太仆寺右翼牧长一缺巴勒卓尔拉普斋,又左翼牧长一缺。因所送之人年岁太小,驳令另行拣选。申刻,赴辕门验收捐驼。晴,云,风,冷。

十三日(1874年1月30日) 午初,赴精锐营看操。未后,回署。清祥及图普新巴雅尔等禀见。营务处呈画交县看押裕丰光商人稿。晴,微风,云。晚间,来成又酒醉酗闹,并云都统大人受冤,不受敬等语。经余申饬,仍敢狂嚷,实属不成事体。当谕武顺将其逐出,后经众人再四恳求,只好将就留用。

十四日(1874年1月31日) 午初,赴精锐营看操。未刻,回署,堂期。毕,程寿臣禀见。据云,裕丰光商人不特不知惧怕,反以所写合同内并无运送多少数目狡赖。当谕以再为开导,如仍不服,只有按例办理矣。酉刻,始散。刘福来口。晴,微云。

十五日(1874年2月1日) 午刻,出门拜庙。后回署。是日,精锐营放假。晴,微云。以上三日,均后补记。

十六日(1874年2月2日) 午初,赴精锐营看操。未刻,散,回署。堂期。放镶黄旗牛群寿安寺达喇嘛一缺巴勒当车林、达里岗嗳牧长一缺达木鼎苏咙、记名一都嘎尔。散后,文序东禀见。据称,闻得裕丰光大约不能起运,须另行办理方妥。晴,微云,暖。

十七日(1874年2月3日) 午初,赴精锐营看操。清祥等呈回稿件。未后,回署。喀拉沁王官印旺都特那木济,号衡斋。差人送袍褂料一套、染貂帽檐一副、官靴一双、奶饼二匣。因交马来口。当即回送伊银鼠袖头二副、针黹一匣、熏肉一方、口蘑二斤。晴,微云,暖。

十八日(1874年2月4日) 午初,赴精锐营看操。未后,散,回署,堂期。放太仆寺左翼笔帖式一缺精莫特。阴,时微晃,暖。

十九日(1874年2月5日) 午初,赴精锐营看操。后回署。未刻,赴教场,会同云亭验补察哈尔正白旗、正红旗护军校各一缺。名均忘记。后挑张家口正白等旗委前锋、马甲、步甲、养育兵、抬枪兵共二十三缺。申后，甫经挑完，准兵部递到，十七日申刻军机处发交四百里夹板一件。系字寄，“常顺、文奎互相纠参，奉旨：‘着驰赴乌里雅苏台查办等因’”由。恭阅后，回署，与松峰商办一切。阴，风。午后，徐晴，云。先是，十五日申刻承准军机大臣字寄，奉上谕：“常顺奏‘参赞大臣骚扰台站’一折，着遴派妥员，确切查明等因。钦此。”当经派委佐领庆文，前往各台详查，现在尚未起身。

二十日（1874年2月6日） 巳后，堂期。午刻，会同云亭拜发精锐营开练日期折、大马群主事笔帖式五年期满保奏折、堪调马匹数目折。后封印。毕，即将印信、关防移交云亭暂行署理。申刻，散。带三十三号家信。晴，云。拟派太仆寺主事善昌、佐领庆文、骁骑校禄通随同赴乌。

二十一日（1874年2月7日） 午刻，奉到初十日拜发回折。请拨军台俸饷折、抽收茶马厘捐数目折，均奉朱批：“户部知道。钦此。”稽查废员折，奉朱批：“知道了。钦此。”后善昌、庆文、禄通禀见，善昌极力推辞，谈至一时许尚未定局。申刻，出门。拜云亭，会。酉后，回署。善昌禀见。复以此次出差诸多窒碍等辞推诿。

二十二日（1874年2月8日） 午刻，清祥、庆文禀见。未刻，云亭拜会，清祥、庆文、塔清阿先后禀见，均会。酉刻，准兵部递到，军机处二十日申刻发交四百里夹板一件。系文奎奏‘参常顺不顾军务，任意回城等因’，奉上谕一道由。晴，微风，云。交庆文誊写奏底。

二十三日（1874年2月9日） 巳刻，善昌禀见。据称，奏底庆章京并未交伊阅看，既不令伊知之，即可毋庸前往等辞，任意狡辩。前因该员笔下尚可，是以拟派随同赴乌，乃该员始以夙患肝证，不禁口外风寒等辞推诿。继以此事应由都统衙门派员，伊系隔署之员，若随带前往，诸多窒碍。且以家中无人照料，并无得力家人跟随等辞力辞。因未许允，今复以未见奏底借词狡赖，查其多方推辞情形，其为恋家畏事之徒已可概见，未可与之共事，且起身在迩，无暇缮折参办，姑且置之。清祥、塔清阿先后禀见。晚间，庆文禀见，均会。乐尔津亦因腿疾辞差，改派讷莫合恩随往。晴，云，微风。晚间，商拟折底,善昌呈递禀呈。

二十四日(1874年2月10日)　巳后,善昌呈请病假。庆文、清祥、伊勒当阿、塔清阿、额勒洪额先后禀见。午后,庆文禀见。据云,禄通仍称患病,不能前往等语。当嘱其于怀塔、玉璞二人内斟酌一人。申刻,准兵部递到,军机处二十二日□刻发交马上飞递夹板一件。系常顺奏'伤疾举发,同官不和等因',奉上谕"一并查办"由。戌刻,庆文禀见,始定改派玉璞随往。难哉!未刻,三顺、马二回口。接三十二号家信。晴,云。

二十五日(1874年2月11日)　午后,拜发"拟请随带司员,并出口日期,及酌发添雇驼马价银"折;请饬文奎暂缓起程片;奉到寄谕片。安折,系双衔。后庆文、玉璞禀商出口应办事宜。晴,云。日后补记。

二十六日(1874年2月12日)　庆文禀见。标画札饬台站预备驼马、毡房稿。晚间,清祥、庆文、玉璞禀见。商酌咨行原奏文件。晴,微云。晚间,风。

二十七日(1874年2月13日)　未刻,出门辞行。楚樵、云亭,会;余均投帖。晴,微云。

二十八日(1874年2月14日)　收拾行装。晚间,放花盒。晴。

二十九日(1874年2月15日)　午初,同松峰率同随员庆文、玉璞,贴写兵额尔德肯、松年、凯英、吉尔萨、特尔根吉雅,值班章京讷莫合恩、值班兵达凌、致瑞、祥顺、图萨本、佛尔腾、怀塔泰、恩特亨额、乌勒希布,家人廉清、牛子、来成,步甲二福子、老段,兵祥玉、达哈布等先后起身。云亭、玉副将及三司、三翼、十旗群牧各官并精锐营令官、教习等,均在大境门内候送。略坐即辞行。未初,至陀罗庙,景廉在彼备茶。少歇即行。酉初二刻,至头台,公馆内住。六十里。晚间,庆郁亭、玉含章禀见。淡阴。托豁奇名固鲁札普,会汉话。

三十日(1874年2月16日)　郁亭、含章禀见。商酌驼马雇价,并禀辞先行起身。申刻,传见头台章盖嘎勒桑车林。发给添雇驼马价银十一两一钱一分。晴，云。住头台。

同治十三年(1874)乌里雅苏台　张家口　乌里雅苏台

同治十三年岁次甲戌正月初一日乙巳(2月17日)　住头台。嘎勒桑车林等叩喜。晴，微云。

初二日(2月18日)　察汉托罗盖参领那逊布彦递哈达叩喜。在察汉托罗盖台坐尖。午初，起身坐二套车。在坝下关帝、菩萨庙内拈香。后上坝。嘎章盖等送至十余里辞回。未正，至布尔嘎苏台即二台住。说四十里，不过二十余里。那逊布彦等在台接。太仆寺右翼总管鄂勒哲依来拜年，见。酉刻，接到衙门包封一件，内有印房奉到二十日回折禀。晴，风。自此以往，均住蒙古包，烧牛马粪，食羊肉。

初三日(2月19日)　在台坐尖。巳正，起身乘架杆车。午正，至海留台即三台住。说八十里小。那逊布彦等在台候接，济克济特札普递哈达一块。未后，图普新巴雅尔来拜年。申刻，牛羊群总管达密林札普，带同笔帖式鄂呢巴图来拜年，递奶皮四张、奶腐二块，并递奶酒行礼。云系蒙古约苏，未便固辞，只好受之。“约苏”，华言“礼”也。该台察克达委官、正白旗旺钦拉什佐领下佐领衔、候补骁骑校霍伽春巴图鲁、护军色尔鄂特叩称，本旗有缺，总管不准入选等语。当谕其俟余回任后查办。晴，微云。晚间，小蒙古二名、小喇嘛一名唱蒙古曲。当赏与点心、羊肉等物。

初四日(2月20日)　在台坐尖。巳正二刻，起身。午正一刻五分，至鄂伦胡都克即四台住。说四十里小。那逊布彦在台候接。商都大马群候补总管、护军校玉兴旺济勒来拜年，递奶饼一匣、奶腐二块，并递酒行礼。阴，时飞雪花时微晃。晚间，本台小蒙古班札拉克察、帮台小蒙古拉们札布、色伯克多尔济、巴特玛、嘎尔布等四名唱蒙古曲。自是日起，头段副参领济克济特札普随行照料。

初五日(2月21日)　在台坐尖。午初，起身。未初，至奎素土即五台住。六十里。那逊布彦等在台候接。正黄旗羊群固山达拉什巴勒当来拜年,那逊布彦、济克济特札普递奶皮二匣、奶酒一瓶。晴,云。夜间,雪约厚三分许。晚间,二名二十余岁蒙古唱蒙古曲。

初六日(2月22日)　辰正二刻,起身。巳正一刻,至札克苏即六台尖。四十里。大马群总管额林沁差护军校阿迪雅来请安。午正,起身。未初二刻五分,至明爱即七台住。四十里。晴,云,风,冷。晚间,六名蒙古唱曲,有胡琴、笛。银边眼镜伤。

初七日(2月23日)　在台坐尖。午初一刻,起身。未初二刻,至齐齐尔图即八台,又名"察察尔图"住。六十里。晴,微云,大风,极冷。酉刻,察克达骁骑校玛呢布木、哈普苏尔噶骁骑校贡固尔札普等唱满、蒙曲,有筝、笛、弦子。墨镜边亦伤。

初八日(2月24日)　寅刻,接得衙门包封一件。内有二十五日回折三件,均奉朱批:"知道了。钦此。"在台坐尖。午初二刻,起身。未正一刻,至青岱即九台住。九十里。阴,时微晃,大风,微雪,极冷。即口内所谓"白毛旋"也。未后,徐晴,仍风。该台系西林果尔盟帮台。

初九日(2月25日)　在台坐尖。行装改用驼运。午初二刻,起身。路间,修理车轴,约耽延刻许。未正一刻十分,至乌兰哈达即十台住。一百二十里。晴。此台亦系西林果尔盟帮台。

初十日(2月26日)　在台坐尖。辰初二刻,起身。巳正一刻十分,表夜间停摆,约慢二时许。至奔巴图十一台住。八十里。赴台西五里许,检拾石子。阴,时微晃,微风。午刻,微雪。申后,徐晴。西林果尔盟帮台。

十一日(2月27日)　巳初,起身。午初三刻,至沙拉哈达十二台尖。说七十里大。系西林果尔及乌兰札普两盟帮台。未初三刻,起身。申正三刻,至布鲁图十三台,系二段头台住。六十里。该段副参领拉什彭苏克等在台候接。庙内达喇嘛递哈达,赏还。又递奶茶一壶,枣儿、冰糖等物五碟,留。该台系乌兰札普帮台,因察克达、哈普苏尔噶均无,颇形苦累。当于应发三分之二雇价外,增给银四两六钱,以示体恤。阴,风,时微晃。庆章京等留禀内,有该段参领等呈文,及该台官兵禀呈。

十二日(2月28日) 在台坐尖。济克济特札普等辞回。午初一刻,起身。拉什彭苏克等随行照料。未初二刻,至鄂隆胡笃克十四台住。五十里,又说四十里。晴,微风。乌兰札普盟帮台,有察克达,无哈普苏尔噶。

十三日(3月1日) 在台坐尖。巳正二刻,起身。驾杆乌拉齐半系十余岁孩童,且有一蒙女,仅十三四岁,尤为娴熟,较之内地子女,诚霄壤也。未初,至察汉胡笃克七十里,又说六十里。住系十五台。晴。该台亦系乌兰札普盟帮台,察克达、哈普苏尔噶均全。

十四日(3月2日) 在台坐尖。巳正二刻,起身。午正一刻,至沙拉木楞十六台住。五十里,又说四十里。该台章盖色楞栋鲁普等递呈,恳请整顿。晴,大风。申后,住,云。乌兰札普盟帮台,仅有察克达官兵九员名,其驼马及哈普苏尔噶官兵、驼马均无。

十五日(3月3日) 在台坐尖。辰正三刻,起身。马匹甚好。路间,备有茶尖。约歇刻许。午初二刻,至敖勒胡笃克十七台住。说百里、百二十里不等。该段参领多尔济札普来接。晴,云。乌兰札普盟达尔汉贝勒旗帮台,察克达、哈普苏尔噶俱全。夜间,有乌里雅苏台差员张翼南官印鹏云在台住宿。云系候补知县,有驾杆车一辆。

十六日(3月4日) 辰正十分,起身。拉什彭苏克辞回,多尔济札普随行。巳正五分,至济斯洪果尔十八台尖。六十里。该台系乌兰札普盟乌拉特西公旗帮台,察克达全,哈普苏尔噶仅有官兵七员名,驼马均无。午初,起身。未初一刻,至锡拉穆胡哩十九台住。六十里。早间,路极平坦。午后,多系山梁。该台系乌兰札普盟茂明安旗帮台,官兵、驼马均无。该台委章盖鄂尔吉呼等递呈,恳请施恩整顿。当谕以"现赴乌城查办事件,无暇办理。若俟回口再办,势必延误。尔等可将现在情形先行详报衙门,俟回任时再行筹划办理"。戌刻,接果亭信。专差察哈尔镶蓝旗佐领们都济尔嘎勒来送。晴,微风。因该台困苦情形较布鲁图尤甚,所有雇价银两亦饬全数放给,以示体恤。

十七日(3月5日) 辰正一刻,起身。路间茶尖,约歇刻余。午初二刻，至布陇二十台尖。说百里、八十里及百二十里不等。该台系乌兰札普盟西乌拉特公旗帮台，察克达、哈普苏尔噶均有，不全。多尔济札普呈报该段委副参领病故，遗缺请以现署斯缺之记名委副参领巴图那逊补授，以期帮同当差等语。因所呈系属实情，准如所请办理。午正二刻，起身。多尔济札普辞回，巴图那逊及哈普苏尔噶札兰伯罗扣随送。路间茶尖，歇刻余。未正三刻，至苏吉二十一台住。六十里。台南有白召一座。召，华言"庙"也。庙内达喇嘛递哈达一块、奶茶二壶，冰糖、枣儿、葡萄干、炸面条等物十木碟，云是蒙古约苏，只好收之。发家信及致熙台、云亭信。该台系乌兰札普盟东乌拉特公旗帮台，察克达、哈普苏尔噶官兵、驼马均无，其苦累情形与布鲁图、锡哩穆胡哩同。所有雇价银两亦只好照该二台给发，以示体恤。晴，微云。用荷包、点心换得托郭奇等腾格哩苏木三枚。

腾格哩苏木者，华言"天箭"也。其质皆铜，其色不一，长一二寸不等，其形有如柳叶者，然有如透甲锥者，然亦有如今之箭镞者。然蒙古牧放牲畜者，往往于迅雷骤雨后拾得之，疑其自天而降，故谓之"天箭"，又谓之"雷公钻"。并相传，孩童佩之可避邪秽，殊为不经。愚以为，使天而雨箭，为人祓除不祥，何仅于此数台地有之，而他处均无耶？意者，盖古战场之遗镞沉没沙碛，经雨淋洗而见。欤惜！博古者稀，无从磨洗认前朝矣！附识。

十八日(3月6日)　巴图那逊递腾格哩苏木一枚。辰正三刻五分，起身。巳正一刻，至陀里布拉克二十二台尖。五十里。该台有红召一座，庙内达喇嘛差格斯贵等递哈达、奶茶及点心、枣儿、冰糖等物十木碟。该台系乌兰札布盟中乌拉特公旗帮台，察克达、哈普苏尔噶官兵、驼马均全。午正一刻十分，起身。路间茶尖，歇刻余。申初，至图古哩克二十三台住。六十里。阴。辰后，雪。申后，住。夜间，风。该台察克达系喀尔喀王旗帮，有；哈普苏尔噶，系乌兰札普盟东乌拉特、中乌拉特二旗帮，不全。巴图那逊、博罗扣递腾格哩苏木三枚。云系该台蒙古者，只好留之。

十九日(3月7日)　在台坐尖。辰正三刻，起身。路间茶尖，歇刻余。未初二刻，至穆胡尔噶顺二十四台，系第三段头台住。计程八十里，已入戈壁。该段参领策伯克札普等在台候接。自此台以北，均系喀尔喀四爱曼帮台，察克达、哈普苏尔噶，均有。该台迤北里许沙岗上堆积军粮二千五百余石，口袋已多糟烂，目睹情形，实深焦灼。当谕该参领等迅速妥筹起运，勿再耽延。巴图那逊、博罗扣等辞回。晴，微云，风。该台并未见雪。

二十日(3月8日) 在台坐尖。与策伯克札布商议起运积存米石，奈彼此语言均不甚懂。只好嘱其将拟办情形具文呈报，以凭核办。嗣据呈报，仍不明晰，复谕其再行详细呈报。巳正三刻，起身。策伯克札普等随行。路间茶尖，歇刻许。未正，至霍呢齐二十五台住。一百二十里。台西有庙一座，达喇嘛递哈达一块，奶茶二壶，羊油、麻花、骆驼奶皮、初不知是驼奶，已尝半条。核桃、枣儿、冰糖等物八木碟。晚间，策伯克札普呈递拟运积〔粮〕呈文，当谕其迅速派员赴口请领口袋。阴，微风，时微晃。托郭奇递腾格哩苏木二枚，回赏伊点心、羊肉。

二十一日(3月9日) 在台坐尖。巳正一刻，起身。路间茶尖，歇刻许。过小河沟一道。未初一刻，至那朗二十六台，又名“毕里克库”住。七十里。检拾石子。并用点心、羊肉换得小蒙古等石子一堆，此台左近杂色石子甚多，颇有颜色鲜艳者，以之植水仙，当必雅致，是以择其佳者数十枚，什袭而收之，以供盆玩。晴。

二十二日(3月10日) 辰刻，接署中包封及家信并亲友信。巳初，起身。路间茶尖，歇刻余。午正十分，至哈萨布齐二十七台尖。百里。未初二刻，起身。路间茶尖，歇刻余。申正二刻，至札拉苏二十八台住。六十里。晴。

二十三日(3月11日) 辰正三刻，起身。路间茶尖，约歇刻许。午初，至卓布哩即二十九台，又名“哲伯勒”尖。七十里。午正三刻，起身。已出戈壁。未正三刻，至博勒鄂博三十台住。六十里。该段副参领棍布札普在台候接。晴，微云。

二十四日(3月12日) 辰正三刻，起身。路间茶尖，约歇刻余。巳正三刻，至库特勒多伦三十一台尖。八十里，又说七十里。赛尔乌苏管站部员定升号跻堂在台候接。据云,笔帖式定惠现在患病,略谈即辞行。色伯克札普递腾格哩苏木六枚。午正三刻,起身。色伯克札普辞回,棍布札普等随行。路间茶尖,歇刻余。未正三刻,至赛尔乌苏三十二台,又名“他拉多鸾”住。四十里。定跻堂在台候接、禀见,会,谈二刻许。酉后,跻堂禀见,送菜四碗、四碟,馒首二碟收。定笔政送点心六碟。酌收二枚,余均璧还,因该员患病故也。阴,时微晃。差人送定笔政普洱茶二圆,托跻堂寄存口粮。

二十五日(3月13日)　在台坐尖。定跻堂禀见,会。巳正三刻,起身。路间备有茶尖,跻堂在彼候送,并备有点心。谈三刻许,起身。跻堂辞回。未初一刻,至默端三十三台住。发家信及致熙台信。阴,微风。辰后,细雪。午后,微晃。申后,复阴,雪雪厚寸余。计程六十里,又说七十里。

二十六日(3月14日)　在台坐尖。巳正三刻,起身。路间茶尖,歇二刻余。未初三刻,至哈毕尔噶三十四台。按时核计约八九十里。斋拉玛克台段参领车林多尔济、额外副参领策万在台候接。因庆佐领等留禀云,已并站前进,遂饬该台迅备驼马于申初三刻起身。路间茶尖,歇五分许。酉正,至希保台三十五台,即“斋拉玛克台”住。四十里大,又说五十里。晴,云,风,极冷。

二十七日(3月15日)　巳初三刻,起身。棍布札普、三音绰克托辞回,策万请假赴赛尔乌苏照料,定笔政、车林多尔济随行。路间茶尖,约歇刻〔余〕。未初,至老斯又名“老萨”,三十六台尖。七十里大。未正三刻,起身。路间茶尖,歇二刻许。酉初,至吉呼木三十七台住。六十里。晴,微云,风,冷。据云,此处雪大。

二十八日(3月16日)　巳初,起身。路间茶尖,歇刻余。午初,至孟克图又名“沙克舒尔噶”,三十八台尖。未初,起身。路间未见雪。茶尖,歇二刻余。申正,至察汉布齐尔又名“察布察尔”,三十九台住。七十里。晴,微风,云。修理眼镜,银匠系蒙古喇嘛,名达尔玛。

二十九日(3月17日)　巳初,起身。路间茶尖,歇二刻许。午正二刻,至哈沙土四十台尖。说八十里、七十里不等。未正,起身。路间茶尖,歇二刻许。酉初,至哲林四十一台住。八十里。晴,微风,云。

二月初一日(3月18日) 在台坐尖。巳正三刻,起身。路间茶尖,歇二刻余。未正三刻,至翁锦又名翁音,四十二台住。百二十里。管理哈普苏尔噶台吉罗垒在台接,系管哈沙图至哈达图五台。三音诺颜部落札萨克、头等台吉车登迫勒吉雅差护卫请安,递哈达一块。系总管斋拉玛克台一段察克达、哈普苏尔噶之札萨克。晴,风,微云,冷。

初二日(3月19日) 辰正二刻,起身。过翁音河不宽。后沿途均系荞草根墩,车不易行。路间茶尖,歇二刻许。午正,至乌讷克特四十三台尖。六十里,又说七十里。察哈尔营总贡果尔差人请安。未初二刻,起身。路间茶尖,歇刻余。申正三刻,至哈达图四十四台住。七十里大。管理哈尔呢敦等五台二等台吉刚精楚等在台候接。常和亭、多王、文星垣差笔帖式荣昌系绥远城驻防、蒙古官罗堆持帖接。当给与愚弟帖,令其先行回城,勿庸随同行走。晴,微云。车林多尔济递哈达一块、火镰一把。

初三日(3月20日) 巳初一刻,起身入山。山名"阿斯哈塔",约系杭霭山之一脉也。路极颇陡,不能疾行,且积雪遍山,均未消化,雪厚三五寸及尺许不等,云系正月二十六日之雪。盖愈高愈寒故也。路间茶尖,歇二刻许。贡果尔带队在路候接。贡果尔驻扎哈尔呢敦。午正三刻,至哈尔呢敦系乌属南第二十台尖。说六十、七十、八十里不等。管台二等台吉刚精楚、管哈普苏尔噶四等台吉济那巴咱尔在台候接。三音诺颜部落王车林敦都普差图萨拉克齐递哈达一块、点心一匣。内系枣儿、冰糖、酸奶子面球儿,均不可吃。当给与回片致谢。贡果尔叩见,会。该台有堆积军粮一千一百余石,询系上年八月间运到者,米色已多霉变。当嘱该台台吉等,迅速设法起运,毋再稽延。申初起身,路间缘山行走,甚不易行,茶尖仅歇一刻五分。戌初始至噶鲁地十九台住。说六十里大。晴。

初四日(3月21日) 巳初,起身。路间茶尖,歇刻余。午正二刻,至他楚十八台尖。说七十里大。未初三刻,起身。过他楚河一道不宽。路间茶尖,歇刻余。酉正三刻,至乌尔图额勒胡图克十七台住。七十里。沿途均系缘山岭行走。晴。

初五日(3月22日)　辰正三刻,起身。路间,过大岭一道,下极高陡,台吉及随从人等均下马扶掖车辆而行。下岭后茶尖,歇刻余即起身。过沙拉噶勒卓特河一道不宽。午正二刻,至沙拉噶勒卓特十六台尖。说五十里。未正,起身。复下大岭一道。高虽不及早间所过之岭,而积雪尺余,亦不易行,台吉人等亦均下马扶掖而行。后过推河一道。约宽五六十丈,时虽春分,冰尚坚实。过河后,在茶尖处歇刻余。管理推河等五台头等台吉吹札普、管理哈普苏尔噶四等台吉罗普桑等在茶尖处候接。酉初二刻,至推河十五台住。百二十里。晴。

初六日(3月23日)　巳初,起身。刚精楚、吉那巴札尔辞回,吹札普、罗普桑随送。路间茶尖,歇刻余。午初二刻,至乌尔图哈拉托罗盖十四台尖。说八十里、一百里不等。未初,起身。路间茶尖,歇二刻余。过鄂罗盖河一道。河宽六七丈许,距台约二里余。申正一刻,至鄂罗盖十三台住。五十里,又说八十里。晴,云。

初七日(3月24日)　巳初,起身。过河一道。冰宽丈余。茶尖,歇二刻许,起身。复过河一道。冰宽五六丈许。午正,至乌他十二台尖。百里,又说八十里、百二十里不等。乌里雅苏台委员、候补知县金光甲禀见未会。据云,请假回京。未初一刻,起身。路间茶尖,歇二刻五分,起身。过拜达里克河。河身十数道,宽六七丈及三五尺不等,惟东南头二道车路已塌,化水深尺许,余均结冰未化。酉初三刻,至都特克图十一台,又名"拜达里克"住。六十里,又说四十里。晴。未后,阴。

初八日(3月25日)　巳初,起身。路间茶尖,歇二刻许。行近台站,过札克河。河岔五六道,宽五六丈及五七尺不等,冰均未化。沙滩甚宽,想大雨时行之,时当不易过也。午初二刻,至札克十台,又名"札克毕拉"尖。六十里,又说八十里。乌里雅苏台坐台委笔帖式集馨在台接。管理札克等五台四等台吉图都普达克巴、管理哈普苏尔噶四等台吉博罗等叩见。托吹台吉买得长毛牛四头,共核价银二十二两,雇人递送脚银一两，其银当时付给，取有吹台吉蒙字收条一纸，存讷莫合恩手。并嘱讷章京，函致斋拉玛克台等四段参领等，一体雇人递送，其脚银若干，俟回口时再行付给。未正一刻，起身。吹札普等辞回，图都普达克巴等随送。路间茶尖，歇二刻许。酉初，至霍伯尔车根九台住。说六十里及一百里、一百二十里不等，缘蒙古人并不知里数，多系以意为之，随口而说。然驾杆车一时之中总可走六十里上下，若以时计之，则此台当不过七八十里也。晴，云。

初九日（3月26日） 巳初一刻，起身。路间茶尖，歇刻余。午正二刻，至乌兰奔巴图八台尖。说六十里、五十里、四十里不等。有乌鲁木齐军火差在台。未正五分，起身。路间，过山河一道。冰宽丈余。茶尖，歇刻许，即起身。复过山河一道。亦宽丈余。酉正二刻，至鄂伯尔陶寨七台，又名"鄂伯尔济勒噶朗图"住。一百二十里，又说八十里。沿途尽系沙石，不能疾行。晴，云，风，冷。

初十日（3月27日） 辰正二刻，起身。茶尖，歇刻余。午初二刻，至阿鲁陶赛六台，又名"阿鲁济勒嘎朗图"尖。七十里，又说八十里。未初二刻，起身。乌里雅苏台坐台笔帖式额尔格图在路接。行近茶尖，过河岔二道均约宽五七尺、河身二道均约宽四五丈。冰虽稍苏，尚未开化。茶尖，歇二刻余。管理头段五台三等台吉札克巴即策伯克在茶尖处接。申正，至胡济尔图五台住。六十里，又说四十里。是日，尽缘河傍山行走。路间石子亦多，尚不甚难行。图都普达克巴等辞回。

十一日（3月28日） 辰正一刻五分，起身。札克巴随行。过大岭二道。茶尖，歇二刻许。额尔格图送至茶尖处辞回。复过大岭二道。四岭均极高大，且积雪甚深，虽不甚陡，尚须纤马四匹牵掖，颇形费力。午初二刻，至岱罕得勒四台尖。六十里，又说五十里。管理头段五台哈普苏尔噶四等台吉吹苏隆吉克莫特系札克巴之弟在台接。即随行。未初，起身。路间，积雪尤深。酉初五分，至特木尔图三台住。一百里。晴。

十二日（3月29日） 辰初三刻，起身。茶尖，歇二刻许。午正一刻，至舒鲁克二台尖。一百里。察哈尔三起委参领等在台接。常和亭、多王、文星垣及四部院官员等派员接。未正一刻，起身，行十余里,路遇富春轩,官印和,系塔尔巴哈台参赞大臣,被议回京。下车立谈三刻之久始辞行。过大沙岭一道,后过河岔五道。宽二三丈、五六尺不等,冰虽酥化,水不甚深。过河后,复过大沙岭二道。至茶尖处,约歇刻余,自尖站至茶尖,沿途尽系沙滩,遍生金条。起身。复过岭一道。酉正一刻,至花硕落图南头台住。八十里,又说四十里。察哈尔三起委营总巴彦巴图等在台接。永峻斋差委员德海赴台照料。兵差请安,见。常和亭、多王、文星垣及四部院官员复差人来接。察哈尔头起委营总特固斯济尔嘎勒差委得勒格楞贵接。晴。

十三日(3月30日)　巳初二刻,起身。行十余里,过大岭一道。上不甚高,下极高陡,加之积雪尚未尽消,殊不易行。幸随从人众扶掖而行,得以安渡。又十数里,有一商人拦舆递呈。系乌城众铺商呈请留文参帅者。当谕以“此事非尔商人所当预,公事自然公办”,即将其呈掷还。又数里,复过大岭一道。较头道稍矮,其陡如之。又里许,察哈尔头起委营总特古斯济尔嘎勒、四起委营总三音济尔嘎勒在路接。又里许,多王差车接辞回。永峻斋及统带侍卫丰升阿、参领伊昌等接。下车见。又二三里许,常和亭在南坝岗地方支搭白布帐棚接。略谈,即辞行乘马。各营队官等带队接。未正一刻,进城。至东门内关帝庙拈香后,即在庙内西厢房居住。四部员官员等在庙内接。常和亭派员外郎惠昌、佐领诺敏在庙内预备饮馔。虽经庆佐领辞谢,不肯收回。当传见惠司员等,告以此系查办事件,断不敢领。尔等可回明常将军,即将所备一切食物概行撤回。饮食一切均系自备,惟饮乌城之水而已。晴,暖。酌留听差兵八名,赏给饭食,以备差遣。

十四日(3月31日)　住乌城。台吉札克巴等辞回。未刻,拜发到乌日期折。由驿四百里驰递。后封门。戌刻,发咨查和亭、星垣咨文各一件。晴,云。自初七日以来,即觉咽喉及胃间刺痛,而是日头目旋疼,胃膈酸痛尤甚,竟不可支。晚间,服午时茶。夜间,始稍觉轻减。

同治十三年岁次甲戌二月十五日(4月1日)　住乌城。发咨查多王咨文一件用清文。午刻,接文星垣咨覆一件。内亲供咨呈及原奏稿件并草单,共十三件。晴,微云。戌刻,接多王覆文一件。

十六日(4月2日) 亥刻,接常和亭咨覆一件。办行查文星垣稿。阴,时微晃。

十七日(4月3日) 巳刻,多王差通事达什请安。请看呈报病痊文底。发续行咨查文星垣咨文。午刻,接署中包封并熙台及亲友信。阴,时微晃。午刻,微风一阵,雪随下随化。申后,住。酉后,徐晴,云。

十八日(4月4日) 申刻,发咨查常和亭咨文二件。亥刻,发咨查文星垣咨文一件。晴,微云。夜间,风。

十九日(4月5日) 传见达什。嘱其代买木柴。据云,多王已于昨日销假任事。戌刻,发咨查文星垣咨文二件、咨查多王咨文一件。晴。夜间,风。

二十日(4月6日) 原定未刻传讯都勒玛札普,待至申刻,该台吉尚未来辕,(覆)〔复〕办文咨催。至酉刻,始准将军衙门咨送都勒玛札普来辕,当饬随员等讯取该台吉,押结存案。接文星垣覆文。阴,微风,时微晃。申后,雪。酉后,住。旋晴,云。

二十一日(4月7日) 发咨催长和亭咨文一件。戌刻,接长和亭咨覆二件、案二包。晴,微风,云。

二十二日(4月8日) 未刻,提讯闲散梅楞禅巴。接常和亭咨覆三件。晴,微云,风。

二十三日(4月9日) 申刻,接熙台信。酉刻,署将军常①差派承办户部章京兴昌片送军饷银两档簿一本。内十一年放项均用纸包封钉固,仅留自十二年正月至九月十四日放款。当即检阅于戌刻,交随员缮片送回,并传兴昌来辕领取。取有兴昌领结存案。酉刻,接内阁衙门呈文一件,发咨查和亭文三件、咨查文星垣文二件、札查理藩院文一件。亥刻,发咨行和亭提传人证文一件。晴,云,大风,黄沙。酉后,飞雪花。

---

① “常”,即常顺,下同。

二十四日(4月10日)　接和亭、星垣咨文各一件。申刻,常和亭咨派把总刘福泉押送王贵到案,当饬随员等提讯。因供词支离,未令取供。多王差达什请安。据云,该王接事折,已于昨日拜发。晴,云,微风,冷。闻得长和亭之族兄宝山,于昨晚在军署自戕身死云。

二十五日(4月11日)　未刻,接多王覆文一件。申刻,接和亭覆文二件。酉刻,接理藩院呈覆一件。和亭差派兴昌送到十一、十二年军需银两簿一本,末篇黏一纸条,上写二百五十四扁。包封十二、十三年军需银两簿一本。前后均用纸包封,仅剩二篇。当即检阅于戌刻,交原差员领回。戌刻,接内阁呈文一件。晴,微云,冷。

二十六日(4月12日)　巳刻,接和亭咨覆一件。午刻,接星垣咨覆一件。酉刻,和亭差派委防御依勒洪额,押送吉林兵永成、常凌来辕,当饬随员询问。据供,闻得系奉将军谕,开释枷号等语。当以所供情节含混,未令取供,仍饬交原差员带回。淡阴,微风,冷。

二十七日(4月13日)　酉刻,接和亭咨文二件,发行查和亭咨文一件。戌刻,接和亭咨覆一件。亥刻,接内阁呈文一件。晴,云,微风,冷。

二十八日(4月14日)　晴,微风,云。日后补记。

二十九日(4月15日)　发咨查和亭文三件、咨查多王文一件。接和亭覆文三件、多王覆文一件。晴,云。日后补记。

三月初一日(4月16日)　未刻,传讯永成、常凌、王贵。取供。晴,云。

初二日(4月17日)　淡阴,时晃。日后补记。

初三日(4月18日)　未刻,传讯都勒玛札普及守东门兵刘祥。淡阴,时晃。

初四日(4月19日)　未刻,传讯常秀、福厚。淡阴。戌后,雪。日后补记。

初五日(4月20日)　阴,雪。未、申刻,微晃。酉后,住。雪随下随化,约厚尺许。日后补记。

初六日(4月21日) 接文星垣咨文一件。日后补记。

初七日(4月22日) 未刻,发咨行文星垣仍遵前旨回京候议咨文一件、咨回原送稿件文一件。取有回头存案。晴,云。戌、亥刻,雪约厚寸许。自二十八日起,每日与松峰商拟奏底,至今日始稍就绪。

初八日(4月23日) 缮写附片。晴,微云。

初九日(4月24日) 缮写附片。据署将军长、参赞多①咨称,署参赞文②定于初十日起身等语。晴,微云。

初十日(4月25日) 多王差达什送马二匹璧回。晴,微云。日后补记。

十一日(4月26日) 差达凌、致瑞、老段管押行李大驮起身。常和亭差人送席一桌璧回。倭峻峰托带家信一封、市包一个。系差人送来。晴,时风,微云。此二日对阅折、片。

十二日(4月27日) 赏老道王姓银四两,听差兵八名高登、李廷柱、杜喜、张希顺、范源、杜玉、陈魁、常禄银八两。卯刻,在关帝前上香。辰初,拜发查明互参折二件、片二件。毕,即率同随带官兵等起身坐驾杆车。差人持帖拜常将军、多王、永峻斋、倭峻峰。出南门,营总特固斯济尔嘎勒、三音济尔嘎勒带队在门外候送。特营总等均摘顶戴,询据声称,系因昨日兵丁喧嚷之故云。过河三道。水深尺余。行至距城三四里南坝岗地方,常和亭及永峻斋、倭峻峰、恒寿之官印聆并四部院官员均在彼候送。和亭令恒聆谒见。略坐,即辞行。多王差达什持帖送。路间茶(间)〔尖〕,歇刻余。管台台吉札克巴、管哈普苏尔噶台吉吹苏隆济克莫特系札克巴之弟在茶尖处接,即随行。过岭二道,均不甚高陡。缘乌属各台四时迁徙靡定,秋冬之间,因大路积雪深处,高下莫辨,往往陷入雪窖,是以各台均移于山坳住扎。缘冰雪均可融水而饮,且可避风。至春夏之际,积雪既消,则移于大路傍河住扎,以就水草,故道路与来时不同。巳正一

---

① "多",即多王。

② "文",即文奎。

刻，至花硕落土住。庆佐领等于午刻起身前进。因恐各台驼马、毡房不敷支应，是以仍令庆佐领等先行。淡阴，时晃。未后，时飞雨星。酉刻，细雨一阵，虹见。

十三日(4月28日)　卯初三刻，起身。路间，过岭一道不高大。过舒鲁克河一道。共河岔五道，水深尺余及数寸等。茶尖，歇刻余即起身。过特木尔河一道。宽二丈许，水深尺许。至近台，复过河一道。仍系前河，水之宽深亦如之，河内尚有结冰未化之处。巳初一刻，至舒鲁克说七十里。尖。有一喇嘛，会汉话。巳正三刻，起身。路间，过小河沟三道。茶尖，歇刻余。午正一刻，至特穆尔图住。说三十五里。来时此站云一百里，颇觉遥远。今回来仅三十五里云，盖亦挪台，非来时之路故也。晴，风，云。

十四日(4月29日)　卯刻，接静村信。卯正，起身。路间，积石较多，过山水河沟数道。茶尖，歇二刻许。巳初二刻，至岱罕得勒尖。接衙门公文。午初二刻，起身。三等台吉札克巴因腿疼辞回。给伊熏烟二瓶、东生烟二包、荷包一对、京火镰一把。路间，看雪山。山在大路之北，据蒙古云，距道尚有二百余里，远而望之，见一雪峰，形极高耸，因风大未能细瞻。乌城坐台委笔帖式额尔格图接。路间，过小河沟三道。茶尖，歇刻余。未正，至胡吉尔图住。管理札克等五台台吉图都普达克巴在台接。四等台吉吹苏隆济克莫特辞回。给伊熏烟二瓶、荷包一对。淡阴，风，时晃。

十五日(4月30日)　换穿小绵袄。卯正，起身。路过布彦图河，管理札克等五台哈普苏尔噶台吉博罗在河边候接。河身五道，宽二三丈及丈许不等，水深尺余。有乌苏齐四名引路。乌苏齐者，华言“水手”也。过河后，下车看雪山。山在路东北，亦仅见一峰，比昨日所见稍小。赏乌苏齐东生烟四包。后过小梁一道，后复过沙拉乌苏河一道。河内冰雪尚多未化。茶尖，歇刻许。巳初，至阿鲁济勒嘎朗图尖。巳正三刻，起身。路间，过小水沟二道。茶尖，歇二刻许。未初三刻，至鄂伯尔济勒嘎朗图住。晴。辰后，大风，冷。

十六日(5月1日) 卯正二刻,起身。路间过沙拉乌苏河。河岔五股,水宽二三丈及丈许不等。河面均复结冰,约厚五六分。蒙人先用串儿马及备带马匹往来行走,将冰踏碎,然后始过。水深尺余及数寸不等。后过小梁一道不高大,复过小河二道水均不宽深。茶尖,歇刻余。巳正二刻,至乌兰奔巴图尖。午正,起身。申初五分,至库布尔车根台茶尖,更换驼马,发给雇价。歇二刻余。申初三刻,起身。酉初二刻,至札克住。乌城坐台委笔帖式集馨在台接。晴,微云,大风,冷。接家信及静村信。

十七日(5月2日) 卯正三刻,起身。过札克河。河岔六七道,宽二三丈不等,水深尺余及数寸不等,内第三道冰尚未化。茶尖,歇刻余。管理推河等五台台吉吹札普在路接。行近都特固图即"拜达里克",复过拜达里克河。河岔四道,均宽丈余,水深尺上下。巳初,至台尖。午初,起身。台吉图都普达克巴、博罗等辞回。给伊等熏烟各二瓶,东生烟各二包,小刀各一把,荷包各一对。过河一道。仍系拜达里克河,河岔五六道,宽二三丈及丈许不等,水深尺余及数寸不等,内亦有一道冰尚未化。路间茶尖,歇二刻余。乌他台章盖备有奶茶,喝三碗。申初三刻,至乌他台茶尖。更换驼马。申正五分,起身。因河水太大,绕路行走。过大土梁一道,行十余里,过乌他河。河身六七道,内第二道冰尚未化。其余各河,身宽一二丈不等,水深尺余、数寸不等。乌城蒙古笔切齐那楚克在路接。系多王所派安台者。行至距台二十里许,过河岔三道。水宽一二丈深、尺余、数寸不等。戌正,至鄂罗盖住。晴,云。到台后腹泻。

十八日(5月3日) 辰初二刻,起身。路间茶尖,歇刻余。巳初二刻,至乌尔图哈拉托罗盖尖。午初,起身。未正,至推毕拉台茶尖。更换驼马,修理车轴。申初二刻,起身。过推河。河滩甚宽,河身五道,宽三四丈及丈许不等,水深尺余及数寸不等。过河滩后,过大岭三道。沿途尽系山坡积石,不易行走。至茶尖地方,管理哈尔呢敦五台台吉刚精楚、管理哈普苏尔噶台吉吉那巴咱尔在路接。行近台,复过河一道。水宽丈余,深尺余。酉正二刻,至沙拉嘎勒卓特住。台吉吹札普等辞回。给头等台吉吹〔札〕普熏烟二瓶、荷包一对、奶饼二包、小刀一把;给四等台吉罗普桑小刀一把、火镰一把、奶饼一包。晴,淡云。

十九日(5月4日)　辰初,起身。路间茶尖,歇刻余。巳正二刻,至乌尔图额勒胡笃克尖。午正十分,起身。行至近台,过河一道。水宽丈余,深尺余,河冰尚未尽化。未初三刻,至他楚台茶尖。更换驼马。未正二刻,起身。路间,过岭三四道均不甚高大。茶尖,歇刻余。酉正,至噶鲁地住。晴,微风,云。

二十日(5月5日)　卯正一刻,起身。贡果尔在路间接。乌城坐台委笔帖式明志在茶尖处候接。茶尖,歇〔刻〕余即起身。路间,过岭四五道。巳初,至哈尔呢敦尖。斋勒玛克台参领车林多尔济、副参领色尔固楞在台接。常和亭、多王差候补笔帖式荣昌、蒙古昆都嘎呢巴达尔在台候送。午初,起身。车林多尔济先行预备驼马,色尔固楞在台送。因大同军米将次到台,等候交收。未初二刻,至哈达图台茶尖。更换驼马。台吉刚精楚等辞回。给刚精楚京小刀一把、荷包一匣、熏烟二瓶、东生烟二包。送吉那巴咱尔小刀一把、火镰一把、熏烟二瓶、东生烟二包。未正二刻,起身。车林多尔济随行。酉初二刻,至乌讷克特住。路间,接家信。晴,云。巳后,大风。未后,雪。酉初,雪住,冷。

二十一日(5月6日)　辰初,起身。茶尖,歇刻余。行近台,过翁音河一道。水宽二丈许,深尺余。巳正,至翁音尖。管理哈普苏尔噶四等台吉罗垒在台接。所买长毛牛在台牧放。午正,起身。茶尖,略歇,不及一刻。申正,至哲林住。希保台章盖车林达什在台接即随行。晴,微云,西北阴。

二十二日(5月7日)　卯正一刻,起身。路间茶尖,歇刻余。巳初二刻,至哈沙图台尖。午初一刻,起身。午正,在路奉到奏报抵乌折,奉朱批:"知道了。钦此。"接衙门咨文及家信并亲友信。未正,至察普齐尔台茶尖更换驼马。参领车林多尔济递铜蒙古棋子一分、木刻小驼马各一个。申初二刻,起身。路间,歇刻余。酉正二刻,至孟格图即沙克舒尔噶住。晴,云。

二十三日(5月8日)　卯正一刻,起身。辰正一刻,至吉呼木台，更换驼马。辰正三刻，起身。午初，至老萨即“老斯”尖。午正三刻，起身。申初，至沙保台又名“希保台”，即斋勒玛克台。更换驼马。车林达什递石子一包不好。申正，起身。车林多尔济辞回。赏伊岫岩玉烟壶一个、京小刀一把、荷包一对、奶饼一包、鼻烟二瓶、东生烟二包，并交伊带回。赏来时随行之笔切齐小刀一把、火镰一把。酉正，至哈毕尔噶住。因文星垣亦住此台，毡房一切只得将就。淡阴时晃。

二十四日(5月9日) 阴。卯正一刻，起身。车林达什等辞回。赏车林达什小刀一把、火镰一把、鼻烟一瓶、东生烟一包。赏随行之额外委昆都二名小刀各一把、火镰各一把、东生烟各一包。路间茶尖，歇二刻许。巳初三刻，至墨端尖。午初一刻，起身。下雨雪一阵。虽不甚大，而随从人等均已淋湿。约刻余，住，旋晴。路遇杜果亭派押行李大驮之四品顶戴富里布请安。未初，至他拉多鸾即赛尔乌苏茶尖，更换驼马。赏墨端台乌拉齐羊支。管理此段哈普苏尔噶之四等台吉在台接。管站部员定跻堂在台接。后禀见，会。未正三刻，起身。跻堂送至茶尖处，略谈即辞行。申正一刻，至库特勒多鸾住。

二十五日(5月10日) 辰初二刻，起身。巳正一刻，至博罗鄂博尖。赏乌拉齐羊只。未初一刻，起身。申正一刻，至札伯勒住。赏乌拉齐羊只。参领色伯克札普在台接。阴。寅后，雪，风。薄处虽仅二寸许，而深处已积尺余。因风雪太大，不易行走，是以只走两台。申正后，复风，雪厚约五六寸。

二十六日(5月11日) 辰初三刻，起身。色伯克札普随行。路间茶尖，歇二刻许。巳正二刻，至札拉苏又名“札拉图”尖。午正一刻，起身。茶尖，歇二刻许。申初三刻，至哈萨布齐住。保辅庭家眷在台打尖。晴，微风，云。雪已消化多半。

二十七日(5月12日) 辰初，起身。嘱色伯克札普在台候接杜大人，毋庸随行。路间，在茶尖地方遇果亭，谈二刻余。午初二刻，至讷朗即毕勒克库尖。未正二刻，起身。茶尖，歇刻余。酉初二刻，至霍呢齐住。额外委副参领呢玛多尔济在台接。霍呢齐庙内达喇嘛在台接。递奶茶二壶，奶酒一瓶，枣儿、核桃、冰糖二碟，奶腐二碟、麻花二碟。酉刻，同松峰赴庙瞻仰庙名“普恩寺”。晴，风，微云。是日，两台驼马均形疲乏短少。赏策伯克札普之物，漏未书记，忆得亦是荷包、小刀、鼻烟等物。

二十八日(5月13日)　辰初二刻，起身。达喇嘛在台候送。赏伊荷包一对、奶饼一包、京小刀一把、九合香一枝。路间茶尖，歇二刻许。未初三刻，至穆胡尔噶顺尖。此台马匹亦形疲乏。嘱格隆喇嘛拉们札普系喀勒沁人占课。系用黑石子四枚在木碗底上排看。据云，七月内必定升动，问其方向，则云西北。未正一刻，起身。呢玛多尔济辞回。路间茶尖，歇三刻许。酉初，至图古哩克住。布鲁图段额外副参领巴图那逊、察克达札兰博罗扣在台接。哈毕尔噶委章盖达什敦都普等辞回。赏达什敦都普小刀一把、火镰一把、鼻烟一瓶、东生烟二包。赏随兵一名东生烟一包，小刀、火镰各一把。郭什哈祥顺在路间拾得大石子四块。晴，微云。午后，大风，澹阴。晚间，牛子捉获跳兔一只。跳兔身首不及五寸，尾长六寸余，其头如兔，其毛似鼠而微黄，尾稍之毛白而长，其颖黑色。后腿长四寸许，而前腿仅寸余。立则坐，行则跃，闻此物惟戈壁地方有之，盖异兽也。

二十九日(5月14日)　辰正，起身。路间茶尖，歇二刻许。午初，至托哩布拉克尖。普荫寺达喇嘛报病，得木齐、格斯贵等请安，递奶茶、枣、糖等物辞却。赏得木齐等小刀、火镰各一把，奶饼一包、荷包一匣。饭后，同松峰赴台南里许阅看马跑似应“马刨”泉。泉系水坑一个，水深二尺许，周围以石堆砌，阔如大井。据蒙古人云，泉在石下，虽不见泉涌，而水沟内流水甚急，盖旺泉也。午正三刻，起身。未正三刻，至苏吉台茶尖。更换驼马。其雇价银两仍饬全数放给。庙内达喇嘛等请安。欲递茶，辞回。赏伊小刀、火镰各一把，荷包一对，奶饼一包。申正二刻，起身。酉正三刻，至布陇住。参领多尔济札普在台叩接。据称，因大同官兵由台行走，署中传伊进口，交伊办理驼只等项。晴，云，风。辰后，阴，时雨时雪。申后，住，时微晃，不特随从人等又均淋湿，及放帘坐于车内，风过处即积雪满车，衣褥尽湿。闻得戈壁地方已亢旱三年，今连日雨雪，虽行路之人不免苦累，而戈壁地方水草可期丰茂，于牲畜当有裨益也。多尔济札普递腾格哩苏木九枚，巴图那逊递腾格哩苏木十枚，博罗扣递腾格哩苏木三枚，拉什彭楚克递腾格哩苏木五枚，巴图那逊、博罗扣递金条棍三束。

三十日（5月15日）　多尔济札普递呈。请整顿台站。辰正，起身。多尔济札普在台叩送。赏伊物件，忘未登记。路间茶尖，歇刻余。午初，至希哩穆胡尔尖。因该台困苦，未便令其供给羊只，是以嘱厨房在上台带来羊腿一条食用。其雇价银两仍饬全行给发。该台委章盖等递呈。恳请设法整顿。未初，起身。申初，至济斯洪果尔台茶尖。更换驼马。申正一刻，起身。路间，略歇。酉正三刻，至鄂勒胡鲁克即老拉胡鲁克住。乌鲁木齐领饷委员、候补都司文作栋禀安。因牙齿疼痛，向该都司寻取米醋。阴，时风时晃。

四月初一日（5月16日）　辰初三刻，起身。路间茶尖，歇刻余。午初一刻，至沙拉穆楞尖。未初一刻，起身。未正三刻，至察汉胡笃克台。更换驼马。乌鲁木齐解饷外委刘万庆在台接送。申正一刻，起身。酉正三刻，至鄂隆胡笃克住。察汉胡笃克驼马、乌拉奇均不好。晴，雪。申后，时微雨。

初二日（5月17日）　辰正，起身。巳正，至布鲁图台。更换驼马。因该台太苦，是以赶于下台早尖，其驼马雇价亦饬全行放给。察汉托罗盖段副参领济克济特札普，带同台弁二名在台候接。即随行。巴图那逊、博罗扣等辞回。赏巴图那逊、博罗扣荷包各一对，小刀各一把，火镰各一把，鼻烟各二瓶。赏随行章盖一名小刀、火镰各一把、鼻烟二瓶。午初，起身。庙内达喇嘛赶至路间，送递哈达一块收、栽绒靠背二块璧回。回给伊小刀、火镰各一把，荷包一对、奶饼一包。未初二刻，至沙拉哈达尖。差来成先行回口送信。申正一刻，起身。酉正一刻十分，至赍巴图住。阴，时微晃时风。酉正后，雨。子后，住。

初三日（5月18日）　辰初三刻，起身。巳正三刻，至乌兰哈达尖。新授乌里雅苏台理藩院章京、员外郎玉敏禀见,会。号次山,系玉澍田之兄,持有澍田信。午正三刻,起身。行十余里,过一山,山石遍生石花,斑斓可爱。北面山上有小树数株。南面之山石伴半生山枝,正当开放,绿草红花极为雅致,惜乘车趱路,不克细瞻,为怅耳!申初三刻,至青岱台,更换驼马。酉初,起身。戌初三刻,至齐齐尔图住。乌鲁木齐折差、骁骑校佑昌禀安。晴,云。

初四日(5月19日)　辰初二刻,起身。巳初一刻,至明爱台,更换驼马。巳正,起身。午初一刻十分,至札克苏尖。路间,有大淖尔一个。布鲁图段副参领拉什彭苏克及章盖车林得里克等领解俸饷回台叩见。当与之商议运米之事,无如亦是一味糊涂,总以催察克达、哈普苏尔噶为请,并请添派图萨拉克齐专管等语。当谕以俟回口后,再行酌办。赏拉什彭苏克小刀、火镰各一把、荷包一对、东生烟二包。赏车林得里克小刀、火镰各一把。未初三刻,起身。申初一刻,至奎苏图台,更换驼马。济参领请在那逊布彦家中茶尖。其蒙古包极大且洁,那逊布彦备有奶饼、奶腐四碟,黑葡萄干、冰糖各二小碟,并递奶茶、奶酒均未食用。赏伊孙三人荷包各一对。申正二刻,起身。那逊布彦递大哈达一块收、小如意一柄辞。送松峰哈达一块、火镰一把。酉正三刻,至鄂罗胡笃克住。穆胡尔噶顺段章盖三音绰克图等,由口领运新袋回台叩见。当谕其迅速运回,妥为起运。赏三音绰克图小刀、火镰各一把,鼻烟一瓶、东生烟一包。晴,微云。

初五日(5月20日)　辰初三刻,起身。路间,有大水泡一个。牛羊群护军校图普新巴雅尔在路间接。巳初二刻,至海留台尖。穆胡尔噶顺段副参领棍布札普、斋拉玛克台段委副参领策万等领解俸饷回台叩见。赏棍布札普奶饼一包、荷包一匣。午初一刻,起身。图普新巴雅尔辞回。未正三刻,至布尔噶苏台,更换驼马。太仆寺右翼总管鄂勒哲依在台候接。酉正一刻,起身。行至波罗差济地方,张家口左翼牧青官恒寿、右翼牧青官贵春先后带兵接。至大坝上,三司员、三协领派兵接。戌初一刻,至生金坝。在关帝庙内拈香。毕,略坐。家人高

二、李二、来成来接。戌正一刻，至土井子店内住系头台备。笔帖式景廉及家人胡广发、老赵并步甲吉照月、张寿德厨子、吉二小等在店接。熙台、云亭差郭什哈接。晴，云，时风。自二台至下坝，沿途积石既多且大，甚不易行。

初六日(5月21日) 在店坐尖。巳初，起身。伯麒带同家人夏成、马二、秀儿来接。行至南天门地方，庆文、玉璞、讷莫春及值班章京乌尔棍泰、乐尔津率值班兵丁接。午刻，至大境门，三司、十旗、三群官员及希贤阶均在口门内接。玉楚樵、玉润峰在班房候接。略坐，熙台、云亭先后来接，谈刻许即行。午正，回署。庆郁亭、玉含章在署候见。奉到三月十二日拜发回折。查明互参折、查明恒矜声名狼藉片，均奉朱笔："另有旨。钦此。"查明多布沁札木楚患病折、徐瀛骚扰台站片，均奉朱笔："知道了。钦此。"云亭拜会，见。后拜熙台，谈许久。熙台在大书房居住。进内，佛前、诰封前行礼。诰轴系正月间领到。毕，熙台拜会，见。晴，微云，风。改拟奏底。

初七日(5月22日) 早间，拜熙台，会。约其吃晚饭。午后，射箭。申刻，济克济特札普及头台章盖嘎勒桑车林等禀辞，见。赏济克济特札布针黹四色；赏随行之委昆都一名小刀、火镰各一把，荷包一对、熏烟二瓶；赏随行兵一名小刀、火镰各〔一〕把；赏头台乌拉齐东生烟共八包。申正，约熙台同松峰吃饭。戌后，散。晴，微云。

初八日(5月23日) 巳刻，玉璞禀见。当将查办奏底交伊，令彭年等兄弟四人先行在家缮写咨文，以免临期赶办，并嘱其切勿令司中阅看。写家信。贡差回口。接三十六号家信。自十数日前即觉左边牙疼，而是日疼痛较重。约郭医号凤衔诊脉，服汤药。晴，风，微云。

初九日(5月24日) 卯刻，会同熙台、云亭拜发接交折。毕，接收印信。后请云亭阅看奏折。现在同族大员仅我三人，今一旦荟萃于一堂，诚千古嘉话也。申刻，熙台拜会，见。后约郭医诊脉，服汤药。发家信。交达克党寄回。晴，微云，风。

初十日(5月25日) 辰刻，拜熙台，会。后程寿臣禀见，会。巳初,出门。赴龙王堂候送熙台,同云亭、玉润峰跪请圣安。散后,拜客。云亭,会;余均投帖。晴,微云。是日,见查办邸抄。

十一日(5月26日)　巳刻,营务处官员等先后禀见。呈回公事。午刻,庆文、玉璞、讷莫合恩禀见,呈回所取各台承领添雇驼马价银甘结。当谕其交库核办。景秋坪之世兄治麟禀见,因栉发未会。阴,时飞雨星。戌后,微雨。

十二日(5月27日)　巳刻,堂期。禄彭、穆津、伊铿额、承惠等回旗当差叩见。吉尔萨、景文请领旗帜、号衣等项回口销差。阴,时细雨。未后,雷鸣,雨一阵间有小雹。戌后,晃。雨深二三指许。

十三日(5月28日)　阴,时晃。申后,雷,微雨一阵。约深指许。

十四日(5月29日)　巳刻,堂期。晴,云。巳后,阴,时风时微晃。申后,微雨。

十五日(5月30日)　巳刻,出门拜庙。毕,验看洋枪等物。回署后,清祥、庆文、禄通呈回事件。午后,复出门。赴龙王堂候接祭差锡席卿官印珍,跪请圣安。后略坐即行。拜秋坪世兄、官印治麟,号舜臣,行一。锡席卿,均会。申后,回署。阴,时飞细雨时微晃。

十六日(5月31日)　巳刻,堂期。放太仆寺左翼牧长一缺巴达朗贵。午刻,锡席卿拜会,见。晴,微云。

十七日(6月1日)　辰后,赴教场阅看精锐营操演。散后,回署。清祥、庆文呈回稿件。阴,时微风时晃。

十八日(6月2日)　巳刻,同云亭画堂期稿。后放左翼太仆寺贴写笔帖式一缺诺尔苏木拉普坦。晴,微云。

十九日(6月3日)　阴,细雨。巳后,徐晴。

二十日(6月4日)　巳刻,奉到初九日拜发回折。接任折,奉清字朱批:“知道了。钦此。”后堂齐,放正白旗牛群牧长一缺达木定苏隆、记名一额尔德呢绰克图。午刻,哈密委员、候补道常祥、即补副参领恩瑞禀见,会。申刻,清祥、庆文、禄彭、玉璞、连喜、庆安、景廉、禄通在大书房校对查办事件咨文。晴,云,风。

二十一日(6月5日) 阴,时晃,热。酉后,时飞雨星。戌后,雷电,细雨一阵,旋晴。子刻,复自西北阴,雷电,大雨一阵。

二十二日(6月6日) 杜果亭折差色普珍阿等禀辞。巳刻,堂期。伊勒当阿、额勒洪额、塔清阿呈看修理精锐营房式。晴,云。

二十三日(6月7日) 丑刻,据京中聚升报房送到,四月二十日内阁奉旨:"乌里雅苏台将军着额勒和布补授,照例驰驿前往,毋庸来京请训。所遗察哈尔都统着庆春调补。钦此。"午后,赴库监收商都大马群俸饷。写家信。晴,云。向讷莫合恩借花翎二枝。

二十四日(6月8日) 巳刻,堂期。放牧长一缺。群名、人名均未记。未后,传见庆文、玉璞,交办咨文。玉璞送翎绳一根。晴,微云。以上二日,均后补记。

二十五日(6月9日) 发家信。交张喜寄回。巳刻,同云亭拜发请拨军需银两折、请拨伊犁粮价片。后同赴教场,拣选独石口骁骑校一缺,玉兴、中三枝,拟正。荣林;中二枝,拟陪。察哈尔正白旗骁骑校一缺,色尔鄂特、中箭三枝,因其有军功,勇号佐领衔花翎,年四十余岁,是以拟正。三音察棍;中箭五枝,年仅二十一岁,是以拟陪。正黄旗护军校一缺,桑斋多尔济,中箭五枝,拟正。彭苏克;中箭二枝,拟陪。厢蓝旗骁骑校一缺,西哩、中箭五枝,拟正。匡固尔。中箭一枝,拟陪。验补镶蓝旗公中佐领一缺,光果尔札普;中箭四枝。骁骑校一缺,栋郭。未中箭。挑补张家口马甲、步甲、匠役、养育兵,共十六缺。挑精锐营枪队兵一缺得莫希。晴,云。

二十六日(6月10日) 巳刻,堂期。画查办稿。晴,云,风,暖。

二十七日(6月11日) 阴,时细雨。接锡拉绷阿信。

二十八日(6月12日) 巳刻,堂期。放镶黄旗羊群牧长一缺吹苏隆札普。未后,云亭拜会,谈一时许。阴,时细雨。申后,徐晴。

二十九日(6月13日) 阴,时晃。申后,雷鸣,雨一阵,旋晃。

五月初一日(6月14日) 巳刻,出门拜庙。回署后,伊勒当阿、额勒洪额、塔清阿禀见。商办精锐营事务。申刻,茂如同三顺来口。

晴,云。日后补记。

初二日(6月15日)　巳刻,堂期。后赴库监收太仆寺两翼俸饷。戌刻,准兵部递到,军机处发交四百里夹板一件,系二十五日拜发回折。请拨军饷折,奉朱批:"户部速议具奏,片并发。钦此。"请拨伊犁粮价片,奉朱批:"览。钦此。"随折奉到寄谕一道。系常顺奏'调拨队伍'等语,奉旨:"着即迅速起身等因"由。晴,云,时微风。日后补记。

初三日(6月16日)　商拟奏底。晴,云。日后补记。

初四日(6月17日)　巳刻,程寿臣禀见,会。后堂期。毕,赴库监放大马群俸饷抽平。晴,云。日后补记。

初五日(6月18日)　阅折看稿。写家信。忙极!晴,云,时风。酉后,虹见。飞雨星。

初六日(6月19日)　巳刻,会同云亭画堂期稿。毕,拜发乌城奏调马匹全数起解折、捐输驼只请奖折双衔,叩谢天恩折单衔。后放镶黄旗得木奇一缺栋鲁普、格斯贵一缺桑都克、商都大马群牧长二缺。一,图都普巴札尔;一,郭木布札普。散后,午刻,送松峰起身回家。相处二年余,相得最深,虽系暂别,情殊恋恋。后佛祖前上香行礼。是日,冠戴花翎。晴,风,云。

初七日(6月20日)　晴,云,风。日后补记。

初八日(6月21日)　巳刻,堂期。毕,拜发接奉寄谕折。申刻,接三十九号家信。东光裕寄来。晴,云,热。日后补记。

初九日(6月22日)　晴,云,热。日后补记。

初十日(6月23日)　巳刻,堂期。接松峰信。阴,时微晃,热。未后,风,雨一阵不大,雷鸣。酉刻,晴,云。微觉感冒。

十一日(6月24日)　未刻,宝勋、玉兴禀见,会。申刻,乌城侍读顺龄禀见未会。晴,云。申刻,风,雷鸣,时细雨。夜间,时微雨。

十二日(6月25日)　巳刻,广恻叩见,因保升大马群主事,引见回口。色普什新泰等禀辞。进京接熙台。后堂期。阴,时晃。辰、未刻,均微雨。

十三日(6月26日)　辰刻，赴万寿宫，同云亭率同阖署官员恭祀关帝。毕，略谈即回署。午刻，李廉夫禀见，会。送茶叶二罐、火腿二条、缙绅一部、莲子一包，辞之不获，只得收之。晴，云。

十四日(6月27日)　巳刻，堂期。禄彭进京禀辞。申刻，奎乐山禀见，谈至酉后始散。晴，云。申后，雷鸣，微雨。

十五日(6月28日)　卯刻，准兵部递到，军机处十三日交出五百里夹板一件。系初八日拜发接奉寄谕折，奉朱批："知道了。钦此。"随折奉到寄谕一件。系英廉奏'拟赴东路，察看地势，塔城各台需用驼马应差，着凛遵上年十一月二十七日谕旨，先行垫款采买等因'由。巳刻，出门拜庙。午刻，乌城内阁衙门侍读顺龄禀见。号遐轩，系奉差在京采办衣帽、角弓等物，人尚老成。酉刻，传见清祥。交办信稿。晴，微云。日后补记。

十六日(6月29日)　巳刻，堂期。毕，赴三群公所监放太仆寺两翼俸饷抽平。未刻，传见清祥。交写信。申刻，准兵部递到，军机处十四日申刻发交四百里夹板一件。系常顺奏'接运军粮等因'，奉上谕一道由。晴，微云。发致多王、果亭信。

十七日(6月30日)　巳刻，跪接初六日拜发回折。谢恩折，奉清字朱批："知道了。钦此。"调拨马匹折，奉朱批："知道了。钦此。"捐驼请奖折，奉朱批："该衙门议奏，单二件并发。钦此。"午刻，希贤阶、李廉夫禀辞，见。出口查地。未刻，出门。拜云亭，会。晴，微云。接四十号家信及松峰信。

十八日(7月1日)　巳刻，堂期。晴，云，微风。

十九日(7月2日)　牛子接家信，云伊父病重。晴，云。

二十日(7月3日)　巳刻，赴教场，会同云亭拣选察哈尔旗世管佐领一缺旺沁多普斋，补镶黄旗骁骑校一缺吉兰泰，调补张家口镶白旗领催一缺公泉，考补大马群学习笔帖式一缺札木色楞札普。后画堂期稿。毕，验收炮车、马匹。不敷挑选。午刻，回署。写家信。阴。辰后，时微雨。戌后，徐晴。亥后，见北方偏西出一彗星。光芒丈余。

二十一日(7月4日)　早间，赶写家信。午刻，茂如起身回京。托带家信。牛子因伊父病重，告假回家看视，同胡广发随同起身。后拟办折、片底。阴,时晃。日后补记。

二十二日(7月5日)　巳刻,堂期。清祥恳请带赴乌城,否则请开去左司差使等语。当谕以从缓商议。阴,雨,时大时小。申后,住。亥刻,复微雨。夜间,晴。

二十三日(7月6日)　晴,云。日后补记。

二十四日(7月7日)　巳刻,准兵部递到,军机处二十一日发交马上飞递夹板一件。系常顺等奏"酌拟棍噶札拉参安插徒众事宜",奉寄谕一道并抄寄原奏由。后堂期,接定静村信要。未刻,同云亭拜发"废员全大伦、张明仲在配潜逃"折双衔;"接奉寄谕,采买塔城驼马,筹画办理"片单衔。毕,与云亭闲谈间忽吐血一口。酉刻,始散。甫进内,复吐血三口。晚间,又吐血二口。接直夫信。托带给倭峻峰信。晴,云。日后补记。

二十五日(7月8日)　约郭医诊脉。据云,因劳心太过所致。申刻,赴龙王堂候接熙台,同云亭、楚樵、润峰跪请圣安。毕,略坐,即回署。拜熙台,会。晴,微云。晚间,服汤药。

二十六日(7月9日)　巳刻,交卸信印、关防。后同熙台、云亭拜发卸交折。毕,交所拟致静村信稿于熙台。略坐即进内。约郭医诊脉。未刻,李廉夫禀见,会。晴,云。早、晚服汤药。日后补记。

二十七日(7月10日)　晴,云。早、晚服汤药。日后补记。

二十八日(7月11日)　约郭医诊脉。早、晚服汤药。未后,熙台约在箭亭闲谈。酉刻,散。淡阴,时微晃。

二十九日(7月12日)　接松峰信二封、华峰信一封。阴。巳后,细雨。未后,住。戌后,复微雨。

三十日(7月13日)　晴,浓云。夜间,时雨。

六月初一日(7月14日)　阴,雨。巳后,住,时晃。未后,雷鸣,复微雨,旋晃。

初二日(7月15日)　丑后,雷鸣,雨一阵。申后,复雷鸣,雨,间雹一阵。酉后,复雨。亥后,住。

初三日(7月16日) 阴,时雨。后半天,住。日后补记。

初四日(7月17日) 阴,时晃。申后,雷鸣,细雨一阵。戌后,复细雨,连夜。

初五日(7月18日) 巳刻,奉到二十四日拜发回折。废员逃走折,奉朱批:“另有旨。钦此。”采买驼马片,奉朱批:“知道了。钦此。”印房呈阅兵部知照,补授乌里雅苏台将军咨文。系五月二十九日行,六月初四日到。锡席卿拜会。云病,未会。阴,细雨。申后,住。接四十一号家信及亲友信。

初六日(7月19日) 画抄行附片稿。晴,云。未后,阴,雷鸣,雨一阵。申后,徐晴。托合盛元转寄海岚诸公信,信面写五月二十五日。

初七日(7月20日) 巳刻,奉到二十六日拜发回折。交卸折,奉清字朱批:“知道了。钦此。”未刻,拜熙台,会。祈看请假折底,交预拟“转运积粮”折底。晴。是日,大境门报乌城委员兆麟、恒柃,兵宜修等,均因病回京进口。

初八日(7月21日) 晴,云。未后,雷鸣,微雨。酉后,复微雨。戌后,风。

初九日(7月22日) 晴,云。

初十日(7月23日) 沐浴。阴,时微晃。申刻,飞细雨。酉刻,微雨。

十一日(7月24日) 自未后至夜间,时微雨。

十二日(7月25日) 未后,赴书房,与熙台闲谈。阴。未后,时雨。亥刻,雷鸣,复雨一阵。以上三日,均后补记。

十三日(7月26日) 大太太患病,约郭医诊治,服药。巳刻,出门。拜桂伯舫、奎云亭均会。晴,云。

十四日(7月27日) 晴,云。夜间,雷雨一阵。

十五日(7月28日) 晴,云。酉刻,微雨。

十六日(7月29日) 辰刻,发因病请假一月折。是刻,差三顺随同折差进京,置买出口所需物件。晴,云。接高小岑告贷信。

十七日(7月30日)　未刻,李廉夫葆贞禀见,会。后拜熙台,会。酉刻,察哈尔镶黄〔旗〕总管图都普巴札尔禀安,传见。询其上年控案:"风闻尔曾花钱,究竟有无其事?切毋受人撞骗。"据云"总管进口来亦间有此说,实系并无其事,断不敢说谎"云。晴,云。

十八日(7月31日)　晴,云。

十九日(8月1日)　接唐晋徽信。据云,松峰之照业已领讫。酉刻,接多王、果亭六月初七日发公文三件、信四封。询问贡缎、运米等事。晴,云。

二十日(8月2日)　辰刻,拜熙台,会。商议运米事。交乐章京尔津代拟清文覆信。自十七日即患淋沥之证,今复腹泻。约郭医诊脉。据云,因劳心太过,心气过伤,以致邪热下窜小肠之故。服汤药。阴。未后,雨连夜。

二十一日(8月3日)　约郭医诊脉。服汤药。交乐章京代写覆信。酉后,传见多王郭什哈、候补外委刘镕。交带覆多王、果亭信及倭峻峰家信。晴,云。午刻,飞雨星。

二十二日(8月4日)　约郭医诊脉。服汤药。晴,云。未刻,雷鸣,微雨。夜间,风。

二十三日(8月5日)　约郭医诊脉。服汤药。熏洗。晴,云。未刻,微雨。夜间,风。

二十四日(8月6日)　午刻,济克济特札普差笔切齐鄂齐尔巴图、喇嘛忠鼐送到前在札克台所买青、黑长毛牛二只。据〔云〕,大白牛在噶顺台倒毙,前已接策伯克札普禀。黑花牛因磨蹄留在三台牧放。当嘱其明日仍赶赴三台,交济札兰一并牧放。因口内天气较热,牛只不惯故也。约郭医诊脉。服汤药。熏洗。接奎乐山信。谢送山参。晴,云。

二十五日(8月7日)　约郭医诊脉。服汤药。熏洗。赏鄂奇尔巴图等钱四吊,令其将毛牛牵回牧放。驿传道禀报,常和亭定于未刻进口。因病差人持帖接。奎乐山差粮台委员、候补知县霖康系赛鹤汀之孙禀安、禀见。因病不克支持，未会。酉刻，又忽患痢。夜间，痢十余次。夜间，时而作热时而大汗淋沥，疼痛之证毫未轻减，今复感冒，加以泻痢，倍觉精力难支，不能下炕矣。晴，云。未刻，雷鸣，微雨。

二十六日(8月8日) 早、晚约郭医诊脉。据云，因感冒邪风引起积湿所致，急则治标，今宜先散外感为要。日夜痢三十余次。未刻，微雨。

二十七日(8月9日) 奉到请假折，奉朱批："额勒和布着赏假一个月。钦此。"接四十二号家信。早、晚约郭医诊脉。服汤药。庆郁亭文进京禀辞，传见。嘱其转致折本房，代拟续假折底。一日夜仍痢三十余次。此二日病势尤重。

二十八日(8月10日) 熙台来看，见。早、晚约郭医诊脉。服汤药。外感稍清，痢亦稍愈，惟腹间仍时作痛。接乌城咨文二件。一，系知照，具奏安插贡噶札勒参徒众，奉到朱批由；一，系知照，采买驼马原折由。阴，雨。

二十九日(8月11日) 早、晚约郭医诊脉。服汤药。

七月初一日(8月12日) 早、晚约郭医诊脉。服汤药。病已见愈，惟气血过伤，身体虚弱极矣。

初二日(8月13日) 约郭医诊脉。服汤药。阴，雨，时微住。酉后，住。夜间，走身。

自二十五日至初二日，均因病小愈补记，然已多记忆不清矣。

初三日(8月14日) 约郭医诊脉。服汤药。接乌城咨文一件。系知照，具奏杜嘎尔业已到任，暂行商酌侦探由。晴，云。酉后，风，阴，雷鸣，微雨。

初四日(8月15日) 约郭医诊脉，服汤药。晴，云。酉后，风，阴，雷雨一阵。夜间，时雨。

初五日(8月16日) 约郭医诊脉。服汤药。奎乐山差人来看，送礼。回送伊山参四只，计重二两。晴，云。未刻，风，阴，大雷雨一阵。间有小雹。申刻，晃。

初六日(8月17日) 早、晚服丸药。辰后，熙台来看，会。接莲舫信、叙事,要。秋坪信。致谢伊子出口时饬备驼马。阴。

初七日(8月18日)　早、晚服丸药。晴,云。未后,雷鸣。

初八日(8月19日)　早、晚服丸药。接三顺禀。开写捐条。三弟差六四儿来看。申刻,差宋德回京送信。晴,云。

初九日(8月20日)　早、晚服丸药。午刻,接多王、果亭信。差军署巡捕王世龙,郭什哈白文俊、胡继祥、赵清、王永全来接。内赵清、王永全因病未到。传见王世龙,询问乌城情形。王世龙递防兵数目单一纸,军署巡捕、郭什哈名单一纸。晴,云。

初十日(8月21日)　服丸药。晴,云。未后,阴,雷鸣,飞雨星。酉后,徐晴。接金和甫信。托关照尚、荣二委员买驼事。

十一日(8月22日)　服丸药。改拟续假折底。晴,云。

十二日(8月23日)　服丸药。午刻,常阿哥同三顺买物回口。接四十三号家信。晴,微云。

十三日(8月24日)　服丸药。卯刻,六四儿带同秀儿起身回京。交带四十一号家信。接乌城咨文一角。系知照,吏部咨:"附奏'查明徐英并非公干等因',奉朱批'知道了'"由。接锡子由信托转运。晴,云。丑后,雨。

十四日(8月25日)　约郭医诊脉。据云,大病已去八九,惟气血亏弱,尚须服汤药调理。服汤药。阴。卯后,雨。未刻,大雷雨一阵。申刻,复微雨。酉后,晃。

十五日(8月26日)　约郭医诊脉。服汤药。晴,云。

十六日(8月27日)　辰初,发奏请续假一月折。随都统衙门折递,折差系图萨本。约郭医诊脉。服汤药。晴,云。

十七日(8月28日)　约郭医诊脉。服汤药。未刻,熙台来看,会。接静村信。询问起程日期。晴,微云。

十八日(8月29日)　约郭医诊脉。服汤药。午正,出屋院内微步。两腿极形软弱。接乌城咨文一件。系知照,接奉六月二十六日寄谕,托伦布等奏"遵拨察哈尔官兵分起西进,并催调乌城应拨马匹"由。晴,云。巳后,阴,时微晃。

十九日(8月30日) 约郭医诊脉。据云,病已就痊,惟气血虚弱,肝木尚旺,肾水太亏,须设法滋润培补,为整顿善后之法云。服汤药。阴,细雨。午后,住。申后,雷鸣,时晃。酉后,风,徐晴。

二十日(8月31日) 约郭医诊脉。服汤药。晴,云,时风。亥刻,微雨。

二十一日(9月1日) 约郭医诊脉。服汤药。未刻,出屋微步。接松峰信。函致起身日期。晴,云。未后,潧阴。

二十二日(9月2日) 约郭医诊脉。服汤药。未刻,赴东院看花,微步。晴,云。酉后,阴,雷鸣,微雨。亥后,复微雨。

二十三日(9月3日) 约郭医诊脉。服汤药。未刻,出院微步。仍觉腿软。晴,云,时风。

二十四日(9月4日) 约郭医诊脉。服汤药。晴,云。武顺之女于丑刻夭殇。

二十五日(9月5日) 约郭医诊脉。据云,又微受感冒。服汤药。接景秋坪信。贺调任喜,并谢照拂伊子。接黎道官印献信。谢委员运送军装由台行走禀。晴,云。申后,阴,雷鸣。酉后,晃,飞雨星。

二十六日(9月6日) 约郭医诊脉。服汤药。未刻,接兵部咨文一件。系知照,"初次请假"奉朱批由。接张乐山、阿镇堂信。各送烟熏枣骝马一匹。酉刻,接兵部咨文一件、系知照,"阵亡官兵议给恤银、世职"由。理藩院咨文一件。系知照,具奏"据署乌城将军咨,'图尔扈特汗呈报,回匪扰乱,遗失盟长印信、俸银等因',请饬查明具奏"由。以上二件应函致乌城办理。晴,云,风。夜间又遗。

二十七日(9月7日) 辰刻,奉到续假折,奉朱批:"额勒和布着再赏假一个月。钦此。"接四十四号家信及松峰、茂如信,并花翎二枝、爆竹、酸梨。系图萨本带来。约郭医诊脉。据云,系因气弱,昨又服发散药所致。服汤药。晴,云。申后,大风一阵。阴,微雨。酉刻,晃。

二十八日(9月8日) 服丸药。乌城委员主事职衔春普、骁骑校瑞喜，由山东领到乌城正、二两月月饷银二万两到口，禀见未会。酉刻，山东委员孙增寿又解到乌城三、四两月月饷银二万两。晴，云。

二十九日(9月9日)　服丸药。晴，云。

三十日(9月10日)　约郭医诊脉。服丸药。晴，云。

八月初一日(9月11日)　服丸药。辰刻，准兵部递到，二十八日申刻军机处发交四百里夹板一件。系字寄，杜嘎尔等奏"请调科布多马匹等因"，奉上谕一道由。接乌城咨文三件。一，系知照，具奏"筹拨赴塔官兵战马等因"，奉朱批："知道了。钦此"；一，系知照，具奏"商筹暂行分饬远发侦探等因"，奉朱批："知道了。钦此"；一，系知照，具奏"长顺病渐日增，商由杜嘎尔暂行护理印务等因"，奉朱批："知道了。钦此。"晴，云。

初二日(9月12日)　服丸药。午刻，熙台来看，会。晴，云。申后，阴，雷鸣，细雨。亥后，住，微晃。

初三日(9月13日)　服丸药。阴，时雨时住。

初四日(9月14日)　服丸药。酉刻，接多王信。送黑走马一匹。酉正，郭医来看。即约诊脉。阴，时细雨。巳后，晃，徐晴，云。

初五日(9月15日)　服丸药。晴，云，风，凉。

初六日(9月16日)　服丸药。晴，微云，时微风。

初七日(9月17日)　服丸药。晴，云。

初八日(9月18日)　服丸药。约郭医诊脉。阴。午后，雨。戌后，时住时雨。

初九日(9月19日)　服丸药。约郭医诊脉。改丸药方。阴，时细雨。夜间，时雨。

初十日(9月20日)　服丸药。巳刻，庆郁亭文回口禀安，会。托其代拟折底。阴，时微雨。巳后，微晃。午后，复阴，雷雨一阵间有小雹。未后，复晃，旋阴。申刻，复雷雨一阵。后微晃，复雨一阵。酉后，虹见，徐晴，云。

十一日(9月21日)　约郭医诊脉。早、晚服丸药。午间，服参汤。申刻，接奎乐山禀。送节礼，谢赠参。署中递代拟折底。晴，云。子后，落雨星。

十二日(9月22日) 早、晚服丸药。午服独参汤。接乌城咨文一件。知照,具奏采买驼马,奉朱批:"知道了。钦此。"接张树臣信、贺节,叙事。静村信。候病,并函知已奏请开缺。晴,微云。酉刻,风,阴,大雷雨一阵。旋晃,徐晴。

十三日(9月23日) 服丸药、参汤。酉刻,接松峰信。函知起身日期。晴,云。

十四日(9月24日) 辰刻,又忽患痢。约郭医诊脉。早间,服丸药。午间,服参汤。申刻,服汤药。未刻,松峰带李福、刘福回口。接四十五号家信,及亲友信并周兰士告帮信。晚饭时落左上第一牙一枚。晴,微云。日夜痢十二次。

十五日(9月25日) 约郭医诊脉。服汤药。接荣润庭信,托筹调驼马。又果亭、多王信。询办贡缎。乌城理藩院章京玉敏等安禀。晴,云。申后,微阴,时飞雨星。昼夜痢十七次。

十六日(9月26日) 痢仍未愈。巳、申刻,约郭医诊脉二次。服汤药二剂。晴,云。申后,风一阵。阴,雷鸣,微雨一阵。昼夜痢十一次。

十七日(9月27日) 巳、申刻,约郭医诊脉。服汤药二剂。未刻,传见果亭、多王差弁潘世标。交带回信。松峰出门,赴和义公,不意车骡惊跑,致将手背等处擦伤,幸车翻倒始住。而车夫李二亦被车轧伤右腿,亦不甚重。虽险犹幸也!晴,微云。日间痢五次。夜间未痢,惟又走身。据郭医云,因气太弱不能提之故。

十八日(9月28日) 巳、申刻,约郭医诊脉。服汤药二剂。巳刻,熙台来看,会。时阴时晃。

十九日(9月29日) 约郭医诊脉。服汤药。申刻,乌城委员春普、瑞喜禀辞。发四十二号家信带回票银一百三十两买物。并应酬信。交郭什哈敬禄带。阴。

二十日(9月30日) 发"病势渐痊销假,定期赴任"折;奏调委员片。约郭医诊脉。服汤药。孙廉清回口。云系昨晚亥刻到。晴,微云。日后补记。

二十一日(10月1日)　约郭医诊脉。服汤药。午刻,玉含章璞禀安,见。托其询问将军赴任,例需驼马、羊只数目。未后,收拾物件。接景玉堂信。贺喜,寄知军需报销。晴,云。未后,阴。夜间,时微雨。日后补记。

二十二日(10月2日)　巳刻,准兵部递到,十八日军机处发交四百里夹板一件。系字寄,荣全奏"调驼马等因",奉上谕一道由。接继述堂及罗棨系罗树生世兄等信均讣音。约郭医诊脉。服汤药。发致定静村、奎乐山信。阴,时细雨时微晃。夜间,时微雨。

二十三日(10月3日)　早间,服丸药。约郭医诊脉。因又微感冒,晚间服汤药。阴,时晃时微雨。未后,大雷雨一阵,旋晃。

二十四日(10月4日)　约郭医诊脉。服温补汤药。发致张乐山、阿镇堂信。谢送马,交原差带回。晴,微云。

二十五日(10月5日)　约郭医诊脉。服温补汤药。熙台来看,会。发致果亭、多王信。函知:"接奉寄谕,荣全奏'酌拨驼马等因。'"并附寄兵部、理藩院咨文各一角。晴,微云。

二十六日(10月6日)　约郭医诊脉。服温补汤药。阴。辰至未刻,时细雨。写匾。

二十七日(10月7日)　约郭医诊脉。服温补汤药。晴,云。申后,时阴。写匾。

二十八日(10月8日)　约郭医诊脉。服温补汤药。接兵部咨文一件。知照,续假所奉朱批由。接直夫信候病。粮台委员霖康禀见未会。据称,奎道差伊禀问起程日期。晴,云。未刻,阴,大雷,微雨一阵,旋晃。

二十九日(10月9日)　约郭医诊脉。服温补汤药。巳刻,接乌城咨文一件。系知照,具奏采办塔城驼马由。未刻,牛子回口。接杨子畴信、叙事。英桐友信。贺任喜,并送搭连、烟荷包各一个。写匾。晴,云。

九月初一日(10月10日)　约郭医诊脉。服温补汤药。接委员、内阁侍读顺[1]等禀。系禀知，采办军装等项，均已办齐，定于九月十二日起身由。拟办折底。晴，云，时微风。夜间，已冻冰厚分许。

初二日(10月11日) 辰刻，奉到二十日拜发回折。折，奉朱笔："知道了。钦此。"片，奉朱批："另有旨。钦此。"并准军机处知会。"本日贵将军具奏'请调松秀等差委'片，已奉有谕旨，令各该员驰赴乌里雅苏台矣。为此知会。"接四十六号家信、麟芝葊信。贺节，问病。午刻，熙台来看，会。新授乌城兵部章京、主事瑞寿禀见。未会，持有阿雅南信。约郭医诊脉。服温补汤药。晴，微云。

初三日(10月12日) 约郭医诊脉。服丸药、参汤。交东光裕先行寄存贯市店驮子四个共计十五件。晴，云。酉后，阴。亥后，时雨。写家信。

初四日(10月13日) 辰刻，发请假二十日折。发四十三号家信，交达苏隆带。约郭医诊脉。服丸药、参汤。阴，时风时微雨。午刻，雪一阵，旋晃，徐晴。

初五日(10月14日) 约郭医诊脉。服丸药、参汤。晴。

初六日(10月15日) 约郭医诊脉。服丸药、参汤。晴，微云。

初七日(10月16日) 约郭医诊脉。服丸药、参汤。晴，微云。左边脸浮肿。

初八日(10月17日) 巳刻，约郭医诊脉。晚间，因脸肿愈甚，且觉畏风，亥刻复约郭医诊脉。服发散汤药。晴，微云。午刻，赴西院看台上看戏。

初九日(10月18日) 辰刻，祭天。毕，仙人堂上香。后差伯麒率家人等送郭医匾额一方。文曰"临证多，切脉细，用药慎，故收效速，诚良医也"，十七字。上衔曰："恭维凤衔郭老先生雅鉴"，下款曰："同治十三年九月吉日"，另行书："定边左副将军额病愈拜书"。又袍褂料一套、针黹一匣、官靴一双、貂檐一副、菜四大海碗、蒸食二盘、绍酒一坛及鞭爆等物。未

---

[1] "顺"，即顺龄。

刻,郭医来谢,即约其诊脉。服汤药。晴,微云。午后,看戏。

初十日(10月19日)　约郭医诊脉。服清散汤药。庆熙台来看,会。午后,赴西院看戏。郭凤衔致信谢。晴,微云。

十一日(10月20日)　早间,服汤药。未刻,乌城转运局委员参领伊昌禀安,传见。后收拾物件。晴,微云。

十二日(10月21日)　约郭医诊脉。据云,外感已清,气血已渐复元,可以不服汤药。过二三日后,每日再服参汤二钱,饮食调养,自复元矣。晴,微云。

十三日(10月22日)　送郭医花木。静村宅送礼收。李廉夫送礼。辞之不获,只得收之。晴,微云。

十四日(10月23日)　果亭委员色普珍阿、三音图禀安,传见。据云,杭霭台已见雪二寸余,锡哩穆胡尔、鄂鸾胡笃克、察汉胡笃克三台均已溃散。因二太太感冒,约郭医诊脉。未刻,李廉夫禀见,会。晚间,闻得奎乐山之母于昨晚病故云。阴,时微风。亥后,雪连夜。

十五日(10月24日)　辰刻,奉到初四日拜发回折,奉朱批:"额勒和布着赏假二十日。钦此。"接四十七号家信。巳刻,接乌城咨文一件。系知照,奏调驼马奉到寄谕由。申刻,乌城委员吉祥带兵二名进京办理贡缎禀见,会。因二太太、武姐并松峰、牛子以及步甲跟龄子、九子等五六名均感受风寒,约郭医看视,即约其诊脉。阴,雪。巳后,住。旋晃,徐晴,冷。

十六日(10月25日)　因二太太等病未痊愈,仍约郭医诊治。晴,云。未后,淡阴。

十七日(10月26日)　因二太太、大姑娘之病未愈,仍约郭医诊治。午后,赴松峰屋闲谈。晴,云,时淡阴。

十八日(10月27日)　二太太、大姑娘病仍未愈,约郭医诊治。晴,云。亥后,雪连夜,冷。日后补记。

十九日(10月28日)　大姑娘之病未愈,约郭医诊治。午刻,精锐营官兵等送大红缎伞一柄。因张家口驻防人情浇薄,本拟不收。据云,实系合营官兵感激呈送，再四恳祈赏收。因其业已送来，未便固却，只好收之。在张①二载余，赔却许多银钱，耗尽心血，仅博得一伞，诚堪浩叹！申刻，拜熙台，会。阴，雪。辰后，住，徐晴，风，冷。

二十日(10月29日) 大姑娘病仍未愈，约郭医诊治。午刻，静村夫人来看。晴，云，风，冷。

二十一日(10月30日) 乌城理藩院章京玉敏禀见，进貂皮贡差。会。约郭医诊脉。传见乌城巡捕白文治等。晴，微云，风，冷。日后补记。

二十二日(10月31日) 约郭医诊脉。午刻，熙台来看，会。果亭委员候补骁骑校色普珍阿禀见。号春熙，系定静村妻侄，恳求带伊回乌。因关静村之面，是以应之。熙台差人送礼。静村宅差人送礼。合盛元送果席、烧猪。拔穴。写四十六号家信。晴，微云。

二十三日(11月1日) 未刻，准兵部递到，二十一日亥刻发军机处交五百里夹板一副。系字寄，袁保恒奏"请饬乌城采买健驼四五千只等因"，奉上谕一道由。晴，微风，云。

二十四日(11月2日) 午刻，大太太、二太太带领大姑娘、二姑娘及伯麒、常阿哥并家人夏成、二万、老史、廉清、高二、李二、高升、三儿、刘福、来成，步甲二福子、老段等起身回京。武顺因伊妻患病未经随回。熙台兄差派值班章京乐尔津、兵麟瑞、那仁达克、党穆吉楞、额达苏隆、何庆护送。申刻，传见乌城郭什哈阎有富。商议带骡事。晴，微云。

二十五日(11月3日) 约郭医诊脉。据云，脉均平安。午刻，传见乌城巡捕、郭什哈等。后转运局委员伊昌禀见，会。申刻，小关双成店寄到买来之物四驮。接静村信。询问起身日期。拟带郭什哈兵图萨本、乌勒希布跟随赴乌。酉刻，金贯五、松茂如来口。接四十八号家信。晴，微云。

---

① "张"，即张家口。

二十六日(11月4日)　辰刻,拜发奏报起程折。带四十六号家信。午刻,乌城侍读顺龄禀见。未后,熙台来拜贯五、茂如,会。晴,微云。

二十七日(11月5日)　未刻,出门拜客。云亭、静村宅、郭凤衔,均会。酉刻,回寓。传乌城巡捕、郭什哈等帮同收拾行装。自朝至于夜半,忙迫已极。晴,微云。

二十八日(11月6日)　云亭拜会,见。传见署驿传道、军台笔帖式惠钟,头台章盖噶勒桑车林。收拾行装,匆忙尤甚。晴,微云。

二十九日(11月7日)　未正,出门拜客。廉锡之,会;余均投帖。申正,回寓。收拾行装。晴,微云。差巡捕王世隆等押解大驮子先行。

三十日(11月8日)　未后,熙台、锡之来送行,均会。后出门拜客。云亭、静村宅,会;余均投帖。收拾行装。丑刻,始歇。寅刻,精锐营鸣号,齐队候送,当差人传谕停止。阴。戌后,雨。寅刻,变雪。以上四日,均后补记。

十月初一日(11月9日)　寅初起来,各处上香。毕,传见笔帖式惠钟,赏给车价银十两。卯正三刻余,坐二套车起身。因郭什哈等均未到,是以起身稍迟。金贯五、色春溪、图萨本、济克济特札普及乌城巡捕郑万库随行。钟锦率前锋对子引送。至菩萨庙,上香。后出口,廉锡之在口门班房候送,略谈即辞行。至十里窑子地方,熙台、云亭及都署、三司、十旗、三群各官并精锐营令官、教习、乌城转运局委员等均在新修关帝庙前席棚内候送。略谈即辞行。鹤年之弟四人在路间候送。至土井子,清颐亭祥、庆郁亭文在店内候送,即在店内茶尖,贯五诸人早尖。毕,因店房太冷,且又起风,即起身前进,时已午正多矣。钟锦率兵辞回。至坝上,在关帝庙内上香。毕,更衣歇息。至申刻,松峰乘坐驮轿,带同郭什哈白文俊至,向和尚索取点心些须。少歇,互换车轿即起身。行至坝顶,风雪愈大,天气益冷。行十余里,天已昏黑,道路迷失,骡夫冻得呼爹唤娘,竟有不能前进之势。正危迫间,幸噶章盖差人执灯笼来接,未经岔路。亥初始到噶章盖家庙住。

计程一百里。茂如及家人并乌城巡捕、郭什哈等因起身较迟，均未赶到，只得借噶章京家之铺盖暂歇。阴，雪。巳后，雪住，大风，寒冷已极。甫出门，即遇白毛旋，诚奇事也。

初二日(11月10日) 申刻，茂如及三顺、马二、牛子、老赵、李福并巡捕、郭什哈等始陆续到齐。据云，有打野盘者，有走一夜始到头台吃饭者。因台上车辆不齐，是以此刻才到。因起身匆忙，行李多，未收拾妥协，复行整理行装。戌刻，差郭什哈赵清等押行李车起身，赴二台住，时天已晚，只得落程一日。晴，云，冷。

初三日(11月11日) 巳初三刻，起身。赏噶勒桑车林针凿一匣。噶章盖等随送。午初三刻，至二台住。仅二十里云。晴，微云，风，冷。发四十七号家信，交步甲吉照月带回。

初四日(11月12日) 坐尖。巳正三刻，起身坐驾杆轿。未初一刻，至三台住。八十里。那参领差人约请明日在伊家住宿。因其出于至诚，只好应之。晴，微云。午后，风。

初五日(11月13日) 巳初，起身。午初一刻，至四台尖。四十里。小托霍奇般札拉克察等四名叩接。般札拉克察递哈达一块、奶皮半张、松胡鲁二块。赏伊等月饼各二枚。未正，起身。酉初，至五台那逊布彦家住。六十里。晴，云，微风。未后，阴。贯五因腰疼改坐行李车，落后。

初六日(11月14日) 那参领递哈达一块，奶皮、奶腐各二碟，奶茶一壶。并差伊孙递奶皮四张、奶腐二块。回赏伊东参一两六钱、细月饼八个。后伊递请移奖伊孙呈文一件。谕令听候函致庆都统办理。巳正，起身。未初五分，至六台住。四十里。原拟在此早尖，因贯五坐行李车落后，至申正始到，是以改在此住宿矣。晴，微云。巳后，风。酉后，风住。

初七日(11月15日) 坐尖。巳初三刻，起身。午初二刻，至七台四十里。茶尖。更换驼马。午初三刻，起身。申初一刻，至八台六十里。住。贯五仍坐大车。晴。酉后，大风，冷。

初八日(11月16日)　坐尖。巳正,起身。未初,至九台住。八十里。晴,大风。卯后,微住。辰后,复风,冷。

初九日(11月17日)　坐尖。巳正,起身。未初十分,至十台住。一百二十里。发致果亭、多王信。面交乌兰哈达章盖递送。晴。

初十日(11月18日)　坐尖。巳正一刻,起身。未初一刻,至十一台住。八十里。晴,微云,时风。酉后,大风。

十一日(11月19日)　坐尖。巳正三刻,起身。未正,至十二台住。七十里大。该台因布鲁图等台打用过站,以致驼马均无,在台之差已积有六起之多,一切均不齐备,好在毡房尚有,只得将就住之。乌鲁木齐委员神机营五品军功世辅禀安,乌城折差山上巡捕喀屯禀见。据云,已在台住九日矣。将军巡捕、候补千总刘福泉因两腿受风膀肿,不能行走,代禀请安。并恳请情愿跟随大驮子行走。始而应之,及差人询其驮子若干,据云十二只,因思自己驮子尚不能走,再添伊等之驮,更形吃累,复命巡捕白文治辞之。乌城转运局兵丁郭什哈南绪等押解洋枪回乌,在台等候驼马禀见。据云,因无驼马已住七日矣。晴,微云。巳后,风,连夜。

十二日(11月20日)　因该台驼马不齐,幸济札兰跟随张罗一夜,始有驼马。惟驮子较多,仍不敷用,只得令大驮子先行起身,在台落程一日。午刻,穆胡尔噶顺参领策伯克札普、章盖三音绰克托进口请领公项经此来请安,策札兰递哈达一块。郭什哈赵清因病不能支持,给假回口调理。酉刻,乌勒希布来台,奉到奏报销假起身折,奉朱批:"知道了。钦此。"接四十九号家信二封,及熙台信并都署禀。晴,风,微云。

十三日(11月21日)　在台坐尖。申刻,该台驼马始行备齐。申初三刻,起身。酉正二刻,至十三台布鲁图普缘寺庙内借住。六十里。原拟在台住宿,因图萨本等先行赴台看视,回禀台上仅备有毡房六七顶,粪亦无多,是以借庙居住。其乌城巡捕、郭什哈等仍令赴台住宿。据该台昆都巴勒当多尔济声称,驼马虽已备齐,因昨日运送大驮到十四台,该台人、马均无,须过站送至十五台始能回来,明日恐不能起身等语。既有驼马，只好待之。晴，云，风。申后，风住。戌后，淡阴，雪。

十四日（11月22日） 因该台驼马未回，只得落程一日。写家信。庙内达喇嘛递奶茶一壶，枣儿、冰糖、糖枣三碟。庙内胡图克图递哈达一块、糖枣等物五碟。红茶一壶。回赏喇嘛提浆饼、大锅盔各二碟，核桃一碟、小刀一把、荷包一对，回送胡图克图之物相同。晚间，布鲁图段副参领拉什彭苏克等来接。淡阴，微雪。午后，雪住，极冷。

十五日（11月23日） 因驼马到齐已晚，只得差驮子连夜先行，又在庙内落程一日。济克济特札普等辞回。交带四十七号家信及致熙台信。赏济札兰东参六枝，小刀、火镰各一把，荷包一对、奶饼二包、熏烟二瓶。赏伊随兵东〔生〕烟二包。赏十一台章盖克西克济尔噶勒小刀、火镰各一把。晴，微风，极冷。后补记。

十六日（11月24日） 坐尖。巳正三刻，起身。松峰、茂如均坐驼驾车。未初三刻，至十四台。五十里，又说四十里。茶尖。因该台仅有毡房二顶，余均未备，仍用上站驼马过站，是以略歇即行。未正三刻，起身。申正三刻十分，至十五台住。七十里，又说六十里。晴，时微风，清冷尤甚。呵冻记。

十七日（11月25日） 在台坐尖。午初三刻五分，起身。松峰、茂如仍坐驼车。路间，备有茶尖。因太冷，未歇。未初三刻五分，至十六台住。五十里，又说四十里。晴。辰后，大风，淡阴，极冷。虽在轿内，而坚冰在须，诚极冷也。

十八日（11月26日） 在台坐尖。午初，起身。未初一刻，至茶尖处歇息。未正一刻，起身。因风甚大，嘱将轿倒驾行走，颇觉避风。申初，至十七台住。说百二十里、百里及八十里不等。晴，风，冷。

十九日（11月27日） 在台坐尖。午正一刻五分，起身。路间茶尖，未歇。未正，至十八台住。六十里。晴，云，风。午后，风微息。亥后，复风。路间积雪渐少。

二十日（11月28日） 在台坐尖。巳初三刻五分，起身入山。午正十分,至十九台茶尖。六十里。更换驼马。因该台毡房甚少,一切不齐,是以更换驼马即行。贯五乘马落后,等至未初后始到。未初二刻十分,起身。松峰、茂如坐驼驾车,贯五改坐车尾。诚累事也。因天时已晚,路间茶尖未歇。申正二刻,至二十台住。说百里、八十里及百廿里不等。松峰诸位酉后始到。晴,风。申后,风微息。

二十一日(11月29日) 巳正三刻五分,起身。贯五仍坐车尾。行至距台数里,道北有榆树二株。远看似一本二岔。午正三刻五分,至二十一台茶尖。六十里。更换驼马。因该〔台〕情形与布鲁图、锡哩穆胡尔相同,是以更换驼马即行。未正,起身。松峰、茂如仍坐驼车,贯五摘去顶戴,仍坐车尾。难哉!申正五分,至二十二台住。五十里。庙内大喇嘛递炸面条、红枣各二碟,冰糖一碟、茶一壶。松峰等酉后始行到齐。晴,时微风。酉后,大风。

二十二日(11月30日) 在台坐尖。回赏达喇嘛提浆饼、锅盔各二碟、奶饼一碟、荷包一对。达喇嘛差得木奇递松峰茶及红枣、面条、冰糖等物五碟收一碟。拉什彭苏克辞回。赏伊小刀、火镰各一把、奶饼一包、熏烟二瓶、东生烟二包、荷包一对。午正,起身。因风大未打茶尖。未正二刻,至二十三台住。六十里。穆胡尔噶顺段副参领棍布札普等,差章盖得木伯呼勒来递安帖。晴,大风。申后,微息。

二十三日(12月1日) 在台坐尖。巳正一刻,起身。午初三刻,至茶尖处歇息。午正二刻,起身。乌城转运局换班兵等在路请安。未初三刻,至二十四台住。八十里。该段副参领棍布札普、委副参领呢玛多尔济在台接。乌城转运局换班委笔帖式成山、兵张德等禀安。嘱喇嘛格胧拉穆札普占课。据云,子年可以回京,后仍升往西南等语。赏伊荷包一对,伊递纸佛像一尊。晴,微云。

二十四日(12月2日) 在台坐尖。巳正二刻,起身。棍、呢二札兰及章盖得木伯呼勒随行。午正,至茶尖处略歇。午正二刻五分,起身。未正一刻,至二十五台住。百二十里。庙内格斯贵递驼奶茶一壶,红枣、冰糖共一碟,驼奶渣滓、麻花各一碟。回赏伊锅盔、提浆饼、奶饼各一碟。老赵落马，将脸擦破。晴，云。

二十五日（12月3日） 在台坐尖。午初，起身。呢札兰在台辞送。午正二刻，至茶尖处略歇。未初，起身。大路迤东有树十余株。其形似榆。过泉水河沟一道。蒙人以沙土浮盖而过。未正五分，至二十六台住。七十里。晴，云。

二十六日（12月4日） 在台坐尖。午初五分，起身。午正三刻五分，至茶尖处略歇。未初一刻十分，起身。未正三刻五分，至二十七台住。一百里。晴，微云。未后，时风。夜间，风。

二十七日（12月5日） 在台坐尖。巳正二刻，起身。路旁有榆树十数株。午正三刻十分，至二十八台茶尖。六十里，又说五十里。更换驼马。乌城赴张家口转运局换班之笔帖式集馨在台禀安，见。未正五分，起身。申正二刻，至二十九台住。七十里。二台虽系山路，尚不难走。阴，微雪。巳后，徐晴，云，时微风。

二十八日（12月6日） 在台坐尖。接乌城咨文一件。系知照，覆奏筹办荣全军营驼马原奏由。巳正一刻五分，起身。茶尖，未歇。午正二刻十分，至三十台茶尖。六十里。更换驼马。未初一刻五分，起身。茶尖处约歇七八分。申正，至三十一台住。八十里，又说七十里。赛尔乌苏管站部员定跻堂升在台候接禀见，会。谈刻余。晴。此二台昨日之雪较大，沿途积雪厚一二寸许。

二十九日（12月7日） 在台坐尖。跻堂禀见，会。后先行回台支应。午初，起身。路间未歇。午正三刻五分，至三十二台。四十里。更换驼马。定跻堂在台候接，送菜。四大碗、四小碗，四碟；馒首二碟、酒一壶、饭半锅。因已送来，固辞不获，只好食之。回送伊小肚一圆、熏鸡一只、猪肉一方、京酱一块。申初五分，起身。贡布札普因办贡羊在台辞送。赏伊荷包一对，小刀、火镰各一把，熏烟二瓶、东生烟二包、奶饼一包。路间，未歇。酉初一刻五分，至三十三台住。六十里，又说七十里。晴，时微风，云。夜间，风。

三十日（12月8日） 在台坐尖。巳正三刻，起身。路间茶尖，歇二刻余。下轿时误跌一交。路遇图尔古特汗差员系札萨克请安,递哈达一块。申初,至三十四台住。约八九十里。斋拉玛克台段之参领车林多尔济等,差章盖车林达什及乐克登札普系车参领之子来请安。伊等各递小哈达一块。阴,风。巳后,时晃,冷。

十一月初一日(12月9日)　在台坐尖。午初,起〔身〕。路间未歇。未初,至三十五台。更换驼马。四十里大,又说五十里。该段参领车林多尔济、副参领色尔固楞等在台叩接,各递哈达一块、火镰一把。据车参领声称,现须在台办理贡羊,不能随送。差色参领及伊子乐克登札普等随行等语。当赏给车参领百子花糕五块。未正,起身。得木伯呼勒辞回。赏伊小刀、火镰各一把、荷包一对、熏烟二瓶、东生烟二包。赏伊跟随喇嘛二名各东生烟二包。申正二刻,至三十六台住。七十里大。晴,微风,云。戌后,大风。

初二日(12月10日)　在台坐尖。午初五分,起身。路间茶尖,歇三刻许。等车。未正,至三十七台茶尖。六十里。更换驼马。乌城满巡捕兴云,带同郭什哈张鸣盛、褚廷魁、柯绪连、姚琇、武进财来接,禀见。派其跟随大驮。申初,起身。酉初,至三十八台住。四十里大。乌城头起赴西口领饷差兵刘华等禀安,见。晴,云,大风。酉刻,风息。

初三日(12月11日)　车林多尔济赶回请安。在台坐尖。巳正一刻,起身。路间未歇。午正三刻,至三十九台茶尖。七十里。委副参领策万在台接。车参领请赏给策万四品顶〔戴〕。当告以现非本管,不敢擅专,俟函致庆都统酌办。更换驼马。车参领在台候送,赏伊京小刀一把、荷包一对、奶饼一包、熏烟二瓶。并赏伊子乐克登札普三黄宝蜡丸一包。因伊昨日落马之故。未初三刻十分,起身。路间茶尖,未歇。申正十分,至四十台住。说八十里、七十五里及七十里不等。晴,云。夜间,微雪。

同治十三年十一月初四日(12月12日)　在台坐尖。乐克登札普因腿疼辞回,改派管理哈沙图等五台台吉罗端、委昆都栋钮特随送。赏乐克登札布小刀一把、荷包一对、东生烟二包。午初一刻五分,起身。未初,至茶尖处歇息。未初二刻,起身。未正三刻,至四十一台住。八十里。晴,云。晚间,查出荤油被窃二十余斤。

初五日(12月13日) 在台坐尖。巳正三刻五分,起身。午正二刻五分,至茶尖处歇息。未初五分,起身。路间积雪渐多,杭霭山已入望矣。未正三刻十分,至四十二台住。百二十里。晴,云。

初六日(12月14日) 在台坐尖。午初一刻五分,起身。路间茶尖,歇二刻许。未正二刻,至四十三台住。六十里,又说七十里。晴,微云。

初七日(12月15日) 在台坐尖。巳正三刻,起身。茶尖歇二刻许即行。路间,道右有庙一座。未正,至四十四台。七十里大。更换驼马。果亭、多王差委笔帖式明志、梅楞巴图安台,持帖接。管理哈尔呢敦等五台台吉刚精楚、吉那巴咱尔,及坐台之兵部字识左春沾在台叩接。色尔固楞等在台辞送。赏副参领色尔固楞玉烟壶一个,小刀、火镰各一把,荷包一对、熏烟二瓶、东生烟二包。赏管理哈普苏尔噶台吉罗端小刀、火镰各一把、荷包一对、东生烟二包。赏哈沙图台委昆都栋钮特熏烟一瓶、东生烟一包,小刀、火镰各一把。赏翁音台委昆都呢玛火镰一把、熏烟一瓶、东生烟一包。申初,起身。刚精楚、吉那巴咱尔等随行。茶尖,歇一刻五分余。路间,见有乌城买卖货驼数百只。酉正,至哈尔呢敦住。说六十里及七八十里不等。坐台委笔帖式奎龄因病在台候接。三音诺颜部落亲王车林敦都普差人请安,递哈达一块、点心一匣。未拆看,大约仍系枣儿、面球等物。晴,云。戌刻,风。旋息。

初八日(12月16日) 在台坐尖。午初二刻五分,起身。沿途均系山路,好在积雪深处均已修记,尚不难行。路间茶尖,歇二刻五分。未正三刻五分,至噶鲁地住。六十里大。晴,微风。酉后,大风。每日明志、巴图均先走,在台候接。

初九日(12月17日) 在台坐尖。乌城采买米面之军署巡捕王振荣禀安,见。午初一刻五分,起身。沿途山势秀丽,且有涧水一湾,缘山纡流,虽穷塞边荒,亦尚可观。惜无竹木房舍点缀,不免减色耳。路间茶尖,歇二刻五分余。未正三刻十分,至他楚住。七十里大。晴,云。辰后,风息。

初十日(12月18日)　在台坐尖。午初,起身。过他楚河一道。路间茶尖,歇二刻许。未初三刻十分,至乌尔图额勒胡笃克茶尖。七十里。更换驼马。未正三刻,起身。茶尖未歇。路间,过岭二道。不甚高陡,加之积雪渐小,尚不难走。申正二刻十分,至沙拉噶勒卓特住。说五十里。管理推河等五台台吉罗普桑,带同章盖一员在台叩接。晴,微云。贯五酉后始到。

十一日(12月19日)　舍尔根召之格根喇嘛,格根喇嘛即胡图克图,系三音诺颜部落之庙。差斋桑喇嘛递哈达一块、点心一匣。斋桑喇嘛递哈达一块,回赏伊荷包一对。乌城呈递元旦贺折差弁大人衙门巡捕容广、王爷衙门巡捕李德昌禀安,见。台吉刚精楚等辞送。赏刚精楚、吉那巴咱尔二人小刀各一把,翎管各一枝,火镰各一把,荷包各一对。午初一刻五分,起身。沿途均是山路,高,下坡陡,车轿不能快走。未初二刻五分,过推河。后在河沿毡房内茶尖。台吉吹札普及坐台委笔帖式嵩山在彼候接。众人检拾砚石,河滩之石细腻,可以作砚。耽延半时许。未正二刻,起身。申初三刻,至推台住。一百二十里。差色普珍阿同郭什哈白文俊持帖先行赴乌。理藩院委署笔帖式增禄因催提米面到台禀安,见。署镇西厅同知蒋育卿官印家启差人进京,迎接家眷,置买纸笔,持帖请安。送石刻一张、哈密瓜干一元。传见来差,询问该处情形。左春沾禀辞,见。嘱其察哈尔米石解到时,务当随到随收,不可耽延。晴,云。亥后,微雪。夜间,风。

十二日(12月20日)　在台坐尖。午初三刻,起身。增禄在台辞送。路间,过大岭一道。上不甚高,下极高陡,加之积雪满山,殊不易走,随从人众均下马扶掖而行。未初,至茶尖处歇息。未初二刻,起身。路间,过岭二三道。均不高陡,尚属易行。未正二刻,至乌尔图哈拉托罗盖住。八十里,又说一百里。晴,微云,时微风,冷。

十三日(12月21日) 在台坐尖。赏白文治翎管一枝。午初二刻,起身。路间茶尖,歇二刻十分。未正一刻十分,至鄂罗盖住。五十里,又说八十里。托郭奇名乐克登,稍知汉话。晴,云。未后,阴。申后,微雪,旋晴。此数日,表快七刻许。午初二刻,仅巳初三刻耳,系按表上时刻记。

十四日(12月22日) 在台坐尖。巳初二刻十分,起身。行十余里,过鄂罗盖河。共河岔三道。路间茶尖,歇一刻十分。未初二刻,至乌他台住。一百里,又说百二十里及八十里不等。因在轿中闭目而坐,竟不知已过乌他河矣。管理札克等五台之台吉禅巴沙都普在台候接。晴,云,飞雪,冷。申后,风。

十五日(12月23日) 在台坐尖。巳正起身,路间未歇。午正,至都特克图即拜达哩克台。六十里,又说四十里。更换驼马。管理札克等五台哈普苏尔噶之台吉博罗在台接。随行之推台章盖栋多克三巴等辞回。赏伊等熏烟各二瓶、火镰各一把。未初一刻,起身。行二三十里,过拜达哩克河。河身五道,中有一道尚未结冰。路间,未歇。札克坐台委笔帖式保祥在茶尖处接。申正,至札克住。六十里,又说八十里。禅巴沙都普递哈达一块,奶皮、奶腐各一块收,奶子一罐璧还。晴,微云,冷。贯五酉后始到。

十六日(12月24日) 在台坐尖。台吉吹札普、罗普桑在台叩送。吹札普递哈达一块。赏吹札普烟壶一个、翎管一枝、荷包一对、小刀一把。赏罗普桑次小刀一把、荷包一对、烟壶一个、火镰一把。巳正二刻,起身。笔帖式保祥在台辞送。行十数里,过札克河。共河岔四道,前三道均宽二三丈,后一道不宽。路间茶尖,歇三刻许。申初,至霍伯尔车根住。说六十里及百里、百二十里不等。晴,云。午后,大风。申后,徐息。夜间,复风。

十七日(12月25日) 在台坐尖。巳正二刻五分,起身。过大岭一道下,极陡。路间茶尖,歇二刻许。未初十分,至乌兰奔巴图住。六十里,又说四十里及五十里不等。该台章盖瓦奇尔递哈达一块、四两红月饼一枚。晴。辰后,淡阴,风,时微晃,极冷。亥后,大风。住屋几拔。

十八日(12月26日)　在台坐尖。赏瓦奇尔荷包一对。午初二刻五分，表又快一时许。起身。过岭二三道均不甚大、小水沟一道。路间茶尖，歇二刻许即行。复过岭二三道亦不高大、小水沟一道。未初三刻，至鄂伯尔济尔嘎朗图住。百二十里，又说八十里。路间积雪渐多。该台章盖锡拉普递哈达一块。酉刻，杜果亭差随员鄂勒哲依巴彦持帖及随员官单请安，见。晴，风。午后，风渐息，微云，冷。

十九日(12月27日)　在台坐尖。赏锡拉普荷包一对。巳正十分，起身。过小山梁数道，阿鲁济尔噶朗图台昆都带兵十名接。过得欣达巴一道又名"奎腾达巴"。"奎腾达巴"者，华言"冷岭"也。上有石峰鄂博一座，因轿上玻璃均已挂冰，未能细看。乌城郭什哈云，此岭系雪山一脉，岭上不可说冷，说冷则脸必冻等语。遐荒之地，理或有之，然究不可信也。下岭后，在茶尖处歇二刻许。未正五分，至阿鲁济尔嘎朗图住。七十里，又说八十里。胡济尔图坐台笔帖式富色哩、头段管台台吉札克巴即哲克巴在台候接。郭什哈白文俊同巡捕焦得胜、郭什哈刘万宝、杨贵、阎富携带菜蔬、豆腐、木炭、干草在台接。该台章盖三宝递哈达一块。差焦得胜带同郭什哈一名先行回乌。晴。早间，微风。

二十日(12月28日)　在台坐尖。赏三宝荷包一对。札克台章盖巴彦济尔噶勒、哈普苏尔噶章盖博罗叩送，各递哈达一块。赏伊等火镰各一把，东生烟各二包。巳正二刻十分，起身。过小河沟一道。午正一刻，过布彦图河。在茶尖处歇二刻许。未初一刻五分，至胡济尔图住。六十里，又说四十里。台吉札克巴、吹苏隆济克莫特及笔帖式富色哩均在台接。台吉禅巴沙都普、博罗禀辞。赏伊等烟壶各一个，小刀各一把，荷包各一对，熏烟各二瓶。晴，云。巳后，日出双耳。午、酉刻，微风。此二台积雪渐厚，尺许及数寸不等。

二十一日(12月29日)　在台坐尖。巳正二刻，起身。路间过大、小梁二道。午正二刻，至茶尖处，歇二刻五分即起身。复过大、小梁二道。所过之梁虽不甚高陡，因积雪较厚，车轿均用纤夫六名，牵挽而行，尚觉吃力。路间之雪虽仅厚三五寸，而道旁积雪深至二三尺不等，随从众骑踏雪之声，闭目听之，如怒涛疾风之骤至，不觉顿生警畏，边塞情景迥异内地，非身临其境不能领此况味也。未正，至岱罕得勒住。六十里，又说五十里。申刻，接乌城咨文一件。系知照，片奏解赴古城驼马，奉到朱批由。晴。

二十二日(12月30日) 在台坐尖。巳正二刻，起身。路遇乌城催提军米之黑龙江骁骑校忠同，在途请安。茶尖，歇二刻五分。未正一刻五分，至特穆尔图住。一百里。果亭差委员丰绅图，同色普珍阿持帖来接。晴，冷。因路间积雪大深故也。

二十三日(12月31日) 在台坐尖。接熙台覆信。果亭委员富里布进马回乌请安，见。巳正一刻十分，起身。路间茶尖，歇二刻十分。未正一刻五分，至舒鲁克住。一百里。果亭、多王各差巡捕持帖接。晴。

二十四日(1875年1月1日) 在台坐尖。赏白文俊翎管一枝。巳正三刻，起身。过小沙岭一道不高陡。后过舒鲁克河。河岔三道，均不宽，河身一道，宽四五丈许。复过大沙岭二道。头道高陡，二道次之。至茶尖处，歇一刻十分即行。复过大岭一道。未正，至花硕落图住。八十里，又说四十里。多王及伊子差护卫达什，果亭差候补佐领达密鼎札普系果亭族侄、候补防御赓吉图各持帖接，均见。统带侍卫永德、丰盛阿，帮带侍卫倭恒额及营总特固斯济尔噶勒、三音济尔噶勒均差人接。蒙古巡捕阿敦章盖西呢音带兵栋多克叩见，各递哈达一块。申刻，差白文俊持帖随同色普珍阿、丰绅图先行进城致候果亭、多王。晴。

二十五日(1875年1月2日) 在台坐尖。巳正三刻，起身。过大岭二道。下坡均极高陡。行近南坝岗地方，本衙门巡捕等接。统带永德号峻斋率营总等带队接。未正，至南坝岗茶尖处。永峻斋、倭峻峰及四部院官员并驻班副将军、公等均在彼候接，歇二刻即起身。至南门外，果亭、多王在蒙古包内候接，谈刻许即行。街市大小买卖人等叩接，绿营换防官兵等跪接。申初，进城。赴东门关帝庙内恭拜龙牌。佩刀,行三跪九叩礼。毕,在火神、关帝、马王前上香行礼。四部院章京等,均在庙内伺候。后至南菩萨庙上香行礼。毕,进署,拜仪门。上香,行一跪三叩礼。后进内,至灶君前、仙人堂上香行礼。毕,果亭、多王在署候见,会。后永峻斋、倭峻峰先后禀安,均见。其余满、蒙、汉官员及营总等均禀安,满、汉巡捕及郭什哈等叩见,蒙古巡捕、章盖及兵丁二十四名共递哈达十九块。内阁衙门呈阅到任折底。因所拟不妥,留改。巡捕等备有酒席一桌。据云,系属向章如此,当即辞之。伊等再四恳求留用,因其业已备办,若令撤回,似属不近人情。因谕以"尔等所备酒席共用价银若干,如将价银如数领去,作为尔等代为预备,余便收之"。伊等亦均情愿。据开清单,共用银六两七钱六分。当令如数发给,遂将所备之席留用。晴。巳后,阴。申后,复晴。日后补记。

二十六日(1875年1月3日)　拟办折底。果亭送席一桌不可吃,黄酒一坛。内阁章京哈达哈、萨勒哈苏等禀见数次均会。倭峻峰禀见,送黄马一匹八岁口。当差牛子回送伊白米、白面各一袋,猪肉一方、熏鸡一对。多王所派安台之梅楞巴图禀辞,赏伊荷包一匣、小刀一把。并赏明志荷包一匣、小刀一把。未后,出门拜客。多王、果亭,会;四部院、噶兰达及果亭随员等均投帖。申后,回署。因果亭未办交卸折,复传见萨勒哈苏等,嘱其迅速回明,赶紧拟办。晴,微风。日后补记。

二十七日(1875年1月4日)　写四十九号家信及致熙台、云亭信。交呈递元旦贺折之巡捕魏铭带。未刻,接任。同果亭、多王拜将军大印、钦差关防,佩刀,行三跪九叩礼。毕,会同拜发接交印信折,及元旦贺折。贺折,系单衔;安折,三衔,仍佩刀行礼。后满、蒙、汉官员、兵丁等均请安贺喜。当谕内阁,传知四部院,寻常稿件仍归三、六、九日堂期标画,先期一日送稿呈阅。又,四部院稿件,除奏稿外,均应一律阅画,并须于稿面上将某衙之稿注明,以便了然。又,清书咨文务当书名,不可仅写一姓字。内阁侍读顺龄禀到。据云,系昨晚到城。札萨克图汗盟长色德巴札尔差人贺喜,递哈达一块。申后始散。永峻斋及营总等均禀安,倭峻峰禀安，见。后出门拜客。永峻斋、倭峻峰，均投帖。酉刻，回署。晴，微云。以上三日因甫经到城，公务应酬繁多，是以未能随时登写，日后补记则遗忘已多矣。

二十八日(1875年1月5日) 果亭差色普珍阿送马二匹，一，枣骝；一，青白。均八岁口。并送随员羊四只。未刻，果亭拜会，见。申刻，多王差达什送菜一桌、烧酒一坛。后复差达什等送马二匹，一，大黑马，七岁口；一，青白马，八岁口。紫噜噜一卷、马猞猁猻皮四张，洋匣子一对、茶色江绸袍料一件、鸡四只。并送随员礼物。四部院呈递稿件及来文。接熙台信及五十号家信。内云，三弟捐照已于十月初十日领到，伯麒报捐员外郎于十二日上兑，二十一日领照。整忙一日，酉后始稍歇。晴，云。夜间，微雪。

二十九日(1875年1月6日) 午刻，传见四部院官员，交付应办事宜及更正稿件。未后，始散。申刻，四部院呈画堂期稿。散后，射箭。晴，微云。夜间，茂如被熏。

三十日(1875年1月7日) 巳刻，赓吉图禀辞，见。巳后，果亭差色普珍阿借用印信。系咨覆户部之文。午刻，萨勒哈苏等用传单。将奏报起程折交萨勒哈苏等办稿。未后，射箭。晴，微云。

十二月初一日(1875年1月8日) 巳刻，出门拜庙。午后，统带黑龙江、察哈尔马队官兵副都统衔、黑龙江副管达密兰号香谷禀安，见。后兴昌号盛亭、福厚号海舫禀见。后顺龄号遐轩、萨勒哈苏、福庆、吉兰等禀见。并呈画传单。申后，射箭。晴，微云。

初二日(1875年1月9日) 午后，统带吉林、黑龙江、察哈尔马队官兵头等侍卫丰盛阿禀见，会。后出门，拜多王、果亭，均会。酉后，回署。差人送多王、果亭礼。送多王驼色天青江绸袍褂料一套、本色貂檐一副、本色貂袖一副、官靴一双、七件针凿一匣、锦州皮翎筒一个、柿子一盒、石榴一盒、核桃一盒、熏肉一方、火腿一对、奶饼二包、点心二匣、白鸭二只。送果亭宝蓝天青江绸袍褂料一套、染貂檐一副、本色貂袖一副、官靴一双、七件针凿一匣、锦州皮翎筒一个、柿子一盒、石榴一盒、核桃一盒、熏肉一方、火腿一对、奶饼二包、点心二匣、白鸭二只。晴,云。日后补记。

初三日(1875年1月10日)　午刻,金和甫处采买牛只委员马亮、号明山,系记名副都统。百凌阿系骁骑校禀见,会。后多王、果亭先后拜会,均见。商议公事。四部院呈画堂期稿件。询据户部章京兴昌声称,库内现存正项银两及军需款项均不敷本月开放等语。查此二款虽经果亭等于九月间奏催,惟迄今尚未接准户部咨覆,库储空空,实属无从措手。当谕其详细核算,均先行开放半月口分。一面派员赶紧驰赴京部请领,虽缓不济急,究强于坐困耳。诚不知该城官员所司何事。设余再迟两月,不知伊等如何处置也,可笑可叹! 申正,始散。晴,微云。

初四日(1875年1月11日)　巳刻,传见户部章京兴昌。午后,出门拜客。丰厚斋、达香谷,均投帖。未正后,回寓。兴昌禀见,会。晴,微云。

初五日(1875年1月12日)　晴,微云。日后补记。

初六日(1875年1月13日)　巳刻,赴库同多王、果亭盘查银两。抽查四款,均属相符。后赴仓查阅粮石。并派委兵部章京瑞寿、署理藩院章京福厚详细盘查。午后,回署。未后,四部院官员呈画堂期稿件。毕,署札萨克图汗爱曼驻班副将军、公阿育尔色德丹占札木楚禀安,见。年二十二岁,在西十一台迤南住。递哈达一块、海骝马一匹七岁口,中。札萨克图汗爱曼副将军、贝子衔、公车德恩敦都普多尔济差人递哈达一块,三音诺颜部落盟长、贝勒锡哩巴札尔札普差人递信一封,哈达一块。后达密兰禀见,会。

初七日(1875年1月14日)　午后,多王、果亭拜会,见。商议借饷等事。传见兴昌、商酌口分等事。福厚。嘱其写信,函致札萨克图汗转借银两。未后,散。乌鲁木齐委员奎文禀见,系奎乐山堂弟。会。后顺龄、萨勒哈苏禀见。回科城委员魁连传站事。晴,微云。

初八日(1875年1月15日)　多王差达什以所拟致札萨克图汗信底嘱阅。因系多王自拟,未便全行删改,仅更正数句,令其持回请酌。写家信。未后，户部笔帖式哈普尔札普禀见。请标放银档簿，并呈递十二月分及十一月分三日养廉米折银两。后兵部章京瑞寿、春普禀见。以查明采买米面，差弁王振荣、徐通所带十四驮私货开单呈阅。当谕以“先将该弁等摘去顶戴，记大过一年。其所带货物应如何办理之处，回明二参帅酌办”。三音诺颜部落贝勒津丕勒多尔济差人递信一封、哈达一块，奶腐、奶饼各一匣。当嘱理藩院代写覆信。札兰克图汗部落胡图克图鄂绰肯罗普桑三都普，差斋桑喇嘛递信一封、哈达一块。晴，微云。

初九日(1875年1月16日)　发覆津贝勒信。未后，堂期。户部请标放饷档簿。内阁呈递，福庆请传驾杆车。当即饬驳。写信。改拟盘查仓库奏底。晴，微云。

初十日(1875年1月17日)　内阁呈递来文，内有俄罗斯文一件。未后，丰营、黑龙江二起委营总忠保、吉林头起委营总成群、察哈尔二起委营总彭苏克禀安，见。阴，时微晃。午刻，准兵部由驿递到军机处发交四百里夹板一件。系字寄，奉上谕：“杜嘎尔等奏‘请催经费银两’一折，着鲍源深迅速筹拨等因。钦此。”由。

十一日(1875年1月18日)　午刻，传见福庆。交带五十号家信，及致合义公银两。未后，顺龄禀见。呈回置买军装价银单。当谕令与户部商议，照章办理。晴，微云。日后补记。

十二日(1875年1月19日)　午后，监修城工之三音诺颜部落贝子衔、公额尔奇木济尔噶朗禀安，见。递哈达一块收，马二匹未收。后达营帮带、头等侍卫卓凌阿，及察哈尔头起委营总鞥克巴雅尔泰禀安，均见。四盟呈递例马，因身小口老者甚多，仅挑留七匹。海骝马，二；红枣骝，二匹；黄、黑、银合马各一匹，余均令更换。晚间，看稿。晴，云。日后补记。

十三日(1875年1月20日)　更改稿件。多王拜会，见。花硕落图管台台吉策巴克即札克巴递哈达一块、汤羊一只、奶油一肚。西路管理七台台吉迪嘎达赉递哈达一块、汤羊二只、奶油一肚。未后，堂期。晴，微云。日后补记。

十四日(1875年1月21日)　未刻,果亭拜会,见。图什业图汗部落盟长、王车林多尔济差人递信一封、哈达一块。赛尔乌苏管站部员定跻堂升由差便寄来禀帖一件、长尾羊二只。多王差达什等送来羊五十只。计羯羊二十五只、顶羊一只、母羊二十四只外,羊羔二十四只。据云,系该王之羊,不肯领价,又未便拘执不收。只好回送伊之阿哥、姑娘等,茁草玛瑙烟壶一个、丰润细画扇面五个,并赏达什等银八两、提浆饼五斤、大茶六块。酉刻,准兵部由驿递到军机处十一月十四日发交六百里夹板一件。系字寄,左宗棠奏"请移设粮台等因",奉上谕一道由。晴,微风,云。

十五日(1875年1月22日)　晴,云。接景秋坪调兵咨文。

十六日(1875年1月23日)　接荣昌禀。据称,札萨克图汗声称无银可借等语。午刻,札萨克图汗部落副盟长密帕木三保差人请安,递哈达一块。未后,堂期。兵部呈请点委丰营察哈尔二起委营总等缺。营总,委彭苏克;札兰,委巴图德勒格尔;章京,委当吉呢玛;骁骑校,名忘记,均系该统带等函保。后挑补绿营步兵、余丁各一缺。步兵,挑郑明士;余丁,挑韩肇元。理藩院呈挑察克达兵一缺。放车隆敦。晴,微云。

十七日(1875年1月24日)　午、未刻,果亭、多王先后拜会,均见。申刻,发致总理衙门信。酉刻,交拟底于兵部。嘱其赶紧誊清。晴,云。

十八日(1875年1月25日)　四部院呈递现画稿件。内阁、兵部官员禀见。晴,云。申后,微雪。

十九日(1875年1月26日)　寅正起来,待至辰初,催迫三四次。多王、果亭及四部院官员等始陆续到齐,同多王、果亭封印。毕,将所拟折底示阅后,请食面、茶、点心。巳刻,散。哈尔呢敦管台台吉刚精楚、推河管台台吉吹札普各递哈达一块、汤羊一只。晴,微云。

二十日(1875年1月27日)　未刻,传见兴昌、春普。交付折底,并商酌公事。申刻,果亭差达密鼎札普以谢恩折嘱改。后户部委笔帖式哈布尔札普禀见。呈回现存米石数目。晴,微云。

二十一日(1875年1月28日)　未刻,传见福厚。嘱办覆奏棍噶札拉参条款拟底。戌刻，内阁呈画来文，内有转运局寄来京报，敬悉我皇上于十一月间遇有天花之喜，现已加恩内外，想圣躬当已万安矣，曷胜额庆。札萨克图汗车林敦都普差人送来借银覆信一封、哈达一块。牛子出外，戌刻始回。晴，微云。

二十二日（1875年1月29日） 未刻，会同多王、果亭拜发循例盘查仓库折、派拨马队赴沙子盖驻扎折、暂缓调拨官兵赴布伦托海驻扎片、明年月饷请由部库垫发折、果亭谢宽免处分恩折。发致神机营信。后准兵部递到，军机处十一月二十一日发交四百里夹板一件。系户部议覆"杜嘎尔等奏'请拨库饷'，应毋庸议，仍严饬山东等省，迅速拨解等因"，奉上谕一道由。申后，散。札萨克图汗部落盟长色得巴扎尔差人送信一封、哈达一块、烟熏枣骝马一匹七岁口。晴，云。

二十三日（1875年1月30日） 多王差达什送来野猪、黄羊、汤羊各一只，鸭子一对。赏达什等荷包一对、银二两、茶二块。阿敦章盖西呢音、昆都鄂诺尔图即达西递黄羊二只、汤羊一只。回赏伊等荷包各一对。统带达密兰递马一匹、黄羊一只。黄羊，收；马，璧回。营总特古斯济尔噶勒递汤羊二只、奶油一包均璧回。未后，堂期。交户部拟底，令其誊清。晚间，祭灶。晴，微云。

二十四日（1875年1月31日） 果亭送黄羊、汤羊、野猫、鱼各一对。差人系大人外甥三音保，赏伊四色荷包一匣外，茶三块。差牛子赴多王、果亭处送礼。送多王松花一匣、大锅盔一篓、柿子一盒、山里红一盒、熏鸡一对、小肚一对。送果亭猪肉一方、鸡一对、大锅盔一篓、老米一盒、山里红一盒、柿子一盒。果亭差达密鼎札普以致格根喇嘛信底见示。晴，微云。日后补记。

二十五日（1875年2月1日） 晴，微云。日后补记。

二十六日（1875年2月2日） 午后，会同多王、果亭画堂期稿。后拜发"遵旨查明乌城向不产粮，及现存粮石数目，并驼难购办情形"折。毕，多王、果亭商拟赏给乌勒希布、图萨本二人七品顶戴。因系二参帅美意，余亦未便固执，致失寅谊，只得令伊二人叩谢。申初，散。管理巴里坤路台站台吉敦都普多尔济请安,递哈达一块、汤羊一只。晴,微云。日后补记。

二十七日(1875年2月3日)　管理札克等台台吉禅巴沙都普递哈达一块、汤羊一只。晴,微云。日后补记。

二十八日(1875年2月4日)　管理巴里坤路台站台吉济克密特那木济勒请安,递哈达一块、汤羊一只、奶子一肚。三音诺颜部落贝勒津丕勒多尔济差台吉请安,递信一封、哈达一块、汤羊二只。永峻斋送冰鸭二只璧回。卓凌阿号立亭,系峻斋胞侄。递马一匹、汤羊一只。羊,收;马,璧回。晴,云。

二十九日(1875年2月5日)　巳刻,巡捕及郭什哈等叩喜。后多王拜会,因已下车,挡驾不及。会。三音诺颜部落额尔德呢班迪达胡图克图,差斋桑喇嘛请安,递哈达一块、汤羊一只、小火镰一把、奶食一匣。三音诺颜部落贝子衔、公额尔奇木济尔噶朗差护卫请安,递哈达一块、汤羊一只、小火镰一把。三音诺颜部落副将军、王车林敦都普差护卫请安,递哈达一块、汤羊一只。午刻,果亭拜会。挡驾。午后,三音诺颜部落札雅班迪达胡图克图棍布札普差斋桑喇嘛请安,递哈达一块、藏香三束。未后,出门拜客。多王,会;并令其子女见。果亭未会。申后,回署。库伦哲普尊丹巴胡图克图,差沙毕喇嘛送大哈达一块、藏香三束、噜噜二块、哈喇一块、阿儿素一包、奶食一匣。赏荷包一匣、银二两、茶二块。三音诺颜部落王吉哩克札木楚差护卫请安,递哈达一块、汤羊一只。晚间,在天地、灶君、仙人堂、护身佛前上香行礼,祖宗、茔地前行礼。丑刻,歇。晴。

光绪元年(1875)乌里雅苏台

同治十四年光绪元年①岁次乙亥正月初一日(2月6日)　辰刻,

① 同治帝崩于同治十三年十二月,次年正月初一日消息尚未达于乌里雅苏台城,故额勒和布仍以“同治”纪年。“光绪元年”系后来所加。

赴东门内关帝庙内，会同多王、果亭恭拜龙牌。毕，关帝、火神、马王、财神前上香行礼。后四部院官员及侍卫永德、察哈尔各起官员并驻班副将军等，均在庙请安。至南菩萨庙上香行礼。毕，回署。天地、灶君、仙人堂、护身佛前上香行礼，祖宗、茔地前行礼。后巡捕及郭什哈等均叩喜。多王、果亭先后来拜均挡驾。众官员等陆续贺喜。午刻，札萨克图汗部落盟长色德巴扎尔差护卫请安，递哈达一块。札萨克图汗部落公、副将军车德恩敦都普多尔济差护卫请安，递哈达一块。阿敦章盖西呢音叩喜，递哈达一块。三音诺颜部落盟长锡哩巴扎尔札普差护卫请安，递哈达一块。午后，出门拜客均投帖。未后，回署。晴，微云。

初二日(2月7日) 晴，微云。

初三日(2月8日) 阅来文打到。晴，云。早间，晴，雪。

初四日(2月9日) 未刻，济克济特札普解运军粮至哈尔呢敦，来城请安，递哈达一块、黄油一匣。晴，云。未后，微雪。

初五日(2月10日) 未后，济克济特札普请安，见。赏伊汤羊一只、砖茶二块。晴，微云。

初六日(2月11日) 鄂勒哲依巴彦回城禀见。据称，该庙无银，未经借到。交济札兰带信。晴，微云。日后补记。

初七日(2月12日) 午后，多王拜会，见。鄂勒哲依巴彦赴库伦送礼，禀辞。托带致送哲普尊丹巴胡图克图针凿一匣、官靴一双、染貂帽檐一副、貂袖一副、信一封。晴，微云。

初八日(2月13日) 午后，果亭拜会，见。后达密兰、卓凌阿、倭恒额先后禀见叩喜，均会。晴，微云。

初九日(2月14日) 午刻，堂期。内阁呈回拟派坐台笔帖式。未刻，出门。赴多王之约。果亭在座。酉后，散，回署。晴，微云。

初十日(2月15日) 午后，出门。回拜达香谷、卓立亭、丰厚斋、倭峻峰均投帖。回署后，改拟札行三、札两盟借银稿底，并谕知内阁办稿，将坐台笔帖式概行裁撤，以免扰累。图什业图汗部落盟长车林多尔济差护卫请安，递哈达一块。晴，微云。

十一日(2月16日)　松峰、贯五、茂如及色春溪、乌郭什哈等先后送礼拜寿。巡捕等送礼。璧回，伊等以业经办理，不肯领回，再四恳求，无奈收寿烛一色，余均退回。坐厅官弁送礼。亦收寿烛一色。多王、果亭送礼收，拜寿。挡驾。四部院送礼均璧回。达密鼎札普、富里布、丰绅图送礼四色。收桃、面二色。天庆昶系静村之生意执事人田维义送桃、面二色收。特古斯济尔噶勒递哈达一块收，送礼璧回。午后，图萨本及巡捕王世龙并郭什哈等十余名唱坐，打梆子腔。丑刻，始散。晴，微云。

十二日(2月17日)　淡阴。申后，微雪。

十三日(2月18日)　驻班副将军、公车登丕勒济雅递哈达一块收、马一匹璧回。接托子明信。云，送黄马二匹，俟二三月间差人送来。未刻，出门拜客、谢步均投帖。行至半路，遇多王进城，未便再往，遂一同赴果亭之约。酉刻，散。回署后，接得军机处夹板一件。系清字知会，御赐福字等物赏由。又接得理藩院蓝印咨文一件，赶紧拆阅，惊悉同治十三年十二月初五日酉刻，大行皇帝龙驭上宾，醇亲王之子嗣皇帝入承大统等语。跪读之下，神魄俱失，悲恸曷极！我大行皇帝临御十三年，削平宇内，登民衽席，善政累累，简不胜书。今一旦厌弃臣民，龙驭上宾，凡有血气者莫不痛心哀悼，况身为大臣久承恩眷者乎？惟是远羁边圻，不克叩谒梓宫，稍伸哀恋，为更难过耳。呜呼恸哉！晴，微云。日出双耳，月出月华。

十四日(2月19日)　内阁官员禀见。呈画稿件。巳刻，差巡捕赵明、兵赵亮持带咨函，驰赴科布多，查取应行应办一切事宜。因本城前遭兵燹，案卷无存故也。未后，内阁官员等呈递由驿寄到十一月三十日御赐福字一张、大荷包一对、小荷包六个、小银锞四个、银钱四个、藕粉一小包，白莲子、荔枝、南枣共一小包，奶饼一小包、挂面五把。原赏乌里雅苏台将军、参赞大臣、科布多参赞大臣、帮办大臣等五人，赏给一分。每一分藕粉十四斤、白莲子十四斤、百合粉六斤、南枣十四斤、荔枝六斤、奶饼二十斤、挂面四十把。据内阁官员声称,原来筐匣均已破烂遗失,仅将所剩各件分送各堂下,余者四部院匀分等语。晴,微云。

十五日(2月20日) 成服。巳刻,赴东庙,同二参赞率同合城官员,恭诣大行皇帝神牌前,行礼。据内阁官员声称,行三跪九叩礼。举哀。后回署。午后,四部院呈递稿件。因理藩院所办清稿极为不通,驳令另行办理。晴,微云。

十六日(2月21日) 巳刻,同二参赞率同合城官员,恭诣大行皇帝神牌前,行礼举哀。散后回署。未刻,堂期。晴,微云。

十七日(2月22日) 巳刻,同二参赞率同合城官员,恭诣大行皇帝神牌前,行礼举哀。后略坐回署。内阁官员禀见。晴,微云。以上四日均后补记。

十八日(2月23日) 巳刻,同二参赞率同合城官员,恭诣大行皇帝神牌前,行礼举哀。后略坐回署。晴,微云。

十九日(2月24日) 巳刻,同二参赞率同合城官员,恭诣大行皇帝神牌前,行礼举哀。后略坐回署。午刻,同多王、果亭开印。暂穿常服行礼。后画堂期稿。未初,散。仍换孝服。晴,微云。

二十日(2月25日) 巳刻,同二参赞率同合城官员,恭诣大行皇帝神牌前,行礼举哀。后略坐回署。晴,微云。

二十一日(2月26日) 巳刻,同二参赞率同合城官员,恭诣大行皇帝神牌前,行礼举哀。后略坐,回署。拟办咨覆吏部稿底。未后,会同多王、果亭跪接十一月二十七日拜发回折。奏报到任折,内批:"军机大臣奉旨:知道了。钦此。"申后,散。戌刻,赵明等回城。接子明、辅庭覆文回信。晴,云。夜间,微雪。差那逊同阿敦章盖西呢音、兵噶勒当、丹巴赴唐努乌里洋海等处购买马匹。

二十二日(2月27日) 商拟折底。晴,云。酉后,飞雪。日后补记。

二十三日(2月28日) 午后,堂期。散后,包封家信。晴,微云。

二十四日(3月1日)　巳刻,内阁官员等禀见。呈阅折底。晴,微云。

二十五日(3月2日)　午刻,同多王、果亭拜发"大行皇帝龙驭上宾,恭请圣安"折。交折差赵明带五十一号家信,及应酬信。后点放丰营察哈尔骁骑校一缺。放达尔玛僧格。据果亭云,其人明白晓事,是以点放。未刻,散。晴,微云。

二十六日(3月3日)　未刻,堂期。因采买米面差弁所欠款项尚未归还,当谕兵部着自二十七日起,勒限十五日缴清,傥逾限不完,定行严参惩办。接熙台信。晴,微云。

二十七日(3月4日)　理藩院呈画稿件。午后,顺龄、文溶禀见。呈回采买军装核销清单。当嘱其妥为办理,并回文溶因病请赏假回京等语,当谕其递呈候办。晴,微云。

二十八日(3月5日)　巳刻,传见兴昌。交付拟底。鄂勒哲依巴彦由库伦回城,寄来哲普尊丹巴胡图克图覆谢信一封、哈达一块。晴,微云。暖。已化冻。

二十九日(3月6日)　未刻,堂期。晴,微云,暖。

三十日(3月7日)　巳刻,传见兴昌。交付咨行西征粮台稿底。并谕其拣派笔帖式,会同丰营提粮委防御绥贺图驰赴哈尔呢敦,迎提军粮。午刻,三音诺颜盟送到例马三匹。黄、青海骝各一匹,均七岁口。晴,微云,暖。

二月初一日(3月8日)　淡阴,暖。日后补记。

初二日(3月9日)　果亭差达密鼎札普请改正履历册。午后,折差巡捕荣庆回署。带来恭进贡缎安折,及五十一号家信并熙台信。晴,微云,暖。

初三日(3月10日)　午后,堂期。点派坐厅官弁。派巡捕兴云、白文治;多王衙门,派萨克慎布;大人衙门,派宋国喜;内阁,拟派吉兰;理藩院,拟派文兴。晴,云。子后,时风。

初四日(3月11日)　巳刻,吉兰等禀见。呈回折底行款。淡阴。

初五日(3月12日)　巳刻,传见兴昌。嘱办达营催提米石札文。挑阅例马。晴,云。

初六日(3月13日)　巳刻,同多王、果亭拜发奏催各省积欠饷银折、军需用款请分案奏销片、奏补察哈尔防剿军营骁骑校折。因在奉到部文二十七日之内,皇太后安折用黄折,皇上安折用白折,封报匣用白纸印花。后画堂期稿。毕,略谈。赴辕门验看四盟官厂驼马牛只。午正,始散。挑阅例马。晴,微云。

初七日(3月14日)　巳刻,兴昌禀见。呈回公事。晴,微云,时风。

初八日(3月15日)　阴。辰后,雪。午刻,住,徐晴。雪厚二寸许。

初九日(3月16日)　巳刻,同多王、果亭率同阖城官员,恭诣大行皇帝神牌前行礼举哀。毕,焚化神牌。后略坐即回署。午刻,堂期。未后,开弓射鹄。晴,云。日后补记。

初十日(3月17日)　午后,多王拜会,见。请看折底。晴,微云。日后补记。

十一日(3月18日)　午后,出门拜果亭、多王均会。未后,回署。晴,微云。

十二日(3月19日)　午后,果亭拜会,见。晴,微云,时微风。

十三日(3月20日)　午刻,果亭差色普珍阿禀称,适据兵部章京等声称,闻得外间传说丰营兵丁如十五日以后不得饷银即赴街市抢掠等语,当告以必系谣言,断不可信。一面与松峰商办札文稿底,饬兵部赶紧缮写札行丰、永、达三营,饬令妥为弹压,毋任滋生事端。此稿于申刻标行。午后,画堂期稿。毕,会同多王、果亭跪接十二月二十二日、二十六日两次拜发回折。二十二日拜发之循例盘查仓库折、派拨马队赴沙子盖驻扎折、暂缓拨兵赴布伦托海驻扎片,均批:"军机大臣奉旨:知道了。钦此。"明年官兵月饷请由部垫发折,内批:"军机大臣奉旨:户部议奏。钦此。"二十六日拜发之遵查乌城向不产粮等情折,内批:"军机大臣奉旨:知道了。

钦此。”晴,云。

十四日(3月21日) 买大盛魁海骝马一匹八岁口。晴,云。

十五日(3月22日) 晴,云。申后,阴。酉后,风。戌后,微雪,旋晴。

十六日(3月23日) 辰正后,赴东庙,同多王、果亭率同合城官员,恭祭关圣帝君。散后,回署。晴,云,冷。午后,堂期。日后补记。

十七日(3月24日) 晴,微云,风,冷。

十八日(3月25日) 巳刻,传见兴昌。交付折底。午后,瑞寿、春普、札郎阿禀见。请点放丰营笔帖式;并请示明日挑缺时刻,定未初。多王差达什送来黑马一匹六岁口,将原送大黑马换回。因马性太劣,不能乘骑故也。淡阴。申后,风。酉后,雪。子后,雪住。

十九日(3月26日) 午刻,堂期。后同多王、果亭赴署外照壁前,挑补绿营弁兵缺。西镇经制外委一缺,放葛凤舞。候补外委一缺,放郭元魁。东镇候补外委一缺,放刘万宝,范源记名。马兵二缺,挑阎有富、荆廷恺。步兵三缺,挑赵宽、孙广元、刘福涌。余丁三缺。挑史天喜、石见明、郑明亮。散后,约多王、果亭及富里布、达密鼎札普、色普珍阿、田维义、达什等吃饭。申初,入座。戌后,散。晴,云。子后,大风。

二十日(3月27日) 晴,云,风。

二十一日(3月28日) 巳刻,同果亭拜发内阁章京顺龄三年期满折、四等台吉捐输面斤请奖花翎片、恭缴御笔押封片,又单衔具奏遵旨察核前署将军长顺奏酌议棍噶札勒参呈递八条章程,又多王单衔请假折。午后,散。晴,微云。

二十二日(3月29日) 申刻,那逊等差阿敦兵丹巴、嘎勒当送到由乌里洋海买来马十三匹。晴,微云。

二十三日(3月30日) 未刻,堂期。申刻,富里布云田、达密鼎札普铭甫来射鹄。晴,微云。亥后,淡阴。

二十四日(3月31日) 午后,松峰诸位赴水连洞压马。贯五、茂如皆落马。晴,云,暖。

二十五日(4月1日)　晴,微云,暖。夜间,阴,先雨后雪。

二十六日(4月2日)　午后,堂期。户部笔帖式奎俊解送乌鲁木齐饷银回城,委署笔帖式哈布尔札普由南台催米回城,请安。交付兴昌奏催上年月饷拟底。兵部章京春普等禀称:"王振荣欠款业已追齐,惟尚短白米三袋。本城实无处购买,请示办法"等语。当谕以"该弁业经身死,欠款既已交清,所短之米着施恩饬令照原买价值折交银两,毋任再延"。酉刻,多王差达什来云,津贝勒派兵二百名自备资斧,修理城工,仍请奏请奖叙,并以稿尾出语太重祈请更正等语。当告以现在城工业已坍塌一半,该贝勒虽有捐修之力,此时断难办理请奖。至稿尾出语,即饬理藩院更拟。阴。辰后,雪住,徐晴,云,时风。午后,微雪一阵,凉。

二十七日(4月3日)　巡捕额尔格图赴古城送驼马回城请安,见。晴,云,时风时飞雪花,凉。

二十八日(4月4日)　那逊、西呢音由札萨克图汗部落大公旗买来枣骝马二匹。晴,微云,冷。

二十九日(4月5日)　午刻,顺龄禀见。回笔帖式缺。未刻,护送塔城第二起饷银之察哈尔正黄旗护军校栋果尔札布、正白旗云骑尉巴特玛林沁、头起镶黄旗骁骑校布彦得尔先后禀安,均传见。日后补记。

三月初一日(4月6日)　巳刻,出门拜庙。午后,塔城提饷差弁、六品顶戴、马甲春林及巴扎尔等禀安,见。后赴辕门前看马。晴,微云,时风,凉。

初二日(4月7日)　午后,果亭拜会。看射箭。札萨克图汗车林敦都普差台吉奇莫特多尔济请安,递哈达一块。淡阴,时微风。申刻,飞雪花。

初三日(4月8日)　午刻,同果亭画堂期稿。后拜发奏催上年欠解月饷折、买补口袋片、奉到同治十三年十一月三十日大行皇帝恩赏福字等物奏闻折。后户部禀称,塔城提饷差员呈请派兵护送。当谕以现在伊等官兵足敷押解,本处毋庸添派。兵部呈递分放三营衣帽靴袜单。当诘以顺章京买来衣物内并无靴只,此项靴只系由何处放给。据云,系常将军于上年由口买来者。即谕以俟后遇有发放军需,务须先行回明,切不可再如是滥放。内阁请点放笔帖式。当告以到任未满三月,各部院行走人员多不知悉,俟与大人商办。并谕,传知四部院,所有在部院行走笔帖式等,均着自行缮写履历一纸,由内阁汇齐呈阅。散后,赴辕门外看马。酌定买乌里洋海马十匹,每匹价银十一两。每匹给银五两六钱,大茶九块,合银五两四钱。传理藩院官员,会同交付该旗原送马人领回。买札萨克图汗盟马三匹。一匹价银十四两,一匹大茶二十四块,一匹价银十一两,均交吉厦官员代领。谕巡捕等将巡捕、郭什哈等当差年分、出差次数开单呈阅。晴,微云。巳后,风。酉后,息。

初四日(4月9日)　晴,云,时微风。

初五日(4月10日)　晴,云。漏记,后补。

初六日(4月11日)　午后,堂期。内阁呈递四部院笔帖式履历。晴,云,时微风。

初七日(4月12日)　淡阴,时风。未刻,飞雪花一阵,旋晃。

初八日(4月13日)　晴,微云,时微风,暖。

初九日(4月14日)　差马二同薛绳武、那逊、丹巴、噶勒当,赴东北和硕买马。午刻,堂期。后春普等禀见。请点委丰营参领等官。晴,微云,暖。

初十日(4月15日)　午后,出门拜客。多王、果亭,均会。未后,回署。多王差达什送来黄海骝走马一匹。据云:“此马性极驯良,走不改步,现在奶牙尚未脱换,系王爷心爱之骑”等语。当以“君子不夺人之好,且余因目力不佳,近日不常骑马”等词,辞之再四。而伊执意不肯牵回。因思彼既出于至诚,足却之似乎不恭,是以受之。时阴时晃。

十一日(4月16日)　接得户部议覆“请由部垫发月饷”咨文。大致以现在部库存项尤形支绌,断难轻议外拨,所请由部垫发饷银之处碍难照准,仍请旨严催山东等省,遵照十三年十一月间谕旨,赶紧筹解等因。时阴时晃。午刻,接得转运局寄来京报,见莲舫于二月初六日到京,初八日调补工部右侍郎，曷胜欣庆。继见二月十一日邸抄，直夫在任出缺，不禁涕零。直夫为人老成谨慎，廉介自持，今既谢世，满员中又少一正人矣。悲夫！

十二日(4月17日) 阴，时微晃。巳、未、亥刻，均微雨。

十三日(4月18日) 午后，堂期。放内阁额外笔帖式一缺禄普、兵部额外笔帖式一缺札朗阿、所遗户部候补笔帖式一缺、放吉兰。兵部候补笔帖式。放图伽布。户部呈递街市现有房租数目。因数目不符，谕令再行详核。兵部递挑缺兵册，请定日期。当告以见大人酌定。交理藩院详查俄商强奸蒙古幼女之案。福厚禀称，学习笔帖式普祥当差勤慎，署中公事多其办理，恳祈记名。当将该员以候补笔帖式尽先补用。晴，微云，时微风。

十四日(4月19日) 午刻，青山回城请安，见。未刻，果亭之弟来拜，会。官印阿育什，行六。晴，微云。日后补记。

十五日(4月20日) 午后，出门。回拜果亭之弟，会。后回署，改四部院稿件。由万盛号转买枣骝马一匹。价银二十两，七岁口，小走。晴，云，风。

十六日(4月21日) 午后，倭峻峰禀见，会。禀请借支米石。未刻，堂期。更改理藩院稿件。晴，云，风。

十七日(4月22日) 巳刻，果亭拜会。未后，春普、札朗阿禀见。呈回民人孔姓落水淹毙，其乡亲呈请拦验。后吉祥由京回城请安。接五十二号家信。晴，微风。

十八日(4月23日) 漏未登记。

十九日(4月24日) 未后，堂期。谕户部，拟办房租奏底及札查三营随员口分稿。派札朗阿、吉兰查勘坍塌城垣丈尺。阴。丑刻，细雨，旋雪。巳后，复雨。未后，微住，后复时雨时雨小雹。酉后，复大雪。亥后，住。后半夜，复雪。

二十日(4月25日) 吉祥送礼，璧回。阴，细雪。戌后，住。夜间，晴，云。

二十一日(4月26日) 午后，景秋坪之世兄治舜臣官印麟禀见，会。后巴里坤来乌采买米面之骁骑校喀隆阿禀辞,传见。询问该城情形。晴,微云。青山送礼,璧回。

二十二日(4月27日)　未刻,出门乘马。拜治舜臣,会。后回署。差人送舜臣礼物四色茶叶、松花、奶饼、火腿。晴,微云。

二十三日(4月28日)　巳刻,厨役张寿德瘸子告假回口。交带致熙台信。午刻,山西领饷委员舒林解到饷银一万两禀到,见。未刻,堂期。放察克达兵一缺绰克托。晴,云。

二十四日(4月29日)　阴,雪。巳正,住,徐晴,云。

二十五日(4月30日)　巳刻,果亭拜会,见。晴,微云。

二十六日(5月1日)　未刻,堂期。晴,云,风。戌后,大风。写五十二号家信。

二十七日(5月2日)　差色普珍阿带同兵谷增、王吉祥、陈魁、音德保,赴山西提饷。带五十二号家信及致莲舫信。未后,三音诺颜部落贝子衔、公额尔奇木济尔噶朗差护卫请安,递哈达一块。放鱼池水。晴,云,风,冷。酉后,风息。夜间,河水复冻指许。

二十八日(5月3日)　晴,云。日后补记。

二十九日(5月4日)　种花菜。未刻,堂齐。申后,三音诺颜部落贝勒津丕勒多尔济差护卫请安,递信一封、黑马二匹中。札萨克图汗部落胡图克图罗普桑三都普,云系津贝勒之弟。差桑斋喇嘛请安,递哈达一块、青马一匹小走,中。晴,微云,暖。

四月初一日(5月5日)　巳刻,出门拜庙。托子明差郭什哈牛云送黑发黄马二匹中。未刻,恭阅转运局寄来邸抄,惊悉嘉顺皇后于二月二十日崩逝。当此国用支绌之际,又遭此大事,殊为可虑。而乌城饷项短欠,尤难措手,奈何奈何。晴,微云。日耳。

初二日(5月6日)　晴,微风,云。栽种花木。

初三日(5月7日)　夏季,驻班将军车林敦都普差人递哈达一块、马一匹。哈达,收;马,璧回。午后,堂期。接理藩院知照,嘉顺皇后崩逝咨文。晴,微云,风。日后补记。

初四日(5月8日)　接荣润庭信。内称,萨勒哈苏于该城差务任意刁难等语。午后,挪于花厅写字。管理西台台吉迪噶达赉因更换顶戴请安,递哈达一块。阴。申后,微雨,时微晃。

初五日(5月9日)　巳刻,赴东庙。同果亭率同合城官员,恭诣大行皇后神牌前,行礼举哀。散后,略坐即回署。传见顺龄、青山。交看荣侯信,并嘱其嗣后各城差务到城务当迅速办理,毋得仍前延宕,致滋烦言。阴。

初六日(5月10日)　巳刻,同果亭率同合城官员,齐集大行皇后神牌前,行礼举哀。散后,略坐回署。未刻,堂期。瑞寿、春普禀称,萨勒哈苏现在并无差委事件,拟请咨令回旗等语。当谕迅速拟稿送阅。时阴时晃时微雪。

初七日(5月11日)　巳刻,同果亭率同合城官员,恭诣大行皇后神牌前,行礼举哀。毕,略坐即回署。未后,同果亭跪接二月初六日拜发回折。奏催各省积欠饷银折,内批:"军机大臣奉旨:另有旨。钦此。"分案奏销片,内批:"军机大臣奉旨:知道了。钦此。"奏补骁骑校折,内批:"军机大臣奉旨:着照所请,该部知道。钦此。"并准军机处知照:"'奏催饷银'一折,已奉寄信,谕知四川等省速解矣。"是日,来文甚多,阅竟殊觉目胀头眩。万盛号送来活鱼十数尾。蓄之池。晴,云。巳后,风,时阴时微晃。未后,微雪。

初八日(5月12日)　接五十四号家信。系山东提饷委员英联差郭什哈送来。阴,风,时微晃。未后,雪。申后,住,凉。觉中寒腹疼,至寅正后始稍愈。

初九日(5月13日)　未刻,堂期。申刻,津贝勒之子请安,山东提饷委员英联、舒噜禀到,均见。时阴时微晃,风。日后补记。

初十日(5月14日)　未后,兴昌、吉祥禀见。呈回放款。晴,云,时风。

十一日(5月15日)　未后,顺龄、青山禀见。请派骁骑校瑞喜署理内阁笔帖式。晴,云,时风。

十二日(5月16日)　阴,时风。巳后,雨,旋大雪。午刻,微住,复雪。未后,徐晴。松峰赴阿敦压马。

十三日(5月17日)　辰刻,马二同那逊、丹巴回署。据云,仅买得马五匹,明日可到。巳刻,折差魏铭回署。带来五十三号家信及吃食等物。午刻,科布多差笔帖式倭什贺持信请借银两,禀安,见。未刻,跪接元旦贺折。两宫皇太后折,均奉清字朱批:"知道了。钦此。"皇上折,未批。后堂期。晴,云,时微风。贯五接得家报,其夫人于上年十月初九日去世云。

十四日(5月18日)　午后,奉到二月二十一日拜发回折。侍读顺龄三年期满折,奉旨:"该衙门知道。钦此。"台吉捐输片,奉旨:"该衙门议奏。钦此。"恭缴御笔押封片,奉旨:"知道了。钦此。"遵察棍噶札勒参所递章程折,奉旨:"该衙门议奏。钦此。"多王请假折,奉旨:"多布沁札木楚着赏假两个月。钦此。"后三音诺颜部落公俗称和硕亲公额尔奇木济尔噶朗差人送红枣骝马二匹中。薛绳武即存勋同噶勒当回署,牵来马二匹,内买妥银合马一匹中。申刻,福厚禀见。呈回余羊数目。晴,云。申后,时风。

十五日(5月19日)　午刻,绥远城运送西征粮台驼价银两委员喜铭禀到,见。晴,云,时风。未、戌刻,均微雨。

十六日(5月20日)　未刻,堂期。晴,云,时风。

十七日(5月21日)　未刻,青山、福厚禀见。呈回马亮等请传台禀。后札朗阿禀见。呈回誊清拟底。晴,云,时风。巳刻,微雨。

十八日(5月22日)　申刻,津贝勒差笔切齐根敦送来信一封,及马二等买定之青白马一匹小走、银合马一匹中,并送青白马一匹大走、红马二匹一中一次。晴,云,时风。夜间,雨。

十九日(5月23日)　未刻,堂期。据福厚禀称,据厅弁等声称,俄商赴厅索要官房。并云,若官不为找房,伊等仍要扎立合厦等语。当谕其转饬厅弁,妥为开导,毋任妄为。酉刻,跪接三月初三日拜发回折。奏催上年月饷折,奉旨:"另有旨。钦此。"采买口袋片、奉到恩赏福字折,均奉旨:"知道了。钦此。"并准军机处知照:"已奉寄信谕旨,着山东等省扫数拨解矣。"同时奉到光绪元年正月二十日卯正一刻皇上登极颁发喜诏。时阴时晃时风。

二十日(5月24日) 未刻,兴昌、吉祥禀见。呈回丰营米石事。发覆津贝勒信。回送伊驼色红青江绸袍褂料一套,银鼠袖头一副,染貂帽檐一副,绒口绸里官靴一双,黄、白色岫岩玉烟壶各一个。即交原差根敦等带回,并赏根敦等大茶及荷包等物。阴。巳后,微雨。午后,时风,徐晴,云。酉后,雷鸣。

二十一日(5月25日) 未刻,果亭拜会。晴,云。午后,阴,风。申后,时雨时间雪。

二十二日(5月26日) 阴。巳后,雨,间雪,时风。未后,住。四围复积雪满山。

二十三日(5月27日) 未刻,堂期。理藩院官员禀称,适有众俄商来城声称,今有本属哈萨克一名赴哈密公干,因骑马倒毙,请赏传台站等语。当谕令转饬递呈,以凭核办。接熙台信。据称本年春、夏季军粮已饬司代为筹运等语。晴,微云,风。

二十四日(5月28日) 未刻,同果亭拜发裁撤续调察哈尔患病官兵折;拣委营总片;余剩羊只分赏绿营兵丁片;"伊勒固克森胡图克图罗普桑三都普捐输银两,请饬核奖"折;"台吉察克都尔札普捐输城工,请奖"片;裁撤驻台笔帖式兵丁片;"代奏札盟副将军、札萨克、辅国公、贝子衔车德恩栋多普多尔济,谢因捐输银两赏贝子衔世袭罔替恩"折;多王续假折单衔。后同赴辕门,验看札盟呈交所买驼只。晴,微云。

二十五日(5月29日) 申刻,三音诺颜部落驻班、公刚珠尔札普请安,递哈达一块收;马一匹璧回。晴,微云,时风。西呢音以达营札文呈阅。

二十六日(5月30日) 未刻,堂期。申后,刚珠尔札普复差人递马一匹仍璧回。晴,微云,风,暖。

二十七日(5月31日) 赶写家信。比及办妥,而转运局差官等又改于初一日起身矣。晴,微云,风。申后,徐阴。

二十八日(6月1日) 阴,雨。申后,住。亥后,复时雨。

二十九日(6月2日)　巳刻,同果亭率同阖城官员,恭诣大行皇后神牌前,行礼举哀。毕,焚化神牌。后略坐回署。未刻,堂期。阴,时风时微晃。辰刻,微雪。巳后,大雪一阵。四围山上又积雪满巅矣。夜间复见冰。

三十日(6月3日)　转运局换班官兵禀辞。交范喜、张鸣盛带致熙台信,及五十三号家信。申刻,准兵部递到,军机处四月初九日发交马上飞递夹板一副。系景廉奏"请饬整顿台站等因",奉上谕一道由。晴,微风,云。

五月初一日(6月4日)　巳刻,出门拜庙。未后,舒茂亭林来射鹄。晴,云。未后,风,阴,时飞雨星。

初二日(6月5日)　时阴时晃时风。巳后,微雨。

初三日(6月6日)　未刻,堂期。后同果亭拣委续调察哈尔头起札兰三缺都拉木车林、拉什栋鲁普、图普新济尔噶勒,委防御三缺棍布苏伦、鄂勒哲依、们都奇伦,委骁骑校三缺奇莫特、巴勒济、莽嘎拉玛,委笔帖式一缺布彦托克托霍;四起委札兰一缺玛呢拉特纳,委防御一缺嘎拉玛西迪,委骁骑校一缺蒙克,委笔帖式一缺巴彦巴图尔。申刻,散。晴,云。巳后,飞雨星。派额尔克图、郑万库坐厅差。

初四日(6月7日)　未后,新授博多霍呢和垒卡伦侍卫郭亮禀安,见。有托禹臣信。淡云,微风,暖。

初五日(6月8日)　晴,微风,云。

初六日(6月9日)　未刻,堂期。后买青白马一匹。中,价银十五两,系福厚令蒙古噶札拉齐牵来者。晴,微风,云。

初七日(6月10日)　未刻,瑞寿等禀见。据称,俄商控告棍布罗垒之案,现在两造均已到部。据棍布罗垒声称,无力归还等语。当以该员各处赊欠,迹近撞骗,先将其顶戴摘去,勒限追缴。后出门拜多王,会。奕围棋、蒙古棋各一盘。申后,回署。时已近夏至,见西北山巅积雪尚未全消,东南河内坚冰亦未尽化,时令之异如此。晴,云。未后,阴,时风。酉后,微雨。

初八日(6月11日)　阴。巳后,雨间小雹一阵。未后,时晃时风,凉。夜间,又见冰。

初九日(6月12日) 未刻,倭峻峰及绥远城解送驼价银两委员、骁骑校瑞寿,乌鲁木齐奏调之委员、候补知县长庚号少白,系江宁驻防人,极精明沉静。先后禀见,均会。申刻,堂期。后峻峰来射鹄。散后,留其同舒茂亭、达铭甫等便饭。晴,云。日后补记。

初十日(6月13日) 换大夹袄。未刻,同果亭赴东门外,挑补绿营兵缺。东镇马兵三缺、步兵六缺,西镇马、步兵各一缺,余丁八缺。散后,回署。晴,云。日后补记。

十一日(6月14日) 巳刻,同果亭拜发奏催山东山西月饷折、河南月饷请饬部改拨省分折、在防出力官兵可否择优保奏折、接奉寄谕整顿台站片、提饷委员请饬传驿片。午后,散。晴,云,时风。未后,时飞细雨。

十二日(6月15日) 晴,云。巳后,微雨,间有小雹。日后补记。

十三日(6月16日) 巳刻,丰绅图回城请安。带来托和义公所买之物四驮。午后,堂期。未刻,马祥玉回城,系东衙门郭什哈,随丰绅图出差。带来五十五号家信一封。系赵明交代带。留峻峰等吃便饭。晴,云。

十四日(6月17日) 未后,吉祥、奎俊、青山先后禀见。呈画稿件。晴,云,暖。丰绅图来射鹄。

十五日(6月18日) 换小夹袄。午刻,和硕亲公额尔奇木济尔噶朗禀辞,回游牧。见。晴,浓云。未后,微雨。

十六日(6月19日) 未刻,堂期。晴,云,微风。

十七日(6月20日) 未后,吉祥、奎俊禀见。呈回挪借款项支放台站口分。晴,微风,云。马一、牛子赴阿敦看马。

十八日(6月21日) 午刻,买海骝马一匹。小走,价银二十两,系鄂勒哲依巴彦由西边买来。申刻,吉祥禀见。回兑收捐输面斤事。酉刻,买枣骝马二匹、一,小走;一,中。海骝马一匹中、红马一匹中。共价银七十二两,系万盛号牵来。晴,微云。

十九日(6月22日)　未刻,堂期。接熙台信。晴,微云,暖。

二十日(6月23日)　申刻,同果亭拜发会同科布多大臣奏催经费折、坍塌城垣暂用草坯补修折、代奏蒙古参赞大臣请开缺调理折、奉到皇上登极恩诏叩谢天恩折、叩贺慈安端裕康庆皇太后万寿折、叩贺皇上万寿折。交折差温华带五十五号家信,及致和义公、合盛元信。酉后,散。晴,云,热。

二十一日(6月24日)　午后,挑选贡马及人情马。酉后始挑完。晴,云,时风,热。

二十二日(6月25日)　午刻,春普、札朗阿禀见。回城工事务。未刻,吉祥、奎俊禀见。回房园租事。晴,云。午刻,雷鸣,风。自东浓阴,微雨一阵。

二十三日(6月26日)　未刻,堂期。后验看采买三音诺颜部落驼只。后兴昌禀到销差。带来津贝勒所递哈达一块。申刻,三音诺颜部落王桑噶锡里差护卫请安,递哈达一块、信一封,枣骝、花马二匹中。晴,微云,热。

二十四日(6月27日)　未刻,出门拜多王,会。申后,回署。晴,云。未后,风,时微雨。

二十五日(6月28日)　巳刻,微雨,雷鸣。午后,大风。申后,复时微雨。

二十六日(6月29日)　未刻,堂期。晴,云,风。

二十七日(6月30日)　晴,云,风。亥后,微雨。

二十八日(7月1日)　未刻,三音诺颜部落盟长、贝勒锡哩巴札尔札普差护卫请安,递哈达一块、黑马二匹中。晴,云。

二十九日(7月2日)　未刻,堂期。阴,时晃。

六月初一日(7月3日)　巳刻,出门拜庙。申刻,松峰、茂如约达铭甫诸人吃饭。因所拟酒令均不甚明晰,约余指示。亥正后,散。阴,时细雨。巳后,徐晴。

初二日(7月4日)　淡阴,时晃。

初三日(7月5日) 未刻,堂期。后验看车、三两盟所买驼只。晴,微云。

初四日(7月6日) 辰初三刻,起身乘马轿。赴雪山上祭。行至距祭所数里,兵部备有蒙古包,在彼茶尖。约歇一时许,同果亭至祭所上祭。有喇嘛念经读祝,行三跪九叩首礼。毕,略坐。同果亭仍至茶尖处歇息,果亭备有角黍。谈半时许,果亭先行起身进城。后同茂如、松峰、茂亭乘马至迤北二里许河边,观图郭什哈等捕鱼。连举五网,仅获得五寸许鱼一尾。后复至茶尖处点心。毕,一同起身。申初一刻,回署。雪山祭所在城东南四十里许,系向东南望祭,供牛一头、羊二只,上香读祝。远而望之,见雪峰矗立,直入云霄,迤北一雪峰微小。据蒙古人云,山距祭所尚有两台多路,其高谅不亚五岳也。酉刻,奉到四月二十四日拜发回折。裁撤察哈尔患病官兵折、委派营总片、分赏余羊片、代奏谢恩折、裁撤驻台笔帖式片,均奉旨:“知道了。钦此。”胡图克图捐输折、台吉捐输片,奉旨:“该衙门议奏。钦此。”多王续假折,奉旨:“多布沁札木楚着再赏假一个月。钦此。”晴,风,云。午后,时飞雨星。是日穿单袍、马褂。

初五日(7月7日) 申刻,监修城工之札萨克图汗部落公札克丹散巴尔请安,递哈达一块、黑马一匹六岁口,中。晴,浓云。巳刻,微雨。日后补记。

初六日(7月8日) 巳刻,恭祭园神。贡献羊只。未后,堂期。晴,云。日后补记。

初七日(7月9日) 未后,验看三盟所买驼只。阴,时晃时飞雨星,凉。又穿夹袄、绵马褂。日后补记。

初八日(7月10日) 晴,微云,热。

初九日(7月11日) 巳后,转运局委员金升、成山押解山东拨发饷银一万九千两到城禀见。未后,堂期。晴,云。

初十日(7月12日) 阴,时晃。未刻,雷鸣,风雨一阵。酉后,复细雨。亥后,住。

十一日(7月13日)　午刻，三音诺颜部落王车林敦多布差章盖请安，递哈达一块、烟熏枣骝马二匹。未刻，兴昌、吉祥禀见。呈回经费银两不敷支放，请借用驼价银五千两。阿敦章盖西呢音叩见。声称，牧兵端多克向来当差甚好，闻该盟欲将其革退，叩求恩施。阴。巳刻，细雨。午刻，风一阵，仍时细雨。酉后，雷鸣，复微雨。戌后，时晃。

十二日(7月14日)　未刻，春普、哈达哈、札朗阿禀见。呈回城工羊只等事。晴，云。

十三日(7月15日)　午刻，新授阿拉克鄂博卡伦侍卫、二等侍卫隆保禀见。系镶黄旗人，带来五十六号家信一封。未刻，堂期。后验看三盟所买驼只。时阴时晃。酉刻，风一阵，时微雨。以上二日均后补记。

十四日(7月16日)　巳刻，果亭拜会。告知遣撤达密鼎札普事。午刻，松峰等赴绰和尔台看跑鄂博。申刻，隆保送礼四色。辞之再四，不肯收回，只得收其洋烟一小瓶。时阴时晃时微雨。午刻，雷鸣，雨一阵，间有小雹。后复时风时雷时微雨。

十五日(7月17日)　巳刻，蒋育卿家启之子同伊母赴任。来请安，年甫八岁。送点心二匣。当回给伊针黹一匣。晴，云。

十六日(7月18日)　未刻，堂期。瑞寿、春普等禀称，蒙妇控告董秀偷窃之案，董秀一味狡执等语。当谕以该兵既素不安分，可将其斥革严究。阴，时微雨。午后，时晃。

十七日(7月19日)　晴，云。辰正三刻，起身坐驾杆车。同贯五、松峰、茂如、茂亭、厚庵、鄂章京赴城北阿敦，恭祀鄂博。路间遇永峻斋等，亦随同前往。祭处距城约六七十里。至大山下，因车不能行，乘马上山。约高十数里，野花遍山，亦尚可观。午正，至山顶，阿敦章盖西呢音等备有毡房。尚属洁净。内设奶皮、奶腐等物一盘，点心四碟，奶糊、马奶子各一桶，外有马奶子十余皮袋。在毡房内略歇，即诣鄂博前上香，行一跪三叩首礼。西呢音等供设羊只、奶腐等物，上香时两旁有喇嘛二三十名念经。祭毕，西呢音等递哈达及奶酒、马奶子。后备有蒙古三名弹琵琶，拉胡琴，打洋琴唱曲。虽曲词不懂，亦颇游扬可听。唱毕，备有二十四名蒙古掼跤，每对胜者赴鄂博前行礼，后至毡房前行礼。阿敦上备有奶腐，余亦带有点心等物，当即分别赏赐。其胜者又以次比掼，末后胜者二人复掼，又胜者称为一等布库，其负者为二等布库。据巡捕等云，往年将军看掼跤时，多有赏给顶戴者，亦有赏给小刀、荷包等物者。余因小刀等物并未带来，又不便冒昧给予顶戴，因令开写名单呈递，听候酌办。阿敦章盖等并备有哈达及红、蓝布分送胜者，名为"挂红"。掼跤毕，西呢音等备有白煮羊肉及煮饽饽，因其业已预备，未便推辞，只好饱食之。申正一刻，起身。赏阿敦诸人羊二只、面一袋，赏唱曲人大茶三块。因山势太陡，乘马难行，遂同松峰等步行而下。家人等备有拐杖，峻斋等乘马先行。乃山草极滑，不能站立。始而持杖，继而一人扶助，后则二人帮掖而行，始免倾跌。不意将至稍平处，忽雷鸣，雨、小雹一阵。家人等以手支搭马坐褥以避之，约二三分许即住。复扶助而行，至上车处靴已湿透，遂仍坐车。而行路间复细雨一阵，戌正始回署，而两腿酸软不支矣。

十八日(7月20日) 未刻，春普等禀见。据称，自刎身死之候补外委孙枚元之表侄，呈请拦验等语。当谕以既有办过成案，即可免验。唐努乌梁海总管固拉翁札普呈进贡皮，来城请安，递貂皮一张、哈达一块、黑马一匹中。酉刻，奉到五月十一日拜发回折。奏催山东山西欠解月饷折、河南月饷请改拨省分折、提饷委员请传驿站片，均奉旨："另有旨。钦此。"整顿台站片，奉旨："知道了。钦此。"在防出力官兵请择尤保奏折，奉旨："准其择尤保奏，毋许冒滥。钦此。"阴，时晃。午、申刻，均微风，雷鸣，微雨。

十九日(7月21日) 未刻，堂期。后三盟驻班、公刚珠尔札普递小黄马一匹次。申刻，瑞寿、春普、福厚禀见。据称，董秀之案业已讯明，所窃首饰已追出等语。当饬将其马兵革退，解回原籍。乃瑞寿等再四恳求，云伊家有父母，均年逾七十，若将其革退，则其一家人不免冻饿等语。因伊等极力求恩，只得免其革退，仍饬赶紧办稿，咨回原营当差。晴，浓云。午刻，东南阴，雷鸣。

二十日(7月22日) 卯刻，微雨。巳后，晴，云。未刻，北面浓阴,雷鸣,风一阵,时细雨。申后,住。微患腹泻。

二十一日(7月23日)　申刻,松峰、茂如约达铭甫等吃饭。阴。午后,雷鸣,大风。未刻,飞雨星一阵。戌后,雨。亥后,住。现在已形亢旱,山草皆黄,得此透雨,水草可期丰茂矣。日后补记。

二十二日(7月24日)　未刻,出门拜多王,会。商拟赏给丹巴换四品顶戴,赏给嘎勒当五品顶翎。申刻,回署。晴,云。子、寅刻,均微雨。

二十三日(7月25日)　未刻,堂期。申刻,唐努乌梁海掌印总管鄂勒哲依瓦奇尔差人递哈达一块、貂皮一张,青、白马二匹七岁口,中。总管毕吉雅递哈达一块、貂皮一张、玉项黄马一匹七岁口,中。总管迈达尔递哈达一块、貂皮一张、枣骝马一匹七岁口,中。总管札木色楞递哈达一块、猞猁皮一张。晴,云。左上牙疼,仍患腹泻。

二十四日(7月26日)　未刻,出门。拜果亭,会。回署后,丹巴噶勒当来叩谢。赏头等布库那朗、二等布库托克托巴雅尔各小刀一把、荷包一对。酉刻,准兵部递到,六月十八日军机处发交夹板一件。系前奏"催山东、山西欠解月饷,及河南月饷请改拨省分,并提饷委员请传驿站等因",六月初二日奉上谕一道由。晴,微云。园头王承喜送来黄瓜二条。

二十五日(7月27日)　达密鼎札普来叩辞。于二十六日起身。由万盛号代买鹿茸二架。晴,微云。夜丑刻,马二忽然背过二次,幸牛子用针针治始苏。问之,并不觉病,惟胃中恶心,盖受炭气故也。日后补记。

二十六日(7月28日)　午刻,跪接五月二十日拜发回折。奏催经费折、代奏蒙古参赞大臣因病恳请开缺折,均奉旨:"另有旨。钦此。"暂用草坯修补城垣折,奉旨:"知道了。钦此。"后堂期。来文内有户部咨覆一件,内称:"查乌里雅苏台将军额,系由察哈尔都统补放,自应按照将军支食武职一品俸银,每岁一百八十两。至将军任内例无随甲,该员应支养廉之处,应抄录原文,移付山西司查照等因。"晴,云。未后,阴,风,雷电,大雨一阵间有小雹。申初,住。亥刻,复微雨。

二十七日(7月29日)　晴,云。日后补记。

二十八日(7月30日) 巳初,赴东庙。同果亭率同阖城官员,叩贺皇上万寿。毕,略歇即回署。时阴时晃。午刻,雷鸣,风。未刻,微雨,旋晃。子后,雨。

二十九日(7月31日) 未刻,堂期。阴,雨。辰后,雨住,仍浓阴,时细雨。接鹤年禀。据称,遵于六月初二日入局当差。申刻,茂亭等约贯五诸人吃饭。

七月初一日(8月1日) 卯刻,送贯五起身。贯五为人心既糊涂,性复悭吝、多疑而贪,相处九月,诚非易易,因关戚谊,无如何也。后出门拜庙。阴,时雨。午后,住,时微晃。申刻,虹见。酉刻,雷鸣,风,复雨一阵。亥后,时微雨。

初二日(8月2日) 巳刻,文瑞圃之世兄多培禀安,见。因赴哈密省亲,道经乌城。年甫十七岁,系捐输候补员外郎。人尚精明,惟稍有阔少气。阴。早间,微雨。午后,时晃。

初三日(8月3日) 未刻,堂期。后赴理藩院,同果亭验收乌梁海贡皮。毕,放乌梁海章盖、昆都、笔切齐共八缺。后分放该总管等俸银。毕,马明山官印亮等禀见,请借银两。当告以刻下本处库款支绌,实难筹措。而该委员等再四恳求接济,无奈饬部先行借给银二千两,并嘱该委员等一俟该营饷项到乌,即行扣留归款。散后,验看图盟补交官厂马牛,后回署。晴,云。

初四日(8月4日) 未刻,出门。回拜多培未会。后回署。晴,云。觉精神疲倦。

初五日(8月5日) 晴,云。仍觉精神疲倦。

初六日(8月6日) 巳刻,多培来辞行未会。未刻,堂期。时阴时晴。巳刻,大风一阵,微雨。未刻,复微雨。酉刻,雷电,雨一阵。

初七日(8月7日) 巳刻,津贝勒差护卫札木色林送来信一封、哈达一块、代买之羊五十只。未刻,差满回京之博多豁呢和垒卡伦侍卫乌尔棍布系副护军参领禀安,见。阴。辰刻,微雨。巳后,雷鸣,雨一阵。间有小雹。申刻,复雨一阵,虹见。仍时飞雨星。

初八日(8月8日)　峻斋、厚斋、峻峰禀见。因修炕未会。晴，云。夜间，雷。

初九日(8月9日)　交解送犯人之刘万宝带五十七号信。午后，新班驻班将军奇莫特多尔济递哈达一块、黑发黄马一匹七岁口，中。后春普禀见。回放城工羊只事。未后，堂期。阴。辰后，雨。午后，住，徐晴，云。夜间，雨。

初十日(8月10日)　午后，峻斋、厚斋、峻峰禀见。恳请保奖之案多列数名。未后，派查沙宾大坝之委笔帖式瑞山，及巡捕焦德胜等禀见销差，见。阴，时细雨。午、申刻，雷鸣。

十一日(8月11日)　巳刻，剃发。午刻，发覆津贝勒信。所买羊只因伊差人不肯说价，即照市价每只作银二两，共合街市平银一百两，连信同爱兴阿面交原差札木色林领收讫。晴，云。

十二日(8月12日)　巳初，赴东庙。同果亭率同阖城官员，叩贺慈安端裕康庆皇太后万寿。毕，略坐即回署。收例马二匹。一，黄马，七岁口，中；一，青白马，九岁口。阴。未后，时晃。

十三日(8月13日)　未刻，堂期。后多王差达什送来黑花马二匹均九岁口，中。送松峰烟熏枣骝马一匹，送茂如青马一匹。阴。未后，微雨。申后，时晃。

十四日(8月14日)　阴。卯后，雷鸣，雨。未后，住，时晃时飞细雨，虹见。东、南、北三面高山之上积雪已白。时甫中元，尚在伏中，而山巅积雪已如此，则地方之寒可知矣。日后补记。

光绪元年七月十五日(8月15日)　接津贝勒信。差人将羊价送回，只得存之，再行送礼答情而已。阴，时微晃。酉、亥刻，均微雨。日后补记。

十六日(8月16日)　巳刻，果亭拜会。商议各营口分事。未刻，堂期。阴，时微晃。子刻，微雨。日后补记。

十七日(8月17日)　未刻，出门。拜多王，会。时阴时晃。辰、巳、未刻，均微雨。亥后，晴。

十八日(8月18日) 发覆伯王、那王、文星垣信。交原差带回。晴,云。日后补记。

十九日(8月19日) 未刻,堂期。晴,云。日后补记。

二十日(8月20日) 未刻,收例马二匹均红色。发致各省节信。晴,云。

二十一日(8月21日) 晴。

二十二日(8月22日) 午刻,万盛号送哈密瓜六个、西瓜二个均不见佳。时阴时晃。未刻,雷鸣,飞雨星一阵。

二十三日(8月23日) 未刻,堂期。接伊犁将军咨,奏保转运局委员兴昌等咨文。晴,微云。

二十四日(8月24日) 巳初,赴西门外候接秋坪。略坐即进城。同果亭赴后街公馆系乌鲁木齐转运局,拜秋坪,会。略谈即回署。差牛子送秋坪羯羊四只、绍酒二坛。午刻,秋坪拜会,见。申刻,准兵部递到,七月初一日军机处发交五百里夹板一件。系字寄,奉上谕:"荣全奏'索伦领队额尔根巴图,自到任以来,播弄是非,令各大员不能和协'等语,着按照所参各节,确切查明,据实具奏等因。钦此。"晴,微云。

二十五日(8月25日) 未初,出门。拜秋坪、果亭,均会。申刻,回署。秋坪来辞行,会谈许久,酉初始散。差牛子送多王狐腿马褂筒一件、海龙尾二个、银鼠袖头一副、灰鼠条帽檐一副、车骡鞦嚼全分、高茶叶二瓶。晴,云。

二十六日(8月26日) 卯刻,出门。赴南门外候送景秋坪。略坐即同果亭跪请圣安,后回署。未刻,堂期。淡阴,凉。申后,徐晴。

二十七日(8月27日) 未刻,出门。拜多王,会。申初,回署。酉刻,札盟副盟长、公密帕木三保请安,会。递哈达一块、马二匹。一,烟熏枣骝,中;一,红海骝,次。晴,微云。

二十八日(8月28日) 辰正,出门。赴北庙候送多王,略谈即辞行。巳后,回署。晴。日后补记。

二十九日(8月29日) 未刻,堂期。申刻,见盛勋。晚间,上城闲步。晴,微云。日后补记。

三十日(8月30日)　晴,微云。

八月初一日(8月31日)　巳刻,出门拜庙。午刻,传见兴昌、吉祥。商酌放款。未刻,理藩院呈画停止买驼等稿。晴,云,风。酉后,风息。子后,微雨。

初二日(9月1日)　巳刻,果亭拜会,见。晴,云。

初三日(9月2日)　午刻,赵明回署。接五十七号家信及角弓等物。未刻,跪接正月二十五日拜发回折。内批:"军机大臣奉旨:知道了。钦此。"后堂期。派荣庆、王世隆坐厅差。晴,微云,风,冷。

初四日(9月3日)　辰刻,赴东庙,同果亭率同阖城官员,恭祭关圣帝君。礼毕,查验现存军器等项,后回署。未刻,哈达哈、崇山禀见。回俄商强奸蒙女案内口供。申刻,卓凌阿号立亭禀见,会。晴,微云。

初五日(9月4日)　酉刻,约盛绩卿勋、舒茂亭林、丰厚庵绅图、富云田里布、鄂文轩勒哲依巴彦及松峰、茂如吃饭。子后,散。晴,云。未刻,风,阴,飞雨星。申后,虹见,风息。酉刻,徐晴,云。

初六日(9月5日)　早间,写奏片。未刻,堂期。晴。

初七日(9月6日)　绥远城委员解到驼价银三万两。晴,微风,云。

初八日(9月7日)　巳刻,同果亭拜发"奏催鲁、晋、豫三省积欠月饷"折;委员金山因病遣撤回营片;拟添内阁纸张银两片;"卡伦侍卫桂明年满,奏请更换"折;解送采买西征粮台驼只数目片;"公达什拉普坦捐助军需羊一千只,奏请奖叙"片;代奏多普沁札木楚遵旨回旗折;"接奉寄谕,派员驰赴塔城确查"片单衔。后点委永营札兰、防御、骁骑校各一缺。午后,散。科布多所派借饷委员倭什贺禀见。嘱其先行回城,听候筹办。晴,微风,云。

初九日(9月8日)　午后,堂期。未刻,出门。赴东门外,会同果亭挑绿营兵缺。马兵一缺、步兵三缺、余丁三缺。申初,回署。晴,云。

初十日(9月9日)　巳刻,送茂如、绩卿起身。派赴塔城查办事件。

茂如带郭什哈杜玉、薛绳武、刘福涌，绩卿带郭什哈鄂齐尔巴图。薛绳武昨夜并未在署，今日巳刻始回。因加申斥，不令跟随前往，经白文治再四恳求，声称伊实因收拾绵衣来迟，委无别故，如有他事，情甘认罪等语。因茂如业已应准，余亦只得允之。阴。巳后，雨。酉后，间雪。夜间，住。四围山上积雪甚厚。

十一日(9月10日) 晴，云，微风，凉。夜间已微冻，花草间有冻伤者。

十二日(9月11日) 晴，云。日后补记。

十三日(9月12日) 午刻，转运局换班兵宁振魁等回城，带来和义公信一封及所买食物六驮。未刻，堂期。晴，微云。

十四日(9月13日) 未刻，准兵部递到，七月二十五日军机处发交夹板一件。系字寄，奉上谕："英廉、荣全先后具奏，甲兵策楞巴图自戕殒命一案，着额勒和布提集全案人证、卷宗，秉公严讯，务得确情，按律定拟，据实具奏，毋稍徇隐等因。钦此。"晴，微云。是日，公务极为繁多。

十五日(9月14日) 晴，微云。

十六日(9月15日) 午刻，任满阿拉克鄂博卡伦侍卫塔钦太禀辞，见。后阿敦章盖西呢音等派喇嘛根敦系昆都之弟等赴恰克图置办口粮来请安。当交伊等银一百四十两，嘱其购买珊瑚顶珠。未刻，堂期。晴，微云，风。

十七日(9月16日) 晴，微云，时风。

十八日(9月17日) 晴，云。寅刻，大风，后时风。夜间，上冻。日后补记。

十九日(9月18日) 巳刻，同果亭拜发恭叩慈禧端佑康颐昭豫庄诚皇太后万寿贺折。差巡捕郝俊等呈递。后堂期。未刻，绥远城解送驼价委员英瑞禀辞，见。晴，微云。

二十日(9月19日) 传见哈达哈。交付咨覆俄官匡索尔稿底。晴，微云。

二十一日(9月20日) 托舒茂亭带五十八号家信，并交伊银三十两。托其代买镀金鞦嚼及骲头箭。午刻，金升回转运局当差禀辞。未刻,福厚等查驼回城销差,舒林、舒祥赴河南领饷禀辞,均见。晴,云。巳后,阴。午后,大风。申后,息。天气惨淡,四围烟雾迷漫,冷。夜间,坑水已冻分许,花草率多冻伤。

二十二日(9月21日) 午刻,舒林、舒祥、金升禀辞,见。晴,云,冷。日后补记。

二十三日(9月22日) 未刻,堂期。阴。午后,徐晴,微云,风。

二十四日(9月23日) 阴。巳后,徐晴,微云,风。

二十五日(9月24日) 未刻,福厚禀见。回解送巴里坤驼只情形。晴,云。夜间,微雨。

二十六日(9月25日) 未刻,堂期。阴,时微晃。午后,时微雨。申后,微风。戌后,徐晴,云。

二十七日(9月26日) 未刻,传见兴昌。谕其迅速办稿,咨行陕西巡抚,所有四川解到本城饷银,仍祈派员解赴张家口,交收转运;并一面咨行绥远城将军,如前项银两业已运解到绥,祈即饬交本城提饷委员福厚领解回乌。并谕其于西征粮台驼价内,借拨银五千两,派员迅速解交科布多。晴,云。未后,阴,时晃。酉刻,飞雨星。戌后,雪厚寸许。夜间,住。

二十八日(9月27日) 未刻,果亭拜会,见。商议保奖等事。阴,时晃。酉刻,风,雪一阵,旋晃。

二十九日(9月28日) 午刻,札盟盟长色德巴札尔差图萨拉克齐请安,递哈达一块。未刻,堂期。散后,札盟副将军、贝子车德恩顿多普多尔济请安,递哈达一块、黑马二匹均七岁口,中,见。晴,云。巳后,阴。午后,细雪。亥后,住。

九月初一日(9月29日) 巳刻,出门拜庙。酉刻,济克济特札普因押运军粮至哈尔呢敦,交卸毕来城请安,递奶饼一匣。晴,云。日后补记。

初二日(9月30日) 晴,云。日后补记。

初三日(10月1日) 未刻,堂期。后春普禀见。据称,据骁骑校瑞喜呈报,委署笔帖式集馨拏取俄商洋锁,呈请查办。并据街市官厅禀报前情,且云吉兰、集馨系属弟兄,向来声气均不见好,请咨回原旗等语。当谕以俟此事查办明白,再行办理。申刻,济札兰关领口分后来叩辞。交带致熙台信。晴,微云。未后,阴,冷。

初四日(10月2日) 午刻,春普禀见。据称,集馨之案业已了结。呈画革退吉兰候补笔帖式、革退集馨委署笔帖式咨回原旗稿。晴,云。

初五日(10月3日) 晴,云。

初六日(10月4日) 午刻,同果亭拜发"循例查验现存军器,及官厂驼马"折;循例派员查阅孳生驼厂折;"台吉捐输,请赏花翎"片;"接奉寄谕,咨提人证、卷宗"片单衔。后堂期。酉刻,札萨克图汗部落盟长、公色德巴扎尔请安,见。年六十七岁,人极谦蔼。递哈达一块、马二匹。一,兔虎,六岁口;一,青马,七岁口,中。阴。巳后,雪,时大时小。留云田、文轩等在鹄棚吃烤肉。亥后,雪住。

初七日(10月5日) 未刻,瑞寿赴京呈进贡皮禀辞,见。初八日起身,托带五十九号家信。晴,云。申后,飞雪花一阵。戌后,微雪,旋晃。

初八日(10月6日) 时阴时晃。午刻,微雪。未刻,微风,复大雪一阵。

初九日(10月7日) 未刻,堂期。转运局兵丁押解山东协饷到城。带来五十八号家信及藕粉等物,并和义公信及代买米、豆等项。留云田、文轩食烤肉。晴,微云。

初十日(10月8日) 午刻,传见送驼营兵田文进。询问驼只情形。未刻,传见哈达哈。谕其拟派妥员赴巴里坤查验驼只,妥为交收。后营兵冯世必系山上郭什哈呈递副令官玉兴禀一件,系求照看冯世必者。并请见。酉刻,春普、图伽布禀见。据称,偷窃瑞章京表物之赃贼均经拏获。一名王英,一名杜亮,一名陈瑞,均系绿营步兵等语。当谕以先行斥革,收狱严究。晴,微云。

十一日(10月9日) 申刻,哈达哈禀见。回交驼事件。酉刻,派哈普尔札普赴巴里坤帮同交驼。晴,微云。

十二日(10月10日)　晴，微云。

十三日(10月11日)　未刻，堂期。后峻峰禀见，会。晴，云。

十四日(10月12日)　未后，峻峰禀辞，见，留其射箭。后同云亭、文轩等食烤肉、便饭。戌刻，散。晴，微云。

十五日(10月13日)　晴，云。

十六日(10月14日)　未刻，堂期。后传见春普。交付拟请保奖官员清单。酉刻，坐厅巡捕荣庆、王世隆回署。据称，偷窃街市铺户之贼已拏获。一名系图盟人，名拉穆札普，贼未全获。据供，同伙六人，其五人均分赃逃走云。日后补记。

十七日(10月15日)　晴，微云。

十八日(10月16日)　酉刻，春普禀见。呈回保奖清单。阴。申后，时风时晃。

十九日(10月17日)　未刻，堂期。晴，微云。

二十日(10月18日)　未刻，传见春普。交付拟请开复哈达哈原参处分附片奏底。后兴昌、吉祥禀见。据称，经费不敷，请提借驼价开放驻班官兵口分等情。晴，云。亥后，阴。后半夜，雪。

二十一日(10月19日)　未刻，传见春普。交付请奖折、片底。阴，雪。巳后，住。雪厚寸许。午后，时微晃。

二十二日(10月20日)　午刻，春普呈回清单内吉祥之官阶错误。淡阴，时晃。申后，细雪一阵。

二十三日(10月21日)　未刻，堂期。拟定请奖清单。散后，景秋坪之委员盐运使衔甘肃补用道裕厚禀安，见。号仲安，人甚精练，系京城正黄旗人，后改归乌鲁木齐驻防，现又奏归京旗，因办奏销进京。阴，时微晃。申后，飞雪花，冷。已滴水成冰。穿皮袄。子后，雪厚二寸余。

二十四日(10月22日)　未刻，伊犁委员头等侍卫巴彦布号润泉禀安，见。因病告假，并管解患病官兵回京。晴，云。

二十五日(10月23日)　午后，车王之子密济特多尔济拜会，见。后果亭来署。原定于午刻发折，因折单内错落太多，饬承更正，至酉刻始行修补整齐。酉刻,同果亭先行跪接八月初八日拜发回折。奏催积欠月饷折,奉旨:“另有旨。钦此。”奏添内阁纸张银两片、委员金山因病遣撤回营片、代奏多布沁札木楚回旗折,均奉旨:“知道了。钦此。”卡伦侍卫年满折,奉旨:“该衙门知道。钦此。”达什拉普坦捐输羊只片,奉旨:“该衙门议奏。钦此。”采买驼只片、派员赴塔片,均奉旨:“知道了。钦此。”后拜发遵旨保奖防剿出力官兵折、内单一件,计八十员。酌保尤为异常出力官员片、计四员。拟请开复哈达哈处分片、筹款拨还西征粮台驼价折。戌刻,散。后拆阅各处来文。因见察哈尔都统咨:“乌鲁木齐委员四品官依精阿,领解部饷九万八千两等因”,因筹款拨还驼价折内有“乌鲁木齐借用之项,恐致无着”,当饬内阁派人驰追折件。是日,因公事繁多,至丑刻始歇。晴,云。

二十六日(10月24日) 未刻,堂期。申后,春普禀见。请开复邢占魁钱粮,当谕其请示大人办理。晴,微云。

二十七日(10月25日) 未刻,出门。拜密公车王之子,会。后回署。酉刻,青山禀见。据云,昨晚赶至七台,已将报匣追回。当将筹还驼价折撤下,其请奖折定于明日午刻封发。时阴时晃。申后,阴,时飞雪花。戌后,雪间雨。夜间,大风。雪厚寸许。

二十八日(10月26日) 午刻,封发请奖折、片。毕,传见兴昌、吉祥。交付改拟奏底。晴,云。

二十九日(10月27日) 未刻,堂期。阴,时微晃。后半夜,雪厚二寸余。

三十日(10月28日) 申刻,折差温华回城,奉到五月二十日拜发回折。皇上万寿贺折,奉清字朱批:“知道了。钦此。”谢恩折,奉旨:“知道了。钦此。”阴。巳后,徐晴,冷。夜间,风。屋内水盆已冻冰。

十月初一日(10月29日) 辰初,出门拜庙。后回署,略歇。辰正后,出门。赴南门外,候接新任蒙古参赞大臣车王官印车林多尔济。略谈即进城。回署后,车王拜会,见。申刻,同果亭拜发筹款拨还西征粮台驼价折、遵照部议改奖蒙员折、检举更正片。晴,微云,冷。早间尤甚。

初二日(10月30日)　午后,出门。拜车王,会。未正,回署。密公禀见,会。请看谢恩折,并商议公事。晴,云。微觉感冒伤风。

初三日(10月31日)　未刻,堂期。申正后,同车王、果亭拜发呈进贡皮折三衔、车王到任折单衔。酉刻,散。仍患伤风,服藿香正气丸。晴,微风。

初四日(11月1日)　车王差那逊送来料砖五块。伤风仍未见效,服正气丸。晴,云。

初五日(11月2日)　伤风仍未轻减,服正气丸。晴,云。以上二日均后补记。

初六日(11月3日)　未刻,堂期。申刻,青山禀见。据称,车王派伊查台,并斟酌传单事。晴,微云。感冒未清,鼻塞愈重,夜间作热。日后补记。

初七日(11月4日)　车王差那逊等送蓝摹本缎一卷、银灰江绸一卷、针黹一匣、蓝玻璃长把碗一对。因咳嗽伤风,畏凉,未射箭。晚间,服甘草绿豆汤。晴,微云。灰鹤被狗咬伤,倒毙一只。

初八日(11月5日)　午刻,赴东门外,同车王、果亭挑补绿营兵缺。马兵,一缺;步兵,五缺;余丁,七缺。毕,阅看演放开花洋炮。共二尊,每尊演放三出。赏炮兵二十二名银各一两。散后,同果亭赴车王寓送行。伊定于初九日起身查群,其子亦于是日回旗。申刻,回署。车王、密公先后来辞行,均见。新任内阁侍读兴升禀到,见。带来五十九号家信及藕粉等物。酉刻,车王差那逊送来说帖一纸。系更改台路等事,当告以俟斟酌妥协再行商办。晴,微云。戌刻,见照山上有一圆光,似月而小,其色较红,时暗时明。据郭什哈等云,系仙家炼丹云。

初九日(11月6日)　午后,堂期。车王又差那逊送来说帖二件,并索回字。因所叙之事均不甚紧要,且堂期未散。当告以无暇写回信,原字存留备办。晴,云。午后,风。酉后,大风。子后,微小。伤风稍减,夜间咳嗽。

初十日(11月7日)　巳初,赴东庙,同果亭率同阖城官员,叩贺慈禧端佑康颐昭豫庄诚皇太后万寿。毕，略坐即回署。未刻，青山禀见。回查台事。晴，云。午前，时风，冷。伤风、咳嗽仍均未愈。

十一日(11月8日) 未后，青山差多欢将车王所给回字送阅。清文，不通，不解所谓。淡阴。卯后，微雪。巳后，住，晃。午刻，复淡阴，微雪。未后，徐晴。夜间，时风，冷。

十二日(11月9日) 未后，有俄商三人来署声称，蒙古欠伊等银两，欲见将军等语。经巡捕喜麟约同理藩院官员及驻班将军等，向其理论，执意不走。云，必须换给印文始肯回去。复经再四开导，许久始去。晴，微云，冷。

十三日(11月10日) 午刻，乌勒希布因伊母故。请假回口。交带六十号家信及致莲舫、文山信。未刻，堂期。散后，倭峻峰禀安，见。淡阴。巳后，徐晴，云。

十四日(11月11日) 酉刻，车王回城，差人请安。淡阴。巳后，徐晴。

十五日(11月12日) 午刻，车王差那逊送来分赏家人等口老疲瘦马十匹。系群内赢余。申刻，车王拜会，见。后峻峰禀辞，见。再四恳请调其来城当差，当告以俟后商酌办理。晴，云。夜间，时风。晚间，服午时茶。夜间，大汗。

十六日(11月13日) 未刻，堂期。车王、密公差人问候。晴，云。自十一日起，因伤风咳嗽未出屋门。

十七日(11月14日) 午刻，哈达哈、崇山禀见。呈回犯供，当因所叙情形不符，谕令另行询问。果亭拜会，见。车王、密公差人问候。未刻，会同果亭监放赏乌梁海马匹、彭缎、银两等物。毕，传见兴昌等。交付拟请"将官兵本色折支，自奏请拨款之日起，加四支给"奏底。据兴昌等声称，车王交咐所有汉稿均令翻清送阅，现在户部通晓翻译之员甚少，请派普祥兼户部行走。查系因公起见，当允如所请。未后，哈达哈、崇山禀见。据称，普祥现在理藩院，经手事件较多，恐不能兼顾等语，当谕令与户部商酌办理。并称俄商之事已回明车王，谕俟派员赴该盟查对，如果欠债之人相符，再行办理等语。阴。未后，飞细雪。申刻，风。戌后，徐晴。

十八日(11月15日)　午刻，密公来辞行，会。未刻，差牛子送车王袍褂料一套、洋烟一瓶、水獭袖二副、貂皮二张。晴，微云。时微风。

十九日(11月16日)　车王差人问候。巳后，陕甘总督派办西路粮台委员、候选从九〔品〕秦杰禀见，会。系湖南宁乡县人，语言极为难懂。询据声称，前次札文尚未接到。当饬理藩院检查原稿送阅，乃迟至未初始行送到。当将原稿交其阅看，并谕其将现在情形详细禀报，以凭办理。未正，堂期。晴，微云。

二十日(11月17日)　车王差人问候。午刻，接倭恒额禀。据称，该营三起官兵不领饷银等因。申刻，接秦杰禀。晴，微云。

二十一日(11月18日)　未刻，传见春普。谕其密传天义德商民丁彭年，讯其有无扣留脚价情事。晴，云。申后，阴，细雪。亥后，住。雪厚五六分许。

二十二日(11月19日)　未刻，传见兴昌。谕其赶紧开放达营黑龙江兵饷。后春普禀见。据称，已传丁彭年到案。据供，此项驼价银两，伊并未经手等语，当谕取具供结。晴，云。

二十三日(11月20日)　未后，堂期。福庆回城请安。申刻，奉到九月初六日拜发回折。查验军器驼马折、查阅孳生驼厂折、提传人证卷宗片，均奉旨："知道了。钦此。"台吉捐输片，奉旨："该衙门议奏。钦此。"淡阴，时微晃。夜间，风。

二十四日(11月21日)　申刻，驻班将军、公阿育尔色德丹占札木楚俗称阿育尔公禀见，会。据称，归绥粮石已运至阿勒达尔台，现在无从觅驼，请示办法。当谕以此项粮石最关紧要，既已运至阿勒达尔台，自应赶紧与三、札两盟驻班札萨克等妥筹接运。不论如何为难，总须运至巴里坤交收，断不准半路延搁，是为至要。秦杰亲身送来参、翅、腿、茶礼物四色璧回。嘱松峰将札饬两盟情形告之秦杰，并谕理藩院将札行两盟之稿交阿育尔公阅看。晴，云。申后，时风。

二十五日(11月22日)　申刻,阿育尔公禀见。仍请示运送西路粮石办法,当谕其迅速差人赴札盟盟长处催驼,一面在城招雇驼只,一面与三盟运粮之官商办接运。酉后,散。晴,微云。

二十六日(11月23日)　未刻,春普禀见。呈阅丁彭年供词及天义德保结。后堂期。晴,微云。

二十七日(11月24日)　未后,传见春普。谕其再行提传丁彭年,斟讯供词,并交付咨札各处稿底。后传见崇山。交付咨覆匡索尔稿。后鄂文轩由达营回城。带来该营察哈尔头起兵丁控告统带达密兰呈词一纸。晴,微云。是日公事极为繁多,加之写家信、包封、应酬信,刻无休暇,以致头目眩晕,子刻始歇。

二十八日(11月25日)　午刻,阿敦兵根敦等回城。买来珊瑚珠一串,计二十二枚,价银四十一两,大小均不合式,因其业已买来,姑暂存之。又买得大铜盆二个,价银四两,尚可。未后,春普禀见。呈回译汉呈底。后阿育尔公禀见。回雇驼事。接茂如等到塔禀。及荣润庭咨文一件,英介臣咨送抄录原奏全案文一件。晴,微云。戌后,阴。子后,雪约厚四五分。

二十九日(11月26日)　未刻,堂期。发札撤达密兰统带,并提传察哈尔兵丁札文。派候补笔帖式图伽布、委署笔帖式爱兴阿、普祥、多欢、吉惠、瑞山缮写查办事件文案。六员均春普保荐。申刻,同果亭跪接叩贺慈禧皇太后万寿折。奉清字朱批:"知道了。钦此。"后同车王、果亭拜发元旦贺折。交折差额尔格图,带六十一号家信及应酬信。酉刻,发咨行英介臣公文一件。限日行六百里,标三十日卯刻。晴,云。子后,微风。夜间,微雪厚二分许。

三十日(11月27日)　申刻,春普禀见。呈阅守备福尔松阿报呈,内称新挑步兵艾禄同玉振斛赴伍下声称,补缺不公等语。当谕令认真详查,毋稍祖护。阴,时微晃。

十一月初一日(11月28日)　因感冒伤风未清,未拜庙。申刻,哈达哈、崇山禀见。呈画札催札盟驼只稿,并云闻得札盟盟长业已病故云。晴,微云。夜间,时风。

初二日(11月29日)　淡阴,时微晃。夜间,微雪厚分许。

初三日(11月30日)　未后,堂期。派温华、吕万祥坐厅差。晴,微云。夜间,微风。

初四日(12月1日)　传见四部院噶来达等。谕令各于本衙门内择保向来当差得力者二员,以备核给咨奖。申刻,春普禀见。呈回咨奖旧案。晴,微云。

初五日(12月2日)　午刻,接通商衙门咨文一件、信一封。申刻,车王差人送来说帖一纸。内商办之事八条,并请逐件明白回复等语。当即详细阅看,满文大半不通。内仅有二条尚系署中应办之件,其余各条皆盟内应办之事。当告之来人,暂且留下,斟酌办理。晴,微云。

初六日(12月3日)　未刻,哈布尔札普、舒噜等赴巴里坤送驼完竣,回乌销差,见。询问情形。后堂期。交车王三次所送说帖于内阁、理藩院,谕其详核办理。申后,接茂如等由塔起身禀。哈布尔札普代递常秀安禀一件、杏核一包。禀帖,存;杏核,璧回。晴,云。未后,淡阴,时微晃。

初七日(12月4日)　申刻,兴昌、吉祥禀见。呈回拟请咨奖官员。后春普禀见。呈回所取棍布罗累供词,因两造供情不符,谕令详核究办。晴,微云。

初八日(12月5日)　未刻,理藩院呈回拟补管理绰和尔台图萨拉克齐稿。据称,车王谕,仍拟放管一年等语。当谕令检查有无办过此等成案。申刻,兴升、青山禀见。呈递拟请咨奖官员名单,并呈画来文稿。晴。酉后,时风。

初九日(12月6日)　未后,堂期。所提达营兵丁已报到乌。酉刻,色普珍阿回城禀见。饷银在后,伊先带同郭什哈二名回城。接未列号家信一封。及亲友信。晴,云,时淡阴。夜间,时风。

初十日(12月7日)　未后,派松峰同云田及春锦堂普提讯察哈尔头起原告兵丁。因供词含混,未取供。申正,散。晴,云。夜间,时风。

十一日(12月8日) 午刻,三音诺颜部落王桑嘎锡哩递哈达一块,请安,见。接和硕亲公额尔奇木济尔噶朗信。未刻,提讯察哈尔头、三两起兵丁。春普因病未到。申后,散。哈达哈、崇山禀见。呈回稿件。并称,咨行库伦之文,车王仍拟改交库伦大人提讯。当谕以"本将军未敢遵办,请车王再行斟酌"。丰绅图押饷回城禀安,见。带来食物筐二个。晴,云。夜间,时风。

十二日(12月9日) 午刻,桑王差人送来摹本缎袍料二件、针黹二色。未刻,提讯察哈尔三起营总满斋及该起兵丁等。接秦杰禀。淡阴。巳后,徐晴。未后,时风。戌刻,又见照山上炼丹。

十三日(12月10日) 差牛子回送桑王礼物。计貂檐一副、貂皮二张、水獭袖二副、灰鼠条帽檐一副、水獭尾领二条、蓝玻璃把碗一对。未后,堂期。接秦杰禀。因所叙情节支离,当与松峰拟批诘询。晴,微云。酉后,时风。

十四日(12月11日) 未后,派松峰、云田、文轩、锦堂提讯塔城案内之蒙妇巴彦济尔噶勒、喇嘛莫伦札木布、民人赵善子。所供多与塔城原供不符。晴,微云。早间,时风。

十五日(12月12日) 午刻,兴昌、吉祥禀见。呈回原禀米面价值。未刻,提讯赵善子、莫伦札木布。所供情形均与塔城原供吻合。阴。巳刻,时微晃。

十六日(12月13日) 午刻,果亭之世兄官印乌尔图那逊禀见,会。未刻,堂期。接茂如、绩卿禀。晴,微云。

十七日(12月14日) 未后,出门。拜乌世兄,会。淡阴。巳后,徐晴,云。

十八日(12月15日) 申刻,王吉祥、陈魁、阎宝谦回城,带来驮子三个计六号。晴。夜间,风。

十九日(12月16日) 未刻,桑王禀见,会。后堂期。转运局弁兵夏纯德等解到河南饷银二万两。附带驮子四只。晴,微云。夜间,时微风。

二十日(12 月 17 日)　申刻，兴昌、吉祥禀见。据称，昨日收到河南饷银内短宝一只等语，当谕迅速取具解饷弁兵供结，札查转运局。晴。巳前，时微风。

二十一日(12 月 18 日)　巳后，果亭拜会，见。未后，提讯达密兰营务处笔帖式及察哈尔三起营务处笔帖式。供均含混。晴，微云。子后，时风。晚间，据马二等禀称，据贾常金声称，伊不愿常班，愿与张希顺等一体该班等语。因孩子无知，未便责办，只好允之。

二十二日(12 月 19 日)　未后，提讯塔城案内之蒙古兵闹海、吉林泰，绿营兵铁喜。取供。淡阴。巳后，徐晴，云。

二十三日(12 月 20 日)　未后，堂期。车王差那逊以所拟查阅台站清文奏底请看。因底内列有伊子之名，当告以未便更改，请王爷自行酌定。申刻，提讯达营笔帖式等。晴，云。

二十四日(12 月 21 日)　午刻，车王复差那逊来云，奏底内已将少爷之名删去，请阅。当告其先交理藩院译汉后再看。未刻，提讯塔城案内之铁喜、巴彦济尔噶勒、吉林泰、闹海及委员、佐领巴雅尔泰。申后，散。接多王信。晴，云。

二十五日(12 月 22 日)　接茂如信。伊犁委员国仁泰带来。未刻，提讯达营三起营总满斋、笔帖式拉特那巴札尔。后提讯塔城案内之满兵萨里杭阿、外委石涵、委员伊勒春。晴，微云。子刻，风。

二十六日(12 月 23 日)　午刻，李福告假起身回家。交带六十二号家信。未后，堂期。后内阁衙门禀称，适接西台传单云，松委员等于本月十九日由科布多起身等语。申刻，传讯察哈尔头起兵丁及营总鞥克巴雅尔泰、札兰三音额尔德穆图、防御精莫特托克托布、兵棍都嘎勒桑、彭苏克等。酉刻，散。晴，云，时微阴。子后，时风。

二十七日(12 月 24 日)　午刻，塔城案内多仁泰报到。未刻，提讯察哈尔案内之三音布彦等。后传讯塔城委员刘宽、巴彦图、巴雅尔泰及闹海。申刻，散。内阁衙门差人送信云，适有蒙兵来署云，松委员等于今日住阿勒达尔台云。发覆多王信。交理藩院转致。晴，云。午后，阴。

酉后，雪。子后，住雪厚寸余。

二十八日(12月25日) 午后，松峰等赴街市候接茂如。询据伊犁委员承寿之前站云，松老爷现在科布多迤东头台住着等语，始行回署。申刻，奉到九月二十八日、十月初一日两次拜发回折。九月二十八日拜发之遵保防剿出力官兵折，奉旨："顺龄等均着照所请奖励，该部知道。单并发。钦此。"奏恳从优奖励尤为异常出力人员片，奉旨："永德等均着照所请奖励，该部知道。钦此。"奏请开复哈达哈原参处分〔折〕，奉旨："哈达哈着开复原参处分，仍以额外笔帖式补用，该部知道。钦此。"初一日拜发之改奖蒙员折，奉旨："该衙门议奏。钦此。"检举更正片，奉旨："着理藩院查明更正，杜嘎尔、多布沁札木楚、福厚均着交部照例议处。钦此。"筹款拨还驼价折，奉旨："另有旨。钦此。"戌刻，富里布、鄂勒哲依巴彦、丰绅图、色普珍阿叩谢，见。晴，云。

二十九日(12月26日) 未后，堂期。毕，传讯塔城案内之多仁泰及伊犁委员国仁泰、德克津布、哈钦、承寿。酉刻，散。内阁委署笔帖式顺庆递禀，恳请改给奖励。晴，云。酉后，阴。

三十日(12月27日) 未刻，车王拜会，见。后提讯察哈尔案内普尔布札普等，及塔城案内之哈钦、吉林泰、闹海、铁喜。申后，散。接绩卿查验水洞禀。晴，云。

十二月初一日(12月28日) 巳后，出门拜庙。午刻，将顺庆原禀发还。未刻，准兵部递到十月三十日军机处发交四百里夹板一件。系字寄，筹款拨还驼价银两，奉上谕一道由。后内阁官员等禀见。呈画稿件。毕，据青山声称，闻得顺庆在将军前递禀，实属非是，请将其撤回原旗等语。查所云系属因公，是以允之。申刻，传讯塔城案内之刘宽、哈钦，对质。及解差兵讷木德咧克，并察哈尔案内之鞥克巴雅尔泰等。卯刻，微雪。巳后，晴，云。

初二日(12月29日) 未刻，奉到十月初三日拜发会〔奏〕回折。呈进贡皮折，奉旨："该衙门知道。单并发。钦此。"单奉旨："览。钦此。"清折同。毕，派兴昌赴京呈领敕书。并给假两个月，回旗省亲。散后，传讯刘宽、闹海、吉林泰、铁喜及察哈尔案内鞥克巴雅尔泰等。阴，微雪。巳后，徐晴，云。

初三日(12月30日)　早间，腹泻。申初，堂期。散后，传讯鞥克巴雅尔泰及塔城案内之伊勒春、萨里杭阿。阴。午前，时微晃。申刻，微雪。

初四日(12月31日)　阴，时飞细雪。午前，时微晃。酉后，徐晴。

初五日(1876年1月1日)　申刻，传讯多仁泰、闹海、萨里杭阿及察哈尔案内之巴图鄂奇尔、佛尔国明、永春。酉后，散。晴，微云。戌后，淡阴，细雪。

初六日(1876年1月2日)　未刻，杜玉回署。据云，盛老爷已于昨晚到头台，定于明日进城等语。申初，堂期。散后，传讯巴彦济尔噶勒、铁喜及察哈尔案内之鞥克巴雅尔泰、满斋。酉刻，散。阴，细雪。巳后，晃，极冷。笔墨均冻。

初七日(1876年1月3日)　未刻，哈密委员候补都司傅国相请安，递冰鸭、糖瓜等物璧回。未后，茂如、绩卿回署。申刻，约乌世兄送行及茂如、绩卿、云田、文轩、春溪、厚庵、松峰吃饭。亥后，散。留绩卿在署往宿。子刻，同绩卿等闲谈，丑后始歇。晴，微云。

初八日(1876年1月4日)　午刻，托兴盛亭昌带六十三号家信。伊于今日起身。申刻，吉祥等禀见。呈回开放丰营遣撤官兵口分事。晴，微云。

初九日(1876年1月5日)　巳后，差牛子持帖送乌世兄起身。发致子明、辅庭信。交提饷委员倭什贺带回。未刻，堂期。散后，传讯塔城案内之多仁泰、闹海。晴，云。未后，阴，冷。未出门而脚已冻。

初十日(1876年1月6日)　晴。子后，时风。日后补记。

十一日(1876年1月7日)　未刻，果亭拜会，同赴辕门外照壁前挑补绿营兵缺。马兵，一缺；步兵，一缺；余丁，一缺。晴，微云。子后，时风。

十二日(1876年1月8日)　未后，传讯鞥克巴雅尔泰、满斋。

酉刻，春普禀见。呈回吉林兵根住控告前委营总桂林呈。当谕其查案办理，并饬桂林暂缓起程。晴，微云，风。

十三日(1876年1月9日) 未后，堂期。申正，始散。传讯德克金布。晴，微云。

十四日(1876年1月10日) 未刻，车王拜会，见。申后，始散。传讯德克金布、刘宽。对质。晴，微云。

十五日(1876年1月11日) 申刻，同车王、果亭拜发"本色粮石折银，仍请加四支放"折；请撤达密兰等统带片；"津吉里克卡伦侍卫三年期满，奏请更换"折。晴，云。

十六日(1876年1月12日) 未后，堂期。放察克达兵三缺。散后，传讯鞥克巴雅尔泰及玛哈达瓦等。交图伽布等，在署缮写"查明荣全奏参额尔根巴图"折。子后始散。阴，微雪。巳后，住厚二分许。旋晴，云。

十七日(1876年1月13日) 未刻，丰厚斋、倭峻峰叩见。谢保举。会。申刻，传讯察哈尔头起委笔帖式等。晴，云，冷。

十八日(1876年1月14日) 晴，云。日后补记。

十九日(1876年1月15日) 卯刻起来，待至辰后始陆续到齐，画堂期稿。后同果亭、车王拜发请拨各省关的饷二十万两并催河南山东山西月饷折三衔、查明索伦领队额尔根巴图被参各款折单衔。封印。毕，放理藩院主事职衔一缺福厚、所遗委署主事一缺、放崇山。所遗额外笔帖式一缺、放哈达哈。候补笔帖式二缺。内阁一缺，放爱兴阿；户部一缺，放普祥。巳初，散。未刻，哈达哈、崇山禀见。呈回车王所改稿件，当谕查案办理。申刻，管理花硕落图台台吉哲克伯即札克巴递哈达一块、汤羊一只。回给伊荷包一对。晴，微云。

二十日(1876年1月16日) 未后，松峰、云田、锦堂、文轩提传塔城案内人证，覆核供词。晴，云。巳后，淡阴。

二十一日(1876年1月17日) 未刻，亲提复讯塔城案内之伊犁大员侍卫台庆自称帮办伊犁事务大员、委员国仁泰、承寿、哈钦、德克金布，塔城委员刘宽、巴彦图、巴雅尔泰及营总多仁泰，并伊勒春、萨里杭阿、铁喜、赵善子、闹海、吉林泰、喇嘛莫伦札木布即春布、石涵、蒙妇巴彦济尔噶勒、讷木德咧克。申后,始散。晴。

二十二日(1876年1月18日)　未刻,同车王果亭因病未到。拜发会同科布多奏催经费折、查阅孳生马群折、查阅南台折。毕,谕内阁传知各处今年毋庸拜年。申后,散。晴,微云。

二十三日(1876年1月19日)　未后,堂期。毕,拜发果亭因旧疾举发请假两个月折系果亭单衔;安折,系三衔,车王亦因病未到。春普请示咨奖弁兵可否先换戴顶戴。当以咨文不日即可行出,谕令先换顶戴。晴,微云。

二十四日(1876年1月20日)　巳刻,果亭差富里布来云,今春大人与多王曾恳将军施恩赏给岳顺等顶戴,未蒙允许。今一年以来,大人详查岳顺等当差勤慎,并无过犯,且咨奖弁兵均已更换顶戴,拟仍请赏给伊等六品顶戴等语。当以果亭再四恳请,且系虚衔顶戴,未便固执,致失寅谊,只好许之,不得已也。阴。未后,徐晴,云。因王永全昨日偷骑松峰之马,经巡捕等将其责惩后,驳入大狱内当差。

二十五日(1876年1月21日)　申刻,车王差那逊送来汤羊、黄羊、野猪各一只,冰鸭、鸡、鱼各一对,柿子、冻梨各一包。晴,微云,时微风。

二十六日(1876年1月22日)　果亭差人送猪肉一块、鱼一对、火腿一条,冰鸭、鸡各一对,老米一盒。并送茂如、松峰席一桌、酒一坛。未刻,阿敦章盖西呢音等递黄羊二只、汤羊一只、奶子一皮袋。申刻,堂期。准兵部递到军机处发交五百里夹板一件。系字寄,荣全奏"催山西、江西月饷等因",奉上谕一道由。接总理衙门六百里夹板一件。系函致俄国施领事官赴乌、科二城商办公事由。差牛子送果亭汤、黄羊各一只,鸡、鸭子五十五枚,熏肉一块。送车王鸡一对,老米一盒,猪肉、熏肉各一方,火腿一条,鸡、鸭子一盒。晴,微云。

二十七日(1876年1月23日)　扫舍宇。未刻,出门。拜车王、果亭均会。申后,回署。多王差人送信一封、哈达一块、大烟荷包一个、奶食一匣。后哈达哈、崇山禀见。呈画咨行陕督稿。当嘱达哈达代拟覆多王信底。札克台台吉禅巴善都普递哈达一块、汤羊一只。北九台台吉递哈达一块、汤羊一只、奶子一肚。阿勒达尔台台吉迪嘎札木楚即迪嘎达赉递哈达一块、汤羊二只、奶子一肚。各回给荷包一对。万盛号送礼四色。收藏香一束,余均璧还。马明山亮送礼四色璧还。晴,微云。

二十八日(1876年1月24日) 午刻,驻班副将军、三音诺颜王车林敦都普递哈达一块,请安,会。阿育尔公送江绸袍褂料一套。回送伊九件细针黹一匣、笺纸二匣、染水獭尾领一条、水獭袖一副。哈尔呢敦台台吉刚精楚递哈达一块、汤羊一只。回给伊荷包一对。发覆多王信。回送鸡、鸭、鱼各一对,交原差带回。晴,微云。

二十九日(1876年1月25日) 午刻,据兵部报称,监犯莽嘎拉玛于早间越狱逃走等语。当谕令刻即多派兵丁迅速跟踪追捕,毋任远扬。未刻,库伦哲普尊丹巴胡图克图差喇嘛送藏香四束、紫氆氇一块、紫花氆氇一块、蓝哈喇一块、大哈达一块。管理巴里坤尔路台站台吉奇莫特那木济勒递哈达一块、汤羊一只、奶子一肚。津贝勒差护卫送来信一封、哈达二块、汤羊二只、奶食二匣。申刻,阿育尔公禀见,会。班满,禀辞回游牧,叩谢指教。哈尔呢敦鄂绰肯额尔德呢班迪达胡图克图差人送来杏黄江绸袍料一件、哈达一块、奶食一匣、小火镰一把。驻班副将军、王车林敦都普送藕色贡绸次、月白缎尤次各一卷,紫哈喇、蓝一面呢各一块,小火镰一把,汤羊一只。札雅班第达胡图克图棍布札普差斋桑请安,递哈达一块、藏香二小束、汤羊一只。晚间,佛前上香行礼,祖宗、茔地前行礼。子刻,天地前上香行礼。丑初,歇。晴。

光绪二年(1876)乌里雅苏台

光绪二年岁次丙子正月初一日癸巳(1月26日) 辰刻,赴东庙,会同车王,率同阖城官员等,恭拜龙牌。佩刀,行三跪九叩首礼。

毕，关帝、火神、马王、财神前上香行礼。后四部院官员及前、后任驻班副将军并统带永德、察哈尔营总等均在庙请安，见。后赴南菩萨庙上香行礼。毕，回署。灶君、仙人堂、护身佛、园神前上香行礼。后祖宗、茔地前行礼。因在国服期内，未拜年。午刻，和硕亲公额尔奇木济尔嘎朗差人请安，递哈达一块、小火镰一把。推台台吉吹札普递哈达一块、汤羊一只。回给伊荷包一对。晴，微云。子后，时微风系东南风。

初二日(1月27日)　申刻，准兵部递到总理衙门夹板一件。系知照，俄国施领事官来乌、科等情由。晴，微云。午刻，日晕双耳。亥后，时微风。

初三日(1月28日)　晴，云。申后，时微风。

初四日(1月29日)　未后，传见春普。谕其速办越狱之案。晴，云。巳后，阴。亥后，晴。

初五日(1月30日)　晴，云。

初六日(1月31日)　淡阴。午后，晴，云。申后，时阴。

初七日(2月1日)　未刻，出门。拜果亭、车王，均会。申刻，回署。车王差那逊送来鹿尾二盘不佳。晴，微云。

初八日(2月2日)　未刻，春普同守备福尔松阿等禀见。据称，越狱逃犯已于昨日拏获等语。当谕令迅即严行究讯，毋稍瞻徇。申刻，车王拜会，见。议论四盟报灾等事。晴，云。

初九日(2月3日)　淡阴。巳后，徐晴，暖。夜间，时风。

初十日(2月4日)　未刻，鄂文轩禀辞。于十一日起身赴口，与大人领取俸廉，托带六十四号家信，函恳熙台转寄。淡阴，时晃。午后，细雪。酉后，住。

十一日(2月5日)　申刻，济克济特札普解运军粮至哈尔呢敦，交卸完竣，来城请安，递哈达一块、奶饼一匣。淡阴，时微晃。辰、申刻，均微风。晚间，富里布来拜寿，见。

十二日(2月6日)　未刻，署统带永顺叩见，人尚明白，惟有嗜好。会。后吉祥、瑞林禀见。呈回济克济特札普等请领口分事。当谕令查案核放，并谕令迅速办稿，查催永德军营口米，毋再耽延。晴，云。

十三日(2月7日) 申刻，春普、札朗阿禀见。呈回讯取莽嘎拉及狱兵等供词，当谕其详查律例，妥为拟办。申正后，济札兰禀辞，见。交带致熙台信，并嘱其过穆胡尔嘎顺台时如见喇嘛拉们札普，托其占课。晴，微云。戌刻，风。

十四日(2月8日) 阅堂期稿。晴，云。未后，阴。申后，复晃。

十五日(2月9日) 巳刻，出门拜庙。因果亭请假，代为拈香。未刻，堂期。车王差那逊下帖，约于二十日吃饭。当辞以大人现在请假，俟大人病痊后再行聚会。晴，云。日后补记。

十六日(2月10日) 未刻，吉祥、瑞林禀见。呈画催运永营军米稿。申刻，差牛子赴车王寓辞帖，并送三音诺颜驻班副将军王车林敦都普四色针黹一匣、海龙尾领一条、水獭袖头一副、料烟壶一个、熏烟二瓶、奶腐干一长匣。接转运局京报。晴，云。子后，时风。晚间，松峰看出"提讯塔城案件"折内皇太后徽号写错。

十七日(2月11日) 未刻，驻班副将军、王车林敦都普禀见，谢送礼。会。后吉祥、瑞林禀见。呈递应领月支米石数目单。淡阴，风，时晃。午后，晴，云。申后，风息。

十八日(2月12日) 晴，云。未后，时风。日后补记。

十九日(2月13日) 辰正，同车王开印。毕，画堂期稿。巳后，散。晴，微云。

二十日(2月14日) 拆阅来文，内有车王咨呈一件。内称台站之事，内阁衙门稽延不办，请径严催饬办等语。申刻，同车王拜发裁撤患病官兵折双衔；"遵旨提讯策楞巴图自戕殒命一案，按律定拟"折单衔。散后，传见哈达哈。谕其于应办事件务当赶紧清理，毋得稽延。并谕其俄商讨要账目之事，总须按照和约开导晓谕，毋得任其肆行等语。晴，微云。

二十一日(2月15日) 巳刻，有科布多差人递到禀帖一件，当即拆阅，系科城候补防御笔帖式纳拉山、防御用即补骁骑校胡雅克图、军民人等禀控，该城总理文案委员宜贵及随员主政等假公济私，朦胧多端,侵吞肥己,声名狼藉等情。共胪列四十二款。经松峰、茂如提讯,据供:“系山西民人,名韩自重,因科城换防张家口兵冯喜雇伊来乌投递。其中何事,一概不知”等语。未刻,传讯鞥克巴雅尔泰及笔帖式多尔济策楞、帖写鄂莫。酉刻,散。阴。巳刻,微雪。未后,徐晴。

二十二日(2月16日)　车王差那逊送来商办四盟报灾说帖一包。晴。子后,风。

二十三日(2月17日)　未刻,和硕亲公额尔奇木济尔噶朗禀见,会。后堂期。交车王之说帖于理藩院。散后,传讯台松阿、丹比等。申后,散。晴,微云,时风。

二十四日(2月18日)　未后,传讯永春及丹比、达呢、棍都、三吉密都普等。酉刻,散。淡阴。午前,时微晃。子后,细雪。

二十五日(2月19日)　未刻,传讯恩福、鞥克巴雅尔泰、达呢、棍都。申刻,散。吉祥、瑞林禀见。据称,乌鲁木齐差员所解系属军装,并无饷银等语。当谕令再行详查察哈尔都统咨文。晴,淡云,晴,雪。

二十六日(2月20日)　申刻,堂期。散后,传讯达呢及鞥克巴雅尔泰之郭什哈等。晴,云。夜间,微雪。

二十七日(2月21日)　未刻,出门。拜果亭,会。申刻,回署。吉祥、瑞林禀见。呈回园地租事。后张鸣盛等解运浙饷到乌,带来驮子三个及武顺等安禀,并信纸、竹纸、奶饼各一匣。晴,微云。戌后,风。

二十八日(2月22日)　申刻,吉祥、瑞林禀见。据称,此次解到浙江饷银内,又有一包短银六十八两等语。当谕令迅速办稿,札查转运局。后传见解饷弁兵朱得珍、张鸣盛。询问情形。阴,风,雪。午刻,风息,雪住,微晃。未后,复阴,冷。酉刻,徐晴。

二十九日(2月23日)　午刻,车王又差那逊送来三盟报灾文底一件。只得留阅。申刻,堂期。接玉敏、瑞寿禀。阴。巳后,徐晴,云。

三十日(2月24日)　晴,云。酉后,细雪。

二月初一日(2月25日)　辰刻，出门拜庙。申刻，传见崇山、交付改妥折底。札朗阿。交付所取供结，饬令另行复讯，并交付改正咨奖单。晴，冷。夜间，风。

初二日(2月26日)　卯刻，赴东庙，同车王率同阖城官员，恭祀关圣帝君。散后，回署。恭阅邸抄，十二月十三日奉旨："此次查办武职废员圈出之恩合等，均着兵部带领引见。钦此。"巳、申刻，车王差那逊等三次送来野猪一口、白马一匹小走，次、小烟熏枣骝马一匹中，小走。晴，微云，冷。

初三日(2月27日)　未刻，堂期。晴，微云。夜间，时微风。

初四日(2月28日)　未刻，传讯达呢、鞥克巴雅尔泰、旺沁等。掌责达呢嘴三十五，仍未实供。申刻，永营德麟峰祥由京回城请安，带来六十号家信、太平桥信各一封及家中带来食物，并和义公代买之白面等物。晴，云。

初五日(2月29日)　午刻，色普珍阿禀辞。告病回旗，于初六日起身。未刻，传讯达密兰、鞥克巴雅尔泰。申刻，散。晴。

初六日(3月1日)　申刻，堂期。派刘福泉、魏铭坐厅差。晴，微云。丑后，时风。

初七日(3月2日)　午刻，丰厚斋禀见，会。带领吉林营总成群叩谢。未后，吉祥禀见。呈回拟派七品顶戴、兵王成林，赴口送交银两等物。后传见图伽布。交付兵部所取狱兵供词，令其再行详讯。晴，微雪。子后，时风。

初八日(3月3日)　未后，崇山禀见。呈回捐输附片行款不符。后车王拜会，见。晴，微云，风。巳后，风息。申后，阴。亥后，时风。夜间，雪厚寸余。

初九日(3月4日)　写家信。申刻，堂期。四部院呈回所拟采买米面章程。阴，时微晃。未后，大风一阵，后微雪。申后，时微风，徐晴。

初十日(3月5日)　未后，吉祥、瑞林禀见。呈回正项不敷开放，请借用军需银两。晴。

十一日(3月6日)　午刻,传见王成林。交带六十五号家信。未后,传讯台松阿具结及达密兰、达呢。申正,散。酉初,吉祥、瑞林禀见。呈回发放科布多路台站口分。晴,微云。

十二日(3月7日)　申刻,奉到元年十二月十九日拜发回折。请拨各省关的饷折、奏催苏木台站饷银片,均奉旨:"另有旨。钦此。"查明索伦领队额尔根巴图被参折,奉旨:"荣全、额尔根巴图均着交部议处。钦此。"后内阁呈画稿件。是日公务极为繁多,殊觉头目眩晕。晴,云。夜间,时风。

十三日(3月8日)　未刻,堂期。晴,云。

十四日(3月9日)　申刻,传见春普。因其所拟监犯越狱奏底不妥,交其再行详核更拟。阴,细雪。巳后,时微晃。午刻,复微雪。未后,徐晴,云。

十五日(3月10日)　巳刻,出门拜庙。申初,跪接十二月十五日、二十二日、二十三日拜发回折。十五日拜发之本色粮石仍请加四支放折,奉旨:"户部议奏。钦此。"请撤达密兰统带片,奉旨:"知道了。钦此。"津吉里克卡伦侍卫期满折,奉旨:"该衙门知道。钦此。"二十二日拜发之查看马群折、查阅南台折,均奉旨:"知道了。钦此。"会同奏催经费折,奉旨:"另有旨。钦此。"并准军机大臣知会:已奉有寄信谕旨,令鲍源深筹拨矣。二十三日拜发之果亭请假折,奉旨:"杜嘎尔着赏假两个月。钦此。"后拜发奏补司员折、请领军火片、额尔奇木济尔噶朗捐输请奖折、车德恩丕勒吉雅捐输请奖片。车王云病,未来。晴,微云。

十六日(3月11日)　申刻,堂期。散后,传讯达密鼎等五名及拉特那巴札尔等四名。酉刻,散。晴,云。酉后,时风。

十七日(3月12日)　未后,吉祥禀见。回发放多王、果亭前买商人羊价。后传讯满斋、鞥克巴雅尔泰、达密兰。申后,散。晴,微风。亥后,时风。

十八日(3月13日)　据丰盛阿等报称,该营吉、黑两起兵丁,因口分半关,不敷食用,欲行赴乌见将军,不服管束等语。当交兵部迅速办稿,札覆该统带等妥为弹压,毋任滋生事端。晴,云。夜间,时微风。

十九日(3月14日) 午刻,接丰盛阿等禀。据称,将出首语言之两起兵丁做为领袖,查有吉林头起队兵富山、来福、永喜等三名,黑龙江二起队兵哲克东额、博兴阿、兴福、柏寿、菩图善等五名,均目无官长,大乖纪律,恳祈饬交兵部严行审讯等语。当嘱松峰等办信回复,令其妥为约束,傥不认真办理,致令滋生事端,定行从严参办。申刻,堂期。晴,微云。夜间,时风。

二十日(3月15日) 申刻,吉祥、瑞林禀见。回玉敏盐菜银两,交永营委员富存带口转寄。晴,微云,暖。

二十一日(3月16日) 巳刻,果亭拜会,见。未刻,开弓射鹄。未后,丰厚斋、倭峻峰禀见,未会。据称,吉、黑两起兵丁不服管束,请示办法。当传谕令其妥为弹压,自行究办。晴,微云。

二十二日(3月17日) 巳后,丰厚斋等禀见,未会。据报,已将为首闹饷之委官富尔松阿就近在街市拏获,送交兵部,请严讯。未刻,春普禀见。后传讯富尔松阿。取供,后交街厅看管。晴,微云。戌后,时风。

二十三日(3月18日) 未后,春普、札朗阿禀见。呈画咨奖稿。并据春普声称,伊母时常来信想望,祈遇便赏差,回旗省视。当谕以从缓酌办。后堂期。晴,云,时微风。

二十四日(3月19日) 未刻,吉祥、瑞林禀见。呈回由绥领到四川饷银一万两,并称所拟采买米面章程车王尚未交下,当谕令再行催取,以便办理。酉刻,接毓铨禀。声叙解运饷银情形。晴,微云。

二十五日(3月20日) 午刻,丰盛阿等呈送干证立精阿到乌,当即提讯。据供,详细情形一概不知。未刻,同果亭拜发果亭销假折单衔。安折系三衔,车王因病未到。后同果亭射鹄。申正后,散。晴,微云。

二十六日(3月21日) 午刻,马明山亮禀见,会。据称,该营委员德征所解饷银除会兑及置办军装外,仅余银千余两,不敷归还欠款等语。未刻,丰营黑龙江二起营总忠保报到。松峰、茂如、云田见伊,面询情形。未后,堂期。申正,同果亭诸人射鹄。晴,微云。

二十七日(3月22日) 未后,果亭同车王来射鹄。酉初,散。晴,微云。

二十八日(3月23日)　未刻,丰营委员成斌等由京回乌禀安,见。带来舒茂亭代买之包金鞦嚼鸽子、鲍头雀笼等物。后吉祥、瑞林禀见。呈回采买米面事,及该衙门应行换防人员。后同果亭等射鹄。晴,云。戌后,阴。子后,时风。

二十九日(3月24日)　未刻,堂期。申刻,三音诺颜部落盟长锡哩巴札尔札普请安,见。晴,风,云,冷。未射鹄。

三十日(3月25日)　未刻,同果亭等射鹄。酉初,散。晴,微云,风。

三月初一日(3月26日)　巳刻,出门拜庙。未后,同果亭等射鹄。晴,微云。

初二日(3月27日)　午刻,果亭差云田以忠保差双寿送来之信呈阅。大致以所调三人,吉、黑两起兵丁不容呈送等语。未后,同果亭等射鹄。酉初,散。晴,微云。

初三日(3月28日)　未刻,堂期。谕内阁、理藩院,秉公酌拟各该衙门换防人员。申初,新换乌鲁木齐驻乌转运局委员、三品顶戴、甘肃候补知府恩龄系镶黄旗汉军人,号小槎。禀见,会。后出门,同果亭赴车王之约。菜甚平常。戌后,散,回署。晴,微云。亥后,时风。

初四日(3月29日)　车王差那逊送来官厂驼单一纸。当交理藩院核办。未初,出门。拜马明山、恩小槎均投帖。后回署。申初,吉祥、瑞林禀见。呈回夏纯德、朱得珍等所递供词,当谕令再行札饬转运局声覆。晴,云。未后,风。午刻,车王约松峰、茂如等吃饭。酉后,回署。

初五日(3月30日)　午刻,接忠保禀。据称,该起兵丁等不令传送柏寿等三人由。未刻,兴升、青山禀见。呈回该衙门换防官兵。后提讯营总满斋及原告干证兵丁等。申刻,散。三盟盟长锡哩巴札尔札普差那逊送来哈达一块,米色、宝蓝摹本缎衣料各一件,蓝哈喇、红小呢各一块。晴,风,微云。酉后,风息。

初六日(3月31日)　午刻,接丰盛阿等禀一件。据称,现在黑龙江二起兵丁颇知畏惧,具呈恳恩,请免究办等语。当即札覆该兵等,既知悔惧,此次姑免提究其为首人。仍着该统带等查明责惩,以儆将来。嗣后傥再不遵约束,定行从严究办,决不再宽。未刻,堂期。派荣庆采买米面。晴。

初七日(4月1日) 未后,同果亭等射鹄。申刻,吉祥、瑞林禀见。呈回截留巴里坤饷银二千两,及派嵩山采买米面。晴,云,时微风。未后,时阴。

初八日(4月2日) 午刻,发札覆丰盛阿等札文。并饬富尔松阿等回营当差。未后,同果亭等射鹄。申刻,吉祥、瑞林禀见。回三盟图谢公捐输面斤事。晴,云,时微风。午后,时阴。

初九日(4月3日) 申初,堂期。申正后,散。同果亭等射鹄。晴,云。

初十日(4月4日) 差牛子送锡盟长四色细针䒷一匣,海龙尾领一条,水獭袖头一副,花糕、奶食各一匣。未后,同果亭等射鹄。晴,云,时风。

十一日(4月5日) 未刻,奉到正月二十日拜发回折。汇奏裁撤患病官兵折,奉旨:"知道了。钦此。"遵旨提讯策楞巴图自戕殒命一案按律定拟折,奉旨:"刑部议奏。钦此。"后传讯玛哈达瓦等。申初,同果亭等射鹄。酉后,散。晴,云。时微风。

十二日(4月6日) 午、未刻,郝俊、何忠尧先后回署。申刻,同果亭跪接八月十九日拜发回折。叩贺慈禧皇太后万寿折,奉清字朱批:"知道了。钦此。"后同果亭等射鹄。酉后,散。阴。午后,风。申后,大风。

十三日(4月7日) 恩晓槎龄送礼八色璧回。未刻,堂期。散后,同果亭等射鹄。晴。午前,微云,时微风。

十四日(4月8日) 未刻,吉祥、瑞林禀见。回截留乌鲁木齐饷银事。后传讯玛哈达瓦等。申刻,射鹄。果亭因腿疼未来。晴,微云。

十五日(4月9日) 未刻,郭什哈范喜等由口押解河南饷银一万两回城。接京报。申刻,准兵部由驿递军机处夹板一件,及光绪元年十二月初八日御赐福字一张,大荷包一对,小荷包六个,小银锞四个,银钱四个,挂面四把,莲子、南枣等物一小包。因原来木匣大半破损,沿途遗失,所存无几故也。晴,云。是日来文甚多,殊觉精力不支。

十六日(4月10日)　折差额尔格图回城,带来六十一号家信及笺纸、官封、藿香正气丸。未刻,接熙台、莲舫信。申初,同果亭跪接十月二十九日拜发回折。元旦贺折三件,均奉清字朱批:“知道了。钦此。”后画堂期稿。毕,同果亭等射鹄。晴,微云,风。

十七日(4月11日)　未后,同果亭等射鹄。申刻,倭峻峰禀见,因伊恳求果亭将其留城差委,是以来见。会。晴,微云,时风。

十八日(4月12日)　午刻,倭峻峰禀见,盛绩卿谢委,派赴山西提饷。均见。未刻,同果亭及峻峰等射鹄。晴,微云,暖。

十九日(4月13日)　未刻,堂期。接丰盛阿呈报,探得围困布伦托海之贼,于十四日窜至科城迤南六台许之察汗郭勒地方等语。当即办稿札行各处,一体侦探,妥为严防。散后,同果亭等射鹄,酉刻甫散。春普同厅弁刘福泉、魏铭来见,云适见城西北兔儿岭上有白旗一面,真武庙后山上有黄旗一面等语。当与果亭商酌,差派富里布带领兵丁前往查看。并据春普与松峰等商议,拟在街市设立稽查处等语。当派春普、崇山总办,并令于笔帖式内择派四员及巡捕白文治等,带领兵丁十名,帮同巡查办理。并令派绿营兵百名分为五班,每日夜间上城巡更。谕哈达哈,传谕驻班将军等,派拨察克达兵丁在四围山前后稽查,蒙古住户不准容留外来之人,遇有面生可疑之人,立即拏送究办。如敢抗违,定行一并重处。戌刻,云田将所插之旗取来呈阅。一,黄布者,宽二尺许,长三尺许;一,白布者,宽尺许,长二尺许。上均有墨印之唐古忒字,及佛像并蒙古八宝等物,盖即喇嘛庙内所挂之玛呢布也。永峻斋、倭峻峰、春锦堂与松峰、茂如商办一切,至亥后始稍定。约云田来署,告知现办之事,嘱其回明大人。子后,松峰、茂如上城查看巡夜兵丁,丑正后始歇。固知贼匪纵极飘忽,断不能如是之速即到乌境,奈乌城曾遭兵燹,人心惶惑,故不得不预为布置,借以镇抚也。晴,云。未后,大风。

二十日(4月14日)　巳后,春普由稽查处回城。据称,昨日山上所插之旗,询系察哈尔营总鞥克巴雅尔泰等昨午念经所插,并取具伊等供结阅。当谕将此实情晓谕街市铺户人等，以免张皇。未刻，吉祥、瑞林禀见，请派管仓库营弁。派葛凤舞。哈达哈、崇山禀见。回发给三营传用驼马票。当谕其先行办稿，札行吉厦，转饬各旗妥为预备。申刻，约马明山亮、果亭、车王吃饭，并约峻峰、绩卿、云田、厚庵、松峰、茂如，外约田敬园绍祖、张掌柜在川堂吃饭。亥刻，散，与峻峰等闲谈。子后，成斌等在西门报到。因业已关城，令其明日来见。丑刻，茂如、峻峰查城，丑后始歇。晴，微云，暖。

二十一日(4 月 15 日) 巳刻，成斌、车登栋多克禀见；派伊等赴科城坐探。未刻，田敬园禀见，均会。申初后，同果亭等射鹄。酉后，散。议定自是日起，茂如、峻峰、云田、厚庵每日一人查夜，并谕兴升、青山、吉祥、哈达哈分班巡查。晴，云。

二十二日(4 月 16 日) 申初，同车王、果亭拜发“科布多咨报，逆匪窜至科城迤南沙札盖台等情，当饬各营，严防侦探”折；“照例更换乌、科二城戍守满洲官兵”折；蒙员捐输花翎片；蒙古捐输仍请展限片。散后，同果亭、车王等射鹄。车王先行散去。接永顺、丰盛阿探报呈文各一件。所探均未确实。申刻，因贼匪已窜至科南五台，而署统带永顺身弱多病，且有嗜好，恐难得力，当札饬帮带卓凌阿、营总鞥克巴雅尔泰，带领在乌候案官兵等暂行回营，妥筹办理。酉后，卓凌阿、鞥克巴雅尔泰禀见。谕其迅速回营，妥为整顿布置，并拣派妥实官兵确实侦探，毋稍疏虞。留峻峰暂在茂如屋内居住，俟小书房即箭厅修理妥协，再行自己起火。晴，云。

二十三日(4 月 17 日) 未刻，堂期。散后，射鹄。果亭未来。晴，云，时淡阴。

二十四日(4 月 18 日) 未刻，射鹄。果亭未来。晴，云，时淡阴。

二十五日(4 月 19 日) 栽蒜。未后，射鹄。果亭未来。晴，云。午前，淡阴。

二十六日(4 月 20 日) 未刻，堂期。散后，射鹄。晴，云。午前，阴。未后，风。

二十七日(4 月 21 日)　未后,射鹄。仅得筹四十一枝。晴,云。巳后,大风。戌后,风息。

二十八日(4 月 22 日)　巳刻,接科布多咨文二件。内称,贼匪窜至博东齐一带,请派队会剿等语。当即办文咨覆,并札饬三营,确实侦探。未刻,传见吉祥。谕其于军需项下,借拨银二千两,即交科城借饷委员希拉布,迅速解回。申初,射鹄。晴,云。午后,时风。

二十九日(4 月 23 日)　未刻,堂期。散后,射鹄。晴,云。巳后,时风。

四月初一日(4 月 24 日)　巳刻,出门拜庙。未后,射鹄。吉祥、瑞林禀见。回乌鲁木齐解饷委员锦寿不容截留饷银情形。申刻,接卓凌阿呈文一件。据称,贼匪飘忽靡常,拟进队三五台,相机进剿等语。当即札覆,照依所报办理,务须择要扼扎,小心侦探,毋稍大意。晴,微云。巳刻,微风。

初二日(4 月 25 日)　午后,田敬园绍祖禀见、辞行,会。送蓝摹本缎袍料一件、天青江绸褂料一件,辞之不获,只得收之。差牛子回送敬园四色针黹一匣、染貂帽檐一副、海龙尾领一条、水獭袖头一副、茶叶二瓶、火腿一条。收针黹、茶叶,余均璧回。申后,射鹄。阴。巳刻,微晃。午后,时风。丑刻,微雨。

初三日(4 月 26 日)　未刻,堂期。申刻,同车王、果亭拜发“叩谢御赐福字、荷包等物恩”折;代奏锡哩巴札尔札普谢赏郡王衔恩折。散后,射鹄。晴,云。午刻,飞雪花。是日,峻峰移于小书房居住。

初四日(4 月 27 日)　未刻,传见吉祥、瑞林。谕其本月分各营口分,均按整月放给。后射鹄。酉刻,奉到二月十五日拜发回折。奏补司员折,奉旨:“着照所请该部知道。钦此。”请领军火片,奉旨:“另有旨。钦此。”蒙员捐输请奖折、片,均奉旨:“该衙门议奏。钦此。”晴,微云,时风。

初五日(4 月 28 日)　未刻,射鹄。晴,云。巳后,大风。戌后,风息。放鱼池水。日后补记。

初六日(4 月 29 日)　午后,鄂文轩回乌禀到,见。带来乌勒希布托带之六十二号家信及亲友信。未刻,堂期。散后,射鹄。晴,云。辰后，大风。酉后，微息。

初七日(4月30日)　未后，射鹄。阴，时微风。酉刻，微晃。

初八日(5月1日)　午刻，准科布多大臣咨称："据统领喜莫得等禀报，于四月初一日在库布图地方迎击贼匪，大获胜仗，共杀毙贼匪二百余名。余匪数十名，现仍侦探，跟踪踩访等情。所有乌城队伍，祈停止前进"等语。当即办稿咨札各处。申刻，射鹄。阴，风，时微晃。戌后，风渐息，徐晴，冷。池水复冻五六分许。

初九日(5月2日)　未后，堂期。散后，巡捕兴云及郭什哈杨贵、郭世亮等由绥远城领解口袋回乌销差。酉刻，兴荣斋升见松峰云，适有达贝勒旗台吉巴图德勒格尔赴该员寓所声称，上年曾送过银十两，今年又送过银四十两，均收到否？该员闻之，不胜诧异，当即究诘。据云，系绰和尔台兵丹曾经手，遂传该兵丹曾究讯。据云，上年之银伊曾经手，被内阁官员瑞喜截去，今年之银业已退回等语。当将此情回明王爷，王爷谕令赴将军、大人处打到各等语。当以该员既已回明车王，自应听候车王办理。晴，云，风。酉后，风息，冷。

初十日(5月3日)　未后，射鹄。申刻，乌勒希布回乌。带来蜜供、月饼共二小篓，袜子二双，腿带二条。晴，云，时微风。

十一日(5月4日)　午后，赴东门外，同果亭车王未到。挑补绿营兵缺。东镇：马兵一缺，补杜玉；步兵三缺。西镇：马兵一缺，挑赵英；步兵三缺。余丁共七缺，记名余丁二名。一，王明；一，武进宝。未正，散，回署。后射鹄。酉刻，奉到果亭销假折。奉旨："知道了。钦此。"晴，微云，时风。

十二日(5月5日)　午刻，射鹄。申刻，福厚禀到。因其前日回乌，今日始禀到，故未见。酉后，兴云递骲头箭五枝。并送松峰五枝。因此物非他物可比，不收伊亦无用处，是以留之。晴，云。未后，风，阴。戌后，大风。亥刻，雨，后雪。

十三日(5月6日)　传费永昌炸麻花。午刻，福厚禀见，会。递水獭马褂筒一件、绍酒一坛、松花一盘、点心一匣、火腿一条。收点心一匣，余均璧还。申刻，堂齐。散后，射鹄。亥刻，稽查处巡捕白文治、荣广等进城禀称，适有乌鲁木齐差员自称姜老爷，在街滋事，不服弹压，将枪架折坏、旗帜撕破等语。当以天时太晚，谕其先行回明大人，明日再行办理。晴，云。未后，阴，时雪。酉后，住，徐晴，云。

十四日(5月7日)　未后，射鹄。晴，云，时微风。早间，约峻峰吃薄饼。

十五日(5月8日)　未后，射鹄。晴，微云，时微风。晚间，栽种杨树。

十六日(5月9日)　未后，堂期。散后，射鹄。晴，云。巳后，阴，时微晃，大风。

十七日(5月10日)　未后，射鹄。申刻，接津贝勒信一封、哈达一块，伊勒固克森胡图克图哈达一块。酉刻，拆阅来文内有毓铨、金升、鹤年禀各一件。晴，云，时阴时微风。

十八日(5月11日)　午刻，车王差那逊送来翻清乌梁海总管等呈文三件、照抄俄国执照六纸，请留阅。未后，射鹄。晴，云，风，时阴。

十九日(5月12日)　申刻，堂齐。接总理衙门五百里夹板二件。内信二封。散后，射鹄。阴，风，时微晃。申后，风息，微雨。亥后，复微雨。

二十日(5月13日)　未后，射鹄。酉刻，发覆总理衙门信。由驿五百里驰递。阴，时晃时微风。丑后，微雪。

二十一日(5月14日)　未后，射鹄。申刻，吉祥、瑞林禀见。呈回毓铨等禀，请示办法。当谕以先传潘世桥等斟询。时阴时晃时微风，凉。

二十二日(5月15日)　未后，射鹄。申刻，吉祥、瑞林禀见。据称，已询问潘世桥等，所说情形亦不相符，请将军定办等语。当谕以此事关人名节，岂可率然定办，仍应详加讯问，务得确情，再行核办。晴，云，时微风。日后补记。

二十三日(5月16日)　未后，堂期。散后，射鹄。申刻，盛绩卿勋赴山西领饷禀辞，定于二十四日起身。见。托带六十六号家信及应酬信、福字，并静村唁信、分金，和义公银、信、口袋、麻绳、白毡、油篓等物。晴，云，时风。万盛号王掌柜送点心四色，收橘子四枚、鸭梨九枚，余均璧回。

二十四日(5月17日) 未后，射鹄。晴，云。

二十五日(5月18日) 未后，射鹄。阴，时微晃。戌后，徐晴。

二十六日(5月19日) 未刻，堂期。散后，射鹄。晴，云。

二十七日(5月20日) 辰刻，科城坐探委员车登栋多克等，因探得科城已无贼踪，回城销差。成斌因落马先行回营，未来城。午刻，车盟署驻班副将军拉苏隆札普递哈达一块收、青马一匹璧回。未后，射鹄。晴，云，时微风。

二十八日(5月21日) 巳刻，会同果亭拜发蒙员捐输请奖折、检举更正片、奏调官厂驼只片均三衔，期届查边仍请展限单衔。车王差人来云，因乌拉不齐，不克拜折。午刻，散。约峻峰吃薄饼。未后，射鹄。晴，云，时微风，暖。多禀。

二十九日(5月22日) 未刻，堂期。准兵部递到，军机处发交六百里夹板一件。系字寄，奉上谕："托伦布等奏'回匪攻扑布伦托海民厂，派兵侦探'一折，着多派官兵协力剿办，毋任蔓延等因。钦此。"散后，射鹄。晴，云。

五月初一日(5月23日) 巳刻，出门拜庙。未后，射鹄。晴，微云，暖。换穿大、小夹袄、夹裤。

初二日(5月24日) 未刻，吉祥、瑞林禀见。回采买米面事。车王又有更改之处，当谕其详细回明，毋再耽延。后射鹄。戌刻，吉祥由山回城。据称，已将情形详细回明车王，奉谕即照原议办理。当谕其迅饬该兵丁等，押驼起身，毋再迟缓，又生枝节。晴，微云，时风。

初三日(5月25日) 巳刻，俄国施领事官名施沙木呼福[1]差前站来请安，并递公文一件。昨日询据福厚、春普等声称，同治九年福将军任内，俄国领事官来乌，仅与预备房屋，并未备有饭食，现拟令其在北庙居住等语。今

---

① "施沙木呼福"，又译"施沙木列夫"。

据兵部候补笔帖式图伽布回称，该前站云，该领事官不欲住拜牲房子，请给蒙古包五顶，并呈递房样一纸。当谕照依办理。郭什哈薛存曧云，九年该领事官来时，备有下马饭一桌，伊曾在彼应差等语。因以事关外国，未可更张。当谕兵部，仍照成案支应。并谕与户部，商酌筹款。送羊四只，酒二坛，米、面各一袋。即回明王爷、大人知道。缘屡接总理衙门函嘱，务当以礼相待，故不得不应酬也。未刻，堂期。派喜麟、郝俊坐厅差，并谕将闰月分给四班，每班七八日，以昭公允。散后，射鹄。种杨树。晴，微云。

初四日(5月26日)　巳后，兵部差图伽布请验送施领事官食物。系八八席一桌，点心二盘，羊四只，白米、白面各一袋，黄酒一篓。申初，施领事官拜会，见。人颇谦恭，年四十一岁。散后，同果亭跪接三月二十二日拜发回折。科布多咨报贼匪窜扰沙札盖台折，奉旨："另有旨。钦此。"更换乌、科二城戍守满营官兵折，奉旨："知道了。钦此。"蒙古捐输仍请展限片，奉旨："着照所请，该衙门知道。钦此。"蒙员捐请花翎片，奉旨："该衙门议奏。钦此。"散后，射鹄。晴，云。天气惨淡。

初五日(5月27日)　未刻，同车王、果亭回拜施领事官，见。伊处备有点心、洋糖等物，食其小黑色糖饼一枚、蜜果一枚，其形似杏，其色金黄，其味甜酸，不知何名。申后，回署。略歇，射鹄。晴，微云，时风，暖。

初六日(5月28日)　未刻，堂期。未正，同车王、果亭及四部官员等会见施领事官。前定于今日未刻，会商公事。据施领事官云："三、札两盟各旗蒙古所欠俄商之债，请立限清结"等语。当答以"各旗蒙古所欠之债，本衙门并不知悉，无从办理"。据云"吉厦处均有案据可查"。车王答云："两造所说账目、数目率多不符，须查问明白，再行办理。"并告以"乌属地方辽阔，蒙民众多，良莠难齐，恐不肖蒙人设词赊欠后远扬无踪。即使咨知本处，该蒙古系某旗之人既不知悉，即无处传问。贵国商人数千里而来贸易，岂不亏损资本？嗣后尚须晓谕贵国商人，务当以现银交易，切不可赊贷，致无着落"。据云："此事已谕知本国商人，不准赊欠矣。"又据该领事官云"撒哈赖之案，该国之法极重"等语。当答以"本国此等罪名重于人命，此案俟贵国定办后知照到日，本处再行办理"。该领事官又云"乌梁海地方商人有立合厦者,系为圈收羊只。且曾与前任福将军、荣大人说过。福将军云:‘此是小事,即照办理,毋庸行文’,现在并无建盖房屋之事”等语。当答以“现据乌梁海总管呈报,贵国商人有在乌梁海地面盖房久居之语”。车王云:“将该总管呈文抄录,送阅便知”等语。余谓:“须行公文。”车王以为不必行文,只将原文抄送即可。余复语以“贵领事官驻扎库伦,距乌梁海较远,或未尽知。该总管呈报,实有建盖房屋五七间、三四间不等之语。俟见该总管呈文,即可明白。至扎立合厦,尚系暂住。若盖房屋,便欲久居,实与和约不符,贵国自应传行禁止”。该领事官又云:“本国商人来乌贸易者,请赏与房屋居住”等语。当答以“乌城官房无多,仅有庙宇二处,系备西路各城运送军需居住。贵国商人在乌贸易已非一年,自应照旧办理,毋庸更张”。该领事官又云:“若租赁、买卖房屋居住,如何?”当答以“租赁房屋亦犹贸易,只要两相情愿,不能勉强”。车王云:“若租赁房屋,须定明限期。”予告以“租房系属私事,未便官为定限,多生枝节”。该领事官又云:“该国商人不知礼义者甚多,闻得往往因账目至将军、大人衙门及各衙门讨要,不成事体。拟派通事一名,驻乌办理伊等事务。不准该商人肆行”等语。当答以“贵领事官所议,自系为和好起见。惟拟派通事,是否官员?”据云:“仍住买卖家,与买卖人一样,并非官人。”复答以“既非官员,自无不可”。该领事官又云:“从前两次合约,有无传知各处?”当答以“本处前遭兵燹,档案无存。即使行过,亦可再行”。该领事官又云:“两国之人总要不生事端方好。”当答以“两国壤地相接,近复通商,实难保不生事端。惟有遇有事故,各按和约持平办理,则自无不合矣”。是日问答均系蒙语,而车王议论尤多。虽有福厚等传述,奈余不懂蒙语。究其言之当否,不得而知也。谈公事毕,余备有点心,又闲谈二三刻许。据该领事官云,伊二十二三岁时,曾出差至距库伦四百五十台之鄂郭斯地方,其处夏天四十五日无夜,冬天三十五日无昼云。申初二刻,散。酉刻,射鹄。时阴时晴时风,凉。

光绪二年五月初七日(5月29日) 午刻,因马二近来声气极为不好,经手事件无不舞弊,经予申斥,胆敢不服,当将伊责打三掌。未刻,吉祥禀见。据称:"车王谕,由户部派委笔帖式一名,同山上巡捕潘锡并由吉厦派蒙古官一员,追赶采买米面官兵"等语。当谕以"王爷派人,亦须将军、大人知道。此事须请示明白,再行定夺"。晚间,据户部回称:"王爷派人,系嘱咐蒙古官兵不可滋生事端。并谕户部,不必派员"等语。当以事无要紧,是以允之。申刻,射鹄。阴,时微晃。未后,风,微雨,凉。

初八日(5月30日)　未刻,施领事官来辞行,伊定初九日起身。会。余备有点心。散后,略歇。申刻,同果亭赴该领事官寓送行,会。坐未久,车王亦往拜。该领事官亦备有糖果。闲谈二三刻许。据云,该国之官共十四等。一等者仅有一人。伊现系四等官。其等次于袖头、领子上分别等语。申正后,回署。准兵部由驿递到四月十三日申刻军机处发交六百里夹板一件。系字寄,奉上谕:"额勒和布等奏'逆匪窜扰情形'一折,即着该将军等分饬派出各队,实力会剿,迅扫逆氛等因。钦此。"散后,射鹄。施领事官差人送来土仪八色。计阴晴表一座、据云,伊国名"巴啰密业特尔",无汉名,可验阴晴风雨。小六出洋手枪一杆带枪箭、小只筒千里眼一个、小玻璃带盖酒杯一对、洋笔二管、小鱼刀一把、小刷子胡梳匣一个、羊胰子二块作成果子样。因念两国和好,彼既送来,未便不收。当差牛子回送伊礼物十色,计尺头二卷、虾灰小线、宝蓝摹本缎衣料各一卷。七色细针黹一匣、系天青缎,拉细锁。玛瑙烟壶一个、系巧作马上蜂猴花样。丰润细扇面二个、白、绿色各一,均细画。薛涛笺纸二匣系十锦杂色者、芽茶二瓶、绍酒一坛、活鸡一对、奶饼一匣、鸡子五十枚。阴,时晃时风。

初九日(5月31日)　巳刻,差巡捕送施领事官起身。该领事官亦差人来辞行。午刻,丰厚斋禀见,会。请将五月分饷银满放等语,告以刻下库款支绌,实难照办。申初,堂齐。散后,射鹄,阴,时风时晃。未后,雷鸣,大风雪一阵。戌后,徐晴,凉。又穿绵袄、绵背心。

初十日(6月1日)　未后,射鹄。酉刻,吉祥禀见。据称,车王差人来云,拟将跟驼绿营兵丁裁撤八名,仍以蒙兵更补等语。当谕此事业已耽延日久,余不能再行更议,即请王爷、大人酌办,余不预也。饭后亥正,落右下第二牙。晴，云。

十一日（6月2日） 未后，射鹄。晴，微云，风。

十二日（6月3日） 未刻，射鹄。因峻峰约厚斋吃饭，随同射鹄。酉初，散。果亭约松峰、茂如等吃饭。阴，时风时晃。

十三日（6月4日） 未后，射鹄。酉刻，松峰、茂如约云田、王掌柜、文轩、厚斋、厚庵、峻峰吃饭。子后，散。阴，时晃时微风。日后补记。

十四日（6月5日） 未后，射鹄。晴，云，时风。午、未、申刻，均微雨。酉刻，雷鸣。

十五日（6月6日） 未后，射鹄。吉祥、瑞林禀见。回截留乌鲁木齐饷银事。晴，云。

十六日（6月7日） 未后，堂期。福厚呈阅青山所递亲供。当谕令请王爷定夺。散后，射鹄。晴，云，风。寅刻，大风，雨一阵。

十七日（6月8日） 申初，跪接四月初三日拜发回折。谢福字赏恩折、代奏谢恩折，均奉旨："知道了。钦此。"散后，射鹄。晴，云，微风。未后，时阴。

十八日（6月9日） 巳刻，富云田禀辞。派其进京置办账房、皮衣等项。见。托带六十七号家信。午刻，成斌病痊来城请安，见。未后，射鹄。阴，时微晃。卯刻，微雨。戌后，风一阵，复微雨。亥后，时风。

十九日（6月10日） 申初，堂期。散后，射鹄。阴，时晃。丑初后，细雨。约于寅后住。巳刻，风，落雪粒一阵。未刻，复落雪粒一阵，时风。戌后，徐晴，云，凉。闻得马二以伊之事情败露，均系乌勒希布及牛子所说，欲与二人拼命，当嘱茂如开导。

二十日（6月11日） 未后，射鹄。申刻，密公出京回乌，禀安，见。阴，时微晃。卯刻，微雨。酉后，风。戌刻，复微雨，凉。

二十一日（6月12日） 未刻，出门。拜密公，会。后回署。晴，云。申后，阴，时风。酉后，微雨。

二十二日（6月13日） 阴。子后，风。丑后，雨间雪。午刻，住，微晃。未后,时风,复时微雨,冷。四面山上积雪已白。

二十三日(6月14日)　未后,堂期。散后,射鹄。晴,云,凉。

二十四日(6月15日)　申初,同车王、果亭拜发接奉寄谕覆奏折、札萨克台吉因病请假折、征收房园租银片、截留乌鲁木齐饷银片。散后,约果亭、车王看洋片。酉初,散。射鹄。晴,微云。

二十五日(6月16日)　午刻,成斌禀见。请传驼马。未后,射鹄。晴,微云。

二十六日(6月17日)　申刻,堂期。散后,射鹄。晴,云。未后,阴。戌后,细雨。

二十七日(6月18日)　未刻,出门。赴果亭署贺喜。伊接家信,伊子现升佐领。未正,回署。准兵部由驿递到军机处五月初五日发交五百里夹板一件、系字寄,奉上谕:"托伦布等奏'击贼获胜'一折,着严密防范等因。钦此。"总理衙门五百里夹板一件。内信一封、单一纸,系查俄商经过卡伦由。阴,时微晃时微雨。酉后,虹见,雨,小雹一阵。

二十八日(6月19日)　午刻,丰厚斋禀安,见。后果亭拜会,见。申刻,射鹄。晴,微云。

二十九日(6月20日)　未刻,堂期。散后,射鹄。申刻,吉祥、瑞林禀见。呈回两淮欠饷,当谕令详阅来文,再行商办。亥刻,图伽布来回乌城官兵不敷分拨奏稿,车王未画等语。当谕以俟明日再行商办。晴,微云。

三十日(6月21日)　巳刻,车王差那逊来云:"不敷拨兵之折,拟俟接到廷寄,再行办理。"当告以"事关军务,本将军未敢耽延。如王爷意见不合,请将不会衔情形开单示知,以便与大人会奏"。未刻,射鹄。酉后,车王拜会。据云:"拨兵之事,并无意见。惟恐贼匪再到布伦托海,则西边将军、大人必要说话。"当答以"布伦托海并非本属地面,且该处距乌二十九台,距塔、古均仅十七八台。而本城吉、黑官兵无多,不特饷银不足不能起身,即使饷项充裕,设一经拨往,贼匪乘虚窜入本境,又将如何?"该王云:"何不派兵赴有贼处堵剿?"复答以"现在贼匪业已远扬,并未探实究在何处藏匿,派兵将何之?”议论许久,该王乃云:“此折即可缮写具奏。”并议论台站,及卓营事务并青山控案,絮絮不休,繁琐已极。戌后,始散。晴,微云。

闰五月初一日(6月22日)　巳刻,出门拜庙。未后,射鹄。晴,云。

初二日(6月23日)　巳刻,同果亭拜发乌城官兵不敷分拨折、请领洋火药大铜帽片。车王又云病,未来。未后,射鹄。晴,云。申后,徐阴,时风。酉后,时微雨,雷电。夜间,胸中烦躁,未能睡熟。寅刻,鼻复衄血,至寅正后始得稍歇。

初三日(6月24日)　未刻,堂期。散后,射鹄。晴,云,风。

初四日(6月25日)　未后,射鹄。吉祥、瑞林禀见。呈回巴里坤绿营委员张凤鸣借饷事。晴,微云,热。

初五日(6月26日)　未刻,新授札盟盟长米帕木三布递哈达一块、枣骝马二匹中,一,六岁口;一,七岁口。禀见,会。后射鹄。晴,云,风。未、酉刻,均微雨。

初六日(6月27日)　未刻,堂期。散后,射鹄。晴,云,时微风。

初七日(6月28日)　未后,射鹄。晴,云,热。穿三件单衣。

初八日(6月29日)　早间,福厚率同锡尔格图胡图克图差来之斋桑喇嘛达什,将上年马二朦蔽收留之马二匹领回。内倒毙一匹,作价银十两,取有领结存查。巳刻,会同车王、果亭拜发恭叩皇上万寿折,及恭叩慈安瑞康庆昭和庄敬皇太后万寿贺折。差弁温华等呈递,交带六十八号家信。未刻,射鹄。阴。辰刻,微雨。巳后,徐晴,云,风。午、酉刻,雷鸣。

初九日(6月30日)　巳后,马二进来叩见。当谕以“马匹既已领回,他事余亦不说。现在进项无多,养不起多人,尔即自行打算去罢”。未刻,堂期。散后,射鹄。晴,云。午刻,东南雷鸣。酉后,风,微雨,热。

初十日(7月1日)　未刻,射鹄。酉后,锦贝勒递青马二匹均七岁口,中请安,会。晴,云,热。未后,雷鸣,阴雨一阵。申后,徐晴,云。

十一日(7月2日)　巳刻,差牛子回送锦贝勒礼物。计貂腿马褂筒一件，宝蓝、驼色摹本缎袍料各一件，海龙尾领料二条，针凿四色，锦州鞦嚼，全分罕角搬指料一个。未刻，出门。回拜锦贝勒，会。申刻，回署。跪接四月二十八日拜发回折。捐输请奖折，奉旨："该衙门议奏。钦此。"检举更正片，奉旨："额勒和布、车林多尔济、崇山，均着交部照例议处。钦此。"奏调驼只片，奉旨："知道了。钦此。"查边展限折，奉旨："知道了。钦此。"散后，射鹄。晴，云。申刻，雷鸣。酉后，微雨。子后，复微雨。

十二日(7月3日)　未刻，射鹄。申刻，锦贝勒拜会，见。留射鹄。戌初，散。晴，云，热。申刻，阴，雨一阵，旋晃，凉。子后，雷，雨一阵。

十三日(7月4日)　午刻，理藩院郎中玉次山官印敏禀到、禀见，会。接六十五号家信。未刻，锦贝勒禀辞，见。后堂期。散后，略歇。赴兵部会同果亭车王未到。提讯莽嘎拉及尸亲等覆供。散后，回署。时阴时晃时微雨，热。巳刻，雷鸣，雨一阵。酉后，雷，风，大雨一阵。间有小雹。戌初，住。

十四日(7月5日)　辰正二刻，内阁笔帖式福庆恭请王命，出斩凶犯莽嘎拉。巳后，春普、福厚、福庆销差。未刻，玉次山送礼四色。收京酱二小篓，余均璧回。申刻，会同车王、果亭拜发拏获越狱要饭讯明正法折。后果亭先散，车王又谈论台站事务刻许。因所论多不近理，当据理驳之。酉后，始散。晴，浓云，时风，凉。

十五日(7月6日)　未刻，东乌梁海总管固勒棍札普请安，递哈达一块、貂皮一张、烟熏枣骝马一匹。六岁口，中，惜双鏬耳。未后，射鹄。吉祥、瑞林禀见。呈回两淮解款误收入江西欠款等语。当嘱其再行详细查核，一误不可再误。晴，浓云。申刻，雷鸣。

十六日(7月7日)　未刻，堂期。散后，射鹄。晴，浓云。午后，雷鸣。未后，微阴。申刻，微雨。戌后，细雨连夜。

十七日(7月8日)　申刻，准兵部递到，五月二十六日申刻军机处发交五百里夹板一件。系字寄，奉上谕："金顺奏'请拨队伍等因'。钦此。"又递到，总理各国事务衙门五月二十四日发五百里夹板一件。系知照，施领事官已由库起身由。阴，细雨。午后，雷鸣。戌刻，微晃。子后，复雨，连夜。

十八日(7月9日) 阴，细雨。卯后，住。辰后，风，时微晃。午后，时飞细雨。

十九日(7月10日) 午刻，卓立亭禀见，会。后堂期。申刻，转运局差兵王志有赍到兴昌所领敕书一道。交内阁敬谨收藏。接六十三号家信及亲友信。茂如家信内云，武顺于二月初十日病故等语。噫！忆伊在宅服役二十余年，尚无过失，今一旦去世，实深悼惜，而家中又少一得力家人矣。阴，时细雨。巳后，微晃。午后，雨一阵。

二十日(7月11日) 未后，射鹄。晴，云。夜间，微雨。以上二日，均后补记。

二十一日(7月12日) 晴，云。未前，时雷鸣，微雨。

二十二日(7月13日) 未后，永峻斋来射鹄。酉刻，唐努乌梁海总管鄂勒哲依瓦齐尔请安，呈递哈达一块、貂皮一张、猞猁狲皮一张、马二匹。一，青白；一，玉顶枣骝。均中等。总管迈达尔递哈达一块、貂皮一张、黑马一匹中。已故总管毕吉雅旗下递哈达一块、貂皮一张、青马一匹。总管札木色林递哈达一块、猞猁狲皮一张。均系向章。晴，云，时微风。马二递禀，私入于户部稿包内。

二十三日(7月14日) 未刻，堂期。散后，射鹄。永峻斋、丰厚斋、卓立亭均来射鹄。晴，云。

二十四日(7月15日) 未刻，会同车王、果亭拜发奉到寄谕覆奏折；"记名副都统永德，可否入于业经召见人员内一体简用"折；随员口分粮折；"请照《军需则例》仍以八两折支"片单衔。散后，射鹄。晴，云。未后，徐阴。酉后，微风，细雨一阵。

二十五日(7月16日) 早间，差人持帖送车王查验马群起身。午后，春普禀见。回绿营兵殴打蒙妇情形。并据声称："大人谕，将街市蒙古妇女驱逐"等语。当谕以"被伤蒙妇应俟伤愈，审讯明白，始能办理。其余者，即晓谕吉厦驱逐，切不准乘间抢掠物件"。又据声称："车王向大人云，青山是否大人叫其当差，抑系将军令其出来”等语。当谕以“明白谕知青山，及早定夺，毋贻后悔”。并回拏车拉运草坯事，谕其照案妥办。未刻，射鹄。吉祥、瑞林禀见。呈回查明两淮欠饷错误情形。晴，云。

二十六日(7月17日)　未刻，堂期。散后，射鹄。晚饭后出城闲步，查阅城垣倒塌情形。晴，云。子后，细雨连夜。

二十七日(7月18日)　未刻，由万盛号代买珊瑚顶珠一座。价银二百二十两。阴，雨。巳后，住。午后，时微晃。酉初，复雨一阵。

二十八日(7月19日)　晴，云。未刻，微雨。酉后，射鹄。

二十九日(7月20日)　未刻，堂期。晴，云。午后，东北雷鸣。申后，时微雨。

六月初一日(7月21日)　巳刻，出门拜庙。未后，射鹄。晴，云。酉后，风，凉。

初二日(7月22日)　吉厦请赴南坝阅看跑马。未去。晴，云，时微雨。午刻，自西南阴，雷，风，雨一阵。间有小雹。未后，住，时微晃时雷鸣。

初三日(7月23日)　巳正后，同茂如、松峰、峻峰、文轩、厚庵及三巴札等起身，赴马厂恭祭鄂博，永峻斋、丰厚斋亦随同前往。未刻，到。上香后，车王差巡捕送来布库二名，并马奶子一驮、奶豆腐一块、奶酒一小瓶。当赏给阿敦章盖等食用。略歇，点心。吃餡儿饼，喝粥，均自备。余均与上年相同。看摔跤。毕，赏第一名、第二名各小刀一把、火镰一把；第三名荷包一对、鼻烟一瓶；第四名熏烟一瓶。二名、三名，均车王差来者。赏唱曲人二名大茶二块。时已戌刻，当即起身。下山后，业经昏黑，及至回署已丑刻矣。阴。子后，雨。寅刻，住，仍时飞细雨。巳后，住，时微晃。

初四日(7月24日)　午刻，舒祥、焦得胜、张华押解河南饷银二万两回乌，先后禀到、销差，均见。伊等均系昨日回城。未刻，吉祥、瑞林禀见。呈回收饷及永德等借支口分等事。阴，时微晃。未后，大风，雷鸣，雨一阵。戌后，复大风一阵，雷电，雨连夜。约于寅刻住。

初五日(7月25日) 焦得胜递牛角骲头箭六枝、带套小胡梳一个。舒祥移于峻峰屋内同住。申后,射箭。阴,时微晃。夜间,微雨。

初六日(7月26日) 未刻,堂期。散后,射箭。阴,时微晃。午刻,雨一阵。

初七日(7月27日) 申刻,奉到五月二十四日拜发回折。札萨克台吉因病请假折、征收房园租银片,均奉旨:"知道了。钦此。"接奉寄谕覆奏折、截留饷银片,均奉旨:"另有旨。钦此。"并准递到,闰五月十四日戌刻军机处发交五百里夹板一件。内二件:一,系字寄,奉上谕:"荣全奏'请将军火、饷项仍暂由北路军台转运'一折等因。钦此";一,系字寄,奉上谕:"荣全奏'请饬乌、科两城拨队防剿',额勒和布等奏'遵旨派兵扼扎,并请饬金顺拨还借款'各折、片等因。钦此。"申正,车王由马厂回乌,拜会,见。晴,云。亥后,自西北阴,风一阵,细雨连夜。

初八日(7月28日) 申刻,出门。同果亭回拜车王,略谈即回署。阴。未前,时细雨。未后,时微晃。戌后,徐晴。

初九日(7月29日) 未刻,堂期。散后,赴理藩院衙门,会同车王、果亭验收唐努乌梁海贡皮。后发放赏项、俸银。毕,放总管一缺,放巴扎尔。章盖、昆都、笔切齐等共八缺,达喇嘛一缺。散后,回署。射箭。晴,云。是日,牛子起身回籍,随同委员成斌行走。

初十日(7月30日) 午刻,起身。赴蒙古参赞大臣衙署坡下迤东,会同车王、果亭率同阖城官员,恭祀雪山。因河水过大,不能过河故也。祭毕,车王先散,与果亭闲谈,略歇。未初后,回署。晴,微云。

十一日(7月31日) 未后,同车王、果亭跪接闰五月初二日拜发回折。乌城官兵不敷分拨折、请领洋火药片,均奉旨:"另有旨。钦此。"后拜发讯明统带达密兰被控折、永春等被控片、委署统带片。散后,射鹄。酉刻,忽吐痰,内有带血丝一绺。晴,微云,热。

十二日(8月1日) 午刻,锦贝勒差人送来弓一张无弦、骲头箭八枝。申刻,射箭。时阴时晃,热。亥后,微雨。

十三日(8月2日) 巳刻,和硕亲公额尔奇木济尔噶朗因南召会竣差人请安，递哈达一块，奶酒一瓶，奶腐等物十数块，青马一匹次。未后，堂期。散后，瑞寿禀到，销差，见。晴，云。午刻，雷鸣，时雨。未后，住。

十四日(8月3日)　未刻，查阅马群烙用火印。酉后，散。晴，微云。日后补记。

十五日(8月4日)　未刻，瑞寿、春普禀见。瑞寿叩谢保奖恩，见。后射箭。晴，云。

十六日(8月5日)　午前，又吐痰，内带血五六口。未刻，堂期。准兵部递到，闰五月二十一日军机处发交五百里夹板一件。系字寄，奉上谕："额勒和布等奏'布伦托海等处须兵填扎，请饬荣全、金顺派队驻防'一折，等因。钦此。"申刻，松峰赴街，约恩晓槎来诊脉。据云，心气太亏，肝旺脾热之故，立汤药方。晚间，服汤药。晴，浓云。午刻，东南雷鸣。未刻，落雨点，间雹一阵。

十七日(8月6日)　早、晚服汤药。巳后，果亭来看。申刻，约恩晓槎诊脉。晴，云。巳后，时阴时风时雷。午、申刻，雨。

十八日(8月7日)　早间，服汤药。午初，起身坐车，同果亭及松峰、茂如、峻峰等赴绰和尔台看跑五作。系本阿敦，及大人阿敦并绰和尔台三处公会。该处备有账房一架，北面有大蒙古包一顶，内供奉佛像，有喇嘛等念经，共有跑马四十余匹，均不被鞴，皆系十余岁童男、女乘骑，先行唱歌，周行蒙古包数遭后，赴西山坡上驰跑，至鄂博处止。少歇，同果亭诸人赴鄂博处看视。自台至鄂博约十余里。行至距鄂博一二里许，而众马均已驰至，遂于车中看视。过毕，即回行，仍至账房处歇息。时恩晓槎亦往看视，遂约同坐。三处章盖等备有奶皮、奶酒、奶腐、马奶子等物，并献白煮羊二只。均未食用。所有先到鄂博之马十五匹，均有蒙人乘马，依次牵至大蒙古包及账房前念诵蒙语三次。章盖等备有哈达分赏，当与果亭商酌第一、第二马各赏小刀一把。内有大人马一匹跑第四，车王马一匹跑第六，亦各赏小刀一把。少歇，点心自备。后看摔跤。共四十人。时并有蒙古二名跪唱蒙曲。赏伊等哈达各一块。戌后，始摔完。当赏第一名小刀一把，第二名荷包一对。后即起身，到署已亥刻矣！极觉心空气短。晴，云。

十九日(8月8日)　未刻，堂期。申刻，约晓槎诊脉。晚间，服汤药。晴，微云。

二十日(8月9日)　酉刻，约晓槎诊脉。晚间，服汤药。晴，云。午后，时风。

二十一日(8月10日)　申刻，约晓槎诊脉。早、晚服汤药。晴，云。

二十二日(8月11日)　未后，吉祥、瑞林禀见。呈回江西欠饷等事。后新班署驻班将军、公鼐党苏伦差护卫请安，递哈达一块、小鹘虎马一匹。七岁口，快，达罕步。申刻，约晓槎诊脉。早、晚服汤药。晴，云。酉刻，雷鸣，阴，微雨。戌后，大风一阵，后时雨，连夜。

二十三日(8月12日)　午刻，恭祭马王。未刻，堂期。酉刻，约晓槎诊脉。早、晚服汤药。阴，时雨。申刻，间小雹一阵。酉后，晃。

二十四日(8月13日)　申刻，约晓槎诊脉。早、晚服汤药。晴，云。

二十五日(8月14日)　申刻，约晓槎诊脉。早、晚服汤药。晴，微云。

二十六日(8月15日)　未刻，同果亭跪接闰五月十四日拜发回折。拏获越狱要犯讯明正法折，奉旨："莽嘎拉着即行斩决，枭示。徐通、王玺，着革去顶戴，革职留任，四年无过再行开复。该部知道。钦此。"后堂期。散后，果亭差丰绅图带一蒙人，牵来小母狍一只、极驯良。母山羊一只。狍食羊奶。云，此蒙人送与大人，大人因署内有狗，恐被咬伤，是以令其送来等语。问其价值，坚不肯说，遂赏与大茶四块。申刻，约晓槎诊脉。据云，心气尚形亏虚，肝气亦尚稍旺，胃经仍觉稍热，明日可接服丸药等语。早、晚服汤药。晴，云。午后，南面雷鸣。

二十七日(8月16日)　巳后，忽然肚腹凝痛，一时之间走动六次。头二次尚系稀粪，后则近于白痢及黑黄沫子矣。申刻，复约晓槎来诊脉。据云,心气过伤,肝阴太虚。现当秋令,风寒外束,以致凝结作痛。晚间,服午时茶二块,而肚腹仍时疼痛。至二十八日卯初,忽极畏冷,战栗不止,形同抽搐,约半时始稍愈。而大汗淋漓,腹痛仍未见愈。巳后,晓槎来诊脉。即在署内居住。挨至酉初,复抽搐半时许,而精力益形疲惫不支矣。是日,果亭、车王先后来看。二十八日,早、晚服汤药。二日均雷鸣,微雨。

二十九日(8月18日)　卧病床褥。晓槎朝夕诊脉。早、晚服汤药。亦有雷雨。

七月初一日(8月19日)　病势稍愈,肚腹右边仍时作痛。晓槎仍朝夕诊脉。未后,果亭来看。早、晚服汤药。是日,微雨。

初二日(8月20日)　奉到闰五月二十四日拜发回折。接奉寄谕,覆奏折、记名副都统永德可否归入业经召见人员内一体简放折,均奉旨:"知道了。钦此。"随员口分请照军需则例支给折,奉旨:"着照所请,该部知道。钦此。"晓槎朝夕诊脉。早、晚服汤药。是日,亦似有雨。

初三日(8月21日)　转运局委员金升由京呈领火药押解来乌,禀安,见。接六十五号家信及红单帖三百张,奶饼、五味槟榔各一匣。贯五所送骲头箭六枝。约晓槎诊脉。早、晚服汤药。

初四日(8月22日)　发因病请假折、请拨部款折、更正江西欠饷片、代奏谢恩折、札萨克台吉因病续假片、奏补唐努乌梁海总管折、奏补军营骁骑校片、查验马群折。巳、午刻,车王、果亭先后来看。申刻,晓槎来诊脉。早、晚服汤药。晴,微云。自二十七日至是日,均后补记。因病势沉重,精神恍惚,率多记忆不清矣。

初五日(8月23日)　申刻,晓槎来诊脉。据云,六脉均稍和平矣。后领运军粮之德义木店商人张士海之铺伙王自有押送军粮至哈尔呢敦交卸,来请安,见。申、子刻,服汤药。阴,微雨。巳后,徐晴。

初六日(8月24日)　巳刻,锦贝勒及其弟罗普桑达克巴即伊勒固克森胡图克图因闻患病,差斋桑喇嘛等请安,各递哈达一块。锦贝勒并递黑银合马一匹。极驯良,六岁口,小走。午刻,永峻斋禀安,见。

王自有递食物六色。绍酒二坛,果脯二匣,海菜、松花各一匣,火腿一条,熏肉一方。申刻,晓槎来诊脉。申、子刻,服汤药。晴。

初七日(8月25日) 午后,准兵部由驿递到,军机处六月十七日发交六百里夹板一件。系字寄,奉上谕:"左宗棠奏'布置出关各军'各折,着就现有兵力,扼扎要隘等因。钦此。"申刻,晓槎来诊脉,后回寓。申、亥刻,服汤药。晴,微云。亥后,风。

初八日(8月26日) 申刻,约晓槎诊脉。据云,脉已渐平,维肝、胃命脉尚似有热。今日不必立方,明日再看,仍在署内居住。晴,云。午后,风。未后,大风一阵。

初九日(8月27日) 申刻,晓槎来诊脉。子初,服汤药。晴,云,时微阴。王凤进署效力。

初十日(8月28日) 巳刻,果亭来看。酉刻,晓槎来诊脉。未服药。晴,云,时微阴。

十一日(8月29日) 巳刻,丰厚斋来看。申刻,晓槎来诊脉。亥后,服药。晴,云。

十二日(8月30日) 午刻,车王来看;申刻,卓立亭来看,均见。申刻,晓槎来诊脉。申、亥刻,服汤药。晴,云,风。

十三日(8月31日) 申刻,晓槎来诊脉。申、亥刻,服汤药。晴,微云,风。

十四日(9月1日) 申刻,晓槎来诊脉,后回寓。申刻,服汤药。晴,微云。

十五日(9月2日) 晴,云。未后,时淡阴。

十六日(9月3日) 午刻,准兵部递到,军机处六月十八日发交五百里夹板一件。系字寄,奉上谕:"荣全奏'请饬催乌、科两城迅速拨队'一折,着禀遵本月十七日谕旨,就现有兵力择要扼扎,相机截剿,以杜窥伺等因。钦此。"申刻,约晓槎诊脉。仍在署内居住。申初,服汤药。阴。巳刻,细雨。未后,时晃。申后,风一阵,微雨。

十七日(9月4日) 申刻,奉到六月十一日拜发回折。审明统带达密兰被控折，奉旨："另有旨。钦此。"永春等被控片，奉旨："着照所请，该部知道。钦此。"委署统带片，奉旨："知道了。钦此。"又准兵部递到，总理各国事务衙门六月二十二日发夹板一件。内咨文一角，系覆萨哈赖咨文信一封，系覆施领事官到乌信。酉刻，晓槎来诊脉。申刻，服汤药。晴，微云。

十八日(9月5日)　酉刻，晓槎来诊脉。申刻，服汤药。阴，时风时微晃。

十九日(9月6日)　酉刻，晓槎来诊脉。未服药。晴，浓云，时雷鸣时风。卯、申刻，均微雨。换绵裤。

二十日(9月7日)　约晓槎及兴荣斋升、英云衢廉、金介福升、鄂文轩、丰厚庵、倭峻峰、王掌柜吃全羊，松峰、茂如代陪。亥初，散。并赏舒祥、乌勒希布、图萨本饭。晴，云，时风。

二十一日(9月8日)　阴，时微晃。午后，小雹一阵。未刻，微雨，凉。夜间，花草多半冻萎。河内已见冰云。

二十二日(9月9日)　申初，晓槎来诊脉，后回寓。晴，微云，风，凉。

二十三日(9月10日)　未刻，差图萨本赴京投递，咨行本旗"恭逢光绪元年正月二十日恩诏，所得荫生，请给与子候选员外郎伯麒承荫"咨文。带六十九号家信及应酬信三十三封、谕帖一封、怀表一块。未后，赴西院闲步。因咨文内漏填月日，酉后差乌勒希布赶赴头台送信。晴，微云，风。派王世隆、赵明坐厅差。

二十四日(9月11日)　未刻，果亭来看，车王来辞行；于明日起身，查南台。申刻，兴荣斋禀辞，跟随车王查台。均见。晴，微云，时微风。

二十五日(9月12日)　巳刻，接马明山、田敬源禀。敬源致松峰、茂如信内云，乌鲁木齐满、汉各城，均于七月初一日收复，金将军现在驻军昌吉等语。酉刻，晓槎来辞行，于明日起身，赴和硕买驼。即约诊脉。据云，脉已平和。晴，时微风。

二十六日(9月13日)　派舒祥、阿必达跟随晓槎赴和硕。晴，云。

午后，时阴时微风。

二十七日(9月14日) 万盛号送西瓜、哈密瓜各一个，果子二十枚。形似沙果而非，俗名“胡斯李”，盖即西路之白果子也。晴，云，时风。

二十八日(9月15日) 申初，准兵部递到，七月初七日军机处发交六百里夹板一件。系字寄，奉上谕：“兹复据金顺奏称，‘吉尔洪额、依勒和布已率队向北逃逸’等语。着查明吉尔洪额等，无论行抵何处，即行严拏，解赴左宗棠军营，毋令在途滋事等因。钦此。”晴，微云，时风。

二十九日(9月16日) 午刻，果亭来看，会。晴，时微风。

三十日(9月17日) 晴，微云。午后，时风。

八月初一日(9月18日) 晴，云。未后，时微风。峻峰告假，赴丰营看视。

初二日(9月19日) 阴。巳刻，风，微雨。未后，时晃时微风。

初三日(9月20日) 晴，云。未后，阴。申后，风。亥后，雨连夜。四围山上积雪已白。

初四日(9月21日) 巳刻，发接奉寄谕覆奏折、病尚未痊恳请续假折。晴，云。巳刻，雨，小雹一阵。

初五日(9月22日) 时阴时晃。申后，时风。子后，阴。夜间，雪。

初六日(9月23日) 阴。巳前，时微雪。午后，微晃。子初，雨，小雹一阵。

初七日(9月24日) 阴。午前，时雪。未后，时微晃。

初八日(9月25日) 时阴时晃。

初九日(9月26日) 奉到七月初四日拜发回折。因病请假折，奉旨：“额勒和布着赏假一个月。钦此。”请拨部款折，奉旨：“户部速议具奏，片并发。钦此。”更正江西欠饷片，奉旨：“览。钦此。”代奏谢恩折、札萨克台吉续假折，均奉旨：“知道了。钦此。”奏补总管折、奏补军营骁骑校折，均奉旨：“着照所请，兵部知道。钦此。”查验马群折，奉旨：“着照所请，该衙门知道。钦此。”晴。

初十日(9月27日) 裱糊仙人堂。晴，暖。

十一日(9月28日)　午刻,果亭来看。晴,微云,时微风,暖。早间,狍子倒毙。

十二日(9月29日)　午后,糊窗户。晴,微云。未后,时微风。

十三日(9月30日)　街市官厅王世隆等递西瓜、哈密瓜各一个,果子一盘,月饼二套。万盛号送猪肉一方、月饼一套、果子二十枚。未刻,丰厚斋禀安,见。晴,云。午后,时风。

十四日(10月1日)　传费永昌作月饼。未刻,卓立亭禀安,见。恩晓槎差人送西瓜二、圆月饼二套、火腿一条、鱼翅一匣。晴。时风。

十五日(10月2日)　早间,约峻峰吃饭。晚间,约云衢、介福、峻峰吃全羊。早间,吐痰内又带血丝一绺。晴。

十六日(10月3日)　午后,松峰、峻峰、文轩、乌郭什哈、茂如、厚庵、厚斋、云衢、麟峰德祥、峻斋、介福、立亭射鹄楼吃烤肉。马二于未刻起身回京。马二为人阴险狡诈,毫无天良,非惟小人之尤,直不可比于人数。今既回京,余又去一病矣。闻其随东衙门贡差巡捕马希俊同走。晴。亥后,淡阴。未前,腹泻。

十七日(10月4日)　早间,吐痰,内又带血丝二绺。申刻,服橘红、侧柏叶血竭。晚间,痰内复带血一点。阴。辰刻,微雪。巳后,时晃时微风。

十八日(10月5日)　晴,云,风。夜间,微雪。

十九日(10月6日)　头起账房差杜珍等回城。酉刻,落右上第三牙。阴。午后,晃。未后,时风时阴。申、酉刻,均微雪。酉后,晴,云。

二十日(10月7日)　申刻,兴荣斋禀见,销差,见。晴。未后,时微风。

二十一日(10月8日)　晴。

二十二日(10月9日)　酉刻,车王查台完竣回城,拜会,见。晴。子后,时风。

二十三日(10月10日)　申刻,准兵部递到,七月二十八日、八月初三日军机处发交六百里夹板二件。一,系字寄,奉上谕:“兹据托伦布等奏,‘吉尔洪额、依勒和布带有马队二三百名,行抵博东齐河地方,请旨办理’等语。着分拨银两,派员前往接济等因。钦此”;一,系字寄,奉上谕:“左宗棠奏‘官军剿贼大捷,克复乌鲁木齐等城大概情形’一折,着勤加侦探,先事筹防,以杜窥伺等因。钦此。”晴。子后,时风。

二十四日(10月11日) 二起账房差赵维元等回城。酉刻,约荣斋、峻峰、张掌柜、王掌柜、云衢、介福、文轩、厚庵及松峰、茂如食全羊。子刻,散。晴,云。

二十五日(10月12日) 填写匾额。午刻,果亭来看。恳请销假。多王差达什哲克巴即达什等因事来乌,禀安,见。后峻峰赴塔城解送炸炮、子药,叩辞起身。晴,微云,风。

二十六日(10月13日) 申刻,内阁以七月十八日所发回折呈阅。防剿官兵在营病故恳恩赐恤折,奉旨:“九成等均着照所请交部从优议恤。钦此。”卡伦侍卫年满折,奉旨:“该衙门知道。钦此。”请拨马匹折,奉旨:“另有旨。钦此。”接户部知照,议覆请拨部款原奏。大致以请拨部款仍难照准,拟仍由河南、山东、山西拨解,并请将该三省藩司分别交部察议议处等因。奉旨:“依议。钦此。”阴,时雪。巳后,晃,时微风。午后,复阴,微雪。申后,复晃。

二十七日(10月14日) 阴。午刻,雪。未后,住,晃。申后,徐晴,云。

二十八日(10月15日) 晴,时微风。申后,阴。

二十九日(10月16日) 申刻,兴荣斋禀辞,进京呈递贡皮,于明日起身。见。阴。巳后,雪。午刻,时风,间小雹一阵。未后,雪住。夜间,茂如牙疼。

九月初一日(10月17日) 巳刻,松峰诸位赴东关帝庙及仙人堂,悬挂匾额。未刻,荣斋起身来见;申刻,车王来看,均会。晴,云。未后,阴,时微晃。

初二日(10月18日) 押解河南饷银之转运局弁兵荣广、张希舜等,及三、四起账房差姚秀、柯续连等回城。据柯续连云,伊赴宅二次,均见来成在门房等语。晴,云。未后,阴。申后,时晃。

初三日(10月19日)　巳刻,瑞寿赴京请领则例禀辞未见。申刻,四部院官员等禀见。恳请销假。未刻,剃头。五起账房差张源长等回城。晴,云。午后,时风。未后,阴。亥后,雨,后间雪。是日,发折四件、片三件。

初四日(10月20日)　阴。辰后,雪住。巳后,时晃。午后,时风,复雨,时间雪。酉后,住,徐晴,云。

初五日(10月21日)　晴,云。酉后,时微风。

初六日(10月22日)　午后,兴盛亭昌禀到,见。未刻,接印。四部院官员及驻班将军等先后谒见。四吉厦札萨克等,各递哈达一块。后略歇,同车王、果亭拜发力疾销假折。安折,三衔;正折,单衔。申初后,散。六起账房差马祥玉等回城。晴,微云。

初七日(10月23日)　酉后,云田押解七起账房、皮衣等物回城禀到,见。接六十六号家信。晴,微云。酉后,时微风。

初八日(10月24日)　未后,云田送来家中交带之木箱一只,内四色荷包十匣,玉色纺绸绵袄、裤各一件,云履一双,太平袋一个,外江米二十斤,安化茶二轴,弓一张,弦二根。见。兴盛亭送礼六色。收金糕一匣、酱瓜一碟,余均璧回。画四部院稿。阴,时微风。未后,徐晴,云。

初九日(10月25日)　云田来送盛绩卿代买之纸笔等物,并递弓一张、鹄子一个、顶托一个、虎皮乌烟袋杆一根、瓜鳔二块。午刻,传见福厚。交改稿件。内阁请验挑西台昆都一缺。晴。

初十日(10月26日)　云田又递关东烟叶一包、松花一匣收,铜锅一口璧还。晴。子后,时风。

十一日(10月27日)　阅画户、兵部稿。晴,云。

十二日(10月28日)　阅画四部院稿。晴,微云,冷。子后,时风。

十三日(10月29日)　未刻,奉到八月初四日拜发回折。接奉寄谕覆奏折,奉旨:"知道了。钦此。"续假折,奉旨:"额勒和布着再行赏假一个月。钦此。"并准兵部递到,军机处八月十四日发交六百里夹板一件。系字寄,奉上谕:"吉尔洪额奏'追抚溃兵,伏罪请旨'各折、片,着遵奉前旨,筹拨接济等因。钦此。"又递到,总理各国事务衙门八月初十日发五百里夹板一件。系俄商向索果克蒙古索取欠债,函致会办由。申初,出门,恭赴关帝庙、菩萨庙拈香。后拜果亭,会。申正,回署。晴,微云。

十四日(10月30日) 晴,云。未后,阴。酉后,风一阵,雪连夜。约于丑刻住,厚寸余。

十五日(10月31日) 未刻,传见福厚。交付总署信,嘱呈车王阅看。申刻,丰绅图禀辞。进口请领果亭俸廉。见。阅画稿件。晴,微风,冷。

十六日(11月1日) 写家信。未刻,丰绅图禀辞起身,见。晴,时微风,冷。

十七日(11月2日) 西朗阿禀辞。赴京请领炸炮、子药。见。交带七十一号家信。巳后,晓槎同舒祥等买驼回城禀安,见。留便饭。阅画稿件。晴。

十八日(11月3日) 阅画稿件。午刻,果亭拜会,见。晴。

十九日(11月4日) 阅画稿件。酉刻,晓槎禀见,会。请派茂如管解所买驼只,当答以再行商酌,留其便饭,即在署中存住。晴。

二十日(11月5日) 阅画稿件。卓立亭禀辞未会。晴。

二十一日(11月6日) 阅画稿件。晴,微云。寅后,时患腹疼。

二十二日(11月7日) 辰刻,陡患水泻。午后,阅画稿件。晴,云。未后,阴。

二十三日(11月8日) 阅画稿件。晴,微云。

二十四日(11月9日) 阅画稿件。晴。

二十五日(11月10日) 阅画稿件。晴,淡云,微风。

二十六日(11月11日) 早间,吐痰,内又带血一绺。午后,阅画稿件。申刻,腹泻。阴,雪。巳后,住。戌、亥刻,复微雪。

二十七日(11月12日)　晴，微云。

二十八日(11月13日)　发七十二号家信。交梁忠带。午后，阅画稿件。申刻，约小槎、文轩、云田、王掌柜、云衢、介福、茂如、松峰吃饭。亥刻，散。晴，云。后半夜，微雪，冷。是日，王凤、陈万山均挑补余丁。

二十九日(11月14日)　未后，署内阁章京哈达哈等禀见，请验挑管理哈拉乌苏七台台吉一缺。放拟正之图普登札普。后阅画稿件。晴，云。巳后，阴。未后，时细雪，冷。

三十日(11月15日)　晴，云，时飞细雪。申后，淡阴。

十月初一日(11月16日)　阅画稿件。淡阴。未后，晃，日耳，飞细雪。

初二日(11月17日)　阅画稿件。申刻，准兵部递到，总理各国事务衙门四百里夹板一件。系知照，直督李奏“议结滇案”各情由。淡阴，时飞细雪。未后，晴，云。晚间，痰内又带血丝一绺。

初三日(11月18日)　阅画稿件。未刻，同车王、果亭拜发委员呈进贡皮折、暂免呈进果丹皮片，车王单衔查阅台站折。晴。子后，时风。

初四日(11月19日)　未刻，送茂如赴金营送驼起身。因晓槎再四恳请拣派。后阅画稿件。晴。子后，时微风。

初五日(11月20日)　阅画稿件。晴。子后，时风。

初六日(11月21日)　阅画稿件。晴。戌后，时风寅。

初七日(11月22日)　阅画稿件。申刻，同车王果亭因病未来。拜发“遵奉寄谕，接济革员吉尔洪额官兵口分”折；拣补黑龙江骁骑校折。毕，车王以四盟报灾事商办。大致以为此事必须乌、库将军、大臣酌定奏明，札饬遵办。当答以报灾者非止一盟，各盟皆以差务不匀恳请调剂，自应仍饬各该盟盟长等会商妥协。呈覆到日，再行核办。本将军不敢臆拟，致涉偏枯。酉刻，始散。晴，云。未后，时阴。

初八日(11月23日)　阅画稿件。未刻，署冬季驻班副将军、札萨克、和贝公阿育尔色德丹占札木楚递哈达一块、剪鬃枣骝马一匹，小走，七岁口，中。请安，见。鄂勒哲依巴彦因遣撤回旗，于明日起身，禀辞，见。晴，云。

初九日(11月24日) 阅画稿件。晴，云。自是日起，每晚服参一二钱许。

初十日(11月25日) 因病未能赴东庙叩贺慈禧端佑康颐昭豫庄诚皇太后万寿。午刻，差弁温华回城，跪接闰五月初八日拜发回折。恭叩皇上万寿贺折、恭叩慈安端裕康庆昭和庄敬皇太后贺折，均奉旨："知道了。钦此。"接六十七号家信及白糖、潮白糖，黄、红酱各十斤，并图萨本所买三七三两，鞭血竭花蕊、石郁金各二两。后阅画稿件。晴，微云。

十一日(11月26日) 阅画稿件。晴。

十二日(11月27日) 阅画稿件。晴，时微风。

十三日(11月28日) 阅画稿件。阴，时微风。午后，徐晴，云。酉刻，晓槎来看，弈棋，即在署住。

十四日(11月29日) 阅画稿件。未刻，车王差那逊，以余与果亭初六日标画之"札覆图盟备驼运送军粮稿"另拟出语请看。并云，新班札萨克内有不认识字者，请更换等语。当即详阅所拟，仍系原稿，词意不过略为敷衍，而后尾添"札饬车盟，一体出给雇价"等语。当告以"此稿业已标画十日，而车王所拟，仍照原稿意见。至所添'札饬车盟，出给雇价'一节，尤为窒碍。缘运送军粮已非一年，从未札饬车盟办理。今突然饬其出给雇价，彼必不遵，徒延时日，无济于事。此稿毋庸更改。至驻班札萨克等是否识字，本将军无从知悉。且系吉厦之事，应由吉厦自行办理，本将军不能干预也"。阴。午后，风。未后，雪一阵。

十五日(11月30日) 阅画稿件。未刻，同车王、果亭拜发"军饷告罄，恳恩饬部筹拨"折；恳请饬催晋省积欠饷银折。午刻，丰厚斋禀安，见。晴。酉后，时风。

十六日(12月1日)　阅画稿件。阴,细雪。午后,住,时微晃。申后,徐晴,云。

十七日(12月2日)　阅画稿件。阴。午后,徐晴,冷。

十八日(12月3日)　阅画稿件。晴,微云。戌后,时微风。

十九日(12月4日)　阅画稿件。午后,玉敏、福厚、崇山等禀见。据云:"昨差人赴山,请领'札覆图盟运送军粮稿'。及至交下,王爷仍未标画。且仅止原文黏连稿皮,原拟之稿全行撕去。职等以此稿系将军、大人早经改定标画,且用有理藩院图记,未便无着,复行领取。据王爷云:'此稿余已油污'。职等云:'油污亦可存案,恳请交下'。王爷又云:'此稿余已烧毁,现有抄存稿底可以领去'等语。职等伏思,此稿系将军改定,今经王爷撕去,职等实不敢担,恳请将军作主"等语。当谕以"公事稿件,岂可擅行撕毁?可即差人再行去领。倘仍不交出,务请其具文声覆。以凭核办"。未刻,差岳顺送万盛号王掌柜奠仪八两。晴,云。戌后,雪。亥后,住,旋晴,云。

二十日(12月5日)　早间,痰内又带血二点。午后,阅画稿件。申刻,由驿递到,总理各国事务衙门九月十八日发五百里夹板一件。系函催张贴滇案告示由。车王差笔帖式荣昌送来说帖一纸,大致云,该王任盟长多年,熟知四盟差使情形,是以札派车盟一律出给雇价等语。而撕稿一事,并未提及。当谕荣昌将其说帖送回,仍请其将因何撕毁稿件情形声覆。阴。巳后,雪。午后,住,时微风时晃。

二十一日(12月6日)　阅画稿件。未后,新授索果克卡伦侍卫福兆禀到,见。年四十余岁,系正蓝旗护军参领,持有禹臣、仲华信。晴,云。

二十二日(12月7日)　阅画稿件。申刻,准兵部递到,九月二十三日军机处交出五百里夹板一件。系字寄,奉上谕:"金顺奏'酌量近日情形,布置防军'一折,着即尽现有兵力,加意巡防,以资捍卫等因。钦此。"又递到,九月二十六日发交、九月初六日拜发回折夹板一件。力疾销假折,奉旨:"知道了。钦此。"晴,微云。酉后,时风。是日,公务繁多。

二十三日(12月8日)　阅画稿件。申刻,接荣润庭信。据称,玛纳斯南城已于九月二十一日克复，逆首黑浚等均各就擒、枭示等语，诚大快事也！晴，微云。子后，时风。

二十四日(12月9日) 阅画稿件。未刻，车王差荣昌将撕存稿送回。据云："此稿因已油污，是以撕下。既系将军索取，仍将原稿交回"等语。当谕以"原稿既已送回，余亦不必深究。即将原稿仍行黏妥，请示车王是否标画，再行定夺"。申刻，荣昌来回："此稿车王业已标画无说。"当谕即缮文发行。未后，晓槎回寓。昨晚，来署看视。阴。酉后，徐晴，云。

二十五日(12月10日) 阅画稿件。晴，云，时微风。

二十六日(12月11日) 阅画稿件。未后，奉到九月初三日所发回折。奏催经费折、请领炸炮子药折，均奉旨："另有旨。钦此。"核奖捐银助工官商折，奉旨："户部核议具奏，单并发。钦此。"拣员管理孳生驼厂折，奉旨："着照所请，该衙门知道。钦此。"请免南台用过羊只核销片，奉旨："该衙门知道。钦此。"动用乌鲁木齐归还饷银片，奉旨："知道了。钦此。"请奖捐工修城之蒙古贝勒片，奉旨："该衙门议奏。钦此。"晴，云，时微风。

二十七日(12月12日) 阅画稿件。晴，云。午后，阴。酉后，雪。约于寅刻住，厚二寸余。

二十八日(12月13日) 阅画稿件。云田送来所获野猫一只。阴，时微晃。派白文治、焦得胜坐厅差。

二十九日(12月14日) 锦贝勒差人送来信一封、野猪二口。午刻，差岳顺送果亭世兄寿星八仙一堂、银锁一挂、银手钏一对、银铃二对，大红茶、青小线各八方，羯羊二牵，糖方、脯肉、馒首各一盒。其次子强谦于昨日满月。申刻，同车王、果亭拜发元旦贺折。差巡捕额尔格图及山上巡捕潘锡呈递，交带七十三号家信。阴。午后，时雪。戌后，晃。果亭差云田送来籽儿蔓二两许。

三十日(12月15日) 阅画稿件。晴，冷，时微风。

十一月初一日(12月16日) 阅画稿件。接茂如禀。晴，微云。

初二日(12月17日) 阅画稿件。酉刻晚饭时，落左上第三牙。阴。酉后，晃。

初三日(12月18日)　阅画稿件。晴,云。未刻,果亭约松峰诸公吃饭。酉后,散。

初四日(12月19日)　阅画稿件。申刻,晓槎来看。送晓槎貂袖一副。阴,微雪。巳后,晃,徐晴。申刻,郭什哈高乾云押解由绥采买白面回城。戌后,时风。

初五日(12月20日)　阅画稿件。晴,云,时微风。申后,阴。夜间,微雪。

初六日(12月21日)　阅画稿件。派委候补笔帖式爱兴阿暂署津吉里克卡伦侍卫。时阴时晃。

初七日(12月22日)　午刻,达香谷密兰禀辞于明日起身回旗,见。未后,阅画稿件。晴,云,时风。

初八日(12月23日)　阅画稿件。晴,微云,时风。

初九日(12月24日)　阅画稿件。午后,成斌由京回城禀到,见。带来卓逢源信一封、点心二匣、酱菜二小篓。松峰送骲头箭四枝。晚间,晓槎来看。晴,云。戌后,阴,微雪,时风。

初十日(12月25日)　留晓槎便饭。未后,阅画稿件。申刻,巡捕荣庆、笔帖式嵩山由绥远城采买米面,回城禀见。晴,微云。日间,痰内又带血二点。

十一日(12月26日)　阅画稿件。晴,微云。

十二日(12月27日)　阅画稿件。午刻,署津吉里克卡伦侍卫爱兴阿禀辞,见。晴,云。酉后,时风。介福带同郭什哈等,赴城西压马打围,得获野猫一只。

十三日(12月28日)　阅画稿件。时阴时晃时微风,冷。

十四日(12月29日)　阅画稿件。阴。午后,微晃。亥后,风,细雪。

十五日(12月30日)　阅画稿件。未刻,阖署巡捕、郭什哈等送匾一方,额曰"公正廉明",因伊等业经制妥,未便不令悬挂,当悬于川堂门外正中。袍褂料一套、羊二只、酒二坛均璧还。申刻,晓槎来看。留便饭。阴，时风时飞细雪时微晃，日、月均出双耳。赏抬夫等银十两。酉后，晴。丑后，始歇。

附记送匾巡捕等衔名。

满巡捕：喜林、荣庆、兴云、额尔克图。汉巡捕：郝俊、刘福泉、白文治、焦得胜、王世隆、吕万祥、温华、郑万库、赵明、魏铭。郭什哈达：黄文明、白兆熊、赵铨、白文俊。郭什哈：杨殿元、刘富、范喜、李镕、王润、张华、马如龙、盛元恒、周石宝、刘万宝、赵子和、马万喜、范源、阎有富、张鸣盛、宁振魁、王振文、南绪、徐贵、梁生魁、赵宽、梁永成、王成喜、魏国安、郭世亮、梁忠、胡绩祥、杜玉、刘华、常庆、褚廷魁、柯许连、郝恺旺、张希舜、姚秀、梁秉禄、赵维垣、高登、何忠尧、刘聚才、杨全仁、杨贵、李天升、常禄、曹富、郑明士、武进才、张世荣、陈魁、阎宝谦、杜珍、王吉祥、高谦云、于富、温锡贵、王廷栻、刘福涌、赵宽、朱元魁、韩肇元、张德、张源长、马兰、郭文忠、曹月光、李连科、贾常金、安福、安治国、史天喜、郭振雄、王明、郝永恩、李昌富、李德义、薛绳武、王凤、陈万山、武成玉。

十六日(12月31日) 阅画稿件。荫德和布号云卿，系丰营委员。来弈棋。留同晓槎便饭。阴，时风时微晃。酉后，徐晴，云。

十七日(1877年1月1日) 阅画稿件。晴，云。子后，时风。

十八日(1877年1月2日) 午刻，果亭拜会，见。未后，满营换防佐领怀塔纳带领换防兵全成等八名禀到，见。后阅画稿件。申刻，采买米面差员荣庆、嵩山送猪肉、酱菜等物。收猪肉一方，约六七斤，余均璧还。又温水稻米半袋。约五十余斤，嘱将原价领回。阴。午前，微晃。申后，细雪。戌后，住，旋晃。子后，时微风。

十九日(1877年1月3日) 阅画稿件。晴，云。子后，风。

二十日(1877年1月4日) 阅画稿件。申刻，换防兵该哈苏送来奎瀚泉所送清平如意图及龙字、虎字各一张。瀚泉官印英，现官归化城副都统。晴。巳前、子后，均时风。

二十一日(1877年1月5日) 阅画稿件。申刻，丰营委员荫德和布赴京制办鞍韂等物禀辞。交带七十四号家信，及托和义公买物银一百两。酉刻，接到科布多参赞大臣保辅庭官印英咨、函各一件。据称，本月十三日据南台安台之委笔帖式巴雅尔图禀报，乌里雅苏台解驼之松委员于初七日管解官驼，行至鄂隆布拉克台。是日起更时，见有骑马回众执持枪械，由西南呐喊来台，将此项官驼及该委员等行装等项全行抢去，并将该台牲畜抢掠大半，仍向西南回窜等语。又于十八日酉刻，松委员差兵来署禀报，询据声称，此项官驼抵台时即有骑马三人来台，声称系金将军前敌勇队，现赴科布多迎饷，因驼马疲乏故此前来更换。松委员回答此项官驼现亦全行疲乏，碍难换用。正互语间，又来骑马人四名执意换驼，声称官人骑官驼，有何罪名。松委员见势不测，来人可疑，即唤兵放枪，间内有一人用长矛向松委员腿上扎去，我等看势不好即向外出，上山观看。见由西南又窜来七八十人到台，将此项驼只并行李等件抢掠一空，并将同差兵掠去二名，仍向来路回窜。被掠兵二名乘夜翻山，先后逃回。见该众均戴白帽子，是西路口音等语。复询松委员受伤如何，据称幸衣服过厚，实未着重。刻已行抵伯多滚台，令褚廷魁来科禀报，就便更换传单等语。是以换给传单，令该差持回。并拟拣派蒙古马队二百五十名，迅饬前往剿办各等语。溯自新疆失守后，北路台站虽有戒严之时，而往来差务从未间有被劫者。今乌鲁木齐各城业经收复，北路已渐肃清，而茂如等竟遭劫掠之祸，官驼、私装被抢一空，而身复受伤，诚意料之所不及。然苦则苦矣，而伤不甚重，被掠之兵复先后逃回，同行十一人均得瓦全，亦不幸中之大幸也。先是茂如起身之次日，即差白兆熊将所坐车轮送回，云昨日尚未行至头台，车轮铁瓦已脱落三块，辋扇亦多裂损，是以回城更换。因一时无处购买，即将余之坐车毂轮换去。惟思此车轮系十二年出口时新置者，且去岁往来塔城并无伤损，今甫行半日，何遽至此？或谓车轮反上则易坏，初以为理或然耶，今乃知为不祥之兆也。《经》云“祸福将至，必先知之”，特人不察耳。晴，时微风。

二十二日(1877 年 1 月 6 日)　阅画稿件。午刻，差郭什哈乌勒希布、常庆携带米、面、皮衣赴西台迎接茂如。晴，云。

二十三日(1877 年 1 月 7 日)　阅画稿件。阴，微风，细雪。午后，微晃。戌后，徐晴。

二十四日(1877年1月8日) 阅画稿件。申刻,跪接十月初三日及初七日拜发回折。呈进贡皮折,奉旨:"该衙门知道。单并发。钦此。"单奉旨:"览。钦此。"车王查台折,奉旨:"知道了。钦此。"接济革员吉尔洪额官兵口分折,奉旨:"知道了。钦此。"奏补黑龙江骁骑校折,奉旨:"着照所请,兵部知道。钦此。"酉刻,舒祥只身回城。据云,是日回匪约七八十人,系鱼贯到台,茂如右胯受矛伤一处,兵庆福左肩受刀伤一处,郭什哈阎保谦左胯受矛伤一处,察哈尔兵多尔济、郭什哈达白兆熊二人被匪掳去。白兆熊于初八一早乘间逃回,多尔济于初九日始行逃回。所有官驼及行装等物被抢一空,仅于次日跟踪寻获官驼二只、贼驼一只等语。晴,云。丑后,微雪。

二十五日(1877年1月9日) 阅画稿件。未刻,褚廷魁只身回署。是日,公事较多。晚间,痰内又带血数口。晴,云,时风,冷。

二十六日(1877年1月10日) 阅画稿件。晚间,痰内复带血一点。晴,云,极冷。自是日起停止服参。

二十七日(1877年1月11日) 阅画稿件。早间,服三七五分许。晴,时微风,极冷。

二十八日(1877年1月12日) 阅画稿件。申正后,跪接十月十五日拜发回折。乌城军饷告罄恳恩饬部筹拨折、恳请饬催晋省积欠饷银折,均奉旨:"另有旨。钦此。"并准兵部递到,军机处十一月初四日发交五百里夹板一件。系字寄,奉上谕:"额勒和布等奏'乌城军饷告罄请拨银两'并'请催山西月饷'各一折,着户部议奏等因。钦此。"又准兵部咨称:准礼部咨:"七月初三日,崇上慈安端裕康庆昭和庄敬皇太后、慈禧端佑康颐昭豫庄诚皇太后徽号。初四日,颁诏,刊刻誊黄,咨行遵照等因。"计恩款十三条,内第三条:一,民公侯伯以下、二品大臣以上命妇,着加恩赐;第六条:一,在京文官四品以上、武官三品以上,着各加一级。又果亭接准兵部清文咨称:"内阁抄出,光绪二年十月二十八日奉旨:'杜嘎尔着赏给副都统衔,作为乌里雅苏台参赞大臣等因。钦此。'"晴,微云。戌后,时风。早间,服三七五分许。

二十九日(1877年1月13日) 阅画稿件。午后,果亭拜会,见。申刻,茂如率同吉林队兵庆福、察哈尔队兵多尔济、绿营郭什哈白兆熊、李昌富、阎保谦、郭振熊、蒙古兵根敦呢玛等回署。茂如一车之外,无长物矣!而随兵等衣帽,大半遗失,狼狈情形实堪悯恻。此差原系芸人之田,本无意味。而复遭抢劫,受伤之惨,尤为冤极。推所由来,皆因余病所致也。夫何言哉!当谕该兵等,均在署内吃饭。并令庆福等暂在署中居住。阴,时微风,冷。早间,服三七四分许。

十二月初一日(1877年1月14日)　阅画稿件。早间,服三七四分许。晴,微云。子后,时风。

初二日(1877年1月15日)　阅画稿件。由月需零用款下赏给舒祥等十员名银各四两。早间,服三七四分许。晴,云,时阴。

初三日(1877年1月16日)　阅画稿件。晴,云。日间,痰内又带血丝一点。

初四日(1877年1月17日)　阅画稿件。申刻,同果亭点放卓营黑龙江□起委防御一缺,委纳木津果亭,谓其人识字,且系巴尔琥人,是以点委。放察克达兵一缺,放策登。申正,同车王、果亭拜发"请拨银两,沙汰孱弱官兵"折;解驼委员猝遇贼匪被抢片;请拨粮折银两折;截留科布多伊犁饷银片;车王谢记录二次恩折;果亭谢授参赞大臣恩折。原定于未刻拜发,待至申正始行齐备,疲玩极矣。晴,云。未后,阴。后半夜,微雪。

初五日(1877年1月18日)　阅画稿件。晴。后半夜,时风。

初六日(1877年1月19日)　阅画稿件。晴,微云。

初七日(1877年1月20日)　阅画稿件。未刻,同果亭车王云病,未来。拜发"官员跟役口粮,仍请加四折支"折;"理藩院员外郎玉敏三年期满,奏请更换"折;札萨克台吉因病请假片。晴,云。子后,时风。

初八日(1877年1月21日)　阅画稿件。未刻,图萨本回署,带来六十八号家信及亲友信,并由京暨口上所买药材、食物等项。晴,云,时阴。

初九日(1877年1月22日) 阅画稿件。申刻,郭什哈朱元魁押解食物等项十四驮到署。阴。午后,细雪。酉后,时风,徐晴。冷。

初十日(1877年1月23日) 阅画稿件。晴,冷。子后,时微风。

十一日(1877年1月24日) 阅画稿件。申刻,三盟王桑噶西哩递哈达一块,请安,见。晴,冷。子后,时风。

十二日(1877年1月25日) 阅画稿件。晴。子后,时风。

十三日(1877年1月26日) 早间,痰内又带血数丝。午后,阅画稿件。申刻,丰厚斋、卓立亭禀安,见。晚间,痰内复带血一点。申、子刻,服血竭侧柏叶、三七。晴。子后,时风。

十四日(1877年1月27日) 阅画稿件。申刻,管理花硕落图等台台吉哲克伯递汤羊一只、奶子一肚;管理札克等台台吉达尔玛、管理拜达哩克等台台吉吹札布各递汤羊一只,请安,见。晴。子后,时微风。戌刻,服三七、血竭侧柏叶。

十五日(1877年1月28日) 阅画稿件。申刻,新撤津吉里克卡伦侍卫、右翼前锋营空花翎前锋校隆福因病差人请安。送来禹臣、芝蓀信各一封,及禹臣所送籽儿参四两。晴,云。未后,阴。巳刻,服三七、血竭侧柏叶。晚间,痰内复带血一点。

十六日(1877年1月29日) 阅画稿件。晴,云。子后,时微风。

十七日(1877年1月30日) 阅画稿件。未刻,新撤津吉里克卡伦侍卫隆福禀安,见。三盟王桑噶锡哩差护卫请安,递灰色、酱色摹本缎衣料各一件,哈达一块,针黹二色。晴,云。未后,阴。戌后,徐晴。子后,时微风。

十八日(1877年1月31日) 阅画稿件。晴,云。未后,阴。酉后,复晴。

十九日(1877年2月1日) 辰刻,同车王、果亭率同阖署官员等封印。散后,差老赵送桑王红、蓝小呢衣料各一件,针黹一匣,哈达一块。巳刻,果亭差人送来席一卓、烧猪一口、绍酒一坛。晴,云。酉后,阴,时风。后半夜,微雪。

二十日(1877年2月2日)　未刻,管理阿尔达尔等七台台吉迪嘎札木楚递汤羊二只、奶子二肚。未后,阅画来文。晴,云,时飞细雪。

二十一日(1877年2月3日)　阅画稿件。阿敦章盖西呢音等递黄羊二只、汤羊一只、奶子一肚。晴,云,时飞细雪。

二十二日(1877年2月4日)　阅画稿件。管理哈尔呢敦等台台吉刚精楚差人递哈达一块、汤羊一只。晴,微云。子后,时风。

二十三日(1877年2月5日)　阅画稿件。晴,云,时微阴。子后,时微风。

二十四日(1877年2月6日)　阅画稿件。万盛号送礼九色。收藏香一束,冰鸭二只,蜜糕、点心各一匣,余均璧回。申刻,丰绅图由口回乌请安,见。晴,云。后半夜,微雪。晚间,服血结侧柏叶。夜间,痰内又有血丝二点。

二十五日(1877年2月7日)　早间,服血结侧柏叶。午后,阅画稿件。未后,扫房。车王差那逊送来冰鸭、鸡鱼各一对,酒二瓶,火腿一条,汤、黄羊各一只。署驻班副将军、和贝公阿育尔色德丹占札木楚送来泥金天青江绸袍料一副。晴,微云。

二十六日(1877年2月8日)　阅画稿件。管理巴里坤路台站台吉巴咱尔递哈达一块、汤羊一只、奶子一肚。果亭差人送来冰鱼、山鸡、沙鸡各一对,酒二瓶。未后,差老赵回送阿育尔公针黹一匣,奶饼四包,酒二瓶,点心、蜜糕各一匣。晴,云。

二十七日(1877年2月9日)　阅画稿件。午刻,三音诺彦副将军、亲王车林敦多布差护卫请安,递哈达一块、汤羊一只、火镰一把。未后,差老赵送果亭汤羊、黄羊各一只,奶子一肚,冰鸡一对。送车王菜四海碗、点心二盘。晴。子后,时风,冷。

二十八日(1877年2月10日)　阅画稿件。哲普尊丹巴胡图克图差人送来哈达一块，蓝哈喇衣料一件，紫素、绿花氆氇各一块，藏香四束，奶食一匣，收。卓立亭差人送来马一匹、黄羊一只。马，璧回；黄羊，收。申刻，阿育尔公班满禀辞，见。酉刻，跪接八月十九日拜发回折。叩贺慈禧皇太后万寿折，奉清字朱批："知道了。钦此。"派郭什哈白文俊、王振文赴口递送派委荫德和布、富存、钟贵赴户部领饷公文。伊等于申正后起身。晴，冷。子后，时微风。

二十九日（1877年2月11日）　阅画稿件。管理巴里坤路六台台吉吉克里那木济勒递哈达一块、汤羊一只、奶子一肚。晴，微云。

三十日（1877年2月12日）　阅画稿件。伊勒固克森胡图克图罗普桑散都普差人送哈达一块、藏香三束。额尔德呢班迪达胡图克图罗普桑当津差人递信一封、哈达一块、奶食一匣、缎料一件蓝色摹本、汤羊一只、小火镰一把。杂雅班第达胡图克图差人递哈达一块、藏香二束、汤羊一只。多王差护卫请安，递信一封、奶食一匣、黄皮烟荷包一个。三音诺彦部落贝子衔、公额尔奇木济尔噶朗差护卫请安，递哈达一块、挖垫烟荷包一个次、汤羊一只。酉后，云田、厚庵、车笔帖式、介福等及巡捕、郭什哈等先后来辞岁，见。戌刻，仙人堂、护身佛、马王、园神、灶君位前上香行礼。毕，恭向祖宗、茔地前行礼。子正，上香。后歇。晴。亥后，时微风。

光绪三年（1877）乌里雅苏台

光绪三年岁次丁丑正月初一日丁巳（2月13日）　因天冷有风，未出门。午刻，恭向东庙、关帝、火神南庙、菩萨位前上香行礼。后仙人堂、护身佛、马王、园神、灶君前上香行礼。毕，恭向祖宗、茔地前行礼。午前，时微风。戌后，时风，晴。

初二日（2月14日）　午刻，恭向东庙、财神位前上香行礼。申刻，署三音诺彦部落驻班副将军、和贝公济克济特多尔济递哈达一块，枣骝马一匹七岁口，中。晴。午前，时微风。

初三日（2月15日）　三盟贝勒锦丕勒多尔济差人请安，递哈达一块、奶食二匣、汤羊二只。晴,微云。

初四日(2月16日)　午后,倭峻峰由塔城差竣回署。送半大猪一口,白石球一封,杏合、松子、葡萄干共一盘。晴,微云。子后,时微风。

初五日(2月17日)　阅画来文。晴,微云。子后,风。

初六日(2月18日)　阅画稿件。午刻,果亭拜会,见。丰绅图等均随叩。晴。巳前、亥后,均时微风。

初七日(2月19日)　午刻,丰厚斋禀安,见。未后,阅画稿件。晴,微云。

初八日(2月20日)　阅画稿件。晴,云。午后,淡阴。晚间,痰内又带血二点。

初九日(2月21日)　阅画稿件。申刻,准兵部递到,军机处十一月二十九日发交夹板。系知照,御赐福字、荷包等物由。淡阴,风。午后,风息,徐晴,云。一件。

初十日(2月22日)　阅画稿件。午刻,卓立亭禀安,见。晴。

十一日(2月23日)　阅画稿件。未后,内阁官员等送来光绪二年十一月二十九日御赐福字一方,大荷包一对,小荷包三对,银锞、银钱各四个,挂面四子,南枣、莲子、荔枝、藕粉、百合粉、奶饼等物共一小包。午后,峻峰、云田、厚庵、介福及巡捕、郭什哈等先后来拜寿。留介福吃饭。申刻,车王拜会挡驾。晴,微云。子后,时风。

十二日(2月24日)　午刻,各处上香行礼。阅画稿件。晴。子后,时风。晚间,痰内又有血三点。

十三日(2月25日)　阅画稿件。未刻,落左上第二牙。吃早饭落。晴。子后,时微风。白文治、焦得胜递元宵二百个。

十四日(2月26日)　阅画稿件。晴,云。

十五日(2月27日)　午刻,果亭差派赴库伦之郭什哈阿育什回城请安,带来哲普尊丹巴胡图克图所送大哈达一块、沙糖饼一匣,及代买之小珊瑚手串二挂价银八两,见。后果亭之六弟官印阿育喜来拜见。伊于昨晚到城。未后,阅画公事。阴,细雪。午后,住,时晃。西后，徐晴。子初后月食，丑正后始复元。

十六日(2月28日) 阅画稿件。丰营吉林队兵庆福系三姓人进署当差。酉刻，约峻斋、厚斋、峻峰、立亭、云田、厚庵、介福吃饭。松峰、茂如作陪。子初后，散。晴，微云，时微风。丑后，时风。

十七日(3月1日) 阅画稿件。酉刻，松峰、茂如约李掌柜万盛号、恩泽田官印厚，系丰营委员。峻峰、云田、厚庵、介福及舒祥吃饭。亥后，散。淡阴，时微晃。巳前，微雪。酉后，徐晴，云。

十八日(3月2日) 阅画稿件。晴。子初后，风。

十九日(3月3日) 辰刻，同车王、果亭开印。毕，阖城官员等谒见。散后，阅画稿件。未刻，果亭之弟阿六爷系六品蓝翎禀辞，于明日起身回游牧。会。后差岳顺送阿六爷银灰摹本缎袍料一件、天青江绸褂料一件、四色针黹一匣、奶食一匣。申正后，内阁笔帖式福庆禀见。回阿勒达尔台迟延丰营公文事。晴。酉后，时风。

二十日(3月4日) 早间，痰盒内又有血一绺。未刻，吐尔扈特罕鞥科巴图差札兰章京莽海来乌，请领该罕之印，递信一封、哈达一块、泥金色摹本缎袍料一件。伊犁将军文内，该罕名布彦绰克图，鞥科巴图者乃其母福晋也。申刻，阅画稿件。晴，云。未后，阴。酉后，时晃。

二十一日(3月5日) 阅画稿件。午刻，峻峰起身回营盘当差禀辞，见。晴，云，暖。子后，细雪。

二十二日(3月6日) 阅画稿件。晴，云。巳前，时飞细雪。

二十三日(3月7日) 阅画稿件。新换三音诺彦部落驻班、贝子旺楚克沙克都尔请安，递哈达一块。阴。未刻，微雪。戌后，徐晴。

二十四日(3月8日) 阅画稿件。晴。亥后，时风。晚间，痰内又带血一丝。

二十五日(3月9日) 早间，痰盒内有血一点。午后，阅画稿件。晴，云。亥后，时风。戌刻，胸间极觉刺痛。子后，咳嗽二刻许。

二十六日(3月10日) 早间，痰盒内有血数条。早、晚服血竭侧柏叶、三七。午刻，发覆吐尔扈特罕信，回送该罕四色针黹一匣、奶饼二匣。

未后，阅画稿件。晴，微云。亥后，时风。

二十七日(3月11日)　巳刻时已交午，同车王、果亭拜发"谢赏福字、荷包等物恩"折；代奏多王谢纪录恩折；新换满营戍守官兵到防片。未刻，同果亭跪接上年十二月初四日拜发回折。请拨银两沙汰孱弱官兵折、请拨粮折银两折，均奉旨："户部速议具奏。钦此。"解驼委员猝遇贼匪被抢片，奉旨："前据保英奏报，已谕令左宗棠、金顺等派队搜捕矣。钦此。"截留伊科饷银片，(奏)〔奉〕旨："知道了。钦此。"车王、果亭谢恩折各一件，均奉旨："知道了。钦此。"散后，阅看来文。晴，微云。子后，时风。

二十八日(3月12日)　阅画稿件。晴。子后，时风。

二十九日(3月13日)　阅画稿件。晴，微云。子后，时风。自是日起，早、晚服瓜子汤。

三十日(3月14日)　阅画稿件。晴，微云。子后，时风。

二月初一日(3月15日)　阅画稿件。未刻，跪接上年十二月初七日拜发回折。官兵跟役口粮仍请加四支放折，奉旨："户部议奏。钦此。"员外郎玉敏三年期满折，奉旨："该衙门知道。钦此。"札萨克台吉请假片，奉旨："知道了。钦此。"晴，微云。巳前、子后，均时风。

初二日(3月16日)　派兴云、温华坐厅差。午后，阅画稿件。晴，微云。亥后，时风。

初三日(3月17日)　阅画稿件。阴。午后，时晃。未后，风，黄沙。酉后，风息，时微晃。亥后，时风，微雪。

初四日(3月18日)　阅画稿件。晴，云。酉后，时微风。

初五日(3月19日)　阅画稿件。晴，微云。亥后，时微风。

初六日(3月20日)　阅画稿件。阴，时晃。

初七日(3月21日)　阅画稿件。晴，云。子后，时微风。

初八日(3月22日)　阅画稿件。阴，时微晃。子后，时微风。接户部议覆筹拨川资文。

初九日(3月23日)　阅画稿件。阴，微雪。巳后，徐晴，云，时微风。

初十日(3月24日) 早间，痰盒内又有血一绺。午后，阅画稿件。晴，云。午后，时风。晚间，痰内复又带血一点。

十一日(3月25日) 阅画稿件。未刻，接准科布多参赞大臣六百里飞咨一件。系知照，“乌鲁木齐军装回差依精阿等，于正月二十五日在鄂隆布拉克台被贼杀伤等情”由。又咨文一件。系知照，“该大臣前奏‘乌城差员管解官驼，行抵鄂隆布拉克台，被贼抢掠’一折，兹于二月初四日承准军机大臣字寄：奉上谕：‘着左宗棠、金顺立即探明，认真搜捕，毋任余孽窜扰为患等因。钦此。’”晴，云，时微风。午间，腹泻。

十二日(3月26日) 午刻，理藩院员外郎玉次山敏禀辞，会。请假回京，于明日起身。托带七十五号家信。未后，阅画稿件。晴，云。未后，时阴。

十三日(3月27日) 阅画稿件。阴。巳后，时细雪。午后，时风。

十四日(3月28日) 早间，痰盒内又有血一绺。午刻，土尔扈特贝勒三吉赉由京回牧。请安，递哈达一块未见。未后，阅画公事。晴，时微风。晚间，痰内又有血一丝。

十五日(3月29日) 阅画稿件。晴，云。子后，时风。

十六日(3月30日) 阅画稿件。申刻，倭峻峰禀安，见。晴，云。未后，徐阴。亥后，细雪。

十七日(3月31日) 早间，痰内又有血一点。午刻，峻峰禀辞，署卡伦侍卫爱兴阿回城销差，均见。未后，阅画稿件。晴，云。午前，时微风。

十八日(4月1日) 早间，痰盒内又有血二丝。未刻，阅看贡马。挑出枣骝马三匹、玉顶黑马三匹、黑马二匹。后阅画稿件。晴，云，时微风。

十九日(4月2日) 阅画稿件。酉刻，忽患腹泻。晴，云。子后，时微风。

光绪三年二月二十日(4月3日) 巳刻，右鼻衄血。未后，阅画稿件。晴，云。子后，时微风。

二十一日(4月4日)　阅画稿件。未刻,任满索果克卡伦侍卫桂明禀见,会。呈递伊在卡伦任所办事件单一纸。晴,微云。

二十二日(4月5日)　阅画稿件。缮写奏折。未后,松峰、茂如、云田会同福厚提讯,三盟呈送公阿毕尔米特旗拏获之形迹可疑人犯鄂勒哲依。晴,云。未后,阴。申后,风。酉后,风息。戌后,细雪。午后,痰内又带血二点。

二十三日(4月6日)　阅画稿件。缮写奏折。午刻,晓槎由库伦回乌禀安留饭。申刻,禀见,会。晴,云。午后,阴。子后,时风。后半夜,云。

二十四日(4月7日)　阅画稿件。缮写奏折。晓槎差人来送烧猪、烧鸭、熏鸡、火腿各二收。阴,雪。申后,雪住厚二寸余。风时大时小。

二十五日(4月8日)　阅画稿件。未刻,据户部呈递,卓营官兵敦固里布等,由南台解到军米一百一十四袋,内八十五斤者九十七袋,九十斤者十七袋等语。因思此项米石系该官兵等押解来乌,何以亏欠如许之多。遂与松峰商议,派委金升赴仓,会同该部及原解米官兵复行过秤。嗣据金升回署面禀,适赴仓会同过秤,此项米袋均在一百三十斤上下,即破袋亦有一百二十余斤,并无八九十斤者。询据该仓目兵孙福喜声称,先因错看秤星,是以短欠甚多等语。当以军粮所关綦重,该部噶兰达并不亲往兑收,率听兵丁妄报,开单呈递,实属不成事体。当饬兴昌、瑞林据实呈覆,以凭核办。酉后,兴昌等递覆呈。语多支饰含混。晴,云,时微风,凉。

二十六日(4月9日)　阅画稿件。巳刻,将兴昌等覆呈发还,令其据实另覆,毋再遮饰。未后,松峰等提讯鄂勒哲依。申刻,兴昌等递覆禀,因措词仍属含混,复驳令另行声明呈递。晴。子后,风。

二十七日(4月10日)　阅画稿件。午刻,兴昌、瑞林递呈覆。内仍有不实之处,谕令更正。未刻,松峰、茂如、云田传讯户部委署笔帖式嵩山、管仓外委葛凤舞、字识王有义、目兵孙福喜取供。晴,微云。晚间，痰内又见血二丝。

二十八日(4月11日) 阅画稿件。未刻，会同车王拜发果亭因病未来。四等台吉都普登多尔济捐输面斤请奖折；"请颁发大、小彭缎"片三衔；"病势日渐增剧，吁恳天恩，俯准开缺回旗"折单衔。缘自上年病后，身体总未复元，而咯血之证仍不时举发，以致精神益形疲惫，深恐有误办公，是以陈请开缺。后放察克达兵一缺。晴，云。

二十九日(4月12日) 阅画稿件。未后，松峰等提讯鄂勒哲依取供。晴，微云。夜间，灰鹤病死。

三十日(4月13日) 阅画稿件。晴，微云。酉前，时风。晚间，痰内又见血三绺。

三月初一日(4月14日) 阅画稿件。午前，痰内又带血一条。阴。巳后，风时大时小。午后，雪。申初，雪住，徐晴。酉后，风息。子后，复风。晚间，服藏红花二分。

初二日(4月15日) 阅画稿件。午、申刻，金和甫折差佐领全荣及丰厚庵、果亭派其进京公干。英云衢由库伦领解火药回城。先后禀见、禀安，均会。申刻，差金介福赴仓监放永营米石。晴，云，风，凉。

初三日(4月16日) 阅画稿件。晴，微云，微风。

初四日(4月17日) 阅画稿件。申刻，丰绅图禀辞，果亭差其赴京公干。见。伊于明日起身，托带七十六号家信。酉刻，晓槎差人送来木洋钟一座。晴。子后，时微风。

初五日(4月18日) 早间，服藏红花。未后，阅画稿件。晴。子后，时微风。晚间，腹泻。

初六日(4月19日) 阅画稿件。午刻，果亭拜会，见。午后，腹泻。晴，微云，时风。

初七日(4月20日) 阅画稿件。晴，云，时微风。

初八日(4月21日) 阅画稿件。晴，云，时微阴。巳后，风。酉后，风徐息。

初九日(4月22日) 阅画稿件。留晓槎、云衢食薄饼。未刻，派金介福赴仓监放卓营米石。晴,云,时风。晚间,服红花。

初十日(4月23日)　阅画稿件。未刻,派介福赴仓监放卓营米石。

十一日(4月24日)　阅画稿件。午刻,巡捕额尔克图回乌。带来六十九号家信及表一块、食物一包,并亲友信与海岚信,又和义公代买之砖茶等物六筐。未刻,同果亭跪接十月二十九日拜发回折。元旦贺折,均奉清字朱批:“知道了。钦此。”申刻,跪接正月二十七日拜发回折。谢赏福字恩折、代奏谢恩折、满营戍守官兵到防片,均奉旨:“知道了。钦此。”晴,云,时风时阴。是日,来文甚多。寅刻,大风一阵,后雪。

十二日(4月25日)　阅画稿件。阴,雪。午后,住。未后,时微晃。申后,复雪,时风。酉后,晃,徐晴。

十三日(4月26日)　阅画稿件。晴,云,时微阴。晚间,痰内又有血丝一点。

十四日(4月27日)　阅画稿件。早、晚,服藏红花。未刻,札萨克图汗部落副盟长、公密帕木三保接理盟长印务差人请安,递哈达一块。晴,云,风,时微阴。戌刻,微雨。元鸟来巢。

十五日(4月28日)　阅画稿件。晴,云,风。午前,时阴。

十六日(4月29日)　阅画稿件。晴,云,时风,晚间,痰内又见血丝二绺。

十七日(4月30日)　阅画稿件。早、晚,服藏红花。时阴时晃时风。晚间,痰内仍有血一丝。

十八日(5月1日)　阅画稿件。阴,时雪。戌后,时风,徐晴,云。

十九日(5月2日)　早间,痰盒内又见血一点。午后,阅画稿件。阴,时风时微晃。申刻,雪一阵,旋晴,云。未刻,派介福赴仓监放丰营米石。

二十日(5月3日)　早间,痰盒内仍有血一点。未刻,阅画稿件。酉刻,同松峰、茂如约晓槎、云衢、云田、介福吃饭。子初,散。晴,云,时风。未刻，飞雪星。

二十一日(5月4日) 阅画稿件。未刻，派介福赴仓监放丰营米石。晴，云，时微阴。

二十二日(5月5日) 阅画稿件。阴。巳刻，微雨间雪。申刻，风一阵，复雨。酉后，雪。戌后，住，旋晴，云。

二十三日(5月6日) 阅画稿件。申刻，卓立亭禀安，见。晴，云。巳后，阴，时细雪。未后，住，微晃。申刻，时风，复微雪。戌后，徐晴，云。

二十四日(5月7日) 阅画稿件。淡阴，时晃时微风。未后，阴。酉后，风。戌后，雪。亥后，住，微晃。子后，复雪。约于卯、寅间住。

二十五日(5月8日) 阅画稿件。阴，时微风。巳后，时雪。戌后，住。亥后，晃。后半夜，复雪。

二十六日(5月9日) 阅画稿件。午刻，同果亭车王云病，未来。拜发“奏催乌、科两城经费”折；札萨克台吉因病续假折；“统带、侍卫永德因病请假，先行遣撤”片；“在防营员积劳病故，恳恩优恤”折；奏补察哈尔护军校片。阴，时细雪。申后，大雪。酉后，复细雪，连夜。除随下随化外，积雪尚五六寸许。晚间，痰内又有血一丝。子刻，服藏红花。

二十七日(5月10日) 阅画稿件。阴，细雪。巳刻，微晃，后复雪。时大时小时微住。酉后，住，晃。申刻，痰内又有血一绺。

二十八日(5月11日) 阅画稿件。未刻，丰厚斋禀安，见。晴，云，微风。

二十九日(5月12日) 阅画稿件。未刻，札萨克图汗部落驻班，公洛普桑敦多普系原任盟长色德巴札尔之子递哈达一块、白尾枣骝马一匹达汗步，七岁口，见。晴，云，时阴时微风。调英廉进署当差。

四月初一日(5月13日) 阅画稿件。晴，云。申后，阴，大风一阵，后雨时间雪。亥初，雷鸣，后雨住。后半夜，似复雪。

初二日(5月14日) 阅画稿件。阴，时微晃时雪时微风。申后，晴，云。

初三日(5月15日)　阅画稿件。阴，时微晃时飞雪花时微风，凉。地复上冻。

初四日(5月16日)　阅画稿件。阴。未后，徐晴，云。丑后，时微风。

初五日(5月17日)　阅画稿件。午刻，峻峰禀安，见。晴，云。丑后，时微风。

初六日(5月18日)　阅画稿件。未刻，永峻斋禀安，交卸统带事务。见。酉后，刘福涌回署。据云，饷银今晚必到等语。晴，云。申后，阴。酉后，微风，旋晃。暖。

初七日(5月19日)　阅画稿件。午刻，盛绩卿勋禀安销差，由山西提解饷银五千两回乌。见。未刻，车盟署驻班副将军车林敦多布差护卫请安，递哈达一块、剪鬃小青马一匹七岁口，大颠。买天义德黑马一匹八岁口，达罕步。晴，云。申后，阴，风一阵。酉后，微雨，虹见。亥刻，雷鸣，复微雨间有小雹。子后，风，时雨时雪时间小雹。

初八日(5月20日)　早间，痰盒内又有血一点。午后，阅画稿件。戌刻，绩卿来见，递铜一品锅一口，马尾便帽一顶，火腿一条，风鸡一只，橘子干、百合烂各一色。辞之不获，只好收之。阴，细雪。巳后，住，时微风时微晃，凉。酉后，晴，云。

初九日(5月21日)　阅画稿件。阴，时微风时微晃。酉后，晴，云。晚间，痰内又见血一点。

初十日(5月22日)　阅画稿件。晴，微云。巳前、子后，均时微风。

十一日(5月23日)　阅画稿件。晴，云，暖。换大袷袄。

十二日(5月24日)　阅画稿件。晴，云，暖。放鱼池水。

十三日(5月25日)　阅画稿件。午刻，跪接二月二十八日拜发回折。台吉捐输折，奉旨："该衙门议奏。钦此。"请拨彭缎片，奉旨："户部知道。钦此。"病势增剧恳恩开缺回旗调理折，奉旨："额勒和布着赏假两个月，毋庸开缺。钦此。”同时接到总署三月十六日发五百里夹板一件。系函知，俄官坡塔宁等赴蒙古地方游历由。晴，云，暖。

十四日(5月26日) 阅画稿件。晴，云。午刻，时风。

十五日(5月27日) 阅画稿件。晴，云。午后，时微风时微阴。酉后，风，落雨点一阵。

十六日(5月28日) 阅画稿件。晴，云，时阴时微风。申刻，落雨点一阵。酉后，大风一阵，复落雨点，虹见，旋晴，云，暖。

十七日(5月29日) 阅画稿件。交转运局换班委署笔帖式爱仁布，带托和义公转寄七十七号家信。晴，云，时微阴时风，暖。

十八日(5月30日) 阅画稿件。早间，痰内又有血一丝。晴，云，时风。

十九日(5月31日) 阅画稿件。晴，云。未后，时风。

二十日(6月1日) 阅画稿件。晴，云。午后，风。申刻，微阴，时飞雨星。酉后，风息。

二十一日(6月2日) 阅画稿件。阴。寅刻，微雨。午后，时风。未后，徐晴，云。酉后，风，渐息，凉。院内萝卜、云豆率多冻萎。午后，移于花厅。写字。

二十二日(6月3日) 阅画稿件。早间，漱口时痰内又带血一绺。晴，云，时微风。

二十三日(6月4日) 阅画稿件。未后，同车王、果亭拜发谢赏假恩折单衔；“奏催山西、河南部拨饷银”折；“奏催山东、山西、河南等拨沙汰官兵银两”片；“奏参祭差、头等侍卫孝顺勒索蒙部银务”折；奏参营总满斋片；“遵照部议核明贝勒津丕勒多尔济捐修城工、兵丁核银数目，及续捐借用银两，并案请奖”折；以上均三衔。车王请假坐汤折车王单衔。申正后，散。晴，云，时微风时微阴。

二十四日(6月5日) 自是日起，寻常日行事件移交果亭办理。未刻，盛绩卿勋来叩谢，调其进署当差。见。发七十八号家信及应酬信十五封，交云衢转托塔城遣撤回京之委员内管领安立号寿山带。伊定于明日起身。阴,雨。申刻,微住,旋复雨。酉后,住,时微晃。

二十五日(6月6日) 晴,云,时微阴。未后,飞雨星一阵。

二十六日(6月7日) 申刻,新授科布多粮饷章京、翰林院笔帖式吉拉敏禀见,会。系阿二弟之连襟、郭公之胞弟,持有阿大弟之信并送茶叶、点心各一匣,均璧回。是日,自朝至暮所吐痰内带有血丝者十一口。申、子刻,服藏红花。晴,微云。

二十七日(6月8日) 早间,痰内仍有血一绺。时阴时微晃。午后,时细雨时微风。未后,雷鸣。申后,晴,云。

二十八日(6月9日) 午后,移于花厅,写字。晴,微云。晚间,服藏红花。

二十九日(6月10日) 午刻,云田来看。晴,微风,云。子后,时风。早、晚,服藏红花。

五月初一日(6月11日) 早间,痰内又有血一绺。晴,云,时微风,暖。

初二日(6月12日) 晴,云,时微风,暖。酉刻,监修城工之三盟公索诺木旺楚克请安,递哈达一块。三顺同庆福、乌勒希布等赴绿荫沟刨移树木、花草。

初三日(6月13日) 派额尔克图、吕万祥坐厅。晴,云,时风。

初四日(6月14日) 晓槎差人送来肘子一个、南糖一匣、咸鸭子蛋十枚、荸荠粉一小匣、酸梅糕二小匣、腐乳一小罐、盘旋灯笼一个。申刻,车王差那逊来回采买米面驼只等事,当告以现在蒙恩赏假,精力实不能支,请王爷与大人及户部、理藩院章京等商办,总以不误兵食、不伤驼只为要,不能任意拟办也。晴,微云。万盛号送来鱼十尾,蓄之池。系该铺伙同街市俄商网得者。

初五日(6月15日) 午间,痰内又带血四五口。申刻,约绩卿吃全羊。酉后,倭峻峰禀见,会。据称:“该营差派官兵贵春、双山等赴三盟印上采买羊只,被该印上之图萨拉克齐达克党辱骂,请将军作主提究”等语。当告以“尔营既已呈报,应候札饬该盟声复核办”。晴,云。酉后,风一阵。

初六日(6月16日) 早间,痰内又有血一点。晴,云,时微风,热。戌刻,大风一阵,飞雨星。

初七日(6月17日) 三盟署盟长车林敦多布差护卫请安,递哈达二块。据称,内有伊子一块。阴。午后,晴,云,时微风。

初八日(6月18日) 未刻,春锦堂普禀见未会,送礼数色。收白米一小袋、莲子一小包,余均璧还。晴,云,热。写奏折。

初九日(6月19日) 晴,云。酉刻,阴,风,雷鸣,雨一阵。戌刻,跪接三月二十六日拜发回折。检查原黏印花均已绽裂,匣锁损坏,察点短少封筒一个。内系恳恩优恤积劳病故营员折一件、统带侍卫永德因病先行遣撤片一件。其札萨克续假折,奉旨:"知道了。钦此。"奏补察哈尔护军校片,奉旨:"丹锦呢玛着准其补授,兵部知道。钦此。"奏催乌、科两城经费折,奉旨:"另有旨。钦此。"并准军机处知会:"本日贵将军等奏'请催乌、科二城经费'折,已奉有寄信谕旨,令鲍源深拨解矣。为此知会,四月二十一日。"

初十日(6月20日) 时阴时晃时风。午前、戌后,均微雨。

十一日(6月21日) 未刻,松峰、茂如会同福海舫厚提讯形迹可疑之道士王教泉、韩宇信,喇嘛札密彦,即胡万德。戌后,散。阴,时微晃时风。巳刻,雷鸣。未后,时微雨时雷鸣。

十二日(6月22日) 未刻,同车王、果亭拜发叩贺慈安端裕康庆昭和庄敬皇太后万寿圣节折、叩贺皇上万寿圣节折。申刻,松峰等提讯王教泉等,及由南头台续行提到之喇嘛丹增俗姓胡、民人胡七狗儿。戌后,散。晴,云,时微风。

十三日(6月23日) 午刻,丰厚斋禀见,赴温泉坐汤。会。未刻,丰营委员荫德和布号韵卿押解部拨饷银一万两到乌禀安,见。接七十号家信及亲友信。申刻,松峰等传讯王教泉等。戌后,散。晴,微风,雪。

十四日(6月24日) 富营委员富存押解部拨饷银一万两到乌禀安,带来和义公代买之砖茶、高粮等物二驮。未见。午刻,派介福赴户部,会同该部章京等兑收银两。因该部昨日所报欠平之数太多故也。申刻,介福回署禀称,会同该部详细平兑欠平数目与昨日相等等语。未刻,松峰等传讯王教泉等。戌后,散。阴,时风。午刻,雷鸣。午、申、亥、子刻,均微雨。

十五日(6月25日)　未后,松峰等传讯道士王教泉、韩宇信;喇嘛札密彦,俗名"呼奎彦",即胡万德;丹增,俗名"呼奎保",民人呼"奎顺",即胡七狗儿,画供。申刻,散。阴,时晃。午刻,雷鸣,飞雨星。申后,时微雨。

十六日(6月26日)　晴,云。午后,时雷鸣时阴。午、申刻,均微雨。

十七日(6月27日)　申刻,同车王、果亭拜发奏请奖叙防剿出力官兵折;奏请拣补博多豁呢和垒卡伦侍卫折;"驿站损坏报匣,遗失折件"片;调拨孳生厂驼只片。晴,云。

十八日(6月28日)　晚间,痰内又有血一口。晴,云。

十九日(6月29日)　早、晚,服藏红花。午后,写条幅。盛绩卿嘱。晴,云。

二十日(6月30日)　午后,写条幅。晴,云,时微阴。晚间,痰内又带血二点。

二十一日(7月1日)　调验马群,挑选贡马及应酬马。戌后,始散。时阴时晃时飞细雨。晚间,右边腰疼。

二十二日(7月2日)　午刻,监视烙用火印。时阴时晃时微风。晚间,腹泻。

二十三日(7月3日)　午后,松峰、茂如同福海舫提讯署统带鞥克巴雅尔泰,解到拏获形迹可疑之民人杜禄明、喇嘛王文琮、蒙文孝。戌后,散。晴,云,时微阴。申刻,西北雷鸣。亥刻,微雨。申刻,委员钟贵押解饷银回乌禀安,未见。是日,派金升为贡马官。

二十四日(7月4日)　未后,松峰等提讯卓营续行解到之民人贺金管及杜禄明等,并王教泉又名"呼魁礼"等。戌刻,散。晴,云,时阴时风。午至戌刻,时雷鸣时飞雨星。申、酉刻,均虹见。子刻,微雨。

二十五日(7月5日) 时阴时晃时风。午、未、申刻,均雷鸣。申刻,风雨一阵。酉刻,复微雨。亥后,雨连夜。时大时小时微住。

二十六日(7月6日) 阴,时雨。申后,晃,徐晴。

二十七日(7月7日) 未刻,锦贝勒差护卫请安,递信一封,哈达一块,黑、红枣骝马各一匹均七岁口,中。申刻,札盟盟长密帕木三布率其子达木定苏伦年十六岁,颇知规矩。禀安,见。各递哈达一块、枣骝马一匹。一,五岁口;一,六岁口,中,小。晴,云。

二十八日(7月8日) 晴,云,时风。午后,雷电,阴。未刻,雨一阵,后时微雨。戌后,晃,徐晴,云。

二十九日(7月9日) 未后,松峰、茂如同福海舫厚提讯道士王教泉、喇嘛札密彦、民人杜禄明等取供。晴,云。

三十日(7月10日) 戌刻,出南门间步。云田邀请至其营内歇息,因射鹄十二枝,均为中。用弓殊觉吃力,盖缘病久气力灵弱故也。时阴时晃时风时微雨。午刻,雷鸣,微雹。戌后,复雨一阵,凉。晚间,穿绵袄。

六月初一日(7月11日) 未刻,同果亭跪接四月二十三日拜发回折。谢恩折,奉旨:"知道了。钦此。"奏参侍卫孝顺折,奉旨:"另有旨。钦此。"遵议核明贝勒锦丕勒多尔济捐修城工核银数目及续捐银两并案请奖折,奉旨:"该衙门核议具奏。钦此。"奏参营总满斋片,奉旨:"着照所请,该部门知道。钦此。"奏催山西河南筹拨部拨饷银折、奏催鲁晋豫三省筹解沙汰官兵银两片,均奉旨:"另有旨。钦此。"同日承准军机处知会:"本日贵将军具奏,请催欠饷折、片各一件,已奉有寄信谕旨,令山西等省拨解矣。为此知会。五月十三日。"车王请假折,奉清字谕旨:"着照所请,该衙门知道。钦此。"戌刻,出城。赴富营看射鹄。试射十矢,均未中。果亭亦往看视。晴,云,时风,凉。果亭云,早间东北山上见雪云。

初二日(7月12日) 午前,痰内又有带血丝者四口。晴,云,时风,凉。午后,痰内复有血一点。申、子刻,服红花。子刻,阴,微雪。

初三日(7月13日)　申刻,同松峰、茂如、介福、云衢算经费帐。戌刻,同茂如、绩卿等出西门间步。晴,微云。酉刻,痰内又有血二丝。子后,时风。

初四日(7月14日)　午刻,恭望雪山及鄂博上香行礼。因二处择于今日午刻上祭,因身弱未能前往。酉后,覆选贡马。晴,云,时微阴。子后,时风。酉刻,卓立亭禀安,未见。

初五日(7月15日)　早间,车王差那逊送来,查群挑出口老性劣骒、骟儿马,大、小共十一匹。分赏巡捕、郭什哈及家人等。未后,同松峰等算经费账。申刻,车王拜会,查看马群昨晚回城。见。晴,云,时微阴时微风。午刻,微雨。

初六日(7月16日)　午刻,恭祀园神。晴,云。未后,阴,时雷鸣。申后,雨。酉后,住。

初七日(7月17日)　未后,松峰、茂如同福海舫传讯杜禄明等。取收领牲畜物件结。酉后,详选贡马。挑出正进枣骝马四匹、备进枣骝马一匹、正进黑马四匹、备进黑马二匹。晴,浓云。巳刻,微雨,时雷鸣。申后,时风。酉后,西北复雷鸣。未后,岳顺同乌勒希布、图萨本庆福、赴照山看视。

初八日(7月18日)　未后,同松峰诸君算经费账。晴。云,时微风。

初九日(7月19日)　巳刻,接到库伦大臣夹板一件。内系咨送本处三月二十六日拜发奏折封筒一个。内折、片各一件。在防营员积劳病故折,奉旨:"达尔玛僧格着照所请,交部从优议恤。钦此。"统带侍卫永德因病先行遣撤片,奉旨:"知道了。钦此。"丰绅图厚庵由京回乌禀安,见。接七十一号家信,厚庵带。晴,云。

初十日(7月20日)　未刻,恩晓槎来辞行。伊于明日赴南台,迎接金营委员和甫之堂弟连顺。晴,云,时微风。申刻,微阴,细雨二阵。未后,同松峰诸人算经费账。

十一日(7月21日) 午刻,英联、舒祥禀辞。同晓槎赴南台候接连顺。晴,云,时风。丑后,微雨。未后,东南浓阴,时雷鸣。申刻,大风,雷鸣一阵,阴,微雨。酉后,雨。戌后,住。亥后,复雨。子正,住。

十二日(7月22日) 午后,写折。派金升赴仓监放卓营米石。初九、十二开放二日。晴,云,时风。申刻,微雨,间有小雹。子后,细雨。戌后,阴。

十三日(7月23日) 早间,痰盒内又有血一点。未后,同松峰、茂如、介福、绩卿算经费账。晴,浓云,时风。辰刻,雨一阵。早、晚服藏红花。

十四日(7月24日) 午刻,果亭之五胞弟喇嘛巴勒丹率领其侄伊六弟之次子,年十二岁。及果亭之长孙年十岁,眇一目,亦系喇嘛。来请安,伊等于前日到乌。见。酉刻,车王来辞行,于明日起身回本游牧坐汤。会。后接总理各国事务衙门五月二十三日发六百里夹板一件。系函覆俄商撒哈赖案由。瑞仁圃寿由京请领户部则例回乌请安,见。晴,微云。仁圃送礼八色,收鱼翅一包、玫瑰饼一匣,余均璧还。

十五日(7月25日) 未刻,同车王、果亭拜发循例查验孳生马厂折、三盟王格里克札木楚因病请假片三衔,车王奏报回旗起程折单衔,清字。晴,微云。晚间,出西门闲步寅。

十六日(7月26日) 未后,出门。回拜果亭之五弟。果亭,见;巴喇嘛等,未见。晴,云,时风时微阴。保辅庭差人送马二匹。一,黄马,八岁口;一,枣骝,七岁口。均中。

十七日(7月27日) 未刻,丰厚斋禀安,坐汤回乌。见。晴,云,时微风时微阴。

十八日(7月28日) 巳正,起身,同果亭及其五弟暨松峰、介福、绩卿、云田、麟峰、敬斋富存、厚庵等赴绰和尔台看跑马、摔跤。大致与上年相同。午后,晓槎同云衢、芝山舒祥赶到。伊等于昨晚回城。酉刻,散。赏第一、第二、第三马第三者系果亭之马。小刀各一把,第一名、第二名布库小刀各一把,第三名布库火镰一把。酉正,回署。留晓槎、介福、云衢、芝山吃饭。晴，云。申刻，雷鸣，时微阴。早间，腹微泻。申刻，痰内带血一点。晚间，微痢。

十九日(7月29日)　东乌梁海总管固鲁翁札布差人请安，递哈达一块、貂皮一张、黑枣马一匹六岁口，身小，小颠，中。午刻，差巡捕白文治、魏铭、郭什哈白兆熊、宁振魁、马如龙、阎有富、刘富、陈魁、赵宽、刘聚财、李昌富、高乾云护解贡马起身。未刻，跪接五月十七日拜发回折。请奖在防出力官兵折，奉旨："准其择尤保奖，毋许置滥。钦此。"请拣补卡伦侍卫折，奉旨："该衙门知道。钦此。"驿站损坏报匣遗失折件片、调拨孳生厂驼只片，均奉旨："知道了。钦此。"申刻，拜发"假期已满，病仍未痊，恳恩赏准开缺，回旗调理"折。晴，云，时微风时微阴。酉刻，风一阵，微雨。戌后，复微雨。贡马内有买天亿德黑马二匹、万盛号代买枣骝马一匹。

二十日(7月30日)　副都统衔乌梁海掌印总管鄂勒哲依瓦齐尔递哈达一块、貂皮二张、马二匹。一，青白，九岁口；一，黄花，七岁口。均次。总管巴扎尔递哈达一块、貂皮一张、马一匹黑枣骝，七岁口，次。总管迈达尔递哈达一块、貂皮一张、马一匹黑海骝，八岁口，次。总管札木色楞递哈达一块、猞猁皮一张。晴，云，时微风时微阴。申刻，雷鸣。酉后，大风。亥后，微息。

二十一日(7月31日)　未刻，接到军机处夹板一件。系知照，遗失折、片所奉谕旨由。晴，云，时阴。午后，时雷鸣。未、申刻，均微雨。

二十二日(8月1日)　晴，云，大风，热。酉后，风息。子后，复风。四围山上烟雾迷漫。

二十三日(8月2日)　午刻，恭祀马王。察哈尔解送奏调马匹之太仆寺左翼固山达永隆旺楚克、委固山达巴图那逊、右翼委固山达那木达克、商都委翼领那逊布彦等请安，公同呈递马二匹均青白马，九岁口，快，颠中、奶饼二包，回赏伊等羯羊四只。巴图那逊于同治十一年间曾跟随军政。单递小猞猁青走马一匹八岁口，上、奶饼四包，回赏伊酱色摹本缎袍料一件、五色针黹一匣。未后，兴荣斋升由京回乌请安，见。晚间，荣斋亲身送来搢绅一部，杏仁粉、冰花糖各一匣，恩石岩官印秀书挂屏八条。晴，云，大风，热。未后，风息。四围烟雾迷漫。

二十四日(8月3日) 早间，乌勒希布用乌梁海所递之黑枣骝、黑海骝马二匹，向永隆旺楚克等换来黑枣骝马一匹、青白马一匹均达汉步，九岁口，剪鬃，中。阴。巳后，飞雨星，旋时晃。申后，时雷鸣。酉后，微雨。夜间，复微雨。四围仍有烟雾。

二十五日(8月4日) 未刻，同果亭拜发"酌撤吉、黑官兵"折。散后，四部院官员及管营佐领、守备等送匾一方，额曰"棠阴黍雨"，朝帽一顶、官靴一双、袍褂料一套、羊二只、酒二坛。匾悬于川堂屋内正中，靴帽等物均璧还。那王官印彦图差护卫托布敦三保请安，递信一封、针黹四色家做。申刻，连捷庵官印顺，行九，系和甫堂弟。禀安，会。后晓槎同来。万盛号王掌柜由京回乌请安，见。阴。未后，时微雨。晚间，荣斋、仁圃均来谈。赏抬匾人夫等银十两。

附记送匾官员衔名。

章京：兴升、瑞寿、青山、兴昌、吉祥、春普、福厚、崇山署、瑞林署、哈达哈。笔帖式：福庆、禄普、奎俊、保春、札朗阿、萨里杭阿、爱兴阿、吉玉、普祥、阿克金布、图伽布、荣昌、裕兴、哈达哈、明志、多欢、奎祥、全成、富祥、祥明、瑞连、哈布尔札布、吉廉、增林、谦德、舒噜、多斯欢、喀尔崇依、爱仁布、恒贵、忠祥、库蒙额、普祥、瑞山、文兴、布勒合恩、富色哩、吉惠、克克色苏、顺兴、庆林。佐领：怀塔纳。骁骑校：穆屯。满巡捕：喜林、兴云、额尔克图、普山、德克吉克、乌忠额、吉禄春、布音巴拜、英喜、苏呼图、喀屯、萨克慎布。守备：福尔松阿。以上共六十六员。

二十六日(8月5日) 晴，云。申刻，雷鸣，微雨。晚间，闲步。看署东井内积冰。

二十七日(8月6日) 连捷庵晓槎又同来。送礼八色。云系和甫嘱送者。收关东烟二包，茶叶二瓶，莲子、点心各二匣，老米二小袋。因再四恳收，是以酌收五色。其皮筒二件、洋烟二瓶、火腿四条，均璧还。晴，云，时微风。锦贝勒差人请安，递哈达一块、弓一张。早、晚，服藏红花。

二十八日(8月7日)　未刻,遣撤回旗之黑龙江二起委营总忠保禀辞,见。酉初,约连捷庵、巴喇嘛系果亭之五弟、恩晓槎、兴荣斋、丰厚斋、富云田吃饭。松峰、茂如作陪。亥正后,散。晴,云,时风。巳后,阴,雹雨一阵。未后,时微雨。申后,晴,云。

二十九日(8月8日)　酉初,同松峰、茂如约瑞仁圃、王掌柜、金介福、富敬斋、丰厚庵、盛绩卿、兴荣斋、英云衢、舒芝山祥吃饭。亥正,散。晴,云。

七月初一日(8月9日)　早间,痰内带血一星。未刻,连捷庵禀安,见。晴,云,时风。

初二日(8月10日)　四部院会同管理旗营佐领、骁骑校,管理绿营守备、千总呈请标画发商生息条款稿。此事系松峰筹拟。当批稿尾云:"查所呈系为体恤兵艰起见,即着照依所呈立案。此存。"早间,右鼻衄血。阴。巳刻,微雨。午后,时风,徐晴,云。早、晚,服藏红花。

初三日(8月11日)　阴。卯刻,微雨。巳刻,风,大雷雨一阵,间有小雹。旋晃。午刻,大雷,复阴雨。未刻,微住,复细雨。申后,住,时晃。子后,复阴,时微雨。

初四日(8月12日)　阴。巳后,徐晴,云。未后,时风。酉后,飞雨星一阵。虹见。

初五日(8月13日)　晴,云。

初六日(8月14日)　晴,云。午后,雷鸣,时阴。未刻,雹雨一阵。

初七日(8月15日)　写家信。阴,时晃时微风。午、申刻,均微雨。

初八日(8月16日)　未刻,金介福禀辞,进京贡马,于明日起身。见。交带八十号信及送马信,备赏银二十两,并寄交和义公买物银一百两。晴,微云。

初九日(8月17日)　午刻,介福禀辞起身,见。晴,云,时风。遣撤郭什哈兵丁。

初十日(8月18日)　图盟署驻班副将军、贺贝奇莫特多尔济差护卫请安,递哈达一块、猞猁青马一匹小颠,七岁口,剪鬃,中。午后,调阅马群。打用火印。申正,散。阴,时飞细雨。

十一日(8月19日)　自朝至未刻,痰内又有带血丝者八口。晴,云。

十二日(8月20日)　阴。午后,时风时微晃。戌刻,雨一阵。后半夜,时细雨。

十三日(8月21日)　阴,雨。申后,住。酉后,复微雨。戌后,住。后半夜,时微雨。

十四日(8月22日)　阴,巳后,时微晃。未后,时雷鸣。早间,时飞细雨。

十五日(8月23日)　晴,云。

十六日(8月24日)　午刻,英云衢联叩辞起身。派其进京领饷。未刻,同果亭拜发恳恩饬部筹拨饷银折、请留年满兵部司员折、台吉捐输片、收到察哈尔拨解马匹折、请奖解马官员片。晴,云,时微风。

十七日(8月25日)　晴,云。

十八日(8月26日)　晴,云,时微风。

十九日(8月27日)　未后,瑞山、荣广、赵明赴沙宾达巴汉,会同俄国官员查验牌博完竣,回乌销差。晴,云。巳后,阴,时微风。后半夜,时雨。接志克庵函商分拨队伍信。

二十日(8月28日)　覆克庵信。阴,时细雨。午后,住,时微晃。未后,微风,复微雨。戌后,风,徐晴。

二十一日(8月29日)　午刻,解送河南省拨解遣撤官兵饷银六千两之转运局兵朱文魁等禀到。带来睦庵所送老米、黄酱、火腿、海菜、干菜等物一驮。晴,微云。

二十二日(8月30日)　未刻,接准兵部递到,军机处七月初三日发交五百里夹板一件。系密寄,奉上谕:"总理各国事务衙门奏'现议交收伊犁,请与边界交涉各案,统归左宗棠相机筹办'一折。嗣后各城,凡与俄人交涉事件,有非寻常照章可办者,着一体先行知照左宗棠主持办理,以一事权等因。钦此。”晴,云,时微风。

二十三日(8月31日)　未刻,跪接六月十五日拜发回折。查验孳生马厂折、格里克札木楚因病请假片,均奉旨:“知道了。钦此。”晴,微云。早、晚,服藏红花。

二十四日(9月1日)　恭录寄谕。晴,云,时微风。

二十五日(9月2日)　早间,右鼻衄血。晴,云,时风。

二十六日(9月3日)　晴,云,时风。未后,大风,雷,微雨一阵,旋微晃。申、亥刻,均微雨。后半夜,时风时细雨。

二十七日(9月4日)　阴,时风,细雨。午后,住,时微晃时飞雨星。四面高山之巅,积雪已白。酉刻,发致总理衙门信撒哈赖案。夜间,微冻。园中豆秧多冻萎者。

二十八日(9月5日)　晴,微云。子后,时风。

二十九日(9月6日)　酉刻,驻库之俄国领事官施沙木呼福差前站来请安。据云,该领事官于明日午刻来乌。晴,微云,时微风。晚间,服藏红花。

八月初一日(9月7日)　早间,差巡捕赵明执名片迎接施领事官。午刻,施领事官因会办蒙俄账目案件来乌拜会,见。当告以本处所传两盟蒙古人等现尚未到,业经催传等语。据云,科布多尚有应办要事,既所传之人现尚未到,伊即于明日起身,先赴科布多办事,俟回来时再行会商办理等语。阴,时微晃。午刻,小雹一阵,后时风,徐晴,云,凉。酉后,差兵部笔帖式图伽布送施领事官白米、白面各一袋,羯羊四只,黄酒二十斤。

初二日(9月8日)　辰刻,差巡捕郑万库持名片送施领事官起身。派刘福泉、郑万库坐厅差。晴,云,时风,早间已见冰。早、晚,服藏红花。

初三日(9月9日)　晴,云,时风。

初四日(9月10日)　晴,微云。戌刻,倭峻峰禀安,见。

初五日(9月11日)　晴,云,时风。酉后,大风一阵。戌后,时细雨。

初六日(9月12日) 未刻,午后到。跪接六月十九日及二十五日拜发回折。十九日拜发“假期已满,病仍未痊,恳恩赏准开缺,回旗调理”折,奉旨:“另有旨。钦此。”二十五日拜发“酌撤吉、黑官兵”折,奉旨:“知道了。钦此。”并准军机处咨称光绪三年七月十二日奉清字旨:“乌里雅苏台将军着恒训补授,照例驰驿前往。钦此。”接七十二号家信,内称,三弟于六月二十五日拟陪主事验放。晴,微云,风。

初七日(9月13日) 午刻,倭峻峰禀辞,见。申刻,峻峰来叩谢。因上年派赴塔城解送炸炮子药,经署伊犁将军荣[1]奏请赏给头等侍卫,经部覆准,该将军咨行到乌。见。恩晓槎、卓立亭均禀安未见。晴,云,时微风。晚间,痰内又带血三丝。

初八日(9月14日) 晴,微云,风。

初九日(9月15日) 早间,痰内又有血一绺。午刻,果亭拜会,见。未刻,新授三音诺彦盟长、札萨克、贝子车都普多尔济递哈达一块、马二匹一,黑马,八岁口;一,白蹄黑枣骝,七岁口,均剪鬃,小,次。禀安,见。人极肥胖,起拜需人。晴,时微风。

初十日(9月16日) 晴,时微风。

十一日(9月17日) 未刻,绿营守备福尔松阿、千总麻光龙率同阖营之把总、外委、候补外委、马兵、步兵、余丁等公送“恩泽久远”大红小线伞一柄、“明哲慈惠”黄小线大旗四面。彼既送来,未便固辞,只好收之。申刻,荣润庭差章京倭仁泰送来信一封、黑枣骝花马一匹七岁口,小走,中。接瑞庵信。晴,云,时风。

十二日(9月18日) 午刻,施领事官差人来请安,云该领事官于今日到乌。当差巡捕持名片赴街西迎接。申刻,果亭之五弟巴喇嘛来辞行。于明日带领其侄起身回黑龙江。见后即出门步行,回拜巴喇嘛,会。后回署。差乌勒希布送果亭之侄四色荷包一匣。晴,云,时风。

---

① “荣”,即荣全。

十三日(9月19日)　未刻,施领事官拜会,见。约定于明日午刻在东衙门会商公事。据该领事官云,伊国之邻邦图尔齐者,回回大国也。前接该国来信云,该国自本年三月间与图尔齐国构兵云。申刻,在东衙门拜发请领经费银两折、代奏新授三音诺彦盟长车都普多尔济叩谢恩折、呈进贡马折、裁撤巴里坤路台站折、奏催巴里坤路台费片、委员松桂落水淹毙片。因署中已搭戏台,是以请果亭拜发。接转运局寄到京报,敬悉七月十二日奉上谕:"额勒和布奏'假期已满,病难速痊,恳请开缺调理'一折。乌里雅苏台将军额勒和布着准其开缺调理,俟恒训到任后再行交卸回旗。钦此。"阴。巳后,时微晃,大风。酉后,细雨。寅后,住。四围山上积雪已白。差人公送施领事官酒席一桌次极。

伏思余自释褐未二十年已官至一品,受恩深重,实非捐糜所能报称。同治十二年冬,于察哈尔都统任内奉旨于役乌城,因事极繁难,用心太过,加以沿途感受寒凉,回口后陡患吐血之证,继转泻痢,服药百余剂,甫稍就痊。因前荷恩命调授乌城将军之任,地方紧要,未敢久事耽延,即于孟冬朔力疾出口。抵乌后,正值西路进剿,而本城库储空空,所有筹防筹饷在在不容稍缓,竭力图维,幸无遗误。而病蒂从此益深,迨至光绪二年夏吐血之证复发,加以泻痢、抽搐等证,势甚危殆,是以复行请假两个月调理。嗣经延医诊治,服药三十余剂始可支持,遂即销假视事。以为安心静养或可渐次复元,无如病日太久,气血过伤,而吐血之证总未除根。加以乌城远处朔漠,天时冱寒,既鲜良医,又乏药饵,以致身体日形软弱,精神益觉疲惫。批阅公牍稍多即头眩目晕,少加思索则气促心悸,万不得已。是以复行缮折,陈请开缺,期免久旷职守。兹蒙格外天恩,俯准开缺,回旗调理。从此有生之日,莫非高厚鸿慈。惟望诂亭军帅即早来乌,俾得赶紧交卸,回京调理。傥邀福庇,宿疾得以就痊,再当补报于将来也。

十四日(9月20日)　唱戏。系郭什哈图萨本、杨殿英与绿营兵丁、街市铺商等会立。午正,赴东衙门,同果亭及福章京厚等,与施领事官会商三、札两盟蒙古短欠俄商账目事。先是五月二十七日据该领事官咨称:

"订于八月来乌，会办三、札两盟蒙众短欠俄商账目事宜"。当经飞札三、札两盟："饬传欠债人等，限于七月内到乌。"嗣于八月初一日俄国驻库领事官施沙木呼福来乌，因两盟蒙众均尚未到，该领事官亦拟先赴科城商办事件，遂于初二日起身。当复札催两盟去后，今于十三日该领事官由科旋乌，三、札两(蒙)〔盟〕仅各来到蒙官六员，其欠债蒙众仍一名未到。兹据该领事官声称："现拟赶赴北京，不能在乌久待，索欠俄人均已来乌，此时当如何办理？"当与该领事官商酌，嘱其将某盟某旗某人在某处短欠俄商某人银物若干逐一开写清单，以便按名察核，饬令归还其赊账俄人。欠账蒙古有业经病故及名字不符者，饬令各盟详查核办。该领事官复称："来乌索欠俄人，有极穷苦步行前来者"。因思三、札两盟蒙众积欠账目为数甚巨，一时万难清还。若令俄人在乌久候，设滋事端，反多窒碍。当与该领事官商酌："蒙地穹阔，欠账蒙人一时未易传齐，未便令索欠俄人在乌守候，致滋苦累，可饬暂回俄国。俟将账目办有端倪，或查有舛错不符情形，再行咨明核办"。该领事官又云"上年俄商在乌梁海地方失火，延烧蒙古毡房、什物等物。讯据该商供称，约值银二百余两，核与前咨乌梁海总管所报值银数目大相悬殊"等语。当答以"该俄商所供，既与乌梁海原报不符，可将如何不符之处详细咨覆，以便札饬该总管，据实呈覆，以凭核办"。申初，散，回署。申正，开戏。约果亭及其孙并丰厚斋、倭峻峰、恩晓槎、兴荣斋、盛绩卿、王掌柜、富静斋存、丰厚庵、车笔帖式德恩栋都克、舒芝山祥等听戏并吃晚饭。丑初，散戏。丑正后，始歇。阴，时风。巳后，时微晃。午后，时飞雨雪星。酉后，晃，徐晴，云，冷。

十五日(9月21日) 午正，开戏。约果亭及其孙并恩晓槎、丰厚斋、倭峻峰、卓立亭、富云田、兴荣斋、盛绩卿、王掌柜、富静斋、丰厚庵、车笔帖式、舒芝山、德麟峰祥、钟子和贵暨部院章京青秀峰山、兴盛亭昌、瑞玉趾林、瑞仁圃寿、春锦堂普、福海舫厚、崇□□山、笔帖式图伽布、普祥、多欢、吉惠、瑞山、全成等听戏并吃晚饭。子后，散戏。酉刻，施领事官差人送来礼物七色。闷壳小表一块、风雨寒暑表一块、唤人小铜钟一座、气枕一个、退光玻璃酒瓶一个、退光玻璃酒杯一对、纸花黄雀小花篮一个。晴，云，时风。

十六日(9月22日) 午刻，差三顺回送施领事官礼物十色。大洋绉二匹,摹本缎衣料二件,金银线索荷包一匣,徽墨一匣,大、小南笔十枝,茶叶二瓶,酸梅糕二匣,杏仁粉二匣,西瓜二个、胡斯奈果五十枚。午后,施领事官来辞行,会。申初,开戏。约果亭及其孙并恩晓槎、丰厚斋、倭峻峰、富云田、兴荣斋、盛绩卿、王掌柜、富静斋、丰厚庵、车笔帖式、舒芝山等听戏并吃晚饭。子初,散戏。晴,云,时微风,冷。晚间,服藏红花。

十七日(9月23日)　差巡捕送施领事官起身。晴,微云,风。早、晚,服藏红花。

十八日(9月24日)　晴,云。未后,时风夘。

十九日(9月25日)　晴,微云。

二十日(9月26日)　差图萨本赏杨殿英等添补衣箱银十两。晴,微云。晚间,大恭带血一点。

二十一日(9月27日)　晴,时微风。

二十二日(9月28日)　晴,云,时微风。晚间,服藏红花。

二十三日(9月29日)　早间,服藏红花。晴,时微风。

二十四日(9月30日)　午后,同果亭拜发"乌城军饷告罄,酌留塔尔巴哈台饷银,并请饬部筹拨银两"折;核奖捐银助工商民折;札盟副将军因病请假折;多王因病请假片;以上均双衔。"接准部咨,奉旨准其开缺调理,叩谢天恩"折单衔。晴,微云,时微风。

二十五日(10月1日)　贡皮差巡捕温华禀辞。交带八十一号家信及买物单。午刻,街市铺商等公送"万家生佛"万民伞一柄、万民衣一件。因思宦乌三载,善政毫无,即正身率属、洁已奉公亦分所当然,而该商民等竟同深感戴,馈送衣伞。受之觉惭愧,奈彼已制妥送来。若固执不收,未免不近人情,是以收之。未刻,差人迎接车王。假满查台回乌。申刻,车王拜会,见。晴,云,时微风。

二十六日(10月2日)　早间,痰内带血一点。晴,云。未后,时微风,暖。晚间,痰内复有血一绺。

二十七日(10月3日)　申刻,准兵部由驿递到,军机处八月初四日发交六百里夹板一件。系字寄,奉上谕:"左宗棠奏'南路官军克期进剿,请饬严防北窜'一折,等因。钦此。"由。并准递到,总理各国事务衙门七月二十八日发四百里夹板一件。系函致,"施领事官由乌来京,其应行台站处所,饬令所属查照办理"由。申正后,跪接七月十六日拜发回折。恳恩饬部筹拨银两折,奉旨:"另有旨。钦此。"请留年满兵部司员折,奉旨:"着照所请,该部知道。钦此。"台吉捐输片,奉旨:"该衙门议奏。钦此。"收到察哈尔拨解马匹折,奉旨:"知道了。钦此。"请奖解马官员片,奉旨:"该部议奏。钦此。"并准兵部递到,军机处八月初七日发交,限日行四百里夹板一件。系字寄,奉上谕:"额勒和布等奏'军饷支绌,请饬部拨款'一折,据该将军等奏,各省应解协饷迄今未据拨解,请饬部先行筹拨银六万两等语。所奏自系实在情形,着户部即行照数筹拨等因。钦此。"晴,微云。未后,时风,暖。

二十八日(10月4日) 申正,同车王、果亭率同驻班副将军、札萨克、公等,拜发叩贺慈禧端佑康颐昭豫庄诚皇太后万寿圣节折。晴,云。酉后,时风。晚间,痰内又有血一丝。

二十九日(10月5日) 早间,痰内带血一点。午刻,复带血一绺。淡阴,时晃。晚间,服藏红花。丑后,微雨。

三十日(10月6日) 早间,服藏红花。阴。辰刻,微雨。巳后,徐晴,云。

九月初一日(10月7日) 未后,挑选马匹。计共剩马七十六匹,内择留十五匹,分给大盛魁二十八匹,天亿德十五匹,外有松峰一匹。亿魁店、天顺店各九匹。嘱其代为售卖。酉后,散。晴,云,时风。

初二日(10月8日) 晴,时微风。晚间,大便又带有血。李德义于初一日进内当差。

初三日(10月9日) 未刻,巡捕额尔克图等禀辞。派赴塔城送饷。交伊大茶二箱,嘱其代买羊羔皮筒及葡萄干等物。申刻,新授理藩院章京、主事德源禀到。晴,微云,风。午前,痰内又带血一绺。晚间,服藏红花。

初四日(10月10日) 午后,德源号言泉禀安,见。晴,时微风。午后,痰内又带有血丝者二口。酉刻,德言泉送礼七色,收酱菜二小篓,余均璧还。外带来玉树田春信一封及所送仙鹤草一枝、普济丹百粒、食物四匣。早、晚，服藏红花。

初五日(10月11日)　未刻，接准兵部清文咨称："八月初八日奉旨：'乌里雅苏台将军着春福补授等因。钦此。'"淡阴，时晃时微风。

初六日(10月12日)　晴，云。未后，时微风。晚间，凉。夜间，鱼池已冻。

初七日(10月13日)　巳刻，运送军粮之牛羊群委固山达乌呢巴图禀安，见。递奶饼四包，未收。午刻，丰厚斋、倭峻峰禀安，见。晴，云。未后，时微风。

初八日(10月14日)　阴，时微晃。戌后，风。酉刻，天鹅向东南飞去，未回。

初九日(10月15日)　未刻，新授科布多属昌吉斯台卡伦侍卫福保禀到，见。系正白旗亲军校。晴，风，微云。戌后，风息。

初十日(10月16日)　巳刻，城东北居住之喇嘛将天鹅得获送来，赏伊东生烟一包。晴，云，时微风。

十一日(10月17日)　早间，痰盒内又有血一点。阴，时微晃。申后，时风。酉后，微雪。戌后，晃。

十二日(10月18日)　晴，云，时微风。未后，阴。申后，时飞细雪。戌后，微晃。

十三日(10月19日)　午刻，前署乌鲁木齐提督成玉峰官印瑞拜会，因告回京。见。玉峰系圆明园人，年六十八岁，人强健而精干。申刻，玉峰差人送来礼物四色。计哈密瓜二个、百合十二枝、胡斯奈果二十个、火腿一条。阴。午后，时晃时飞雪花。申后，复阴。酉后，细雪。约在丑后住，雪厚五分许。

十四日(10月20日)　未刻，差庆福送玉峰黑乌一个、伊昨日面讨。礼物四色。计杏仁粉、奶饼、茶叶各一匣，老米一袋。阴。辰后，时晃时微风。

十五日(10 月 21 日)　巳刻,富存禀辞,派赴河南提饷。见。晴,云。

十六日(10 月 22 日)　巳刻,差巡捕送成玉峰起身。午刻,果亭差厚庵送来大青马一匹达汉步,九岁口,上,辞之不获,权且存之。晴,云,时风。夘刻,大风,微雪。晚间,服藏红花。

十七日(10 月 23 日)　晴,云。早、晚,服藏红花。

十八日(10 月 24 日)　晴,时微风。

十九日(10 月 25 日)　晴。

二十日(10 月 26 日)　锦王差护卫递信一封、致谢。哈达二块。申刻,卓立亭禀见谢委。派委接办张家口转运局事务。晴。晚间,服藏红花。

二十一日(10 月 27 日)　晴。未后,微云,时微风。早、晚,服藏红花。

二十二日(10 月 28 日)　未刻,同果亭跪接八月十三日拜发回折。请领经费银两折,奉旨:"户部速议具奏。钦此。"代奏谢恩折、呈进贡马折、委员松桂落水淹毙片,均奉旨:"知道了。钦此。"裁撤巴里坤路台站折、奏催巴里坤路台站经费片,均奉旨:"另有旨。钦此。"晴,云。未后,时阴。

二十三日(10 月 29 日)　申刻,丰厚斋、倭峻峰禀安,见。晴,云。

二十四日(10 月 30 日)　申刻,卓立亭禀辞,起身赴口。见。晴,微云,风。

二十五日(10 月 31 日)　阴,时微晃。未后,时风。申后,飞雪花一阵。酉后,风息,徐晴,云,冷。

二十六日(11 月 1 日)　时阴时晃时微风。亥后,细雪。冷。

二十七日(11 月 2 日)　酉刻,约荣斋、绩卿吃烤肉。阴,细雪。丑后,始住,雪厚寸许。

二十八日(11 月 3 日)　申刻,准兵部由驿递到,军机处九月初二日发交四百里夹板一件。系字寄,奉上谕:"额勒和布等奏'酌拟裁撤巴里坤路苏木台站’，并‘请旨催解欠饷’各折、片，等因。钦此。”由。晴，微云，时微风。戌后，阴，冷。

二十九日(11月4日)　申初，原定未刻。同果亭车王云病未来。拜发呈进贡皮折、三盟王格里克扎木楚续假折、奏参屡次动用饷银之佐领折、奏参任性妄为之委营总片。晴，冷。鹅飞。

十月初一日(11月5日)　午前，时阴。午后，晴。穿皮袄。戌后，复微阴，冷。

初二日(11月6日)　晴。

初三日(11月7日)　晴。早、晚，服藏红花。

初四日(11月8日)　早间，服藏红花。晴，云。未后，阴，时飞细雪。戌后，晴。

初五日(11月9日)　改拟稿件。晴，微云。

初六日(11月10日)　更改稿底。晴，微云。戌后，阴。后半夜，雪。晚间，痰内有血一口。

初七日(11月11日)　未刻，跪接八月二十四日拜发回折。请饷折，奉旨：“前据该将军等奏请，已饬部如数筹拨，发交该委员领解矣。钦此。”核奖捐工官商折，奉旨：“户部核议具奏，单并发。钦此。”蒙员请假折、片及谢恩折均奉旨：“知道了。钦此。”阴，细雪，时微晃。午后，雪住厚寸许。未后，徐晴，云。

初八日(11月12日)　更改稿件。阴，时微晃。午后，徐晴，云。后半夜，时风。

初九日(11月13日)　改正稿件。晴，云。

初十日(11月14日)　改正稿件。阴，时微晃。戌后，飞细雪一阵。

十一日(11月15日)　阅改稿件。阴，时风时微晃。巳后，细雪。未后，晴，云。

十二日(11月16日)　阅改稿件。户部主事职衔兴昌呈报期满所遗主事职衔，拟补吉祥。所遗帮办主事职衔，拟补瑞林。所遗额外笔帖式，拟补图伽布。所遗候补笔帖式，拟补委署笔帖式多欢。点委丰营黑龙江、察哈尔各起委营总等缺。系昨晚点定。晴，微云，冷。夜间，屋内水盆已冻实。

十三日(11月17日) 申刻，恩晓槎禀见，会。呈递金和甫信一封、兰谱一分。晴。丑后，时风。

十四日(11月18日) 阅画稿件。归还俄商账目等稿。晴，云。晚间，痰内又带血一绺。

十五日(11月19日) 早间，右鼻衄血。阅看稿件。阴，时晃。晚间，服藏红花。

十六日(11月20日) 阅看稿件。未刻，糊窗户。晴，微云。早、晚，服藏红花。

十七日(11月21日) 阅画稿件。阴，细雪，时风。午后，时晃。雪于未后住，厚二三寸许。

十八日(11月22日) 阅画稿件。晴，云。子后，时风。

十九日(11月23日) 早间，痰内又带血一丝。巳刻，果亭挑缺。经制外委，拔白文俊；候补外委，拔周安邦。午后，阅看稿件。发覆金和甫信并送谱帖。系松[①]回拜和甫折差依升阿，面交托其带回。申刻，车王差那逊以所拟请假折底呈阅。当答以“好，好”。淡阴，细雪，时微风时晃。戌后，晴，云。雪厚分许。

二十日(11月24日) 阅画稿件。淡阴，微雪。午后，徐晴，云。

二十一日(11月25日) 巳刻，差庆福、赵明迎接荣润庭。午刻，差三顺赏那逊之子哈达、荷包等物。那逊之子于今日午刻娶妻，是以差三顺赐以哈达等物，借以观其礼焉。未后，阅看稿件。晴，云。未后，时阴时飞细雪。

二十二日(11月26日) 丑刻，庆福等回署，据云，荣侯原定于今日巳刻进城。昨晚饭后忽然更改云，今日歇息一日，明日即由西台径赴南台，不进

---

① “松”，即松秀，字茂如。

城矣。并将送去之马牵回。先是八月间，润庭差倭仁泰送果亭黑马一匹，未收。该差员恳求留于署中喂养，今因润庭回京供职，故差庆福送还。据庆福回称，荣侯云，现在天气严寒，道路遥远，实难带回此马，即求将军留下喂养等语，是以牵回。未刻，阅画稿件。申刻，锦王官印锦丕勒多尔济拜会，见。因赏还郡王衔来乌谢恩。酉刻，接多欢禀。据称，荣侯又改于明日巳午刻准进城矣等语。晴。王明进内当差。

二十三日(11月27日)　辰刻，多欢回城销差。据称，荣侯已由西台赴南台去讫，又不进城矣。午后，阅改稿件。晴。

二十四日(11月28日)　午刻，倭峻峰带同新委黑龙江二起委营总孟库济尔嘎勒等叩见，会。未刻，锦王差人送来小木盒一对、大毛窝一双。未后，阅画稿件。晴。

二十五日(11月29日)　未后，阅看稿件。申刻，锦王差人送来马二匹。一红一黄，均七岁口，剪鬃。红，中；黄，次。申正，约锦王、果亭、车王吃饭。车王辞。亥刻，散。晴，云。午后，阴。申后，细雪。亥后，住，徐晴，云。雪厚寸余。

二十六日(11月30日)　午刻，锦王又差人送来紫氆氇二个。午正后，同果亭车王云病未来。拜发奏报在防官兵及月需饷银数目折；酌拟更换绿营戍守官兵折；奏补司员各缺折；代奏锦丕勒多尔济叩谢天恩折；多布沁札木楚续假折；札萨克台吉捐请花翎片。散后，阅画稿件。申刻，赴果亭之约。戌正，散，回署。晴，云。车王于申刻发折，请假两个月。

二十七日(12月1日)　未刻，阅画稿件。锦王禀辞，会。阴，细雪。巳后，徐晴，云。雪厚分许。

二十八日(12月2日)　未刻，阅看稿件。晴，微云。陈万山又进内当差，补贾常金差缺。

二十九日(12月3日)　阅看稿件。晴，微云。子后至巳前，时风。

三十日(12月4日)　阅画稿件。阴，时晃。酉后，时风。

十一月初一日(12月5日)　阅看稿件。晴。酉后，时微风，冷。

初二日(12月6日)　阅画稿件。写家信。晴，云。未后，时阴。晚间，服藏红花。

初三日(12月7日)　阅画稿件。未刻，同果亭率同喀尔喀驻班札萨克等，拜发元旦贺折。带八十二号家信及应酬信。交巡捕兴云带。晴，微云。子后，时风。后半夜，微雪。早、晚，服藏红花。

初四日(12月8日)　阅看稿件。点委富营四起营总等缺。营总，委护军校咱克巴；扎兰，委巴彦巴图尔；防御，委孟克；骁骑校，委特克什巴雅尔。晴，微云。子后，时风。

初五日(12月9日)　阅画稿件。晴，云。子后，时风。

初六日(12月10日)　阅画稿件。派普善、焦得胜坐厅差。阴。巳前，时微晃。未后，时风，飞细雪。申后，徐晴。

初七日(12月11日)　阅画稿件。晴，云。戌后，时阴。

初八日(12月12日)　阅画稿件。阴，时微晃。

初九日(12月13日)　阅画稿件。阴。申后，徐晴。丑后，风。

初十日(12月14日)　早间，痰盒内又有血一点。午后，阅看稿件。阴，时微晃时微风。申后，徐晴。酉后，细雪。

十一日(12月15日)　阅改稿件。晴，云。

十二日(12月16日)　阅看稿件。阴，时微晃时飞雪星。酉后，细雪卯。

十三日(12月17日)　阅看稿件。未刻，发交户部银七百三十八两零，搭放防军月饷。申刻，新授札盟副盟长、公阿育尔色德丹占札木楚禀安，见。阴，时微晃时细雪。申后，时微风。后半夜，晴。

十四日(12月18日)　阅看稿件。晴，无纤云，飞细雪，日出晕耳，反弓，绘图附。月亦出晕耳。

十五日(12月19日)　阅看稿件。锦王差人递哈达请安。回其哈达一块。晴。极冷。

十六日(12月20日)　阅画稿件。申刻，阿育尔公禀见，会。递哈达一块、马一匹黑枣骝玉顶,快,小走,八岁口,中。晴,云,冷。白天屋内水墨皆冻。

十七日(12月21日)　阅画稿件。晴。晚间,服藏红花。冷。

十八日(12月22日)　冬至。未后,阅改稿件。晴,云。未后,徐阴。戌后,时微晃。后半夜,微雪。早、晚,服藏红花。冷。

十九日(12月23日)　丑刻,右鼻衄血。未刻,阅看稿件。接金介福诸人禀。晴,冷。

二十日(12月24日)　阅看稿件。未刻,签掣本署换防兵丁。因该兵丁等均不欲回营,而平日差使又无甚勤惰,是以掣定。晴,冷。

二十一日(12月25日)　阅看稿件。阴。午前,时微晃。酉后,徐晴。

二十二日(12月26日)　阅看稿件。未刻,准兵部由驿递到,总理各国事务衙门十月十七日发四百里夹板一件。系函覆抄录边案启。晴,云。午前酉后,时阴。晚间,痰内又有血一点。

二十三日(12月27日)　阅改稿件。晴,云。晚间,服藏红花。

二十四日(12月28日)　阅改稿件。申刻,拟定于掣出换回兵丁内暂留十名,拨归伍下三名。不得已之举也。晴,云,时飞细雪,冷。早、晚,服藏红花。

二十五日(12月29日)　阅看稿件。晴,云,冷。

二十六日(12月30日)　阅看稿件。阴。午后,细雪。酉后,微晃,冷,旋晴,仍时细雪。

二十七日(12月31日)　未刻,王世隆等回乌。接英中堂诸公收马回信。申刻,同果亭跪接五月十二日拜发回折。叩贺慈安皇太后万寿折、叩贺皇上万寿折,均奉清字朱批:"知道了。钦此。"散后,阅看稿件。晴,微云。

二十八日(1878年1月1日)　阅看稿件。晴,微云,冷。酉后,细雪。

二十九日(1878年1月2日)　阅看稿件。晴,微云,日耳,冷。

晚间，痰内又有血二丝。

十二月初一日(1878年1月3日) 阅看稿件。晴，云，日耳。未、申刻，微阴。申后，晴，时飞细雪，冷，

初二日(1878年1月4日) 阅看稿件。未刻，跪接九月二十九日拜发回折。呈进贡皮折，奉旨："该衙门知道，单并发。钦此。"单奉旨："览。钦此。"格里克札木楚续假折，奉旨："知道了。钦此。"奏参屡次动用饷银之佐领折、奏参任性妄为之委营总片，均奉旨："着照所请，该部知道。钦此。"晴，云。午前，时细雪，极冷。早间，腹泻。子刻，服藏红花。

初三日(1878年1月5日) 阅画稿件。晴，云，冷。子后，时风。

初四日(1878年1月6日) 阅看稿件。晴，淡云。午前，时微风。申后，时微阴，极冷。早、晚，服藏红花。

初五日(1878年1月7日) 画改稿件。晴，微云，腰疼，冷。

初六日(1878年1月8日) 画改稿件。晴，冷。腰疼仍未愈。

初七日(1878年1月9日) 画改稿件。晴，极冷。腰仍未愈。

初八日(1878年1月10日) 阅画稿件。晴，极冷。腰仍未愈。子后，时风。

初九日(1878年1月11日) 画改稿件。内阁主事职衔青山呈报期满所遗之缺，拟补哈达哈；递遗额外笔帖式缺，拟补普祥。递遗候补笔帖式缺，拟补哈布尔札普。果亭嘱。未刻，写春联。哈达哈等来叩谢，见。晴。腰疼微愈。子后，时微风。晚间，痰内又有血二绺。

初十日(1878年1月12日) 阅画稿件。书写春联。晴。未后，时淡阴，冷。腰仍不甚得力。酉后，细雪。微患伤风咳嗽。

十一日(1878年1月13日) 未刻，丰厚斋禀见，会。管理札克等台台吉达尔玛札布请安，递哈达一块、汤羊一只。年例。接卓立亭等禀信。晴，极冷。后半夜，细雪。服午时茶。

十二日(1878年1月14日) 阅看稿件。书写春联。晴，淡云。午后，细雪，极冷。

十三日(1878年1月15日)　阅改稿件。书写春联。晴。子后,风,冷。

十四日(1878年1月16日)　阅看稿件。书写春联。晴。巳前,时风。子后,复风。

十五日(1878年1月17日)　阅看稿件。未刻,跪接十月二十六日拜发回折。奏报在防官兵及月需饷银数目折,奉旨:"户部议奏。钦此。"酌拟更换绿营戍守官兵折,奉旨:"着照所请,该部知道。钦此。"奏补司员各缺折,奉旨:"吉祥等均着准其充补,余依议。该部知道。钦此。"代奏谢恩折、多王续假折,均奉旨:"知道了。钦此。"蒙员捐输片,奉旨:"该衙门议奏。钦此。"接转运局禀。是日,公事较多。晴。戌后,时风,冷。

十六日(1878年1月18日)　阅看稿件。晴,云。午前,时风,冷。

十七日(1878年1月19日)　阅看稿件。未刻,同果亭拜发奏补司员各缺折;"遵撤巴里坤路台站,请留新添笔帖式缺"折;"巴里坤路台站业已裁撤,碍难复设"片;代奏新授札盟副盟长阿育尔色德丹占札木楚谢恩折;札盟副将军车德恩顿多布多尔济续假片;"孳生厂余存羊只请分给旗、绿营兵"片。散后,写懋生号匾额。晴。晚间,服藏红花。

十八日(1878年1月20日)　阅画稿件。早间漱口时,痰内又有血二三星。晴,微云。早、晚,服藏红花。

十九日(1878年1月21日)　辰刻,丰升阿、倭恒额来署,声称该营兵丁于昨晚全行起身,声称赴乌求饷。该统带等弹压不住,是以先行来城禀知,当差瑞寿、福厚迎往弹压。旋据回称,行至街市迎见该兵等,当向开导不遵,仍行来城等语。午刻,同果亭率同阖城官员及驻班副将军、札萨克等封印。甫毕,该兵丁等业已进城,声称求见将军。当谕以"里面地方狭窄,令各起进内二三人回话。"该兵等回称"要见众人均见,若令每起二三人进见,我等不敢"等语。经松峰、茂如诘以"尔等既不进见,此来意欲何为?"据称,众兵困苦已极,求放五个月现银口分。松峰当答以“现在饷银未到,尔等岂不知悉? 即使饷银到时,亦万不能放给五个整月口分”。该兵等复称:“将军为一城之主,若向大盛魁等铺户借几十万银,极其容易,何不体恤兵丁?”复答以“上月费却多少唇舌,仅向众铺户借得银三千两,经将军将己身之银交出,始敷凑放半月之饷,尔等岂竟无所闻? 现在何能再借?”理讲许久。该兵等复称:“现在无银,我等亦知不敢定要现银,惟求多放一二个月整饷,以救兵急。”复答以“兵丁苦处,将军、大人尽知。早曾有意多放正月半月之饷,因尔等如此举动,将军、大人甚怒。能否仍照前议开放之处,尚不可知。尔等既然恳求,必代为转求施恩,尔等须赶紧回去”。该兵丁等复称:“此系众人之事,尚须商议。”当令其迅速商议。据云:“此处人多嘴杂,不便商议。我等至店商定,明日再来回话。”当即允之,该兵等始行散去。兵丁内说话者,多系吉林起人。因恐该兵等在街滋生事端,复派瑞仁圃、福海舫赴街市弹压,并照料该兵等住处、饭食。议定,果亭甫经回署,闻得城外一片喧哗之声。询系富营兵丁亦聚众,欲进城求恩。经富里布弹压、鞭阻不遵,旋皆入城,跪于署外求恩。经松峰向其开导,奈人数众多,语言不通,竟无从理论。当差人回明果亭,嘱派阿育什等开导。甫经立起,适果亭亦出署来弹压。该兵等复向果亭跪求。经果亭申斥、开导许久,始行散出城去,时已申正矣。管理花硕落土等台台吉哲克博递哈达一块、汤羊一只。早间,果亭差巡捕荆廷恺迎催山东饷银。晴。丰营兵丁进城时,丰升阿、倭恒额均未随来。嗣经饬传,复托病不到。

二十日(1878年1月22日) 阅看稿件。巳刻,丰升阿、倭恒额来署声称:“各起兵丁仍求放给三个月整饷,始行回营”等语。当谕以“此岂要价还价之事? 似此要挟情形实堪痛恨,万不能准。尔等迅即回街,妥为弹压,令其赶紧起身回营,毋再抗违”。据称,伊等开导,仍恐不遵,请添派员同往等语。当商嘱松峰,会同前往开导。该兵等始而仍以非放三个月整饷不能回营之语向诉,经松峰谕以“刻下将军、大人甚怒,尔等此等挟制之词,断不敢转回。尔等须赶紧回营,俟将军、大人无气时必代尔等恳求,或可施恩”。该兵等仍欲听候回信,复谕以“此事现在万不敢求。即将来求准后,亦不能给尔等回信。恩典有无,出自将军、大人,放饷时自知”等语。开导两时之久,该兵等始应于今晚、明早一定全行回营。晴,云,时微风。晚间,痰内又有血四五口多。

二十一日(1878年1月23日)　画改稿件。申初,丰升阿、倭恒额来署禀称,该营兵丁均已陆续起身回营,伊等特来请罪等语,当辞以疾未见。晴。亥后,时风。子正歇息后,咳嗽不止,殊觉烦燥。挨至寅初后,始得睡着。

二十二日(1878年1月24日)　阅画稿件。扫房。管理哈尔呢敦等五台台吉刚精楚递哈达一块、汤羊一只。阎宝谦递土仪。收松子一碟。早间,果亭差郭什哈玉连魁迎催部饷。晴。歇息后,痰嗽愈甚。

二十三日(1878年1月25日)　阅看稿件。街市厅弁送年礼。计猪肉一块、冻鱼二尾、山药一束、南糖二包、槽糕一盘,年例。郝恺旺递土仪。收铜盆一个、洋糖一盒。张鸣盛、刘富回城。接奎云亭信。谢送马,并馈熏肉一方,奶饼二匣,茶叶、点心各一匣。晴。子后,风。

二十四日(1878年1月26日)　阅画稿件。刘富递沙吊子三个。管理阿勒达尔等七台台吉车达尔伯勒递哈达一块、汤羊二只、奶子一肚。晴。

二十五日(1878年1月27日)　阅看稿件。张鸣盛递土物。收腐乳一小罐。万盛号送礼八色。藏香一束,冻梨数枚,烧酒一瓶,糖壶卢一碟,冰鸭、冰鸡、沙鸡、冻鱼各一对。阴,细雪,时微晃。未后,时微风。酉后,徐晴,仍飞细雪。

二十六日(1878年1月28日)　阅画稿件。阿敦章盖等递哈达一块、汤羊二只、奶子一肚。申刻,车王发销假折。晴,微云,细雪,冷。郝恺旺换陈万山进内当差。

二十七日(1878年1月29日)　阅画稿件。未刻,转运局兵王润等押解山东头起饷银六千两到乌。接七十三号家信及亲友信,并和义公代买食物四驮。哲普尊丹巴胡图克图差人送来蒙信一封，哈达一块，红青哈喇一块，紫色花、素氆氇各一个，藏香四束，奶食一匣。晴，微云，冷。

二十八日(1878年1月30日) 阅改稿件。午刻，额尔克图回城。恩晓槎送礼八色。冰鸭、冰鸡、冻鱼各一对，猪肉一方，栗子、柿子、葡萄、冻梨各一包。淡阴，时微晃。

二十九日(1878年1月31日) 和硕亲公额尔奇木济尔噶朗差人请安，递哈达一块、小烟荷包一个次极。三音诺彦部落亲王车林敦多布差护卫请安，递哈达一块、汤羊一只、火镰一把。额巡捕送来交买之葡萄干五扑腾、一扑腾系二十七斤半。杏核二扑腾，据云，路间被蒙人窃去约一扑腾许。外递干鱼四尾。云系布伦托海地方出者。管理推河等台台吉吹札布递哈达一块、汤羊一只。额尔德呢班第达胡图克图罗普桑当占差人送信一封、哈达一块、小火镰一把、衣料一件系大红小线、汤羊一只、奶食一匣。伊勒固克森胡图克图罗普桑散都普差人送哈达一块、藏香一束。新换春季驻班将军甘珠尔札布请安，递哈达一块。申刻，转运局兵梁秉禄等押解山东二起饷银一万六千两到城。阴，细雪。午后，住，时微晃。未后，复细雪。申后，风。戌后，风息，雪住，徐晴，冷。

三十日(1878年2月1日) 锦王锦丕勒多尔济差护卫请安，递信一封、哈达二块、藏香二束、藏红花一小包、汤羊二只。回名片、哈达。札雅班第达胡图克图差人递哈达一块、藏香二小束、汤羊一只。多王多布沁札木楚差护卫请安，递信一封、哈达一块、小火镰一把、蒙人针黹搭连一个。回名片、哈达。赏郭什哈及厨役等羊只、茶、面。阖城官员等陆续来辞岁。三音诺彦部落盟长车都布多尔济差护卫请安，递哈达一块、汤羊一只。王润递土物。收鲜姜、虾、瓜各一碟。梁秉禄递土物。收豆腐皮一碟。戌刻，仙人堂、灶君前上香行礼，祖宗、茔地前行礼。云田、厚庵、晓槎、荣斋、言泉、绩卿、厚斋福尔松阿先后来辞岁，均见。晚间，仍同荣斋、绩卿等解闷。晴，微云。丑后，微风。

光绪四年(1878)乌里雅苏台　张家口　京师

光绪四年岁次戊寅正月初一日辛亥(2月2日)　午刻,仙人堂、护身佛、灶君、关帝庙、菩萨庙、马王、园神前上香行礼。毕,少歇。祖宗、茔地前行礼,本署满、汉巡捕及郭什哈等暨厚庵、绩卿、荣斋、言泉、晓槎、士彦王掌柜之俊先后来叩喜,均见。果亭、车王及所属官员等贺喜,均未会。差巡捕等执帖回拜果亭、车王及随员并部院、章京等。晴。巳前,淡云,微风。午后,微云。早、晚冷,夜间尤甚。

初二日(2月3日)　阅看来文。晴,极冷。晚间,服藏红花。抄录奏底。

初三日(2月4日)　抄录奏底。早、晚,服藏红花。晴,极冷。早间,帐内唾壶竟冻,实诚非常之冷也。子后,风。

初四日(2月5日)　抄录奏底。阅画稿件户。晴。巳前,时风。札盟副将军车德恩顿多布多尔济差人请安,递哈达一块。亥后,复时风。

初五日(2月6日)　抄录奏底。札盟副盟长阿育尔色德丹占札木楚差梅楞温都尔琥请安,递信一封,哈达一块,汤羊一只,猪肉一方,冰鸭、冻鸡、冻鱼各一对,烧酒一瓶。回名片、哈达。阴。巳后,时晃,冷。

初六日(2月7日)　抄录奏底。晴,云,时细雪,冷。

初七日(2月8日)　抄录奏底。丰升阿、倭恒额来拜年未见。申刻,刘万宝、武成玉回城。晴,时飞细雪,冷。

初八日(2月9日)　抄录奏底。午刻,果亭拜会,见。午后,陈魁回城。贡马差。晴,冷。腰不吃力。

初九日(2月10日)　阅画稿件四部院。抄录奏底。武成玉递土物。收柳罐一个。陈魁递土物。醋一小篓、冻鲤二尾。晴。腰仍不吃力。子后,风。

初十日(2月11日)　抄录奏底。阅看稿件兵。焦得胜、普善递冻鲤二尾。晴。巳前，时风。

十一日（2月12日） 早间，左鼻衄血。阅画稿件兵、理。巡捕、郭什哈等拜寿，荣斋、晓槎、言泉及义和号李掌柜麻子各送寿礼数色。均收寿桃一盘。仁圃送礼数色。收挂面二小子。厚斋福守备等送礼二色。收元宵一盘。王士彦送礼六色。桃、面各一盘，烛一对，小猪一口，熏鸡一对，点心二匣。云田、荣斋、言泉、仁圃、厚斋、士彦、厚庵、绩卿、李麻子、晓槎先后来拜寿，均留饭。并赏舒祥、庆福、乌勒希布、图萨本及郭什哈张希顺等饭。晴。子后，风。腰仍未愈。

十二日（2月13日） 各处上香行礼。富营催提饷银差员布彦托克托琥等，押解头起部饷一万两到城，系昨夜三更后到营。带来松峰、茂如交买之点心等物九色。炒红果、糟鱼、巴拉饼、蜜供、花糕、杏仁、干粮、玉兰片、瓦鸭、寿烛。午后，阅画稿件户。接鹤年等禀。晴，微云。巳前，时风。腰仍未愈。鼻内时出血。

十三日（2月14日） 画改稿件内、兵。晴，云。腰仍未愈。

十四日（2月15日） 画改稿件理、户。晴，微云。腰病稍愈。

十五日（2月16日） 晴，微云。亥后，时微风。

光绪四年岁次戊寅正月十六日丙寅（2月17日） 阅看稿件户。未刻，车王拜会，见。酉刻，月食，上香。因部中向不行知，故未能确知时刻。晴。每日早、晚，仍服西瓜子汤。

十七日（2月18日） 阅画稿件兵。晴。巳前、酉后，时微风。晚间，服藏红花。

十八日（2月19日） 阅画稿件理。未刻，准兵部由驿递到，总理各国事务衙门三年十二月十四日发四百里夹板一件。系咨行，嗣后各国民人，在通商各口请领游历执照，务须知照该处地方官由。晴，微云。子后，时微阴。

十九日（2月20日） 早间漱口时，右鼻衄血多。午刻，同车王、果亭率同阖城满、蒙官员等开印。阴，时晃时飞雪星。亥后，徐晴。晚间，咳嗽，腰又岔气。

二十日(2月21日)　阅画稿件四部院。未刻,同果亭车王云病未来。拜发奏请移交将军印务折单衔;请拨军粮脚价银两折、札萨克台吉玛呢巴勒因病呈请开缺折、黑龙江委防御双喜投效当差片。均三衔。散后,定立懋生号合同。毕,抄录奏底。晴,云。腰仍未愈。亥后细雪,后半夜住。厚二三分许。

二十一日(2月22日)　阅看来文。抄录奏底。晴,微云。子后,时微风。画稿。

二十二日(2月23日)　早间,右鼻衄血甚多。抄录奏底。画改稿件理。晴,微云。

二十三日(2月24日)　阅画稿件户、兵。抄录奏底。晴,云。丑后,时微风。

二十四日(2月25日)　抄录奏底。阅改稿件兵。申刻,果亭之长子乌尔图那逊禀安,今早到城。见。晴,微云。

二十五日(2月26日)　画改稿件理。晴,微云。丑后,时风。

二十六日(2月27日)　寅初,腹泻。未后,阅画稿件户、内。晴,云。午后,复腹泻一次。申刻,果亭约茂如、松峰等吃饭。戌刻,散。

二十七日(2月28日)　阅改稿件兵、内、理。晴,云。未后,阴,时微风。酉后,时微晃。

二十八日(3月1日)　画改稿件理。晴,云。午前,时微阴。早间,右鼻衄血,不多。

二十九日(3月2日)　阅画稿件户。戌刻,千总麻光龙押解二起部饷一万两到城。晴,云,时微阴。

三十日(3月3日)　亥初,右鼻衄血,多。晴,微云。

二月初一日(3月4日)　丰营提饷委防御沙金齐莫克、兵成贵,押解四起部饷一万两到乌。系昨夜到街。未后,画改稿件兵、理。晴,淡云。

初二日(3月5日)　阅画稿件户。酉刻,约乌世兄、兴荣斋、恩晓槎、德言泉、富云田、福厚斋、盛绩卿、丰厚庵、王士彦吃饭。戌后,放花。亥初，散。晴，微云。

初三日(3月6日) 午刻，果亭随员察哈尔委笔帖式车德恩顿多克禀辞，遣撤回旗。见。申后，阅画稿件内。晴。

初四日(3月7日) 阅画、改稿件兵、理。晴，微云。

初五日(3月8日) 早间，痰内又有血二丝。午后，阅画稿件户。晴，微云。晚间，服藏红花。

初六日(3月9日) 阅画改稿件内、兵、户。晴。早、晚，服藏红花。寅后，时微风。

初七日(3月10日) 早间，服藏红花。午后，阅画稿件内、理。未刻，同车王、果亭拜发"阿拉克额博卡伦侍卫年满，奏请更换"折。及车王、果亭、辅庭、五云谢赏福字等物折。放察克达兵一缺。晴，微云。抄录奏底。

初八日(3月11日) 晴。

初九日(3月12日) 派喜麟、刘福泉坐厅差。晴，时微风。

初十日(3月13日) 画改稿件理。酉刻，魏国安回城。春煦堂将军差其送信，并索候回信。晴。

十一日(3月14日) 阅改稿件户、理。申刻，跪接上年十二月十七日拜发回折。遵撤巴里坤路台站请留笔帖式缺折，奉旨："着照所请，该部知道。钦此。"巴里坤路台站已撤碍难设复片，奉旨："另有旨。钦此。"拣补司员各缺折，奉旨："着照所请，该部知道。钦此。"代奏谢恩折、蒙员续假片、分放余存羊只片，均奉旨："知道了。钦此。"晴。

十二日(3月15日) 阅画稿件兵、户。车王差人送席一桌八八。晴。戌后，时风。

十三日(3月16日) 画改稿件理、内、兵。晴，淡云。

十四日(3月17日) 画改稿件户。友覆春煦堂信。交魏国安寄回，于明日起身。晴，云。未后，时微风。

十五日(3月18日) 阅画稿件兵、户、内。申刻，户部章京吉瑞亭祥，由绥远城押解台费银三千两回乌禀安，见。晴，微云。

十六日(3月19日)　辰刻,委员英云衢联,押解第五起部饷二万两回乌。午后,画改稿件理、兵。酉刻,准兵部由驿递到,光绪四年正月十六日军机处发交马上飞递公文夹板一件。系字寄,奉上谕:"前据明春奏,张家口局存军装等件,请再展限一年,仍由蒙台行走等因。钦此。"晴。

十七日(3月20日)　阅画稿件户。晴。晚间,服藏红花。

十八日(3月21日)　画改稿件户、兵。晴,微云。早间,服藏红花。子后,时风。

十九日(3月22日)　发致春煦堂信。派富营四起委札兰巴彦巴图尔,带兵四名往接,即令送信。午后,画改稿件理、户、内。晴,云,时微阴。

二十日(3月23日)　早间,痰盒内有血一星。书稿奏。阴,时微晃。戌后,微雪。子初,晴。雪厚分许。

二十一日(3月24日)　巳刻,倭恒额禀安未见。午后,阅画稿件兵。晴,微云,时微风。

二十二日(3月25日)　阅画稿件理。晴,云。申后,日耳。后半夜,时微风。

二十三日(3月26日)　阅画稿件户。晴,云。

二十四日(3月27日)　早间,痰内有血二绺。阅画稿件理、奏、户。酉刻,厚庵约茂如、松峰吃饭。戌刻,散。晴,微云。午后,痰内复有血一点。

二十五日(3月28日)　阅画稿件理、兵。晴,微云。子后,时风。

二十六日(3月29日)　阅看稿件户。晴,云。午后,腹泻。

二十七日(3月30日)　阅画、看稿件兵、理、奏。赏郝俊候补千总,赵子和、张希舜候补外委。循例。午刻,炸炮队教习、候补乌枪护军校兴瑞,由哈拉乌苏孝营押送炮车、子药等物到乌,禀安,见。阴,时微晃。子后,飞雪花。

二十八日(3月31日)　阅画稿件理、户。阴,雪。辰后,住。巳后,时晃。午后,复雪,时微风。申刻,住。雪厚二寸余。戌后,徐晴。

二十九日(4月1日)　阅画稿件户。平兑俸廉。留王士彦晚饭。晴，云。早间，唾壶内又有血一点。午间、饭后，右鼻衄血。

三十日(4月2日) 阅看稿件内。晴，云。

三月初一日(4月3日) 未刻，盛绩卿勋禀辞，派赴山东催提饷银。见。后阅改稿件内、理、户。收拾行装。留士彦晚饭。晴，微云。晚间，同言泉诸人手谈。

初二日(4月4日) 阅看稿件户。未刻，同果亭跪接正月二十日拜发回折。奏请交卸折，奉旨："前据春福奏，定于二月二十七日由口起程，着额勒和布仍俟春福到任后再行交卸。钦此。"请拨运粮脚价银两折，奉旨："户部议奏。钦此。"札萨克台吉因病呈请开缺折，奉旨："着照所请，该衙门知道。钦此。"黑龙江委防御双喜投效当差片，奉旨："知道了。钦此。"晴，微云。日落后，凉。戌后，时风。晚间，服藏红花。

初三日(4月5日) 阅画稿件内。晴，云。早、晚，服藏红花。

初四日(4月6日) 约王士彦早、晚吃烧猪、薄饼。午后，阅改稿件内、兵、户。未后，同车王、果亭拜发"查明杜尔伯特盟长曼达喇生前被控各节，按例定拟"折；"内阁侍读兴升呈报年满，奏请更换"折；择地牧放官厂驼只折；蒙古捐输展限片。后果亭先散，与车王着围棋二盘。输一胜一。阴，时风。巳后雪，午后住厚三分许。时晃，徐晴，云。

初五日(4月7日) 午后，士彦来辞行，见。定于明日起身，交付伊京市平银三千八百两，并代付和义公银一百六两零。阅画稿件理。晴，时微风。冷，地复冻坚。

初六日(4月8日) 抄录奏底。阅画稿件户、内。未刻，王士彦起身来见。晴，微云，时微风。

初七日(4月9日) 抄录奏底。阅画稿件兵。晴，云，时微风。

初八日(4月10日) 阅画稿件理。晴，云。亥后，阴。子后，雪，时风。约于寅、卯间住，雪厚寸余。

初九日(4月11日) 阅画稿件户、理、兵。晴，微云。

初十日(4月12日) 画改稿件兵。晴，云，时微风。鹞鹰至。

十一日(4月13日) 阅画稿件理、内。晴。戌后，时风。

十二日(4月14日)　阅画稿件户、兵。晴,云,风。酉后,风息。

十三日(4月15日)　阅画稿件兵、内。晴,云,时微风。四围烟雾弥漫。微觉感冒,服午时茶。

十四日(4月16日)　阅画稿件理。晴,淡云,时微风,天气惨淡,感冒未清。晚间,仍服午时茶。换小毛皮袄。

十五日(4月17日)　午后,乌世兄果亭长子禀辞,定于明日带领伊子起身回旗。会。后阅画稿件户。给修街市大桥福海舫等及土地祠吉瑞亭、瑞玉趾城隍庙厂棚恩晓槎、福海舫各布施银四两。差庆福给果亭之孙荷包一匣五色。晴,云,时微风,四面烟雾弥漫。向阳地方草始发青。伤风仍未愈。晚间复服午时茶。

十六日(4月18日)　画改稿件兵、户、内。晴,云,时风。因感冒未清,未出屋门。晚间,服藿香正气丸。

十七日(4月19日)　阅画稿件内。收拾衣服。晴,云,时风。因感冒仍未清,未出门。晚间,服藏红花。

十八日(4月20日)　早间,服藏红花。阅画稿件户。收拾衣箱。晴,云,时微风。因伤风未愈,仍未出房门。子后,时风。

十九日(4月21日)　阅画稿件兵。收拾衣物。接卓立亭等禀。晴,云,风。

二十日(4月22日)　阅画稿件内、理。收拾行装。阴,时微晃。酉后,时微风。午后,出院散步。换大绵袄。晚间,痰内又有血一条。

二十一日(4月23日)　阅画稿件户、兵。收理书籍。阴,时风时微晃。

二十二日(4月24日)　阅画稿件兵、内。收理书籍。申刻,奉到二月初七日拜发回折。卡伦侍卫年满折,奉旨:“该衙门知道。钦此。”阴,风,时微晃。酉初,微雨,旋晃,风息。

二十三日(4月25日)　阅画稿件理。修理行装。晴,云。午后,时风。戌后,阴。子后,雨,后雪。

二十四日(4月26日)　阅画稿件兵、内。收拾行装。晴,云。

二十五日(4月27日)　阅画稿件兵。收拾行装。晴，云，时微风。午后，痰内又有血一丝。

二十六日(4月28日)　阅画稿件理。收拾行装。阴，时风。午前，时微晃。巳至申时，微雨。子后，风。差庆福送果亭大烟熏枣骝马一匹。

二十七日(4月29日)　差普善带兵四名赴南台，迎接春煦堂军帅。差赵铭赴西台，迎接英介臣参帅。午后，阅画稿件内、户。收拾行装。时云时风。午刻，丰厚斋禀见未见。

二十八日(4月30日)　阅画稿件兵、内。收拾行装。晴，云，时风。元鸟来巢。

二十九日(5月1日)　阅改稿件理、户。收拾行装。未刻，丰厚斋禀辞，见。晴，云，时微风。午后，痰内有血一丝。庆福于二十八日起身，移于西屋住宿，随同吃饭。

四月初一日(5月2日)　阅画稿件户、内。收拾行装。未刻，毓铨禀到，见。递白菜数颗，收；梨二包，璧回。晴，云，暖。午后，痰内又有血一绺。

初二日(5月3日)　阅改稿件兵。收拾行装。晴，微云。换大袷袄。

初三日(5月4日)　阅画稿件理、内。收拾行装。午刻，车王差人送来蓝哈喇一板、白葡萄四小包、藏红花一小包，外送少爷江绸宝蓝、天青袍褂料一套，天青、灰色、花氆氇各一个，玉带版一个次，绦环一对次，玻璃洋灯一盏，洋铁洋壶一把。未刻，新袭札萨克图罕官印多尔济帕拉玛请安，来乌谢恩。见。毓铨送礼五色。收咸鸭蛋十二枚、酱肉一小方。晴，微云。未后，风一阵。子后，时风。

初四日(5月5日)　辰、巳、午刻，明镜泉哈密办事大臣，官印春。之弟明昆系兵部候补笔帖式、英介臣、官印廉，系前塔尔巴哈台参赞大臣，奉旨回京当差。镜泉之子志胜系花翎，副将衔参将先后禀见、拜会，均会。巡捕白文治等回乌。询据声称，闻得新任将军又改于二月十四日出口等语。

未后，阅画稿件户、内。包裹行装。晴，云，时风。晚间，服藏红花。

初五日(5月6日)　早、晚，服藏红花。札萨克图罕差人送来天青贡绸褂料、绛色二则缎袍料各一件，哈达一块。崇山由京回乌，递食物六色。收松花十五枚，余均璧回。午后，画改稿件兵、内。兴荣斋禀辞，已报期满，定于明日起身回京。见。三顺、庆福赴绿阴沟刨移哈拉莫托。哈拉莫托，华言“黑树”也，共移得小树十六株。晴，云。午后，时风。

初六日(5月7日)　阅画稿件理、户。午后，荣斋来叩辞起身。拖带八十三号家信。晴，微云。四围烟雾弥漫。亥后，大风。

初七日(5月8日)　阅画稿件户。晴，云，风，凉。夜间，复见冰。

初八日(5月9日)　阅画稿件兵、内。包裹行装。晴，微云，风。

初九日(5月10日)　午刻，奉到上年八月二十八日拜发叩贺慈禧端佑康颐昭豫庄诚皇太后万寿贺折。奉清字朱批：“知道了。钦此。”阅画稿件理。收拾行装。阴，风。午后，晴，云。酉后，时飞细雪，凉。夜间复冻。午刻，庆福赴丰营递因病呈请遣撤回旗呈。

初十日(5月11日)　阅画稿件户、内、兵。派理藩院候补笔帖式荣昌、委署笔帖式瑞山、普祥分赴三、札两盟各旗函借银两。午后，收拾行装。伊勒固克森胡图克图罗普桑三都普差人请安送行，递大哈达一块。晴，微云，时风。

十一日(5月12日)　阅画稿件内。收拾行装。接兴荣斋信。云，初九日行抵鄂伯尔陶赛，遇见春将军前站大驮。询称，春将军系三月初四日出口，均计再十余日可到乌。晴，云。日光色赤。

十二日(5月13日)　阅画稿件理。收拾行装。阴。巳后，风一阵，后细雨。午后，住，时晃。亥后，风，时微雨。间雪。

十三日(5月14日)　阅画稿件户、内。包裹行装。酉刻，庆福回署。戌刻，巡捕魏铭、郭什哈宁振魁回署。据云，春将军大驮十五日可以到城，春将军系三月初四日起身，大约本月内总可到乌。晴，云，风，冷。

十四日(5月15日)　阅画稿件理、内。秤量行装。午刻，倭恒额禀安，见。酉刻，车王拜会，见。戌刻，接普善等禀。据称，新任将军定于二十四日进城，二十六日接任等语。晴，云，风，冷。戌后，风息。夜间又上冻。

十五日(5月16日) 午刻，拜发代奏新袭札萨克图汗多尔济帕拉玛叩谢天恩折；三盟札萨克公达尔玛巴扎尔因病请假片；三盟札萨克贝子察克都尔札勒因病请假片；年满笔帖式福庆请留驻三年折；请奖教演炸炮教习兴瑞片；请开复察哈尔三起营总满斋顶戴折；“请拨有着之款十五万两，补放欠饷”片。因收拾行装，院内杂乱，请果亭即在东衙门拜发。午后，阅画稿件理。未刻，察哈尔都统衙门郭什哈广昌系班长、三音图系丰绅图二胞兄及本衙门郭什哈曹富等，押解煦堂将军行装大驮到署。晴，云。

十六日(5月17日) 阅画稿件内、户、兵。收拾行装。晴，云，时风。酉后，大风。晚间，痰内又有血二绺。

十七日(5月18日) 收拾行装。阅画稿件兵、内。晴，云，风。酉后，大风一阵，飞雪花。夜间复冻。

十八日(5月19日) 阅画稿件理、兵、内。收拾裹粮。申刻，差岳顺送车王红马、黄马各一匹大、中。果亭差丰绅图送来淡灰花氆氇一个、猞猁皮四张。并酌拟赏给岳存礼五品功牌顶戴。晴，云，时风，凉。夜间复冻。

十九日(5月20日) 巳刻，差巡捕郑万库，郭什哈郝恺旺、赵子和、刘福涌、郝永恩押解行李大驮共十九驮起身。差庆福送果亭绍酒二坛、白鸭二只。午刻，果亭拜会，见。未后，移种黄、白马兰。阅画改稿件四部院。晴，云。午后，时微风。戌后，阴。子后，风一阵，雨。后半夜，雪。

二十日(5月21日) 阅画改稿件兵、内。阴，雪。巳后，雪住。午后，时风时微晃。

二十一日(5月22日) 收拾行装。画改稿件理、兵。晴，淡云。

二十二日(5月23日) 阿敦章盖西呢音递哈达一块、黄狐皮三张，回赏伊杆子马黑鬃黄马，上中一匹。恩晓槎差人送礼四色八包。收海米、葡萄各一小包，余均璧还。德言泉、英云衢送礼四色。收蘑菇一小包，余均璧还。未后，阅画稿件理、户。晴，云。

二十三日(5月24日)　阅画稿件兵、内。阿敦昆都达西递哈达一块、黄狐皮一张，回赏伊小刀一把、荷包一对。午后，丰盛阿等禀安未会。辰刻，茂如赴头台迎接春将军。申刻，回署。淡阴，时风时微晃。微觉感冒伤风。晚间，服藿香正气丸。亥刻，金介福禀到，见。

二十四日(5月25日)　阅画稿件理、内。午刻，新任将军春煦堂到城。午后，出门，拜煦堂，会谈一时许始回寓。酉刻，拜发遵保在防出力官兵折附清单；开复卓凌阿、永春原衔、原官片；恳请奖励管台台吉折附清单；“遵查三音诺彦部落亲王达尔玛被控一案，按律定拟”折；“遵查济克默特郭吹非达尔玛旗下人，归案拟结”片；遣撤委官庆福片。阴，时微晃。酉刻，细雨一阵，虹见。因署中杂乱，所有奏折仍请果亭同车王在东衙门拜发。晚间，服藿香正气丸。

二十五日(5月26日)　巳刻，春煦堂拜会，见。将总□文信，及后文信稿面交煦堂收存。午刻，出门辞行。因巡捕无人，马匹亦无，将喜麟等面加严饬。果亭、车王、煦堂，会；余均投帖。厚庵、玉趾、瑞庭、海舫、仁圃、正斋、言泉、晓槎、厚斋、峻峰、云田、云衢、介福。申正，回署。差庆福送煦堂绍酒一坛、玫瑰露二瓶、白鸭二只、鸡四只。酉刻，丰升阿、倭恒额禀见，会。巳刻，差杜玉、赵维垣、常庆温、锡贵押解骡二头、马十四匹起身。云田诸人陆续来谢保奖。晴，云。

二十六日(5月27日)　午刻，交卸将军印务。后同煦堂、车王、果亭拜发交卸印务折。遣撤委员片，及春煦堂接任折，均单衔；安折，系四衔。未刻，散。四部院官员，四盟驻班蒙员，本衙门巡捕、郭什哈及随营委员并富云田暨该营营总、札兰等官，又跟随煦堂之张家口值班章京乌尔棍泰、郭什哈达凌等陆续禀安，均见。未后，车王、果亭复来送行，会。丰升阿、倭恒额等禀安，未见。收拾行李。一月以来，逐日清理经手事件，核办保奖，加之收理行装，忙迫极矣。申、酉刻，晓槎、言泉先后来拜门。辞之不获，只好受之。阴，细雨。巳刻，住，微晃。午刻，自西北浓阴，风一阵，雷鸣，小雹一阵。后雨，约二刻许始住。申后，晃，徐晴，云。

二十七日(5月28日) 早间，收拾行李。申初，仙人堂等处上香。后同松峰、茂如带同岳顺、老赵、庆福、乌勒希布、图萨本、刘福泉、张希舜、陈魁、李德义、韩肇元、张德、杨全仁、阎保谦、武进才、梁忠、安治国、李天升、王凤及李蓝田托带之义和号铺伙张德顺、党玉山起身。借坐果亭车。晓槎、言泉、介福、云衢、衡甫、厚斋、峻峰、蓝田即李麻子及恒和义张掌柜均在署送。万民旗伞前引。车王派阿毕达军署当差蒙古，能说汉话。同阿育尔公官印阿育尔色德丹占札木楚，系札盟副盟长。差送之。梅楞温都尔琥、果亭派巡捕荣广、郭什哈常永顺随送，并同煦堂会派明志安台。辞之不获，只好听之，不过台站又多四五人往返支应耳。出门恭诣菩萨庙、关帝庙拈香。毕，即出东门，绕至南门。毓衡甫在桥下候送。行半里许，煦堂、车王、果亭率部院笔帖式等，在中军帐内候送，略谈即辞行。署守备、千总麻光龙及天顺店众商人备酒送。换乘架杆轿。又半里许，云田率领阖营营总等官在南坝上支搭账房，预备茶酒点心候送，并送伞一柄、大旗二面。派人执打前引。少坐即起身。阖营兵丁排队叩送，云田率领营总、札兰等官随送。行至大河中间水深处，水深尺余。右后架轿之马忽滑倒，幸系乌拉齐札木萨赍架杆，即在河内步行，手捧架杆而过。若他乌拉齐，则不堪设想矣。路间，署管台台吉□□□□□□□接。酉正三刻，至花硕落土住。部院章京哈达哈、吉祥、瑞林、瑞寿、德源、福厚、崇山，笔帖式福庆、图伽布、普祥、全成、多欢、吉玉、吉惠、富祥及晓槎、云衢、介福、蓝田、厚斋、峻峰、厚庵、芝田官印舒祥暨云田，率同营总等官均在台接。见后，吉瑞亭祥等先后辞回。分赏管台章盖、昆都、笔切齐、哈普苏尔噶章盖功牌。饭后，晓槎、言泉、云衢、蓝田先后来见，谈至子后始歇。晴。午后，微风，云。

二十八日(5月29日) 辰初，起身。哈正齐、福美秀、恩晓槎、德言泉、金介福、英云衢、丰厚斋、倭峻峰、李蓝田均在台候送。路间茶尖,歇刻许。巳初,至舒鲁克尖。分赏管台章盖等功牌。午正二刻,起身。茶尖,歇刻许。申初三刻,至特木尔土住,分赏功牌。三月初四日之折递回到台,接那贝子信。因封内有果亭之信,仍交台递送。晴,微云,风。路间,黄马兰花甚多,河内冰多未化,山头积雪亦未尽消。

二十九日(5月30日)　辰初,起身。路间茶尖,歇刻余。午初,至岱罕得勒尖。分赏功牌。未初三刻,起身。茶尖,歇刻许。申正二刻五分,至胡吉尔土住。管理札克等五台台吉达尔玛札普、哈普苏尔噶台吉索诺木达克巴在台候接,即随行。分赏管台章京等功牌。晴,云,风。午后,时阴。申刻,细雨一阵。沿途小河内,冰亦未尽化。松峰、茂如换戴顶翎。

三十日(5月31日)　卯正一刻,起身。过布彦图河水深尺余,望看□□□雪山。路间茶尖,歇刻余。巳正三刻,至阿鲁济尔噶朗图尖。分赏功牌。午正三刻,起身。茶尖,歇刻许。申初三刻,至鄂伯尔济尔噶朗图住。分赏功牌。阴。卯后,晃,时风。沿途河内,亦有未化之冰。

五月初一日(6月1日)　卯正三刻,起身。茶尖,歇刻余。巳正一刻,至乌兰奔巴图尖。分赏功牌。午正三刻,起身。茶尖,歇刻余。申初一刻,至霍伯尔车根住。早、晚,过沙拉乌苏四五道,河内均有未化之冰。分赏功牌。申正一刻,骡马到台。戌刻,放花。赏达尔玛札普等南糖、奶饼。时阴时晃,风。酉后,阴。夜间,雨。不意毡房渗漏,将衣包内绵袷新衣浸污二件。

初二日(6月2日)　辰正,起身。茶尖,歇刻许。过札克河。午初,至札克尖。管台台吉吹札普来接,分赏章盖等功牌。因老赵落马,待至申初三刻始行起身。茶尖,歇刻余。酉初二刻,至拜达里克住。分赏功牌。因新任古城领队大臣恭振夔亦住此台,彼此拜会,谈一时有余,至戌正始吃饭。台吉达尔玛札普、索诺木达克巴叩辞回台。赏伊等小刀各一把、荷包各一对、火镰各一把、鼻烟各二瓶。阴,时细雨时微晃。申后,风,雨住,徐晴,云。

初三日(6月3日) 卯正二刻,起身。公衔台吉吹札普随送。路间过河三道。茶尖,歇刻余。巳正三刻,至乌他尖。未正三刻,起身。驮子尚未到台。先后过河四道。茶尖,歇刻余。酉正一刻,至鄂罗盖住。尖、住处,均分赏功牌。行李子刻始到。子正后,歇。晴,云,时微风。

初四日(6月4日) 早间,看京报。辰初一刻,起身。茶尖,歇刻余。巳正,至乌尔图哈拉托罗盖尖。赏章京等功牌。午正一刻十分,起身。茶尖,歇刻余。申正一刻五分,至推台住。分赏功牌。管理哈尔呢敦等五台台吉刚精楚差章盖、昆都各一员来接。晴,云。午后,时风时落雨星。申刻,雷鸣。酉刻,虹见。

初五日(6月5日) 吹札普辞回。赏伊五色荷包一匣。卯正一刻,起身。过推河,水深尺余。刚精楚在路接。茶尖,歇刻余,起身。过沙拉噶勒卓特河。水亦不大。巳初,至沙拉噶勒卓特尖。分赏功牌。午初二刻,起身。未正一刻,至茶尖处雨适至,约二刻余始住,即起身。申正,至乌尔图额勒胡都克住。分赏功牌。晴,云,时风。未后,雨一阵,间有小雹。东边山上集雪甚多。

初六日(6月6日) 辰初一刻十分,起身。过塔楚河。水甚小。至茶尖处,歇刻余。巳正二刻五分,至塔楚尖。分赏功牌。未初一刻,起身。茶尖,歇刻余。申正一刻,至噶鲁地住。分赏功牌。晴,云,大风,冷。自起身至初五日,均穿小绵袄、绵袴、氆氇袷袄、罕皮马褂,今日又换小毛羊皮袄矣。

初七日(6月7日) 卯正,起身。茶尖,歇二刻许。巳初一刻,至哈尔呢敦尖。分赏功牌。札兰车林多尔济等差章盖、昆都各一员来接。午初一刻,起身。荣广、温都尔琥、阿必达叩辞回乌。温都尔琥代阿育尔公递哈达一块。赏伊等荷包各一对,加赏阿必达小刀一把。刚精楚递哈达一块叩辞,赏伊五色针凿一匣。路间茶尖,歇刻余。申初一刻,至哈达土住。管理第四段军台札兰车林多尔济年六十五岁、副札兰色尔固楞年六十九岁、委札兰策万年六十岁在台候接。

明志禀辞回乌,赏伊荷包一对、小刀一把。晴,云。午后,风。

初八日(6月8日)　卯正,起身。色尔固楞在台辞送,车林多尔济、策万及原派迎接之章盖、昆都等均随行。路间茶尖,歇二刻许。巳初,至乌讷克特尖。午正,起身。茶尖,歇二刻余。申初一刻,至翁音住。晴,云。未后,时风,阴,落雨点。申后,时细雨。时已到台。戌后,住。

初九日(6月9日)　早间,北面之山积雪均白。蒙人云,乌讷克特一带雪深尺余。辰初二刻,起身。茶尖,歇二刻许。午初二刻,至哲林尖。未初二刻,起身。茶尖,歇刻余。酉初二刻,至哈沙土住。接乌城四部院禀,哈正斋等禀称,四月二十九日接到三月初四日拜发回折。查明曼达喇控案折,奉旨:"该衙门议奏。钦此。"择地牧放官驼折,奉旨:"知道了。钦此。"侍读期满折,奉旨:"该衙门知道。钦此。"捐输展限片,奉旨:"着照所请,该衙门知道。钦此。"乌城又将那贝子致果亭之信寄回,复行用清文批明,仍交台递送。戌刻,放花。晴,云,大风。酉刻,落雨点一阵。酉后,风息。

初十日(6月10日)　卯正,起身。副札兰色尔固楞差送之章盖辞回,赏伊荷包一对。路间茶尖,歇刻余。巳初二刻,至察布察尔尖。午正十分,起身。札兰车林多尔济在台辞送,赏伊五色荷包一匣。茶尖,歇刻余。申初一刻,至孟克土即沙克舒尔噶住。晴,云,风。卯初,小雹一阵。未刻,细雨一阵。

十一日(6月11日)　卯初二刻,起身。茶尖,歇刻许。辰初三刻,至吉呼木尖。巳初二刻,起身。茶尖,歇刻余。未初三刻,至老萨,更换驼马。未正三刻,起身。茶尖,歇二刻余。修理轿。酉正,至希保台即斋勒玛克台住。晴,云。

十二日(6月12日)　卯正一刻,起身。换穿小袷袄裤。策万等辞送。赏策万荷包一对、小刀一把、熏烟二瓶、料壶一个。赏随行章盖二名东烟各二包、小刀各一把。路间茶尖,歇刻余。辰正三刻,至哈毕尔噶尖。札兰色伯克札普年七十二岁、委札兰呢玛多尔济年六十五岁均在台候接。即随送钦差致祭札萨克图汗之翰林、侍读学士启颖之官印秀亦在台早尖，彼此拜会，谈二刻许。午初三刻，起身。茶尖，歇二刻余。申正，至默端住。自哈沙土至默端，路间红马兰花甚多。晚间，放花。晴，微云，风，热。

十三日(6月13日) 辰初一刻，起身。路间茶尖，歇三刻许。赛尔乌苏管站部员、理藩院员外郎、候选知府奎亮臣官印隆，笔帖式荣子余官印庆在茶尖处候接、禀见，会。巳初三刻，至他拉多伦即赛尔乌苏尖。库伦所调察哈尔头起防兵，甫经起身。亮臣送菜二碗、四碟，煮饽饽二盘。赏荷包一对。饭后，亮臣禀见，会。未初三刻，起身。亮臣在台辞送。申正，至库图勒多伦住。晴，微云，风，热。

十四日(6月14日) 脱袷，主腰。辰初，起身。路间茶尖，歇刻余。巳正一刻，至博勒鄂博尖。午正三刻，起身。库伦二起防兵甫到台。路间茶尖，歇三刻许。在茶尖处便血甚多。申初三刻五分，至哲布勒住。晚间，便血尤多。晴，云，大风，热。

十五日(6月15日) 辰初一刻，起身。茶尖，歇刻余。巳初三刻，至札拉土尖。午正二刻，起身。茶尖，歇刻余。路间，山势颇秀，而傍山有树十余株形似白杨，极为可观。设有村落亭观以点缀之，当不减山阴道上也。未正三刻五分，至哈吉布齐住。发札行布鲁土札兰多尔济札普、拉什彭楚克札文。阴，大风，时微晃。巳至未刻，时微雨。申后，自西北晴、云。

十六日(6月16日) 卯正一刻，起身。茶尖，歇三刻许。走动又便血一点。巳初二刻，至那朗尖。用羊肉换得小蒙古石子数十块。午正一刻，起身。茶尖，歇二刻余。申初二刻，至霍呢齐住。庙内达拉玛递哈达一块，枣儿、冰糖、羊油、炸方面饼共三碟，茶一壶。既不可吃，又不可喝。回赏伊荷包一对，上老米、白葡萄、挂面各一碟。赏色札兰等鸡子、玫瑰露等物。穆尔根王旗堆音郭尔班第达胡图克图路经该台，现住庙内。因茂如同岳顺等赴庙瞻仰，送伊哈达一块、玫瑰露一壶、先是伊差人索酒。白葡萄一包，托其占课。不甚高明。伊随差其护卫章京、喇嘛等四人回送哈达一块,大、小刀一把。晚间,放花。晴,微云,大风,热。午后,脱小袷袄。晚间,便血尤多。

十七日(6月17日)　早间,差岳顺送堆音郭尔班第达胡图克图绍酒一坛,茶叶、蜜供各一匣。卯正二刻,起身。茶尖,歇二刻许。午初,至穆胡尔噶顺尖。格胧喇嘛拉穆札普在台候接,递哈达一块赏回,黄狐皮一张收,嘱其占课。布鲁土段札兰多尔济札普差图古哩克台章盖呈递文三件、安帖一扣。未正二刻,起身。色札兰等在台辞送。赏色伯克札普、呢玛多尔济上老米一小袋、白葡萄一包、玫瑰露一坛,南糖各一匣,小刀各一把,荷包各一对,火镰各一把,鼻烟各二瓶。赏随从之昆都、笔切齐二员荷包各一对,熏烟各二瓶。赏拉穆札普小刀一把、荷包一匣、白葡萄一碗。路间茶尖,歇三刻余。走动便血仍多。酉正,至图古哩克住。库伦所调察哈尔头起营总巴彦斯胡朗塔尔禀安,见。据云,在台已住月余矣。多札兰复差昆都送来呈文一件。系叙安台情形。晚间,放花。晴,微云,热。饭后,便血愈多。

十八日(6月18日)　卯正二刻,起身。茶尖,歇刻余。巳初,至陀里布拉克尖。庙内喇嘛递冰糖一碟,红枣、炸面条各二碟,茶一壶均未收。午饭时,右鼻衄血。未正,起身。无茶尖。申正,至苏吉布拉克住。札兰多尔济札普年六十岁预备驼马,在台候接,递奶皮、奶腐一盘,咸奶茶一壶。因该台太苦,未用羊。酉刻,与多札兰商议各台所需驼马等事。晴,云,风。午后,阴。未后,风,时息。申刻,飞雨星一阵。亥后,大风。夜间,微雨。

十九日(6月19日)　辰初三刻,起身。巳初三刻,至布陇尖。走动仍有血。因王凤打骂蒙人,责其嘴三掌。申初,起身。酉初三刻,至锡哩穆胡尔住。晴,云,风。午后,时阴时大风。未后,时飞雨星。

二十日(6月20日)　因该台马驼不齐,仅有车三辆,迟至巳初一刻八分始行起身。午正,至济斯洪郭尔尖。副札兰拉什彭楚克在台候接,即随送。该台并无驼只,马匹尤少,亦仅凑得车三辆,仍用上四站驼马前进。待至酉初三刻,始得起身。戌正三刻,至敖拉胡笃克台,东南蒙古艾林“艾林”,华言村落也。住。晴,云,风。

二十一日(6月21日) 早间,牧放驼马。申初,起身。有瘦马十余匹。路间,等候车辆,歇二刻许。戌初三刻,至沙拉木楞台西北庙内住。庙名“噶勒当丹吉凌”,系唐古特语,因台上有察哈尔兵居住,是以在庙借住。庙内喇嘛等递红枣、冰糖、奶子、红糖、白糖、点心共五碟,咸奶茶一壶。晴,微云,风。

二十二日(6月22日) 因该台仅有驼十数只,并无马匹,而上台驼马均已疲乏,势难前进。询之拉札兰,亦无办法。嗣经商酌,赴附近合硕雇觅驼马。幸该庙左近有杜果亭所建关帝庙一座,住持喇嘛名凌鲁普,系四子王旗人,情愿带同官兵赴该旗择雇,惟求办给执照一张,以作凭据。遂饬蒙员译写蒙文,雇用乌拉票一张。于申刻差派郭什哈图萨本、杨全仁同章盖托霍齐布吉呼、吼吹云札普,帮台札兰刚珠尔及喇嘛凌鲁普等起身,只得在庙落程一日。晴,微风,云。申后,阴,落雨点一阵。旋大风,雨即住。

二十三日(6月23日) 因图萨本等雇觅驼马未回,又落程一日。晚间,放花。晴,微云,风。午后,大风,西南浓阴,雷鸣,落雨点一阵。西南似有大雨,夜。

二十四日(6月24日) 图萨本等酉后始回庙。据云,四子王旗驼马甚多,有绥属巴彦布拉克台当差之札兰佛多怪及彭楚克不惟不雇给驼马,反将随去之台站官兵殴打,且将引路之喇嘛凌鲁普捆缚不放等语。当与松峰商议,函致睦庵,嘱其提讯,务将凌鲁普放回。并商议明日设法起身。晚间,放花。晴,云,风。晚间,东南电明。复落程一日。

二十五日(6月25日) 上站驼马虽经牧放三日,奈青草甚稀,仍属疲乏。至午初,始将就起身。松峰、茂如均坐驼车。未正一刻,至察汉胡都克住。晴,云。申刻,西南雷鸣,大风。丑后,西南连电,雷鸣,落雨星一阵。行李车有次日巳刻始到者。

二十六日(6月26日) 因本台仅凑得牛马车四辆,只好仍择用上台驼马。未正二刻,起身。行至半路,下台昆都牵马四匹来接。酉正一刻,至鄂隆胡都克住。松峰、茂如因坐驼车,至戌正后始到。乌城军署郭什哈高乾云同果亭、车王二参帅郭什哈费永昌等五名叩见。据称,已在此台居住十余日,米、面均罄等语,当饬赏给伊等白面五六十斤。吐尔固特领俸回旗台吉拿用行李大驮回驼亦于今日到台。因该段札兰、章盖等不容提用回驼,差哈番巴图那逊求见。据云,该台吉现在患病,恳请晓谕札兰等,准其即用回驼前进等语。当答以现系告病回京,台站并非所属,碍难干预,开导许久始辞去。晴,微云。未后,西南浓阴,雷电,大风一阵,微雨。申后,复时风,晃。大车次日申后始到齐。

二十七日(6月27日)　因驼马太乏,迟至申正始行起身。路间,歇马二次,约刻余。戌初一刻十分,至布鲁图台东南普缘寺庙内住。房屋既少,一切皆无,只好耐之。张家口驿传道即管站部员锡趾南官印麟因办理台务,在庙候接、禀见,会,谈一时许始辞去。驼车至戌正后陆续始到。晴,云,风。

二十八日(6月28日)　乌城贡皮等差兵丁洪恩等十七名,因台无驼马,已住二十余日,口粮殆尽,恳求接济。当赏给伊等白面六七十斤。午后,锡趾南禀安,见。因该台驼马车辆皆无,而上台驼马率多疲乏,当嘱拉札兰等设法雇觅马匹。酉刻,差乌勒希布押解大驮先行前进,只得在庙落程一日。酉后,张家口郭什哈敬禄同乌城绿营兵丁郑万仓、何忠尧、荆永盛等来请安,即留伊等晚饭。庙内得木齐等递哈达一块、栽绒靠背一对,求施舍米、面。当告以现剩口粮无多,必酌量给与,饬将靠背收回。本屋喇嘛递哈达一块收。赏得木齐及本屋喇嘛等米、面各半袋外,赏本屋喇嘛等奶饼等物三碟。帮台札兰刚珠尔等辞回。赏刚珠尔及章盖吹云札布等三员各荷包一对、熏烟二瓶,上台章盖一员、昆都一员各熏烟二瓶。阴。辰后,雨。巳后,住,风,旋晃。自苏吉至布鲁图,沿途倒毙马匹甚多,臭气熏人。询之台站官兵,云:“此皆春将军赴任时,打用过站使死者,计每台用车百余辆、马二百余匹,即鄂伦胡都克一台倒毙之马已过百匹,其余可想而知”等语。闻之,曷胜愤懑。噫!

二十九日(6月29日) 锡趾南差署十台章盖德勒格尔布彦随行安台。待至未刻,始雇得马七八匹,只得仍择用上台驼马前进。未正一刻八分,起身。路间,歇马刻许。酉初二刻,至沙拉哈达住。赏章盖托和齐、布吉尔琥荷包各一对、熏烟各二瓶、小刀各一把。甫经到台,伊犁饷差恩祥、科布多火药差玉通等禀见,未会。旋闻包外一片喧哗鞭挞之声,正饬出问间,拉扎兰等进内跪称:“伊、科差使硬将驼马全行抢去。不与,便行鞭挞。恳求作主”等语。当差巡捕刘福泉前往申斥,始行放回。后松峰等到台,恩祥来拜。据称,实不知系雇借之驼马,以为明日不用,是以提拏,现已放回,祈代为婉言等语。因伊等既已认错,只好罢论,然拉扎兰等恐其仍行强捉,竟于夜间全行逃去矣。阴。丑后,雷鸣,雨。辰后,时细雨时住。

六月初一日(6月30日) 该台章盖原说有大车十三辆、马六十余匹,乃至辰正,大车虽来,而驾车辕之马待至未刻仅凑有瘦马数匹,屡催罔应。后经庆福由山后驱来马十余匹,亦系该台车马。始将就起身。因架马跌倒,至将轿门挤折。路间,歇马刻许。行至距台四五里许,署头段委札兰棍布札普牵马四匹来接。酉初二刻十分,至奔巴图迤东蒙古艾林住。松峰、茂如因套车之马太瘦,行未二里,已疲乏不走。虽经留换马四匹,势恐仍不能前进。到台后,即差德章盖牵马六匹前迎,戌正后始到。郑万库等所押大驮,因台无车驼,已在台等候七日,口粮皆尽。巡捕兴云递折回差,在台已住十二日,来请安。晴,云,时风。未刻,飞雨星一阵。后半夜,细雨。

初二日(7月1日) 因该台驼马无多,而上台之车马皆乏,且有大驮在台,是以未能起身。申刻,头台札兰济克济特札普年六十三岁带马四十余匹来接,禀安,见。当嘱其酌觅大车,以便前进,四台笔切齐般札拉克察随济札兰来台叩见。赏郑万库等白面、小米各二十余斤。晚间,放花。阴,时微雨时微晃。巳后,住,晃。

初三日(7月2日)　因车马未齐,午刻,差郑万库等押解大驮先行起身。又落程一日。济札兰递青蒜十余头、葱一把。酉后,有巴林王旗蒙古名达达巴者,因赴五台及沙拉木楞庙内叩头毕,回旗路经此台,唱曲觅食。当给与肉饭,令其唱曲。晚间,放花。晴,微云,风。

初四日(7月3日)　巳刻,有四子王旗喇嘛一名、乌拉特旗哈拉一名来台诉称,伊等赴归化城置买口粮回行,遇有吐尔固特差使,口称系跟随将军之人,将米面撩弃于地,将驼二十只、马十匹全行强捉来台,叩求代为要回等语。当派济札兰等前往理论,许久始回,云业已办理完结。午初,起身。济札兰及棍布札普等先后随行。未正一刻十分,至乌兰哈达住。松峰、茂如因乘驼车,酉初始到。德勒格尔布彦带领伊次子叩见,赏伊熏烟一瓶、料烟壶一个。乌城军署巡捕温华、郭什哈黄文明、东衙门郭什哈张德在台居住,来请安。晴,微云。自霍呢齐至乌兰哈达十余台间,因春、夏雨泽甚少,青草极稀,加之差务繁多,各台驼马无不疲瘦。此段台站本属困苦,兹复值此亢旱,益形不支矣。幸上月二十八、二十九两日,浓云普被,得沛甘霖,从此水草或可畅茂,牲畜庶免饿毙矣。

初五日(7月4日)　午初一刻,起身。行过半途,草极茂盛,野花颇多,亦有红马莲花。不似后十数台之干旱矣。申初一刻,至青岱住。差乌勒希布先行进口。晚间,放花。晴,云,时微风。

初六日(7月5日)　卯正二刻,起身。巳正,至察察尔图尖。托和气佟殿元系热河蒙古递青菜三色,回赏伊熏烟二瓶。午初三刻,起身。未初三刻七分,至明爱住。路间,野花尤多,清芳芬霏,颇觉可人。晚间,放花。晴,云。午后,时雷鸣,阴。未刻,飞雨星一阵。申后,风,晃。晚间,便血甚多。

初七日(7月6日)　卯正三刻,起身。辰正一刻,至札哈苏尖。午正,起身。未初三刻十分,至奎苏图住。申刻,张家口佐领桂小山官印林赴布鲁图安台,禀安,见。谈二刻许始辞去。差人送王瓜、扁豆、蒜苗、葱四色收。本台章盖齐莫特巴勒塔尔系已故纳札兰之长子递奶皮二张、奶腐二块。棍布札普带伊子来见,递奶腐三块。阴。辰后，晃，时微风，徐晴。申后，由北向东浓阴，连雷。酉刻，风，雨，间雹一阵。毡房均漏，地亦进水。戌后，晴，四围仍阴。晚间，放花。

初八日(7月7日) 赏棍布札普之子及齐莫特巴勒塔尔二子熏烟各一瓶、料烟壶各一个。辰初一刻，起身。巳初三刻，至鄂垒胡都克尖。笔切齐班札拉克察递奶腐六块、口饽饽一匣。托和齐巴特玛噶尔布递奶腐、奶皮、黄油共一碟。未正三刻，起身。前营总、正白旗副参领特固斯济尔噶勒在半路接。酉初，至海留台住。特参领禀见，会。递大哈达一块。章盖布呢雅西哩系济札兰之子递奶腐二块、松呼鲁一块。特札兰递奶饼一匣、猞猁青马一匹小走，六岁口，中，辞之不获，只得收之。即交济札兰牧放。晚间，放花。晴，云。午刻，由东北浓阴，雷。未刻，雨，间有小雹。约六七刻许始住。

初九日(7月8日) 赏特固斯济尔噶勒五色针黹一匣、小刀一把。辰初一刻，起身。过河一道。水深尺余。特参领送过，半路始辞回。巳初三刻，至布尔哈苏台尖。鹤子昂官印年率同伊弟恩年行三在台候接。未初二刻，起身。过河二道，水均尺许。行至距头台六七里许，大雨雹、雷、风一阵。衣服、轿褥多半霖湿。申初三刻，至察汉托罗海住。酉后，乌勒希布同伊二兄乌珍布来接。递猪肉一方、青菜数色。晚间，放花。晴，云。午后，东北浓阴，雷鸣。未刻，雨雹一阵。酉后，徐晴，云，时风。

初十日(7月9日) 辰初二刻十分，起身。走西沟。巳初二刻十分，至土井子店内茶尖。乐章京官印乐尔津、色春溪官印色普征阿、阿芳阿系定静村继侄在店候接。鹤子昂之四弟景年雇车来接。三翼协领差人接。歇一时许，换乘二套车，起身。行至元宝山，章京额尔克吉雅号□□、佐领玉璞号含章、防御景祺原名廉，号介臣。及和义公皮局史掌柜、印安吉，号惠庵。永裕成谢掌柜接。穆春岩都护、奎云亭副都护、玉秀峰协帅均差郭什哈持帖接。至口门西坝下，精锐营官兵排队接。乌城郭什哈魏国安等先后在路接。三司、三翼、三群官员等均在口门内班房前接。略坐，即起身。赴下堡外西关，和义公皮局旧房该铺于五月内移于堡内二巷。公馆住。自元宝山迤东至公馆，一路观看之人甚众。史惠庵率同郑掌柜印太和，号协臣。及学徒等在公馆接，送席二桌次。驿传道锡趾南署送席一桌次。监督善星垣官印联及玉秀峰、玉含章、景介臣、署驿传道、笔帖式岱昌、巡捕章京讷莫合恩、景文系伊协领长子、郭什哈班长志瑞、魏掌柜印昌，号子绶。等先后拜会、禀安，均见。差魏国安、郝恺旺持帖拜穆春岩、奎云亭、定静村、善星垣、玉秀峰。晴，云，风。巳后，风微息，徐晴。

十一日(7月10日)　住下堡公馆。早间，伊协领、官印伊勒当阿，号睿□。额协领、官印额勒洪额，号□□。塔协领、官印塔清阿，号雨亭。印房章京荣梅岑官印荣魁、太仆寺主事恩□□官印恩庆、笔帖式义诚、牛羊群主事英月桥官印英铨、大马群主事广辅仁及玉秀峰、定静村，并精锐营正、副令官等先后禀安、拜会，均见。都署巡捕章京乐尔津、乌珍布请跟随出门，辞之。午刻，出门拜客。春岩、静村、和义公，会；云亭、星垣，未会；伊协领、额协领、塔雨亭、荣梅岑、清颐亭、兆仰山、玉含章、景介臣、英月桥、广辅仁、恩主政、义笔政、岱笔政、春锦堂、合盛元，均投帖。申初后，回寓。静村差伊继侄阿芳阿谢步，并送黄里万丝冠一顶、雨缨一头。佐领禄彭禀安，见。清颐亭、善星垣各送席一桌中次。接卓立亭禀。收拾箱只。戌刻，卓立亭由京回口，禀安，见。晴。辅仁，官印广恻。

十二日(7月11日)　午刻，伊犁转运局委员、候选知府、内阁蒙古侍读庆锡田官印庆祚禀安，见。未刻，景介臣禀安，见。后洗脚。俗谓乌城水寒，濯足者往往患青腿之证，是以三年七个月未经濯足。今得洗之，亦快事也。骁骑校禄通禀安未得见。德义木店铺伙王有义来请安。合盛元李永茂印兰、高受于印升禄送果席一桌、烧猪一口。景介臣送菜四大碗。卓立亭送席一桌、烧猪一口。转送和义公席一桌。早间，发八十四号家信。交同合骡店带。晚间，赴西罐子外走动。便血甚多。晴，云，热。酉刻，时飞雨星。

十三日(7月12日)　阿佐领官印阿尔荪、清颐亭官印清祥、李永茂先后禀安、拜会，均见。午刻，卓立亭叩谢开复二品顶戴，见。伊犁转运局委员奎祥禀安未得见。未刻，抖晾皮衣。德义木店送席一桌、烧猪一口。兆仰山官印兆麟，系右司员外郎。送烧猪一口、绍酒一坛、火腿一条、茶叶一包。晴，云，热。未刻，雷鸣，阴，雨一阵。复晴，云。

十四日(7月13日) 辰刻，定静村送燕菜、翅子、海参、鸭子四大碗，烧猪一口，烧猪脖领一个，白煮鸡二只，白煮肉一块，点心四盘，拜会，少谈。英介臣官印英廉，前塔尔巴哈台参赞大臣。拜会，于昨晚进口。见。后抖晾衣服。晴，云，热。酉后，雷鸣，飞雨星一阵。日间，腹泻四次。

十五日(7月14日) 塔雨亭、都司额勒和春及乐尔津、乌珍布先后禀安，均见。洞阔尔胡图克图出口避热，差人请安。据云，昨晚到口。辰刻，出门。拜英介臣、洞阔尔胡图克图，均会。巳刻，回寓。未刻，洞阔尔胡图克图拜会，见。申刻，鄂勒哲依巴彦号文轩引见公中佐领回口，禀安，见。广辅仁送烧猪一口，熏鸡、熏肘子各一对，白煮猪脖领一个，蒸食二盘。留史惠庵便饭。晴，云。未后，阴，微雨，旋晃。

十六日(7月15日) 午刻，同茂如、松峰率同庆福、岳顺等赴赐儿山间游步行。酉刻，回寓。毓铨号衡甫于昨晚进口，在寓候见。鹤子昂来请安留便饭。晴，云。戌后，阴，微雨，虹见。后旋复阴，西南雷电。

十七日(7月16日) 午刻，同惠庵、松峰、茂如赴南茶房间步。留惠庵晚饭。英月桥送火腿一条，烧猪一口，白煮鸡、肘子各一对，蒸食二盘。晴，云。申后，落雨星一阵。

十八日(7月17日) 午后，毓衡甫来谈。晚间，景年号□□、色普征阿号春溪、塔雨亭、史惠庵先后来谈。晴，云。申刻，飞雨星。酉刻，微雨。

十九日(7月18日) 辰刻，张德顺、党玉山起身回京。巳刻，跟随春将军赴任之都署巡捕章京乌尔棍泰、郭什哈达林等来请安。伊等于十七日回口。接车王信。新任库伦办事大臣英博文官印英奎拜会，见。系昨晚到口。未刻，讷莫合恩禀安，见。鹤子昂送席一桌中。晴，云,热。申刻,飞雨星。

二十日(7月19日)　辰初,出门拜客。博文、春岩、衡甫,会;立亭诸人,均投帖。巳正,回寓。未刻,穆春岩来辞行,于明日出口军政。会。衡甫来谢步。申刻,英介臣来谈,酉正始散。福厚斋官印福尔松阿、德麟峰官印德祥由京领饷到口,禀安,叩谢保奖,见。晚饭后,同松峰、茂如、惠庵诸人赴西罐子乘凉。晴,云,热。亥刻,微雨。老赵夜间未回。

二十一日(7月20日)　辰刻,松峰赴敦升店直隶捐牛局,代伯麒递捐牛十八头请奏奖花翎呈。捐局委员系直隶候补知县查宗仁,号小峰,安徽人。巳刻,卓立亭来谢步,见。午初,同松峰、茂如、惠庵、衡甫赴大水泉龙泉寺乘凉。未刻,立亭亦赶到。戌初二刻,回寓。英博文差人借架杆大车、长轴架杆等物。晴,云,极热。未后,雷鸣,时飞雨星。戌刻,微雨。

二十二日(7月21日)　塔雨亭送席一桌。午刻,清颐亭禀安,见。未刻,略歇。因夜间未睡,约歇刻许。申后,惠庵来顶牛即留饭。晚间,衡甫、厚斋来寓手谈。接正黄旗总管托他托克托、参领阿穆尔布彦、副参领栋鲁普安禀。晴,云,时阴,热。酉刻,雷鸣,雨一阵。老赵晚间始回。

二十三日(7月22日)　巳刻,英博文来辞行,会。留惠庵吃合酪。阴。午前,时微晃。申后,时细雨。酉后,虹见。亥刻,复微雨。

二十四日(7月23日)　巳刻,出门。拜博文,会。午刻,英介臣来谈。酉刻,始回寓。时阴时晃。

二十五日(7月24日)　午刻,惠庵约同茂如、松峰、衡甫赴上堡圈内大生玉茶行楼上看戏。该铺赵掌柜、段掌柜预备晚饭。口味尚好,赏京钱四吊。戌后,回寓。申刻,夏成、岳二、张顺、高二、老段来接。晴,云,热。

二十六日(7月25日)　巳刻,英介臣送活鸭二只。午刻,借用退还德义木店之大澡盆沐浴。快活极矣!晚间,约翟柳泉、印寿柽,系和义公铺西隔壁。史惠庵诸人看放花。阴,时晃。未后,雷鸣,雨一阵。

申后,晃,徐晴,云。

二十七日(7月26日) 午刻,惠庵同河南二品荫生赵在田官印龙光来见,会。晚间,放花。晚间,便血甚多。晴,云。未后,时雷鸣。子后,风一阵,大雷电,雨。约刻余,住。时近口一带,已形亢旱,今得此透雨,秋收可望矣。

二十八日(7月27日) 午、未刻,大生玉二掌柜段菖琥、印亨寅,山西人。乌城委员英云衢、进京领饷。折差巡捕焦得胜先后来见。留云衢吃饭。阴,时晃。未后,晴。

二十九日(7月28日) 交东光裕带八十五号家信。未后,惠庵、衡甫来谈。时阴时晃。未后,阴,时微雨。

三十日(7月29日) 辰初,出门拜客。介臣、克庵、在田,会;云衢、麟峰、厚斋,均投帖。巳后,回寓。午后,修理坝工委员、直隶升用道、候补知府陈树滋、号鹤云,湖北人,器度轩昂,举止沈静,蔼然可亲。志克庵明日起身进京。先后禀安、辞行,均见。阴,时微晃。申后,时细雨。酉后,晃。

七月初一日(7月30日) 巳刻,玉含章、乌珍布、乐尔津先后禀安,均见。巳刻,英介臣来辞行,明日起身回京。会,谈至午后始散。赵在田送一品锅一具、菜四海碗、烧猪一口、点心四碟。未刻,在田来谢步,会。后拣买广药。送介臣乌金丸、宁坤丸、保合丸、回春丹各一匣。阴,时微晃,热。

初二日(7月31日) 腹泻四次。晚间,便血甚多。阴,时晃,潮热。

初三日(8月1日) 收拾行李。巳刻,便血仍多。午刻,济札兰来送代伯麒报捐牛只实收。计捐牛十八头,每头作银十四两,共作银二百五十二两。实用牛每头银九两,共合实银一百六十二两,核二两平银一百七十一两七钱二分。赏济札兰长发黄马一匹系杆子马,中,跟随之笔切齐荷包各一对,熏烟二瓶。未后,差岳顺、赵子和送礼。阴,时微晃,热。申后,雨一阵约半时许。亥刻,复雨一阵。田禾望泽正殷,得此澍雨,秋成必矣。

初四日(8月2日) 午刻,茂如同老夏起身回京。倭峻峰赴山东领饷到口,禀安,会。合盛元送点心一匣,德义木店掌柜张士海号星源,行六。遣铺伙王自有送洋糖一个、蘑菇六斤、口碱一包。收拾行装。阴,湿热。午后,时细雨。

初五日(8月3日) 辰刻,清颐亭禀见,会。兆仰山禀安。因剃头,未会。午后,英月桥差人送白毫、蘑菇各四匣,奶饼四小匣,洋糖四瓶。云亭差人送熏肉一块、奶饼二匣、口碱一包、茶叶二瓶。广辅仁差人送白毫、官碱、蘑菇、果丹各二匣。申刻,景介臣禀安,见。晴,微云。

初六日(8月4日) 辰正三刻,出门辞行。静村、惠庵,会;余均投帖。未初,回寓。玉含章、景介臣、广辅仁、英月桥、段莒琥、善星垣、定静村、陈鹤云及乐尔津、乌珍布、色普征阿先后禀安、拜会,均见。兆仰山送广镜一对、广扇二匣、洋糖二瓶、洋盘一对、口蘑二匣、洋胰子二包。善星垣送藕粉一匣,火腿二条,酸梅糕、香片各二匣。定静村送广药八匣、膏药十包、珍珠毛袍褂筒一套、草上霜马褂筒一件、珍珠毛马褂筒一件均次。大生玉送红眉茶二包。晴。亥后,云,雷电。

初七日(8月5日) 早间,差岳顺送定静村银合马一匹走、葡萄干十斤,善星垣枣骝花马一匹伊犁,小走,塔雨亭剪鬃猞猁青马一匹小走。辰刻,厚田内侄即常格来接。收拾行李。因同合骡店骡头未到,迟至未正二刻始行起身。倭峻峰、卓立亭、毓衡甫、鹤子昂、翟柳泉、史惠庵诸人均在公馆候送。塔雨亭带领精锐营官兵,在东关武成街南口外排队送。先是乘车同松峰率同厚田、庆福、岳顺、冯丽文、老赵、岳二、老高、张顺、老段、乌勒希布、图萨本、郝恺旺、郝永恩、赵子和、阎宝谦起身,至通桥迤东始乘驮轿。至榆林,略歇。行至宣府城西,王枫臣总镇、玉楚樵观察、王补庵太守、张菊溪县尹菊溪,官印士铨,云南人。均差人接。戌初二刻,至宣化府南门外,玉成园公馆住。王补庵、赵在田先后禀安,均会。楚樵差人送菜四碗、点心二盘。县内派家人苗姓伺候公馆。送全席一桌及中桌。因大车丑后始到,夜间只得合衣盹睡。晴,云。

未刻，雷鸣，雨一阵。旋晴，云。

初八日(8月6日) 早间，王补庵送礼八色。收莲子、口蘑二色，余均璧还。因车辆不齐，只得坐尖自备。待至午后，车仍未齐，经庆福等催迫数十次，至未正三刻始行起身。赏办差家人银封二两。至向音水堡茶尖、点心自备，歇三刻许。亥初，至鸡鸣驿住。宣化县备，便饭。晴，云。此二日交申后，均极爽。

初九日(8月7日) 卯正三刻，起身。系用上站之车。午初，至沙城尖自备。未初三刻，起身。酉正十分，至怀来县，城内路北公馆住。系怀来县备，署知县何云诰，号凤五，安徽人，本任蠡县知县。晴，云，湿热。

初十日(8月8日) 早间，县内备有汤面。辰正，起身。赏办差人银二两。至榆林茶尖，歇二刻许。未初一刻，至岔道，路北玉成园店内住。州内备，便饭。王士彦在店候接。因延庆州并未派人在此豫备，而办差之金满已先赴州城，经庆福差金满之子赴州报到。酉刻，金满来店，声称得信太迟，一时豫备驮骡不齐，明日拟请先走一半，俟牲口回头再行起身。事出无奈，只得许之。晴，云。巳刻，细雨一阵。路间极爽。酉后，阴，雨连夜，时大时小时微住。行近榆林，忽闻蝉鸣，令人顿生畏嚣之念。

十一日(8月9日) 巳刻，厚田内侄先行起身回京。因其内弟于昨晚亦住岔道，伊等约会一同回京。交带大帖一纸、名片二纸，松峰致茂如片一纸。因驮骡不齐，落程一日。阴，时细雨。巳后，住，晃，徐晴。

十二日(8月10日) 赏办差人金满银四两。卯正三刻，起身。过关沟。午初，至南口尖自备。买西瓜。申初，起身。酉初，至昌平州，城内路北店内住。知州名吴履福，号祉山，安徽人，派家人赵姓伺候公馆，备有水席。戌刻，差图萨本进京送信。晚间，便血甚多。晴，微云。

十三日(8月11日) 早间，痰内有血一点。因该州车骡屡催不齐，只好改期进城。亥刻，复差乌勒希布进京送信。在州落程一日。晴，云，热。戌后，徐阴。夜间，雨一阵。

十四日(8月12日) 该州车骡仍未备齐，又落程一日。阴，时微晃。酉后,时细雨,热。后半夜,雨一阵。

十五日(8月13日)　因该州车骡仍无信息。差庆福持帖赴道衙门,托其转催。巳刻,霸昌道续燕甫官印续昌禀见,会。未刻,又差赵子和进京送信。在州又落程一日。至丑后,车辆始齐,诚非常之疲玩也。晴,云,热。

十六日(8月14日)　卯初三刻,起身。巳初,至沙河尖自备。午初三刻五分,起身。行数里,大雨一阵。路间积潦甚多,涉水行十余里。酉初,至高亮桥。茂如同阿善堂、海叙九、金贯五、龄老二、厚田内侄、玉侄、伯麒在桥南茶馆候接。谈次始知长女于本年二月二十三日病故。噫!此女秉赋纯淑,举止端正,且性极聪明,尤工于针黹,不意遽尔夭亡,殊堪恸惜。再,此女生于余出仕之年,殁于余告休之岁,数亦奇也。歇二刻许,酉正到家。佛祖前上香行礼。赏骡夫三名钱各八吊。文介如、德老大、锡卿侄先后来看。阴,时微晃。午后,雨一阵,湿热。起身时赏办差赵姓银二两,回拜燕甫。

十七日(8月15日)　辰刻,大车始到家。赏车夫每名钱各二吊。润庵兄、大兄、文介如、阿善堂、智临侄先后来看。晴,云,热。以上六日,均后补记。

十八日(8月16日)　闰姑奶奶及王士彦、罗沃亭、兴荣斋、党玉山先后来看。乌勒希布、图萨本、郝恺旺禀辞回口。赏伊等人各银十两。晴,云,湿热。日后补记。

十九日(8月17日)　巳刻,起身。同竹轩弟率领子侄辈,赴祖茔上祭。松峰、茂如、庆福等均随往。饭后,略歇。申刻,起身,赴衍法寺寄停大妞灵屋看视。酉正,回家。晴,云,热。

二十日(8月18日)　崇龄罗沃亭之世兄禀安,见。锡斌英博文之世兄禀安,未会。拆收行李。晴,云。午后,阴,雨时大时小。酉后,住。子后,复细雨。

二十一日(8月19日)　阴,雨时大时小时住。

二十二日(8月20日)　巳刻,赵霁川、官印景清,系松峰胞侄。王星瑞官印联璧，及史惠庵同其铺伙刘掌柜先后来拜，均会。拆行李筐。阴，时飞雨星。戌后，雨。

二十三日(8月21日) 小姑太太来看。英子实官印英华，系莲舫堂侄。禀安，见。拆行李箱。阴，时雨。酉后，住。以上三日，均后补记。

二十四日(8月22日) 未刻，王士彦来看。交伊领去二两平银二千一百八两三分。拆行李筐、箱。所有上好老山参十三枝，均受潮霉变，诚为可惜！晴，云。辰后，阴，飞雨星。巳后，风。未后，徐晴，爽。

二十五日(8月23日) 马市桥大侄妇来看。申刻，文介如来谈。酉后，小姑太太回家。晚间，放花。晴，微云，爽。后补记。

二十六日(8月24日) 辰刻，大侄妇回家。午后，群格、伊老大、官印伊里布，系国寿岩长孙。王士彦、毓衡甫、倭峻峰先后来看。晴，云，爽。

二十七日(8月25日) 英云衢禀安，见。晴，云。巳后，阴。申后，时细雨。

二十八日(8月26日) 早间，痰内又有血，六口。巳至申刻，舒茂亭、清吉甫、马季彬名玉文、景秋坪先后禀安、拜会，均见。士彦来看交票。巳后，腹泻。巳至寅刻，水泻七次。阴，时微晃。

二十九日(8月27日) 赵子和、阎保谦、郝永恩禀辞回口。赏伊等银各五两，又赏雇工孙梅银四两。差伯麒赴秋坪宅谢步。未后，庆云楣族侄来看。英介臣拜会。因腹泻，未会。日间，腹泻五次。服藿香正气丸。晴，云。未后，阴，落雨点一阵，雷鸣。

八月初一日(8月28日) 早间，服六合定中丸。午后，史惠庵来看。申刻，服藿香正气丸。日间，腹泻四次。晴，云。后补记。

初二日(8月29日) 戌刻，士彦来看。因赶城不及，即在小书房存住。阴。辰后，雨，雷鸣。午后，住。酉后，复微雨旋晴，云。

初三日(8月30日) 桂二太太来看。申、酉刻，舒芝田官印舒祥、启颖之官印启秀先后禀见、拜会，均见。晴，云。晚间，放花。夜丑刻，又水泻一次。

初四日(8月31日)　午后,松月川官印松涛来拜,英子实来请吃肉,均见。阴,时微晃时飞雨星。申后,雷声悠然。酉后,雨连夜。时大时小。

初五日(9月1日)　早间,痰内又带血二绺。未刻,英介臣拜会,见。阴,细雨。辰后,住。巳后,晃,徐晴,云。

初六日(9月2日)　午后,英绍庵、官印英续,系桂伯舫次子。恩承之侄婿、智临侄先后来看。申刻,福大太太来请。伊女于本月二十四日出聘。三义合矫掌柜送松峰小龙睛鱼八尾次。晚饭后及夜间,又腹泻三次。晴,热。

初七日(9月3日)　巳后,王士彦、马欣桥、名玉科,系万盛车铺掌柜人。矫掌柜系松峰同乡、崇老大系沃亭之子、文彬山官印文寿,系恩晓槎之子。先后来看,均见。申正后,钟小岩官印岱拜会,见,谈约一时许。松峰同矫掌柜赴屯绢胡同,买来龙睛鱼六尾。价钱五十吊。岳顺赴汇芳花厂,买来桂花四盆。价钱八十吊。晴,云,热。

初八日(9月4日)　厚田内侄由帘子胡同买来蛋鱼六尾。价钱十二吊,次。日间,腹泻四次。阴,雾。辰后,晴,云,热。

初九日(9月5日)　松峰同厚田内侄由劈柴胡同对过买来龙睛鱼六尾。价钱二十吊。阴。早间,微雾,时微晃。午后,殷雷,细雨。未后,大雨一阵,后复细雨。戌后,住。

初十日(9月6日)　送亲友礼物。阴,时晃。子后,微雨。

十一日(9月7日)　送亲友礼物。未刻,继老二官印继恩,系庆熙台次子。来请吃肉,见。晴,云,时阴。夜间,细雨。约在子刻。

十二日(9月8日)　阴,细雨。午后,住。未后,徐晴,云。戌后,微风,爽。

十三日(9月9日)　文齐斋、王钰如、龄老二、王士彦交票先后来看,均见。全小汀协揆来拜。亲拜,不会。晴,爽。

十四日(9月10日)　卯刻,差庆福送交懋生号大、小哈达一百八十三块,送托禹臣青马一匹未收,顺赴全中堂宅谢步。巳刻,爱丽堂拜,不会。午后,继老大官印继恒,系庆熙台长子。来请安,见。端午桥、官印端方,系桂月舫长子。阿善堂、松茂如先后来看留饭。晴,爽。

十五日(9月11日) 申刻,治舜臣拜会,见。晴,微云,爽。

十六日(9月12日) 阴。卯至巳刻,均微雨。午后,徐晴,爽。

十七日(9月13日) 买程云卿官印鸿仪,系山东附生。携来之赵文敏、刘文清墨迹册页各一本,《黄庭经》法帖一本,恽南田花卉条幅一张,刘文正墨迹条幅一张,象拱杯一个,汉玉杯一个。共价银三十二两。巳后,王士彦、文介如、阿善堂、海叙九、锡卿侄先后来看。晴。

十八日(9月14日) 辰刻,同松峰、善堂及伯麒、庆福等出南西门钓鱼。共获鲫鱼十余尾。酉后,回家。永峻斋来拜未会。晴,微云。

十九日(9月15日) 范八老爷、阿善堂来看。晴,云。酉后,阴。戌后,雷鸣。亥后,雨。子后,住,徐晴,云。

二十日(9月16日) 未刻,由驿递到,六月十九日乌城署内阁侍读哈达哈等官封禀一件。据称,本年四月二十四、二十六二日拜发之折、片,于六月十八日早、晚接到批回,恭录送阅。计开:遵保在防出力官兵折,奉旨:"松秀等均着照所请奖励,余依议。该部知道。单并发。钦此。"开复卓凌阿等原衔原官片,奉旨:"该部议奏。钦此。"恳请奖励管台台吉折,奉旨:"奇达喇巴拉等,均着照所请奖励,余依议。该衙门知道。单并发。钦此。"遵查三音诺颜部落亲王达尔玛被控一案按律定拟折,奉旨:"该衙门议奏。钦此。"遵查台吉济克默特郭吹非达尔玛旗下人归案拟结片,奉旨:"知道了。钦此。"遣撤委官庆福片,奉旨:"知道了。钦此。"交卸印务折,奉旨:"知道了。钦此。"遣撤委员片,奉旨:"知道了。钦此。"阿善堂来看。晴,云。

二十一日(9月17日) 馨丹岩官印馨桂差其弟来拜。阴,时微晃。申后,徐晴,云。

二十二日(9月18日) 巳刻,同松峰、茂如及伯麒、庆福等出西直门,在魏家茶馆早饭后,赴乐善园迤西钓鱼。共获鱼七尾,厚田内侄后亦赶往。酉刻,进城。行至距家不及半里而遇雨。阴,时微晃。午后,晴。酉后,复阴,雷鸣,大雨一阵。约半时余始住。旋晴,云。

二十三日(9月19日)　善堂、士彦及大侄妇等来看。晴，云，热。

二十四日(9月20日)　未初一刻，内子同莫侄妇赴大鹁鸽市桂莲舫宅放定。与伯麒媒定月舫之次女，于申刻放定。酉后，回家。辰后，王星瑞、罗沃亭、王士彦、德子仁、龄老二、松茂如、文齐斋、厚田内侄及大兄、三兄诸侄辈先后来贺喜。晴，微云，热。

二十五日(9月21日)　午后，大侄妇等回家。阴，时微晃，热。

二十六日(9月22日)　巳刻，海叙九来看。申刻，桂莲舫拜会，见。阴。卯后，时细雨。

二十七日(9月23日)　巳刻，接塔雨亭及济札兰禀。据称，接得委员查小峰来信云，伯麒捐牛之事，应照理刑员外郎报捐花翎成案补交牛四头，共合银三百八两，较为妥善等语。已嘱济札兰于七月二十一日补交讫。王士彦、毓衡甫来看。阿善堂、锡卿侄来看牌。酉后，存侄女回家。阴。卯刻，微雨。

二十八日(9月24日)　端午桥差人送来小龙睛鱼、蛋鱼共二十五尾。阴。卯后，雨连夜。

二十九日(9月25日)　文介如来贺喜。士彦来看交票。阴，雨。卯后，住，微晃。未后，复细雨，连夜。

九月初一日(9月26日)　早间，内子跌伤腰胯。申刻，阿善堂、锡卿侄来看牌。子后，散。阴，细雨。卯后，住。巳后，晃。未后，徐晴。

初二日(9月27日)　卯正后，忽患痢疾。自卯刻至夜，共痢二十次。辰刻，服藿香正气丸。士彦来看。午后，善堂表弟、锡卿侄来看牌。申后，稍觉畏风，服午时茶。晴，微云。

初三日(9月28日)　约大有堂史医号纬卿诊脉。申、亥刻，服汤药。锡卿侄、玉侄来看。日夜共痢十七次。晴，云。

初四日(9月29日)　善堂表弟来看。未刻，约史纬卿诊脉。申、亥刻，服汤药。申刻，清吉甫、兴荣斋先后拜会、禀安。均未得见。晴。日夜仍痢十三次。

初五日(9月30日) 王士彦来看送字。未刻,约史纬卿诊脉。申、亥刻,服汤药。酉刻,玉澍田官印玉春送果席一桌,禀安,见。痢已稍愈。一日夜痢五次。买使女顺儿。身价使费共享钱一百七十吊,系松峰托同和义李孟星代买。晴,微云。

初六日(10月1日) 送松峰染貂帽檐一副、本色貂袖一副、七色荷包一匣、锦皮拜匣一个、藏香二束、洋糖二瓶、绣花手帕一方、绣花挂镜一面、奶食二色、程仪二十两。士彦来看。申刻,史纬卿来诊脉。亥刻,服汤药。痢已痊愈。晴,云,热。

初七日(10月2日) 卯刻,服汤药。辰刻,送松峰起身回家。差庆福送至通州。申刻,约史纬卿诊脉。善堂表弟来看。亥刻,服汤药。阴。巳后,晃,徐晴。云,热。以上三日,均后补记。

初八日(10月3日) 锡卿侄来看。未刻,约纬卿诊脉。接车王信,送马二匹。一,黄马,九岁口,半行走;一,貉子皮马,八岁口,小走。接王钰如信请托。酉刻,庆福回宅,接松峰信。据云,昨日遇雨,酉初始到通州。今日能否上船,尚不能定等语。阴,微风,凉。午后,雨。亥后,住。亥刻,服汤药。

初九日(10月4日) 辰刻,服汤药。阴。辰后,雨,小雪雹一阵,后细雨。午后,住,仍浓阴。

初十日(10月5日) 未后,桂二太太来看留饭。乌勒希布递折进京,请安,见。申刻,志蔼云拜会,见。托照应介如。阴,时微晃。酉后,晃。

十一日(10月6日) 戌刻,金介福禀安,贡马差来京。见。据称,春将军云,现在军饷支绌,可转饬松委员毋庸回口当差等语。阴,时晃,凉。

十二日(10月7日) 差庆福赴懋生号送马。士彦及柏老大来看。阴,时微晃。

十三日(10月8日) 锡卿侄来看。未刻,出门拜客。庆云楣、润庵兄、松茂如、德子仁,均会。申正后,回家。晴,微云。

十四日(10月9日) 未后,出门拜客。金冠五,未见;续姑太太、大兄、三兄、桂大爷、阿大弟、海叙九、文齐斋、阿二弟，均见。酉后，回家。阴，时微晃。

十五日(10月10日)　申刻，讷雨田拜会，见。善堂表弟、元侄、玉侄来看牌。子正后，散。阴。戌后，晴，云。

十六日(10月11日)　申刻，清吉甫拜会，见。范老四即虎四爷来看。晴，云。

十七日(10月12日)　巳刻，景子乾官印景闻拜会，见。未刻，王太太来看。阴，时微晃。

十八日(10月13日)　巳刻，伊老大国寿岩之孙禀见，会。后出门拜客。文介如、小姑太太、龄老二，均见。午正，回家。写福字，上下款。未刻，阿二弟来看。晴，微云。

十九日(10月14日)　辰刻，赵霁川官印景清，系松峰胞侄。禀见，会。后出门，赴润庵兄处看视。润庵兄于十六日夜间忽患痰证。午刻，回家。阴，大雾。未刻，微晃。

光绪四年岁次戊寅九月二十日丙寅(10月15日)　辰刻，舒蓝田官印舒璧拜会，见。未至酉刻，金贯五、文介如、善堂表弟先后来看。差伯麒赴润庵兄宅送再造丸。系托莲舫在定王府寻来。许福上工。系侯先生荐。阴。午后，晴，云。

二十一日(10月16日)　午后，大太太出门。赴马市桥、武定侯。阴。辰前时，微雨。辰后，风，徐晴。

二十二日(10月17日)　巳刻，同善堂、茂如及伯麒、庆福赴木楼即平台茶馆钓鱼。在白云观后身泰山居早饭，善堂候。酉刻，回家晴。

二十三日(10月18日)　挪鱼盆于正院。午刻，银合走马倒毙。惜哉！晴。

二十四日(10月19日)　巳刻，请王星瑞官印联璧入馆，约茂如作陪。老夏告假回家。午刻，恩承之侄婿来看。晴，云。午后，时阴。

二十五日(10月20日)　巳刻，恩云涛官印恩纶，乳名早格。来看。午后，出门，赴润庵兄宅看视。申刻，回家。晴，微云。

二十六日(10月21日) 收拾旧书。阴。丑后,雨时大时小。午后,晴,云。

二十七日(10月22日) 晴。后补记。

二十八日(10月23日) 午后,立大太太同二姑娘出门,赴润庵兄宅看视。未刻,换鱼盆水。代庆福写请领口分呈。晴。

二十九日(10月24日) 午后,善堂表弟、锡卿侄、元侄来看牌。子后,散。未后,后院二姑奶奶及英子实、海叙九、茂如、柏老大先后来看。刘老来请安。晴,微云。子后,大雾。

三十日(10月25日) 申刻,张寿之来辞行,定于十月初二日起身。见。雾。辰后,晴,云。午后,阴。未后,徐晴,云。戌后,复雾。

十月初一日(10月26日) 请后院二姑奶奶吃饭。侯先生来请安。未刻,出门,赴润庵兄宅看视。酉初,回家。午刻,雾霁,晴,云。戌后,复雾。后半夜,雨。

初二日(10月27日) 阴。寅后,雨,时微风。申后,雨住,徐晴,云。酉后,大风。夜间,鱼盆内冻冰二三分许。

初三日(10月28日) 未刻,王士彦及和义公韦掌柜送熟皮来看,均见。晴,微云,大风。酉后,风息。夜间,冰冻至六七分许。

初四日(10月29日) 午后,赴西四牌楼汇芳花厂,买得菊花二十六盆。后赴润庵宅看视。申正,回家。洞阔尔胡图克图来拜。未得见。晴。

初五日(10月30日) 修理菊花。柏老大来看。二双持伊兄信来告贷。晴。

初六日(10月31日) 玉侄及文介如先后来看。未刻,差老刘送给大双钱十吊未收。晴,微云。接士彦致松峰信。

初七日(11月1日) 晚间,范八老爷带领西院使女三儿来宅。晴,云。

初八日(11月2日) 三弟妇、三弟先后感冒,约史纬卿诊脉。午后,带同家人等修理树株。大双来宅,未见。晴,微云。以上二日,皆后补记。

初九日(11月3日)　约史纬卿。巳刻,同茂如、庆福赴懋生号看视。申正后,回家。伊五太太来借贷系阿老夫子之三儿妇,给与钱二十吊。晴,云。戌后,风。

初十日(11月4日)　约史纬卿。巳刻,大太太出门,赴武定侯。又交老张带去给大双钱十吊。仍未收。午刻,毓衡甫禀见,求抄录奏底。会。晴,云。戌后,时风。

十一日(11月5日)　约史纬卿。巳刻,何松亭官印毓福拜会,见,谈至未正始散。甫饭毕,王钰如禀见,会。叫侯先生、李先生唱曲。阴。戌后,时细雨,凉。

十二日(11月6日)　叫瞽者侯姓、松茂泉、李氏唱曲。晴,云。后补记。

十三日(11月7日)　善堂表弟、嶶庭三兄、玉侄来看牌。丑后,始散。晴,云,风。

十四日(11月8日)　王士彦来看交票。托茂如赴莲舫处辞约。伊订于十七日候叙。申刻,文介如来谈。许福回家未返。晴,云。戌后,大风,冷。

十五日(11月9日)　移鱼盆进屋。善堂来看。阴,时晃时微风,冷。

十六日(11月10日)　买《宝雪斋赵帖》一本。价钱二十五吊,系茂如携来。文介如来看。晴,云。酉后,阴。戌后,时风。亥后,雪。厚寸余。

十七日(11月11日)　买象牙笔筒一个、青玉水盏一个、次玉水壶一个、旧图章四块、岫玉小杯一个。共价银二十二两,系茂如携来。未刻,文星垣官印文魁禀安,见。晴,云,冷。

十八日(11月12日)　善堂表弟来看。善堂同范八老爷定于十九日起身,赴采育取租。买洋片。晴,微云,冷。以上二日,均后补记。

十九日(11月13日)　收拾鱼盆。内子等赴武定侯,代文介如下定。晴，微云。

二十日(11月14日) 王士彦来看。晴，微云。后补记。

二十一日(11月15日) 挪移桌椅。锡卿侄、介福、介如先后来看。晴，云，风。申后，风息。

二十二日(11月16日) 仓儿上工。系达小堂转托茂如荐。未刻，出门，赴润庵兄处看视。申刻，回家。晴，微云。

二十三日(11月17日) 内子赴衍法寺，看视大妞灵柩。冯三来借贷。晴。

二十四日(11月18日) 未刻，柏老大来看。申刻，盛绩卿禀见，由山东遣撤回京。会。送礼八色。收山东大明湖碑对石刻一包、兰花水烟一包、蒲草隔背一包，余均璧还。冯三来议买驼事。晴，微云。

二十五日(11月19日) 晴，云。未后，时阴。

二十六日(11月20日) 未刻，士彦来看送字。晴，云。寅后，风。未后，微息。申后，复风。酉后，息。

二十七日(11月21日) 申刻，兴荣斋禀见，会。送金将军发给茂如札付一角。和义公韦掌柜来看。送图伽布、全成禀。晚间，面交茂如札付。晴。

二十八日(11月22日) 未刻，交给冯三置买驼屜、口袋等物银十两。柏老大来看。晴。

二十九日(11月23日) 未刻，交给冯三买驼价银一百九十七两。共买得驼五只。申刻，范八老爷回宅。阴。辰刻，飞雪花一阵。未后，徐晴。戌后，复阴。

十一月初一日(11月24日) 未刻，王士彦来看。交刘、张借款。阴，时飞雪花。戌后，徐晴。夜间，霜。

初二日(11月25日) 午、申刻，松月川、福雨农表侄官印福趾先后来看。晴。

初三日(11月26日) 阴。巳刻，微雪。午刻，微晃。酉刻，复微雪。子后，时风。

初四日(11月27日)　晴,时微风。

初五日(11月28日)　午后,柏老大来寻膏药,士彦来看,韦掌柜来送账单,均见。晴。午后,微风,时微云。差伯麒回拜绩卿。

初六日(11月29日)　士彦差李伙计将青走马送回。范八老爷回家。晴。午后,时微阴。

初七日(11月30日)　未后。王钰如禀见,会。晴。辰后,风连夜,凉。

初八日(12月1日)　辰刻,差庆福送王士彦移山参、莲子各一匣。巳后,庆福将参携回,云士彦已于昨日起身回家矣。未后,善堂表弟、玉侄来看牌。星瑞出门未回。晴。

初九日(12月2日)　未刻,接松峰信。星瑞仍未回馆。晴。

初十日(12月3日)　早间,唾壶内有血痰二口。午后,善堂表弟、擑庭三兄、玉侄来看牌。丑刻,始散。未刻,星瑞回馆。侯瞽者来请安。晴。

十一日(12月4日)　寅后,阴。午后,徐晴,云。酉后,时风。

十二日(12月5日)　星瑞进署当月。是日,漏未记。

十三日(12月6日)　智临侄、善堂表弟先后来看。雇陈姓锯树。老嬷祁张氏上工。善堂荐。晴。

十四日(12月7日)　雇陈姓锯树。未后,张霁庭拜会,见。申刻,面交王士彦、英云衢致松峰之信于宝森茂程掌柜。晴,云。午前,时阴。

十五日(12月8日)　辰初,庆福起身回家。赏伊盘费银十两,白葡萄、果丹皮各一包,针凿二色,系约会乌里雅苏台撤回吉林官兵一同行走。晴。卯后,风。酉后,息。

十六日(12月9日)　雇陈姓锯树。巳刻,善堂表弟、擑庭三兄、玉侄来看牌。亥后,散。范八老爷来看,送土物四色鸡、鱼、莜面、山查。晴。微云。

十七日(12月10日)　雇陈姓锯树。冯三来卸煤一千六百五十斤。给伊喂养山价钱四十吊。老嬷祁张氏辞工。声称腿疼。晴,微云。

十八日(12月11日) 范八老爷回家。雇陈姓锯树。刘厨子辞工。约因伙伴不睦。未刻,续姑太太来看。阴。后半夜,微雪。

十九日(12月12日) 戌刻,厚田内侄来叩头。系伊生日。阴。午后,徐晴,云。申后,时微风,冷。

二十日(12月13日) 晴。未后,时微风。

二十一日(12月14日) 申刻,张家口驻防拟正骁骑校五品顶戴花翎玉昆号朗如,系玉含章胞兄。禀见,会。接静村信及膏药一包,雨亭、景年禀。晴,时微风。戌后,大风,冷。

二十二日(12月15日) 差岳顺还和义公前垫补捐牛价等项银三十六两八钱一分。晴,风时大时小时微息,冷。

二十三日(12月16日) 冯三来卸煤一千八百五十斤。仍给喂养山价钱四十吊。未后,柏老大及善堂表弟来看。留善堂晚饭。晴。未后,淡阴。

二十四日(12月17日) 未刻,柏老大来看。代其邻余姓卖瓷器。晴,微云。

二十五日(12月18日) 未刻,刘老因伊子库儿病故来告帮。当赏与银五两。晴,微云,风。亥 子刻,风。

二十六日(12月19日) 巳刻,士彦差伙计送来小鱼一匣。酉刻,约茂如等吃烤羊肉。晴,云。巳后,阴,雪,时微风。

二十七日(12月20日) 未刻,士彦由家回京来看。送伊移山参十二枝。申刻,柏老大来看。阴,时细雪。午后,时微晃。戌后,大风,冷。

二十八日(12月21日) 穿皮袄。买绣花袍褂料一套价银七十两,珍珠钿一分价银六十五两。午刻,锡卿侄来看留晚饭。酉后,茂如来送水仙花根。谈至子刻始散。晴,风,冷。卯后,风息。早间,三儿过来叩头。

二十九日(12月22日) 差老刘赴存姑奶奶家贺喜。系生女三日。都老五之儿媳系兴岱之妻来告帮。给钱四吊。未后,莲舫拜会,见。

阴。午后,时微晃,冷。亥后,微雪。

三十日(12 月 23 日)　阴。午后,徐晴,时风,冷。晚间,稍受煤气,夜未安眠。

十二月初一日(12 月 24 日)　申刻,士彦来看。因天时已晚,同茂如赴街吃饭,后即在小书房存住。晴。未后,微云,时微风。酉后,大风连夜。冷。卯后,风渐小。

初二日(12 月 25 日)　冯三来卸煤二千二百二十斤。给银五两。晴,微云,时风。

初三日(12 月 26 日)　晴,微云,时风。

初四日(12 月 27 日)　申刻,盛绩卿禀安,见。晴,微云。酉后,风。

初五日(12 月 28 日)　阴,风时大时小时微息。午后,徐晴。酉后,复大风。

初六日(12 月 29 日)　未刻,善堂表弟来看留饭。晴,微云,风。子后,风稍息。

初七日(12 月 30 日)　叫瞽者侯二、李氏唱曲。申刻,文齐斋来拜。拣补吉林理刑司员。晴,微云。巳至未刻,时风。微受煤气,头时眩晕。

初八日(12 月 31 日)　未刻,玉次山官印玉敏禀安,见。晴。巳前,时微风。

初九日(1879 年 1 月 1 日)　酉后,德子仁来谈。范老四来看。晴。

初十日(1879 年 1 月 2 日)　未刻,兴荣斋禀安,见。写春联。晴。

十一日(1879 年 1 月 3 日)　申刻,图萨本禀安,折差进京。见。写春联。士彦送绍酒二坛。晴。卯后,风。子后,徐息。

十二日(1879 年 1 月 4 日)　善堂表弟、柏老大、玉侄、承之侄婿先后来看。王士彦来看。带回鹿茸五对半。写春联。微觉伤风。晴。

午前,时微云。

十三日(1879年1月5日) 冯三来卸煤二千三百二十斤。给钱四十吊。午后,柏老大来求写对联。德子仁送点心、炒菜各二盘。申刻,老夏回宅。写春联。晴,伤风稍重。服午时茶。

十四日(1879年1月6日) 午后,伊老大国寿岩之长孙升授云麾使来拜,柏老大来看。申刻,士彦来看。带去猞猁皮十二张、狐皮一张、油布二十一块。写春联。伤风仍重。晴。午后,淡阴。戌后,复晴,云。

十五日(1879年1月7日) 柏老大来取对联。黏贴春联。酉刻,乌勒希布同景郁来送车轴,见。写春联。仍患伤风。晴,时微风。亥后,风。

十六日(1879年1月8日) 油饰对联。伤风仍未清。晴,时风。

十七日(1879年1月9日) 未后,王士彦、色普征阿、乌尔钦、乌勒希布先后来看。写横条幅。鼻塞,神疲。晴。

十八日(1879年1月10日) 酉后,金介福来谈。亥后,散。仍伤风。晴,云。

十九日(1879年1月11日) 巳刻,士彦差李伙计来取信。巳正三刻,起身,带同伯麒等赴祖茔上祭。申刻,赴衍法寺大妞灵屋上祭。酉后,回家。接孙廉清禀。送《盛京典制备考》一部。刘正来请安。送丝糕、粘糕各一盒。晴。

二十日(1879年1月12日) 冯三来卸煤二千三百一十斤。给钱六十吊。未后,士彦来看送字。侯瞽者来请安。晴。

二十一日(1879年1月13日) 买红梅二盆。价钱十五吊。叫瞽者侯二、李氏唱曲。晴,微云。

二十二日(1879年1月14日) 差老张等赴月舫宅送礼。午刻,善堂表弟来取对联。晴,云。早间,下树挂。午后,阴。酉后,复晴,云。

二十三日(1879年1月15日) 扫房。莲舫送礼十色。晴。

二十四日(1879年1月16日)　晚间,糊花罩。晴,时风。

二十五日(1879年1月17日)　冯三来卸煤二千四百一十斤。给钱七十吊。晚间,糊花罩。晴,云,时微风。

二十六日(1879年1月18日)　未刻,金介福来送礼四色火腿、绍酒、山鸡、野猫,见。懋生号李伙计顺来取房租等银三百两。李二格来作年菜。晚间,糊梅花罩。阴。巳前,时微晃。

二十七日(1879年1月19日)　差老刘赴存姑奶奶家贺满月。宝老三庆来告贷。给与钱四吊。晴。戌后,云。午后,痰内有血一丝。

二十八日(1879年1月20日)　阴,时飞雪星。午后,晃。

二十九日(1879年1月21日)　午后,英子实、柏老大、厚田内侄、锡卿侄、德子仁、龄老二、王星瑞、茂如内弟先后来拜。申刻,恭祭马王。戌后,佛祖前上香行礼。子正二刻,接神。寅刻,歇息。阴。辰后,雪。酉后,住,风。卯后,风微息。雪厚寸余。

光绪五年(1879)京师

光绪五年岁次己卯正月初一日乙巳(1月22日)　早间,佛祖前上香行礼。午后,继心斋庆熙台长子、端午桥、盛绩卿、智临侄、元侄、玉侄先后来拜。时阴时晃时微风。

初二日(1月23日)　金贯五、珍格先后来拜。晴,云。巳、午刻,微阴。

初三日(1月24日)　群格、松月川、庆云楣、庆老二先后来拜。晴。

初四日(1月25日)　继澍民庆熙台次子、英绍庵、奎乐山、海叙九、崇九峰罗沃庭之子先后来拜。晴,微云。辰刻,微雪。

初五日(1月26日)　善堂表弟、文齐斋先后来拜。侯瞽者来请安。晴,云。午后,时淡阴,冷。

初六日(1月27日)　冯三来卸煤三千二十斤。给钱八十吊。松老二桂大爷之子,乳名绵儿、福雨农表侄、黼庭三兄先后来拜。晴,微云。

初七日(1月28日) 文介如来拜,元侄、玉侄来看。晴。午后,云,时阴。酉后,飞细雪。

初八日(1月29日) 文星垣来拜。阴。巳前,时飞雪星雪不及分。午后,时微晃。申后,风,徐晴。

初九日(1月30日) 罗沃庭来拜。晴。申刻前,时风。

初十日(1月31日) 奎华亭英来拜。晴。晚间,放花。

十一日(2月1日) 玉澍田来拜,茂如及刘正等来拜寿。叫瞽者李氏唱曲。盛绩卿来拜寿挡驾。晴,云。晚间,放花。

十二日(2月2日) 毓衡甫来拜寿,送果席一桌挡驾。晴。晚间,放花。

十三日(2月3日) 柏老大来看马。季彬、文澍南先后来拜。晴。

十四日(2月4日) 阿二表弟、承之侄婿先后来拜。晴。

十五日(2月5日) 接塔雨亭禀。据称,本年正月初三日接准直督咨开:"捐输牛只一案,于去岁十二月十九日具奏,先行抄录原折知照等因。"嗣于初九日复准咨开:"于上年十二月二十五日奉旨:'户部核议具奏。单并发。钦此。'"各等语。未刻,带同伯麒赴祖茔行礼。酉初,回家。晴,云,时微风。晚间,放花。

十六日(2月6日) 二姑娘同三太太出门岳二家请。晴,云。酉后,风。

十七日(2月7日) 巳刻,讷雨田来拜。申刻,茂如来询乌医住处。据云,莲舫于昨晚忽患痰疾,右膀、右腿不能动转,情形颇重。差老夏赴莲舫宅看视。晴,风。午后,时微息。

十八日(2月8日) 晴。三弟赴莲舫宅看视。

十九日(2月9日) 晴。买《古文》一部二函、《唐代丛书》一部六函,共价钱三十九吊。

二十日(2月10日) 午刻,内子赴莲舫宅看视。早间,冯三来卸煤二千二百二十斤。给钱四十吊。晴。

二十一日(2月11日)　晴,微云。午后,风。

二十二日(2月12日)　午刻,大太太出门,赴莲舫宅看视。午后,接士彦信。差李顺来取字。接果亭信,送和甫发给松峰札文。系和义公送来,即将史惠庵嘱写之横条幅、折扇交其带回。晴,时微风。

二十三日(2月13日)　晴。

二十四日(2月14日)　巳刻,懋生号杨伙计来送字。未刻,差何四跟随伯麒赴莲舫宅看视,并回拜王耕畬、文澍南、馨丹岩。晴。申后,微云。

二十五日(2月15日)　晴。未后,时风,微云。午间,换大绵袄。

二十六日(2月16日)　午刻,捐铜局书吏六品顶戴候选巡检李尚志禀见。求吉军信。未刻,出门拜客庆云楣、润庵二兄、续姑太太、太平桥。酉刻,回家。文介如来看。晴,微云。

二十七日(2月17日)　冯三来卸煤二千二百斤。给钱四十吊。未刻,出门拜客。文介如、小姑太太、龄老二、阿二表弟、文齐斋、善堂表弟、海叙九、金贯五。酉后,回家。晴。午后,云,时风。戌后,阴。夜间,微雪。

二十八日(2月18日)　午刻,丰绅图同图林禀安,进京催饷。见。申刻,约史纬卿。给二姑娘诊脉。申正,出门,赴茂如、子仁家看视。范八老爷来看。戌后,金介福来谈。阴。未后,徐晴,云。

二十九日(2月19日)　龄老二来看。未后,约纬卿。给二姑娘诊脉。晴。未后,风,云。戌后,阴。

三十日(2月20日)　未刻,约史纬卿。给二姑娘诊脉。善堂表弟来看。阴,时微晃,冷。

二月初一日(2月21日)　智临侄来看。晴,微云。

初二日(2月22日)　善堂表弟、黼庭三兄来看牌。子刻,散。晴,微风,云。

初三日(2月23日)　未刻,同善堂表弟带同伯麒,赴西便门外养济院后身看地。酉刻，回家。晴。

初四日(2月24日) 阴，时飞细雪。

初五日(2月25日) 未刻，出门，赴莲舫宅看视。其病势已重，不能语言。酉刻，回家。晴，微云。

初六日(2月26日) 未刻，松月川来看。约史纬卿。给二姑娘诊脉。端午桥差人送来花炮四十余件。阴。巳前，飞雪星。酉后，细雨。

初七日(2月27日) 巳刻，茂如由鹁鸽市回家，云莲舫于丑刻去世。闻之殊深悲感，今又少一益友矣。哀哉！未刻，约史纬卿。给二姑娘诊脉。未正，内子赴莲舫宅叹丧。细雨，夘后住。大风连夜。申、酉刻，飞雪花。

初八日(2月28日) 冯三来卸煤二千四百五十斤。给钱六十吊。约纬卿。给二姑娘诊脉。阴，风。巳后，徐晴。亥后，风息。

初九日(3月1日) 玉侄来看。约纬卿。给二姑娘诊脉。酉初，差伯麒随同茂如内弟，赴莲舫宅接三。亥正，回家。晴。未后，时风。

初十日(3月2日) 约史纬卿。给二姑娘诊脉。晴，云。午后，时淡阴。

十一日(3月3日) 未正，出门，赴莲舫宅叹丧。酉初，回家。约史纬卿。给二姑娘诊脉。晚间，放花。晴，微云。亥后，阴。

十二日(3月4日) 玉侄来看。约史纬卿。给二姑娘诊脉。阴。午后，徐晴，云。

十三日(3月5日) 内子赴莲舫宅吊祭。约史纬卿。给二姑娘、三太太诊脉。晴。时风。

十四日(3月6日) 文齐斋来看。申刻，张家口蒙古协领塔清阿号雨亭禀安，见。六年俸满，进京引见。递交伯麒捐牛实收，云将来接到部覆后，即由察都转咨部旗，毋庸换取札文，并议部中使费。约纬卿。给二姑娘及三太太诊脉。大太太出门。赴文齐斋、海叙九、阿善堂家看视。晴。未后，云，时风。申后，日出反弓。

十五日(3月7日)　晴,时风,微云。晚间,茂如来谈。

十六日(3月8日)　大太太出门。赴文介如家看视。晴,风。

十七日(3月9日)　善堂表弟来看。差伯麒赴润庵兄宅拜寿。晴,微云,时风。托茂如约达小堂,赴西便门外看地。

十八日(3月10日)　差伯麒赴润庵兄宅拜寿。午后,王士彦来看。于初十日回铺。文老二官印康,系奎华亭次子。来谢,倭峻峰禀安,告假两个月回京。均见。二姑娘出门。赴茂如家看视。晴。

十九日(3月11日)　二姑娘同立大太太、三太太出门。赴大兄、三兄家看视。晴。

二十日(3月12日)　瞽者侯二来请安。晴,风,云。申后,风息。

二十一日(3月13日)　智临侄来看。晴。卯后,风。酉后,风息。

二十二日(3月14日)　海叙九来看。午后,移鱼盆于廊下。打扫东院落叶。晴。

二十三日(3月15日)　内子暨大太太、三太太带同二妞、伯麒,赴衍法寺大妞灵屋设祭系一周年。晴,时微风。

二十四日(3月16日)　未初,出门,赴莲舫宅辞灵。月舫于昨午到家。酉初,回家。锡卿侄来看留饭。玉侄来借衣服。于明日拣选。晴。

二十五日(3月17日)　栽白丁香花。申刻,绍实庵拜会,见。晴。

二十六日(3月18日)　打扫东花园。玉侄来送衣服。未经选上,留饭。晴,微云,时风。

二十七日(3月19日)　打扫东花园。未刻,王士彦来看。晴。

二十八日(3月20日)　内子赴鹁鸽市吊祭。冯三来卸煤二千一百斤。给钱五十吊。午刻,续姑太太来看。是刻,二妞忽然眩晕一阵。栽紫丁香花二株。晴。午后,微云,时风。

二十九日(3月21日) 差伯麒赴鹁鸽市,送莲舫殡。约史纬卿。给二姑娘诊脉。续姑太太差王嬷来看。打扫东花园。晴,微云。午后,时风。

三十日(3月22日) 午后,托星瑞赴山东印结局,代松峰取结。计二张,共需该局平银五百四十一两八钱,核实用京二两平银五百六十八两一钱九分。因山东结费定于三月初一日起外官加倍,而松峰尚未到京,是以赶紧代为办理。士彦差李顺来取字。修理东院花木。晴,风,微云。

三月初一日(3月23日) 晴。未后,时风。

初二日(3月24日) 阴,时微晃。酉后,徐晴,云。

初三日(3月25日) 换鱼盆水。鹁鸽市遣胡姐来看。晴。午后,微云。时风。

初四日(3月26日) 种草花。晴,微云,时风。

初五日(3月27日) 午后,士彦来看送信。金介福补授骁骑校来叩谢,即辞行。于初九日起身回乌。申后,种樱桃、榆叶梅、桃杏树。晴,微云。午后,时风。

初六日(3月28日) 换挂字画。收拾东花园。晚间,茂如来谈。晴,云。未刻,痰内有血一点。

初七日(3月29日) 收拾东花园。接杨子畴信。晴,时风,微云。

初八日(3月30日) 午后,舒芝山祥禀见。上年十月间已补骁骑校,现因差进京,来叩谢。锡卿侄来看。阴,时晃。马号赵聋子辞工,栾玉之表弟郝继才上工。晚间,茂如来谈。

初九日(3月31日) 买碧桃等花。侯二来请安。冯三来卸煤二千一百七十斤。给钱四十吊。酉后,王林回宅。晴,云。

初十日(4月1日) 学院胡同瑞宅家人余姓来送鱼虫。言定每日来送。午后,厨子杨狗儿辞工。未后,种木瓜、海棠、碧桃、刺梅。淡晴。

十一日(4月2日) 挪鱼盆于东院。阴,时微晃。昨晚,接松峰信。

十二日(4月3日)　未后，英子实来看。打扫东院。种草花。晴，时微风。

十三日(4月4日)　刨挖花畦，种各色草花。淡晴。

十四日(4月5日)　修理花畦。阴。巳后，微雨。未后，微风。酉刻，复微雨。

十五日(4月6日)　午初，起身，率同伯麒等赴祖茔上祭。申初，起身，赴衍法寺大妞灵屋致祭。酉初，回家。阴。未后，时微晃。酉后，风一阵。戌后，细雨连夜。

十六日(4月7日)　午初，三弟起身。赴东陵，有差。买白海棠三株。申刻，智临侄来看。刨挖花畦。种白海棠一株。阴。戌后，时风。

十七日(4月8日)　阴。卯正后，雪时大时小。酉后，时微住。收拾字画。晚间，挪鱼盆于大书房。

十八日(4月9日)　阴，时细雪。午后，住。雪厚四五寸许。时晃。未后，徐晴。申后，风。子后，风息，凉。夜间，地水均复冻，院中花木间有冻伤者。

十九日(4月10日)　申刻，士彦来看送字。收拾东院。种白海棠二株。晴。辰后，风。未后，风息。

二十日(4月11日)　种玉米、蜀槿等草花。晴，时微风。子后，大风。玉侄借马。

二十一日(4月12日)　冯三来卸灰二千四百六十五斤。给山价等钱三十五吊，又给补修茔地围墙、补种杨树三株钱四十吊。卯后，风息。午后，复时风。天气惨淡，日色无光。

二十二日(4月13日)　复挪鱼盆出屋。李姓来送鱼虫。因余姓索钱过多，托茂如代买劈柴胡同对过李姓鱼虫。晴，云。未后，风。戌后，风息。

二十三日(4月14日)　浇灌花木。阴。卯刻，微雪。辰后，晴。戌后，风。子后，风息。

二十四日(4月15日)　申刻，越舫亲家来看。晴。戌后，时风。

茂如接到乌城遣撤札文，系金介福托和义公寄来。瑞仁圃来辞行，于二十七日起身回乌。未见。

二十五日(4月16日) 桂越舫差人送礼六色。桦木圆桌面一个、桦木小桌一对、桦木拜匣一对、锦皮圆韂一块、建昌茧二匹、紫茧绸一匹。未刻，士彦来看。取字，托写信。晴。

二十六日(4月17日) 士彦差李顺来取致清吉甫信。午刻，塔雨亭禀安，见。送礼八色。白毫茶、白葡萄、果丹皮、蘑菇、奶饼各二匣，洋糖二瓶，铜盆、洋盘各一个。其捐牛部费银五两五钱，再四不肯收领。因其出于至诚，只好罢论。饭后，种盆花。晴，云。午后，日晕。

二十七日(4月18日) 未刻，英云衢禀安，办饷来京。见。阴。申刻，细雨一阵。酉刻，时风。戌后，复细雨。子后，住。

二十八日(4月19日) 约史纬卿。给二姑娘看病。买鱼盆。申刻，买黑色龙睛鱼八尾。价钱十吊，系李二送来。晴，云。未后，风。

二十九日(4月20日) 冯三来卸煤二千一百斤。给钱四十吊。又补给种树钱三吊五百文。约史纬卿。微云。

闰三月初一日(4月21日) 午刻，三弟差竣回家。移换花木盆。晴，云，时风。未后，时淡阴。

初二日(4月22日) 侯二来请安。午刻，士彦来看送字。淡阴，时微晃。二太太出门，赴太平桥大兄家看视。

初三日(4月23日) 午刻，士彦来辞行。因伊父病重，回家省视。阴。卯刻，微雨。申后，云，色黑黄。酉后，复微雨。戌后，大风连夜。

初四日(4月24日) 未刻，出门。赴太平桥大兄家看视。冯三来借钱买草。给伊钱二百吊。晴，大风。戌后，风息。

初五日(4月25日) 约史纬卿。给二姑娘看病。晴。未后，风。戌后，息。

初六日(4月26日) 太平桥大兄差人送信云，嫡堂长嫂李氏于辰初病故。大嫂、夫人等先后前往叹丧。午刻，接杜果亭信。送金和甫将军札行松峰札文。约史纬卿。申刻，赴太平桥大兄家叹丧。晴，云，时风。

初七日(4月27日)　李蓝田来看。李顺送来白面三百斤。每百斤价钱五十八吊，合银三两。约史纬卿、文介如来看。差老段赴南西门外买藕秧。晴，云，时微风。

初八日(4月28日)　约史纬卿。酉正，赴太平桥大兄处接三。子正，回家。淡晴，时微风。

初九日(4月29日)　约史纬卿。刘兴系刘老嫡堂孙送来藕秧十余斤。赏钱八吊。种荷花。淡阴，时晃。戌后，时风。

初十日(4月30日)　工部奏遵保出力司员，奉上谕："主事三音布着以本部员外郎无论咨留，遇缺即补，并赏加四品衔等因。钦此。"巳刻，表侄孙海铨系福祥农之子，由礼部候补笔帖式保奖，以主事候补。来拜，见。午刻，差魁荣、老段赴南西门外拉河泥。搭葡萄架。酉后，种荷花。阴，时晃时风。午后，徐晴，云。戌后，复阴。亥后，细雨。子后，住。

十一日(5月1日)　晴，云，时阴。午后，时微雨。申刻，雷鸣，雨一阵。酉后，徐晴，云。

十二日(5月2日)　未后，赴太平桥大兄家看视。回家后，微觉感冒。晚间，服午时茶。晴，时微风。

十三日(5月3日)　冯三来卸煤二千一百六十斤。给钱四十吊。约史纬卿诊脉。服汤药。未后，李顺来看，取信，送字。张德顺来请安，见。塔雨亭禀辞，会。据云，伯麒报捐花翎之案，经部议驳，另核请奖。修理川堂茶馆。晴，云。未后，时阴。夜间，仍作烧。

十四日(5月4日)　早间，右鼻衄血甚多，感冒未清。约史纬卿诊脉。服汤药。修理鱼池。午刻，赵松峰来宅。留住双桐居茶馆，暂居退思斋书房。阴，时晃时微风。

十五日(5月5日)　感冒仍未清，约纬卿诊脉。早、晚服汤药。大嫂、夫人等赴太平桥大兄处听经、辞灵。戌刻，塔雨亭禀见，会。晴，淡云。未后，时风。酉后，西北浓阴。戌后，微雨。

十六日(5月6日) 感冒仍未清。早间,服汤药。卯刻,松峰出门,拜塔雨亭、陈鹤云。巳初,大嫂、夫人等赴太平桥大兄家送殡。午初,痰内又带血二口。申刻,盛绩卿禀安,见。阴。丑正后,雨。寅正后,住。晴,云,风。酉后,风息。

十七日(5月7日) 范八老爷回家。裱糊听莺观鱼轩即东穿堂、双桐居即小茶馆。酉后,仍觉作烧。阴。巳前,时微晃。戌后,风。

十八日(5月8日) 裱糊穿堂茶馆。申刻,罗沃庭来看,见。后陈鹤云官印庆滋禀见,会。即求诊脉立方,并商议捐牛奖翎事。晴。未前,时风。晚间,服汤药。

十九日(5月9日) 差伯麒回拜雨亭、鹤云。送鹤云礼物六色。裱糊川堂茶馆。晚间,嗓哑。早、晚,服汤药。晴。巳后,阴,时风。戌后,风,落雨点一阵。亥后,风息。

二十日(5月10日) 嗓仍哑。早间,服汤药。玉侄来看,分植菊花。阴。

二十一日(5月11日) 晴,时微风。

二十二日(5月12日) 买李二携来黑色龙睛鱼四尾。价钱三十八吊。冯三来卸灰八百四十斤。给钱十二吊。锡卿侄来看。晴。午后,阴。未后,大风,飞雨星一阵。申后,时晴。

二十三日(5月13日) 侯二来请安。晴,云,时风。

二十四日(5月14日) 买鱼盆四个。金贯五来看。晴,风,微云。茂如署内接到遣撤咨文。

二十五日(5月15日) 约史纬卿。给三妞诊脉。小红鱼生子。马季斌来看松峰。晴,微云,风。以上六日均后补记。

二十六日(5月16日) 贯五来看松峰。晴,微云,风。夜间,咳嗽半时许。

二十七日(5月17日) 李顺来看送字。申刻,王钰如禀安,见。阴。巳后,风。午后,淡晴。申后,风微息。戌刻,雷见,复大风一阵。

二十八日(5月18日) 晴,云,热。巳前,时阴。后补记。

二十九日(5月19日) 马欣桥来看松峰。晴,云,热。

三十日(5月20日) 李蓝田来看。晴,云,热。午后,阴,时风。酉后,时细雨。亥后,住。

四月初一日(5月21日) 鱼仔出鱼。晴,淡云,微风,热。

初二日(5月22日) 冯三来卸煤二千四百三十斤、灰八百四十斤。共给钱六十吊。午后,糊纱屉。苍儿告假回家。晴,云,热。未正后,北面阴,雷鸣,大风一阵。吹折葡萄十余枝。微雨,旋晴,云。

初三日(5月23日) 买《御批通鉴》一部。价银十一两,星瑞由琉璃厂宝名斋书铺买。晴,淡云,热。

初四日(5月24日) 未刻,同松峰、茂如、绩卿带同伯麒,赴阜成园听玉诚班。新出高腔。酉正,回家。善堂表弟来看。晴,云,热。申后,阴,大风。日后补记。

初五日(5月25日) 阴,风。未刻,时晃。

初六日(5月26日) 酉刻,英衢来看松峰。戌后,绩卿来谈。晴。未后,风。

初七日(5月27日) 晴,时风。

初八日(5月28日) 晴。未后,时风,微云。

初九日(5月29日) 午刻,同三弟暨茂如、松峰、星瑞带同伯麒,赴阜成园听玉诚班。遇志明才、景子乾、文介如诸人。酉刻,回家。晴,云。后半日,时风。

初十日(5月30日) 巳刻,李顺来取信。据云,士彦之父于初七日病故。午刻,同茂如、松峰、星瑞及伯麒听玉诚班。酉刻,回家。晴。以上二日均补记。

十一日(5月31日) 巳刻,图萨本来辞行。晴,热。

十二日(6月1日) 冯三来卸煤二千斤。给钱六十吊。给与驼只放厂银八两。晴。午后,云,风。

十三日(6月2日) 李顺来送代买谷草。项二之儿媳等来请安。晴,云,风。

十四日(6月3日)　晴，云，风，热。

十五日(6月4日)　阴。巳后，晴，云，时风。以上二日均后补记。

十六日(6月5日)　买小鱼盆四个价钱十二吊。申刻，李蓝田来辞行。于十八日起身出口。晴，热，时微风。申后，自西北阴，落雨星。旋风，晴，云。

十七日(6月6日)　晴，云，热。后补记。

十八日(6月7日)　鹁鸽市桂宅差人送信云，桂二太太于今日寅刻产生一子。谚云吉人有后，信矣！晴，热，时微风。未后，阴。

十九日(6月8日)　申刻，罗沃庭来谈。晴，微云，热。日后补记。

二十日(6月9日)　腹泻。差伯麒赴财盛馆，与王耕畬之母拜寿。晴，微云，甚热。

二十一日(6月10日)　晴，云。申刻，阴，雷电。申正后，微雨，旋晴。

二十二日(6月11日)　巳后，桂月舫来看。午后，苍儿回宅。晴，微云，热。

二十三日(6月12日)　侯二来请安。晴，微云，风。

二十四日(6月13日)　未后，毓衡甫、端午桥先后来看。晴，微云，风。

二十五日(6月14日)　申刻，善堂表弟来看。松峰、星瑞由甘石桥迤南润姓家，买来龙睛鱼六尾价钱二十一吊。晴，云，时阴。申后，时飞雨星。酉刻，微雨，旋晴，云。

二十六日(6月15日)　李顺来看。取归还元聚盛银五百两。未刻，兴荣斋来看。晴，云。日后补记。

二十七日(6月16日)　巳刻，阿善堂来看。戌后，绩卿来谈。阴，时微晃。亥、子刻，均微雨。

二十八日(6月17日)　巳后，恩泽田恩厚、荫韵卿荫德和布禀安，见。均遣撤回旗。晴，云。午后，阴。

二十九日(6月18日)　阴。巳后，细雨。戌后，微住。亥、子刻,均复微雨。

三十日(6月19日)　阴。辰后,晴,云。未后,西北浓阴,雷电,雨一阵,风。西北仍阴,电。申后,徐晴,云。

五月初一日(6月20日)　晴,微风,云。

初二日(6月21日)　卯刻,王耕畬来谢步不会。戌刻晚饭时,落右上第二牙。晴,云,热。

初三日(6月22日)　晴,云,时风。午后,阴,雷鸣。酉刻,飞雨星。

初四日(6月23日)　晴,云,时风。未后,阴,雷鸣。申后,雨。酉后,雷止雨住。亥后,晃。早间,大鱼生子。

初五日(6月24日)　侯二来请安。借与松峰捐指省银一百八十两。晴,云。

初六日(6月25日)　戌刻,同松峰、星瑞、三弟率同伯麒赴富庆堂吃饭。阴。辰后,晴,云。

初七日(6月26日)　收拾东川堂。大鱼仔出。日后补记。

初八日(6月27日)　差伯麒回拜景介臣官印景祺。系张家口防御,来京接新任花副都统。晴,云,时阴,甚热。

初九日(6月28日)　阴。辰后,雨。亥后,住,时风。雨已深透。晚间,放花。

初十日(6月29日)　阴。卯后,晴,云。

十一日(6月30日)　晴。未前,微云。

十二日(7月1日)　未后,张霁庭拜会,见。晴。申后,云。戌后,时阴,东南电见,时风,热。

十三日(7月2日)　晴,云,热。酉后,东北雷鸣,时微风。

十四日(7月3日)　申刻,倭峻峰禀安,见。晴,云。申后,雷鸣。酉刻,风,雷,雨一阵,旋晃。

十五日(7月4日)　晴,云,热。申后,阴,西面雷鸣,时电。

十六日(7月5日)　阴。卯后,雨时大时小时微住。申、酉刻,时雷鸣。雨连夜。晚间,放花。

十七日(7月6日) 阴,时雨。丑后,住,仍时飞细雨。午后,时微风。申、亥刻,均复细雨。

十八日(7月7日) 午刻,交印结于松峰。阴。午后,时微晃。

十九日(7月8日) 阴。午至酉刻,时细雨。戌后,时晃。

二十日(7月9日) 午刻,差伯麒赴太平桥大兄家看视。戌后,景介臣禀辞,见。晴,云,爽。

二十一日(7月10日) 厚田内侄来看。戌刻,差伯麒回拜介臣。晴,云。午前,日晕。午后,时阴。

二十二日(7月11日) 晴,云。日后补记。

二十三日(7月12日) 巳刻,同茂如、松峰、星瑞、绩卿、伯麒赴豆腐闸钓鱼。获小鲫鱼五尾。戌初后,回家。阴,时晃。

二十四日(7月13日) 未刻,智临侄来看。阴。午前,时微晃。戌后,微雨。

二十五日(7月14日) 阴。卯后,时细雨。巳后,大雨。未后,雷鸣。申正后,住。酉后,晃。院内积水深至尺余。

二十六日(7月15日) 晴,热。

二十七日(7月16日) 侯二来请安。晴,云,时阴。酉刻,微雨。戌后,雷电,时雨。

二十八日(7月17日) 晴,时微云。

二十九日(7月18日) 晴,云,热。

六月初一日(7月19日) 申刻,沐浴。痰内有血一星。晴,云,热。

初二日(7月20日) 时阴时晃。申刻,雷鸣,微雨。申正后,风一阵,旋晃。

初三日(7月21日) 巳刻,痰内又有血一绺。晴,云,热。整夜未睡。

初四日(7月22日) 阴。巳至酉刻,时微雨。戌后,雨连夜。

初五日(7月23日)　阴,雨,时微住。巳后,晃,徐晴,云。

初六日(7月24日)　未刻,差伯麒赴润庵兄家看视。晴,云,时飞雨星。申后,雷鸣。酉刻,雨一阵,旋晴,云。

初七日(7月25日)　晴,云。

初八日(7月26日)　巳刻,差伯麒赴国寿岩家上祭。寿岩于初六日病故,年八十七。车瞽者来拜寿。晴,云。戌后,东北连电,雷鸣,潮热。

初九日(7月27日)　侯、车二瞽者来拜寿。晴,云。丑、卯刻,均微雨,极热。以上四日均补记。

初十日(7月28日)　二常来宅。晴,云,热。

十一日(7月29日)　巳刻,二姑娘同三太太出门。赴岳三家作满月。酉刻,带同凤儿回家。阴。辰后,雨。酉后,住,虹见。戌后,晃,徐晴,爽。

十二日(7月30日)　酉刻,有一醉汉在门外肆行喧闹,当饬看街兵送交官厅。嗣经释放,又来撞门,并将行路之人头颅打破。复将其送交官厅看管。晴,云。申刻,由北转东,连电雷鸣。日落后,爽。

十三日(7月31日)　申刻,记名副都统、张家口佐领禄寿臣官印禄彭,因保卓异,来京引见。禀安,见。晴,云。申刻,东北雷鸣。日落后,爽。

十四日(8月1日)　晴。午后,云,东北仍浓阴。

十五日(8月2日)　未刻,叫采刘等十锦杂耍。丑初,散。赏钱三十二吊。寅刻,微雨。后晴,云。戌后,四围阴,雷电。亥刻,雨一阵,旋晃。

十六日(8月3日)　晴,云。巳后,雷,时阴。

十七日(8月4日)　申刻,英绍庵续来看。掏鱼池水。晴,云,热。

十八日(8月5日)　申刻,沐浴。晴,云,极热。

十九日(8月6日)　晴,云,热。卯、辰刻,均雨一阵。

二十日(8月7日) 晴,云,热。丑刻,雨。

二十一日(8月8日) 立秋。晴,云,热。申后,阴。酉刻,微雨。戌刻,雷电,大雨一阵。子后,复时雨。

二十二日(8月9日) 阴,时雨时住。

二十三日(8月10日) 阴,时雨时住。

二十四日(8月11日) 约史纬卿。给二姑娘诊脉。阴,时雨。未后,雨住。申后,西北晃。酉后,徐晴,云。

二十五日(8月12日) 约史纬卿。辰刻,锡卿侄来谢孝。晴,云。

二十六日(8月13日) 约史纬卿。接金和甫信。巡捕官依升阿送来,松峰见。荣妞、老妞来看。晴,云。午刻,阴,落雨点一阵,旋晴,云,热。

二十七日(8月14日) 李顺来看。晴,云。

二十八日(8月15日) 阴,时飞细雨。未后,微风,爽。

二十九日(8月16日) 晴,云。以上八日均后补记,日期过多,不无错落。

三十日(8月17日) 晴,云,热。

七月初一日(8月18日) 阴,时飞雨星。巳后,时雨。子后,住。

初二日(8月19日) 车瞽者来拜寿。晴,云。

初三日(8月20日) 侯、车二瞽者来拜寿。晴,微云,爽。

初四日(8月21日) 李顺来看。云伊母来信,唤伊回家。晴,时微云,爽。

初五日(8月22日) 卖小鱼六百五十二尾。交李二手,价钱十吊。晴,云。

初六日(8月23日) 玉侄来谢孝。晴,云,热。

初七日(8月24日) 午刻,英子实来谢。晴,云。未后,时阴。

初八日(8月25日) 阴,时微晃。辰刻,风一阵。巳后,时飞雨星时细雨。未后，晃。戌后，复阴，大雨，雷电一阵。亥刻，住。后复雨二阵。

初九日(8月26日)　晴，微风，爽。未后，云。申后，南面阴。

初十日(8月27日)　未后，善堂表弟来看留饭。晴，微云。

十一日(8月28日)　未后，士彦来看。于初八日到京，留点心，取字。晴，云。亥刻，落雨点一阵。子后，时细雨。

十二日(8月29日)　约张医。系栾玉乡亲，给二姑娘诊脉。晴，云。

十三日(8月30日)　约史纬卿。给二姑娘诊脉。未刻，松月川来看。立文由金鱼池买来小龙睛鱼十尾，价钱二吊。晴，云。

十四日(8月31日)　约史纬卿。晴，云。午后，时阴。亥刻，微雨。

十五日(9月1日)　约史纬卿。阴。丑后，雨。亥后，住，凉。

十六日(9月2日)　约史纬卿。阴。卯后，时飞细雨似雾。午后，止，仍浓阴。

十七日(9月3日)　巳刻，同三弟及大嫂、夫人等赴祖茔上祭。松峰、星瑞亦同往。申刻，起身赴衍法寺大姑娘灵前上祭。因寺内有法船，给香资十吊。酉正，回家。阴，时晃。卯后，雾。巳后，徐晴，云。戌后，雨一阵。

十八日(9月4日)　约史纬卿。锡卿侄来看。申刻，士彦来看送息。阿二表弟因补授护军校来拜。酉刻，接塔雨亭禀。据称，捐牛一事，现准直督覆奏，奉旨："讷勒布、三毕勒等六十二员名，均着仍照原请给奖。该衙门知道。钦此。"晴，云。

十九日(9月5日)　晴，云。

二十日(9月6日)　酉后，士彦来看留饭。因天时已晚，即在大书房住宿。晴，云。

二十一日(9月7日)　饭后，士彦同茂如上街讲轿子。锡卿侄妇来谢孝。晴，云。戌后，时雷鸣。以上四日均后补记。

二十二日(9月8日)　阴。丑后，时雨。卯后，时微晃，西边虹见。申后,晃。戌后,电。

二十三日(9月9日) 张伙计佩来送代觅珊瑚记念等物。阴。丑后,时雨。辰后,晴,云。未后,雷鸣,阴,时雨。

二十四日(9月10日) 阴,时微风。巳后,时细雨。申后,晃。

二十五日(9月11日) 未后,士彦来看。阴,时细雨。巳后,微风,晃。申刻,微雨。

二十六日(9月12日) 阴,时微晃。未后,时细雨。

二十七日(9月13日) 士彦来看。送息,取字。阴。午前,时微晃时飞细雨。

二十八日(9月14日) 早间,痰内又有血一丝。侯二来请安。阴,时微晃时飞雨星。申后,风一阵,晃。

二十九日(9月15日) 士彦来看。晴。酉后,微云。

八月初一日(9月16日) 晴,云。日后补记。

初二日(9月17日) 内子出门,赴阿二表弟家贺满月喜。午刻,张家口郭什哈致瑞、乌勒希布禀安,见。接景祺禀。阴。午前,时微晃。未后,时飞细雨。酉后,时雨。

初三日(9月18日) 写对联。阴,时晃。夜间,风。

初四日(9月19日) 写通书。未刻,士彦来看。送佛头记念。晴,时风。

初五日(9月20日) 约史纬卿。给三弟诊脉。未刻,会东乔官印会章,系延树南之子。禀安,见。李顺来看。送来代买松绿小佛头一分。写通书。申刻,痰内又有血一丝。晴。

初六日(9月21日) 辰刻,星瑞进场。因派出外帘官。写对联。糊大书房棚。晴,云。

初七日(9月22日) 糊大书房。午后,出门请客。善堂表弟、阿二表弟、海叙九、小姑太太,太平桥大兄、三兄。酉初,回家。侯二来贺寿。晴,云,时微风。

初八日(9月23日) 糊照房棚。早间,出门请客润庵二兄。侯、车二瞽者来贺寿。叫采刘等变采。午后，广州驻防翻译举人成春泉官印成达，系壬戌年所取士，来京引见佐领。禀安，见。送土仪七色。万丝冠胎二顶、细茶二瓶、广东丸药四种，橘红十元，桂元、荔枝各一盒，鲜佛手四枚。士彦来看。晴，云。

初九日(9月24日)　糊东、西厢房棚。申刻，兴荣斋禀安，见。晴。

初十日(9月25日)　糊东厢房。未后，士彦、叙九先后来看。阴，时晃。

十一日(9月26日)　未刻，痰内又有血一绺。后院二姑奶奶带同其女来看。阴，时细雨。晚间，放花。

十二日(9月27日)　巳刻，给伯麒过礼。茂如、士彦、德子仁、龄老二、瀓庭三兄、智临侄、锡卿侄、元侄、玉侄及内嫂、内侄女等来贺喜。侯二来叩喜。时阴时晃。戌后，雷电。亥后，时细雨。

十三日(9月28日)　糊西厢房。阴，时细雨。午后，雨。亥后，住，时微晃。

十四日(9月29日)　糊西厢房。午刻，士彦来看取字。阴，时微晃。辰后，时细雨。午后，晃。未后，时风，徐晴。

十五日(9月30日)　糊川堂。晴，微风，云。

十六日(10月1日)　午刻，张家口巡捕章京乌珍布、讷莫合恩禀安。酉刻，张家口佐领赓吉图、候补防御伊铿额、笔帖式富伦禀安，均见。伊等均系接新任景都统来京。阴。辰后，晴。酉刻，痰内又带血一丝。

十七日(10月2日)　糊套间棚。酉刻，乌勒希布来请安。晴，微云，风。

十八日(10月3日)　糊套间棚。晴，云。

十九日(10月4日)　糊上屋棚。冯三来卸灰。计三驮，给钱十九吊。未刻，前乌城马队营总、察哈尔正白旗副参领特古斯济尔嘎勒禀见，会。松月川来看。晴，云，时微风。戌后，微雨。

二十日(10月5日) 伯麒因感冒赴大有堂看脉。成达禀安,因验放佐领来叩头。因腰疼未会。未后,士彦来看。晴,微云,风。早起漱口,腰间忽然岔气。

二十一日(10月6日) 伯麒赴大有堂看脉。晴,时风。腰疼愈重。

二十二日(10月7日) 未刻,星瑞场差完竣回馆。晴。腰疼仍未愈。

二十三日(10月8日) 伯麒赴大有堂看脉。未后,士彦来看送息。张家口骁骑校乐尔津、明寿禀见,伊等引见防御来京。会。买菊花一担。价钱一吊六百文。李龄儿来请安。即差伊赴东城送请帖。午刻,内子出门。赴郎家胡同请延四太太陪新亲,并送树南一百吊席票一张。晴。腰仍未愈。

二十四日(10月9日) 未刻,星瑞带同伯麒赴秦仲子寓看脉。仲子,官印宪文,系星瑞同乡同年。长泰来请安。差王林送请帖。阴。戌刻,微雨。腰仍未愈。

二十五日(10月10日) 糊小书房等处。伯麒咳嗽未愈,仍服秦仲子方药。阴。戌后,时微雨。腰仍未愈。以上二日均后补记。

二十六日(10月11日) 午刻,差伯麒随同茂如、松峰赴兴荣斋家贺喜。伊子完姻。酉正后,回家。阴,时细雨。腰疼稍愈,糊门房棚。

二十七日(10月12日) 阴,时细雨。腰仍微疼。

二十八日(10月13日) 搭棚。未后,王士彦来看。申刻,惠树滋官印惠森,系景介臣次子,行四。禀安,见。晴,云。早间,大雾。戌后,时风。

二十九日(10月14日) 毓衡甫来看。未刻,出门请客承之侄婿、庆云梅。申刻,回家。晴,云,时微风。

九月初一日(10月15日) 未刻,出门请客讷雨田、福祥农、伊太太。申刻,回家。毓衡甫、海叙九、龄老二、元侄先后来看。晴。

初二日(10月16日) 张家口右翼协领额勒洪额禀安,六年俸满,进京引见。会。续姑太太、毓衡甫来送礼。德子仁、智临侄来看。晴。

初三日(10月17日)　差老段、何四赴万盛车铺取车。德子仁、阿二表弟来看。黼庭三兄、元侄、玉侄来看留饭。晴。

初四日(10月18日)　落作。早间,大雾。巳后,阴。

初五日(10月19日)　为伯麒完姻。辰刻,景秋坪、王耕畬来贺。后诸亲友陆续来贺。午后,子媳妆奁到宅。亥正二刻,发轿。初六日。丑正后,迎娶子媳到宅。卯刻,礼节完毕,少歇。巳初后,复支应亲友。亥后,歇。初五日,早,大雾。巳后,晴。

初六日(10月20日)　晴。

初七日(10月21日)　辰刻,延四太太来陪新亲。是刻,亲家太太、松大太太系子妇之舅母来会亲。子媳下地拜佛祖。毕,拜见亲友。后开箱摆饭。午刻,散。月舫亲家来看。阴,时飞细雨星。申后,雷鸣,雨。戌后,风。亥后,晃。夜间,见冰。以上四日均后补记。因事务繁多,仅记大略而已。杜果亭差巡捕宋国喜送来黄马一匹。

初八日(10月22日)　折棚。松峰、茂如带同伯麒、妞儿、森格、荣儿赴阜成园听戏。未刻,英绍庵来看。晴,风。酉后,风息。

初九日(10月23日)　丑刻,月舫亲家差人接子媳回门。辰刻,差伯麒赴月舫家回门。午刻,回家。未后,同茂如、松峰、星瑞、伯麒赴蕙芳花厂看菊花。申刻,回家。马市桥大侄妇来看。晴。未刻前后,均时风。

初十日(10月24日)　未刻,内子带同子媳赴祖茔及衍法寺大姑娘灵前拜见。后进城拜客文介如。酉刻,回家。申后,惠则民、系景介臣长子,官印惠纶,行一。广绍彭、英子实先后来拜,均见。松峰由细米胡同花厂买来菊花四十二盆。每盆价钱七百五十文。晴。

十一日(10月25日)　未刻,成春泉、赓怡斋先后禀辞,均见。买菊花十六棵。价钱三吊六百文。晴,云,时微阴。

十二日(10月26日)　锡厚庵来贺喜不会。巳刻,内子等赴文介如家贺喜娶亲。未刻,桂二太太来看。约史纬卿。给子媳诊脉。晴,风。微云。

十三日(10月27日) 辰刻,内子等赴文介如家陪新亲。约史纬卿。未后,士彦来看。取送字画。乌城郭什哈褚庭魁禀安,见。晴,微云,时风。

十四日(10月28日) 未刻,张霁庭来辞行,会。未正,内子带同子媳出门拜客马市桥、续姑太太、太平桥、小姑太太、龄老二、德子仁、松茂如。智临侄来看。差岳顺送成春泉事物三色,差魁荣送张霁庭黄马一匹。晴。

十五日(10月29日) 未初,内子带同子媳出门拜客磨盘院罗沃亭、王钰如、善堂表弟、海叙九、阿二表弟。宋国喜差张姓郭什哈来取回信。霁庭回送紫毫笔一匣,记五支。松峰由沟头花厂买来菊花八盆。共价钱六吊八百文。晴,微云。

十六日(10月30日) 越舫亲家接子妇归宁。午刻,差伯麒随同茂如、松峰、星瑞赴懋生号贺喜移徙。未刻,善堂表弟来看。买菊花七棵。价钱二吊。晴,微云。晚间,雾。

十七日(10月31日) 未刻,内子带同子媳拜客福祥农、松月川、桂伯舫。未后,崇九峰、王钰如、文介如先后来拜,均见。秦仲子来拜星瑞。托与伯麒诊脉。晴。

十八日(11月1日) 早间,痰内又有血二星。未刻,内子带同子媳拜客延树南。未、申刻,王士彦、端午桥先后来看。晴。子后,风。

十九日(11月2日) 未刻,差伯麒出门谢客。未刻,英子实来看。申刻,景年号星岩,系鹤子昂四胞弟。禀安,见。晴,微云。日后补记。

二十日(11月3日) 阴。辰至申刻,时细雨。间有雪花。

二十一日(11月4日) 巳刻,洞阔尔胡图克图拜会,见。午后,海叙九来看。阴。午后,时细雨。申后,住。酉后,时晃。

二十二日(11月5日) 差伯麒出门谢客。午后,龄老二、锡卿侄、善堂表弟先后来看。晴。申后,阴。

二十三日(11月6日)　差伯麒出门谢客。未刻,士彦来看。因雨留饭,即在小书〔房〕存住。阴。未后,细雨。酉后,住。

二十四日(11月7日)　午后,桂三太太来看。申刻,德子仁来看。阴。申后,时微晃。将郑厨子辞去。

二十五日(11月8日)　士彦约茂如、松峰、星瑞、伯麒出前门听戏。王林、栾玉、小王均辞工去。因王林见栾玉等与厨房送煤,彼此口角,故均辞去。晴,云。子后,风。夜间,冰厚指许。

二十六日(11月9日)　越舫亲家差人接子媳归宁。差伯麒出门谢客。未后,同松峰率同家人等移鱼盆于小书房内南窗下。晴,时微风。

二十七日(11月10日)　差伯麒出门谢客。智临侄来看。收拾鱼盆。晴。

二十八日(11月11日)　巳刻,桂伯舫来看。未后,张龙溪官印秉哲、马季斌、王士彦来谈。景年禀辞未见。晴,微云,时微风。

二十九日(11月12日)　巳刻,赵霁川来拜。清颐亭禀安,均见。差伯麒赴伯舫家请安。阴。早间,雾。午后,时微晃。戌后,晃。

三十日(11月13日)　未后,士彦来看。晴。卯后,风。酉后,息。

十月初一日(11月14日)　早间,痰内又有血一点。午刻,越舫来看。侯二来请安。晴。

初二日(11月15日)　翻盖车房。晚间,张龙西来谈。晴。

初三日(11月16日)　未后,金贯五、元侄、李顺先后来看。晴,云,时风。

初四日(11月17日)　冯三来卸煤一千八百五十斤。给钱五十吊。午后,松月川、玉侄先后来看。戌后,龙西来谈。阴,时微晃。午刻,落雪点一阵。

初五日(11月18日)　午刻,塔雨亭差郭什哈怀塔纳,送来察哈尔都统咨行本旗都统公文一角,系知照,准直督咨:"捐牛请奖翎枝一案,奉旨:'均着仍照原请给奖等因。'"由。外喜敬十两、禀一封。未正,出门。赴太平桥大兄家送咨文。及续姑太太家看视。戌后,绩卿来谈。晴,云。

初六日(11月19日) 越舫亲家接子媳住。对月、二姑娘同往看视。申刻,奎辅臣官印奎瑞,前奉天营口同知,推升山东武定府知府。禀安,见。士彦来看。晴,微云。稍觉感冒,服午时茶。

初七日(11月20日) 未后,士彦、午桥先后来看。晴,时风,微云。仍伤风咳嗽,服藿香正气丸。

初八日(11月21日) 怀他纳来取回信。未后,文三太太来拜;申刻,珍格官印春铎,号述桐,系英桐友长子。禀安,见。晴。巳前,云。感冒未清,仍服藿香正气丸。

初九日(11月22日) 约史纬卿诊脉。服汤药。午后,和义公刘掌柜来取褂筒。士彦来看取字。毓衡甫、崇九峰先后来看。子妇回家。晴,时微风。巳前,云。以上二日均后补记。

初十日(11月23日) 午刻,英子实来看。晴。晚间,微云,月晕。

十一日(11月24日) 午后,黻庭三兄来看。送伯麒娶妻图片。张龙西来辞行。定于十五日起身。侯二来贺寿。晴。申后,云。

十二日(11月25日) 侯、松、李、车四瞽者均来贺寿。丑后,始歇。晴。

十三日(11月26日) 未后,越舫亲家来看。晴,云。

十四日(11月27日) 英绍庵来看。晴,云。

十五日(11月28日) 晴,云。以上三日均后补记。

十六日(11月29日) 冯三来卸煤一千七百三十斤。给钱四十五吊。午后,出门拜客。景秋坪,未会;继心斋、庆云梅、润庵兄,均见。酉刻,回家。晚间,痰内又有血一点。晴。

十七日(11月30日) 晴。辰后,大风。子后,息。

十八日(12月1日) 未后,柏老大来看。晴。辰后,时风。

十九日(12月2日) 酉刻,恩承之侄婿来看。晴。

二十日(12月3日)　越舫亲家接子妇归宁。约史纬卿。给二太太诊脉。晴。午后,风。

二十一日(12月4日)　约史纬卿。巳、申刻,十彦、子实先后来看。晴。午后,风一阵,阴。申正后,晃。

二十二日(12月5日)　冯三买来驼二只。共价银六十二两。约史纬卿。阴。午后,大风连夜,冷。

二十三日(12月6日)　晴,大风。酉后,风渐高。子后,息,冷。

二十四日(12月7日)　晴,微云。以上七日均后补记。

二十五日(12月8日)　午刻,差伯麒赴阜城门外慈慧寺英桐友夫妇柩前吊祭。巳、申刻,王士彦、松月川先后来看。未刻,马市桥二嫂夫人来看留饭。晴。

二十六日(12月9日)　晴,微云。

二十七日(12月10日)　未初,出门拜客。英介臣、王耕畬,未会;松月川、桂伯舫,均见。酉正,回家。晴,暖。

二十八日(12月11日)　午后,鄂文轩、叶冠卿先后来拜,均见。端午桥来看留点心。晴,暖。

二十九日(12月12日)　冯三来卸煤三千三十斤。给钱七十吊。晴,暖。

十一月初一日(12月13日)　晴,微云。巳后,风。子后,息。

初二日(12月14日)　申刻,英介臣拜会,见。谈至酉正始散。晴。午前,时微风。

初三日(12月15日)　未刻,差伯麒回拜清颐庭、叶冠卿。送冠卿百千席票一张。柏老大来看。晴。

初四日(12月16日)　晴,云。

初五日(12月17日)　阴。酉后,时微晃。

初六日(12月18日)　差伯麒赴马市桥、太平桥看视。未刻,卓立亭禀安,见。英子实来请。伊二叔定于本月十五日辰时安葬。阴。巳后,晴,云。未至亥刻,风。大太太出门,赴介如家看视。

初七日(12月19日) 太平桥大兄差人送信云,玉侄于今日丑刻生一女。未刻,士彦来看送字。晴。

初八日(12月20日) 午后,内子赴太平桥大兄家贺喜。晴,微云。

初九日(12月21日) 大嫂、夫人带同二姑娘等,赴太平桥大兄家作三朝。酉后,回家。未刻,叙九姨弟来看留饭。晴。

初十日(12月22日) 午后,午桥来看。未后,差伯麒赴润庵兄家贺喜。智临侄于今日验补副参领。晴。申后,微云。前数日即微咳嗽,是日咳嗽愈重。

十一日(12月23日) 未刻,奎辅臣来拜松峰。适在书房看花,躲避不及,见。未后,柏老大、士彦先后来看。智临侄来叩头。晴,微云。

十二日(12月24日) 午刻,春述桐来谢,见。叶冠卿差人送别敬五十两收。晴,云,时微阴。午后,晴。

十三日(12月25日) 午后,李顺来看。晴,云。酉后,微阴。

十四日(12月26日) 酉刻,差伯麒夫妇赴越舫亲家家,会同等东直门,赴莲舫新茔地看视安葬。原定于十五日辰刻莲舫安葬,因道路过远,夜间行走不便,是以赴越舫家会齐同往。阴。午刻,微晃。

十五日(12月27日) 未刻,士彦来看。同松峰赴羊肉胡同。申刻,伯麒夫妇回家。阴。夘后,风,徐晴,风连夜。

十六日(12月28日) 差龄儿送叶冠卿礼物六色尺头、沿袖、补服、官靴。收官靴一双,余均璧回。晴,微云,风。亥后,风微息。

十七日(12月29日) 大太太出门,赴文介如家看视。士彦来看留早饭。锡卿侄、史惠庵先后来看。晴,微云,时风。

十八日(12月30日) 巳刻,差伯麒回拜叶冠卿送行。侯二来请安。午刻,松峰、茂如、星瑞、三弟带同伯麒赴阜成园听戏。晴,时微风。

十九日(12月31日) 辰刻,英桐友之妾来谢。士彦来看。同松峰赴豫宅立字。未后,越舫、玉侄先后来看。申刻,内子出门。赴润庵兄家贺喜。晴。

二十日(1880年1月1日)　李凤儿及杨椿即七狗儿、刘正先后来请安。晴,微云。午后,风连夜。郝季才辞工去。

二十一日(1880年1月2日)　巳刻,松峰带同伯麒赴史惠庵之约。送惠庵二十吊席票一张。午刻,智临侄来看。申刻,英绍庵来看。早间,冯三来卸煤三千五百四十斤。给钱一百二十吊。晴,云,风。巳前,时阴。申后,风微息,冷。

二十二日(1880年1月3日)　午刻,内子出门,赴续姑太太家吊丧。老亲家太太于昨日未刻病故,寿八十三。晴,时风。

二十三日(1880年1月4日)　酉刻,大嫂、夫人带同伯麒赴续姑太太家接三。晴。午后,云,时阴。

二十四日(1880年1月5日)　越舫亲家接子妇归宁。巳刻,李顺来看。取"同新裕"字。晴,时微云。

二十五日(1880年1月6日)　申刻,德麟峰祥禀安未见。马号李二上工。晴。微云。

二十六日(1880年1月7日)　永峻斋来拜。补授副都统,未会。晴。巳前,云。

二十七日(1880年1月8日)　厨役刘八辞工。晴,时微云。丑后,时风。

二十八日(1880年1月9日)　李厨上工。未刻,士彦来看。约秦仲子诊脉。自初间即患咳嗽,食蒸梨十数枚,总未见效。松峰、星瑞均恐余风疾复发,是以约仲子诊脉。晚间,服汤药。晴,微云,时风。

二十九日(1880年1月10日)　早、晚服汤药。未刻,差伯麒回拜峻斋,并与蔼云、芝莽贺喜。毓衡甫禀安,因补学习差委章京。见。晴,云。

三十日(1880年1月11日)　晚间,仍食蒸梨。晴,云。日后补记。

十二月初一日(1880年1月12日)　差二姑娘赴润庵兄家看

视。送食物六色。酉刻，回家。是日，咳嗽更甚。晴，云。

初二日(1880年1月13日) 晴。日后补记。

初三日(1880年1月14日) 申刻，英绍庵来看。阴，时飞雪星。午后，徐晴。

初四日(1880年1月15日) 未刻，士彦来看取帖。申刻，智临侄来看。阴。早间，下树挂。巳至申刻，时飞细雪。

初五日(1880年1月16日) 戌正，二姑娘及儿媳均染受煤气，先后晕倒，当用酸菜汤灌救，至子正后始渐苏醒。丑后，歇。晴。早、晚，云。

初六日(1880年1月17日) 阴。巳后，雪，时微晃。未后，时住。

初七日(1880年1月18日) 侯二、松茂泉、李先生、车子来拜寿。晴，云。未后，淡阴，时微晃。

初八日(1880年1月19日) 阴。卯后，雪。申正后，时微住。

初九日(1880年1月20日) 午后，士彦来看。阴，雪。未后，住。酉后，风。丑后，徐晴。雪厚四寸余。

初十日(1880年1月21日) 晴，云，风，冷。

十一日(1880年1月22日) 巳刻，张佩来看取本。冯三来卸煤二千九百三十斤。给钱五十五吊。写春联。晴，微云。卯后，风息。

十二日(1880年1月23日) 卯、辰刻，右鼻均微衄血。厨役李姓辞工。写春联。晴，微云。

十三日(1880年1月24日) 孙厨役上工。午后，士彦来看。酉后，图萨本禀安。送贡羊进京，递高醋一篓。写春联。晴，微云。戌后，大风。

十四日(1880年1月25日) 张佩来看。写春联。胃间烦懑不舒。晴，微云，时风。

十五日(1880年1月26日) 写春联。申刻，士彦差张珮来取本银一十五两。将孙厨辞去。晴，微云。卧后殊觉心悸气促，至丑刻始睡熟。

十六日(1880年1月27日)　巳刻,冯姐来请安。据云,骆驼于十三日夜上山,不意途遇骑马贼匪,将骡子拒伤,抢去皮衣一件、皮屉四块、口袋八条,并将山价料豆一并劫去,恳求接济,赏给银钱等语。当给与钱八十吊、旧毡一捆。未后,张家口巡捕章京讷莫合恩,郭什哈图萨本、乌尔钦,新郭什哈乌尔棍、阿克东阿禀安,见。后英子实来看。禄寿臣彭来拜不会。晴。心气仍觉不畅。

十七日(1880年1月28日)　差伯麒回拜禄寿臣及讷章京等。午刻,亲家太太来看。申刻,福祥农来看。写春联。晴,时微风。亥后,阴。厨役李二上工。

十八日(1880年1月29日)　未后,士彦来看送字。阴。丑后,雪。巳后,时晃。午后,住。雪厚寸余。戌后,复时阴。

十九日(1880年1月30日)　巳刻,约史纬卿。给二姑娘看病。午刻,锡卿侄来看。未刻,士彦来看送息。戌后,绩卿来谈。阴。卯后,雪时大时小。巳后,时微晃,仍时飞雪花。雪厚二三寸许。

二十日(1880年1月31日)　约史纬卿。李顺来辞行。定于二十二日起身赴古城。写春联。侯二、松茂泉来拜寿。阴,雪。子后,住。雪厚尺许。

二十一日(1880年2月1日)　约史纬卿。锡卿侄来看。侯二、松茂泉、李瞽者师徒来拜寿。阴,时雪。申后,时微晃。子后,徐晴。日后补记。

二十二日(1880年2月2日)　冯三来送小鸡、松枝、麻楷,并卸煤二千六百五十斤。给钱六十吊。约史纬卿。未后,士彦来看。晴,微云。戌后,阴。

二十三日(1880年2月3日)　约史纬卿。玉侄来看。阴。卯后,时雪。申后,住,微晃。酉后,复阴,雪连夜。

二十四日(1880年2月4日)　约史纬卿。未后,士彦来看。取送字。阴,雪。巳后,住,徐晴,云。申后,复阴,仍时雪。雪厚六七寸许。

二十五日(1880年2月5日) 巳正,同三弟带同伯麒赴祖茔上祭,后赴衍法寺大女儿灵前上祭。茂如、松峰、星瑞同往。酉刻,回家。约史纬卿。阴,时飞雪花。申后,晃。

二十六日(1880年2月6日) 约史纬卿。写春联。早间,右鼻衄血。阴,时微晃。

二十七日(1880年2月7日) 午后,士彦来送礼。并取送字。松峰、星瑞由护国寺花厂买来梅花四棵、蕲艾二盆。共价钱十九吊五百文。早间,冯三来卸煤二千五百斤。给钱一百吊。阴,时微晃。

二十八日(1880年2月8日) 早间,右鼻衄血。接谈云浦禀信一封。未后,越舫亲家来看。酉后,松茂泉来拜节说书,至丑正始走。时阴时晃。

二十九日(1880年2月9日) 亲友来辞岁。茂如、德子仁、龄老二、柏老大、宜老大、厚田内侄,见。亥刻,差伯麒出门,赴亲家辞岁。戌刻,佛祖前上香行礼。丑初,接神。寅刻,歇息。晴。

光绪六年(1880)京师

光绪六年岁次庚辰正月初一日己巳(2月10日) 巳刻,佛祖前行礼。未刻,差伯麒出门拜客。亲友来拜。继澍民、倭峻峰、盛绩卿,见。晴。

初二日(2月11日) 未后,差伯麒出门拜客。亲友来拜。群格、崇九峰,见。阴。巳后,时细雪。申后,住,时微晃。

初四日(2月13日) 三弟、松峰、星瑞带同伯麒赴阜成园听戏。亲友来拜。继心斋、善堂表弟,见。时阴时晃。此系初四日,误写初三日。

初三日(2月12日) 未刻,差伯麒出门拜客。亲友来拜。桂伯舫、松月川、文星垣、海叙九、珍格,见。晴。午前,云。此日在前,书写颠倒。

初五日(2月14日) 未刻,差伯麒出门拜客。亲友来拜。庆老二,见。松茂泉来拜年。子正,走。阴。丑正后,雪。巳正后,住。未后,时晃。戌后,徐晴。

初六日(2月15日)　巳刻,松峰约三弟、茂如、星瑞、士彦及伯麒赴同合堂吃一品锅。未后,回家。差伯麒出门拜客。亲友来拜。王士彦、祥农表侄、端午桥、文介如,见。晴,微云。

初七日(2月16日)　侯二来叩节,亲友来拜。阿二表弟、玉云亭,见。阴。

初八日(2月17日)　将车夫段二辞去。亲友来拜。覹庭三兄、元侄、智临侄、英绍庵,见。晴,云。午后,阴。申后,晃。戌后,时晴。

初九日(2月18日)　差龄儿赴禄寿臣寓送信。亲友来拜。讷雨田,见。阴。戌、亥刻,细雪。

初十日(2月19日)　午后,差伯麒出门拜客。亲友来拜。英子实、罗沃庭,见。晴,云。

廷寄录存同治十二、十三年(1873、1874)

光绪二年十月录[①]

1. 同治十二年十二月十五日军机大臣字寄察哈尔都统额勒和布[②]。

同治十二年十二月十五日申刻，承准军机大臣字寄察哈尔都统额。同治十二年十二月十三日奉上谕："常顺奏'参赞大臣骚扰台站'一折。据称参赞大臣文奎自出传单，为由京带来之药商徐姓传坐驾杆车进口，经常顺派员往查应差档案，亦有由乌里雅苏台进京公干之候补知县徐英传用驾杆车辆等项之事。并据户部章京禀，有文奎带来徐姓，现欲回京，愿将所携药料作价入官。是徐姓实为药商无疑，传单所开候补知县未免捏称等语。候补知县徐英是否即药商徐姓捏称公干，沿途所用车辆等项究竟共有若干，并此外有无骚扰情事，着额勒和布遴派妥员，逐台确切查明，据实具奏，毋稍徇隐。原折着摘抄给阅看，将此由四百里谕令知之。钦此。"遵旨寄信前来。

2. 同治十二年十二月十九日军机大臣字寄察哈尔都统额勒和布。

同治十二年十二月十九日申刻，奉到军机大臣字寄察哈尔都统额。同治十二年十二月十七日奉上谕："前据常顺奏'参文奎骚扰台

① 廷寄誊录于光绪二年十月。
② 标题系整理者所加。下同。

站’等款，当经明降谕旨，将文奎开缺，交部严加议处。并谕令额勒和布，将所参文奎为药商徐姓传坐驾杆车等情查明具奏。兹据文奎奏‘常顺任性妄为，列款参劾’一折，该署将军、署参赞大臣并不以公事为重，辄各挟私见，彼此纠参，殊属不成事体。所有该署将军等互参各款虚实，均应澈底根究。着派额勒和布驰赴乌里雅苏台，秉公确查，据实具奏，毋稍徇隐。恒秢一员，前据文奎等奏，参该员声名狼藉。当谕常顺查办，并着额勒和布一并查明。如果所参属实，即行奏请惩办。文奎、多布沁札木楚另折奏‘多布沁札木楚因病恳请开缺’一折，多布沁札木楚是否与常顺、文奎有意见不同之处，抑系患病属实，并着额勒和布查奏。该都统接奉此旨后，迅即起程前往，毋稍迟延。本日已有旨，令庆春署理察哈尔都统。未到任以前，并令奎昌暂行护理。所有常顺、文奎互参折各一件，文奎等奏参恒秢片一件，并多布沁札木楚恳请开缺折一件，均着抄给阅看。将此由四百里谕令知之。钦此。”遵旨寄信前来。

3. 长顺奏：为参赞大臣任意妄为骚扰台站事。

《奏》十二月十三日。

奴才长顺跪奏，为参赞大臣任意妄为，骚扰台站，谨据实陈明，仰祈圣鉴事。窃查内地驿路阻塞，西北军务孔急，转输一切不得不暂由草地军台行走。而喀尔喀各游牧连年灾祲，牲畜耗损，蒙古生计日形窘迫，而军需运解日益繁多。虽循例支应尚虑竭蹶，又何容任意骚扰。屡经前任将军、大臣等以西北大局攸关，缕晰敷陈。久蒙圣明垂念，多方调剂，以示矜怜。奴才自前岁出口时，一路留心体察边外情形。见各城杂差纷至沓来，昼夜往返，以致沿台积滞军粮、器械，转运不暇，殊有力不能支之势，乃知台站为目下第一要宗。及署将军印务，博求切实整顿之法，奏请添给驼马，加放羊只。革除卖驼之弊，以清其源；核减走差乌拉，以节其糜。冒食廪羊者即惩，夹带商货者特参。凡此取怨行人之举，非欲市恩蒙古，实恐贻误军机。自今春惩办杨万清夹带商货以后，差员始知儆畏。数月以来，冒滥之弊虽除，然犹不敢稍形疏懈。每遇标一传单，必先查点，而后给发。乃近在行营，闻得参赞大臣文奎有自出传单，为由京带来之药商徐姓传坐驾杆车进口情事，当即派员往查。据南路花硕尔图管台蒙古章京等抄呈应差档案内称："十月二十一日，有由乌里雅苏台进京公干候补知县徐英，传用驾杆车一辆、驾车乌拉奇六名，随带跟役一名、骑马一匹、驮驼二只、乌拉奇三名，食羊腿二条等语。查该参赞大臣来乌时，闻有带来药商一名，曾向奴才谈及，欲支医生口分。奴才告以须交户部查办。嗣在行营，曾据户部章京等禀称，现有参宪带来之徐姓意欲回京，愿将所携药料作价入官，业经奴才批准有案，其为药商无疑。闻传单所开候补知县者，未免因传车捏称。然既有本城传单，沿途敢不供应？似此任意妄为，较过往差使之骚扰为尤甚。道路喧传商民竟准乘车，官员反拘限制，则从此各城过境差员不免有所借口。该参赞不过逞一时之权，罔虑贻无穷之患。奴才既得确实，若再曲护同列，其何以禁属下之效尤？诚恐滥支滥应之端一开，则邮政立见大坏。将来贻误西北军务，虽治奴才等应得之罪，犹恐不偿其失。所有参赞大臣骚扰台站缘由，理合恭折具奏，伏乞皇上睿鉴，酌夺施行。谨奏。十一月二十日[①]。

同治十二年十二月十三日奉朱批：□□□□□。钦此。

此折系随十二月十三日寄谕抄给者，十七日复随寄谕抄给原折。内"不偿其失"句下，"所有"句上，有"至该参赞之时赴台市游荡，任令土娼进街，反将驱逐匪人之蒙古巡逻兵责打。甚且铺户开张，衣冠往贺。并因买柴价昂，勒令蒙古巡逻官兵二百名各交木柴一车。似此轻佻苛索、有伤大臣体面琐屑之事，原不应上渎宸聪，因陈台站大端，用敢附及"等语，余均与十三日抄折同。

---

① "十一月二十日"为长顺拜折日期。

4. 同治十二年十二月十三日内阁奉上谕。

同治十二年十二月十三日，内阁奉上谕："常顺奏'参赞大臣任意妄为，骚扰台站'一折。据称，署乌里雅苏台参赞大臣文奎自出传单，为由京带来之药商徐姓传坐驾杆车进口。并时赴台市游荡，勒索兵丁木柴等语。文奎身为参赞大臣，宜如何洁己奉公以副委任。似此任意妄为，实属有玷官箴。着交部严加议处，即行开缺来京，听候部议。钦此。"

5. 文奎奏：为特参署将军任性妄为劣迹昭彰事。

《奏》文奎，十二月十七日。

奴才文奎谨跪奏，为查看情形，特参署将军任性妄为，劣迹昭彰，关碍军务公事大局，不足为大员表率，相应据实奏参，恭折仰祈圣鉴事。窃奴才自抵乌接事后，即与署将军长顺、蒙古参赞大臣多布沁札木楚和衷共济。每遇长顺荒唐谬妄之处，从容劝导，冀其悔改。奈长顺置若罔闻，怙恶不悛。而奴才坐视之，则旷官；强争之，则失体。因悉前署参赞大臣志刚奏请因病回京者，实因长顺顽愎徇私之所致也。查乌城为内地藩篱，西北咽喉。是以历来简放将军、大臣，必择通晓精干者，方克胜任。况现在军书旁午，而乌城之关系十分紧要，尤为治忽安危一大关键。若任其一味纷扰，将未萌之隐忧犹可弥缝，恐后着之遗患实难挽回。再四思维，寝食不安。若不明行奏参，何以上报皇上之深恩，下安生灵之性命。是以不避嫌怨，冒昧具奏，胪其劣迹，约择十款。一曰，前乌城遭兵火时，因蒙古野处窝贼奸细，作贼向导，致令失守。自兵燹后，蒙古困苦愈甚，近城居住，图谋衣食。而长顺为伊子前在乌城，夜出骚扰。先饬伊子回京，遂于九月初一日晚间，将蒙民远逐，折抢蒙古毡房。奴才恐蒙民被掳，仍蹈旧辙。因与长顺、多布沁札木楚商同出示晓谕，安抚蒙民，仍令安居，免被贼胁。此实因公安置，不料长顺私恨阴怨，仍将蒙民远逐。现据四部落蒙古驻班将军、札萨克等呈报，前遵署将军长顺札饬，逐出蒙民，不许乌城居住，致令冻毙无数。夫以蒙古之地，不许蒙古人住。恐蒙民不甘驱逐，聚众滋事，是谓乱阶；二曰，于九月初五日为劣员恒秢私开兵枷，长顺怒捽将军印信，掷交恒秢执掌。午时交出，晚间收回。夫以将军之印，遽敢任意授受，是谓有玷官箴。三曰，据长顺来咨，内转据达密兰咨称“钦差将军”。而长顺并不斥改，竟照原咨行文到城。并未奏明，竟以钦差自居。夫以“钦差”二字，长顺托大自居，是谓矫制；四曰，本年二月初三日，奏请动用军需项下银二千两采办烟茶等物。三月十六日奉朱批：“知道了。”四月初十日，户部咨行乌里雅苏台将军，将采办烟茶等物数目咨部备查，至今并不遵办。自四月十二日至十一月初四日，共提用银一千二百七十六两四钱四分，有案可察。似此奏明买办烟茶，并未遵旨采办。虽有赏项之用，究属任意开销，是谓欺罔。五曰，凡遇公事，不与满、蒙参赞大臣商办，惟恒秢之言是听，倚为心腹，姑息养奸，是谓袒护劣员。六曰，前留永不叙用文桂，私行赏给五品花翎。于本年三月内长顺奏请开复，旋奉谕旨：“文桂着仍不准留营。”而长顺胆敢抗违留用。自奴才到任后，苦口劝导，于九月内饬令回京。现又特用，因病呈请回京。劣员恒秢从中播弄，妨碍公事，是谓任用小人；七曰，在行营奏事，未行咨文前来会稿画诺，擅将奴才等衔名径同入奏。奏后数日方来知照，是谓违例；八曰，恒秢办军需局，把持一切，专擅自由，并将公项任意开销，声名狼藉。而长顺并不究问，反宠任之，是谓因爱生弊；九曰，长顺派委劣员恒秢总司城工，一手经理。现任其潦草修筑于中，取巧于九月二十五日住工。奴才步看城之四围，业经臌闪，明春地气融化，将必倒塌无疑，徒费捐项，是谓草率工程；十曰，重用官亲，袒护同乡，是谓一片私心。其余喜怒无常，谬执己见，以及株守数台之地，一筹莫展，屡提饷银，虚靡国帑等事，不知何意，未便渎陈。奴才抵任后三月之久，察此情形，凿凿有据。长顺怨声沸腾，惟恐兵民离心，关系匪轻，况当此军务吃紧之际，实有出于不得已者，何敢壅于上闻，应行如何查办之处，惟有请旨定夺，以儆官邪而理公务，顾西北而整大局。奴才先行自请议处，并请愿将奴才撤任。伏思世受皇恩，虽竭顶踵，犹难报称。既已处此，惟竭愚忱，仰报鸿慈，无负委任，万不敢稍涉向隅，致令各执一辞，有误大局耳。所有查看情形，特参认性妄为、关碍大局缘由，实为因公起见，理合据实直陈，不胜悚惶，待命之至。伏祈皇上圣鉴。谨奏。十一月二十四日。①

同治十二年十二月十七日奉朱批：□□□。钦此。

6. 文奎等《片》。

文奎等《片》

再，已革步军翼尉、现任六品官恒聆，于上年十二月间内奉调来乌，经前任奎昌等奏明，办理军需局。现于九月十九日据革员恒聆谨呈《为因病呈请回旗调理事》："窃职自奉调出口，时值严冬，到营即患喘嗽，两耳蝉鸣，已觉重听。现届冬初，眩晕健忘，呈请束装还京等因。"当经署将军长顺与奴才等饬准，因查恒聆不惟病体难用，而且声名狼藉，勿庸留营差委。讵料恒聆拟将回旗之际，适逢长顺出行，竟以病躯随往。是恒聆居心诡谲，巧于趋避，不免有蛊惑播弄，巧窃功名之私计。又岂能随征出力，不过徼幸之心耳。所有因病呈请回旗缘由，谨附片具奏，伏乞皇上圣鉴。谨奏。

同治十二年十一月初六日奉朱批：□□□。钦此。

7. 文奎、多布沁札木楚奏：为参赞大臣多布沁札木楚因病呈请开缺缘由事。

《奏》文奎等，十二月十七日。

奴才文奎、多布沁札木楚跪奏，为参赞大臣多布沁札木楚因病呈请开缺缘由，恭折具奏请旨事。窃奴才文奎接准多布沁札木楚咨称："窃多布沁札木楚近患腰腿疼痛、心内迷乱之证，曾于夏季请假三个

① "十一月二十四日"为文奎拜折日期。

月，奉旨：'准其调治。'其时稍可痊愈，随即赴任从公。嗣因天气寒凉以来，旧疾复发。初时稍能扎挣，仍就调治，总未见效。现今寝食平常，精神渐短。维思军务纷繁，封疆重任，但恐依恋病躯，贻误公事，有负圣主厚恩。欲仍请假调理，惟病势沉重，恐一时未能速痊。相应呈报，祈请查验转奏，请将多布沁札木楚之参赞大臣一缺另行开放，俾得回旗调理。等因前来。"奴才文奎当即亲身查验，其病果系腰腿旧疾发作，步履惟艰，言语心神恍惚，并无捏饰等情。今既查验属实，自应由奴才文奎保奏。惟多布沁札木楚现在力疾从公，是以联衔据实陈明。而奴才多布沁札木楚深恐因病有误公事，可否仰恳天恩，俯念病势甚重，请将奴才多布沁札木楚之参赞大臣责任另行拣员开放，实于公务有裨。是否有当，出自逾格鸿施。谨将因病据实情形，理合恭折具奏，伏乞皇上圣鉴，训示遵行。再，奴才等派员据情前往咨会署将军长顺，现因出征，未经列衔。合并声明，谨奏请旨。

同治十二年十二月十七日奉朱批：□□□。钦此。

8. 同治十二年十二月二十二日军机大臣字寄察哈尔都统额勒和布。

同治十二年十二月二十二日酉刻，承准军机大臣字寄察哈尔都统额。同治十二年十二月二十日奉上谕："前经谕令额勒和布，驰赴乌里雅苏台，将常顺、文奎互参各款查明具奏。兹复据文奎奏'常顺不顾军务，任意回城'一折，着交额勒和布一并确查，据实奏闻。原折着抄给阅看，将此谕令知之。钦此。"遵旨寄信前来。

9. 文奎奏：为署将军不顾军务任意回城事。

《奏》文奎，十二月二十日。

奴才文奎谨跪奏，为轻于去就，擅不遵旨，卤莽回城，不顾军务大局，并接交印务日期，恭折仰祈圣鉴事。窃奴才深荷天恩，惟图报效，不敢拘泥因循、缄默不言，有负重任，致误大局。查署将军长顺，自奏明亲往督队迎剿，将印信交奴才护理去后，于十一月二十、二十二日叠奉谕旨，着奴才等就现有兵力，布置城防。当即钦遵筹办。并奉上谕："着长顺督率各军，奋力剿击，迅将此股贼匪悉数歼除，勿任蔓延为患。钦此。"奴才等当于二十二日速即派员，投递行营。不料长顺于二十三日在行营接旨之下，并不钦遵迎击，竟于二十四日戌刻径由便道回至乌城。其为株守近台，显然易见。查巴里坤等处，毗连乌城境界。洵如圣谕，贼匪飘忽靡常。诚恐贼股四窜，于台路殊有碍。而长顺胆敢玩视军务，擅自离营，茫然来城。查前于十月初八日卓凌阿已经获胜，初十日长顺始由乌城起身出征，奏明亲剿。并十一月二十三日长顺甫接谕旨，二十四日任意回城。其为轻举妄动，决然无疑。今于十一月二十三日接准景廉来咨，窃于十月二十八日据委员禀称："探得穆家地沟口突出贼匪三百余人，往北窜走等情，难保不前往蒙古游牧一带滋扰。除派队跟踪截剿外，相应由六百里咨明。饬派队伍，严加截击，以遏逆氛，而靖边圉等情。飞咨前来。"奴才正在焦急之际，不意长顺骤回到城。傥纷纷北窜，咎将谁归？十一月二十五日，长顺声称，已在行营奏明，回城接印。奴才是以将印务交卸，不得不专折奏明。惟恐有负简任，致误大局，并非敢从而效尤，意存希冀。惟期上不负高厚之恩，下不失和衷之体。为此不揣冒昧，据实直陈，实为因公起见。所有长顺轻于去就，胆敢违旨回城，不顾军务大局缘由，是否有当，理合恭折奏闻，伏祈皇上圣鉴。谨奏。十二月初一日。①

同治十二年十二月二十日奉朱批：□□□。钦此。

10. 同治十二年十二月二十四日军机大臣字寄察哈尔都统额勒和布。

同治十二年十二月二十四日申刻，承准军机大臣字寄察哈尔都统额。同治十二年十二月二十二日奉上谕："常顺奏'伤疾举发，同官

---

① "十二月初一日"为文奎拜折日期。

意见不和,恳请派员接署将军印务’,并‘遵查六品官恒秎实无劣迹’各一折。据称,文奎自到任后,以该署将军所派各员为均不得力,致令纷纷引退。文奎随带之主事志勋等,派署各图记,不加体察。常顺出城督剿,文奎不与多布沁札木楚会商公事。甚至药商传坐台车,主事裕昌等勒索台站,并不查问。其六品官恒秎办事勤奋,是以暂留随营。该员于工需银两,并未经手,无从乾没等语。常顺、文奎前次互相参劾,业经降旨令额勒和布秉公查办,即着额勒和布将此次常顺所奏各情汇入前案,一并确查,据实覆奏。原折二件,均着抄给阅看,将此谕令知之。钦此。”遵旨寄信前来。

11. 长顺奏:为恳请派员接署将军事。

《奏》长顺,十二月二十二日。

奴才长顺跪奏,为伤疾举发,同官不和,恳请派员接署,俾免贻误而资整顿,恭折沥陈,仰祈圣鉴事。窃奴才自蓝翎侍卫奉檄从征,奔驰转战,由直隶、山东渐及皖、豫、秦、陇。十余年来,惟至关陇时,统带骑军,各路攻剿,计日为多。第奴才先曾于咸阳、临潼关等处,与贼接仗,头颅、腰胁均经受有重伤,医治本未能脱然无恙。迨处关陇地方,泾潮寒冱,且往来攻战,露宿风餐,以致所受伤痕愈增凝结。加以雨雪之中,据鞍驰骋,两腿亦时患冷疼。后于同治九年请假回京,荷蒙圣恩,饬赴镶黄旗汉军副都统本任。旋经神机营王大臣奏调,兼营管领震字炮队。虽于公事之余,设法疗治,而医者辄云:“日久患深,终恐难脱去病本。”嗣于同治十年仰承恩命,简授科布多参赞大臣。复于去岁秋间,奉敕署将军印务,受高厚之叠施,愧涓埃之未效。晨昏自省,寝馈难安。惟是,奴才于前赴科城时,适值仲冬,冰雪在地,兼程行走八十余台。到科后,正届春初,即觉旧疾发动,委顿时形。而边地向无良医佳药,祗于服食起居逐加调摄。兼以西、北各路均当有事之秋,不敢不黾勉效力。讵自客腊来乌,地气愈寒,山风尤劲。初夏犹融冰而饮,入秋已积雪难消。又值公事繁剧,警报频闻。防剿一切,岂容稍涉大意。因而心气日渐亏损,旧疾日益增剧。本早拟渎恳恩施,赏假调理,祗以参赞大臣虽蒙简署,尚未到来,故不敢冒昧陈请,仍勉力支持。幸未蹈疏虞之咎,实极形竭蹶之劳。迨文奎到任,奴才方冀办事有人,庶可请假一两个月,俾得静心调理。奴才于相见之初,即将整顿公事、办理台站及布置军务梗概,缕晰相告。不意该参赞于到任之次日,先自出手谕,将随带候补主事志勋等四员,分置内阁、户部衙门办事,于军务公事全不介意。惟自以文职改武为可耻,以廉俸不足为难度,以修砌城垣为糜费,以设立军需局为多事。初以奴才所派教练绿营戍兵之神机营管带、开花炮队候补参将穆津布为"克扣兵饷,废弛营伍"。该员闻之,即请见该参赞,陈明绿营钱粮向例由守备支放,署将军委派专管训练,恳请参赞阅操。该参赞复以好语相慰,以致穆津布借教演开花炮,着有成效,力求带兵回京。以军需局总办恒矜为"把持城工,乾没万金"后,乃知该员于钱粮全未经手。复自言被张鹏云所误,以致恒矜引疾求去。以现署理藩院图记之拟补郎中诺敏为"年老无能",以致该员借引见回京。以户部主事职衔兴昌为"面带阴险,实堪痛恨",以致该员因核算旧款,请将图记出署,即令志勋署理。并以带兵各员"均不及达尔济之勇敢",立将军需局裁归兵部,城工事宜移交户部。于是奴才犹以"属员贤否,必须留心体察。如有实在劣迹,不妨严参。未便为浮言所动,更不可为怨家所使"等语相劝。该参赞乃云:"我有据实具奏之事。"奴才见其言语支离,后乃不敢与之多见。而奴才乞假治疾之意,亦为之顿阻。维时三塘湖之贼甫退,复有另股北窜之说,科布多有台站被扰之报。防军迎剿,旬日未得贼踪。奴才再四筹思,此股贼匪若不迅图殄灭,则边疆被其滋扰,而台站之警溃堪虞,不得已而亲出督剿。城中公事犹不放心,濒行之际尚同多布沁札木楚向文奎嘱以"蒙古参赞在任日久,公事尽可与商"。乃该参赞于奴才出城之三日,即以城防兵单,数千里奏请催调。殊不知我皇上之轸念西北,宵旰未之或忘。而为此张皇之举,有劳廑系。并将前任甄别暂留查看之开缺主事职衔常秀,派署兵部图记;已入甄别调回核算报销之笔帖式明良,派署户部图记。志勋之私挪库款,仅予记过;裕昌之擅用炮车毂轮而不问。其弟文溶系蓝翎长,因差回京,不遵定例,传坐驾杆车。甚至药商回京,捏称职官,亦坐台车。似此措置乖方,奴才闻之,实不敢在外久驻。所幸贼势已靖,于二十日拜折后,二十四日回城,二十五日接印。数日以来,详加查核。除裕昌之案另行具奏外,该参赞于过往差使并不查点,径发传单。置奏明添设之转运局而不用。借领火药,特派主事裕昌、步军校兆麟及兵丁十三人。所需驮驼,并不遵照奏定章程,均有浮冒,应支廪羊亦不注明数目,任听勒索台站。其何以堪,不特此也。凡奴才等年来竭力整顿之事,一旦尽反故辙,若必遽议更张,恐致复触该参赞之怒,势必重烦圣虑。并据蒙古参赞大臣多布沁札木楚面称:"近来不惟派差、委署均不相商,即折奏亦不翻清见示,仅止拜发时随同行礼而已"等语。如此则更属非是。奴才愚昧之见,同官不和,公事无益,诚恐贻误大局,则负咎滋甚。惟有据实沥陈,仰恳皇上天恩,俯念边疆紧要,简派贤员,迅速来乌,接署将军印务,即早整顿,实为幸甚。并可将奴才等不和之处就近查办。如蒙恩准奴才回京,调理伤疾,则感戴鸿慈无涯涘矣。不胜恐惧,屏营待命之至。谨奏。十二月初二日。[①]

同治十二年十二月二十二日,奉朱批:"常顺仍着署理将军印务,将应办各事宜悉心经理,毋得稍有贻误。该署将军与文奎互参各节,已谕令额勒和布前往查办,并着在署任听候谕旨。钦此。"

12. 长顺奏:为遵旨覆奏事。

《奏》长顺,十二月二十二日。

奴才长顺跪奏,为遵旨覆奏事。窃奴才于十一月二十六日承准军机大臣字寄:"同治十二年十一月初六日奉上谕:'文奎等片奏,已

---

① "十二月初二日"为长顺拜折日期。

革步军翼尉现任六品官恒袊，于九月间因病呈请回旗调理，现又随长顺出征。不惟病体未痊，抑且声名狼藉等语。恒袊现因病呈请回旗，何以又随长顺出征，并该员如何声名狼藉，着常顺确切查明，据实具奏。钦此。'钦遵寄信前来。"仰见我皇上圣虑周详，事事求是。跪读之下，钦感莫名。奴才查前署将军奎昌等，因军务日渐繁重，而本城人员罔知缓急，暂设军需局，奏调前步军翼尉恒袊、候补员外郎惠昌来乌襄办。迨奴才到任后，留心查看恒袊办理军务一切，颇知勤奋。及城工兴作时，前充督修之兵部章京诺敏赴京劝捐未回，虑回氛之奔突靡常，而本城为西北要冲，各路军械、粮饷往往汇萃于此，亟须赶修城垣，以为保障。因派该员暨二品顶戴主事职衔雅尔哈接办。嗣雅尔哈差往阿尔泰山分界，续派主事职衔春普帮同管理。惟本处并无谙习工匠，该员于砌石垒坯莫不亲身教导，木工尤拙，甚至自执绳墨，逐日在工，风雨无间。凡五阅月，而城身屹立。至八月底，参赞大臣文奎抵任之初，误听委员顺天候补知县张鹏云、候选府经历金光甲谗言，谓："今岁工需四万余两，恒袊乾没一万余两，并把持一切公事，急宜撤令回旗"等语。向奴才谈到，奴才闻之，不胜诧异，乃晓之以"本年工需银不过一万数千两，内尚有代还上年欠款二千余两，何以有动用四万余两之说，即该员又从何项乾没一万余两？况工作之人系属吉林、黑龙江两盟蒙古及绿营戍守官兵，其支发一切全由户部办理。该员并未经手，俱有案可查。浮言安可遽信？"奈文奎之意终不可解。若与该员有宿怨者，该员即于九月间停工之后，引疾求去。奴才亦未便强留，致乖同寅和衷之道，批准该员回旗。当将城工事宜移付署户部章京志勋接管军需局，档案移付兵部章京裕昌接管。该员交代清楚，正在领咨起程，适值奴才出外督剿，本城之人不谙戎务，奏调委员非值患病，即不能乘骑。经奴才与多布沁札木楚、文奎商同标画堂谕，暂留随营办事。此恒袊因病呈请回旗，又随奴才出队之实在情形也。查本城四部院人员，办事疲玩因循，而遗漏舛错之案层见迭出，均经奴才等随时奏明在案。是以遇有紧要事件，奴才等即交军需局办理，以期妥速。惟该员办公过于认真，不肯瞻徇情面，使贪黩者无从染指，徼幸者莫不灰心，以致干犯众怒。督修城工，则操之太急。于兵丁之怠惰者，鞭之；空误者，罚之。由是诽谤竞起，怨讟滋兴。所谓声名狼藉者，或即此欤。奴才愚昧之见，该员将总办军需局事务移交兵部章京裕昌接管。裕昌乃该参赞素所器重之人，局务如有弊窦，自必早经查出。督修城工事宜移交户部章京志勋接管。志勋乃该参赞随带人员，工需如有浮冒，亦必早经查出。而经手事件均已交代清楚，其为并无实在劣迹，已可概见。且该员系由前任奏调，奴才无所用其回护，然亦不敢附和同列，谬为瑕疵。谨将确切情形，遵旨据实覆奏，伏乞皇上圣鉴，训示遵行。谨奏。十二月初二日。①

同治十二年十二月二十二日奉朱批：□□□。钦此。

13. 同治十三年五月二十四日军机大臣字寄乌里雅苏台将军额勒和布。

同治十三年五月二十四日巳刻，承准军机大臣字寄乌里雅苏台将军额。同治十三年五月二十一日奉上谕："常顺等奏'酌拟棍噶札拉参安插徒众事宜，请仍归塔城管辖，将该呼图克图所递章程开单呈览'一折。棍噶札拉参呈递章程八条，经常顺等分别酌拟办理，并请将嗣后该呼图克图徒众一切事宜仍归塔城参赞大臣管辖。所奏各节，是否妥协，额勒和布到任后着即详加查察，覆核具奏。原折、单着抄给阅看，将此谕令知之。钦此。"遵旨寄信前来。

14. 常顺等奏：为酌拟棍噶札拉参安插徒众事宜事。

《奏》常顺等，五月二十一日。

奴才常顺、多布沁札木楚、杜嘎尔跪奏，为酌拟棍噶札拉参安插徒众事宜，并请仍归塔城就近管辖之处，请饬核议，恭折具陈，仰祈圣

---

① "十二月初二日"为长顺拜折日期。

鉴事。窃准理藩院咨开："前据署乌里雅苏台将军等咨称：'棍噶札拉参安插徒众，请赏庙名'各等因。查喇嘛请设官职，及调兵差遣，并安插徒众，请领籽种、牛只、茶布等项，本院例无明文，亦无成案可稽，无凭指覆，应由该将军体察情形，酌量办理。至建盖庙宇、请赏庙名，核其间数，虽属相符，惟庙处所，原文内并未声叙明白，仍由署乌里雅苏台将军等查明咨覆，再行办理。等因前来。"当于去年六月间，复派主事职衔雅尔哈前往阿尔泰山堆立所借牧地四址鄂博，并就查建盖庙宇处所之便，体察情形。适因回匪窜扰，该员阻滞布伦托海，今始回城，面禀一切。并偕该呼图克图差弁，呈递《改拟章程八条》。奴才等悉心筹酌，其前五条所称各节，均拟应如所请。其第六条所称："额鲁特等十苏木僧众，既已奉旨作为本呼图克图之徒众，自应僧、俗分别。但是披剃为僧者，皆归本库连管辖，该游牧中不得容留喇嘛一人"等语。奴才等查喀尔喀部落不特僧、俗杂居相安已久，即各呼图克图徒众亦与蒙兵一体，充当各项差使。若如该呼图克图所请，大拂众意，似觉窒碍未便。且该呼图克图亦尝有僧、俗原有同族共爨之说，第未知额鲁特与喀尔喀风俗是否相同。奴才等未敢悬拟，应请饬下塔尔巴哈台参赞大臣酌核议覆。其第七条所称，徒众中如有不守清规者，自应照例惩治。至商卓特巴、札萨克达喇嘛名目是否合例，相应请旨饬下理藩院，酌核议定。其第八条内称："请设官兵一百名"，又"于徒众内择年力精壮、不习经文者二三百名，领给军火，按时操练"等语。奴才等查，昨经奏请，拨队前往布伦托海驻扎，如蒙谕旨允准，则其所请增设官兵、操练喇嘛一节，应毋庸置议。至请设章京一员，可否由额鲁特十佐领内出派章京一员，带兵数名，轮流前往庙中值班。以资弹压之处，亦应由塔尔巴哈台参赞大臣酌拟派往。至该呼图克图前请派员分定四址后，有地即收揽徒众。该徒众均为僧人，未习耕种，必须另招民、蒙人随时开垦，不准各色外人耕种，并请拨给籽种、牛只，作为初办安插之需。当前所议安插银两，自毋庸再议。其"每岁每人应领茶、布若干岁分，两次请领"各等语。奴才等查所称，僧人未习耕种自系实情，应准其招募民、蒙人等，在于所借牧地四址鄂博之内，听其垦种。仍不准各色外人往种其地，以杜争端。至请给籽种、牛只，虽据理藩院查无例案，伏思该呼图克图曾率徒众，随同官兵助剿，不无微劳。今既归牧，似应吁恳恩施格外。可否按照现在册造喇嘛一千十四名，酌给牛、种、银两之处，请饬户部酌定数目奏明，仍由乌城军需项下动支。其所请岁支茶、布一节，经费有常，既无例案，奴才等又何敢妄拟陈请。惟查《户部则例》内开："塔尔巴哈台安设喇嘛月支银二两，徒众月支银一两，口粮、面各三十斤"等语。此项僧众，其为喇嘛若干，徒众若干，前在塔城如何支领，有无额数，该呼图克图均未声叙。嗣后，或应改给茶布，或仍支银粮之处，亦应由该参赞酌定。再，查该呼图克图徒众，原系塔尔巴哈台之人，前因该城失守，随同官兵东来。现在官兵，既已调回本城，而僧众乃在阿尔泰山借地安插，业经建盖庙宇，虽不便促令同回，究系塔城旧属。且该呼图克图克林河新召在布伦托海迤北，布伦托海虽为科布多属地，然在科西南十六台，去塔仅九台，距乌里雅苏台尤觉窎远。所有借地安插事宜，已由奴才等酌核拟办。嗣后一切应行应办事件，拟请仍归塔尔巴哈台参赞大臣就近管辖，以复旧制。而归画一至，请赏庙名及该呼图克图恳请入觐，并请颁《喇嘛则例》各节，应由理藩院查照前咨办理。除将查明建盖庙宇处所声覆理藩院外，谨将该呼图克图呈递《改章八条》抄呈御览。所有酌拟棍噶札拉参安插徒众，并请仍归塔城管辖各缘由，理合恭折具奏，伏乞皇上圣鉴，训示遵行。谨奏。五月初二日。[①]

同治十三年五月二十一日奉朱批："□□□。钦此。"

谨将呼图克图呈递《改拟章程八条》抄录恭呈御览。

一，今既奉旨颁发本呼图克图管辖徒众印信一颗，其前请颁发之"办理喇嘛事务处"图记未免重复，应请改"办理喇嘛事务处"为"管辖

① "五月初二日"为常顺等拜折日期。

徒众印务处”，即以管辖徒众印信，钤束一切。设或本呼图克图因事外出，遇事均由印务处呈报，以免贻误，且觉简便得体。

一，前请设达喇嘛三人，未免事权太分，难于约束。今拟裁撤二人，只设达喇嘛一人。率所属副达喇嘛三人及教习、德木齐等办事。

一，额鲁特人众夙性顽梗，非他部落者可比。虽庙中自有清规，然不加以带兵，纪律实难约束。今拟每十人设一长，五十人一德木齐，百人一教习。教习以上归达喇嘛等管理。庶事有层次，易于稽查。

一，喇嘛教中唪经者，向有堪布喇嘛、乌穆匝特、格斯贵三等，皆以通明经理者充之，与办理公事者有间。此三等人之缺，拟由本印务处自行选择，本呼图克图酌定充当。与公事无涉，庶可得人，免致冒滥。

一，凡有本库连喇嘛因事出本境外者，皆由印务处发给执照，填明因何事至何处，至该往及经过处所，查验放行。傥有不领执照私行外出者，所至之地即可拏送究办，以杜滋扰生端。

一，额鲁特等十苏木僧众，既已奉旨作为本呼图克图之徒众，自应僧、俗分别。但是披剃为僧者，皆归本库连管辖，该游牧中不得容留喇嘛一人。游牧中之幼童有愿披剃为僧者，由该佐领开具名字、年岁，呈送该总管，该总管转送管辖徒众印务处受戒。

一，徒众中有不守清规、作奸犯科者，经该管达喇嘛等查明，送交印务处。由商卓特巴、札萨克达喇嘛及印务处札兰章京等酌核应得之罪。重者，呈送本管将军大臣衙门查讯明确，其应斩、绞、徒、流按律定拟。其轻者，即由本印务处移交该游牧本管佐领，勒令还俗，以免混溷规戒。

一，本库连僻处于阿尔泰山南，相隔乌、科各城数千里之远，附近并无将军、大臣及官兵驻扎。且地处极边，紧与俄夷接壤，哈萨克诸部混处杂居。所分徒众又多非善良之辈。是以前请设立札兰章京一员，会同商卓特巴办事，以资监察。并请设官兵一百名，以为防护。

今又虑兵止百名，未免单弱。拟于徒众内择年力精壮、不习经文者，增设二三百名，领给军火，按时操练，以备不虞。庶人力稍充，可期有用。其余喇嘛之内，概不准私藏军械，犯者究办。

同治十三年五月二十一日奉朱批："览。钦此。"

15. 同治十三年八月初一日军机大臣字寄乌里雅苏台将军额勒和布等。

同治十三年八月初一日辰刻，承准军机大臣字寄乌里雅苏台将军额、参赞大臣多、署乌里雅苏台参赞大臣察哈尔副都统杜、科布多参赞大臣托、帮办大臣保。同治十三年七月二十八日奉上谕："杜嘎尔等奏'请调科布多马匹'等语。乌里雅苏台所属官厂驼马不敷应用，业经杜嘎尔等于乌属孳生驼只拣调二百只。其不敷马匹，例由科布多调取，着托伦布、保英即由科城官厂内，拣选口青膘壮骟马二百匹，派委官兵护解乌里雅苏台，以供应用。将此由四百里各谕令知之。钦此。"遵旨寄信前来。

16. 同治十三年八月二十二日军机大臣字寄乌鲁木齐都统景廉等。

同治十三年八月二十二日巳刻，承准军机大臣字寄钦差大臣督办新疆军务乌鲁木齐都统景、帮办军务正白旗汉军都统金、署伊犁将军乌里雅苏台参赞大臣荣、乌里雅苏台将军额、署乌里雅苏台参赞大臣察哈尔副都统杜、乌里雅苏台参赞大臣多。同治十三年八月十八日奉上谕："荣全奏'驼只备办维艰，请饬乌城分拨运赴'一折。前因荣全兵力甚单，当经谕令金顺，于抵古城后，酌拨数营驰往助剿。并谕荣全，速备驼只，先期前赴古城，接替金顺所部官兵西进。兹据荣全奏称，塔城由库尔喀喇乌苏至古城，计二千余里。贼氛逼近，赶运牲畜，恐有疏虞。且塔城驼只，觅购维艰，西进官兵需驼甚多，势难筹备，请由乌城余存驼马内分拨应用等语。所奏自系实在情形，惟金顺全军行抵古城,亟须驼马更替,方可克期西进。乌里雅苏台刻下防务稍松,官兵大半撤防,驼马自可腾挪应用,着额勒和布、杜嘎尔、多布沁札木楚于该城余存驼马内分拨健驼四百只、壮马四百匹。如有不敷,即由额勒和布等设法添补足数,派员迅速运赴古城,以备接替金顺所部官兵西进。乌城备办驼马尚易,该将军等务当不分畛域,妥速筹办,俾利师行。金顺抵古城后,仍着懔遵前旨,与景廉会商,酌拨数营,驰赴荣全军营助剿。此项官兵一抵古城,即当驰赴西湖,驼马深虞疲乏,荣全仍当设法豫筹接替,毋稍诿卸。将此由四百里各谕令知之。钦此。"遵旨寄信前来。

17. 同治十三年九月二十三日军机大臣字寄陕甘总督左宗棠等。

同治十三年九月二十三日,承准军机大臣字寄钦差大臣大学士陕甘总督一等恪靖伯左、内阁学士袁、乌里雅苏台将军额、署乌里雅苏台参赞大臣察哈尔副都统杜、乌里雅苏台参赞大臣多、察哈尔都统庆、署察哈尔副都统奎、哈密办事大臣文、帮办大臣明,传谕署巴里坤领队大臣庆寿、张家口监督廉恩、杀虎口监督海绪。同治十三年九月二十一日奉上谕:"袁保恒奏'统筹出关、转运全局,先陈大概情形',暨'购办驼只、粮石,请饬部指提积欠甘饷'各折、片。现在大军陆续出关,转运最关紧要,必须宽筹款项,先事布置,方免临时贻误。袁保恒以粮台并无现饷,无从措手,请由户部库存项下拨发现银二百万两,俾将驼只、车辆、粮石应用各项,赶紧备办,着户部酌度情形,应如何发给之处,妥议具奏。西征原有饷项如何匀拨,并此后常年运费的饷共需若干,着左宗棠、袁保恒悉心商酌,迅速具奏。转运需驼甚多,袁保恒已派员分赴晋、豫等省采买。并商令协领喜胜,赴张家口采办三四千只。咨明户部,将金顺委员划解西征粮台之部拨银五万两,改解张家口,交察哈尔都统衙门收存,以备喜胜领用。喜胜赴口时,着庆春、奎昌妥为照料,此项驼只过境,着廉恩、海绪照例免税放行。并着额勒和布、杜嘎尔、多布沁札木楚会同乌城所属各蒙古王旗，克期代购健驼四五千只，由北路解送巴里坤交收，限于年内解到。责成庆寿认真监收、牧放，以备拨用。所需驼价，即于此次请拨部款内，由袁保恒咨明，划解乌城应用。附近巴、哈之东山一带、缠头地方，产粮尚多，袁保恒已派员前往采买，着文麟、明春、庆寿先行派员，代为购办。地近何城，即在该城存储，以备提用。并将乌城解到驼只，代为经理，毋许推诿。各省积欠西征军饷甚巨，着户部查照成案，在于库款稍裕省分指提积欠甘饷银六十万两，限于十一月内全数筹拨解陕，不得仍前短欠。另折奏“请赴京陛见”等语，袁保恒现在帮办粮饷，转运一切事宜，责任綦重，亟须遵旨前往肃州，与左宗棠筹商机宜，着毋庸来京陛见，以免往返需时。将此由五百里谕知左宗棠、袁保恒、额勒和布、杜嘎尔、多布沁札木楚、庆春、奎昌、文麟、明春，并传谕庆寿、廉恩、海绪知之。钦此。”遵旨寄信前来。

附　录

《清史列传》卷 57《额勒和布传》

额勒和布，觉尔察氏，满洲镶蓝旗人。咸丰二年，翻译进士，改翰林院庶吉士。三年，散馆，以主事用，签分户部。四年，补主事，记名军机章京。五年，户部奏奖捐铜局承办司员，额勒和布得旨以应升之缺升用。六年，补员外郎。十年，迁翰林院侍讲。十一年，转补侍读。同治元年，充日讲起居注官。五月，升翰林院侍讲学士。十二月，升内阁学士，兼礼部侍郎衔。二年六月，擢理藩院右侍郎。八月，署工部右侍郎，管钱法堂事务。十二月，充国史馆副总裁。三年六月，署镶黄旗汉军副都统。七月，兼正白旗蒙古副都统。会热河土默特贝勒旗老头会聚众肆掠，势甚炽。额勒和布奉命往查，廉得实，请将贝勒议处，其佐领章京德瓦拉布窄等降革有差，事遂定。十月，调补正黄旗满洲副都统。四年五月，调补镶白旗满洲副都统。

九月，补授盛京户部侍郎，兼管奉天府府尹。奉天马贼煽动，命直隶总督刘长佑领军驰抵三屯营防剿热河之平、建、朝、赤及奉天各地方。额勒和布筹备军饷，无误戎机，功最多。十二月，管理奉天牛马税务监督，协理盛京内务府事务。是月，贼酋周荣纠股回窜法库边门，扰及昌图，所在告警。额勒和布檄统领扎明阿先率所部马队驰赴开原，相机迎击，而令步队炮手继进，以扼回窜，贼遂溃散。旋因开原监犯越狱戕官，未能预筹防范，诏降二级留任。五年，科尔沁亲王伯彦讷谟祜以奉天应编查保甲，严禁赌博，裁撤团会，收缴军械，修筑堡寨，定期会哨，添设员弁，创立学校，条列入奏。诏额勒和布以次兴办,边围大治。六年正月,请酌抽盐厘为练兵经费。八月,请将添设海防同知驻扎营口,沿海一带统归管辖,以专责成。均下所司议行。时关内饥,三口通商大臣崇厚请拨库款筹办救荒。额勒和布奏言:“奉天库储不裕,若待请款始行采买,诚恐缓不济急。先自倡捐粟米三百五十石,以应急需。”得旨下部优叙。七年,疏请重开凤凰城磺矿以济军火,从之。旋管理宗室觉罗学务。四月,署盛京将军印钥。八年,朝鲜国王以鸭绿江北、凤凰城外游民盖屋垦田,咨请严行禁止。先是,侍郎延煦等往勘,曾酌核章程,有推展边界及严定边禁各条。至是益为酌中定制,示以界限,游民乃无复有任意侵越者。以昌图所属幅员辽阔,设遇命案,恒苦耽延。请嗣后无论三百里内外,印官公出,即由分防官往验,以免留滞;其整饬吏治,则以锦州府、辽阳州两地当山海要冲,为边关之锁钥,必须得人,乃资统驭。请嗣后员缺,留为本省量才升补,着为令。其推广文教,则请昌图、岫岩添设拔贡定额。上皆韪之。十年,迁察哈尔都统。十一年,新疆用兵,乌鲁木齐都统景廉设粮台于察哈尔,额勒和布为之派员经纪,转运督催,应时接济,军用赖以不匮。并调蒙古马队、八旗官兵赴乌鲁木齐及杜嘎尔营、乌里雅苏台随地防剿,杜贼北窜。

十三年,擢乌里雅苏台将军。光绪二年四月,回匪大股攻扑布伦托海,民厂被围,额勒和布派兵协力捕剿,贼势稍却;而山径纷歧,兼多戈壁,防不胜防。五月,另股突由布伦托海窜踞沙札盖等处,意图伺隙复逞,使官军不及兼顾。额勒和布亟督各营侦探截剿,杀贼三百余名,余匪骇逃。三年二月,因病乞休,奉旨予假调理。六月,再请开缺,许之。六年,病痊。九月,复补镶白旗汉军都统。十二月,补进内大臣班。七年三月,署镶黄旗蒙古都统。四月,充派赴朝鲜国正使。闰七月,调补热河都统。九年二月,补理藩院尚书。六月,调户部尚书,授正白旗汉军都统。时直隶水患,已有旨赏米六万余石赈恤。额勒和布以灾区甚广,复请酌提藩库银数万两以拯饥民,从之。十月,赐紫禁城骑马,管理正白旗汉军新旧营房、城内官房事务,补总管内务府大臣。十二月,充经筵讲官。十年三月,命在军机大臣上行走。四月,充正白旗汉军专操大臣。五月,以户部尚书协办大学士。奏开滇越边界矿务。又请将同治十一年以后、光绪八年以前直省积欠钱漕,悉行豁免;并奏定直省考核州县黜缓章程五条。六月,国子监司业潘衍桐奏请特开艺学一科,额勒和布极言艺学开科,诸多流弊,事不果行。

时法人侵我越南,攻谅山,陷台北鸡笼口岸,诏议和战大计。额勒和布奏言:"倘法人慑于兵威,迫于公议,悔过输诚,似不妨示以大度,仍予转圜。如竟怙恶不悛,肆行要挟,惟有一意主战。第兵端一开,筹饷维难,宜减腹地勇营,裁冗费闲员,省例外支销,杜侵蚀中饱,方足以裕饷源而作士气。"八月,调补正红旗满洲都统,命稽察钦奉上谕事件处,充国史馆正总裁。九月,管理正红旗满洲新旧营房事务,命补大学士,管理户部事务。十月,奉懿旨,赏戴花翎。旋授体仁阁大学士。十二月,充文渊阁领阁事。十一年十一月,调管兵部事务。十二月,懿旨赏穿带膆貂褂,转武英殿大学士。十二年三月,赏穿黄马褂。十月,充玉牒馆督催及会典馆正总裁。十三年二月,补授内大臣。七月,充崇文门正监督。十月,充阅兵大臣。十四年,充方略馆总裁。皇上大婚礼成,赏加太子太保衔。累下部优叙。十六年四月,充翻译会试正考官。七月,署正红旗蒙古都统。十七年正月,奉旨:"大学士额勒和布翊赞枢廷,公忠共矢,襄理庶务,深合机宜。着交该衙门从优议叙。"十一月,命在西苑门内骑马。十八年十二月,以二十年恭逢慈禧端佑康颐昭豫庄诚寿恭钦献皇太后六旬万寿,奉旨着额勒和布总办庆典。二十年,奉懿旨,赏戴双眼花翎,并赏用紫缰。

二十一年,充翻译会试正考官。历充各省驻防翻译乡试阅卷大臣、翻译会试阅卷大臣各一次,翻译会试覆试阅卷大臣三次,各省驻防翻译举人覆试阅卷大臣六次,阅看翻译、庶吉士散馆试卷大臣二次,考试蒙古司业阅卷大臣一次,考试宗室应封阅卷大臣二次,考试满洲中书阅卷大臣一次,考试贴写笔帖式、翻译官、满洲助教阅卷大臣一次，朝考阅卷大臣一次。迭蒙懿旨，赏《劝善要言》书及御书匾额、“福”“寿”字、文绮等件。

二十二年，疾作，累请开缺，优诏允其致仕。二十六年六月，卒。遗疏入，谕曰：“致仕大学士额勒和布，练达老成，持躬端谨。由翰林洊擢卿贰，参预机务，晋赞纶扉。服官垂四十年，谨慎小心，克称厥职。嗣因久病，屡次奏请开缺，准其致仕。方冀克享遐龄，长承恩眷。兹闻溘逝，悼惜殊深！加恩赏给陀罗经被，派贝勒载滢带领侍卫十员，即日前往奠醊。照大学士例赐恤，入祀贤良祠。任内一切处分，悉予开复。应得恤典，该衙门察例具奏。伊子理藩院郎中伯麒，着俟服阕后以四品京堂候补，用示笃念耆臣至意。”寻赐祭葬，予谥文恭。

子伯麒，候补四品京堂。

孙世斌，一品荫生。

《清史稿》卷 439《额勒和布传》

额勒和布，字筱山，觉尔察氏，满洲镶蓝旗人。咸丰二年翻译进士，改庶吉士，用户部主事。累迁理藩院侍郎。同治三年，热河土默特贝勒旗老头会滋事，额勒和布奉命查办得实，请将贝勒议处，其佐领、章京等降革有差，事遂定。由蒙古副都统调补满洲。旋授盛京户部侍郎，兼奉天府府尹。直隶总督刘长佑率师防剿热河及奉天马贼，额勒和布筹给军事。贼酋周荣纠党回窜，扰及昌图，所在告警。额勒和布遣将率马队迎击开原，而以步队扼其后，贼遂溃散。六年，请酌抽盐厘充练兵经费，增设海防同知驻营口，均议行。于赈务尤尽力捐募。署盛京将军，调察哈尔都统。新疆用兵，额勒和布经纪粮运，并调八旗官兵助剿，擢乌里雅苏台将军，屡却悍贼。

光绪三年，因病乞休。六年，起镶白旗汉军都统，调蒙古。历热河都统、理藩院尚书、户部尚书、内务府大臣。十年，命直军机，协办大学士。奏请允开滇、越边界矿务，又奏光绪四年以前直省钱漕积欠者，请予黜免。司业潘衍桐建言特开艺学科，以额勒和布持不可，寝其议。十一年，授体仁阁大学士，转武英殿。历充阅卷大臣等差。二十年，免直军机。二十二年，致仕。逾四年，卒于家，谥文恭。

额勒和布木讷寡言，时同列渐揽权纳贿，独廉洁自守，时颇称之。

《近代名人小传·恩承 额勒和布传》

承，宗室；布，满洲，皆光绪朝大学士。布则兼为军机大臣也。承健谈，对人语娓娓不可休，而复乱无复意旨。布讷，官奉天副都统[①]，都兴阿与同官，亘二年交语不及百。兴阿讽为哑人。然值枢府时，同官世铎、孙毓汶等，皆急贿赂，布独弗婪索，旗员中尤难得。甲午，德宗以其“才欠开展”，并张之万罢政。旋予告家，居食俸。歿谥文恪[②]。说者谓才欠开展，乃牧令降教署考词，而执政亦蒙之，当时人才可知矣。

---

① “奉天副都统”，误。额勒和布任职奉天时，为盛京户部侍郎兼管奉天府府尹。

② “文恪”，误。应为“文恭”。

人名字号音序索引

凡　例

一、本索引是《额勒和布日记》(以下简称《日记》)正文中人物姓名或字号的索引。

二、本索引以姓名为查阅主体,每一姓名皆列为检索条目,姓名之后括注《日记》中出现的字、号、别名、习称、昵称、官称、简称及其他代表人物之称谓。

三、凡《日记》中未出现字号者,仅以人名为检索条目;凡《日记》中仅出现字号者,尽量检出姓名列入检索条目;凡《日记》中出现之称谓未能确知其为名、字、号,或暂未考知其名者,径列为检索条目。

四、索引后所列之数字为该人物出现之年、月、日(以公元纪年为标准),如:

吉瑞 1870.2.20;1871.2.9,1871.10.1

说明吉瑞出现在《日记》1870 年 2 月 20 日以及 1871 年 2 月 9 日、10 月 1 日。

五、索引后所列之"廷寄 1""廷寄 2""廷寄 3"等为该人物出现之《廷寄录存》的编号,如:

杨万清 1873.4.3;廷寄 3

说明杨万清出现在《日记》1873 年 4 月 3 日以及《廷寄录存》的第三道廷寄"长顺奏为参赞大臣任意妄为骚扰台站事"。

六、姓名字号间有与他人同者,姓名同者于括号内以简注区别,如名"常存"者有两人,分别以"常存(游击)"、"常存(总管)"示区别。

七、同一人物姓名不相一致者,如"景廉""景祺",皆列为检索条目;同名异写者,如“散巴勒诺尔赞”“三巴勒诺尔赞”,皆列为检索条目。

八、本索引所列条目特殊者如下:(1)《日记》中对族人多有尊称、省称或昵称等,今将尊称、省称或昵称等酌列为检索条目,如“贾中堂”“博翁”“大妞”之类;(2)少数以封号、谥号指称重要人物者,酌列为检索条目,如“恭王”“赵文敏”等;(3)清代帝后以年号或徽号列为检索条目,如同治、慈禧等。

正　文

后　记

2010年6月，日本学者中村笃志先生来华访学，期间与业师赵令志先生促膝而谈，言及中央民族大学图书馆藏有一部清代稿本日记，无其他馆藏，内容与乌里雅苏台地区相关。四川民族出版社已刊有影印本，惜影印不佳，字迹难辨。事后，赵师亲检此部日记，认为日记的资料价值较高，遂于2012年秋建议刚开始读博的我对此部日记进行整理，并以此为基础撰写博士论文。读博期间，我旁听了中央民族大学蒙古史专家达力扎布教授开设的史料研读课，课程使我对日记的整理更加专业化。2015年夏，我的博士论文《〈额勒和布日记〉及晚清蒙古弊政研究》在赵师指导下基本定稿。论文分上、下两篇，上篇即日记之整理篇，下篇即日记之研究篇。在答辩委员会上，专家建议将日记之整理篇付诸出版，以化百成千，共享学界。博士毕业后，我来到国家图书馆从事博士后研究工作。2016年，偶见国家图书馆出版社正陆续出版《珍稀日记手札文献资料丛刊》，遂联系该社编辑暨同窗张慧霞女士，冀该社能将日记书稿纳入丛刊，因日记书稿系整理本日记，与该丛刊之影印风格不符，该社副主任南江涛先生遂将书稿荐至《中国近现代稀见史料丛刊》主编张剑、徐雁平二位先生处。二位先生慨然应允，于是便有了《额勒和布日记》整理本之问世。在此特向上述诸位师友、前辈、同仁致以深深谢意。

另，日记后期整理过程中国家图书馆博士后冯坤女士、爱人邓明博百忙之中抽出宝贵时间助力日记之出版，在此一并致谢。

自2015年初稿粗成，至2018年终稿刊出，期间三易寒暑，日记书稿屡经校勘，力求准确。但错误恐亦在所难免，望各位学人不吝赐教。如日记有机会再版，定当吸取各方意见，修订完善。

定州芦婷婷

2018年5月识于首都师范大学

《中国近现代稀见史料丛刊》已出书目

第一辑

莫友芝日记
汪荣宝日记
翁曾翰日记
邓华熙日记
贺葆真日记
徐兆玮杂著七种
白雨斋诗话
俞樾函札辑证
清民两代金石书画史
扶桑十旬记(外三种)

第二辑

翁斌孙日记
张佩纶日记
吴兔床日记
赵元成日记(外一种)
1934—1935中缅边界调查日记
十八国游历日记
潘德舆家书与日记
翁同爵家书系年考
张祥河奏折
爱日精庐文稿
沈信卿先生文集
联语粹编
近代珍稀集句诗文集

第三辑

孟宪彝日记
潘道根日记
蟫庐日记(外五种)
王癸避难日志　辛卯年日记
嘉业堂藏书日记抄
吴大澂书信四种
赵尊岳集
贺培新集
珠泉草庐师友录　珠泉草庐文录
校辑民权素诗话廿一种

第四辑

江瀚日记
英轺日记两种
胡嗣瑗日记
王振声日记
黄秉义日记
粟奉之日记
王承传日记
唐烜日记
王锺霖日记(外一种)
翁同龢家书
甲午战争汉诗选
达亭老人遗稿